KB093941

하늘과 땅 식료품점

하늘과 땅 식료품점

제임스 맥브라이드 지음
박지민 옮김

도서출판 미래지향

일러두기

주석은 모두 옮긴이주입니다.

우리 모두에게 티쿤 올람의 의미를 가르쳐 준

사이 프렌드에게

차례

제1부 : 사라지다

제2부 : 구하면 얻으리라

제3부 : 이루어지다

제 1 부

사라지다

1

허리케인

펜실베이니아 포츠타운에 자리한 치킨힐에는 오래된 시너고그* 터에 사는 나이 든 유대인이 하나 있었다. 헤이즈 거리 근처의 오래된 우물 바닥에서 펜실베이니아주 경찰이 유골을 발견했을 때 제일 먼저 찾아간 곳이 바로 이 유대인 노인의 집이었다. 1972년 6월의 어느 날이었다. 도시개발업자들이 새로운 타운하우스로 가는 도로를 만들려고 헤이즈 거리 구역의 바닥을 파헤친 다음 날이었다.

경찰은 우물 안에서 벨트 버클 하나와 펜던트, 오래된 실뭉치(연구소 분석으로는 빨간색 의상의 조각으로 여겨진다는)를 찾았다고 말했다.

그러고는 장식품처럼 생긴 펜던트를 내밀며 혹시 이것이 무엇

* 유대교 공동체의 예배당, 회당.

인지 아느냐고 물었다.

메주자라고 노인이 대답했다.

경찰은 이 집 출입문의 문기둥에 있는 것과 비슷하다며 펜던트가 아닌 출입문의 장식품이 아닌가 물었다.

노인은 어깨를 으쓱하더니 유대인의 삶은 늘 움직이는 삶이라고 말했다.

뒷면에는 히브리어로 이렇게 쓰여 있었다. '세상에서 가장 위대한 댄서의 집'

당신은 히브리어를 합니까?

내가 스와힐리어도 할 줄 아는 것처럼 보입니까?

대답하시오. 히브리어를 합니까, 못합니까?

가끔 배워 보려고 했지만 벽에 부딪혔지요.

그리고 당신이 말라기라는 그 댄서죠, 그렇죠? 주변 사람들이 그렇게 말하더군요. 당신이 훌륭한 댄서라고요.

과거엔 그랬지요. 이미 오래전에 포기했지만요.

메주자는 뭡니까? 좀 전에도 말했지만 이곳 출입문에 있는 것과 똑같아요. 이곳이 유대인 예배당 아니었던가요?

그랬지요.

누가 지금 소유하고 있습니까?

이 주변 모든 땅이 누구 소유이던가요? 노인이 말했다. 흐릿한 창문 넘어 환하게 빛나고 있는 사립 학교를 향해 그는 고개를 까닥였다. 터커 스쿨. 언덕 제일 꼭대기에 자랑스럽게 자리 잡은 그 학교는 매끈한 잔디밭과 테니스 코트, 반짝거리는 교실들이 있었고, 오만한 우아함을 지닌 거대한 요새는 금방이라도 무너질 듯한 치킨힐 위에서 마치 불사조처럼 빛나고 있었다.

저들이 지난 30년 동안 나를 매수하려고 했었죠. 노인이 말했다.

경찰을 향해 그가 활짝 웃어 보였는데 윗잇몸에 버터 덩어리처럼 매달린 누런 이빨 하나를 제외하고는 이가 하나도 없었다.

당신이 용의자입니다. 그들이 말했다.

용의자요? 그가 대수롭지 않은 듯 대꾸했다. 꾸깃한 흰색 셔츠에 허름한 바지, 펜 몇 자루를 낡은 회색 조끼 가슴 주머니에 꽂고 주름진 탈릿*을 어깨에 두른 이 노인은 족히 여든은 훌쩍 넘어 보였다. 하지만 그가 옹이 진 손을 바지 주머니에 넣으려 하자, 주 경계를 지나는 인근 76번 고속도로에서 트랙터 트레일러에 딱지나 발부하고 교통지도를 한답시고 사이렌을 울리며 주부들의 차를 세운 뒤 공공 안전에 대해 근엄하고 감동적인 강의를 해주며 하루를 보내왔던 주경찰들은 정신이 혼미해졌다. 경찰들이 한 발짝 뒤로 물러서서 총을 빼려 할 정도로 노인의 손놀림은 능숙하고 재빨랐다. 하지만 노인이 꺼내 놓은 것은 몇 자루의 펜이었다. 그리고 그중 하나를 경찰에게 건넸다.

괜찮습니다. 경찰이 말했다.

그들은 한참을 더 훑으며 곳곳을 돌아다니더니, 우물에서 유골을 꺼내고 잠재적 살인 현장이 분명한 그곳을 조금 더 조사를 하고 나서 다시 오겠다고 자리를 떴다. 하지만 그들은 그 약속을 지키지 못했다. 왜냐하면 신이 치킨힐을 감싸안으시고 이 비참한 곳에 마지막 정의를 실현하셨기 때문이었다. 허리케인 아그네스가

---

* 유대인들이 기도할 때 머리에서 어깨까지 두르는, 술이 달린 큰 보자기 모양의 숄.

올라와 4개 카운티의 전기를 끊었다. 인근 스쿨길강은 2미터까지 물이 불었고, 치킨힐의 한 흑인 노파에 따르면 포츠타운의 백인들은 마치 타이타닉호에서처럼 자신들의 집 지붕에서 뛰어내렸다고 했다. 언덕 아래 근사한 집들이 먼지처럼 쓸려 내려갔다. 폭풍은 모든 것을 닥치는 대로 끝장냈다. 가까이 다가오는 모든 것, 남자, 여자, 그리고 아이들을 물에 빠뜨렸고 다리를 부수고 공장을 무너뜨리고 농장을 산산조각 냈으며 수많은 피해를 입혔다. 백인들의 표현으로 하자면 수백만 하고도 수백만의 천문학적인 피해였다. 사실 우리같이 힐에 사는 유색인종들에게는 그저 백인들의 악독함을 피해 다니는 또 다른 하루였을 뿐이지만.

나이 든 그 유대인과 언덕에 모여 살던 비슷한 사람들은 자신들의 많은 것을 훔쳐 갔던 그들로부터 잃어버린 시간을 돌려받았다. 그리고 그들에게 부당한 대우를 받았던 유대인 여인, 미스 초나는 그녀가 실천한 모든 선한 일들로 인해 하느님이 그녀를 고치고 일으켜 세워, 그분만이 할 수 있는 방식으로 그녀에게 정의를 가져다주었다. 자신을 사람의 아들이라 불렀던 그 사악한 인간은 이곳에서 오래전에 사라졌다. 그리고 귀머거리 소년, 도도는 아직 살아있었다. 그들이 도도의 사건으로 말미암아 그 캠프를 몽고메리 카운티에 세웠다. 유대인들이 그렇게 한 것이다. 신의 은총이 있기를. 그리고 옛 우물에서 발견한 시신을 빌미로 유대인들의 뒤를 쫓던 경찰들과 거물급으로 멍청한 멍청이들은 신이 모든 문제들을 전부 가져가 버리는 바람에 더 이상 유대인에게 불리한 증거를 찾을 수 없었다.

우물과 저수지, 유제품 공장, 우물 안 유골, 그리고 유대인을 괴롭히는 데 사용할 수도 있었을 이래저래 작은 모든 것들은 마나타우니강으로 씻겨 흘러갔다. 그리고 그곳에서부터 누가 무엇을 어쩌다 그랬는지는 모르지만, 비밀의 조각들은 스쿨길강으로 던져지고, 거기서 다시 메릴랜드 체서피크 만을 지나 대서양에까지 도달했다. 그리고 그곳에 이름 부를 가치도 없는 썩은 악당의 뼈가 오늘날까지 떠돌고 있을 것이다.

노인 말라기의 경우에는, 그 뒤로 다시는 찾을 수 없었다. 허리케인이 제 할 일을 끝내고 소멸한 뒤 경찰들이 노인을 다시 찾아왔지만 그는 사라진 지 오래였다. 마당에 남겨진 해바라기 한두 송이뿐, 그것으로 끝이었다. 말라기는 감쪽같이 사라졌다. 그는 그들 중 마지막 남은 사람이었다. 이곳에 남은 유일한 유대인.

그는 대단했다. 춤을 제대로 췄고……. 그는 마법과 같았어.

그리운 사람들, 마젤 토브.*

* 히브리어에서 널리 사용되는 '축하해', '행운을 빌어'라는 뜻의 표현.

2

불길한 징조

건설 노동자들이 치킨힐의 오래된 우물에서 유골을 발견하기 47년 전, 펜실베이니아주 포츠타운의 유대인 극장 운영자 모셰 러들로우는 모세에 관한 꿈을 꾸었다.

2월의 어느 월요일 아침, 모셰는 메인 스트리트에 있는 올아메리칸 댄스홀이라는 작은 극장에서 칙 웹의 하룻밤 단발 공연의 잔재를 치우고 있던 참이었다. 2달 전, 탁월한 실력에다 태생적으로 클레즈머 음악*에 천부적인 재능을 가진 미키 캇츠를 클리블랜드에서 모셔 와 모셰의 올아메리칸 댄스홀 극장에서 주말 내내 가족 행사처럼 이디시어** 음악을 들으며 방방 뛰어놀았던 때를 제외한다면, 웹과 그의 광란의 12인조 밴드 공연은 모셰가 지금까지의

* 동유럽 유대인 지역 사회의 전통적인 민속음악. 장르는 춤곡.
** 독일 지방의 방언과 섞인, 수로 중·동부 유럽 출신 유대인이 사용하는 언어.

삶에서 목격한 최고의 음악 행사였다. 다시 생각해 봐도 예전 미키 캇츠의 공연은 정말 굉장했다. 클라리넷의 마법사 캇츠와 새로 구성된 7인조 밴드가 동부 펜실베이니아 산악지대에 40센티미터나 쌓이도록 퍼부은 맹렬한 12월의 눈보라를 뚫고 공연장에 도착할 수 있었던 것은 그들의 존경하는 하느님 덕분이었다.

뉴욕 북부와 메인주 등 5개 주에서 이 공연을 보기 위해 온 유대인 신발 판매원, 상점 주인, 재단사, 대장장이, 철도 페인트공, 정육점 주인, 그리고 그들의 아내들까지 모셰가 세어보니 모두 249명이나 되었다. 안식일에 코셔*를 지키지도 못한 치즈와 달걀을 먹으면서 블루리지산맥을 가로질러 테네시에서 사흘 동안 차를 몰고 온 부부도 네 쌍이나 되었다. 여드레 동안 집에 촛불을 밝히는 하누카** 바로 직전임에도 유대인 친구 녀석들과 함께하기 위해서 온 사람들이었다. 두 대의 낡은 차에, 그중 한 대는 난방도 되지 않음에도, 몸을 구겨 넣고 사나운 눈보라를 뚫고 온 네 쌍의 부부는 도착했을 당시 기분이 매우 좋지 않았다. 그들은 눈이 더 올 거라는 소식을 듣자 즉시 돌아가야겠다고 했지만 모셰가 그들을 설득했다. 그것은 모셰의 타고난 능력이었다. 모셰는 말로 악마의 뿔도 떼어낼 수 있을 만한 사람이었다. "인생에서 젊은 천재의 음악을 들을 수 있는 기회가 대체 몇 번이나 될까요?" 모셰가 그들에게 말했다. "여러분의 삶에서 가장 위대한 사건이 될 겁니다."

모셰는 그들을 치킨힐 하숙집의 쥐꼬리만 한 방으로 안내했다.

---

* 유대교의 율법에 따라 음식 재료를 선택하고 조리한 음식과 식사법.
** 히브리력 아홉 번째 달인 키슬레브 25일부터 8일 동안 이어지는 유대교 명절 축제.

이 마을의 흑인, 유대인, 그리고 백인 이민자들 중 형편이 어려운 사람들이 모여 사는, 먼지가 풀풀 이는 도롯가에 금방이라도 무너질듯한 집들이 모여있는 동네였다. 그들을 따뜻한 장작 난로 앞에 앉히고 따스한 차와 게필테 피쉬*를 먹인 후 하스칼라 유대인과 결혼하지 않으려고 창문 밖으로 뛰어내렸다가 오스트리아 태생의 하시드** 랍비에게 떨어졌던 그의 루마니아 출신 할머니 이야기로 그들을 즐겁게 해 주었다.

"할머니가 그를 진흙탕에 넘어뜨린 거죠." 모셰가 목청 높여 말했다. "그가 고개를 들었을 때 할머니는 그의 손금을 읽고 있더랍니다. 그렇게 둘은 결혼을 했죠."

루마니아 사람들은 역시 제정신이 아니라는 듯, 그들의 얼굴에는 미소와 웃음이 번졌다. 사람들의 웃음소리가 귀를 간지럽히고 나서야 모셰는 극장 앞에서 눈을 맞으면서 문이 열리기만을 애타게 기다리고 있을 사람들에게로 달려갔다.

치킨힐의 진흙탕 길을 따라 메인 스트리트에 있는 극장에 다다랐을 때 모셰는 가슴이 철렁 내려앉았다. 한 시간 전에 만들어지기 시작했던 임시 대열이 거의 300명 가까운 무리로 폭발적으로 늘어나 있었다. 게다가 공연장에 도착한 신경질적인 천재 캇츠가 끔찍한 폭풍우와 싸우고 여기까지 오느라 기분이 썩 좋지 않은 상태이며 지금 당장 떠나겠다는 위협을 하고 있다는 보고를 받았다.

---

* 송어, 잉어 따위를 잘게 썰고 달걀 양파 따위를 섞어 경단으로 만들어 끓인 생선 볼 형태의 유대인 전통 요리.

** 율법의 내면성을 존중하는 경건주의 운동. 종교적 삶과 세속의 삶을 분리할 수 없다는 의미로 엄격한 공동체 생활을 요구하는 유대교 초정통파.

모셰는 급히 안으로 뛰어 들어갔고, 그가 언제나 믿을 수 있는 지원군, 네이트 팀블린이 캇츠와 그의 밴드를 무대 뒤편 따뜻한 난로 앞에 앉히고 물잔에 담은 뜨거운 차와 신선한 코셔 달걀, 게필테 피쉬와 할라 빵을 뷔페식으로 깔끔하게 차려 놓고 대접하고 있는 것을 보고서야 안심했다. 젊은 캇츠는 만족한 듯 보였다. 그와 그의 밴드는 식사를 마치는 대로 공연 준비를 하겠노라 말했다. 그래서 모셰는 줄 서 기다리고 있는 사람들로부터 시간을 좀 더 벌어 볼 요량으로 밖으로 나갔다.

뒤늦게 도착한 더 많은 숫자의 사람들이 기차역에서부터 여행가방을 들고 뛰어오는 모습을 보면서 그는 사다리를 붙잡고 위에 올라서 연설을 시작했다. 평생토록 미국에서 이렇게 많은 유대인이 한자리에 모인 것을 본 적이 없었다. 필라델피아에서 온 개혁주의자들은 단추가 가득 달린 셔츠를 입고서 피츠버그 철공소 노동자들, 유니온타운과 스프링시티에서 온 얼굴이 시커먼 탄광 광부들과 어깨를 나란히 하고 서 있었고, 펜실베이니아 철도 로고의 모자를 쓴 사회주의 철도 인부들과는 서로 몸을 밀치며 자리다툼을 하고 있었다. 일부는 아내를 데려왔다. 여자들과 함께 온 다른 여러 사람들도 보였지만 모피 코트에 가죽 부츠를 신고 화려한 머리 스타일을 한 그녀들이 아내가 아닌 것은 분명해 보였다. 한 남자는 자신보다 15센티미터나 큰 비유대인을 대동하고 있기도 했다. 어떤 이들은 게르만어로 중얼거렸고, 누군가는 이디시어로 수다를 떨었다. 또 누군가는 바이에른 방언으로 소리를 지르고 일부는 폴란드어를 썼다. 모셰가 잠시 공연이 지연될 것이라는 발표를 하자 군중들은 더욱 떠들썩해졌다.

그때 카프탄*을 입고 곱슬머리를 잔뜩 모자에 구겨 넣은 채 옆으로 젖혀 쓰고는 마대 하나를 메고 있던 젊고 잘생긴 하시드 한 명이 자신은 피츠버그에서 먼 길을 왔으며 여자와는 전혀 춤을 추지 않겠다며 갑작스레 선언처럼 말을 했고 이에 사람들의 웃음이 터져 나왔다. 그중 몇몇은 독일어로 폴란드 멍청이들은 풋내기처럼 옷을 입는다는 둥, 거친 말을 내뱉었다.

모셰는 어찌해야 할지 당황스러웠다. "당신이 여성과 춤을 추지 않을 생각이라면 왜 춤을 추러 왔습니까?" 모셰가 그 남자에게 물었다.

"저는 춤추는 사람을 찾고 있는 게 아닙니다." 그 잘생긴 하시드가 무뚝뚝하게 말했다. "저는 아내를 찾고 있어요."

자리에 모인 사람들이 다시 웃음을 터트렸다. 이후 화려하게 음악으로 펼쳐놓은 캇츠의 마법 같은 시간 속에서 그 남자가 밤새도록 지치지도 않고 춤을 추는 모습을 모셰는 경이롭게 지켜보았다. 그는 모셰가 지금까지 본 적 있을 법한 모든 종류의 스텝을 신명나게 추었다. 어린 시절 떠돌이 유대인인 푸스게이어**의 삶을 살았던 모셰는 루마니아와 이스라엘의 민속무용인 호라, 러시아 행진, 동유럽 포크댄스, 코사크 하이스텝***까지 온갖 춤을 다 보았다. 그럼에도 그 하시드의 팔꿈치 비틀기나 탄력 있는 우아함을 가진, 거칠지만 재주가 돋보이는 리듬감 있는 회전은 놀라움 그 자체였

---

* 터키나 아랍 등 지중해 동부 지방에서 착용하는 독특한 민족의상.
** 1900년부터 1920년까지 동유럽의 유대인 박해를 피해 루마니아에서 조직적으로 오스트리아와 독일을 거쳐 캐나다와 미국으로 이주한 유대인들의 움직임을 일컬음.
*** 우크라이나 및 러시아 남부지역의 전통춤인 코사크 댄스를 의미하며 팔짱을 끼고 점점 내려앉으면서 다리를 번쩍 드는 농삭이 특싱석인 춤.

다. 그는 가까이 다가오는 여자라면 누구와도 춤을 췄고, 그 숫자는 엄청났다. 모셰는 그 남자는 분명 마법사 같은 인물이라는 결론을 내렸다.

그다음 나흘 밤은 모셰가 본 가장 특별한 기쁨으로 가득 찬 유대인 축제의 밤이었다. 모셰는 사업이 첫발을 내딛기도 전에 거의 망할 뻔한 상황에서 이 정도면 기적이 일어난 거나 다름없다고 생각했다.

그는 티켓 판매를 위한 홍보 차원에서 몇 주 전부터 전단을 뿌렸었다. 모셰는 유대인 예배당인 회당과 유대인들이 여행하면서 머물 수 있는 숙소의 연락처가 나열된 유대인 십자가 명부를 사용해서, 노스캐롤라이나에서 메인주 사이에 있는 모든 회당, 하숙집, 호스텔에 전단을 보냈다. 12월 15일 펜실베이니아주 포츠타운에 있는 올아메리칸 댄스홀 극장에서 '재미 보장, 고향에 있는 가족들과의 추억을 담은 이 겨울 이디시를 위한 대 미키 캇츠 쇼'가 열린다는 내용이었다. 이 전단은 게르만어, 이디시어, 히브리어 그리고 영어, 이렇게 4개 언어로 인쇄되어 있었다. 하지만 모셰는 시골 유대인 랍비들의 조직력을 지나치게 과대평가했다. 모셰가 보낸 대부분의 전단은 끊임없이 쏟아지는 사망 알림, 바르미츠바 서약식*, 일생에 단 한 번뿐이라는 할인판매, 코셔 소 도축 심사, 탈릿 제작 서비스, 사업 분쟁 심판 등의 전단에 묻히고, 시골 랍비들의 삶에서는 매일 먹는 빵과 버터와 다름없다는 결혼식 중매 잡음 속에서 잊혀지고 있었다.

---

* 유대교에서 13세가 된 소년의 성인식.

그나마 전단이 담긴 모셰의 편지를 열어볼 생각으로 봉투를 집어 든 몇 안 되는 영혼들은 대부분 영어를 모르는 갓 동유럽에서 이민해 온 사람들이었는데 그들은 타이핑된 주소가 적힌 편지라면 모두 정부 통지서라고 여겼었다. 당장 자신과 자신의 가족을 옛 조국, 러시아 군인들이 특별한 선물을 들고 기다리고 있을 그곳으로 돌려보내고, 입국 허가도장을 취소하겠다는 내용일 거라고 생각했고, 그렇게 그 전단들은 버려졌다.

게다가, 모셰는 전단을 잘못된 신자들에게 보내기도 했다. 이디시어 전단이 독일어를 쓰는 교회에 보내지기도 했고, 독일어 전단이 독일을 좋아하는 속물들을 경멸하는 이디시 유대인 교회에 전달되기도 한 것이다. 그리고 히브리어로 된 어떤 전단은 헝가리인에게 갔다. 볼티모어의 한 상인은 실수로 이디시 전단지의 내용을 「볼티모어 선」 일간지 광고 담당자에게 잘못 전달함으로써 소동을 일으키기도 했다.

주기적으로 일간지에 광고를 싣던 동부 볼티모어 유대인 타운의 옷 가게 주인이 그의 상점 안에서 이디시어로 된 모셰의 전단을 책상에 쌓여있던 「볼티모어 선」 광고 신청서에 영어로 옮기고 있었다. 가게를 찾는 고객들에게 홍보하기 위해 이디시어와 영어로 상점 밖에 붙여둘 요량이었다. 그때 손님 두 명이 가게 앞에서 언쟁을 벌이기 시작했고 옷 가게 주인은 소란을 잠재우기 위해 밖으로 나갔을 때, 영어를 잘 알지 못하고 이디시어만을 사용하는 그의 아내가 잔뜩 어질러진 남편의 책상을 지나다가 종이 더미에서 「볼티모어 선」이라는 단어가 적힌 광고 신청서를 알아보고 반쯤 번역된 내용을 지난주 광고비로 지급해야 할 수표와 함께 봉투에 넣어 신문사로 발송했다. 이 전단을 받은 광고 담당자는 '광고'와 '지역 소식'의 차이를 이해하기에는 너무 멍청했다. 그래서 '유대인은 항상 돈 관계는 철저하니 내일 게재하라'라는 메모와 함께 신문사 데스크에 전달했고, 의도는 항상 좋은 독실한 가톨릭 신자 야간 편집장은 이디시어를 할 줄 안다는 새로 뽑은 19살짜리 헝가리인 복사 직원에게 이를 건네주었다. 이 청년은 엉망으로 번역된 문구에서 미키 캇츠라는 이름을 보고는 '이것은 광고입니다'라는 쪽지와 함께 광고 부서로 돌려보냈다. 광고 부서는 곡식을 거둬들이고 신께서 이스라엘의 자손들을 기적적으로 보호해 주신 것을 기념하는 유대 명절, 초막절의 마지막 날인 토요일 신문에 큰 글자로 이를 게시했다. 그 결과는 재앙이었다. 모셰의 전단 원본에는 이디시어로 이렇게 쓰여있었다.

'위대한 미키 캇츠를 만나러 오세요. 일생에 단 한 번뿐인 이벤트. 유쾌한 재미와 유대인의 추억. 이제껏 들어본 적 없는 뜨거운 클레즈머.'

번역된 광고는 영어로 이렇게 읽혔다.

'미키 캇츠가 온다. 한 번 인생은 영원한 인생. 유대인이 불타는 것을 보시고 춤을 추고 즐기세요.'

이 광고는 동볼티모어 유대인 마을에 공포와 분노를 불러일으켰는데 많은 주민들은 마을의 첫 번째 랍비였던 데이비스 아인혼이 남북전쟁 당시 노예제도를 반대하는 목소리를 냈다가 어떻게 마을에서 쫓겨나고 그의 집이 어떻게 불태워졌는지, 여전히 기억하고 있었다. 그들은 상인에게 가게 문을 닫고 도시를 떠날 것을 요구했다.

모세는 이 재앙 같은 이야기를 듣고 거의 기절할 뻔했다. 그는 당장 볼티모어로 달려가 천성이 착한 이 상인에게 생긴 문제를 바로 잡기 위해 다시 수정된 광고를 낼 수 있도록 400달러를 썼다. 하지만 때는 이미 늦었다. 첫 번째 광고는 볼티모어 유대인들을 분노하게 했지만 두 번째 광고는 실제로 일어난다고 믿기에는 힘든 이야기였다. 뭐라고, 클레즈머 댄스라고? 대 미키 캇츠와 함께? 캇츠와 같은 스타가 대체 왜 펜실베이니아 동부의 언덕에서 가난한 판매원들과 재단사를 위해 공연을 하지? 미국 극장에서? 그런데 푸스게이어 루마니아인이 운영한다고? 푸스게이어는 극장을 소유하지 않아. 그들은 항상 떠돌아다니고 노래를 부르고 차르의 군인에게 두들겨 맞을 뿐이야. 그나저나 포츠타운이 어딘데? 그런 곳에 유대인이 살고 있기나 해? 말도 안 되는 소리. 이건 함정이야!

그 결과가 캇츠를 보려고 볼티모어에서 온 네 커플이었다. 모세는 볼티모어 유대인 커뮤니티에 크게 기대를 걸고 있었다.

콘서트가 있기 5주 전, 이미 극장 임대 보증금을 빌린 바 있던 필라델피아의 사촌 이삭에게 1,700달러의 빚을 추가로 졌고 아버지가 돌아가셨을 때보다 더 큰 상실감을 느낀 모세는 무릎을 꿇고 영적 회복을 위해 신께 기도했으나 아무런 답도 듣지 못했다. 그러다가 기운이 쭉 빠진 채 치킨힐의 유일한 유대인 식료품점인 '하늘과 땅 식료품점'의 주변을 걷고 있는 자신을 발견했다. 식료품점 주인이었던 야코브 플로르라는 이름의 랍비는 이 젊은 루마니아인이 안쓰러웠던지 자신의 『탈무드』를 보며 히브리어를 공부할 것을 제안했다. 그는 막내딸 초나가 일하고 있는 지하실 창고에 『탈무드』를 보관하고 있었다. 초나는 소아마비 때문에 다리 한 쪽이 다른 쪽보다 짧아서 10센티미터 두께의 밑창이 깔린 부츠를 신었다. 온종일 그녀는 채소를 분류하고 통에 있는 우유 크림과 재료를 저어 버터를 만들며 시간을 보냈다.

모셰는 자신의 모든 것이 저당 잡힌 데다 하느님이 꼭 필요한 상황이었기 때문에 랍비의 제안을 받아들여 몇 날 며칠 오후를 말씀을 읽고 곰곰이 생각을 하며 시간을 보냈다. 돌아가신 아버지 생각이 났고, 가끔은 초나를 훔쳐보았다. 조용하고 소심한 성격의 어린아이로만 희미하게 기억에 남아있던 초나가 지금은 꽤 성숙한 17살이 되어있었다. 다리를 절뚝거리긴 했지만 그녀는 오뚝한 콧날과 달콤한 입술, 풍만한 가슴, 칙칙하고 헐렁한 모직 치마를 입었음에도 볼록한 뒤태, 그리고 유쾌함과 즐거움으로 반짝거리는 눈을 가진 미인이었다. 한창 혈기 왕성한 21살의 모셰는 히브리어 공부를 하다 말고 고개를 들어 펜실베이니아의 추운 밤 버터를 젓고 있는 초나의 뒷모습과 방의 절반만 데워주는 먼 구석의 석탄 난로를 때느라 흔들거리는 그녀의 엉덩이를 넋 놓고 바라보고 있는 자신을 여러 번 발견했다. 그녀는 재치 있는 유머로 가득한 활기찬 영혼이었다. 며칠 동안 편안하게 대화를 나누면서 그녀는 따뜻한 농담으로 그를 기분 좋게 해주고 반짝이는 명랑한 눈빛으로 웃어주었다. 젊은 모셰는 마침내 다가오는 콘서트, 막대한 부채, 이미 지출한 돈, 잘못된 광고, 어려운 스타의 요구사항 등, 그의 어려움을 고백했다. "나는 모든 것을 잃게 될 거예요." 그가 말했다.

초나가 모셰와 불타는 석탄 이야기를 떠올리게 된 것은 버터통을 지켜보고 서 있던 바로 그 순간이었다. 그녀는 아무도 보는 사람이 없는지 문을 힐끗 보며 확인을 하더니, 그가 앉아있는 책상으로 가서 여자는 만지는 것이 금지된 아버지의 낡은 『탈무드』를 들어 올리더니 그 아래에 있던 『미드라시 랍바』를 집어 들었다. 그리고 『탈무드』는 다시 제자리에 내려놓았다. 초나는 모세오경이 포함되어 있는 미드라시 랍바를 펴서, 모세와 불타는 석탄 이야기를 펼쳐 들었다. 그녀는 자신이 종교에 관심이 아주 많은 사람이며 모세의 이야기는 항상 그녀에게 위안을 주었다고 털어놓았다.

그때였다. 자신의 극장 몰락을 목전에 두고 있던 그때, 한쪽 눈으로는 성스러운 『미드라시 랍바』를 다른 한쪽 눈으로는 아름다운 초나의 사랑스런 손을 바라보며 첫사랑의 설렘으로 가슴이 두근거리던 그때, 모셰는 처음으로 모세와 불타는 석탄 이야기를 알게 되었다. 초나가 히브리어로 그에게 읽어주었고 그는 네 단어 중 한 단어 정도만 알아들으며 이야기를 파악해 나갔다.

파라오는 아기 모세의 한쪽에는 불타는 석탄이 담긴 접시를, 다른 한쪽에는 반짝이는 동전과 보석이 담긴 접시를 놓았다. 아기가 영리하다면 반짝이는 금과 보석에 끌려 손을 뻗을 테고 파라오의 후계자를 위협하는 존재로 여겨져 죽임을 당할 것이다. 석탄을 만진다면 어리석어서 위협이 되지 않을 거라 간주해서 살게 될 것이다. 모세는 동전을 만지려고 손을 뻗기 시작했는데 그때 천사가 나타나 손을 재빨리 뜨거운 석탄으로 옮겼고 아기의 손가락은 석탄에 데었다. 아이는 손가락을 입안으로 집어넣었고 혀를 데는 바람에 평생 언어 장애를 갖게 되었다. 모세는 남은 생 내내 말을 하는 데 결함이 생겼지만, 유대인에게 가장 중요한 스승이자 지도자의 목숨은 이렇게 구해졌다.

모셰는 황홀한 고요 속에 귀를 기울였고 그녀가 말을 마치자 하늘만이 전해 줄 수 있는 사랑의 빛으로 자신이 깨끗해지고 있는 것 같았다. 모셰는 그 뒤로 며칠 동안 창고에 와서 예전에는 양가감정이 존재했던 『미드라시 랍바』의 말씀과 그를 거룩한 말씀으로 인도한 어린 꽃의 이야기로 자신을 가득 채웠다. 『미드라시 랍바』 수업 셋째 주가 끝날 때쯤, 모셰는 초나에게 청혼을 했고 놀랍게도 그녀는 받아들였다.

다음 날 모셰는 야코브의 은행 계좌에 140달러를 선물로 입금한 후, 그와 그의 아내를 찾아가서 딸과의 결혼을 허락해달라고 부탁했다. 둘 다 불가리아 출신인 이 부모는 키클롭스*도 아닌 남자가 장애가 있는 딸과 결혼하겠다는 사실에 뛸 듯이 기뻐했고, 모셰가 루마니아인이라도 괜찮겠냐고 물었더니 그들은 선뜻 동의했다. "다음 주는 어떻습니까?" 모셰가 물었다. "안될 게 뭡니까." 그들이 말했다. 조촐한 결혼식이 포츠타운의 열일곱 유대인 가정을 담당하는 작은 유대교 회당, 아하밧 아킴에서 열렸다. 모셰의 사촌 이삭이 필라델피아에서 왔고 기뻐서 어쩔 줄 몰라 하는 행복한 초나의 부모님, 그리고 일곱 가지 결혼식 축복을 암송할 때 증인이 되어줄 10명의 정족수를 채우기 위해 부른 몇몇의 지역 유대인이 참석했다. 그중 두 명은 필라델피아 철도 차량기지에서 일하는 폴란드인 노동자로 코셔 음식이나 맛보려고 치킨힐로 서둘러 올라온 사람들이었다. 두 사람은 결혼식에 참석하기로 했지만 다

---

* 고대 그리스 신화에 나오는 외눈박이 거인.

음 날 아침 출근을 위한 택시비로 각각 4달러씩을 요구했다. 야코브는 거절했으나 모셰가 기꺼이 그 돈을 냈다. 그가 지금껏 가능하리라고 꿈꿔왔던 것보다 더 크나큰 행복을 그에게 가져다준 여자와 결혼하는 것에 비하면 작은 대가였다.

그의 새로운 사랑이 너무나 큰 나머지 다시 힘을 얻어, 이미 지출한 1,700달러에 대해서는 잊어버리고, 차를 350달러에 팔고 이삭에게 다시 1,200달러를 더 빌려서 이번에는 제대로 전단을 만들고 정확한 곳에 공연 광고를 했다. 서서히 티켓 판매량이 늘어나더니 공연이 다가오자 판매량은 급등을 했다. 결국 400장이 넘는 입장권이 판매되었다. 모셰는 이 모든 것이 새로운 사랑 덕분이라고 생각했다.

4일 밤 동안 미키 캇츠와 그의 마술 같은 음악가들은 펜실베이니아 동부에서 들어본 것 중 가장 열렬하고 영광스러운 클레즈머 음악을 쏟아냈다. 거칠고 저속하고 더 이상 춤을 출 수 없을 때까지 계속되는 유대인 파티의 나흘 밤. 모셰는 음료수, 음식, 달걀, 생선 등 모든 것을 다 팔아치웠다. 심지어 보통은 흑인들을 위해 따로 비워두는 2층 발코니에까지 20명의 뉴요커들을 올려야 했다. 당장 떠나겠다고 하던 테네시에서 온 네 커플은 주말 내내 머물렀고 여자와는 춤을 추지 않겠다고 맹세하던 하시드 춤꾼도 마찬가지였다. 대단한 성공이었다.

축제가 끝난 다음 날 아침, 모셰는 극장 앞 인도를 쓸고 있는데 그 춤추는 하시드가 기차역 방향으로 서둘러 걸어오는 것을 보았다.

모피 모자는 사라지고 그 자리에 중절모를 쓰고 있었고 카프탄은 스포츠코트 길이의 재킷으로 잘려있었다. 모셰는 거의 그를 알아보지 못 할 뻔했다. 그 젊은이가 가까워졌을 때 모셰가 물었다. "당신은 어디서 왔습니까?" 하지만 이미 그 남자는 빠르고 조용히 그를 지나 인도를 따라 걸어가고 있었다. 모셰는 그의 등 뒤에다 대고 소리쳤다. "당신이 어디에 살든, 그곳은 세상에서 가장 위대한 춤꾼의 고향일 겁니다. 그건 확실해요."

그게 다였다. 그런데 그 하시드는 걸음을 멈추고 마대에 손을 뻗더니 슬리보비츠 브랜디 한 병을 꺼내 아무 말 없이 모셰에게 돌아와 건네주었다. 그러고는 발길을 돌려 다시 빠르게 인도를 따라 걸어갔다.

모셰는 그의 등을 보며 유쾌하게 외쳤다. "아내를 찾았습니까?"

"저는 아내가 필요 없습니다." 그는 돌아보지 않고 손을 저으며 말했다. "저는 사랑이란 게 뭔지 잘 모르겠네요."

"뭐라고요?"

"스펀지케이크 같은 거죠." 그가 말했다. "당신은 무슨 말인지 모르겠죠?" 모셰가 대답을 하려는 찰나에 뭔가 터지는 소리가 선명하게 들렸다. 코르크 마개가 터지는 소리 같은, 하지만 훨씬 더 큰소리의 폭발음이었다. 두 사람은 얼어붙었다. 그들은 모셰의 극장 뒤 치킨힐에 있는 작은 집들이 얽히고설켜 있는 곳을 올려다보았다. 허름한 집들 중 한 채에서 검은 연기가 피어오르더니 하늘로 사라졌다.

"불길한 징조예요." 하시드가 말하며 서둘러 자리를 떴다.

모셰가 물었다. "당신 이름이 뭐죠?"

하지만 하시드는 그대로 사라졌다.

3

12

하시드가 떠난 다음 날 극장에 간 모세는 네이트가 손잡이가 긴 집게를 들고 열심히 일하고 있는 모습을 발견했다. 그는 조심스럽게 극장 외벽에서 글자를 떼어내고 있었다.

"어제 그 소리 들었어요?" 모세가 물었다. "뭔가가 우리 치킨힐을 날려버리는 소리인 줄 알았어요."

네이트는 건물 정면을 올려다보며 어깨를 으쓱했다. "고난을 제외하고는 저곳을 날려버릴 수 있는 건 없어요."

모세가 웃었다. 그는 캇츠가 가져다준 뜻밖의 아주 멋진 횡재와 최근의 결혼식으로 여전히 기분이 좋았기 때문에 주머니에서 15달러를 꺼냈다. "당신 거예요." 모세가 말했다.

정면을 올려다보고 있던 네이트는 돈을 보더니 고개를 저었다.

"내 돈이 마음에 안 드세요?" 모세가 물었다.

네이트는 긴 기둥에 몸을 기댔다. 그는 키가 컸고 매끈한 피부에 야외에서 일한 탓인지 힘줄이 드러난 근육질의 팔을 가지고 있었다.

"괜찮습니다." 네이트가 말했다. "전 일이 더 좋아요. 당신이 돈을 아껴 사업에 투자해야 제가 이 일을 계속할 수 있지 않겠어요, 모셰 씨? 트럼펫의 대가 어스킨 호킨스가 린필드에 있는 안나 모스의 공연장에 왔던 때 이후로 그런 춤은 본 적이 없어요. 거기서 한때 동전을 꽤나 벌었거든요."

모셰는 패커드를 몰고 잘 차려입던 흑인 여성 안나 모스를 어렴풋이 기억해냈다. 그는 10킬로미터쯤 떨어진 농촌 마을, 린필드의 외곽에 있는 벽돌로 된 그녀의 건물을 알고 있었다. "그곳은 장례식장 아닌가요?" 그가 말했다.

"과거 그곳은 유색인들의 댄스홀이었습니다." 네이트가 말했다. "하지만 안나는 이제 살아있는 사람보다는 죽은 몸으로부터 더 많은 돈을 벌고 있지요. 유감스러운 일이에요. 유색인종들은 춤출 곳을 찾으려면 챔버스버그까지 가야 해요. 목조임을 당하거나 총에 맞고 싶지 않다면 말이죠."

모셰는 고개를 끄덕였지만 그의 마음은 요동치기 시작했다. 그날 밤늦게, 그는 초나에게 이 문제를 꺼냈다. "극장을 유색인들에게도 개방하면 어떨까요?"

"그런데요?"

"사람들은 좋아하지 않겠지요."

초나는 그를 등지고 스토브 앞에 서서 저녁을 요리하고 있었다. 그녀는 웃음을 터트리더니 숟가락을 공중에 들어 올리고는 원을 그렸다. 그것은 그녀의 능력이었다. 조금의 괴로움이나 아쉬움의 조각조차 없는. 모세와는 달리, 초나는 미국인이었다. 그녀는 포츠타운에서 태어났으며, 낡은 모직 드레스에 오래된 스웨터를 입고 특별 제작된 값비싼 부츠를 신은 그녀가 큰 소리로 웃으며 이웃들에게 농담하는 것은 치킨힐에서 흔한 광경이었다. 그녀는 모든 가족을 아는 듯 보였다. 모세가 점심을 먹기 위해서 집에 왔을 때나 심지어 늦은 밤에도 종종 그의 아내가 가게 앞에 서서 동네 흑인과 웃으며 이야기 나누고 있는 것을 볼 수 있었다. "저 여자는." 사촌 이삭이 언젠가 한 번 투덜거렸다. "정말 불가리아 사람인 것 같아. 그들은 일하고 싶을 때마다 자리에 앉아서 그런 기분이 사라지는 걸 기다려. 파티를 열지 않는 한, 물 한 잔도 따르지 않을 거야." 이삭은 늘 뚱한 사람이었다. 모세는 오래전에 특정 사안들에 대해서는 이삭의 말을 무시하는 법을 터득했다.

스토브 앞에 선 채로 초나는 이디시어로 말했다. "당신은 한 번에 모든 방향으로 갈 수는 없습니다." 그리고 영어로 말을 이어갔다. "그들이 무슨 생각을 하든 무슨 상관이에요? 유색인들도 우리와 마찬가지로 똑같이 돈을 쓰잖아요."

4주 뒤, 모세는 유색인 엔터테이너인 칙 웹의 공연을 계약했다.

칙 웹의 공연 날 밤, 포츠타운의 흑인들은 모세의 올아메리칸 댄스홀 극장에 유령처럼 모여들었다. 그들은 조용하고 침울한 분위기로 극장에 들어섰다. 남자들은 단정한 정장을 입고 타이를 맸고 꽃무늬 드레스와 커다란 모자를 쓴 예쁜 여자들도 있었다. 몇몇은 긴장한 기색이 역력했고 다른 이들도 불안한 듯 동요하고 있는 것 같았다. 일부는 노골적으로 겁에 질린 표정이었다. 포츠타운의 시내는 청소부나 가정부로 일하러 올 때나 치킨힐의 우물이 알 수 없는 이유로 나오지 않아 공용 우물을 사용하러 내려오는 경우를 제외하고는 흑인들에게 출입이 금지된 장소였다.

하지만 칙 웹의 밴드가 연주를 시작하자 조용하고 과묵하던 포츠타운의 흑인들이 완전히 바뀌었다. 그들은 자리에서 뛰어오르며 거칠 것 없이 춤추는 한 무리가 되었다. 그들은 모든 것을 잊고 즐기며 웃었고 마치 생전 처음 날아오른 새들처럼 춤을 추었다. 웹의 밴드는 마법사처럼 화려했다가, 쿵쾅거리고, 블루스 느낌이다가 떠들썩하게 심장을 뛰게 하는 재즈 4종류를 연주했다. 그 결과 위대한 미키 캇츠 공연의 강렬함에 비견할 정도로 말도 안 되게 흥겨운 이벤트가 되었다.

모세는 하얀 양복을 입은 작은 체구의 웹이 등을 둥그렇게 구부린 채 웃음과 열정으로 포효하며 연주하는 모습을 극장 옆쪽에서 넋을 잃고 바라보았다. 그는 자기 밴드가 현란한 드럼 연주를 하도록 분위기를 이끌었고 대단한 소리꾼인 그의 밴드는 화려한 음향과 떠들썩한 몸짓으로 객석을 뒤흔들어 놓았다. 모세는 그가 기쁨을 만들어내는 사람이라고 확신했다. 그리고 칙 웹도 그의 사랑 초나처럼 신체적 장애를 가지고 있다는 사실을 알아차리지 않을 수 없었다. 그는 꼽추였지만 마치 모든 순간이 소중하다는 듯 진정한 즐거움과 날아갈 듯 가벼운 몸놀림으로 움직이고 있었다.

모세는 생각했다. '장애가 있는 사람들이 내게 행운을 가져다주는구나. 모세, 초나 그리고 칙 웹.'

모세가 모세에 관한 꿈을 꾸기 시작한 것은 그때부터였다. 꿈은 열두 가지 방식으로 다가왔다. 12개의 다른 모습. 12개의 다른 날 밤. 12개의 문을 통과하는 모세. 12개의 다른 도시. 모세가 쉽게 명을 받은 시나이산에 올라 12개의 다른 봉우리를 바라보는 모세. 그는 자신에 대한 모든 것을 12라는 함수로 보기 시작했다. 12달 동안 12개의 밴드. 1,200달러로 12개의 다른 주식에 투자하기. 결국 이는 엄청난 수익을 가져다주었다. 그가 산 작은 벽돌로 만들어진 치킨힐의 집도 12개의 블록으로 이뤄진 곳에 있었다.

모세는 아내를 포함해 누구에게도 자신의 꿈에 대해 말하지 않았다. 대신 그는 꿈을 따라 처음에는 열두 가지 주식에 몇 푼씩 투자한 다음 주식이 오르자 더욱 많은 돈을 투자했다. 그리고 극장을 네 번이나 더 찾아와 공연해 준 칙 웹을 포함해 열두 개의 다른 흑인 밴드를 불러들였다. 그 공연들은 널리 알려져 멀리서부터 흑인들을 끌어모았고 그 후 12개월 동안 그의 재산은 불어났다.

그러자 마을의 경쟁 극장주들의 반응이 투덜거림에서 불평불만으로, 다시 으르렁거리는 분노의 감정으로 발전했다. 흑인들이 도심 여기저기를 기어다니고 있었기 때문에 그들은 유대인 극장에 대고 소리를 쳤다. "사람들은 모두 유대인들이 기독교인의 피로 그들의 마차*를 굽는다는 걸 알고 있다!"

대응은 신속했다. 우선, 시 건축 감독관이 극장에 나타나 모세에게 배관이 불량하고 벽에 바른 석고가 벗겨지고 있다며 벌금을 부과했다. 극장 건물 주인은 쓰레기 처리 문제를 제기하며 불평을 늘어놓았다. 소방총감은 문이 삐걱거리고 비상구가 없다는 이유로 그를 소환했다. 심지어 모세의 유대교 회당에서도 모세에게

---

* 누룩을 넣지 않고 만든 빵이라는 뜻인 유대인의 납작 빵 또는 크래커. 유대교 예배 의식에서 의무적으로 사용한다.

5달러의 벌금을 부과했다.

모세는 반격에 나섰다. 그는 건축 감독관을 돈으로 매수했다. 그리고 그는 술에 취한 채 스카치 네 병과 새로운 낚싯대를 들고 소방서장을 찾아갔다. 언제나 충실한 네이트와 흑인 직원들에게 같은 블록 내에 있는 모든 상점 앞을 쓸게 한 다음, 극장 건물주에게 찾아가 흑인 공연 때마다 150달러를 지급하겠다고 약속했다. 그리고 흑인들에 대해 입을 다물어주면 일 년 후에 상당한 가격에 건물을 사들이겠다고 제안했다. 건물주는 동의했다.

회당을 설득하기 위해서는, 이삭이 필라델피아에서 올라와 모세에게 벌금을 부과한 남성 단체와 만났다. 모세보다 4살 더 나이가 있는 이삭은 모세와 어린 시절을 유럽에서 함께 보낸 그의 수호자이자, 단호하고 엄격해 보이는 사람이었다. 이삭은 회의장에 들어가 탁자 위에 은색 동전 하나를 올려놓더니 말했다. "이 방에서 미키 캇츠의 공연 때 자신의 아내와 함께 참석했음을 증명할 분이 계신다면 이 은화를 10개 드리겠습니다." 그 누구도 움직이지 않았다. 모세의 벌금에 관한 대화는 그렇게 끝이 났다.

흑인들을 위한 춤 공연의 수익으로 모세는 2년 만에 극장을 통째로 샀고, 두 블록 떨어진 곳에 두 번째 극장을 샀다. 그 후 5년 동안 그는 사업을 계속 확장하여 루마니아에 있는 어머니에게 따뜻한 집을 사드리고 초나에게는 하늘과 땅 식료품점 위층에 편안한 주거 공간을 꾸밀 수 있도록 할 만큼의 충분한 돈을 벌었다. 초나 어머니가 돌아가신 뒤, 그는 야코브에게서 하늘과 땅 식료품점을 샀고 야코브는 레딩에 있는 더 큰 사원을 운영하기 위해 이사를 했다. 모세는 상점을 철거할 계획이었지만 초나가 허락하지 않았다.

"어떻게 '하늘과 땅'을 팔 수가 있어요?" 그녀가 웃었다.

모셰는 그 유머를 이해하지 못했다. "코셔 소고기와 양파를 유색인들에게 팔면서 당신의 인생을 보낼 필요가 없어요. 상점 문을 닫읍시다. 유대인들이 치킨힐을 떠나고 있어요. 우리도 그들을 따라가요."

"어디로 말이에요?"

"마을 아래쪽 도심으로요. 미국인들이 사는 곳이요."

"어떤 미국인을 말하는 건가요?"

"초나, 어렵게 생각하지 말아요."

"제가 상점을 운영할게요."

"그게 사람들 눈에 어떻게 보일까요? 나는 도시 최고의 극장을 운영하고 있는데 내 아내가 치즈와 비스킷을 판다고요? 이제 우린 돈이 충분해요."

초나의 활기차던 미소가 일그러졌다. "그럼 나는 온종일 집에 앉아만 있으라는 말이에요? 당신은 당신 극장에서 음악에 둘러싸여 즐겁게 지내는 동안에요?"

모셰는 항복했다.

이는 포츠타운의 유대인 가정주부들에게 많은 뒷이야기를 만들어주었다. 대체 어떤 남편이 아내에게 사업을 운영하라고 하는가? 왜 그들은 다른 유대인과 달리 이 언덕마을을 내려가지 않나? 그녀의 아버지는 아내가 죽고 난 후 레딩으로 떠났는데 왜 초나는 남편에게 아버지를 돕기 위해 레딩으로 같이 이사하자고 하지 않았을까? 가족보다 더 중요한 게 뭐란 말인가?

하지만 초나가 하늘과 땅 식료품점의 지하실 창고에서 버터를 젓고 채소를 분류하고 책을 읽으며 보낸 몇 년의 시간은 그녀에게 깊이 생각할 시간을 주었다. 어렸을 때부터 만화, 추리 소설, 삼류 소설까지 닥치는 대로 무엇이든 읽었고, 그녀가 아내가 되고 나서는 사회주의와 노동조합에 관한 책을 읽는 것으로 더욱 발전했다. 그녀는 유대인 신문과 히브리어로 된 간행물, 유대인의 삶에 관한 책, 유럽에서 발행된 책들을 구독했다. 독서는 그녀에게 예술, 음악, 그리고 세상의 문제에 대한 다양한 아이디어를 가져다주었다. 여자들은 대부분 기초적인 수준의 히브리어에서 벗어나지 못한 경우가 많았지만, 그녀는 마을 그 어떤 유대인 여자보다도 히브리어를 더 많이 알았고 회당에 모인 남자 대부분보다 『탈무드』를 더 잘 암송할 수 있었다. 그녀는 발이 좋지 않아서 계단을 오를 수가 없다며 2층 발코니에 여성들과 앉는 대신 남성들과 아래층에서 기도하겠다고 고집을 부렸다. 교회 사람 중 하나가 예배를 위해 모인 남자 신자들로부터 그녀를 분리하기 위한 커튼을 달자는 기발한 아이디어를 냈다. 포츠타운 아하밧 아킴 회당의 아이디어 대부분이 그렇듯, 이 또한 결국 재앙임이 판명되었다.

초나의 아버지가 떠나고 그 자리를 칼 펠드만이라는 어설픈, 좋은 의미로 우물쭈물하는 사람이 맡았다. 그가 혀짤배기소리를 한다고 해서 사람들은 등 뒤에서 그를 방귀 소리 페르첼이라고 불렀다. 수많은 아침, 불쌍한 펠드만의 제대로 알아들을 수 없는 유대인 율법 해설은 커튼 뒤에서 나비처럼 공기를 가르고 펄럭이며 날아온 초나의 날카로운 교정에 의해 늘 수정되었다. "칼, 대체 무슨 말을 하는 거예요? 카인이 어떻게 죽었는지에 대해서는 네 가지의 다른 해석이 있어요!" 게다가 때에 따라 그녀의 사랑스러운 노랫

소리는 영광스러운 탈무드 선율을 망치며 정처 없이 흔들리는 펠드만의 선창을 돕기 위해 끼어들었다. 누구나 여자가 선창자가 되어서는 안 된다는 것을 알고 있었지만, 아무리 까칠한 신도들이라 해도 초나의 사랑스러운 목소리는 안도의 미소를 짓게 했다.

초나의 잘못된 행동들은 아하밧 아킴 회중에서는 용인되었다. 그녀의 아버지는 이 마을의 첫 번째 랍비였고 그가 이 회당을 세웠다. 대부분 신도들은 그녀의 남다름에 익숙해져 있었다. 심지어 포츠타운에서 신발 가게를 운영하며 사사건건 서로 다투는 리투아니아 출신의 암울한 일란성 쌍둥이, 어브와 마브 스크럽스켈리스마저도 초나를 좋아했다. 초나는 그 두 사람이 동의하는 몇 안 되는 것 중 하나였고, 그 둘은 마을에서 서로 가장 의견이 맞지 않는 유대인이라는 사실을 모두가 알고 있었다. 이에 더해서, 어브가 이렇게 지적했다. "성가는 시온의 외침 같은 거야. 페르첼 덕분에 우리는 '외침'을 얻을 수 있지." 두 사람은 미국은 모든 유대인이 한 목소리를 내는 땅이어야 한다는 그들의 신념을 드러내며 말했다. 가장 아름다운 목소리를 들어서 안될게 뭔가?

그래도 모셰는 아내에게 간청했다. "초나, 매번 회당에서 그렇게 계속해야겠어요? 선창은 페르첼의 일이에요. 칼의 일이라고요."

그녀는 손사래를 쳤다. "치킨힐에 있는 떠돌이 일꾼들도 페르첼보다 히브리어를 더 잘 알아요. 모세 책을 읽어봐요!"

모셰는 아내에게 그의 12가지 꿈에 대해 말하기가 꺼려졌다. 그가 꾼 꿈은 어쩐지 성스럽지 못한, 루마니아 출신이 가진 미신처럼 느껴졌고 미국에서 태어난 그의 아내는 이를 인정하지 않을 것만 같았다. 그녀는 그를 바로 잡으려 들 테고 그는 바로 잡고 싶지 않았다. 이제 그는 돈이 있다. 그리고 그는 미국인이었다. 그는 그녀의 상점에 계속해서 돈을 내주고 있었는데 재정적으로 보자면 완전히 실패였다.

여러 달이 지나고 유대인들이 치킨힐에서 계속 떠나자, 모셰는 이사 문제로 아내를 계속 압박했다. 도심에는 더 좋은 집들이 있고 더 좋은 조명과 더 풍부한 고객이 있다고 그는 주장했다. 그리고 시내에서는 가게 수익을 올릴 수 있을 거라고 그녀를 설득했다. 하지만 언제나처럼 근심이 없는 초나는 거절했다. "우리는 이렇게 좋은 이웃이 있잖아요."

마침내, 모셰는 그녀에게 검은 구름을 본 것에 대해 털어놓았다. "미키 캇츠 공연 후에 극장 뒤편 동네 어딘가에서 폭발이 있었어요. 그 대단한 댄서도 같이 봤어요. 그가 말하기로, 그건 나쁜 징조라고 했어요. 그의 말이 맞을까 봐 걱정돼요."

"미신이에요." 초나는 확신에 찬 목소리로 단칼에 대화를 끝냈다.

모셰는 결국 문제를 덮고 그냥 넘어가기로 했다. 그는 하시드의 예언에 대해 잊고 초나의 식료품점 문을 닫으려던 생각도 포기했다. 그리고 대신 앞으로 나아갔다. 게다가 삶은 행복했다. 계속해서 이익이 났고, 그는 극장 두 군데를 유대인 밴드와 유대인 연극단, 그리고 쿵쾅거리는 흑인 재즈 밴드로 채웠다. 그는 그렇게 사업을 유지해 나가는 한편 마을에서 쫓겨나지 않도록 열심히 노력했다. 매달 포츠타운 일간 신문 「머큐리」에 유대인의 대의와 노동조합 회의에 대해서 편지를 쓰는 그의 아내를 위한 일이었다. 그녀는 'KKK단'이라 불리는 '쿠 클럭스 클랜'의 연례 행진에 반대하는 분노의 편지를 쓰기도 했다. 그녀는 행진의 주동자가 누구인지 정확히 안다고 밝히기까지 했는데, 걸음걸이만 봐도 그 사람이 누구인지 알 수 있다고 썼다. 모셰는 위험한 편지를 보낸 것이라고 말했고 두 사람은 그 일로 다투었다. 숨기려야 숨길 수 없는 그 걸음걸이는 마을의 실세들과 깊이 연결되어 있는 내과 의사, 로버츠 박사의 것이었다. 마을의 힘 있는 권력자들과 평화를 유지하기 위해서 모셰는 매달 한 번씩 포츠타운의 상류층, 창백한 얼굴의 장로교 교인들이 좋아하는 형편없는 밴드의 공연을 잡아야 했다. '콜로니얼 데임스 오브 아메리카', '펜실베이니아 포팅클럽', 14대 조상이 메이플라워호를 타고 정착했다는 '19인의 산악인 모임' 같은 힘 있는 권력자들과 단지 평화를 유지하기 위해서였다. 초대된 밴드들은 부엉이 울음 같은 소리를 내는 끔찍한 그룹이었다. 모셰는 이 미국인 관객들이 어설프게 만족하며 춤을 추는 모습을 어리둥절하게 지켜보았다. 흐느적거리며 소음을 내는 쓰레기 방출자들이 만들어낸 구슬픈 멜로디와 끙끙거림, 지겹게 반복되는 그들의 꿍꽝거리는 소리가 공중에 던져진 빈 땅콩 껍데기와 함께 온 힘을 다해 댄스홀에 떨어지고 있었다. 커플들은 어린아이들처럼 손을 잡고 울상을 지은 채 아무 말 없이 몸을 움직였다. 여성들은 자존심 있는 유대인 여성이라면 신지 않을 나막신 같은 것을 신고 무거운 발걸음으로 쿵쾅거리며 돌아다녔고, 모자를 쓰고 옛날 옛적 나비넥타이를 맨 사업가들은 몸을 흔들흔들하고 있었다. 매번 행사는 도시의 설립자 존 포츠에 대한 진심 어린 연설로 중단되었다. 그의 초상화는 도시 건물마다 걸려있었는데 유령이 출석을 확인하는 것처럼 노인의 얼굴은 모든 시민을 지켜보고 있는 것만 같았다.

이런 생각을 하다 보니 모셰는 자신이 부끄러웠다. 그는 성공한 미국인이었다. 국가는 그에게 기회를 주었다. 그는 여전히 마법과 주술, 그리고 어리석은 12가지 사업을 믿지만 그는 자신에게 말했다. '새 시대에 낡은 사고를 하고 있어. 나는 바뀌어야 해.'

그의 초창기 미키 캇츠의 성공 이후 11년이 지난 1935년, 그의 사촌 이삭이 새 고급 자동차 패커드를 샀다고 편지를 보내왔을 때 그는 더 이상 참지 못했다. 부엌 식탁에서 식사를 마친 어느 날 밤, 그는 이 문제를 꺼내 들었다.

"우리 더 이상 식료품점 위에 이렇게 살 필요가 없어요. 우리 집을 살 수 있어요. 우리 이사할 겁니다."

"어디로 말이에요?" 초나가 물었다.

"시내로요. 새집으로 말이에요. 새집 근처에 새로운 식료품점을 열 거예요. 이미 보증금도 냈어요."

"그 돈 다시 받아와요."

"그러지 않을 거예요."

"그렇다면, 가서 혼자 잘해봐요." 초나가 말했다. "가끔 당신 보러 갈게요." 그녀는 차분하게 탁자에 자리를 잡고 앉았다. 섬세한 그녀의 이목구비가 단호해 보였다. 그리고 다시 한번, 그녀에 대한 그의 사랑이 너무 크다는 걸 깨달았다. 대형 패커드를 초나 없는 빈 집 앞에 주차한다는 생각은 그를 두렵게 만들었고 그의 결심은 무너졌다.

"초나, 제발."

"나는 시내에 집을 원하지 않아요. 나는 시내에 가게를 원치 않아요. 이곳에 살면서 아래층으로 내려가서 일하기가 훨씬 쉬워요. 많이 걷지 않아도 되고요."

"하지만 유대인들이 전부 치킨힐을 떠나고 있어요."

"여기서 10블록 정도 떨어진 곳으로 가는 게 떠나는 거예요?"

"내가 무슨 말 하는지 알잖아요. 사람들이 있는 곳으로 가요. 우리 사람들이잖아요."

"모셰, 나는 여기가 좋아요. 나는 이 집에서 자랐어요. 우편배달부도 내가 어디에 사는지 알고요."

화가 난 모셰는 부엌 창문을 통해 아래쪽 포츠타운을 가리키며 말했다. "이 언덕 아래가 미국이라고요!"

하지만 초나는 요지부동이었다. "미국은 여기에요."

"이곳은 가난한 동네예요. 우리는 아니고요. 이곳은 흑인 구역이잖아요. 우리는 아니고요. 우리는 잘살고 있잖아요!"

"우리는 봉사해야 하기 때문이에요, 몰라요? 우리가 해야 할 일이라고요. 『탈무드』에서 말하잖아요. 우리는 봉사해야 한다고."

"하지만 이곳에는 이제 흑인 손님들만 있어요."

"그들도 항상 돈을 내지 않나요?"

"그 말이 아니잖아요."

그의 손은 찻잔을 받치고 있었다. 그녀는 한 손으로 부드럽게 그의 손을 잡으며 말했다. "그들이 가진 게 보이지 않아요, 모셰? 저들이 물을 길어 올리는 우물이 보이지 않아요?"

"무슨 우물 말이에요? 무슨 말이에요?"

그녀는 잠시 침묵을 지키더니 차분하고 부드러운 목소리로 말을 이어갔다. "미키 캇츠를 기억하고 있어요. 그는 손가락 두 개를 잃은 만돌린 연주자를 데리고 있었어요. 그가 연주하는 것을 본 기억이 나요. 정말 대단한 연주였어요. 기억 안 나요?"

"그때와 지금 사이에는 정말 많은 일이 있었어요……." 그가 중얼거렸다.

"칙 웹은 어땠나요?" 그녀가 말했다. "그가 당신에게 부를 가져다주었죠."

"웹은 장애가 있었어도 비싼 몸값이었어요." 모세가 말했다.

그가 농담으로 던진 말이었지만 해머로 내려치듯 차가운 침묵이 방안에 쿵 떨어졌다.

"당신이 날 그렇게 보는 거군요?" 그녀가 가만히 말했다.

그녀는 식탁에서 일어나 절뚝거리며 자리를 떴고 며칠 동안 그에게 단 한마디도 하지 않았다. 그녀는 그가 유대인의 7가지 요건을 써놓은 유대교 법전 『슐찬 아루흐』 한 권을 선물한 뒤에야 그를 용서했다. 그 책에 명기된 유대인의 삶의 요건은 지혜, 온유, 하나님을 경외하기, 진리를 사랑하기, 인간을 사랑하기, 좋은 이름을 소유하기, 그리고 돈을 싫어하기였다. 그는 사과했고 그녀는 예전의 초나로 돌아와 집을 돌아다니며 쾌활하게 떠들었다. "자애로운 마음이 있어야죠! 자애가 없는 삶이 무슨 의미가 있어요? 내가 시내에 갔을 때 한 여자가 내게 '저 불쌍한 불구자'라고 말하는 것을 들었어요. 나는 생각했죠. 누가 불구인가? 물건이나 현상만을 숭배하는 사람이 불구 아닌가? 무언가 더 높은 것을 숭배하는 사람이 불구인가?"

이런 종류의 이야기는 더 많은 돈이 삶을 편하게 할 것이라는 그의 신념에 상처를 내는 것이었다. 하지만 모셰는 그녀의 마음을 알기에 용인할 수 있었고 실제로 그것은 값어치를 매길 수 없는 소중한 마음이었다. 그래서 모셰는 군소리 없이 그대로 치킨힐에 머물렀다.

결혼한 지 12년째가 되던 1936년 어느 회색빛 아침, 초나는 심한 기침과 복부 통증으로 잠에서 깼다. 여러 해 동안 이런 증상이 있었지만 이날은 유독 상태가 심해 보였다.

몇 해 전 처음 이런 증상을 보였을 때, 그녀가 의사를 원치 않아서 모셰는 하루를 기다려 보았지만 상태는 더욱 나빠졌다. 그렇게 이 의사에서 저 의사로, 긴 순례의 여정이 시작되었다. 하지만 어느 누구도 해답을 주지 못했다. 병은 수수께끼 같았다. 어느 날은 멀쩡하게 걸어 다니고 웃으며 미친 듯이 유대교 책을 읽다가 다음 날은 아파서 자리에 누워 거의 꼼짝도 하지 못했다. 상태가 왔다 갔다 했다.

며칠 전부터는 그녀의 상태가 나빠지자 모셰는 식료품점 일을 돕고 안식일 집안일을 해줄 수 있도록 네이트의 아내, 애디를 고용했다. 초나는 어떤 종류의 도움도 싫어했지만 병이 악화하자 그녀도 어쩔 수 없이 손을 들어야 했다.

모셰는 그녀를 필라델피아, 볼티모어, 심지어 뉴욕시에 있는 의사에게까지 데리고 갔지만 아무 소용이 없었다. 복통과 갑작스러운 실신이라는 그녀의 이상한 병은 계속되었고 의사들은 원인을 알지 못해 당황했다.

모셰의 오랜 두려움과 미신이 다시 자리를 잡기 시작했다. 그의 비밀스러운 모세와 12에 대한 꿈 때문일까? 겨우 단 한 번 본 적 있는 그 하시드의 불운에 대한 예언을 어리석게 믿어서 그의 운명을 바꿔놓은 것일까? 이 부부에게 자녀는 없었지만 초나는 불평 없이 견뎌냈고, 그저 가끔 창밖으로 이웃의 유색인종 아이들을 바라보며 시름에 잠기긴 했지만 금세 회복해서 예전의 초나가 되어 웃고 떠들며 최근에 들은 라디오 드라마 이야기를 하곤 했다. 두 사람의 결혼 생활은 행복했다. 모세와 12에 대한 꿈처럼 12년간의 멋진 나날들이었고, 이상하리만큼 둘은 운명지어져 있었던 것 같았다. 그는 아내에게 그의 꿈에 관해 이야기하고 싶었지만 그녀의 병이 악화되면서 사소한 문제로 아내를 귀찮게 하고 싶지 않았다.

몇 해 전, 랍비 펠드만이 초나가 제대로 잠도 자지 못하고 고열에 시달릴 때 노래를 해주고 기도하기 위해 집에 들른 어느 날, 모세는 꿈에 관한 이야기를 하고 싶었다. 하지만 랍비가 "내 느낌에 초나가 이제 나을 것 같아요"라고 말을 했고, 모세는 그 말에 어느 정도는 안심하고는 꿈 이야기를 다음으로 미루기로 했다.

하지만 이후로도 초나는 나아지지 않았다. 그녀는 이유 없이 정신을 잃기 시작했고, 그녀가 진료받고자 하는 가장 가까운 의사는 족히 30킬로미터는 떨어진 레딩에 있었다. 초나는 지역 의사 로버츠 박사를 경멸했기 때문에 그가 치료하는 것을 허락하지 않았다. "나는 그 사람과 함께 자랐어요." 그녀가 말했다. "내가 어쩔 수 없이 일반 의사를 만나야 한다면 그건 괜찮아요. 하지만 그 사람은 싫어요."

이는 문제를 더 어렵게 만들었다. 로버츠 박사는 마을 묘지 옆 담쟁이가 덩굴진 그의 집 진입로에 반짝거리는 신형 쉐보레 자동차를 세워 두고도 여전히 말과 수레를 타고 돌아다니는 땅딸막한 포츠타운 유일의 내과 의사였다. 초나와 비슷하게 다리를 절었고 매년 쿠 클럭스 클랜 퍼레이드의 선두에 서서 행진을 계속하고 있었다. 그를 덮고 있는 천 조각에도 불구하고 모두가 로버츠 박사라는 것을 알았다. 그의 허리둘레와 절름거림이 누구인지 누설하고 있었기 때문이었다. 아무도 불평하지 않았다. 그냥 많은 불합리 중 하나였을 뿐이다.

일 년에 한 번 클랜 퍼레이드 날이면 마을의 흑인들은 몸을 숨겼고 유대인 상점들은 가게 문을 닫았다. 클랜이 행진을 하고 나면 그걸로 끝이었다. 하지만 초나는 이 모든 상황을 불쾌해했다. 그녀는 다른 유대인 상인들과 같이 가게 문 닫는 것을 거부해서 모셰를 두렵게 했다. "왜 저 사람들 때문에 내가 가게 문을 닫아야 하죠?" 그녀가 씩씩댔다. "우체국도 닫지 않잖아요." 로버츠 박사에 대해서 그녀는 모셰에게 이렇게 말했다. "그는 살이 너무 쪄서 목 뒷부분이 핫도그처럼 보일 지경이에요." 그녀는 로버츠 박사를 참을 수 없는 듯했다.

하지만 모셰에게는 의사가 필요했다. 초나가 그를 거부했기 때문에 매번 의사를 방문한다는 말은 친절한 유대인 의사를 찾아 레딩으로 가는 긴 행군을 의미했다. 모셰의 노력은 아무런 도움이 되지 않았다. 그리고 초나의 실신은 점점 더 위험해지고 있었다.

봄이 되어 그녀는 약간 회복하는 듯했지만 다시 예전으로 돌아가 병이 깊어졌고 걷는 것마저 힘들어했다. 여름이 되자 그녀는 완전히 누워 지내야 했었다. 그녀를 죽음으로 끌어당기고 있는 것은 그녀의 아픈 발이 아니라, 오히려 그녀의 불임을 비웃듯 이상하리만큼 부풀어 오르기 시작한 그녀의 복부였다.

모셰는 정신없이 이 의사 저 의사를 찾아다니며 도움을 청했고, 상황이 급박해지자 보스턴에 있는 전국적으로 유명한 전문의에게 초나를 데리고 갔다. 하지만 그 의사도 다른 의사들과 마찬가지로 당황해할 뿐이었다. 그래서 결국 모셰는 그녀를 집으로 데려올 수밖에 없었다.

그는 창문 가까운 곳에 침대를 두고 그녀가 태양이 뜨는 것을 보며 새벽에 탈무드를 읽을 수 있도록 했다. 그것은 금지된 일이었지만 지금은 문제가 되지 않을 것 같았다. 그리고 초나는 가게를 계속 열겠다고 고집했다. 상점 바로 위층이 주거 공간이었기 때문에 초나가 아래층의 애디에게 소리를 쳐 지시 사항을 알릴 수 있었다. "내가 해야 할 일이 나를 살아 있게 해줘요." 그녀가 말했다. 초나는 신문사에 유대인 명절을 독자들에게 알려주는 편지들을 보냈고 매일 밤 퇴근 후 축 처지고 지친 얼굴로 침대맡에 나타나는 남편을 즐겁게 해주려고 유머집을 읽었다. 그녀는 잠들기 전에 여러 가지 농담과 가벼운 수다를 떨며 그와 이야기했고 그동안 그는 불안한 크기로 부풀어 오른 그녀의 발과 발목을 충실하게 주물렀다. 그녀가 잠이 들려고 할 때면 그는 탈무드를 소리 내 읽어주었다. 그리고 잠이 든 후에도 그는 얼마간 탈무드를 계속 읽곤 했다. 왜냐하면 그녀가 얼마나 탈무드를 좋아하는지 잘 알고 있었기 때문이었다.

겨울이 되자 그녀의 상태는 더욱 나빠졌다. 그녀가 정신을 잃는 횟수가 늘어났고 고열이 계속해서 꾸물거리며 떠나질 않았다. 결혼한 지 12년째인 올해, 모셰는 초나의 병세에 대해 여느 해와는 다른 느낌을 받을 수밖에 없었다.

초나가 아프기 시작했을 때부터 치킨힐의 흑인들은 하늘과 땅 식료품점에 꾸준히 발걸음을 옮기기 시작했다. 그들은 밤낮을 가리지 않고 수프, 신선한 채소, 파이, 그리고 민간요법 치료제들을 가지고 왔다. 따뜻한 웃음과 농담도 함께였다. 그녀의 남편에게 극장을 유색인들에게도 개방하라고 조언하고 치킨힐 유색인 가족들에게 너무도 많은 외상을 연장해 주었던, 그래서 그녀도 그들도 누가 얼마나 빚을 졌는지조차 모르는, 친절하고 분명 제정신이 아닌, 유대인 숙녀를 위해서였다.

치킨힐의 흑인들은 초나를 사랑했다. 그들은 그녀를 이웃이 아니라 자유에 숨을 불어 넣는 자유의 동맥처럼 여겼다. 그녀의 감추려야 감출 수 없는 걸음걸이에 대한 기억, 그녀가 어린 시절 키가 크고 조용하던 흑인 친구 버니스 데이비스와 함께 치킨힐의 움푹 파인 진흙 길을 따라 매일 같이 등교하던 모습이 사람들의 머릿속에 깊이 각인되어 있었다. 그것이 미국식 평등의 가능성을 증명하는 듯 보였다. '우리들 모두 어떤 일이 있어도 잘 지낼 수 있을 거야. 저 둘을 봐.' 초나는 그녀대로 흑인이라고 그들을 다르게 보지 않았고 무한히 흥미로운 삶을 사는 이웃으로 여겼다. 달린의 딸은 초나가 본 사람 중 가장 오랜 시간 딸꾹질을 했고, 12살의 라넬은 책을 읽지 못했지만 암산으로 복잡한 수학 계산을 할 수 있는 아이였다. 그리고 지금은 비록 거의 한마디도 하지 않지만 바로 옆집에 살며 어릴 적 가장 친했던 친구 버니스는 너무 많은 아이를 낳아서 치킨힐의 흑인들이 웃으며 버니스의 대형 가족을

'1에이커에 노새 40마리'*라고 부르곤 했다. 아무도 버니스가 얼마나 많은 아이를 낳았는지 정확히 알지 못했고 사람들은 물어보는 것조차 겁냈다.

흑인들은 초나의 침실을 생기로 가득 채웠다. 그들은 농담을 하고 귀신과 유령에 대해 자신들이 겪은 이야기를 하고, 미국의 남쪽에서 탈출할 때 웃긴 일들을 말해주며 초나를 웃게 했고 고통을 잊게 해주었다. 애디와 그녀의 또 다른 여동생 클레오타는 교대로 식료품점을 운영하면서 상점의 불을 켜고 껐으며, 난로에 불을 붙이고 접시와 은식기들을 정리해 두었다. 그리고 무슨 일이 있어도 모셰가 일을 끝내고 집에 돌아오면 그가 반드시 그녀를 깨울 수 있도록 해야 한다는 초나의 고집을 잘 알고 있었다. 어느 날 밤 모셰는 초나의 침대 곁에 애디가 앉아있고 탈무드를 머리맡에 둔 채 초나가 잠들어 있는 것을 발견했다. 그녀의 손은 모셰가 읽어주길 바라는 부분이 있는 펼쳐진 페이지 위에 올려져 있었다. 그는 그녀를 살짝 깨워 소리 내 책을 읽어주었다. 그녀는 그의 히브리어가 얼마나 아름답게 들리는지 이야기하며 그를 칭찬했다. 비록 둘 다 얼마나 형편없는지 잘 알고 있었지만 말이다. 그러다 그녀는 다시 잠이 들었고 그는 그녀의 어둡고 아름다운 얼굴을 넋을 잃은 채 바라보며 눈물을 흘렸다. 슬픔이 그 순간 그의 마음을 가득 채우며 지난 기억을 다시 되살렸다. 어린 시절에는 아무런 의

---

* '40에이커와 노새 한 마리'는 남북전쟁 이후 해방된 흑인들에게 나눠주기로 한 배상 약속이었으나 링컨 대통령 암살 후 폐지되었다. 마땅히 받아야 했던 보상의 상징이자 백인에 대한 원한과 배신감을 상징하는 문구인데, 이를 반대로 써서 좁은 땅에 식구가 많다는 의미로 사용한 것으로 보인다.

미가 없어 보이던, 어쩐지 촌스러워 보이기까지 했던 히브리어로 쓰인 경건한 기호들이 이제는 이상하게도 마음을 사로잡았고, 그들이 처음 사랑에 빠진 지 12년이 지난 이 추운 날 밤 그에게 자극제가 되고 있었다. 눈물을 짓던 그는 마음을 가다듬고 그녀가 잠이 들었음에도 계속 책을 읽었다. 그는 그 단어들을 그녀를 살리기 위해 읽었고 그렇게 하면서 그의 일부분도 살아나는 것처럼 느껴졌다. 하지만 그럼에도 초나는 계속 시름시름 앓을 뿐이었다.

아침부터 심한 기침과 복부 통증으로 힘들어했던 초나는 결국 의식을 잃고 스프링 시티 근처에 있는 병원으로 실려 갔다. 그녀는 의식을 되찾고 다음 날 퇴원을 했지만 의사들은 모셰에게 열이 다시 나기 시작하면 마지막이 임박한 것이니 병원으로 데리고 와야 한다고 말했다.

다음 날 모셰는 그녀 옆에서 종일 머물렀다. 초나는 그가 곁에 있다는 것조차 인지하지 못하는 것처럼 보였다. 그녀는 열에 들뜬 듯 많은 말들을 중얼거렸고 약효가 나타나기 시작하자 늦은 오후부턴 잠에 빠져들었다. 그녀가 잠이 들자 애디는 모셰에게 바람이나 좀 쐬라며 그를 집 밖으로 내보냈다. 그는 일이 잘되고 있는지 상황을 점검하기 위해 치킨힐에서 극장 쪽으로 향했다. 늘 충성스러운 네이트와 몇몇 흑인 직원들이 흑인 밴드 리더, 루이스 조던의 3일 동안의 열광적이었던 공연 뒷정리를 하고 있었다. 그는 정신을 놓지 않기 위해 빗자루를 들고 그들과 함께 청소를 하려던 참에 무대 뒷문을 통해 들어오는 사람을 알아차렸다. 필라델피아에서 온 사촌 이삭이었다.

"산책 좀 하자." 이삭이 말했다.

모셰는 거절하며 대신 무대 앞쪽에 있는 빈 탁자와 의자를 가리켰다.

키가 크고 길쭉한 이삭이 의자에 몸을 끼워 넣었다. 그는 프록코트를 입고 중절모를 쓰고 있었지만 둘 다 벗지 않았다. 보아하니 그는 오래 머물 생각이 없는 것 같았다. 그는 모셰에게 앉으라는 몸짓을 했지만 모셰는 다시 거절하고 사촌 맞은편에 섰다.

서른 일곱 살의 이삭은 온순한 어린 사촌 동생을 데리고 카르파티아산맥 기슭을 지나 루마니아 발라드로부터 독일 함부르크까지 동유럽을 가로질러 두 발로 1,600킬로미터가 넘는 길을 걸어서 이동했던 예전의 깡마른 14살짜리 소년이 아니라 위용 있는 남자였다. 두 소년은 경찰과 군인을 피하고 골목길에 몸을 숨기고 쓰레기통 뒤에 숨으면서, 여기에서 조금 훔치고 저기에서 조금 빌려가며 함부르크에서 한 친절한 노부인이 그녀의 지하실에 살도록 해줄 때까지 떠돌이 생활을 해야 했다. 지역 담배 회사에서 도급일을 했던 노부인의 아픈 남편을 위해 그들은 담배를 말았다. 미국으로 가는 뱃삯을 벌기 위해 소년들이 3년 가까이 지하실에서 일하는 동안 그녀의 남편은 위층 잡동사니들 속에서 죽어갔다.

이삭은 이제 자신만만한 미국인이 다 되어있었다. 모든 면에서 너무 자신감이 넘치는. 그는 넓은 가슴과 떡 벌어진 어깨를 지닌 원초적 힘을 가진 남자일 뿐 아니라, 필라델피아에 아홉 개의 쇼하우스를 소유하고 있는 성공한 사업가였다. 다 해진 바지와 밟혀서 구겨진 신발을 신고 돌아다니며 성난 상점 주인과 러시아 군인들을 피해 훔친 빵을 입에 밀어 넣던 루마니아에서의 시절은 울고 가라는 듯, 그는 짙은 색 정장에 깔끔한 흰색 셔츠, 나비넥타이, 그리고 반짝거리는 신발까지 자랑스럽게 차려입고 있었다.

"유색인 밴드들과 어떻게 일정을 잡는지 물어보려고 왔어." 이삭이 말했다.

모셰는 단번에 수상한 냄새를 맡았다. 이삭은 필라델피아에서 가장 큰 극장 소유주였다. 이삭의 9개 극장 중 가장 작은 곳이 모셰의 극장 2개를 합친 것보다 더 컸다. 이삭은 공연들을 이디시 쇼부터 보드빌 공연, 움직이는 영상 등으로 채웠는데, 그가 원하기만 한다면 훈련된 벼룩으로 구성된 순회 서커스를 예약할 수 있을 정도였다. 그가 흑인 밴드를 예약하는 데 도움이 필요할 리가 없었다.

하지만 모셰는 몇 가지 요점을 알려주고 이삭은 표면적인 질문 몇 개를 던지면서 시간을 끌었다. 그리고 모셰가 예상한 대로, 이삭은 자연스럽게 대화 주제를 초나에 대한 것으로 바꾸었다. 그는 필라델피아에 있는 유대인 환자를 위한 요양원을 제안했다.

"내가 거기 사람들을 알아." 그가 말했다. "좋은 사람들이야. 너의 아내가 여생을 그곳에서 살 수 있을 거야. 그녀는 따뜻하고 안전한 장소에서 친구들과 함께 할 수 있어."

모셰는 머리를 끄덕이며 분노를 억누르려고 애썼다. 그는 최대한 부드럽게 말했다. "형은 거의 틀린 적이 없어요. 하지만 지금은 틀렸어요."

"현명하게 생각해. 그녀는 매우 아파."

"충분히 생각해 봤어요." 모셰가 말했다.

"그렇다면 무슨 생각을 했는데?"

모셰는 얼굴이 붉게 달아오르는 것을 느꼈다. "지금 나 무시하는 거예요?"

이삭은 깜짝 놀랐다. "아니, 그런 게 아니야."

"그러지 않는 게 좋을 거예요. 만약 날 무시한 거라면 절대 잊을 수 없도록 내장이 터질 만큼 한방 갈겨 줄 거예요!"

루마니아에서 필라델피아 남부까지 수천 번의 길거리 싸움에서도 살아남았던 이삭이 이 말에 얼어붙었다. 어린 시절의 혹독한 고난은 이삭을 날카로운 기지를 가진 재빠른 소년에서 회복력과 강인함을 지닌 남자로 변화시켰다. 이삭은 강한 남자였다. 그도 알고 있었다. 그의 아내, 아이들도 알고 있었다. 그는 어린 시절 암울하고 힘든 삶을 살았지만, 지금은 깨끗하고 부유한 삶을 미국에서 살아가고 있었다. 하지만 정이라곤 없는 미국에서의 삶에서 그에게 한 줄기 빛이 되어줄 존재, 그것은 모셰였다. 모든 증오와 악을 경험하고도 그 어떤 거칠거나 화난 말을 누구에게도 내뱉지 않은 세상에서 유일한 사람. 이런 모습은 처음이었다.

모셰의 분노에 찬 얼굴을 보고 이삭은 심하게 흔들렸다. 마치 지구가 그의 발밑에서 움직이는 것 같았다. "나는 그냥 관심이 있는지 알아보려고 한 거야, 사촌." 그가 중얼거렸다.

"내 일은 내가 알아서 해요." 모셰가 말했다. "내게 찾아와서 이렇게 밖에 말 못해요?"

"어떻게 말하면 좋았을까?"

"왜 우리 쪽 사람들은 병에 대해서 터놓고 이야기해 보려 하지 않죠?"

"알잖아, 유대인은 병에 대해 이야기하면 부정을 탄다고 생각하는 사람들이 많은 거. 사실은 잘 몰라서 그러는 거지만…….” 이삭이 말했다. “나는 아는 한도 내에서 말한 거야.”

“그렇다면 형은 아는 게 없어요.” 모셰가 말했다. “그녀는 살 거라고요!”

4

도도

초나가 죽어가고 있던 곳으로부터 4번째 집에서, 애디 팀블린은 자신의 작은 갈색 집 문 앞에 서서 문틈 사이로 차가운 어둠을 들여다보고 있었다. 그녀의 눈은 진흙탕 길을 훑으며 남편 네이트가 언덕을 따라 올라오고 있다는 표시인 랜턴을 찾고 있었다. 그녀의 등 뒤 부엌 식탁에서는 포츠타운 흑인 남성 협회의 월례 회의가 평소와 같이 왁자지껄하고 말도 안 되는 소리로 가득 차 활기차게 진행되고 있었다.

모임은 매번 셋째 주 토요일 밤, 그녀의 식탁에서 이뤄졌다. 표면적으로는 치킨힐의 흑인들이 더 많은 직업과 기회를 얻는 방법을 논의하고, 하루라도 빨리 물이 들어오는 상수도와 물집처럼 흩어져 있는 바깥 화장실용 오두막, 오물통 대신 하수도를 설치하는 방안을 논의하자는 것이었다. 이는 포츠타운의 걱정 많은 흑인 남성 지도자들에 의해 운영되었는데 애디는 삐딱하게 그들을 바라보며 이들이 다른 사람들보다 더 나쁘다는 생각을 했다. 대부분이 남자들은 카드를 치며 남을 험담하거나 쓸데없는 농담을 했고, 그들이 결코 갖지 못할 자동차에 대해 떠벌리고, 도심지의 백인들을 화나게 하지는 않으면서 백인들의 규칙을 요리조리 빠져나갈 방법을 찾느라 모였다.

탁자에는 세 명의 남자가 있었다. 떡 벌어진 어깨에 작업복을 입고 밀짚모자를 쓴 갈색 얼굴빛의 22살 청년 러스티, 러스티의 삼촌 백스, 그리고 치킨힐의 모두가 스눅스라고 부르는 에드 스프릭스 목사였다. 스눅스 옆에는 뜨개질하느라 바쁜 그의 아내 홀리가 앉아 있었다. 당시 대화의 초점은 식료품점 외상이든 호의였든, 전화 사용이든, 여분의 옷과 각종의 생활필수품 등까지 애디를 제외한 방안 모두가 어떤 식으로든 빚을 진, 미스 초나가 지금 죽어가고 있다는 사실에 맞춰져 있었다.

애디는 카드를 섞는 소리를 들으며 밤하늘을 바라보았다. 그리고 그녀는 잠시 뒤를 돌아 그들의 대화를 들었다. 러스티는 작업복 앞주머니에서 담뱃갑을 꺼내더니 카드 더미를 스눅스에게 밀어주며 물었다. "스눅스, 유대인들도 그들 중 누군가가 죽을 때 집에 있는 시계를 덮어요?"

구김이 간 양복에 나비넥타이를 맨 몸집이 큰 스눅스는 카드를 가져가 섞으면서 백스에게 윙크를 보냈다. "당연하지, 러스티. 그들도 이빨로 씹어. 게다가 여자들은 겨울에 털로 된 코트를 입는다고. 남자들은 서서 오줌을 누고."

백스는 웃었지만 스눅스는 그의 아내가 인상을 쓰며 얼굴을 찌푸리는 것을 보았다.

스눅스는 출입구 앞에 서 있는 애디에게 눈길을 돌렸다. "애디, 미스 초나에게 가장 좋은 옷을 입혀 줘요. 머리카락을 틀어 올리거나 빗질도 하지 말아요. 그냥 놔둬요. 그리고 가슴 위에 소금 한 접시를 놓아요. 그러면 몸이 솟아오르는 것을 막아준대요."

"그녀는 떠나지 않을 거예요." 애디가 밤을 뚫어져라 응시하며 말했다.

스눅스는 살찐 손을 흔들어 손사래를 치더니 탁자 위로 옮겨 카드를 섞었다. 그러고는 말했다. "당신도 고향에서 자랐다면 옛 방식을 알았을 텐데요. 그건 좋은 방법이에요. 소금 한 접시는 악마를 쫓아낸다고요."

"유대인도 악마를 믿어요?" 러스티가 물었다.

"그러길 바라." 스눅스가 말했다.

"그렇다면 왜 그들은 예수 그리스도를 죽였을까요?" 러스티가 물었다.

순간 당황한 스눅스는 아내에게 답변을 미루려 했지만 홀리는 뜨개질 하느라 바쁜 척을 했다.

"나는 그들이 예수 그리스도를 죽였다고 말하지 않았어." 스눅스가 말했다.

"아뇨. 그랬어요. 교회에서 그렇게 말씀하셨잖아요. 여러 번."

스눅스는 그의 말을 못 들은 척했다. "성경에는 여러 가지 말씀이 있어, 러스티. 내가 그 모든 것을 다 기억할 순 없어. 애디, 만약 미스 초나가 죽으면 그녀의 발에 당밀을 조금 바르고 머리에는 옥수수빵을 올려둬요. 25센트짜리 동전을 꼭 그녀의 감은 눈 위에다 놓고요."

"뭣 때문에요?" 러스티가 물었다.

"그래야 다시 눈을 뜨지 않는대." 스눅스가 말했다. "애디, 그녀의 친척들이 나타나기 전에 그렇게 해요. 그들은 아마 이해 못할 거예요."

"잔소리할 친척도 없어요." 애디가 말했다. "아버지는 레딩에 가 있고 어머니는 당신이 이곳에 오기 몇 년 전에 죽었죠."

"그러게, 그녀 어머니는 기억이 나지 않아요." 스눅스가 말했다.

"당신은 어떻게든 그녀 곁에 있고 싶지 않았을 거예요, 스눅스. 무식하게 말하는 사람에게는 거친 셔플*이었거든요." 애디는 네이트가 서둘러 돌아왔으면 싶었다. 그녀는 다시 문틈에 눈을 가져다 대며 말했지만 쓴소리는 방안에 전부 들릴 정도로 컸다.

"만약 미스 초나가 죽으면, 이 마을의 모든 남자, 아니 미안. 하려던 말은 마을 남자 절반은 뿌루퉁한 입술을 말아 올리며 억지로 웃음을 참을걸. 슬픈 척하며 눈이 부을 때까지 우는 시늉을 하겠지만 진실은, 그들은 그녀가 떠나는 게 기쁠 거라는 거야."

그 말과 함께 차가운 바람이 방안에 훅 불어왔다. 당황스러운 침묵이 내려앉았다.

"애디는 지쳤어." 스눅스가 고개를 끄덕이며 말했다. "홀리, 문 옆에 서서 네이트가 오는지 봐줘. 애디, 이리 와 앉아서 주님의 고요함을 좀 느껴요."

애디가 몸을 돌렸다. "말해 봐요, 스눅스."

"응? 뭘?"

---

* 거칠고 다루기 어려운 사람을 부르는 남부표현.

"당신이 여기서 아무것도 아닌 걸 증명하고 방어하느라 바쁜데, 내가 어찌 주님의 고요함을 느낄 수 있는 건지 말해봐요. 악마에 대해 이야기하더니 숨도 쉬지 않고 어떻게 미스 초나의 눈에 동전을 놓으라는 소리를 그다음에 할 수 있어요? 말해 보라니까요. 그 어디에 주님의 고요함이 있다는 말이에요?"

"진정해요, 애디." 백스가 말했다. 그는 석공이라 건장하고 널찍한 가슴을 가졌다. "목사님은 아무 의미 없이 한 말이에요."

"아니. 방금 카드 더미를 든 채 감히 주님에 대해 이야기한 걸 보면, 말 그대로를 의미해요. 헴록 마을 어딘가에는 주님의 이름을 팔아먹으며 나쁜 짓을 했다는 이유로 마을 밖으로 쫓겨난 남자가 있다더군요. 자신을 '사람의 아들'이라고 부른다더군요. 마을 사람들은 걸어 다니는 악마라고 부르고요."

"헴록 마을에 사람의 아들이라는 자는 없어요." 스눅스가 말했다. "시골 흑인들이 만들어 낸 말도 안 되는 소리일 뿐이에요. 그곳에는 제대로 된 설교자가 필요해요."

"그럼 가서 그들에게 설교하세요."

"그곳은 내가 설교하러 가기엔 너무 멀어요, 애디. 난 발에 통풍이 있다고요."

"그만 해요, 애디." 백스가 말했다. "신께서 남자들이 카드를 치는 것에 반대하진 않아요."

"괜찮아, 백스." 스눅스가 말했다. "우리는 모두 다 달라. 여자들도 세상일에 대해 자기만의 이해가 있는 거지."

"남자들이 이해하는 게 있고 여자들이 이해하는 것이 있고, 그리고 지혜가 있죠." 애디가 말했다. "당신 아들이 아팠을 때 미스 초나가 로버츠 박사에게 부탁해 당신 아들을 돌봐주었죠. 그때도 당신은 유대인이라는 이유로 고마움을 느끼지 않았어요. 당신과 나만큼이나 그녀도 로버츠 박사를 참을 수 없어 하는데 말이에요."

"로버츠 박사는 미스 초나 때문에 치킨힐에 온 게 아니에요." 스눅스가 말했다. "자신이 건망증이라는 걸 잊어버려서 생긴 일이에요. 미리 돈을 냈더니 내가 유색인이라는 것을 잊고는 나한테 고마워했어요."

남자들이 웃었다.

애디는 한계에 달했다. 밖으로 나간 그녀는 차가운 밤공기를 느끼며 등 뒤로 문을 닫았다.

애디는 날씬하고 가냘픈 외모의 50대 여인이었다. 밝게 빛나는 짙은 색의 눈동자는 그녀의 얼굴에 아이 같은 순수함을 보여주고 있었다. 경외와 찬사, 기대로 가득 찬 눈빛. 그리고 아메리카 원주민들처럼 큰 코와 높고 오뚝한 턱을 가지고 있었다. 애디의 가족은 그녀가 아주 어렸을 때 남부에서 치킨힐로 이주해 왔다. 치킨힐의 대부분 흑인들과는 달리, 그녀는 '저 먼 내 고향'에 대한 기억이 없었다. 남부의 세상, 치나베리 그리고 피칸 나무나 듀베리에 대한 기억도, 목화를 따러 흑인들을 실어 나르던 트럭에서 들리는 웃음소리에 대한 기억도 없었다. 때때로 그녀는 노스캐롤라이나나 앨라배마, 혹은 조지아를 '고향'이라 부르는 치킨힐의 다른 사람들처럼 자신도 남부지역을 기억하며 즐거운 꿈을 꿀 수 있었으면 했다. 애디에게 고향이란 펜실베이니아 포츠타운 치킨힐뿐이었다.

애디는 조심스럽게 몇 걸음 내디디며 짙게 어둠이 깔린 길을 훑어보았다. 눈에 익은 아일랜드 모자와 네이트가 추운 날에도 즐겨 입는 반팔 흰색 면 셔츠를 찾으려고 어둠 속을 두리번거리고 있는데 찬 바람이 그녀의 살갗을 파고들었다. 하지만 그녀는 그 자리에 그대로 머물렀다. 눈길로 길을 헤매면서.

아무것도 없었다.

막 그녀가 집안으로 돌아가려던 찰나, 길고 날씬한 그림자 하나가 저 멀리 모퉁이에 홀로 불을 밝히고 있던 가로등 밑을 가로지르는 것이 보였다. 그 사람이었다. 긴 보폭으로 걷다가 하수와 빗물을 운반하는 좁은 도랑을 조심스레 건너기 위해 멈춰서는 사람. 그가 가까이 오자 애디는 그에게 다가가 그의 얼굴을 따뜻하게 손으로 감쌌다. "랜턴은 왜 안 가져갔어요?" 그녀가 물었다.

네이트는 아무 말도 하지 않았다. 랜턴은 필요 없었다. 수년 동안 극장에서 같은 길을 걸어오고 있었다. 그녀가 얼굴에 손을 올리고 있었기 때문에 그는 잠시 서 있었다. 그리고 그가 긴 손을 올려 그녀의 손을 만져주고 나서야 그녀는 집 쪽으로 몸을 돌렸다. 네이트는 그녀를 뒤따랐다.

네이트가 들어서자 웃음소리와 수다는 멈췄다. 그는 방을 둘러보다가 초나의 하늘과 땅 식료품점 문 쪽으로 고개를 까닥이며 애디에게 물었다. "괜찮으셔?"

"아니. 모셰 씨는 어때요?"

네이트는 고개를 저었다. "그의 사촌이 필라델피아에서 먼 길을 왔어. 초나 양을 어떤 집에 맡기는 것에 대해 이야기하고 있어."

"왜요? 지금 초나 양은 의식이 있어요."

네이트는 한숨을 쉬었다. 그는 탁자에서 의자를 하나 꺼내 앉으며 자신의 긴 몸을 털썩 걸쳤다. "그들이 무슨 결정을 하든 상관 말아. 주님께서는 그녀를 위한 계획을 갖고 계시니까."

"맞는 말이에요." 스눅스가 재빨리 말했다.

당황한 기운이 방안으로 흘러들었다. 서류상으로 스눅스는 치킨힐의 '커뮤니티 리더'였다. 이 도시의 누군가가 기부하고 싶다거나 치킨힐의 어떤 일에 대한 계획을 발표하고 싶을 때, 그들은 스눅스를 찾아갔다. 그리고 그때는 '스프릭스 목사님'이라고 불렀다. 하지만 힐에서 중요한 것은 바로 네이트 팀블린의 의견이었다.

네이트는 스눅스를 향해 미소를 지었다. "아직도 요한계시록을 읽고 있나, 스눅스?"

스눅스는 고개를 끄덕였다.

"그중 하나만 이야기해 봐."

스눅스는 불편한 표정을 지었다. 치킨힐 유색인 대다수와 마찬가지로, 스눅스는 네이트를 약간 두려워했다. 네이트 팀블린에게는 고요한 호수, 어리석음을 불러일으키지 않으면서 마음을 휘젓는, 하지만 폭풍우를 덮는 고요함이 있었다. 힐의 대부분처럼 네이트도 남부를 고향이라 불렀지만, 다른 주민들과 달리 네이트는 그의 과거에 대해 말한 적이 없었다. 그에게 과거의 시절은 빛이 꺼진 어두운 나날들이었던 것 같았다. 하지만 힐의 유색인들에게 꺼진 빛이란 다시 켤 수 없다는 뜻은 아니었다. 이 세상, 특히 힐에서는 무슨 일이든 일어날 수 있었다. 가끔씩 닭과 염소가 행복하게 꽥꽥거리던 평화는 앞다투어 술을 마시려던 사람들과, 총알, 토악질로 난장판이 되어 산산조각이 나기도 했다. 네이트는 성격이 느긋하고 조용하면서도 모든 일에 능숙했고, 환하게 웃으며 천천히 몸을 움직이면서도 해머를 단단히 손에 움켜쥐고 당신의 눈을 똑바로 바라보는 사람이었다. 사람들은 그를 예순이 넘은 나이에도 '제대로 남자'라고 불렀다. 힐의 유일한 무허가 술집을 운영하며 경찰과 주먹질하고 마을 엠파이어 소방서의 아일랜드 소방관과도 몸싸움하는 근육질에 사교적이라 아무나하고 잘 어울리는 금니의 패티 데이비스조차 네이트에게 길을 비켜주고 마주치지 않으려고 노력했다. "차라리 폭풍우 속에서 죽을래요." 패티는 그렇게 말하곤 했다.

부엌 탁자에 있던 스눅스는 애디에게 생각 없이 말했던 자신에게 화가 났다. 모두가 알다시피, 애디는 진지한 여자였고 또한 네이트의 아내였다. 그는 가까스로 이렇게 내뱉었다. "우리가 다 잠잘 것이 아니요. 마지막 나팔의 순간 순식간에 홀연히 다 변화하리니."*

네이트가 고개를 끄덕였다. 그는 모자를 벗어서 탁자 위에 던졌다. 홀리 뒤에 서 있던 애디는 재빨리 폭탄을 떨어뜨리기로 결심했다.

"도도가 사라졌어요." 그녀가 말했다.

네이트의 짙은 눈동자가 애디의 얼굴에 고정되었다. "아이가 어쨌다고?"

"사라졌어요."

"언제?"

---

* 요한계시록 15장 51절.

"오늘이요. 사람들 말로는 80킬로미터는 갔을 거래요. 필라델피아보다 더 멀리요."

"그렇게 멀리 간 걸 당신이 어떻게 알아?"

"사람들이 그렇게 말했어요."

"그 사람들이 누군데?"

"율라의 아들들이요. CJ와 캘리. 새로 생긴 타이어 공장 뒤편에 있는 마나타우니강에서 오늘 아침 낚시를 하고 있었대요. 그들이 도도가 버윈으로 가는 화물 기차 사다리에 매달려 가는 걸 봤대요. 그 야적장 철로는 15에서 20킬로미터 가까이 필라델피아로 직선으로 이어지죠. 내려 걸어갈 수도 있고 다른 기차로 옮겨 탈 수도 있겠죠. 이전에도 그런 적 있었잖아요."

탁자에 모여 있던 세 남자는 놀라서 애디를 쳐다보았다. "왜 아무 말도 안 했어요?" 러스티가 말했다.

"여러분 중 차가 있는 사람 있어요?" 그녀가 물었다. 아무도 없었다.

네이트는 믿을 수가 없었다. "그 애는 귀가 먹은 아이야. 그 자식들은 그 애를 붙잡아야 한다는 생각도 못 했대?"

"잡으려고 달려갔지만 타이어 공장에서 나온 백인이 그들을 쫓아냈대요. 그들은 마나타우니강 반대편을 한 바퀴 빙 돌아서 힐 학교를 가로질러 여기까지 왔대요. 그러니 이미 어두워졌고요."

"도중에 전화 걸 동전도 하나 없었대?"

"어떤 전화를 써요?" 애디가 물었다. "미스 초나가 유일하게 이곳 힐에서 흑인들에게 전화를 쓸 수 있게 해주는 사람인걸요. 그 아이들이 어떻게 백인들 집에 들어가서 아무나 붙잡고 전화를 쓰자고 할 수 있겠어요."

네이트의 얼굴에 절망감과 짜증이 스쳐 지나갔다. 네이트는 입술을 다물었다. 그는 자리에서 일어서 모자를 집어 들었다.

"이 시간에 자동차가 있을 사람이 누가 있지?"

"아마 패티가?"

"로이드는 이 시간대에는 음료 파느라 바쁘다고." 네이트가 말했다. 방 안 사람들은 네이트가 지역 주크 조인트* 사장인 패티를 진짜 이름으로 부른다는 것을 알고 있었다. 그는 문으로 향했다.

"어디 가요?" 애디가 말했다.

"파비첼리 빵집에. 파비 씨가 트럭이 있어."

"그는 이제 없어요." 애디가 말했다.

"언제부터?"

"이주 전에 가게를 팔았어요."

"누구한테?"

"유대인에게요."

네이트는 기억을 더듬어 보았다. "이 마을에 모든 유대인을 내가 알아. 아무도 새로운 사업을 인수했다는 말을 듣지 못했는데."

"새로 온 사람이요. 말라기 씨. 러스티가 어제 간판 다는 걸 도와줬어요." 애디가 말했다.

네이트의 매서운 눈빛이 러스티를 향했다. "그 사람 어때, 러스티?"

---

* 음악을 듣고 춤, 겜블링, 술 등을 먹고 즐기는 장소로 미국 남부지역 흑인들이 주로 운영하는 작은 술집.

"괜찮은 것 같아요." 러스티가 조심스레 말했다.

"그럼 됐어. 여기 올라오는 길에 파비 씨의 트럭이 빵집 밖에 주차되어 있는 걸 봤어. 그 사람이 그 트럭도 샀나 보군."

"같이 갈게요." 스눅스가 말했다.

"아니. 그러지 않아도 돼." 네이트가 말했다. "이 밤에 문을 두드리는 흑인은 한 명이면 족해." 그가 애디에게 물었다. "내 긴 코트 어디에 있지?"

"어제 빨았는데. 뒤쪽 창고에서 말리고 있어요. 아직 다 말랐는지 모르겠어요."

하지만 네이트는 이미 가스램프를 꺼내 들고 뒷문으로 나간 뒤였다. 그렇게 그는 사라졌다.

네이트는 집 뒤편 어두운 정원에 나 있는 고랑을 따라 조용히 움직였다. 달은 보이지 않았고 램프는 오크라와 콜라드 그린을 심어 둔 고랑을 섬뜩하게 비추고 있었다. 익숙하고 편안한 마음으로 재빨리 그곳을 지나쳤다. 그는 그 정원을 직접 가꾸었다. 그와 그의 아내는 그곳에 모든 채소를 심었다.

담배와 햄을 숙성시키는 건조 창고로도 사용하는 이 헛간 뒤편 공터 끝자락에는 작은 개울이 하나 흐르고 있었다. 그는 헛간 문을 열고 들어가 천장에 매달린 고기용 고리에서 긴 코트를 꺼내 들었다. 그리고 문을 닫고 한 손을 코트 소맷자락으로 쑤셔 넣었다.

그때 개울에서 물보라가 튀는 소리가 들렸다. 그는 비버일지도 모른다는 생각에 얼어붙었다. 귀를 기울였지만 아무 소리도 들리지 않았다. 그러나 잠시 후 다시 또 다른 물소리가 들렸다.

그는 램프를 끄고 외투를 끝까지 걸친 다음 헛간 옆을 돌아 개울 쪽으로 이동했다.

그는 어둠 속을 찬찬히 살펴보았지만 처음에는 아무것도 보이지 않았다. 개울물은 치킨힐 꼭대기에 있는 집들에서 새어 나오는 빛에 반사되어 둑 근처 나무에 짧은 그림자를 만들어내고 있었다. 그가 서 있는 곳으로부터 몇 미터 떨어진 둑이 보였다.

그리고 채 스무 발자국도 떨어지지 않은 곳에서 그는 그 소년을 보았다.

네이트 팀블린은 서류상으로 가진 것이 거의 없는 사람이었다. 미국의 흑인 대부분과 마찬가지로, 그는 평등하지만 평등하지 않은 법과 법령이 있는 나라에서 살고 있었고, 평등에 관한 일련의 규칙과 규정이 그에게는 거의 적용되지 않았다. 그는 아이도, 차도, 보험도, 예금계좌도, 저녁 식기 세트도, 보석도, 사업도, 무언가를 열 열쇠 꾸러미도, 그리고 자기 땅도 없었다. 그는 제 나라 없이 유령의 세상에서 살아가는 사람이었다. 나라가 없다는 것은 어떤 곳에도 소속되지 못하고 자신의 마음과 이성 너머의 그 어떤 것에도 관여하지 않고 돌보지 않는다는 것을 의미했다. 자신의 존재가 보이지 않는 세상에서 확실한 것은 유령과 영혼뿐이었다. 사실 네이트가 알고 있는 단 하나의 나라, 애디를 제외하고 유일하게 그가 마음을 쓰는 나라는 귀가 들리지 않는 깡마른 12살의 남자아이였다. 지금쯤 필라델피아로 가는 화물 기차에 타고 있거나 모자를 쓰고 낡은 부츠, 누더기 셔츠와 조끼를 입고서 저 앞에서 개울에 작은 조약돌을 던지고 서 있는 완벽한 유령이거나였다. 어느 쪽일까?

"도도."

소년의 이름을 불러놓고 혼잣말을 하고 있다는 사실에 흠칫했다. 소년은 들을 수 없다. 그렇기는 하지만 그 아이는 재빠르게 움직이면서 큰 돌을 쌓아 개울 가장자리를 따라 제방을 만들고, 작을 돌은 물속으로 던지느라 바빴다.

네이트는 무릎을 꿇은 뒤 램프를 다시 켜고 높이 들어 흔들며 청각 장애가 있는 소년의 주의를 끌려고 노력했다. 도도에게는 모든 것이 소리가 아니라 시각, 촉각 그리고 진동으로 느껴졌다. 불빛이 물 위에 섬뜩하게 드려졌다. 소년은 하던 일에 매우 몰두한 나머지 네이트는 램프를 여러 번 흔들어야 했다.

소년이 램프가 물에 반사되는 것을 보고 들고 있던 돌을 떨어트렸다. 그러고는 불빛이 보이는 쪽으로 고개를 들었다. 네이트가 다가가자 몸을 똑바로 세우고 가는 팔을 들어 수줍은 인사를 했다.

네이트는 바위 편대를 가리켰다. "뭐 하고 있는 거야, 얘야?"

도도가 얼굴에 웃음을 띠었다. 소년은 네이트에게 가까이 오라는 손짓을 했다. 그러고는 팔로 넓은 원을 그리며 돌로 만든 원형 편대를 보여주었다.

"뭐라는 거야?"

소년은 열을 내는 것처럼 두 손을 비비더니 마치 자신이 소리를 들을 수 있다는 것처럼 손을 귀에 가져다 댔다.

네이트는 이해하지 못하고 고개를 저었다.

"무슨 쓸데없는 짓을 하고 있는 거야?"

도도는 멍하니 그를 바라보다가 손을 바지에 문질렀다.

"머리에 구멍이라도 난 거야, 아들? 오늘 아침 기차 탔었지? 그게 너야?"

도도는 눈을 깜빡이며 여전히 바지에 손을 문지르고 있었다. 네이트는 소년의 한 손을 부드럽게 만졌다. 손은 꽁꽁 얼어있었다. 그는 램프를 높이 들어 입술이 보이도록 했다. 소년은 청각 장애를 가지고 태어나지 않았다. 그 사고가 청력을 앗아 갔다. 스토브가 부엌에서 폭발했고 그때 아이 나이는 9살이었다. 눈과 귀를 다쳤지만 시력은 다행히 돌아왔다. 귀는 그렇지 않았다. 하지만 아이는 입술을 읽을 수 있었다. 네이트는 램프를 얼굴 옆에 들어 올려 도도가 그의 입술을 볼 수 있도록 했다.

"뭐 하고 있는 거야?"

소년의 눈동자가 반짝거리더니 말했다. "정원을 만들고 있어요."

"뭘 하려고?"

"해바라기를 기르려고요."

"CJ와 사람들 말로는 네가 오늘 아침에 기차에 탔다던데."

도도는 먼 산을 보았다. 그것은 대화를 회피하는 그 아이의 방식이었다.

네이트는 침착하게 손을 뻗어 소년의 머리를 돌려 자신을 바라볼 수 있도록 했다. "기차에 탄 게 너야, 아니야?"

도도는 고개를 끄덕이기만 했다.

"그래? 알았어." 네이트는 주위를 둘러보더니 근처에 있는 층층나무를 가리켰다. "저기 보이는 나무에서 회초리로 쓸만한 가지를 하나 뜯어와, 어서. 이모한테는 훈육을 받아야 할 거야." 네이트는 집으로 돌아가기 위해 몸을 돌렸다. 몇 걸음을 내딛다 말고 뒤를 돌아보니 도도는 있던 그 자리에, 돌로 만든 제방 한가운데 그대로 남아있었다.

네이트는 약간 짜증이 나서 그에게 손을 흔들었다. "가자, 아들. 바깥 날씨가 추워. 이모가 화가 많이 나 있긴 하지만 금방 끝날 거야."

도도의 숨소리가 가빠졌다. 그리고 제자리 그대로였다.

네이트는 둘 사이의 거리를 좁히기 위해 빠르게 몇 발짝을 걸어가 무릎을 꿇고 그의 커다란 손을 소년의 어깨 위에 올렸다. "고난을 견디고 참아내는 건 인생에 도움이 되는 거야, 아들. 진실은 누구도 해치지 않아. 그 기차에 탄 건 너였다는 거지, 그렇지?"

"네."

"시기를 잘못 골랐어. 너도 그건 알고 있지?"

도도가 끄덕였다.

"그럼 좋아. 행동에는 대가가 따르는 법이야. 이모가 너에게 회초리를 들거나 소리칠지도 몰라. 하지만 교훈은 남을 거야."

그는 소년에게 손을 내밀었지만, 소년은 손을 잡는 대신 주머니에서 접어진 구깃구깃한 흰색 종이 하나를 꺼내 들었다.

네이트는 소년의 손에서 종이를 조심스럽게 빼앗아 펼쳐서 랜턴에 갖다 대었다. 그는 종이에 적힌 단어를 천천히 꼼꼼하게 읽었다. 다 읽고 나서 그는 종이를 아이의 손에 내려놓고 시선을 아이에게 고정했다. "나는 어려운 단어는 읽을 줄 몰라, 도도. 하지만 안에 있는 스프릭스 목사는 잘 읽을 수 있어. 무슨 말인지 알려달라고 하자."

"뭐라고 쓰였는지 알아요." 도도가 말했다.

"그게 뭔데?"

"엄마가 죽었대요."

네이트는 잠시 침묵했다. 그는 세상 모든 것이 잘못되었다고 마음속으로 생각하며 제방을 쳐다보았다. 하나님이 주신 많은 시련이 선물만은 아닌 것 같다고 생각했다.

"네 엄마가 날개를 달았다는 말을 해주려고 종이가 필요하진 않단다, 얘야."

"그렇다면 왜 제가 떠나야 해요?"

"누가 너 보고 떠날 거래?"

"이 종이에 그렇게 쓰여 있어요."

네이트는 소년에게서 종이를 살며시 빼앗아 구긴 다음 개울에 던져버렸다. 이 키 큰 남자는 몸을 숙여 소년의 가슴을 부드럽게 두드렸다. "신은 너의 귀를 닫으면서 네 심장을 열어 주셨어. 이 안에 모든 세상이 있어. 아무것도 아닌 종이 따위에 조바심 내지 마. 그 종이는 아무런 의미도 없어."

그는 소년의 손을 잡고 헛간을 돌아 집으로 향했다.

5

낯선 사람

이틀 뒤, 모셰는 초나의 침대 옆 의자에서 깊은 잠에 빠져있었는데 아래층에서 문을 두드리는 소리가 그를 깨웠다. 침대 반대편 의자에서 졸고 있던 애디가 깨어나 현관으로 비틀거리며 걸어가는 모습을 무거운 눈꺼풀로 바라보았다. 둔탁한 발걸음으로 애디는 계단을 따라 어두컴컴한 식료품점으로 내려갔다.

모셰는 손목시계를 보았다. 새벽 4시 30분이었다. 그는 아내를 응시했다. 그녀는 눈을 감고 누워 있었다. 그는 몸을 앞으로 기울여 그녀의 맥박을 확인했다. 그리고 손을 그녀의 가슴에 올렸다. 모셰는 안심했다. 그녀는 숨을 쉬고 있었고 여전히, 분명하게 살아있었다.

애디는 위층으로 다시 올라오더니 문 앞에 서서 약간 짜증이 난 표정을 지었다. "저 아래에 당신을 만나고 싶어 하는 남자가 있어요."

"그냥 가라고 해요."

"그러지 않을 것 같아요."

"대체 누군데요?"

"파비첼리 씨의 빵집을 샀다던 그자예요."

"제빵사요?"

"누군지는 나도 몰라요."

"뭘 원한대요?"

"그 사람 말로는……." 그녀는 말을 잠시 멈췄다. "홀러를 달라고 말했어요."

"뭐라고요?"

"미스 초나와 홀러를 돕는 거라나 뭐라나."

"홀러?"

"내 생각에 그건 유대인 단어 같아요, 모셰 씨."

"그게 유대인 단어라는 건 어떻게 알아요?"

애디는 이마를 찌푸렸다. "그게 뭔지는 모르지만, 제 추측이에요. 직접 물어보는 게 어때요? 저 사람은 어제도 왔었어요. 그 전날에도요. 벌써 세 번째라고요."

"돌려보내요."

애디는 문 앞에 서서 손을 휘젓더니 결연한 몸짓으로 걸음을 방 안으로 옮겼다. 그러고는 의자를 초나의 침대 쪽으로 가까이 당겨 구부정하게 앉은 다음 잠이 든 초나를 촉촉한 눈빛으로 살펴보더니 기침을 하며 흐르는 눈물을 손등으로 닦았다.

"다시는 내려가지 않을 거예요."

모셰는 어찌해야 할지 망설여졌고 혼란스러웠다. 애디와 초나

사이에서 자신은 탁구공처럼 느껴졌다. 두 여자는 수년 동안 번갈아 가며 그를 돌봐주었다. 그는 청소도 요리도 할 필요가 없었다. 옛날 어린 시절에도 해야 했던 각종 집안일도 하지 않았다. 하지만 그들은 그에게 음모를 꾸몄다. 초나는 애디에게 발언권을 주고 그녀가 상점을 운영하도록 했고, 결정을 내리고 가게를 돌보도록 했다. 그러는 동안 사회주의 서적과 말도 안 되는 미친 여자들에 관한 책들을 읽었다. 이 말도 안 되는 상황을 보라! 그의 집에서 가사도우미가 이 깊은 새벽에 가게 문에 가서 자신이 직접 대답하라고 하고 있지 않은가. 초나가 만약 세상을 뜬다면, 그는 애디의 끊임없는 잔소리에 갇혀 죽을지도 모른다. 모세는 자리에서 일어나 소리를 지르고 싶었지만, 대신 아내를 바라보고 있는 자신을 발견했다. 그는 몸을 숙여 아내의 이마를 부드럽게 쓰다듬었다. "내가 아래층에 있을 때 깨면 어쩌지요? 아니면 아예 깨어나지 않을까요?"

침대 반대편에 앉아있던 애디가 주섬주섬 몸을 일으켰다. 손을 뻗어 초나의 베개 가장자리를 부풀려준 다음 부드러운 천으로 그녀의 얼굴을 조심스레 닦았다. "그녀는 매일 깬답니다, 모세 씨. 그녀는 괜찮아요."

모세는 잠든 아내를 한 번 더 걱정스러운 눈빛으로 쳐다본 다음 문으로 향했다. 계단 아래에서 불을 켜고 가게에 진열된 생활용품, 각종 상자, 사탕이 담긴 병을 지나쳤다. 칸막이 유리로 된 출입문에 다가갔을 때, 문에 비치는 작은 인물의 실루엣 가장자리 너머 옅은 햇빛이 비치고 있었다. 문을 살짝 당겨 열자 30대쯤으로 보이는 키는 작지만 건장한 유대인 남자 하나가 눈에 들어왔다. 반짝이는 눈과 가느다란 수염, 그리고 입꼬리가 넓게 벌어져 장난기 어려 보이는 모습이었다. 어렴풋이 어디서 본 듯한 얼굴이었다.

"좋은 아침입니다." 그가 이디시어로 말했다.

"이 새벽에 무슨 일입니까?" 모셰는 영어로 대답했다. 그는 호의를 베풀 기분이 아니었다.

"절 기억하지 못하시나요?" 그 남자가 물었다. 그는 다시 이디시어를 썼고 이는 더욱 모셰의 신경을 긁었다. 그가 분명 무언가를 원하고 있다는 뜻이었다.

모셰는 재빨리 이디시어로 말을 내뱉었다. "파블론젯(저리 꺼져)! 트로그 지흡(정신 차려)!" 그렇게 외치고 문을 밀어 닫았다. 하지만 그 남자가 출입문 안쪽으로 밀어 넣은 군데군데 해진 낡은 부츠가 닫히던 문에 끼었다.

"아야!" 그가 소리쳤다. "제 발 좀 빼주시겠어요?"

"내가 문을 열면 발을 빼서 도로에 둘 겁니까?"

"그럴게요."

모셰는 그가 발을 뺄 수 있도록 문을 살짝 열었지만, 이 낯선 사람은 발을 빼는 대신 팔뚝을 문에 집어넣더니 문을 더 열려고 시도했다. 놀란 모셰는 문을 꽉 잡고 몸에 힘을 실었다. "뭐 하는 겁니까?"

"나는 밀가루만 있으면 돼요!" 그가 말했다.

"아직 가게 문을 열지 않았어요!"

"코셔가 필요해요. 할라 빵을 만들."

모셰는 이맛살을 찌푸리며 씁, 소리를 냈다. "홀러가 아니라 할라." 애디는 홀러라고 했다. "당신이 내 가정부에게 말한 게 그거예요?" 모셰가 물었다.

남자는 껄껄 소리를 냈다. "가정부를 쓰는 또 한 명의 미국인 유대인이 있군요. 그녀는 약간 무례하더군요." 그가 말했다.

"레딩으로 가요. 거기 가면 수많은 코셔가 있어요. 그리고 원한다면 무례한 가정부들도 많아요." 모셰가 말했다. 그는 문을 다시 밀었지만 꿈쩍도 하지 않았다.

"20킬로미터나 떨어져 있어요!"

"내가 택시라도 됩니까? 그럼 마차나 잡아요!" 모셰는 온 힘을 다해 문을 밀었다. 하지만 믿을 수 없게도 벌어진 문틈은 그대로였다. 문 너머 남자는 자신보다 작았지만, 여전히 손쉽게 단단히 문을 붙잡고 있다는 사실이 놀라웠다.

'더 많이 먹고 더 많이 잠을 잤어야 해.' 모셰는 생각했다.

"왜 이러는 겁니까?" 모셰가 소리를 질렀다.

"나는 그냥 밀가루가 필요하다고요. 할라를 만들려면요."

"다른 곳에 가서 찾아봐요!" 모셰는 이제 젖 먹던 힘까지 다하고 있었다. 칸막이 유리 너머로 적군의 얼굴을 한번 힐끗 보았다. 이 남자는 여전히 최선을 다하지 않고 있었다. 그는 오히려 즐거워하는 듯 보였다. '그는 힘센 악마인가? 저승사자는 아닐까?' 모셰는 생각했다. '내 아내를 데리러 온 거야!' 그는 갑자기 힘이 쭉 빠지는 것 같았다. 그는 네이트가 여기 있었으면 싶었다. 네이트는 힘이 세서 한쪽 팔만 써도 이 문을 닫고 저 원숭이를 거리로 밀어버릴 수 있을 것이다. 아니면 사촌 이삭이라도. 이삭의 눈빛이라면 이 노새 정도는 당장 달아나게 할 수 있을 텐데. 하지만 그는 혼자였다. 그는 애디를 부를 뻔했지만 그러지 않기로 결심했다. 부끄러운 일이었다. 대신 모셰는 그가 가진 모든 근육을 써서 안간힘을 다해 밀어보았다. 여전히, 남자 셋의 힘을 가진 듯한 이 낯선 사람은 꿋꿋이 버텼다.

모셰는 힘이 점점 빠지는 것을 느꼈다. 그는 지쳐있었다. 극장을 운영하고 와서 초나 곁에서 밥도 먹지 않은 채 밤새 간호하는 일은 그의 에너지를 모두 앗아갔다. 영혼이 발끝을 통해 몸에서 빠져나가고 있는 것처럼 느껴졌다. '말도 안 돼.'

"제발 가요. 아침에 문을 열면 다시 오세요." 모셰가 가쁜 숨을 내쉬었다.

"할 말이 있어요." 그 남자가 말했다.

"당신은 악마야!" 모셰가 이를 악물고 이디시어로 투덜거렸다. 그리고 혼잣말을 했다. '내가 왜 이디시어로 말하는 거야? 나는 이디시어가 싫어.'

문 반대쪽에서 작은 남자가 평온한 목소리로 말했다. "날 악마라 부르지 말아요. 나는 댄서입니다."

"그렇다면 저 길을 내려가서 춤을 추든가요. 그렇지 않으면 당장 경찰을 부르겠어요. 지금 당신은 내 사유지에 무단 침입하려 하고 있어요."

"나는 침입하려는 게 아니에요."

"저리 꺼져요! 아내가 아파요."

"그래서 제가 온 겁니다." 낯선 사람이 말했다. 그가 세게 한번 밀자 문이 활짝 열렸고 모셰는 뒤로 나가떨어졌다. 모셰는 유리로 된 정육 판매대 옆 차가운 나무 바닥에 둔탁한 소리를 내며 엉덩방아를 찧었고 선반에 있던 유리병들과 물건들이 크게 흔들렸다.

바닥에 앉아 그는 애디가 위층에서 소리치는 것을 들었다. "거기 무슨 일이에요? 둘 다 조용히 못 해요!"

모세는 낯선 사람이 가게 안으로 쑥 들어와 몸을 숙여 자신을 두들겨 팰 거라 생각하며 고개를 들었다.

하지만 그 작은 남자는 몇 발짝 떨어진 문간에서 두 손을 허리춤에 올리고 아래를 내려다보면서 건장한 몸으로 현관을 가득 채우고 서 있었다. 허리춤에 늘어진 탈릿이 보였다. 그의 중절모는 낡았고 입고 있는 정장은 마치 쥐가 가장자리를 갉아 먹은 것처럼 너덜너덜했다. 그리고 흰색 셔츠에 넥타이를 클립으로 고정하고 있었다. 그는 뺨을 부풀리더니 어두컴컴한 상점 안을 들여다보았다. "자유사상을 가진 당신의 유대인 아내에 대해서는 걱정하지 말아요, 친구. 그녀가 당분간 출생증명서를 삼킬 일은 없을 거예요. 그녀처럼 자유로운 영혼은 이 나라에서 오래오래 잘 살아요. 제가 압니다."

"내 아내에 대해 그렇게 말하다니, 당신 배꼽에서 양파나 자라버려라!"

"그건 스페인 속담이랍니다, 친구. 스페인어 할 줄 알아요?"

"아니요, 당신은 할 줄 압니까?"

"그럼요. 사실, 스페인에 가보기도 한 걸요."

"그렇다면 부탁 좀 합시다, 당장 스페인으로 꺼져!"

"밀가루를 얻을 때까지는 안 돼요!"

엉덩이를 깔고 앉은 상태로 여러 가지 상점 용품을 담고 있는 유리 캐비닛에 한 손을 기대고 모세는 위를 올려다보며 포기한 듯 부드럽게 말했다. "이봐요 친구, 당신이 무엇을 하는 것이 최선인지 결정하는 일은 당신에게 맡기겠습니다. 빵 한 조각보다 말발굽 하나가 더 가치 있는 땅에서 온 나는, 말발굽으로 밭을 갈고 마을 전체를 먹여 살릴 수 있다는 사실을 알고 있어요. 하지만 빵은? 빵은 뭘 할 수 있습니까? 먹고 나면 다시 구워야 하지요. 나에겐 둘 다 없어요. 나는 그저 사탕이나 말린 것들을 파는 상인에 불과합니다. 들어와서 원하는 만큼 밀가루를 가져가세요. 얼마를 낼지는 당신에게 맡기겠습니다."

낯선 사람이 빙그레 웃더니 이디시어로 말했다. "좋은 결정이요, 루마니아 친구."

"헝가리 사람입니까?"

"폴란드인이오."

"폴란드에도 빨리 말하는 사람이 있군요."

"누가 할 소리인지. 폴란드에서 말재주로 얻을 수 있는 건 공허함뿐이지요." 그는 상점을 쭉 둘러보았다. "당신은 불쌍하지 않아요, 친구. 중요한 것은 내가 좋은 소식을 가져왔다는 거요. 내가 아내를 찾았다는 말을 하려고 왔어요."

"뭘 찾았다고요?"

"아내요."

모셰는 바닥에 앉은 채로 깜짝 놀라 그를 올려다보았다. "당신이 아내를 찾은 게 나랑 무슨 상관이죠? 나에게는 걱정해야 할 아내가 벌써 있는데요."

문 앞에 서 있던 그의 자신감이 넘쳐흐르던 얼굴이 시들어져 가는 것이 보였다. 그는 진심으로 상처받은 것처럼 보였다. "하지만 당신이 내게 아내를 찾았는지 물어봤잖아요."

"나한테 왜 이러는 건데요? 당신이 아내가 있는지 없는지 내가 왜 신경을 써야 합니까? 내 아내는 지금, 이 순간에도 아프다고요. 이 시간에 나를 이토록 귀찮게 하려는 게 뭣 같네요. 원하는 밀가루 전부 가지고 다른 데 가서 떠들어대라고요, 이 바보 같은 폴란드인! 당장 꺼져요!"

"하지만 난 당신이 시키는 대로 했어요."

"생선은 다른 곳에 가서 파세요."

"당신이 말했죠. 아내도 없이 왜 춤을 추러 왔냐고요. 그러면서도 당신은 날 매몰차게 대하지 않았어요. 나를 받아주었지요. 그리고 나는 춤을 추었고요. 그렇게 내가 지금 이곳에 있는 겁니다. 당신이 나를 초대했습니다."

"그런 적 없어요."

"당신이 그렇게 말했어요. 내가 사는 곳이 세상에서 가장 훌륭한 댄서의 고향이라고."

"대체 무슨 소리를 하는 겁니까? 당장 내 집에서 나가요!"

"그 춤을 기억하지 않습니까?"

"무슨 춤 말이에요?"

남자는 믿기지 않는 듯 고개를 뒤로 젖혔다. 그는 실망한 듯 두 손을 벌렸다.

"무슨 춤이냐고요? 무슨 춤? 유일한 춤이요. 이 나라에서 본 것 중 가장 위대한, 모든 가족들이 신나게 뛰어놀 수 있던 이 나라 최고의 춤판. 역사상 가장 위대한 춤이요!"

바닥에 그대로 앉은 채로 그를 바라보고 있는데, 모셰의 눈앞에 기억의 조각들이 책의 한 페이지처럼 흩날리는 듯했다. 새벽녘 이른 햇살이 동쪽 언덕을 지나 치킨힐의 판잣집들과 오두막을 비추고 있었다. 바로 이 자리, 12년 전 따뜻했던 이 집 지하실에서 나비의 은총으로 사랑이 그의 심장에 날아왔고, 지금은 그의 아내가 된 아름다웠던 어린 소녀가 『토라』*에 담긴 마법의 단어를 그에게 알려주며 노란 버터를 저어 만들던 그때. 그녀가 만져서는 안 되는 책을 펼쳐서 페이지를 넘기며 신성, 사랑, 역사와 같은 단어로 약속을 보여주던 그때. 기억의 셔터가 다시 깜빡거렸고 극장 밖에 모인 군중 속에서 짓궂은 얼굴 하나가 떠올랐다. 그 모자, 그 탈릿, 다양한 유대인들 사이에 서 있던 젊은 청년의 보조개. 그러자 마치 먼 곳에서 종소리가 울리는 것처럼, 기차 기적소리처럼 아득한 기억 속에 미키 캇츠의 황홀했던 클라리넷 소리가 들려왔다.

그리고 그는 아름다웠던 추운 12월의 오후를 기억해 냈다. 갓 결혼하고 사랑에 흠뻑 빠져있던 시절, 그전에 만난 모든 유대인보다 더 많은 유대인이 한자리에 모인 모습을 보던 그 순간. 몰려든 군중들이 아랍의 새벽 햇살을 받으며 떠오르는 이집트의 거대 신전들처럼 보이던 그때. 셀 수 없이 많은 유대인이 그의 극장에 모여 문이 터져나가도록 가득 메우고, 그를 부자로 만들고, 소리를 지르고 울부짖고 춤을 추며 즐거웠던 순간을 보내던 그때.

그리고 그들 중에 어떤 여자와도 춤을 추지 않겠노라 선언하던 젊은 하시드.

그 남자를 쳐다보며 모세는 가슴을 짓누르고 있던 무거운 것이

---

* 구약성서의 첫 다섯 편으로, 창세기, 출애굽기, 레위기, 민수기, 신명기를 일컬으며 흔히 모세오경이나 모세율법이라고도 부르는 유대교에서 가장 중요한 문서.

들어 올려지는 것을 느끼고, 순간 12년의 세월은 사라지고 모셰는 다시 젊은이가 되어 극장 가장자리에 서서 미키 캇츠의 흥겨운 밴드가 수백 명의 행복한 미국 유대인이 춤을 추는 동안 소리로 가슴 깊은 곳을 들끓게 하던 그때를 감상하고 있었다. 그중에는 끊임없이 빙글빙글 돌고 몸을 움직이는 미친 하시드 춤꾼도 있었다. 그 젊은이는 어떤 여자와도 춤을 추고 싶지 않다고 말했다. 그 젊은이는 춤꾼을 찾고 있는 것이 아니라 아내를 찾고 있다고 선언했지만 공연장의 모든 여성과 춤을 추었다. 그리고 그는 대단한 춤꾼이었다.

"기억났어요!" 모셰가 흥분해서 말했다. "당신은 내가 본 가장 훌륭한 춤꾼이었어요. 당신의 이름이 무엇입니까?"

대답 대신 젊은 하시드는 자랑스럽게 모자를 벗고 이마를 긁으며 여전히 정육 판매대 옆 바닥에 앉아있는 모셰를 내려다보았다. 그는 마치 자신이 현명한 노인이라도 되는 듯 천천히 말했다. "랍비 현자들이 말하길, 우리는 세 가지의 이름이 있다고 하더군요. 친구들이 지어준 이름. 가족이 지어준 이름. 그리고 우리 스스로 자신에게 주는 이름이요."

"그래서 나는 당신을 완두콩, 토마토 아니면 양파 중에 뭐라고 불러야 할까요?"

"말라기." 그가 말했다.

모셰는 홍수처럼 밀려오는 옛 기억을 되살리며 다시 흥분에 휩싸였다. "다음날 당신을 봤죠! 캇츠가 떠나고 극장 밖에서요. 당신이 내게 브랜디 한 병을 주었지요. 우리는 치킨힐에서 무언가 터지는 소리를 들었고요. 검은 연기를 같이 보았어요. 당신이 그건 나쁜 징조라고 말했죠."

"안 좋은 시절이었죠." 말라기가 상점 안으로 들어서며 말했다. 그리고 모셰가 일어설 수 있도록 손을 내밀었다. "그 시절은 끝났어요."

6

할라

이틀 뒤 초나의 열이 떨어졌다. 그녀의 열에 들뜬 비명소리도 그로부터 하루가 지나자 멈췄다. 그다음 날에 그녀는 자리에서 일어나 앉았고 그런 다음에는 그녀의 작은 체구에 평화가 내려앉은 듯했다. 건강은 길고 느리게 회복되기 시작했다. 하지만 슬프게도 그녀는 오랫동안 설 수도, 도움 없이는 걷을 수도 없었다. 이삭의 주선으로 필라델피아에서 온 전문의는 일종의 혈액 문제가 뇌를 공격했고 그녀의 좋지 않던 발에 영향을 주어, 도움 없이는 걷는 것이 어려울 수 있다는 진단을 내렸다. 모셰는 상관없었다. 그녀가 평생 휠체어 신세가 된다고 하더라도 예전의 초나일 수만 있다면 그는 행복했다.

일주일이 지나고 그녀의 눈에 생기가 돌아오는 것이 보였다. 다시 일주일 뒤 그녀는 비록 느릴지라도 긴 문장을 말하기 시작했다. 삼 주째가 되자 그녀는 애디의 도움으로 설 수 있었고 아래층으로 내려가서 가게 문을 열라고 명령했다.

모셰는 행복하게 명령을 따랐다. 그는 아내의 호전이 아내에게 전해주라며 매일 극장에 들러서 할라 빵 한 덩이를 전해주고 간 말라기 덕분이라고 여겼다. "당신의 아내가 낫는데 일부분이 될 겁니다." 그는 자랑스레 말했다.

그는 허름한 스포츠코트에 모자를 쓰고 그가 처음으로 만든 할라 빵을 전달하기 위해 그의 극장에 왔다. 그는 빵 덩어리를 마치 아이를 안은 것처럼 자랑스럽게 들고 서 있었다. "당신이 내 첫 고객이에요." 그가 말했다.

모셰는 그가 전달할 때와 같은 정성스러운 태도로 빵을 받아 들었다. 그는 할라를 좋아한 적이 없었지만 이 빵은 매력적으로 보였다. 모셰는 일반적인 흰 빵조각에 햄과 치즈가 들어간 미국식 샌드위치를 선호했다. 샌드위치는 미국의 다른 모든 것들처럼 깔끔하고 신속했다. 부풀리지도 두껍지도 않았고 예전 유럽 음식들처럼 찐득하지도 않았다. 하지만 말라기의 빵은 달라 보였고 모셰의 마음을 사로잡는 무언가가 있는 것 같았다. 그래서 모셰는 기꺼이 한 조각을 뜯어 입속에 밀어 넣었다가 거의 토할 뻔했다. 고맙다는 인사를 목에서 어떻게든 뽑아내려고 노력했지만 양파와 모래 그리고 기름 맛이 나는 끈적한 덩어리를 바닥에 토하지 않는 것이 할 수 있는 최선이었다.

"훌륭하네요." 모셰가 말했다.

"이 빵이 가는 곳이 어디든 치유를 가져다줄 거예요." 말라기가 자랑스레 말했다. "당신의 훌륭한 극장처럼요. 이것이 사람들을 함께 모이게 할 겁니다."

'병원으로겠지 아마.' 모세는 고개를 끄덕이며 그렇게 생각했다. 하지만 미소를 지으며 아무 말도 하지 않았다. 그는 새로운 친구를 공격하고 싶지 않았다. 그는 이 빵을 저녁에 집에 있는 아내에게 가져가겠다고 약속했다. 하지만 그는 극장 문을 닫고 함께 집으로 걸어가던 네이트에게 대신 빵을 건넸다. 둘은 새벽 시간에 치킨힐의 좁고 먼지 나는 길을 걸어 올라가고 있었다. 그는 약간의 죄책감을 회피하고 싶어 이렇게 말했다. "새로운 제빵사는 이제 막 배우는 중입니다."

네이트가 빵을 한 입 베어 물더니 아무 말도 하지 않은 채, 언덕으로 가는 길을 따라 줄지어 늘어선 지저분한 집 한 채에서 모습을 드러낸 갈색 무늬의 똥개 한 마리에게 빵을 통째로 던져주었다. 이 개는 늦은 밤 집으로 돌아가는 길에 규칙적으로 그들을 위협하는 성가신 골칫덩이였다. 그래서 모세가 혼자 집으로 걸어갈 때는 이 피조물을 피하려고 돌아가는 길을 택하곤 했다.

똥개는 한 번에 할라를 꿀꺽 삼켰다. 그래서 말라기가 다음날 할라 빵이 그의 가정에 치유를 가져다주었는지 물었을 때 모세는 기쁜 마음으로 그에게 알려주었다. "네, 정말로요. 그리고 평화도요." 놀랍게도 그 잡종견은 생전 처음으로 그들을 지나가도록 내버려두었다.

사실, 할라는 끔찍했지만 그 개는 모세를 다시는 괴롭히지 않았기 때문에 말라기가 손대는 모든 것에 마법이 깃드는 것처럼 보였다. 재앙과 무질서함이 모세의 새로운 친구를 어디든 따라다니는 것처럼 보였지만 그를 건드리거나 동요시키지는 못했다. 말라기는 단정한 사람은 아니었다. 그의 옷은 늘 구겨져 있었고 해진 탈릿에 그의 모자는 밭에 고랑이 난 듯 찌그러진 채였다. 그의 맑고 푸른 눈동자는 늘 무슨 생각에 빠져있는지 이 세상에 존재하고 있지 않는 듯했다. 그는 기도 책에 깊이 집중하느라 끊임없이 머리를 파묻고 있었다. 때로는 파이와 빵이 타는데도 내버려두고 몇 시간씩 그렇게 있었다. 모셰가 보기에 그의 새 친구가 타고난 제빵사가 아닌 것은 확실했다. 모셰는 빵집 위층에 자리한 말라기의 집이 그가 수집하고, 사들이고, 그리고 여기저기에서 어떻게든 조립한 쓰레기들로 가득하다는 것을 알게 되었다. 말라기는 그가 예전 고향에서 새로운 땅으로 옮긴 이후로 여러 종류의 물건을 집집이 찾아다니며 판매하던 외판원이었음을 고백했다. 말라기의 외판원 생활은 확실히 그의 견문을 넓혀주었다. 그는 자동차부터 포츠타운의 철강회사에 이르기까지 모든 것에 대한 끝없는 지식의 원천이었다. 끔찍할 정도인 빵 굽는 실력과 완전한 무질서함에도, 말라기는 세상일에 대한 경쾌함과 무한한 열정을 가지고 있었다. 그는 그가 만지는 모든 것에 빛과 공기, 선함을 가져다주는 것 같았다. 그는 사과 껍질 벗기는 도구, 메노라,* 종이로 만든 컵, 구슬 등 아주 단순한 물건에도 열정과 유머를 담아 경이로움을 표했다. 종종 이런 물건들을 들고 서서 이렇게 말했다. "놀라워요! 상상해 보세요. 누가 이런 생각을 했을까요?"

모셰에게는 친구가 거의 없었다. 대부분의 포츠타운의 유대인은 그즈음에 치킨힐을 떠났기 때문이었다. 네이트는 친구였지만

---

* 유대인 의식에 쓰이는 7갈래로 나뉜 촛대.

그는 흑인이었다. 때문에 둘 사이에는 약간의 거리감이 존재할 수 밖에 없었다. 하지만 말라기와는 거리낌이 없었다. 그들은 일종의 탈옥수 동지였다. 엘리스 아일랜드*에 상륙할 때까지 견뎌냈고, 뼈를 가는 노동착취 현장에서 탈출했으며, 해충이 들끓던 로어 이스트사이드의 잔인한 범죄에서 벗어났다.

그렇게 해서 펜실베이니아가 퀘이커교, 모르몬교, 장로교의 고향이자 기회의 땅이라는 속임수에 넘어가 이곳에 도착했다. 인생은 외롭고 직업은 단조롭고 힘들기만 하고 제대로 된 보상은 못 받는 고된 노동이라는 것을 누가 신경이나 쓰겠는가. 자랑스러운 미국이라는 낭만은 미신이었고 삶의 규칙들은 유대인이 그들의 소중한 예수 그리스도를 살해했다고 자신들의 고결한 교회에서 외치는 근엄한 유럽인들이 써놓은 책과 율법에나 놓여있을 뿐이었다. 그러면서 그들은 산산이 부서진 유대인 마을이나 파괴된 회당에 대해 전혀 알지 못했고, 뉴욕 빈민 지역의 공동주택에서 배를 곯던 망연자실한 나이 든 이민자들에게는 눈길을 주지 않았다.

홀로 이 땅에 와서 이디시어만 쓸 줄 알던 사람들. 자식들은 죽었거나 아니면 자식들이 그들을 자선 단체에 남겨두고 떠난 경우였다. 여자들은 겁에 질렸고 남자들은 말이 끄는 수레에서 채소와 과일을 파는 삶에 처했다. 그들은 미국 시골에 퍼져 있는 잃어버린 민족이었고, 어찌할 바를 몰랐으며, 그들의 예시바** 교육은 무용지물이었다. 그들의 자랑스러운 역사는 무시되었고 역동적인

---

* 미국 뉴욕만에 있는 작은 섬으로 옛 이민국 시설 소재지. 1892년~1943년 사이 미국 이민자들이 입국 수속을 받던 곳.

** 정통파 유대교도를 위한 대학.

미국 산업이 철커덕거리며 그들을 휘몰아치고 있었다. 과거 시계공과 재단사, 학자와 역사가, 음악가와 예술가로서의 그들의 자부심은 사라지고 버려졌다. 미국인들은 돈에 관심이 많았다. 그리고 권력. 그리고 정부. 유대인들은 그 어느 것도 가지고 있지 않았다. 그들이 해야 할 일이라고는 젖과 꿀이 흐르는 이 땅을 조심 또 조심히 밟고 다녀야 하는 것이었고, 엉덩이를 걷어차이지 않고 혹은 더 나쁜 일을 당하지 않으며 이 땅을 걸어 다닐 자유에 감사해야 하는 것이었다. 미국에서의 삶은 힘들었지만 자유로웠다. 그리고 열심히 일한다면 약간의 기회를 얻을 수 있을지도 몰랐다. 아마도 가게를 하나쯤 열거나 어떤 식의 사업을 영위할 수도 있었다.

두 개의 번창하는 극장과 그의 미국 출신의 유대인 아내 덕택에 매년 적자이긴 하지만 운영하는 식료품점의 주인으로서 모셰는 미국인임이 자랑스러웠다. 그는 미국인의 삶을 소중히 여겼다. 그는 자기의 새로운 친구에게 미국의 좋은 점을 설득하기 위해 열심히 노력했다. 그는 새 친구에게 메주자 펜던트를 선물했다. 메주자는 보통 유대인 가정의 출입구를 장식하는 것이지만 이 펜던트는 목에 걸 수 있게 되어있었다. 그리고 뒷면에는 히브리어로 '세상에서 가장 위대한 댄서의 집'이라는 특별한 문구가 새겨져 있었다. 모셰는 이렇게 하면 말라기가 어디를 가든 집처럼 편안하게 느끼고 환영받을 수 있다고 설명했다.

하지만 평소라면 친절한 행동과 작은 선물에도 기뻐하던 말라기였지만, 이번에는 그 메주자를 돌려주며 정중하게 그것을 초나에게 주면 좋을 것 같다는 제안을 했고, 모셰가 그렇게 하자 초나는 매우 기뻐했다.

대부분의 유대인과는 달리, 말라기는 그가 남겨두고 떠난 유럽에서의 삶을 '역동적이었던 때'라고 웃으면서 이야기하고 자랑스러워했다. 그는 촌뜨기가 되는 것을 개의치 않았다. 그는 미국인처럼 옷을 입는 것을 거부하고 셔츠에 탈릿을 걸치고 그 끝을 바지 아래로 늘어뜨리는 것을 선호했다. 그는 모세가 쓸모없다고 여겼던 것까지 유대인 율법에 따라 코셔를 지켰고, 다 해진 두툼한 기도 책을 커다란 바지 뒷주머니가 불룩해지도록 꽂고 다녔다. 그는 어디를 가든 그 기도서를 가지고 다녔다. 그는 끊임없이 주머니에서 기도서를 꺼내 하던 일을 멈추고 능숙하게 책장을 넘겨 자주 읽는 구절을 찾아냈다. 때때로 그가 읽은 구절에 깊이 감동을 하여 그는 책을 가슴에 올려두고 머리를 숙여 절을 하며 히브리어로 간절한 기도를 중얼거리기도 했다. 어느 날 오후, 그 둘이서 차를 즐기고 있을 때였다. 말라기가 그의 기도 책을 탁자 위에 올렸다. 모세가 그것을 두드리며 조심히 말했다. "나는 이 나라에서 유대인의 행동을 하는 것이 부끄럽습니다."

"왜요?"

"옛것들 때문에 시간을 낭비하는 것은 좋지 않은 것 같아요."

말라기가 미소를 지었다. "이 기도문들은 옛것이 아닙니다." 그는 오래된 기도 책을 집어 들었다. "이건 유월절이나 초막절 같은 대제일을 위한 것입니다. 평상시에는 쓰지 않지요. 하지만 나는 일상에서도 사용합니다."

"잘못된 거 아닌가요?" 모세가 물었다.

말라기가 껄껄 웃었다. "선지자 이사야는 의미 없이 반복하는 기계적인 기도를 하지 말라고 했지, 어떤 책으로 기도해야 한다고 하지 않았어요. 그러니 상관없죠."

"당신은 랍비입니까?" 모셰가 물었다.

"묻는 사람에 따라 다르지요."

"랍비는 예시바에서 교육받아야 하는 거 아닌가요?"

"내가 랍비인지 아닌지 왜 당신이 걱정합니까? 당신의 말이 사려 깊고 진심을 담아 하는 말이라면 상관없습니다. 우리의 방식은 슬픔을 주기보다는 위로를 줍니다. 고통보다는 기쁨을 가져다주고요. 내가 당신의 아내가 나을 거라고 말했지요. 그리고 그녀는 그렇게 되었어요. 랍비가 그 말을 전한 것이든 내가 전한 것이든 무슨 상관이겠어요? 나는 랍비가 아니에요. 나는 그저 탈무드를 따를 뿐입니다. 제 빵이 당신의 아내를 낫게 하긴 했지만요."

모셰가 웃었다. "제 사촌인 이삭은 자신이 소개한 의사가 그녀를 치료한 거라고 합니다."

말라기가 엄숙한 미소를 지었다. "친구여, 진실은 둘 다 그녀를 낫게 하지 않았다는 겁니다. 내 빵도, 당신 사촌의 멋진 의사도 아닙니다. 이 땅의 충만함이 그녀를 건강하게 만들었습니다. 시편 24절이 말하길 인류는 땅의 충만함을 누려야 한다고 했습니다. 빵이 지구의 충만함의 일부분이 아니겠습니까?"

모셰는 어깨를 으쓱하며 그 문제를 그냥 넘어갔다. 그는 초나가 나아지고 있다는 사실이 중요했고 너무 기뻤기 때문에 더 이상 왈가왈부 하고 싶지 않았다. "우리 집에 와서 식사하는 게 어때요?" 모셰가 말했다. "당신은 아직 내 아내를 만나보지 않았잖아요."

"때가 되면." 말라기가 말했다.

바로 이런 것이 모셰를 새 친구에 대해 불안해하고 궁금해하도록 만들었다. 말라기의 독특한 행동과 생각이 그를 이루는 핵심 요소인 것 같았다. 초나를 만나지 않으려는 데도 어떤 이유가 있을 거라고, 모세는 생각했다. 하지만 그는 여전히 거의 매일 오후에 가게 문을 닫고 빵을 가지고 극장을 찾아왔다. 그는 항상 밝고 기운찼으며 극장, 모세의 직원들, 사업, 미국에서의 생활에 관한 질문들로 가득했다. 그리고 항상 초나가 점점 나아지고 있는지에 대해 물었지만 처음 왔을 때 거리낌 없이 떠벌렸던 그의 아내에 관한 이야기는 점점 줄어들고 있었다. 모세는 무슨 일인지 묻지 않았다.

미국에서 유대인의 결혼은 복잡한 문제라는 것을 잘 알고 있었다. 어떤 남자들은 유럽에 있는 아내를 두고 이곳에서 새로운 아내를 맞았다. 다른 이들은 아내를 매우 그리워해서 그들을 언급하기만 해도 눈물을 쏟고 고래고래 고함을 치고 심지어 욕을 하고 싸웠다. 누군가는 수년 동안 일을 해서 모은 돈으로 아내를 데려왔지만 아내가 도착한 뒤에야 이미 서로 너무 많이 달라져서 결혼 생활을 더 이상 이어갈 수 없음을 깨닫는 일도 있었다. 모세는 이런 경우들을 알고 있었기 때문에 그의 결혼 생활은 온전하다는 사실만으로도 다행이라고 생각하며 그 문제에 대해서는 침묵을 지켰다. 하지만 말라기가 그의 과거와 아내에 대해 침묵하는 것은 둘 사이에 묘한 간극을 만들었고 모세를 더욱 궁금하게 만들었다. 그는 물어볼까도 했지만, 시작부터 실패가 예견되었던 말라기의 버둥거리는 빵집 문제가 더 시급했다.

말라기가 세계 최고의 제빵사였다 하더라도 별반 다르지 않았을 것이다. 그는 포츠타운에 안 좋은 시기에 도착했다. 말라기에게 빵집을 넘긴 나이 든 이탈리아 제빵사 파비첼리는 일주일 전에 만든 빵을 매주 일요일 저녁 나무 상자에 담아 치킨힐의 누구든 원하는 사람이 가져갈 수 있도록 한 친절한 사람이었지만 치킨힐에 남은 몇 안 되는 백인 상인들 중 한 명이었다. 말과 수레로 얼음을 배달하는 얼음 가게 주인 허브 라도미츠와 화를 잘 내서 사람들을 겁에 질리게 하는 리투아니아계 신발가게 주인, 어브와 마브 스크럽스켈리스만이 남았다. 나머지 백인 상점들은 10블록쯤 떨어진 시내 중심가의 더 푸른 풀밭 쪽으로 내려갔고 치킨힐의 경제 사정은 더 나빠지고 있었다.

친절하고 나이 든 파비첼리는 그의 오래된 배달 트럭과 빵집, 위층 거주 공간을 포함한 건물 전체를 떠돌이 유대인에게 기쁜 마음으로 팔았지만, 할라 만큼은 아니어도 말라기의 나머지 빵들도 상태가 좋지 않은 것을 보면 그가 요리법은 넘기지 않은 것이 분명했다. 그의 케이크는 재앙이었다. 크림 장식은 뚝뚝 떨어지고 가장자리도 고르지 않은, 여섯 살짜리가 손가락으로 모양을 낸 것처럼 보였다.

그가 만든 번은 다진 간 맛이 났다. 고기파이의 안쪽은 곰팡이가 핀 콘비프처럼 보여서 붓 한 자루와 빨간 페인트 한 통을 든 화가가 필요할 지경이었다. 상한 음식과 낡은 물건에 오랜 시간 익숙했던 치킨힐의 흑인들조차 말라기의 가게를 피했다. 이 빵집이 어쨌든 처음 몇 주를 살아남자 포츠타운의 열일곱 유대인 가정에게 이것은 신이 살아계신다는 증거로 여겨졌다.

모셰가 악화하는 상황을 걱정스럽게 지켜보던 어느 날 오후, 말라기가 평소와 같이 할라를 가장한 '밀가루와 물'을 들고 극장에 들렀을 때 모셰는 말라기에게 이 이야기를 꺼내기로 마음먹었다. 네이트와 소규모 스태프들이 공연을 준비하고 있는 동안, 둘은 극장 앞쪽에 서서 이야기를 나누었다. 그날 밤에는 카운트 베이시 오케스트라의 공연이 예정되어 있었다.

모셰가 그 주제를 꺼내기도 전에 말라기는 자신의 사업에 관해 이야기할 참이었던지 갈색 종이에 싼 할라 한 덩어리를 무대 가장자리에 던져 놓더니 이렇게 고백했다. "오늘은 빵집을 일찍 닫았어요."

"왜요?"

"사업이 잘 안 돼요. 사람들이 내 빵을 좋아하지 않아요. 내 빵이 뭐가 잘못된 거죠? 좋은 빵이에요." 그는 무대 가장자리에 기대어 네이트와 다른 세 명의 흑인이 뒤편에서 탁자를 닦고 전날 밤의 공연에서 나온 쓰레기를 치우고 있는 것을 바라보았다.

모셰는 조심스럽게 물었다. "빵집을 이전에 운영해 본 적이 있습니까?"

"물론 아니지요."

"그렇다면 왜 빵집을 샀습니까?"

"판다고 매물로 나와 있어서요."

"다른 사업도 많은데요."

"빵집을 하는 게 무슨 문제가 있습니까?"

"아니요, 그런 것은 아니죠. 하지만 미리 실습을 해야 했어요."

"왜 그래야 합니까? 나는 훌륭한 요리사예요."

"빵을 굽는 것은 요리와는 달라요. 내가 알기로는 빵 굽기는 정확성을 요구한다고 하더라고요. 과거에 빵을 구운 적이 있어요?"

말라기는 바로 대답하지 않았다. 대신 그는 모자를 벗고 손가락으로 그의 두껍고 곱슬곱슬한 머리카락을 빗어 넘겼다. 그리고 코트 재킷의 주머니를 뒤지더니 셰이커, 체, 과자 매트, 스크래퍼, 도우 주걱, 밀방망이 같은 모든 종류의 제빵 도구들을 꺼냈다. 그는 조심히 그것들을 무대 가장자리에 올려놓더니 단정하게 줄을 지어 세웠다.

"이것들이 내 연장이에요. 나는 내내 연습을 해요. 나 스스로를 가르치고 있어요."

"가르치는 일과 판매하는 일을 동시에 할 수는 없죠, 친구."

"왜 안됩니까? 미국에서는 이렇게 하지 않나요?"

"그런 경우도 있겠죠. 아무튼 당신은 사업을 인수하기 전에 미리 준비해야 했어요. 이후가 아니라."

보통 때는 반짝이던 말라기의 눈빛이 약간 어두워졌다. "혼란스러워요. 내가 처음 미국에 왔을 때 나는 피츠버그로 갔어요. 하지만 아무도 나를 고용하지 않으려고 했어요. 왜냐하면 내가 예시바를 나왔다는 이유로요. 그들은 내가 지나치게 지적이라고 생각했어요. 나는 큰 백화점을 찾아갔어요. 그리고 말했죠. '나는 여러 언어를 할 줄 아니 통역사로 일할 수 있습니다. 나는 이디시어, 독일어, 폴란드어, 러시아어 그리고 스페인어를 합니다. 나는 고객들에게 그들의 언어로 말하고 물건을 제안할 수 있습니다.' 하지만 그들은 나에게 드레스에 태그를 붙이는 일을 시켰어요. 그래서 나는 차라리 채소를 파는 수레에서 일했습니다. 하지만 사장이 안식일에 일하기를 원해서 그만두었어요. 그다음에는 식당에서 피클통을 청소하는 일을 했어요. 피클 보관액 때문에 손가락이 부어올랐어요. 그러다 말과 마차에서 여성용품을 싸게 팔았어요. 장사가 잘 됐어요. 나중에는 빌린 말과 마차도 소유주에게서 사들였죠. 그렇게 빵집을 살 수 있을 만큼 돈을 모았어요. 9년이 걸렸어요."

"그때 당시에는 아내도 같이 있었나요?" 모셰가 물었다.

말라기의 눈이 촉촉해지는가 싶더니 질문은 무시한 채 제빵 도구들을 가리켰다.

"나는 항상 연습해요. 심지어 밤에도요. 가장 예쁜 케이크를 만들 거예요. 내 파이 먹어본 적 있어요?"

말라기가 만든 할라와의 지난 경험을 고려해 볼 때, 모셰는 그럴 의도가 없었다. 대신 그는 소규모 스태프를 데리고 극장 뒤편을 청소하고 무대를 꾸미고 있는 네이트를 가리켰다. "우리 네이트가 유색인종 일꾼들을 구하는 데 도움을 줄 수 있을 겁니다."

말라기는 고개를 저으며 물었다. "그들이 코셔를 지킵니까?"

"코셔 빵집이라고 코셔 제빵사가 필요하지는 않아요." 모셰가 말했다.

말라기는 잠시 침묵을 지키다가 말했다. "이곳 미국에서의 방식은 온통 섞어버리는 것이지만, 정체성을 잃어버리는 건 현명하지 않아요."

모셰는 이 말에 깜짝 놀라며 무지한 소리라고 생각했다. "그게 어떤 차이를 만듭니까? 당신 사업을 성공시키고 싶은 겁니까, 아닙니까?"

하지만 말라기는 듣고 있지 않았다. 그는 네이트와 일꾼들을 쳐다보았다. 그들은 의자와 탁자를 옮기느라 바빴고 흰색 천을 테이블 위에 깔고 촛대를 세팅하고 있었다. 그는 공연장 뒤쪽을 가리켰다. "저 소년은 누굽니까?"

말라기의 손가락은 탁자를 닦고 있는 사람들 사이에 혼자 있는 흑인 아이를 가리키고 있었다. 운동선수가 아닐까 싶을 정도로 긴 팔과 목, 그리고 초콜릿 통에 몸을 담근 것 같은 피부색을 가진 아이는 10살 또는 12살은 넘지 않는 듯 보였는데 나이보다 키가 크고 마른 체형이었다. 아이는 짙은 색의 타원형 얼굴에 넓은 코, 높은 광대뼈, 모셰가 본 중에 가장 긴 속눈썹을 가지고 있었다. 아름답고 많은 것을 이야기하는 듯한 눈이었다. 아이는 양복 솔로 의자에서 팝콘과 사탕 껍데기를 쓸어내고 있었다. 자신을 쳐다보는 눈길을 알아차리고 아이는 부끄러운 듯 미소를 보이더니 탁자와 의자 사이로 사라지고 싶은 것처럼 머리를 휙 숙이고 빠른 동작으로 네이트의 지시에 따라 일을 서둘렀다.

모셰는 가만히 소년의 행동을 바라보았다. 모셰는 흑인들이 조용히 자취를 감추거나 없는 듯이 존재하는 것에 익숙했다. 하지만 어질러진 댄스 플로어를 가로지르며 빠른 속도로 쓰레기를 모으고 탁자와 의자를 요령 있게 옮기며 효율적으로 일하는 소년을 보니, 기억의 돌풍이 몰아치는 것 같았다. 마치 자신의 과거가 열린 문틈으로 갑작스레 밀려와 실내에 퍼지는 산들바람처럼 셔츠 깃을 날리고 헝클어진 종이를 펄럭여 바닥으로 떨어뜨리는 듯했다. 그가 8살이던 루마니아 시절이 떠올랐다. 굶주리고 지친 채 한 빵집 밖에 서 있던 소년. 군인들이 오는지 한쪽 눈으로는 길을 살피고 다른 한쪽 눈으로는 빵집 문을 지켜보던 겁에 질린 눈. 이삭이 미식축구 경기처럼 팔에 할라 한 덩어리를 안고 튀어나오고 늙은 여자가 이삭을 바짝 따라오던 그때 이삭이 급하게 소리를 냈다.

"서둘러, 군인들이 오기 전에!" 두 소년은 늑대처럼 빵을 먹어 치우면서 달려 도망쳤다. 그가 할라를 싫어하는 것은 당연했다.

모세는 소년에게서 시선을 거두고 말라기가 아이를 지켜보는 것을 바라보았다.

"할라에는 이상한 점이 있어요. 들어볼래요?" 모세가 대답 대신 그렇게 물었다.

"아니요."

"아니, 왜요?"

"왜냐하면 당신이 싫어하는 것은 내 빵 굽는 실력이 아니라는 걸 알기 때문이죠, 친구. 그것이 당신 마음속을 휘젓는 것이라 그런 거지요. 그리고 그 부분은 내가 도와줄 수가 없어요. 단지 기도만이 도울 수 있어요."

모세의 눈이 커졌다. 어떻게 그가 알고 있단 말인가? "무슨 말을 하는 겁니까? 당신은 말을 지어내고 있어요. 그건 그냥 빵일 뿐이에요."

말라기는 그 말을 무시했다. 대신 그는 몸을 끌어 올려 무대 끝에 앉더니 다리를 흔들흔들하며 흑인 소년이 남자들 틈에서 바삐 일하는 모습을 지켜보았다. 손목시계를 흘끗 보더니 소년을 다시 보았다. "지금 1시예요. 저 아이는 학교에 있어야 해요."

모세가 어깨를 으쓱했다. 소년이 학교에 다니던, 다니지 않던 그가 상관할 일은 아니었다. "네이트가 저 아이를 데려왔어요. 네이트가 이곳의 모든 일꾼을 데려오죠."

말라기의 눈은 누렇게 떴고 흑인들이 일하는 모습을 지켜보는 그의 표정은 실의에 빠진 듯했다. "엘리스 아일랜드에 내렸을 때

내가 처음 본 미국인이 흑인이었어요. 나는 미국인이 전부 흑인인 줄 알았어요."

모셰가 신경질적으로 웃었다. 인종에 관한 대화는 항상 그를 불편하게 만들었다. 주제를 바꾸려고 해보았다. "이곳에 오기 전까지 나는 토마토 맛을 몰랐어요." 모셰가 신이 난 듯 말했다. "바나나를 먹어본 적도 없었고요. 이곳에서 처음 바나나를 먹어봤지만 별로더라고요."

여전히 말라기는 다른 곳에 정신이 팔린 듯했다. 그는 줄곧 그 소년을 보고 있었는데 소년이 무대 뒤편으로 작은 깡통을 옮긴 뒤 휴지를 주워 넣는 것을 지켜보았다. "이래서 이 나라가 잘못됐다는 겁니다." 그가 말했다. "저 흑인들."

모셰가 갸우뚱했다. "그들은 아무 잘못이 없어요. 좋은 사람들이에요……. 내 친구 네이트, 그의 아내 애디, 그들이 소개하는 일꾼들까지. 그들은 내게 큰 도움이 됩니다."

말라기가 빙그레 웃었다. "하누카에 대한 역사적 자료가 그리스어로 기록되어 있다는 사실을 아세요?"

"그게 흑인 일꾼들과 무슨 상관입니까?"

"빛*은 서로 다른 문화 간의 대화를 통해서만 가능합니다. 서로를 거부하는 것이 아니라요."

모셰가 소리 내 웃으며 고갯짓으로 그 꼬마에게 지시를 하는 네이트를 가리켰다. "저의 네이트는 그리스어를 할 줄 몰라요."

---

* 유대교에서 빛은 영적 깨달음과 지혜의 상징으로써 하나님의 지혜와 인도를 의미하며 세상에 빛을 비추라고 권장함.

"당신의 네이트라고요? 그가 당신 소유입니까?"

모셰는 당황했다. "제 말이 무슨 뜻인지 알잖아요." 모셰가 웅얼거렸다.

말라기가 인상을 썼다. "당신은 미국인들의 방식을 배운 겁니다." 그가 머리를 흔들었다. "이 나라는 내겐 너무 썩었어요."

"당신 지금 왜 이런 말들을 하는 거요? 네이트는 내 친구입니다."

"이젠 그가 친구입니까?"

"당연하죠."

"당신이 그에게 돈을 주기 때문에요?"

"그거야……. 그럼, 그가 공짜로 일을 해야 한다는 겁니까?" 모셰는 씩씩거리며 말했다.

하지만 말라기는 듣고 있지 않았다. 그는 네이트를 쳐다보고 그의 뒤에서 일하고 있는 소년을 보고, 다른 흑인들을 바라보았다. 그는 각각의 사람들을 하나하나 훑어보더니 중얼거렸다. "이 나라에서의 삶은 유대인보다 흑인들이 더 나은 것 같아요."

"어째서 그렇죠?"

"적어도 그들은 문화정체성은 있죠. 자신들이 누구인지 알잖아요."

그는 무대에서 뛰어내리더니 그의 제빵 도구들을 모으기 시작했다. 그리고 그가 입고 있는 낡은 재킷의 유난히 커다란 주머니에 쑤셔 넣었고 그가 움직이는 대로 짤랑거리며 소리를 냈다. 그런 다음 이디시어로 이렇게 말했다. "우리는 불타는 집안으로 통합되고 있어요."*

"무슨 소립니까?" 모세가 물었다. 그때 갑자기 흑인들 중 한 명이 부드러운 목소리로 교회 찬송가를 부르기 시작했고 다른 이들이 화음을 맞추며 합류했다. 그렇게 그들은 찬송가를 부르면서 탁자를 들어 올리고 쓰레기를 치워가며 더욱 빠르게 일을 하기 시작했다.

당신이 원하시는 곳으로 가겠습니다.
산을 건너고, 평야든, 바다든.
당신이 원하시는 것을 말하겠습니다.
주여, 당신이 원하시는 사람이 되겠습니다.

노래가 축축하고 어두운 댄스홀에 울려 퍼졌다.

말라기는 잠시 듣고 있다가 이디시어로 다시 말했다. "내 빵집을 당신이 좀 팔아 주셨으면 합니다. 빚을 정리하고 혹시 남는 돈이 있으면 제게 보내주세요."

"어디 가시려고요?"

하지만 말라기는 이미 문을 향해 걸어가고 있었고 그대로 사라졌다.

모세는 의아한 상태로 닫힌 문을 바라보았다. 무대를 힐끗 보니 말라기는 파이 팬과 셰이커 같은 몇 가지 도구들을 남겨두고 떠났

---

* 흑인 인권운동가 말콤 엑스가 흑인들이 직면한 어려움과 복잡성을 설명하기 위해 사용한 표현으로, 근본적인 결함이 있는 불공정한 사회의 시스템에 통합되거나 인정받으려는 노력보다는 스스로의 제도와 자결권을 구축하는 데 집중하자고 주장하였다.

다. 그는 생각했다. '내일 만나면 이것들을 그에게 돌려 줘야겠어.'

하지만 모셰는 다음 날 말라기를 볼 수 없었다. 그다음 날에도. 그렇게 한동안 모셰는 그를 다시 만날 수 없었다.

7

새로운 문제

모세는 극장 안에서 재즈 피아니스트인 제이 맥샨의 지난밤 양말만 신고 춤을 추는 양말 무도회의 뒷정리를 하며 댄스홀의 탁자를 옮기고 있었다. 그때 네이트가 빗자루를 내려놓더니 모세에게 다가왔다.

"얘기 좀 할 수 있을까요?"

모세는 그의 말을 제대로 듣지 못했다. 그는 여전히 말라기가 갑작스레 사라진 것 때문에 괴로워하고 있었다. 며칠 후 네이트를 빵집에 보냈고 네이트는 문이 닫혀 있으며, 위층의 거주 공간이 깜깜하다고 보고했다. 그다음으로 며칠이 지나고 모세는 시카고 소인이 찍힌 편지 한 통을 받았고, 그로부터 이틀 뒤 아이오와주 디모인 카운티의 도장이 찍힌 두 번째 편지를 받았다. 둘 다 말라기의 아름다운 필기체 글씨로 빵집 매각을 지시하며 모든 도구와 주방용품들을 어떻게 처리해야 하는지, 판매가 완료되면 돈은 어디로 보내야 하는지가 쓰여있었다. 모셰는 이 일에 끼이고 싶지 않았기 때문에 골치가 아팠다.

모셰는 말라기가 마음을 어떻게든 바꾸기를 기대하며 일주일을 기다렸다. 그러고는 마침내 말라기의 요청에 따라 움직였다. 여기저기 수소문을 하는 와중에 레딩에 있는 장인어른이 리투아니아에서 온 유대인 형제를 소개했다. 그들은 빵집을 인수하고 싶어 했다. 그들은 갓 도착한 이민자들로 미국식 문화에 익숙하지 않았다. 그것은 모셰가 시청에 가서 비유대인인 사람들을 상대해야 하고, 그들의 은근히 깔보는 식의 질문에 대답하며 수수께끼 같은 양식을 작성해야 한다는 의미였다. 이삭이 도와줄 유대인 변호사를 레딩에서 보내주겠다고 했지만 모셰가 거절했다. 그는 시청 직원들을 모두 알고 있었다. 그는 그 일을 빨리 마무리할 수 있었다. 게다가 말라기는 비록 미국인이 된 모셰가 믿지 않는 것을 믿긴 하지만 그래도 그의 친구였다. 모셰는 말라기가 너무 과거에 고착된 것이 아닌가 생각했다. 옛 방식은 미국에 맞지 않는다. 하지만 여전히 말라기가 했던 말은 모셰를 괴롭혔다. '이 나라는 내겐 너무 썩었어요.' 어떻게 감히! 미국은 깨끗하고 깨끗하고 깨끗했다. 유럽보다 훨씬 더. 이 위대한 나라에 대해 그런 식으로 말하다니, 대체 그는 뭐가 맘에 안 드는 걸까. 미국이 우리에게 해준 것들을 보라고!

하지만 모셰를 가장 괴롭게 한 것은 말라기가 흑인들에 대해 한 말이었다. '이 나라에서의 삶은 흑인들이 더 나은 것 같아요. 적어도 그들은 자신이 누구인지 알잖아요.'

모셰가 고개를 들자 네이트가 자신을 보고 있는 것을 발견했다.

"그건 뭐예요?" 네이트가 모셰의 손을 내려다보며 물었다.

모셰는 자신이 10달러짜리 지폐를 들고 있다는 것을 알았다. 그것은 평소처럼 품위 있게 맥샨의 밴드를 대접한 네이트에게 주려고 생각했던 팁이었다. 그는 항상 네이트에게 팁을 주었다. 네이트는 그의 사람이었다.

그는 멍하니 그 돈을 내밀었다. "당신 거예요."

네이트가 그를 바라보았다. "당신, 괜찮아요? 모셰 씨?"

모셰는 극장을 둘러보았다. 말라기가 눈길을 주었던 그 소년을 포함해, 두 명의 네이트의 일꾼이 일을 하고 있었다. 그는 소년을 향해 고개를 까닥였다. "저 아이는 누구예요?"

네이트의 부드러운 눈길이 걱정으로 바뀌었다. "그게 바로 제가 당신과 하려던 이야기예요. 제 조카, 도도라고 합니다."

"대체 무슨 아이 이름이 그렇습니까?"

"저희는 그렇게 부릅니다. 그는 착한 아이예요. 그는 귀머거리에 약간 멍청하긴 하지만……. 음… 멍청한 것은 아니고요."

"지적장애인인가요?"

네이트가 어깨를 으쓱했다. "아니요……. 사실 사고가 좀 있었어요. 애디의 여동생의 스토브가 어느 날 터졌고 무언가가 그의 눈에 들어갔죠. 한동안 아이는 볼 수 없었지만 지금은 괜찮아졌어요. 하지만 그 사건 이후로 잘 듣질 못해요. 하지만 말은 합니다."

"닥터 로버츠에게 데려가 봤어요?"

네이트가 웃었다. 모셰는 그것이 쓴웃음이라는 것을 알아차렸다. 닥터 로버츠는 지역 클랜 퍼레이드에서 매년 행진을 하는 사람이었다. 그것에 대해 밝혀낸 사람은 초나였고, 흰색 천을 쓰고 메인 스트리트를 행진하며 유대인 상인들의 문을 닫게 하는 남자들을 규탄하는 내용으로 그녀가 신문사에 보낸 편지들은 모세가 걱정하는 것보다 더 많은 문제를 만들었다. 그다음으로 포츠타운의 테니스 클럽과 아이스 스케이트 링크에서 유대인을 배제하는 것을 지적한 편지를 보냈고, 포츠타운 「머큐리」 신문사는 이 기사를 발행할 정도로 충분히 용감했지만 어떠한 도움도 되지 않았다. 그 일은 마을을 휘저어 놓기만 한 것이 아니라 유대인 교회 또한 뒤집어 놓았다.

치킨힐의 원래의 열입곱 유대인 가족들 대부분은 독일계였는데 원만하게 다 같이 잘 지내자는 주의였다. 하지만 동부 유럽에서 온 새로운 유대인들은 참을성이 없고 통제하기가 힘들었다. 헝가리인들은 쉽게 당황해서 패닉에 빠졌고 폴란드인들은 쉽게 불만에 찼다. 리투아니아 사람들은 화를 잘 내고 예측하기가 힘들었다. 그리고 루마니아인들은……. 가만 보니 모세는 유일한 루마니아인이었다. 그는 모든 것에 동의하지는 않더라도 아내의 말을 충실히 따르는 편이었다.

하지만 비교적 최근에 이주한 유대인들은 '저항'하는 것을 두려워하지 않았다. 분쟁이 생겨서 사업에 좋을 리는 없겠지만 만약 포츠타운 유대인들이 하던 일과 사업을 모두 그만둔다면, 포츠타운 전체가 5분이면 무너질 것이라는 암묵적 이해를 바탕으로 행동하는 듯했다. 미국에서 태어난 불가리아인, 초나의 미국인 혈통이 냄새나는 옷을 입고 배에서 막 내려 이디시어만 쓰는 새로운 유대인 신도들을 깔보는 사회 복지 기관의 상류층 유대인 사이에서 그녀의 위치를 보장해 주었기 때문에 그녀에겐 영향력이 있었다. 유대인 회당을 시작한 사람이 그녀의 아버지이기도 했다. 그녀의 남편은 이디시어 공연과 공식 승인은 받지 않았지만 흑인 공연을 하고 있는 마을 최고의 부자였다. 그녀 남편의 사촌은 할리우드에까지 인맥이 닫는 필라델피아에서 가장 큰 극장 소유주였다. 모셰가 극장을 유색인들에게 열기로 한 결정을 옹호해 주기 위해 이삭이 회당에 나타나 준 것은 큰 영향을 끼쳤다. 그래서 누구도 그녀에게 공개적으로 도전하지 않았다. 그리고 초나는 어쨌든, 장애인이었다. 누가 몸이 불편한 사람과 논쟁을 할 수 있겠는가. 그냥 내버려두라고 그들이 말하는 것 같았다. 하지만 마을의 나이 든 유대인들은 두려움이 가득 찬 눈으로 그녀의 움직임을 관찰했다.

그녀의 병은 일을 더 복잡하게 만들었다. 왜냐하면 초나는 닥터 로버츠가 그녀를 치료하는 것을 거부했기 때문이었다. 그는 마을의 자랑이었고 고향에서 성공한 소년이었는데 멀리까지 의사를 찾아다니는 그녀의 이야기는 상황을 곤란하게 만들었다. 닥터 로버츠는 심지어 치킨힐에 그녀를 진료하러 올라오겠다는 전언을 보냈지만 무시되었다. 모셰는 초나의 병이 특별히 전문의가 필요하다는 말로 닥터 로버츠와의 대립을 피해 보려고 했다. 어느 정도는 사실이었다. 만약 누군가 진단을 내려줬다면 말이다. 하지만 누구도 그러지 못했다. 그녀가 호전되자 그녀는 사람들에게 말했다. 말라기가 어느날 나타나 기도 책을 펴고 그녀를 위해 기도를 해주었노라고. 그런데 그 불쌍한 남자는 포츠타운에서 5분도 버티지 못했다는 것을 당신들은 모르느냐고. 사람들이 그를 돕지 않아서라고. 지금 그는 어디선가 저 바깥에서 세상을 구하고 있을 거라고. 포츠타운은 빌어먹을 곳이라고. 그리고 우리는 닥터 로버츠가 매년 그의 우스꽝스러운 흰색 광대 옷을 입고 행진하는 곳에 갇혀 있다고.

모셰는 집에서 이런 이야기들을 들으며 초나가 신체적인 문제로 마을에 내려가기 어려운 것이 어쩌면 다행이라는 생각에, 행운의 여신에게 감사했다. 하지만 그렇다고 해서 닥터 로버츠 문제가 해결되는 것은 아니었다. 모셰는 로버츠 박사 이야기가 나올 때마다 불편한 감정이 들었다.

마치 그 점을 알고 잘라 말하는 것처럼 네이트는 로버츠 박사를 만나보라는 제안을 일축했다. "도도는 의사가 필요 없어요. 그 아이는 사고를 겪었고, 그래서 아팠다가 지금은 나아졌어요. 아이는 괜찮습니다."

"그럼 뭐가 문제인가요?" 모셰가 물었다.

네이트는 긴장한 듯 빗자루를 잡은 손을 내렸다 올렸다 하면서 말을 했다. "제가 물어보려던 말은요……. 저 아이를 데려와서 정식으로 써도 될지 해서요. 관중들 분위기 살리는 일이라든지 이것저것요."

"원하는 사람이면 누구든 데려와도 돼요." 모셰가 말했다.

"압니다. 하지만 먼저 허락을 구하고 싶어서요."

모셰는 바닥을 닦으며 가까이 다가온 그 아이를 바라보았다. 도도는 아름다운 소년이었고 빛처럼 반짝이고 있었다. 모셰는 소년을 보고 미소를 지었다. 소년은 모셰를 힐끗 보더니 고개를 돌리고 쓰레기를 줍느라 바빴다.

그때 모셰는 말라기가 그 소년을 보고 하던 말이 기억났다. 그는 손목시계에 눈길을 주었다. 거의 오후 1시가 다 되어 있었다.

"아이는 몇 살인가요?"

"열 살은 넘었습니다."

"지금 학교에 있어야 하지 않나요?"

네이트는 빗자루에 몸을 기댔다. "음…… 그건 그렇죠." 네이트가 말했다. "도도는 애디의 여동생 델마의 아들이에요. 델마 기억하세요?"

모셰는 네이트가 가끔 극장에서 일손이 필요할 때 부르던 조용한 흑인 여성을 어렴풋이 기억해 냈다. "알 것 같아요."

"델마가 지난달에 날개를 달았어요."

"날개를 달았다고요?"

"세상을 떴다고요."

"아."

네이트의 이마에 주름이 잡혔지만 부드러운 목소리로 말을 이었다. "저와 제 아내가 아이를 돌보고 있습니다."

모셰는 당황해서 잠깐 바닥으로 시선을 옮겼다. 그와 네이트가 서로 한가지 공통점이 있다고 생각했던 기억이 가물가물 떠올랐다. 둘의 아내는 모두 아이를 낳지 못했다. 네이트와 모셰는 지난 세월 동안 서로의 곁에서 줄곧 함께 일했지만 아내나 집안일에 대해서는 거의 대화를 나누지 않았다. 뭐 하러 신경을 쓴단 말인가? 대신 아내들은 서로 모든 이야기를 주고받았다. 초나의 병은 그들 모두를 뒤흔들었고 그녀가 회복하자 그들 모두 행복해졌다. 그랬겠지? 그는 자신이 네이트에게 개인사에 관해 묻는 것을 항상 피해 왔다는 사실을 깨달았다. 그러는 편이 나았다. 모셰의 푸스게이어 어린 시절, 극단의 아이들과 친구가 되었다가 어느 날 갑자기 친구들이 떠나고, 누군가는 입양되고, 다른 친구는 아프거나 질병, 불운, 죽음에 내몰렸던 때로 거슬러 올라가게 된다. 식량은 부족했고 삶은 팍팍했다. 옛 나라에서 유대인의 삶은 가치가 없었다. 친구를 만들지 않는 것이 훨씬 나았다. 어떻게 감히 말라기는 이 나라를 더럽다고 할 수 있단 말인가! 이곳이 훨씬 낫다.

"음. 괜찮아요. 그렇게 하세요." 모셰가 말했다. "당신이 하고 싶은 대로 사람들을 부리면 됩니다."

네이트의 이마에 다시 주름이 잡혔다. "지난주에 주정부에서 남자가 한 명 집에 찾아왔었어요. 도도를 스프링 시티에 있는 특수학교로 데려가겠다고 하더군요. 도도는 특수학교에 가고 싶어 하지 않아요. 우리와 이곳에서 잘 지내고 있어요."

모셰의 심장이 빨라졌다. 하고 싶은 말이 뭔지 알 것 같았다. 하지만 네이트가 말을 계속했다. "그 남자가 다음 주에 아이를 데리러 오겠다고 했어요. 혹시 허락하시면 도도를 오늘 밤 극장으로 데려올까 해서요. 며칠만 그 남자를 피하면 어떨까 싶네요. 아이는 얌전합니다. 아무것도 듣지 못해요. 걱정하실 일도 없을 테고 시끄럽게도 하지 않을 겁니다. 일을 잘해요. 청소하거나 이런 것들이요."

"얼마 동안이나요?"

"주정부 사람이 정확히 언제 올지는 몰라서……. 단 며칠만요."

"하지만 잠잘 곳이 없잖아요." 모셰가 항변해 보았다. "이곳은 너무 추워요."

"지하에서 잘 수 있어요. 그곳에 카우치가 하나 있고 벽돌로 된 오래된 벽난로도 있어서요. 괜찮을 거예요."

"주정부에서 온 그 사람에게는 어떻게 말할 건가요?"

"정부는 흑인 소년 하나 때문에 그리 많은 문제를 만들려 하지는 않을 겁니다, 모셰 씨."

모셰는 '정부'라는 단어를 듣는 것만으로도 마음속 우물에서 두려움이 솟구치는 것이 느껴졌다. '미국'이라던가 '법률'이라는 단어도 마찬가지였다. 그러나 반면에 잠든 초나 얼굴에 눈물을 떨구며 오랜 시간 초나를 보살펴 주고 있는 애디가 떠올랐다. 모셰가 잠자던 의자에서 깨어나 보면 애디는 아침까지 여전히 그 자리에서, 모셰에게 많은 것을 준 여인의 사랑을 빼앗아 가려는 악마와 대신 싸워주고 있었다. 애디에 대한 생각만이 등골을 서늘하게 하고 목구멍을 타고 올라온 본능적인 공포를 외면하고 말을 내뱉을 수 있도록 용기를 주었다. "아내와 이야기해야겠어요, 네이트."

"그렇다면 좋습니다."

하지만 모셰는 그날 밤 부엌에 들어가기 전에 이미 답을 알고 있었다. 정부에 대한 두려움이 전혀 없는 초나에게 다른 반응이 있을 거라고 생각하지 않았다. 그녀의 아버지가 레딩으로 옮기면서 모셰에게 극장을 팔고 자신과 함께 이사하자고 주장했을 때, 초나는 이곳에 남겠다고 말했다. "우리는 우리의 미래를 세우겠어요." 그녀가 말했다. 경찰을 두려워했던 모셰와는 달리 초나는 경찰에게 문제 제기하는 것을 두려워하지 않았다. 자신의 우물이 회당에서 가장 가까웠던 한 농부가 여성들의 월례 정결 의식에 사용할 물을 팔지 않겠다고 했을 때 초나는 경찰을 불렀다. 경찰이 더러운 도로 때문에 경찰차가 언덕을 올라 갈 수 없다고 하면서 아무런 조치도 하지 않으려고 하자 그녀는 경찰서로 걸어 내려가 그녀의 생각을 솔직하고 직설적으로 전달했다. 그런 다음 회당의 누구에게도 묻지 않고 말이 끄는 수레를 가진 유색인을 고용해서 그가 끄는 수레 뒤에 타고 마을로 내려갔다. 그리고 마을 공용 우물의 급수용 펌프 꼭지에서 여러 개의 통에 물을 가득 받아와 그 유색인에게 비어 있는 미크바*에 목욕물을 채우게 했다. 회당의 지도자들은 격노한 나머지 모셰와 초나에게 맡은 역할을 내려놓으라고 위협했다. 나쁜 감정은 몇 년 동안 지속되었다. 모셰는 결국 자신과 초나가 죽었을 때 회당 공동묘지가 아니라 하노버 거리 근처의 유색인과 가난한 사람들이 사용하는 묘지 옆에 있는 좁은 유대인 구역에 묻히게 될 것이라고 확신하게 되었다.

초나는 어깨를 으쓱하며 별일 아니라는 듯 말했다. "내가 죽어갈 때 그들은 어디에서 뭘 하고 있었죠?" 그녀는 소리 내 웃었다. "그들은 푼돈이나 벌기 위해 바쁘게 움직였죠. 그들은 나를 병든 것, '콜리케'라고 불렀어요. 나는 그들보다 오래 살 거예요."

모셰가 집에 들어섰을 때 아내는 콧노래를 흥얼거리며 게필테피쉬와 양파를 요리하면서 스토브 앞에 있었다. 그는 아내에게 엄마를 잃은 청각 장애 소년에 대해 이야기했다. 어떻게 네이트와 애디가 그를 데려오게 되었는지와 주정부가 소년을 유일한 가족으로부터 빼앗아 가지 못하도록 올아메리칸 댄스홀 극장 지하에서 그 소년을 재우도록 허락하게 되었다고 이야기했다.

초나는 한 손으로 냄비를 저으면서 다른 한 손으로는 중심을 잡

---

* 유대인 정결 의식을 위한 목욕시설. 주로 출산 또는 월경 후 여성이 많이 사용하지만 남성도 개종 또는 명절 전 사용한다.

기 위해 조리대에 기대고 있었다. 초나는 어깨 너머로 그를 돌아 보았고 짜증이 드리운 그녀의 밝고 빛나는 눈이 그에게 많은 것을 말해 주고 있었다. 그녀는 냄비로 고개를 돌리더니 그를 등진 채 말했다.

"당신 왜 그래요?" 그녀가 말했다.

"나는 그러라고 했다니까요."

"당신은 차가운 극장 지하실에 아이가 머물도록 내버려뒀어요. 쥐들이랑 같이요."

"난로가 있어요. 네이트와 내가 불을 피워줬어요."

"그래서요?"

"이건 문제가 돼요, 초나. 정부에서 그 아이를 원해요."

"무엇 때문에요?"

"그 아이를 특별한 곳으로 넣으려고 해요."

"어떤 곳인데요?"

"그런 아이들을 위한 장소요."

그는 초나의 목덜미가 빨갛게 달아오르는 것을 보았다. 그녀는 잠시 아무 말 없이 서 있다가 말했다. "그런 아이들이라고요?" 이렇게 이디시어로 말한다는 건 그녀가 화가 났다는 의미다.

"하지만 내가 허락했다니까요." 그가 말했다. "나는 심지어 네이트에게 난로에 여분의 석탄을 넣어서 따뜻하게 유지하라고 말했어요."

"당신은 소리를 듣지 못한다고 해서 밤에 춥지 않을 거라고 생각하는 거예요? 당신은 아이가 어둠을 무서워하지 않을 거라고 생각해요? 추운 극장에 자는 것을 행복해 할거라고요? 당신은 귀가 들리지 않으면 추위도 느끼지 못한다고 생각하는 거냐고요? 아니면 외롭지 않다고요? 엄마가 죽어서 마음을 다쳤을 거라는 생각은요? 한번 생각해 봤어요?"

"나는 극장을 운영하잖아요." 모셰가 말했다. "아이에 대해서 내가 뭘 알겠어요?"

초나는 냄비 가장자리에 있던 숟가락을 툭툭 쳐서 묻어있던 수프를 털어내더니 어깨 너머로 말했다.

"가서 난롯불 끄고 집으로 데려오세요."

8

페이퍼

그 주 토요일, 치킨힐의 소식통, 일명 페이퍼라고 알려진 패티 밀리슨이 하늘과 땅 식료품점에서 소식 한마당을 열었을 때, 펜실베이니아 주정부로부터 도도를 숨기기로 한 초나의 결정은 주요 이야깃거리가 되지 못했다.

매끄러운 다크 초콜릿 갈색 피부와 날씬한 몸매, 땋은 콘로 머리 스타일의 '페이퍼'는 비밀은 물론이고 먹은 음식도 남아나지 않을 듯이 쉴 새 없이 떠들고 있었다. 실제로 그녀는 말처럼 잘 먹었지만 살이 찌지 않았다. 세탁일을 하는 그녀는 매주 토요일에 하늘과 땅 식료품점에서 공판 법정을 열었다. 토요일은 미스 초나의 안식일이었기 때문에 페이퍼는 고삐 풀린 말처럼 초나의 귀를 피해 흥미로운 가십거리, 생생한 지역 정보를 포함해 재담을 떨 수 있었다.

치킨힐의 유색인 가정부, 객실 청소부, 술집 청소부, 공장 노동자와 벨보이들은 매주 토요일 아침 페이퍼 신문사의 새로운 소식을 듣기 위해 모여들었고 모두들 그녀의 소식들을 사랑했다. 그녀는 신문을 읽지도 않으면서 지역 신문보다 더 많은 소식을 알았다. 사실은 페이퍼가 글을 전혀 읽을 줄 모른다는 뜬소문이 돌기는 했다. 그녀가 침례교회에서 찬송가집을 거꾸로 들고 있는 모습이 목격된 게 한두 번이 아니라고 했다. 하지만 상관없는 일이었다. 프랭클린 거리에 자리한 그녀의 깔끔한 목조 주택은 치킨힐로 이어지는 주요 도로 중 한 곳에 자리 잡고 있어서 앞쪽으로는 중심가가, 뒤쪽으로는 치킨힐이 한눈에 들어오는 곳이었다.

하지만 페이퍼가 치킨힐에서 가장 대담한 보도를 내보낼 수 있었던 것은 집의 위치 때문도, 포츠타운 머큐리나 권위 있는 필라델피아 불틴의 유능하고 민첩한 기자보다 더 능력이 있어서도 아니었다. 오히려 그것은 남성 종족에 대한 그녀의 영향력 때문이었다. 그녀의 미모, 편안한 웃음, 반짝이는 눈빛 그리고 낯선 사람을 만나도 금세 미소 짓는 태도 등이 남성들의 마음을 사로잡았다. 남자들은 그녀에게 속마음을 쉽게 털어놓았다. 골목에서 칼로 남의 배를 찌를 것 같은 철면피 폭력배들도 그녀가 언덕의 진흙탕길을 옆걸음으로 종종 뛰어 내려가는 모습을 보면, 순수했던 어린 시절 넥타이를 매고 주일 학교를 마친 뒤 교회를 뛰쳐나올 때 얼굴에 입맞춤하던 황금빛 태양과 어머니의 웃음소리와 함께 흩날리던 종려나무 잎이 떠올라 문득 회개하고 싶은 충동을 느낄 정도였다. 벽돌공은 꽃으로 가득한 그녀의 마당에서 단지 그녀가 피튜니아 위로 몸을 숙이는 한순간을 보기 위해 그녀의 굴뚝에 시멘트를 발랐고, 노새 꾼들은 그녀의 웃음소리를 들으려고 식수통에 물을 담아 집으로 운반했다. 인근 레딩 철도 소속 풀먼 포터*들은 그녀의 집 앞에 정기적으로 들러 빨랫감을 맡기면서 그녀와의 하룻밤을 꿈꾸며 아이오와나 플로리다, 심지어 로스앤젤레스 같은 먼 곳으로 여행한 이야기를 들려주었다.

백인 남성들도 그녀에게서 거부할 수 없는 매력을 느꼈다. 그녀가 돈 잘 벌 수 있는 가정부 일을 하지 않는 이유였다. "나는 가정부 일에서 은퇴했어." 그녀는 친구들에게 웃으며 말했다. "문제가 너무 많이 생겨. 남자들은 더듬고 여자들은 맥 빠져 해." 남편이 포츠타운의 번창하는 은행업과 제조업에서 '기름 바른 기회의 장대'를 오르길 바라는 마을의 백인 주부들은 빈틈없는 그녀의 세탁과 완벽한 전문가 손길의 다림질이 필요했기 때문에 남편 빨래를 가지고 페이퍼의 집으로 꾸준히 발걸음했다. 과거에는 방귀깨나 뀌었으나 다행히 지금은 묘지에 묻혀 벌레들을 모으고 있는 (나이 든 흑인들은 지옥으로 가는 다리가 끊어졌다면 낙하산을 태워서라도 지옥에 떨어지기를 바라는) 존 포츠의 손자이자 마을의 수석 은행가이기도 한 윌라드 밀스톤 포츠마저도 셔츠는 그녀에게 보내서 깨끗이 빨래하고 다림질하게 했다. 노인들 말처럼 그녀에게는 뭔가, 사람의 마음을 사는 특별한 재능이 있었다. 여성들은 그녀가 재미있고 흥미로운 사람이라고 생각했다. 페이퍼는 아직 결혼도 하지 않았으며, 결혼할 계획도 없노라 맹세했다. "나는 남자

---

* 풀먼 회사가 호화 침대칸을 개발한 뒤 부자들이 하인의 시중을 받으며 기차여행을 할 수 있도록 고용한 아프리카계 미국인 남성 짐꾼. 1930년 대공황 시기 상대적으로 안정적인 고용과 여행의 기회로 인해 선망의 직업이었으며 1925년 최초의 흑인 노동조합을 결성하였다.

없이 더 잘 할 수 있어요." 그녀는 주장했다. 그리고 그녀는 성공적인 나날들을 보냈다.

어쩌면 치킨힐의 가장 존경받는 여성 대표, 네이트의 아내 애디보다도 한 수 위로 보일 지경이었다. 사람들은 아무래도 두 여성이 이곳에서 오래 살아남기에는 지나치게 용감하다고 생각했다. 남부에서 떠난 지 너무 오래된 것이 분명했다. 지나치게 흑인이었고, 지나치게 강했고, 지나치게 용감했다. 그들은 백인 여성이 다가와도 길옆으로 비켜서는 것을 거부했다. 백인과 눈 마주치는 것을 피하는 것도 잊어버렸으니까 말 다했다고 볼 수 있다. 고향에서라면 목에 올가미가 걸린 채 지난 삶이 눈앞에서 주마등처럼 지나가는 것을 보게 된다거나 어제의 맥주보다 김빠진 희망을 안고 20년을 철망을 바라보고 있어야 했을, 아니면 얼굴을 내밀고 돌아다니다 백인들의 법에 따라 다섯 손가락 가라테 내려치기를 당할 행실들이 뭔지 잊은 듯했다.

아무튼, 유색인들은 백인의 세계에서 무지한 채로는 살아남을 수가 없었다. 그들은 소식을 알아야 했다. 그래서 페이퍼가 중요했다. 그녀는 포츠타운의 특별한 존재였다.

페이퍼는 초나의 하늘과 땅 식료품점에서 여는 그녀의 이번 주 토요일 아침 보고 회의 주요 소식을 무엇으로 할지 정할 때, 미스 초나가 도도를 주정부에서 온 남자로부터 숨겨주었다는 이야기는 크게 상관이 없다고 판단했다. 주부들이나 부랑자들, 공장 잡역부들 중 누구도 그것에 대해 궁금해하지 않았다. 어쨌든 모두들 도도에게 불행한 운명이 찾아왔었다는 것은 알고 있었다. 도도는 애디의 조카, 죽은 여동생 델마의 아이였고, 그녀는 집에서 스토브가 폭발해 아이의 귀를 앗아간 사건 3년 뒤에 죽었다. 그 특수학교라고 불리는, 모두가 학교가 아니라는 것은 알고 있는 그곳은 스프링 시티 위쪽에 있는 끔찍한 펜허스트 요양병원이었고 불의로 가득 찬 세상의 또 다른 부당함이었다. 그래서, 왜, 아이가 거기서 살아야 하는가? 더 이상 생각해 보고 말고 할 일도 아니었다. 게다가 그날 페이퍼의 가십거리는 너무 흥미진진해서 모른 척 할 수가 없었다. 그녀는 이렇게 펼쳐놓았다.

"빅숍이 패티의 금이빨을 뽑아버렸지 뭐예요."

빅숍은 엔조 카리시미라는 본명을 가진 이탈리아계 거구로, 키가 2미터에 넓은 어깨, 커다란 손, 매혹적인 갈색 눈을 가진 예의 바른 성격의 끊임없이 웃음을 터트리는 치킨힐이 사랑하는 인물이었다. 대가족과 함께 그는 시칠리아에서 미국으로 열두 살에 이민을 왔고 여전히 치킨힐에서 사는 몇 안 되는 백인 가족 중 하나였다. 영리하고 건장한 체격에다 주먹도 잘 쓰고 사교적이라 돈을 잘 버는, 지금은 치킨힐 유일한 술집의 소유주인 패티 데이비스, 소위 뚱보 패티도 그때 12살 같은 나이였기에 둘은 금세 친구가 되었다. 패티는 기꺼이 빅숍의 통역사이자 영어 과외 선생님이 되어주었다. 둘은 함께 돈을 벌고 모았다. 고등학교를 졸업하고 그들은 여러 공장에서 같이 일을 했다. 가장 최근 근무지는 강철 니플과 증기 파이프용 부품을 만드는 스토 근처의 플래그 인더스트리였다. 그들은 일을 마치고 함께 걸어서 집으로 돌아오곤 했다.

'페이퍼'의 발표는 순식간에 사람들의 관심을 끌었다. 무리의 가장자리에 서 있던 러스티는 믿을 수 없다는 표정으로 받아쳤다.

"제대로 보고 말하는 거예요, 페이퍼? 아니면 누구한테 들은 소리예요?"

페이퍼의 커다란 갈색 눈이 러스티에게 가 닿았고 그녀의 시선이 꽂히자 호리호리한 몸의 러스티는 일순간 긴장한 듯 보였다. "러스티." 그녀가 참을성 있게 말했다. "내가 숍이 패티의 이빨을 치는 것을 보았어요. 알겠어요? 내 두 눈으로 똑똑히요. 바로 어제."

"왜 패티는 나한테 아무 말도 안 한 거지? 어젯밤에 술집에 들렀는데."

"당신은 뭐 하러 거기 갔었는데요?"

"개인적인 일인데 꼭 말해야 해요?"

"그럼 어젯밤에 패티 봤어요?"

"굳이 찾아보지는 않았어요. 할 일을 좀 하느라 바빠서요."

"음. 그 할 일이 뭐였든지 간에 패티는 그곳에 없었어요. 그는 어젯밤 다친 입술을 치료하러 필라델피아로 운전해 갔기 때문이죠. 윗입술이 핫도그 크기만큼 부풀어 올랐으니까요."

동그랗게 모여있던 여자들이 소리내 웃었다. 계산대 맨 끝에서 일하고 있던 애디도 가까이에서 들으려는 듯 몸을 움직였다.

"두 사람 술 마셨던 거야?" 애디가 물었다.

"그런 것 같지는 않아요." 페이퍼가 말했다.

러스티가 능글맞게 웃었다. "어떻게 알아요? 입냄새라도 맡아 봤어요?"

페이퍼는 차분하게 그를 노려보았다. 그녀는 러스티가 잘생겼다고 생각했지만 능글맞게 웃을 때 그의 얼굴은 끔찍했다. 멍청한 표정을 짓지 않고 조용히만 있으면 얼마나 괜찮아 보이는지 스스로 알고나 있는 건지 그녀는 궁금했다. 분명 전혀 모르는 것 같았다. 결국 그는 다른 남자들과 마찬가지로 멍청이였다.

"나한테 무슨 불만 있어요, 러스티?" 페이퍼가 쌀쌀맞게 물었다.

두 손을 바지 주머니에 끼워 넣고 서 있던 러스티는 순간 담배를 꺼내려고 했으나 갑자기 어디에 두었는지 아무 생각이 나지 않았다. 그는 온몸이 쭈뼛쭈뼛해지고 숨이 가빠지는 것 같았다. 그녀가 주변에 있을 때 그는 항상 이런 느낌이었다. "처음부터 끝까지 당신이 모든 것을 본 것이 아니라면 '누가 존을 쏘았나'처럼 증거도 없이 하는 말은 아무 의미가 없다는 말이죠, 페이퍼. 정말 다 봤어요?"

"끝부분만요." 그녀가 말했다.

"그럼 어떻게 됐다는 건지……?"

"방금 말했잖아요. 숍이 한 대 쳤다고요."

담배를 다시 찾아보려고 여기저기 몸을 뒤지다가 뭔가 힘이 쭉 빠지는 기분이라 러스티는 포기하고 주머니에 손을 찔러넣었다. 그는 어느새 약해진 자신을 발견했다. "그게 아니라, 페이퍼……. 어떻게 된 건지 아는 대로만 이야기해 줘요. 과장은 약간만, 한 순갈 정도만, 네?"

"왜 그래야 해요?"

"만약 당신이 다른 식으로 이야기하면 거짓말처럼 들리니까요."

처음으로 페이퍼가 살짝 부드러워지며 미소를 지었다. 사실을 고백하자면, 러스티에게는 밀고 당기는 능력이 있었다. 그리고 그는 순수했다. 헐렁한 작업복을 입고 있음에도 불구하고 그의 근육질 팔과 단단한 가슴은 그녀가 17살에 처음이자 마지막 버스를 타고 앨라배마, 베스타비아를 떠나 북쪽의 알 수 없는 곳으로 떠났을 때 이후로 오랫동안 느껴보지 못한 가슴 설렘을 그녀에게 주었다.

"당신 이모 클레미가 내일 교회 성찬에 맛있는 치즈 쿠키를 가져온다고 들었어요."

"이모는 치즈 스트로우라고 부르죠."

"그것을 조지 워싱턴이라고 불러도 상관없어요. 그녀가 쿠키를 가져오면 친구들을 기억하고 가져다 주기나 할래요?"

"아마도요."

점점 재밌어지는 분위기 속에서 만족스러운 청중을 확보한 그녀가 진격을 시작했다.

"패티와 숍이 일을 마치고 돌아와 치킨힐로 올라가는 모습을 보았을 때, 나는 정원에서 풀을 뽑고 있었어요. 마당에서 몇 발짝 떨어진 곳에서 둘이 멈춰서더니 패티가 말했어요. '어서, 숍. 하라고. 네가 하고 싶은 거 알아. 어서 해, 하라니까. 끝내버려.'"

여기서 그녀는 아래턱을 쭉 내밀고 등을 굽혀 몸을 구부린 상태로 시범까지 보였다. 이는 돌아다니다 우연히 들른 새로운 청중들과 마을 외곽 백인 농장에 거주하다 주말이면 하늘과 땅 식료품점을 찾아오는 일용직 노동자들까지 포함되어 잔뜩 늘어난 관중의 웃음을 끌어냈다.

페이퍼는 사람들을 훑어보더니 얼굴에서 미소를 지우려고 애쓰며 말을 이었다. "여러분들도 숍이 어떤지 알잖아요. 그는 파리 한 마리 죽이지 못해요. 그가 말했어요. '난 안 할래, 패티.' 하지만 패티는 계속해서 말했어요. '하라니까, 해. 얼른 해치워 버려.'"

그 순간 눈을 반짝거리며 그녀가 벌떡 일어섰다. 상점 유리창으로 비춰 드는 햇빛이 그녀의 아름다운 얼굴에서 빛나고 있었고, 그 빛은 과일과 채소에 반사되어 하늘과 땅 식료품점의 구석구석에 생기를 불어넣었다. 이 순간 만큼은 펜실베이니아가 한때 광고했던 약속의 땅에 서 있는 것 같았다. 완전한 자유가 있는 그런 땅. 하지만 현실은 회색 하늘로 매캐한 연기를 내뿜는 공장의 쓰레기에 둘러싸이고 염소와 닭이 전부 차지한 좁은 마당을 가진 따닥따닥 붙은, 마을 사람 누구도 원하지 않는 곳, 물도 나오지 않고 화장실도 없는 그런 집에서 그들은 살고 있다. 그들은 고향에 있을 때와 마찬가지로 살고 있었다. 그들이 고향에 있지 않다는 점만 제외하면 그들은 고향에 있는 셈이었다. 모든 것이 똑같았다. 하지만 그녀가 드럼을 두드리는 지금 같은 순간은 그들의 삶을 살만하게 만들어 주었다. 소문을 내고 소식을 알려주는 그녀의 목소리는 마치 복음 노래와 같았고 언제나 듣기 즐거웠다.

그녀는 눈을 반짝이며 그들 사이에 서 있었다. "솝은 굴복하고 싶어 하지 않았어요. 하지만 패티는 계속 그를 자극했어요. '어서, 솝. 난 남자니까 괜찮아. 해보라고.' 그게 솝을 건드렸을 것 같아요." 그녀가 말했다. "솝도 아마 슬슬 끓어 올랐을 거예요. 패티가 계속 밀어붙이니, 내 생각엔 솝도 스스로 괜찮다고 생각한 것 같아요."

그리고 이 순간 그녀가 빙그레 웃었다.

"드디어 그가 주먹을 꽉 쥐었……어요. 그리고 주먹 쥔 손을 뒤로 빼더니 네다섯 개 주는 족히 호령하다 온 것 같은 엄청난 주먹을 패티에게 날리는 거예요. 미시시피에서 시작해 캐롤라이나까지 올라갔다가 버지니아에 들러 커피 한잔 마시고, 속도를 올려서 메릴랜드에서 힘을 한껏 더 내서는…… 그리고 붐! 패티를 이 세상에서 없애버리고 싶었던가 봐요. 주먹이 패티의 얼굴에 끔찍하게 가 닿았어요. 아직도 그 소리가 들려요. 패티가 붕 날아갔고 그의 금이빨도 날려버렸어요. 앞니 말이에요. 이빨이 날아가더라고요."

"그다음엔요?" 러스티가 물었다.

"'그다음에'는 없어요, 러스티." 그녀가 말했다. "솝이 몸을 돌려 집으로 갔어요. 패티는 궁둥짝을 대고 꼼짝도 못 하고 있었어요. 머리가 제자리에 붙어있다는 것을 확인한 후에야, 그는 몸을 세우더니 잘못 삼킨 뼈다귀 때문에 낑낑대는 개처럼 무릎을 꿇고 손으로 기어다니기 시작했어요."

"그러는 내내 당신은 뭘 하고 있었어요?" 러스티가 물었다.

"어쨌을 거라고 생각해요? 나는 밖으로 나가봤어요."

"그랬을 리가!"

"믿거나 말거나. 나는 마당을 나와서 말했어요. '패티, 무슨 일이야?' 그가 말했어요. '내 금니가 사라졌어!' 먼지 속에서 한참 돌아다니긴 해야 했지만 결국 우리가 찾았어요. 그는 이빨을 주머니에 넣느라 잠시 몸을 숙이더니 씩씩대며 서둘러 자리를 떴어요. 치아에 밀워키만 한 구멍이 뚫린 채로요."

러스티와 다른 사람들이 모두 웃음을 터트렸다. 깔깔대는 소리가 잦아들자 페이퍼는 이쑤시개를 이빨에 꽂았다. "플래그에서 일하는 딕 클레멘스가 나중에 와서 무슨 일이 있었는지 알려주더군요. 알고 보니 거물급 검사관이 조사를 나왔더라고요. 필라델피아에서 1년에 두 번씩 오나 봐요. 그 검사관이 올 때는 항상 모든 장소를 깨끗하게 정리해 놓아야 한대요. 기계며, 창문, 기둥, 모든 부품을 씻어내고 아름다운 손길로 어루만져주어야 한다나요. 참, 패티가 최근에 승진해서 솝이 패티보다 밑이래요. 둘은 한 팀인데 패티가 좀 거만하게 행동했나 봐요. 같이 일하는 백인 친구에게 명령을 내리면서 콧대 높은 짓을 한 모양이에요. 자기는 앉아서 낮잠이나 자면서 솝에게 많은 일을 시켰던 거죠."

그녀가 잠시 말을 멈추고 관중의 반응을 살폈다. 초나가 자주 앉는 계산대 끝 쪽 의자에 본능적으로 시선을 주었다가 거두었다. 의자는 비어 있었다.

"검사관이 패티와 솝이 있는 방에 와서 벽에 매달려 있는 소방 호스를 가리키며 말했대요. '이 소방 호스를 꺼내서 테스트해 봤습니까?' 패티가 대답했어요. '네 검사관님, 테스트했습니다.' '누가 확인했습니까?' '음, 여기 솝이요.' 패티가 말했어요. 솝은 소방 호스에 대해서는 아무것도 몰랐어요. 하지만 이탈리아인이고 영어를 잘 못하는 그는 패티가 고개를 끄덕이는 것을 보고 말했어요. '아, 예, 예, 씨 씨.' 이탈리아 사람들이 동의할 때 하는 식으로요. 그러자 검사관은 호스를 보관대에서 빼서 흔들었어요. 그때 땅콩 한 알이 노즐에서 떨어진 거죠. 검사관이 말했어요. '내가 지난번 여기 6개월 전에 왔을 때 이 땅콩을 넣어뒀습니다.' 패티가 말했어요. '하지만 이 땅콩은 깨끗한데요.' 음, 당연히 그 중요한 분은 화가 엄청나게 나서 둘을 그 자리에서 해고했어요. 집에 돌아오는 길에, 내 생각에는 패티가 상황을 정리하고 싶었던 것 같아요. 그는 솝의 엄마가 일자리를 잃은 솝에게 채찍을 휘두를 것을 알았기 때문이죠. 여러분들도 솝의 엄마가 어떤 사람인지 아시죠. 그 자그만 여자가 그 거인에게 일을 칠 거라는 걸요! 그녀는 시원하게 뻥 차서 내쫓을 거예요!"

모인 사람들이 시끌벅적해졌다. 여기저기 짝지어서 떠드는 와중에 몇몇은 패티가 원래 장난이 심하긴 하지만 너무 직업이 많아서 일이 그렇게 된 거라고 언급했다. 패티는 택시를 몰았고 세탁 서비스 일을 했다. 그는 공장에서 일했고 이에 더해 술집을 운영하고 햄버거 판매대도 관리했다. 다른 이들은 플래그에서 일하기 전에 패티가 솝을 '엠파이어 파이어 컴퍼니'에서 일하도록 소개해 주었기 때문에 불쌍한 빅솝은 자신이 패티에게 빚을 졌다고 생각하는 거라고 추측했다. 패티는 모여 앉아 맥주나 마시고 온종일 카드나 치는 아일랜드 남자들에게 솝을 소개해 주었고 그들은 솝에게 새로운 소방차를 세차하고 오래된 소방 마차를 끌고 돌아다니게 시켰다. 솝은 소방대 역사상 최초의 이탈리아인이었다. 모두 빅솝이 아일랜드 친구들을 사귄 건 잘못이라는 데 동의했다.

사람들이 이런저런 수다를 떨자 페이퍼는 애디가 서 있는 뒤쪽 카운터로 자연스럽게 멀찍이 물러났다. 페이퍼는 관중들의 관심이 멀어져 그녀의 말이 들리지 않을 때까지 기다렸다가 카운터에 몸을 기댔다.

"BC 파우더 한 봉지 주세요." 그녀는 대수롭지 않은 듯 애디의 어깨너머를 가리키며 말했다.

애디는 뒤로 손을 뻗어 물건을 집어 들고 카운터에 놓았다. 그녀의 눈길은 흰색 셔츠에 펠트 모자를 쓰고 양파를 보는 척 채소 판매대 근처에 서 있는 키가 큰 낯선 흑인 남자에 머물러 있었다.

페이퍼도 그를 흘낏 보더니 그녀의 길고 예쁜 손가락으로 두통약 봉지를 감싸 쥐었다.

"두통 있어, 페이퍼?" 애디가 물었다.

"아뇨. 하지만 저 깜둥이가 곧 머리가 아프게 될 거예요. 러스티에게 저 사람에 대해서 말하지 않는 것이 내가 할 수 있는 전부였어요. 러스티는 아마 그를 때려눕힐 거예요."

"저 사람은 헴록 마을에서 온 것 같아."

"아뇨. 헴록 마을 유색인들은 키가 더 작아요. 생김새도 다르고. 그는 정부 쪽에서 온 사람이에요."

"정부에서 유색인을 고용하지는 않을 거야." 애디가 말했다. "풀먼 포터일지도 모르겠어."

"만약 저 사람이 풀먼 포터라면 내 장을 지지겠어요. 신발 좀 보세요. 짐꾼들은 죽었다 깨나도 저렇게 형편없는 신발을 신은 모습을 보여주지 않아요. 게다가 제가 이곳에 오는 모든 짐꾼을 웬만하면 아는데요, 아무래도 저 사람은 정부에서 온 사람인 것 같아요. 펜허스트 정신병원에서 왔을지도 몰라요. 도도를 데려오라고 보냈을지도요."

"유색인을? 유색인들은 바닥이나 청소하고 펜허스트에서 용변 보는 일을 돕는 일이나 하지. 내가 아는 한은. 혹시 그래도… 펜허스트에서 왔을지도 모르지." 애디는 그 남자를 살펴보았다. 그런 다음 걱정스러운 눈빛으로 시선을 거두었다. "정부에서 도도를 잡아가려고 이곳에 세 번이나 백인 남자를 보냈어. 같은 사람으로."

"당신이 그를 쫓아냈을 때 그의 꼭지를 돌게 한 게 분명해요."

"내가 쫓아내지 않았어. 미스 초나가 그랬지."

"음. 초나가 폭탄을 터트렸네요." 페이퍼가 말했다.

둘은 그 남자가 머리를 재빠르게 이리저리 돌려가며 상점 안 사람들을 훑어보고 자세히 살펴보는 것을 지켜보았다. 그는 그런 다음 양파에서 다른 채소 쪽으로 몸을 옮기더니 하나하나 손으로 만지고 있었다. 페이퍼가 히죽 웃었다. "대단한데요. 정부에서 일하는 유색인을 본 건 처음이에요. 가서 말이라도 걸어볼까요?"

"아니." 애디가 말했다. "그가 이곳을 떠날 때 너희 집을 지날 거야. 그가 차를 운전하고 있다면 차량 번호라도 적어 놓아줘."

페이퍼가 빙그레 웃었다. "나는 그런 건 체질에 안 맞는데요. 종이에 글자나 긁적이고 있는 건. 패티한테 말해 볼까요? 패티는 바로 수습해 줄 수 있을 거예요."

"패티는 치아 때문에 필라델피아에 갔다고 하지 않았어?"

"곧 돌아올 거예요."

"그는 이 일에서 빼."

"미스 초나는요?" 페이퍼가 물었다.

"그녀도 이 일에서 빼자. 겉으로 보이는 것처럼 그녀의 상태가 좋은 건 아니야. 저 사람이 누구인지 알게 되면 초나가 가만히 두지 않을 거야. 그러다 병세가 깊어질지도 모르고. 그건 안돼. 아무튼 이 일을 알게 되면 백인들과 더 많은 문제가 생길 거야. 이곳 백인들도 땅콩 껍질만큼이나 그녀를 탐탁지 않아 해. 그냥 조용히 있자."

애디는 잠깐 턱을 문질렀다가 카운터에 몸을 기대며 페이퍼에게 가까이 다가갔다. "한 가지." 그녀가 목소리를 낮추며 말했다. "미스 초나가 정부에서 온 그 남자에게 세 번이나 그 소년은 더 이상 이곳에 없다고 말했어. 왜 그들은 여전히 찾고 있을까?"

"치킨힐 누군가가 입을 놀리고 있기 때문이겠죠." 페이퍼가 말했다.

"그 입 싼 사람을 어떻게 찾을 수 있을까?"

페이퍼가 미소를 지었고, 그녀의 아름다운 눈동자가 기대감에 차 초록색에 가까운 빛을 띠었다. "저한테 맡기세요."

9

로빈과 참새

초나의 하늘과 땅 식료품점 옆집에는 패티 데이비스의 여동생, 버니스 데이비스가 살고 있었다. 패티와 버니스는 치킨힐의 거의 모든 흑인과 친척 관계였다. 포츠타운 은행의 부사장 운전사인 얼 슈그 데이비스와 6촌이었고, 시카고 화이트 삭스에서 활약했던 야구 선수 벅 위버의 조수로 일한 적 있는 바비 데이비스와도 6촌 간이었다. 버니스는 또한 모든 것을 고칠 수 있는 핸디맨 러스티 데이비스의 의붓남매이고, 치킨힐의 유일한 열쇠 수리공 홀리 데이비스와 10촌 관계였다. 가장 대단한 건, 시카고에서 유명한 재즈 밴드 할렘 햄팻츠에서 연주하기 위해 치킨힐을 떠났다가 총에 맞아 결국 리마콩 접시에 얼굴을 묻고 죽은 전설적인 재즈 드러머, 츌로 데이비스의 조카라는 점이었다.

버니스는 마지막으로 세었을 때 기준으로 8명의 자녀를 둔 자랑스러운 어머니이기도 했다. 그녀의 아이들은 밝은색부터 어두운색까지 피부색이 다양하긴 했지만 모두 이렇게 저렇게 버니스를 닮았다.

그게 나쁘다는 것은 아니다. 좋은 일도 아니긴 했지만……. 사람들은 버니스가 남자들이 돈을 들고 쫓아다닐 만한 미모를 지녔다는 사실을 알고 있었다. 문제는 그 남자는 누구며, 돈은 또 어디에 있느냐 하는 것이었다.

지팡이에 몸을 의지한 채 초나는 버니스가 사는 나무판자로 만든 작은 집이 보이는 부엌 싱크대로 자리를 옮겼다. 그녀는 오랫동안 창문 밖을 바라보았다. 두 집은 똑같은 모양의 토지에 울타리를 사이에 두고 6미터 정도 떨어져 있었다. 그일 이후로 초나는 버니스의 얼굴을 제대로 마주하고 대화를 나눈 적이 없었다. 그녀는 버니스에 대한 정보를 애디에게서 주로 들었다. 애디는 치킨힐에서 버니스와 이야기를 나누는 몇 안 되는 사람 중 하나였고 애디는 어브와 마브 스크럽스켈리스 다음으로 "가장 무례하고 옹졸한 심성을 가졌으며 한 대 치고 싶고, 죽이고 싶은 영혼"이라고 그녀를 묘사했다. 버니스는 아이러니하게도 어브와 마브의 요리사로 일했다. 그 점에서 초나는 서로가 적절한 파트너라고 생각했다.

초나는 버니스가 수년 동안 어브와 그렇고 그런 사이라는 소문을 들었다. 그러다가 소문이 실은 버니스와 마브라고 뒤집혔고 그런 다음 다시 어브로 돌아갔다가, 어브가 결혼을 하고 나서야 소문은 끝났다. 어쨌든 둘 중 하나였다. 하지만 어느 누구도, 심지어 네이트조차 버니스의 아이들 아버지 이야기를 감히 꺼내지 못했다. 사람들에게 말하기 좋아하는 패티도 그의 누이인 버니스에 대해 물으면 이런 대답을 하곤 했다. "나는 동생에게 아무 질문도 못

해요. 숨이 붙어 있고 싶거든요."

초나는 그 집을 쳐다보다가 한숨을 내쉬었다. 지난 14년 동안에는 이웃으로 살고 있음에도 그녀와 버니스는 서로 다섯 마디 이상 말을 나눈 적이 없었다.

늘 그랬던 것은 아니었다. 초나가 어렸을 때 그녀의 아버지와 버니스의 아버지, 샤드는 좋은 친구였다. 1900년대 초에 불가리아에서 온 초나의 아버지 야코브는 포츠타운 최초의 유대인이었다. 그는 많은 유대인이 그랬던 것처럼 행상인으로 이곳에 왔다. 그의 배낭에는 로어 이스트 사이드에서 어렵게 구한 주방용 그릇, 중고 집기들, 수제용품이 담겨 있었다. 그가 엘리스섬에서 풀려난 후 단돈 6센트와 어머니가 준 조그만 메주자, 델란시 거리에서 울고 있던 그를 보고 불쌍히 여긴 한 친절한 흑인 과일 장수가 준 자몽 한 개를 들고 처음 도착한 곳이 로어 이스트 사이드였다. 야코브는 그때까지 자몽을 본 적이 없었다. 그 흑인은 어떻게 껍질을 벗기는지 알려주어야 했고 그가 한입 베어 물었을 때 너무나 시고 톡 쏘는 맛이라 그의 눈은 더 많은 눈물로 가득 찼다. 그 순간, 야코브는 눈물을 야기하는 과일을 나눠주는 이 이상한 미국인과 같은 처지가 되지 않도록 유대교 말씀을 전하는 데 한평생을 바쳐야겠다고 마음먹었다. 그는 친절하고 너그럽고, 열심히 일하는 사람이었다. 바지 공장에서 주당 1.5달러를 받고 일하면서 밤에는 『토라』를 공부했다. 몇 달 뒤 그는 어렵사리 모은 고물 더미와 약간의 저축, 그리고 말씀을 전하고 싶은 열망을 안고 서쪽으로 떠났다.

야코브는 잡동사니 더미와 충분치 않은 영어 실력을 가지고 포츠타운에 도착했다. 그는 잡동사니들을 저렴하게 팔았지만 마을

철물점 주인 때문에 금세 사업에서 손을 떼야 했다. 철물점 주인이 지역 경찰을 불러 메인 스트리트로부터 그를 쫓아냈기 때문이었다. 그는 유색인 노동자들과 함께 일하는 무두질 공장 일자리와 더 많은 숫자의 흑인과 같이 가축을 돌보는 부업을 구할 수 있었던 치킨힐로 올라갔다. 그리고 그곳에서 그는 렙*이라고 불렸다.

렙은 자신이 흑인을 포함한 그의 주변 사람들을 행복하고 편안하게 만들 수 있도록, 탈무드가 힘을 준다고 믿는 명랑한 영혼의 소유자이자 무한한 열정을 가진 사람이었다. 그는 흑인들을 자신과 마찬가지로 가난하고 자원이 부족해서 여러 가지 기술을 배워야만 하고 끊임없이 적응하도록 강요되는 동료 이민자로 여겼다. 유럽에 있는 그의 아내를 불러올 수 있을 만큼 충분한 돈을 저축한 후에 렙은 낡은 재봉틀을 하나 샀다. 그리고 둘은 밤에는 코트와 바지, 재킷을 만들어서 일요일날 교회에 입고 갈 싸고 근사한 옷을 원하는 그의 무두질 공장 흑인 동료들에게 팔았다. 일요일이면 그는 이른 아침에 우유를 배달했고 오후에는 신선한 과일과 채소를 팔았다. 밤에는 지역 아이스 스케이트 링크 티켓 부스에서 일했다.

포츠타운의 아버지들**은 아이스 스케이트 공원에서 유대인이 스케이트 타는 것은 금지했지만, 그들의 사랑하는 예수 그리스도를 죽인 인종이 구운 훌륭하고 맛나고, 완벽하고, 경이로운 군밤은

---

* 이디시어로 정통 유대인 기혼 남성을 높여 부르는 경칭으로 선생님, 씨와 동등한 의미이다. 랍비의 줄임말로 쓰이기도 한다.

** 도시의 시장, 의회 인사 등 주요 인물 또는 공식 직책을 맡지 않더라도 지위, 재산으로 인해 지역 결정에 영향력을 행사하는 커뮤니티 구성원을 일컫는 다소 전통적인 용어로 지방정부가 소수의 저명한 남성에 의해 지배되던 시절임을 보여준다.

전혀 문제 될 것이 없었다. 그 군밤은 인기가 좋아서 크리스마스 휴일 동안 거의 모든 마을 개신교 가정의 식탁에 오를 정도였는데 요리에 탁월한 재능을 가진 그를 제외하고는 아무도 그렇게 요리하지 못했다.

렙은 그의 노력으로 600달러를 만들었다. 그리고 그중 절반을 치킨힐의 오래된 얼음 가게를 사들이는 데 사용했다. 얼음 가게는 식료품점으로 바꾸고 위층에는 가족이 머물 집을 마련할 계획이었다. 돈의 나머지 절반으로는 꼭대기 쪽에서 두 블록 떨어진 곳에 있는 오래된 증류소를 샀다. 유대인들이 마을로 찾아오길 바라며 그들을 위한 회당, '아하밧 아킴'을 지을 계획이었다. 그리고 4년 만에, 그렇게 되었다.

유대인 인구는 두 가구에서 열 가구로 다시 열일곱 가구로 늘어났다. 이때 도시의 아버지들이 협박과 기발한 법 조항, 노골적인 도둑질을 통해 열일곱 유대인 가정이면 충분하다는 결론을 내림으로써 그 숫자는 열일곱에서 멈추었다. 비록 연방의회가 이민 할당제를 법률로 제정하려는 움직임을 보이고 있었고 분위기가 우호적이지 않았지만 독일, 폴란드 그리고 리투아니아 출신으로 이루어진 이 열일곱 유대인 가구는 다른 곳으로 떠나는 대신 마을에 머물기로 결정했다. 하지만 이 가정들은 잘 어울려 지내지 못했고 심지어 독일인과 폴란드인은 서로를 경멸했다. 유일한 리투아니아 가족의 가장인 노만 스크럽스켈리스는 눈에 띄지 않는 수수한 벽돌집에 살면서 집 밖을 거의 나서지 않는 위험한 침묵의 사내, 건장하고 탄탄한 가슴근육의 소유자였으며, 모두들 그를 두려워했다. 소문에 따르면 노만의 아내는 그를 철창에 가뒀다가 속죄일에만 속죄를 위해 밖으로 내보낸다고 했고, 그때가 되면 그는 모습을 드러내고 임시 회당으로 개조한 렙의 얼음 가게로 걸어가 잠시 기도를 한 다음 다시 그의 지하실로 사라져서는 솜씨 좋은 전문가의 손길로 멋진 구두를 만들어내곤 했다. 그의 아내는 지역 신발 상인에게 이 신발들을 비싼 값에 팔았다. 노만 스크럽스켈리스의 신발은 맵시 있으면서도 편안한, 특별한 예술 작품이었다. 훗날 그의 아들인 어브와 마브가 그의 뛰어난 구두 제작 기술을 물려받아 가게를 열었다. 그의 성격도 똑같이 물려받은 것이 문제라면 문제였다. 그나마 어브가 물건을 반품하러 온 것이 아니라면 손님을 상대할 수 있을 정도로는 온화했다. 즉, 사람들이 스크럽 신발이라 부르는 그것은 환불은 불가능했다.

렙 플로르르의 첫 번째 일은 자신의 집을 짓는 것이었다. 그는 이후 유대교 회당의 탄생은 하느님의 뜻에 따라 자신의 집을 지어보지 않았더라면 불가능했다는 농담을 하곤 했지만, 진실은 하나님의 의지 문제가 아니라 렙에게 집을 지을 실질적인 기술이 없었다는 점이었다. 단단한 근육, 측정기기, 벽돌, 나무 그리고 일손. 여름마다 비가 오면 진흙탕이 되어 감당이 되지 않는 데다 눈보라가 치면 춥고 험한 치킨힐의 가파른 경사면을 따라 물건을 들어 올리고 운반할 수 있는 사람의 손. 집과 회당을 지을 셈으로 600달러를 모았지만 그를 도와줄 사람이 하나도 없었다. 그래서 렙은 네 명의 흑인과 공장 동료인 샤드 데이비스를 고용했다.

샤드는 썬더라는 이름의 몸무게가 천 파운드나 나가는 살찐 노새를 가지고 있었다. 샤드는 렙이 가게를 지을 계획이었던 얼음 가게 옆의 낡은 판잣집에 살고 있었고, 렙은 이 유색인이 자신의 오래된 판잣집을 꽤 괜찮게 개조해 놓은 것을 눈여겨보았다. 샤드는 힐의 다른 흑인들과 달리 작업복이나 농부 복장을 하지 않았다. 무슨 일이 있던 신사 재킷에 너덜너덜하긴 했지만, 홈부르크 모자를 쓰고 가죽 신발을 신은 온화하고 단정한 복장의 흑인이었다. 그가 낡은 코트와 모자를 얼마나 깨끗하게 유지하는지, 그건 작은 기적과도 같은 일이었지만, 부드러운 말투의 샤드가 지금까지 렙이 본 사람 중 가장 훌륭한 석공이라는 점은 더 놀라웠다. 샤드는 대지의 상태를 살펴보기 위해 땅의 갈라진 틈새를 통해 냄새를 맡아 보았고, 돌덩이들이 어디에 놓여야 하는지도 측정했다. 모르타르가 얼마나 필요한지, 수십 킬로그램 무게의 벽돌들이 무너지지 않으려면 어디에 모르타르를 발라야 하는지를 결정했다. 그와 그의 흑인 일꾼들은 5주 만에 1층의 하늘과 땅 식료품점과 지하실 창고를 포함한 렙의 2층짜리 집을 완성했다.

열일곱 가족이 이사를 오고 회당을 건설하기로 결정한 후, 렙은 그들의 첫 번째 사원의 건축 감독을 샤드에게 맡기자고 사람들에게 제안했다. 하지만 주로 독일인이 이끌던 당시 회중은 마을 백인 기독교 원주민들 사이에서 존경받기를 항상 원했던 터라 강하게 반대했다. 미국의 명문 대학에서 공부를 마치고 새로 이사 왔다는 젊은 건축가가 설계와 건축을 맡아야 한다고 주장했다. 렙은 마지못해 동의했다. 양 끝이 말려 올라간 콧수염을 한 심각한 표정의 이 젊은 건축가는 유대인 회당 건축 기금으로 모은 돈 전부에 해당하는 1,700달러를 수금하고 나서야 잘빠진 중산모에 양가죽 코트, 무릎까지 오는 화려한 고무장화를 신고 치킨힐의 질척거리는 언덕으로 행차를 했다.

그는 부지의 꼭대기에 서서 아래쪽 진흙투성이 경사면과 닭, 돼지, 염소로 가득 찬 정신없는 땅, 지저분하게 드러나 있는 하수구, 주변에 돌아다니는 흑인들을 오만한 시선으로 내려보았다. 그러고는 투벅투벅 걸어 다시 마을로 내려갔고 사무실로 들어가더니 몇 장의 스케치를 그려서 지역 건설업자에게 300달러와 함께 전달하고는 남은 금액을 챙겨 포츠타운을 떠났다. 어딘지 모르는 곳으로 사라진 그를 다시 봤다는 사람은 없었다.

건설팀은 프로젝트를 시작했다. 그리고 한 달 뒤 돈이 떨어지자 그들은 일을 중단했고 3개월 뒤, 반쯤 짓다 만 구조물은 무너졌다.

허물어진 잔해 더미가 된(그중 일부는 이탈리아 대리석 산지로 유명한 카라라의 한 채석장에서 가져온 대리석으로 노만 스크럽스켈리스가 터무니 없는 가격에 구입한 것이었다. 작은 유럽 마을에서 살다가 돌아가신, 이곳 사람들은 본 적 없는 그의 어머니 이베트 헐부트 네제프키 스크럽스켈리스의 이름을 딴 미크바를 지을 때 사용할 계획이었다) 그들의 사랑하는 유대 회당은 첫 번째 위기에 직면했다. 건축 기금은 거의 남아있지 않았다. 작은 상점 주인, 철도노동자, 막일꾼들로 이뤄진 17가구에서 1,700달러를 다시 모으는 것은 불가능했다. 게다가 노만 스크럽스켈리스가 초기 자금의 3분의 1인 600달러를 기부한 데다, 유럽에서 공수하느라 진땀을 뺀 근사한 토라 스크롤* 까지 기부했다는 점은 더 최악이었다.

엉망진창인 건설 프로젝트 때문에 자신의 소중한 돈 600달러

* 토라를 적어넣은 긴 두루마리.

가 낭비되었다는 사실에 노만 스크럽스켈리스가 화가 났을 거라는 생각은 신이 모세에게 분노를 퍼부으며 이스라엘 땅에 들어가지 못하게 하는 것보다 더 부담스러웠다. "만약 모세가 될 건지 현재의 내가 될 건지 선택할 수 있다면요……" 회중의 누군가가 플로르에게 고백했다. "나는 모세를 택하겠어요."

회중 사람들은 서로 쟁탈전을 벌이듯 레딩, 필라델피아, 볼티모어, 심지어 버몬트에 있는 친구들과 친척에게 연락을 취했다. 그리고 그들에게 카디시 기도문의 놀라운 부분을 상기시켰다. '언제까지나 영원토록 위대한 그분의 이름을 찬양하라.' 그리고 자기 마을의 미치광이 리투아니아인 한 명이 이미 사라져 녹아 버린 계약에 600달러를 처박았고, 만약 그 사실을 알게 된다면 그는 손 닿는 범위 안 모든 사람들을 두들겨 팰 외눈박이 거인이라는 점을 지적했다. 그들의 도움으로 유대교 회당은 서둘러 쌈짓돈 350달러를 추가로 짜냈고 렙에게 건네며 말했다. "당신이 대장이잖아요. 얼른 움직여요."

렙이 샤드를 소환한 것은 그 사람 다음이었다. 이 날씬한 유색인은 자신의 노새, 썬더가 끄는 마차에 가득 돌을 싣고 둔덕 꼭대기에 올랐다. 쪼개진 나무, 부서진 벽, 그리고 금이 간 돌덩이 사이에 서서 눈부신 햇빛을 차단하기 위해 썼던 중절모를 벗고 손으로 얼굴을 가린 채 조용히 주변을 살폈다. 마침내 여기저기 널브러진 폐허의 한쪽 구석을 가리켰다. "북쪽은 여기 이쪽입니다. 돌은 가장자리로 와야 합니다. 끝까지 옮겨야 해요. 가장자리를 따라 남쪽으로 3미터 정도 줄이고 서쪽으로 2미터 정도 더 가져다 놓으면 벽이 만들어지고 하중을 견딜 수 있을 겁니다. 그렇게 되면 창문이 해가 뜨는 동쪽을 향하게 되고 회당 건물도 예루살렘 방향으로 세워질 겁니다."

렙은 그의 주머니에 있던 350달러에 전체 공사를 진행하기로 샤드와 조용히 합의했고, 결국 한 달 후 아하밧 아킴의 초석을 새로이 놓은 사람은 샤드 데이비스였다.

특이한 우정이었다. 렙이 아는 한, 샤드는 신앙심이 깊지도 누구에게 과도하게 친절하지도 않았다. 심지어 가족에게도. 단단한 벽돌과 돌로 다른 사람들을 위해서는 멋진 집을 지었지만 렙의 하늘과 땅 식료품점 옆에 위치한 자신의 주택은 개조 이후에는 거의 돌보지 않는 것 같았다. 게다가 그 집은 벽돌이나 돌로 지어진 것이 아니었다. 대부분 나무와 금속으로 이루어져 있었다. 그 집에는 샤드와 누구와도 말을 거의 하지 않는 그의 아내 룰루, 그리고 말수가 적고, 조용하고 공손한 두 아이가 살고 있었다. 두 집은 똑같은 모양을 가진 구획의 땅에 자리했는데 비슷한 점이라고는 그게 다였다. 렙의 마당에는 생필품, 배럴통, 소 한 마리 그리고 코셔를 지키기 위한 닭 여러 마리가 있었지만, 샤드의 마당에는 노새 썬더를 위한 공간과 아내가 기르는 채소 몇 가지를 제외하고는 아무것도 없었다.

둘은 업무 외에는 거의 대화를 나누지 않았다. 렙은 사람이 먹고 살기 위해 하는 일은 삶을 살아가는 방식과는 상관이 없다는 것을 미국 땅에서 배워 알고 있었다. 회당을 건축하는 과정에서 보여주는 샤드의 천재성으로 인해 마을 유대인 거주자들로부터 회당을 짓는 동안에도 많은 일감을 끌어모았다. 유대인들은 치킨힐을 벗어날 만큼 돈을 모으는 대로 금방이라도 무너질 듯한 집이라도 상관없이 시내 가까운 곳에 집을 구입했고 샤드에게 벽돌, 모르타르 등으로 집을 수리해 달라고 부탁했다.

아내의 말을 듣기 전까지 렙은 이 천재적인 건축업자가 분명 술이나 도박을 좋아할 거라고 생각했다. 샤드의 아내와 대화를 나눈 자신의 아내에 따르면 샤드 데이비스는 치킨힐에 오래 머물 계획이 없는 것 같았다. 그는 필라델피아로 이사를 해서 자신의 어린 자녀들을 교육하고 싶어 했고 그런 뒤에는 아이들을 펜실베이니아 옥스퍼드에 있는 흑인을 위한 링컨 유니버시티나 최초로 흑인들에게 문을 개방한 백인 대학, 오하이오 오벌린 칼리지에 보내고 싶어서, 가능한 모든 돈을 저축하고 있다고 했다. 렙은 이러한 열망을 존중했다. 미국에서는 어떤 것이든 가능하다는 렙의 믿음을 보여주는 것이었고 충만함과 목적의식, 그리고 재능을 갖춘 데다 자신이 뱉은 말은 목숨처럼 지키는 남자, 샤드와 같은 사람은 이 나라가 줄 수 있는 최고의 대우를 받을 자격이 있었다.

하지만 아쉽게도, 그의 꿈은 어느 것도 이뤄지지 않았다.

그가 회당을 완성하고 얼마 지나지 않아, 샤드는 병에 걸리더니 세상을 떠나고 말았다. 이는 샤드의 가족에게 엄청난 충격을 가져다주었다. 렙은 그동안 샤드가 무너져가는 집수리조차 하지 않으면서 돈을 모았으니, 가족들이 저축한 돈으로 적어도 한동안은 먹고 살 수 있을 거로 생각했다. 하지만 그의 아내에 따르면 샤드는 은행을 의심하며 유대인 회당의 첫 번째 건축가만큼이나 수상쩍고 약삭빠른 재정 전문가를 신뢰했다. 그 남자는 샤드가 죽은 뒤 곧바로 자취를 감추었고, 이 신중했던 건축업자의 남은 가족은 파산했다.

샤드의 가족이 살아남을 수 있었던 것은 오직 두 남자의 우정 때문이었다. 렙은 그의 아내가 가게에 있는 빵과 우유, 버터를 은근슬쩍 샤드의 미망인에게 건네는 것을 눈감아 주는데 익숙해졌다. 그리고 노만 스크럽스켈리스의 아들이자 이상하리만큼 괴짜인 마브 스크럽스켈리스가 데이비스의 집에 이상한 연유로 나타나서 샤드의 미망인을 만나고 가끔은 마당에서 샤드의 딸 버니스를 잡기 놀이 하듯 쫓아다니는 것을 보면서, 렙은 아이들은 아이들이니 맘대로 추측하지 않기로 마음먹었다.

4살 때 소아마비에 걸렸지만 여전히 활동적이라 손이 많이 가던 초나가 아니었다면 말 그대로 두 가족은 완전히 멀어졌을 가능성이 컸다. 초나를 학교에 데려가는 것은 처음부터 큰 도전이었다. 6살인 초나는 마차와 휠체어 모두를 거부했고 렙이 식료품 사업을 위해 구매한 낡은 트럭에도 타기를 거부했다. 그녀는 치킨힐의 다른 아이들처럼 학교에 걸어가고 싶어 했다. 포츠타운의 학교들은 백인과 드문드문이긴 하지만 흑인이 통합되어 있었기 때문에 샤드의 두 아이들, 버니스와 패티는 벽돌로 만들어진 학교를 향해 언덕을 걸어 내려갔고, 타원형 얼굴을 예쁘게 감싼 곱슬머리를 하고 짙은 색 치마를 입은 여섯 살짜리 유대인 소녀가 그들의 뒤를 계속 절뚝거리며 따라오는 모습을 보게 되었다.

9살인 패티는 그의 뒤를 자박자박 따라오는 또 다른 여자아이가 영 성가셨다. 그는 여동생만으로도 참기가 힘들었다. 하지만 버니스는 꼬마 여동생을 갖고 싶어 안달이 나 있었다. 사실은 버니스가 한 살 더 많았지만 두 소녀는 함께 1학년을 시작했다. 그들이 학교로 걸어가던 첫날, 초나는 버니스가 1학년이 되기에는 너무 키가 크다고 말했다. 버니스는 아무 말 없이 모욕을 받아들였다. 하지만, 교사가 인기 있는 동요, '앵무새 폴리가 당근을 먹었네'를 피아노로 연주했을 때 둘의 우정은 더욱 견고해졌다. 교사는 학생들을 한 명씩 교실 앞으로 나오게 해서 반주에 맞춰 노래를 부르도록 시켰다. 어떤 아이가 노래를 부르면 그 아이에게 로빈*이라고 이름을 붙였고 노래를 부르지 않는 아이는 참새가 되었다.

초나는 교실 앞으로 깡충깡충 뛰어나가 쉽사리 로빈이 되었다. 그녀는 맑고 힘찬 목소리로 노래를 불렀다. 하지만 학급에서 유일한 흑인이었던 버니스는 무대로 소환이 되었을 때 노래하기를 거부했다.

"너는 참새야." 선생님이 말했다. "앉아."

초나는 놀라서 얼굴이 굳어진 채로 버니스가 자리로 돌아가는 것을 지켜보았다. 그들은 이웃이었다. 말다툼, 부엌 바닥에 끌리는 의자 소리, 삐걱거리는 현관 계단, 쾅 하고 문 닫는 소리까지 서로의 삶을 엿듣고 있는 사이였다. 초나가 사랑했던 변함없는 한 가지가 버니스의 목소리였다. 집에서 버니스는 마치 새처럼 노래했다. 그녀의 목소리는 우아했고 하늘까지 날아오를 듯한 아름다운 소프라노 톤에 슬픔과 그리움으로 가득한 애절한 소리였다. 버니스는 잡초를 뽑다가 마당에서, 걸레질을 하다가 현관에서, 오후에 어머니를 대신해 채소를 골라내는 일을 하던 하늘과 땅 식료품점

* 지빠귀 새. 쾌활하고 목소리가 크고 멜로디가 있는 소리를 내며, 많은 문화권에서 로빈은 기쁨, 희망, 행운을 상징한다.

에서, 어디에서든 노래를 불렀다. 그녀의 목소리는 너무나 맑고 천사 같아서 초나가 어머니와 일요일에 침례교회 앞을 지나갈 때면 합창단을 뚫고 나오는 더 높고 더 강하고 더 아름다운 버니스의 목소리에 발걸음을 멈추곤 했다.

버니스가 자리에 앉자 초나가 불쑥 일어나 말했다. "버니스는 참새가 아니에요. 버니스는 로빈이에요."

이 말에 반 아이들이 깔깔거리며 웃었고, 초나와 버니스는 수업을 방해했다는 이유로 함께 교장실에 불려 갔다. 그날 오후, 둘이 함께 천천히 집으로 걸어 오는 길에 초나는 그 일을 다시 꺼내려 했다. "너는 참새가 아니야, 버니스. 너는 로빈이야." 하지만 버니스는 무표정한 얼굴로 아무 말이 없었다.

초나는 처음으로 버니스가 쌍둥이인 어브, 마브와 닮았다는 사실을 깨달았다. 초나를 위해 특별 제작한 부츠를 정성껏 만들어 준 쌍둥이의 아버지, 노만 씨도 마찬가지였다. 그들은 감정을 마음속으로 꾹꾹 눌러 담는 사람들이었다. 가슴속에 담아둔 무언가가 있었다. 초나는 버니스를 보면서 그녀 마음속의 무언가가 어떤 이유에서인지 작동을 멈추고 꺼져 있다는 생각이 들었다. 마치 불이 들어오지 않는 램프나 단단히 조여진 나사처럼. 하지만 여섯 살짜리 초나는 그것이 무엇인지 제대로 표현할 수가 없었다. 그 대신 초나는 버니스의 손을 잡고 말했다. "나는 새보다 꽃이 더 좋아." 초나는 옅은 웃음을 돌려받았다.

시간이 지나면서 둘 사이의 간격은 점점 좁혀졌다. 초나는 가게 뒤편에서 아버지가 다른 유대인 남자들과 하는 걸 보면서 배운 피노클 카드놀이를 버니스에게 알려주었고 왼손 오른손 번갈아 가면서 뜨개질하는 법, 계단에 발이 닿지 않게 난간 미끄럼틀을 타고 빨리 계단을 내려가는 법을 보여주었다. 버니스는 초나에게 찬바람을 막을 수 있는 두꺼운 양모 이불 만드는 법과 파슬리와 녹색 식물, 각종 채소를 뒷마당에서 재배하는 방법을 가르쳐주었다. 두 소녀는 가까워졌다.

둘의 관계는 고등학교 때까지 지속되었다. 둘은 어떤 클럽이나 스포츠 모임에도 가입하지 않고 서로를 그림자처럼 따라다녔다. 둘은 집에서 일을 도와야 했다. 가정 시간에 드레스를 만들라는 숙제를 받았을 때, 초나는 지하실에서 아버지가 포츠타운에 처음 도착했던 시절 유물로 남겨둔 낡은 재봉틀의 먼지를 털어내고 버니스에게 프렌치 바느질법을 가르쳐주었다. 우선 한 면에 바느질을 한 뒤에 뒤집은 뒤 다시 한번 바느질을 하면 솔기를 튼튼하게 박을 수 있다고. 그들은 초나의 드레스를 먼저 작업하고 다음에 버니스의 드레스를 만들기로 했다. "첫 번째 줄은 내가 할게." 초나가 말했다. "너는 두 번째를 해."

초나와 버니스는 서로의 드레스를 같이 작업했고 결과는 아주 만족스러웠다. 그들은 드레스를 학교로 가져가서 다른 아이들이 만들어 온 드레스 더미 위에 자랑스럽게 올려놓았다. 초나는 진달래꽃이 수놓인 보라색 드레스를 만들었고 버니스는 노란색 데이지가 있는 검은 드레스였다.

늘 인상을 찌푸리고 백발에 항상 검은색 옷만 입던 그들의 선생님은 옷을 하나하나 들어 올려 검사를 하고 수작업에 대한 논평을 했다. 그녀는 초나의 드레스에 대해서는 만족해했다. 하지만 분명히 가장 아름다웠던 버니스의 드레스를 들어 올리더니 버니스에게 교실 앞으로 나오라고 했다. 버니스는 당황해서 눈을 깜빡거리면서도 순순히 교사의 말을 따랐다. 키가 크고 날씬한 소녀는 교실 앞쪽으로 미끄러지듯 걸어가 책상 앞에 섰고 선생님은 버니스의 드레스를 들어 올리며 말했다. "이건 내가 가르쳐 준 바느질이 아니잖아." 그러고는 뒷면의 바느질 부분을 찢어서 잡아 떼 버렸다.

방과 후 집으로 걸어가면서 초나는 말했다. "내가 다른 바느질법을 알려줄게. 더 나은 방법이 있어." 하지만 버니스는 아무 말도 하지 않았다. 버니스는 초나가 지금까지 본 적 없던 방식으로 초나를 노려보았다.

"네가 잘못된 바느질을 하라고 시켰어." 버니스가 말했다.

초나가 자신도 프렌치 바느질법을 사용했고 둘의 드레스에 똑같이 바느질을 했는데 왜 자신의 것은 지적하지 않았는지 모르겠다고 미처 말하기도 전에 버니스는 서로를 알게 된 이후로 단 한 번도 한 적 없던 행동을 했다.

그녀가 속도를 올려 재빨리 걸어가기 시작했다. 초나를 뒤에 남겨두고.

다음날, 초나가 언덕을 따라 등교하는 흑인 학생들 무리에 합류하기 위해 서둘러 집을 나섰을 때 버니스는 보이지 않았다. 버니스는 그날 학교에 가지 않았다. 그다음 날도. 그리고 그 뒤로 영원히. 그녀는 외부로 모습을 드러내지 않고 집 안에만 머물렀다.

버니스 데이비스가 세상과 단절했던 그날, 초나는 처음으로 어른들의 세계에 발을 들였다. 현실에 대한 깨달음이 가슴을 옥죄어 오기 시작했고, 치킨힐과 마을의 실체를 있는 그대로 보게 되었다. 초나는 점점 눈앞의 현실에 대해 자신만의 생각을 가지기 시작했고 자기 삶의 한계도 깨달았다. 그녀의 어머니는 초나가 레딩에 사는 정통파 유대인 청년과 결혼하기를 원했다. 아버지의 신발 가게를 물려받으려고 준비 중이던, 충분히 친절하고 무뚝뚝한 폴란드인은 예의도 바르고 새로운 생각에 열려있는 것처럼 보였다. 하지만 이빨을 씁, 하고 소리 내며 빠는 그의 습관은 영 정이 가지 않았다. 그와 저녁을 한번 먹은 뒤 초나는 그와 다시 만나지 않았다.

그녀는 비참한 주부들과 불만 많은 남편들 사이의 결혼이 깨지는 경우를 마을 유대인 커뮤니티에서 여럿 보았다. 독일 출신 유대인이 지배하고 있는 이 작은 집단 내에서 해결하기 힘든 문제였다. 그들은 까치발을 들고 기독교인들을 동경하며 목을 쭉 빼고 기웃거렸고, 사회 서비스 기관과 잘난척하는 단체들에는 간 쓸개 다 빼놓았지만, 유럽에서 온 이디시어를 쓰는 동향 사람은 내려보면서 돈을 주거나 입던 옷을 주고 어디서 들은 이야기를 영어로 충고했다. 이디시어는 쓰지 말라는 말과 함께. 그들은 다른 건 다 주어도 사랑은 주지 않았다.

초나는 고등학교를 졸업하면 치킨힐을 떠나는 것을 꿈꾸었다. 심지어 그런 방향으로 몇 가지 잠정적인 계획을 세우기도 했다. 하지만 모셰가 아버지의 지하실을 오가며 그녀의 삶에 사랑을 채워 넣은 후 모든 것이 바뀌었다. 그곳에 그녀가 충만해지기를 바라는 한 남자가 있었다. 지식과 성장, 열정 그리고 인생에 대한 깨달음의 문으로 가는 입구를 가로막지 않고 그녀에게 책과 음반, 음악을 가져다주는 사람. 그와 결혼을 하고 삶이 바빠지면서 그녀는 옆집에 살던 버니스와 버니스의 가족에 대해 잊었다. 그리고 삶은 계속되었다. 결혼한 지 2년쯤 지나 어머니가 돌아가셨고 아버지는 큰 회당을 운영하기 위해 레딩으로 떠났다. 유순한 남편이 마을의 다른 유대인에 물들어 모호함에 빠지지 않도록 남편을 지탱하는 역할을 해야 했고 그러다 병이 뒤이어 찾아왔고 그것이 온 세상을 집어삼켰다. 보여줄 자식은 없었어도 그녀는 자신의 삶이 있었다.

사랑스러운 아이들이 계속 늘어나는 버니스가 가게를 들르면 초나는 고개를 까딱하며 서둘러 인사를 했을 뿐, 버니스의 인생을 돌아볼 여유는 없었다. 버니스는 말없이 조용했고 여전히 아름다웠다. 버니스가 아이들을 어떻게 누구와 가지게 되었는지, 왜 그렇게 많은지, 어떻게 삶을 영위하는지 초나는 결코 묻지 않았다. 초나의 삶은 충만했지만 아직 불완전했다. 그녀에겐 아이가 없었다. 반면 버니스는 자녀가 많았고 그런 면에서 버니스는 부자였다. 여전히 버니스는 초나의 잘못도 아니었던 드레스 숙제 사건으로 초나를 원망하고 있었다. 그 모든 일이 고목의 무성한 뿌리처럼 너무 복잡하고 너무 오래되었다.

하지만 초나에게 문제가 생겼다.

초나에겐 이제 아이가 있다. 낳은 자식은 아니지만 내 것 같은 아이였다. 청각 장애를 가진 아이, 도도와의 시간은 꿈만 같았다. 그녀가 없는 데서 사람들이 뭐라고 하든 상관하지 않았다. 처음에는 양심의 가책 때문에 아이를 집에 데려왔지만 지금은 사랑 때문이었다. 똑똑한 아이였다. 예민하고. 아이는 다른 이들이 보지 못하는 것을 보았다. 듣지 못해도 모든 것을 이해하는 아이였고 날카롭고 반짝였다. 그리고 꼭 필요한 존재였다.

여러 해 동안 그녀는 아이를 주십사 신께 기도했다. 그리고 아이가 오지 않자, 이 또한 삶의 일부라고 받아들였다. 대신 그녀는 정치와 사회주의, 뉴욕과 같은 곳에서의 변화, 엠마 골드만의 거친 사상, 진보주의 유대인, 무정부주의자, 노조 설립자, 평화주의자 등 자신들에게 주어진 제약을 밀어내고 남들이 누리는 것과 똑같이 풍요로운 미국적 삶을 요구하는 이들에 대한 책을 읽으며 시간을 보냈다. 유대인들도 세상에 빛을 가져오기 위해 나름의 방식으로 노력했다. 빛을 가져와 서로 다른 문화를 가진 사람들 사이에 그 빛을 밝히는 일이야 말로 유대교가 해야 할 일이 아닐까? 초나는 나이가 들면서 추상적이고 고상하기만 한 유대교 가르침들이 점점 더 쓸모없고 멀게만 느껴져 고이 접어 두었다. 그녀에게 햇살과도 같은 도도라는 현실이 나타나기 전까지는.

소년은 그녀에게 빛을 가져다주었다. 초나는 병으로 힘들 때 자주 누워있던 가게 뒤편 방에 소년을 머물게 했다. 그리고 소년은 빛으로 어두운 방을 밝히더니 그녀 기억 속의 고통을 날려 보내주었다. 처음 왔을 땐 말이 없고 시무룩하던 아이는 그녀에게 새로운 삶을 가져왔다. 그녀가 일어나면 아침에 눈앞에 있었고 밤이 되면 잘 자라는 인사를 하려고 그녀의 침실 주위를 맴돌았다. 아이는 12살이었고 또래 소년이 하는 것들을 혼자서 배우고 있었다. 그림을 그리고 풍선을 가지고 놀고 방에서 만화책을 읽었다. 밤에는 개울에서 낚시를 했다. 가게 문이 닫힌 뒤 가게를 청소했다. 듣지 못한다는 사실이 믿을 수 없을 정도로 그의 인지력은 놀라웠다. 입술을 능숙하게 읽었다. 병뚜껑과 구슬을 수집하고 젤리 사과와 군밤을 좋아했으며 초나 아버지의 아코디언을 찾아내 지하실에서 엉망으로 연주했다. 안식일인 금요일 저녁부터 토요일 저녁까지 유대인은 불을 피우거나 쓰는 것이 금지되어 있었기에 아이는 불을 끄고 다음 날 아침에는 난로에 불을 붙여 주었다.

아이는 가만히 앉아있지 않았다. 그녀와 모세가 위층에서 조용히 책을 읽고 있을 때면 가게 뒤쪽 방에서는 쿵쾅거리고 덜커덩거리는 소음이 들려왔다. 어느 날 밤 초나가 들러보았더니, 방안은 빗자루, 오래된 만화책, 분필, 돌멩이, 화살촉, 그리고 철사 등으로 가득 차 마치 고물상 같았다. 아이는 천정 선풍기에다 원을 그리며 돌아가는 기이한 비행 장치를 철사로 매달아 두었다. 아이는 살아있음이 무엇인지, 존재 자체로 보여주었다. 삶에 대한 축배와 같았다. 한 소년. 삶을 살아가는 한 소년. 그녀가 어렸을 때부터 줄곧 원했고 기도했던 것. 그 아이가 흑인이라는 것이 무슨 상관이란 말인가. 아이는 그녀의 것이었다!

그리고 아이는 말을 잘 들었다. 얼마나 쉬웠는지 모른다. 그녀는 아이에게 어떤 일을 하라고 두 번 말할 필요가 없었다. 이빨을 닦는 것, 머리를 빗는 것, 얼굴을 씻는 것, 빨래를 너는 것, 선반에 물건을 놓는 것.

아이는 초콜릿을 좋아했다. 그녀는 아이에게 너무 많이 주지 않으려고 마음을 다잡아야만 했다. 아이는 매일 쓸고 닦고 온 힘을 다해 성심껏 일을 했고, 그래서 그녀는 아이에게 천천히 하라고 말해야 할 정도였다. 그러다 한주가 끝날 때쯤 되면 가게 문이 닫힌 뒤 구슬이 든 손을 내밀며 초콜릿 한 조각을 사고 싶다는 표시를 했다. 그녀가 이웃 아이들과 자주 하는 게임이었다. 배고픈 아이들이 가게에 들어와 완두콩 수프 캔을 보며 '얼마에요?'라고 물으면 초나는 말했다. "얼마나 가지고 있니?"

"저한테 빨간색 구슬 한 개 있어요."

"초록색 구슬은 없어?"

"집에 하나 있을지도 몰라요."

"좋아. 그 수프를 집에 가져가고 내일 초록색 구슬을 가져와."

다음날 아이가 초록색 구슬을 가지고 오면 그녀는 말했다. "아니, 이게 아니야. 난 이 색깔을 좋아하지 않아. 나는 파란색 구슬이 필요해." 아이가 사라지고 다음 날 파란색 구슬을 가지고 오면 다시 초록색 구슬이 필요하다고 말했다. 하루하루 시간이 지나는 동안 구슬은 잊히고 아이는 다음 주에는 채소가, 또는 크래커 한 상자가 필요하다고 찾아왔고 잘못된 색깔의 구슬로 지불했다. 그리고 게임은 다시 시작됐다.

이런 구슬 아이들이 여럿 있었는데 도도 또한 그녀의 구슬 합창단원 중 하나가 되었다. 초나는 마음 약해지지 않으려고 노력하며 도도에게 지나치지 않게 충분한 초콜릿만을 주었다. 이번엔 빨간색 구슬 하나에 초콜릿 한 개. 다음 번에 파란 구슬 하나에 초콜릿 한 개. 이웃 아이들에게 수금한 구슬을 그녀는 항아리에 보관했다. 항아리 안 구슬의 양이 신기하게 줄어들 때가 있었다. 그리고 한 주가 지나고 나면 없어진 구슬을 어떤 아이가 손에 들고 나타났다. 초나는 상관하지 않았다. 이해했다. 그녀는 도도의 너그러움을 사랑했다. 도도는 사랑이 가득하고 쉽게 만족하며, 쉽게 나눠 가지는 아이였다.

처음부터 그녀는 알고 있었던 것 같다. 그 꿈이 지속되지 않을 것이라는 것을. 그 아이를 그렇게 많이 사랑할 생각은 아니었다. 그저 비를 피할 보금자리를 만들어 줄 생각이었고 충성스러운 네이트와 애디, 그리고 초나가 많이 아팠을 때 간호해 주곤 했던 에디의 죽은 여동생 델마를 위해 잠깐 맡는다는 생각뿐이었다. 하지만 지금. 주정부에서 파견된 남자는 소년의 행방을 어느 정도 눈치챈 것 같았다. 초나는 그 남자, 칼 보이드킨스를 어렴풋이 알고 있었다. 둘은 비슷한 나이였다. 같은 시기에 지역 고등학교를 다녔다. 정확히 기억나지는 않지만 운동선수였던 것으로 기억한다. 미식축구였던가. 그리고 대부분의 다른 동급생과 마찬가지로 그는 유대인을 그다지 좋아하지 않았다. 그는 대형 철강회사가 마나타우니 근처의 수천 에이커의 땅을 사들일 때 팔지 않아서 손해를 본 농부 집안 출신이었다. 그렇게 남기로 한 가족들의 상황은 좋지 않게 흘러갔다.

그래서 칼 보이드킨스가 질문을 하려고 가게에 들어섰을 때, 초나는 상냥하게 대하려고 노력했다. 하지만 그는 그럴 기분이 아닌 것 같았다. 그는 도망자를 숨겨주는 것에 대해 위법 행동, 도망자 은닉 같은 몇 가지 단어를 언급했다. 남자가 나타났을 때 모셰가 그 자리에 없어서 다행이었다. 왜냐하면 모셰는 당장이라도 도도를 내놓자고 했을 것이다. 모셰는 정부를 두려워했다. 하지만 아직은 모셰가 이런 사실을 알지 못했다. 곧 알게 되겠지만. 칼 보이드킨스와 이제 흑인 남자 한 명까지, 도도를 찾으려고 가게에 찾아온 두 명의 남자에 대한 소문은 재빨리 애디에게서 네이트에게로, 네이트에게서 다시 모셰에게로 전달 될 터였다.

그래서 초나는 버니스가 필요했다. 버니스에게는 8명이나 되는 아이들이 있었다. 밝은 피부색에서 어두운색까지 각기 다른 얼굴에 키 큰 아이부터 작은 아이까지, 아이들은 무지개 같았다. 어떻게 버니스가 그 아이들을 얻었는지, 아이들의 아버지가 각자 누군지는 초나가 상관할 바가 아니었다. 하지만 버니스의 아이들 중 누구도 서로 닮지 않았고 그들이 모두 흑인이라는 사실이면 충분했다.

초나는 지팡이를 짚고 천천히 가게 앞문으로 걸어갔다. 애디는 계산대 뒤편에 있었다. 도도는 우유 상자를 밟고 올라서서 선반에 크래커를 쌓고 있었다. 그녀는 지팡이를 공중으로 들어 올려 아이의 주의를 끌었다. 도도가 돌아보자 초나가 말했다. "나랑 같이 가자."

아이는 순순히 따라왔다. 가게를 나선 뒤 버니스의 집 앞까지는 열 발자국 정도였다. 초나는 문을 두드렸다. 버니스가 문을 열었다.

지금의 버니스는 눈에서 빛을 잃어버린 상태였다. 그녀는 지치고 피곤해 보였고 마르고 핼쑥했다. 하지만 초나는 버니스가 여전히 아름답다고 생각했다. 그녀 마음속의 램프가 더욱 아름답게 만들었을 거라고. 그 램프는 항상 어두운 곳에 자리해 있었지만. 그녀 뒤에서 여러 명의 아이들이 호기심 어린 눈길로 초나를 바라보고 있었다.

"무슨 일이야?" 버니스가 물었다. 그녀는 침착하고 태연한 목소리로 말했다. 마치 지난주에 이야기를 나눴던 사이처럼 느껴졌다. 지난 14년 동안 겨우 다섯 마디도 서로 나누지 않았던 사이가 맞나 싶은.

초나는 얼굴이 달아오르는 게 느껴졌다. 그녀는 더듬거리며 말을 제대로 잇지 못했다. "널 만나고 싶었어……. 내가 델마의 아들을 데리고 있어."

"도도가 누군지 알아." 버니스가 말했다.

"그 아이를 지금 내가 데리고 있거든."

"그런데?"

"그게 말이야, 혹시……." 초나가 잠시 말을 멈췄다. "주정부에서 온 남자가 한 명 있…"

하지만 버니스는 초나가 말을 마치도록 두지 않았다. 그녀는 어깨너머로 집 뒤편 마당을 가리키며 고갯짓을 했다. "울타리에 아무도 모르게 구멍을 내." 그녀가 말했다. "주정부에서 사람이 오면, 도도를 우리 아이들이 놀고 있는 마당으로 내보내. 흑인 아이들은 다 비슷해 보여."

초나는 미소를 지으며 도도에게 몸을 돌리고는, 일이 생기면 이 집 마당으로 오면 된다고, 버니스의 허락을 받았다고, 그리고 둘은 한때 친구였다고 설명했다.

이제 초나는 버니스에게 감사 인사를 하고, 그녀의 손을 잡으며 '너는 참새가 아니야. 너는 로빈이야'라고 말한 뒤, 왜 오랫동안 버니스가 노래하지 않는지, 어린 자신이 세상을 이해하도록 문을 열어 준 그녀의 목소리를 그동안 왜 들을 수 없었는지 물어볼 생각에 복잡미묘한 감정으로 고개를 돌렸다.

하지만 초나가 다시 그녀에게 몸을 돌리기도 전에 버니스는 이미 문을 닫고 사라진 뒤였다.

10

스크럽의 신발

포츠타운에서 '닥'으로 알려진 얼 로버츠는 치킨힐에 사는 유대인 여자가 흑인 아이를 불법적으로 숨겨주고 있다는 소문을 오랫동안 들었다. 먼 사촌 칼 보이드킨스가 이 사실을 알려 주었다. 칼은 주정부 복지국에서 일했다. 두 사람이 가까운 사이는 아니었다. 어릴 때는 붙어있는 이웃 농장에서 자랐다. 두 가문은 모두 1620년 메이플라워호를 타고 미국으로 건너온 것으로 알려진 블레싱턴 가문의 10대손쯤 되었다. 이는 두 가문의 자부심이었지만 결국에는 두 가문 모두 메이플라워호와 전혀 관련이 없다는 것이 밝혀졌다.

사실 이 가문은 1774년 모나슈 지방의 중국 황제 '칭카이 우'의 시종으로 일했던 에드 볼이라는 아일랜드 선원과 연관이 있었다. 원래는 영국 배의 선원이자 술주정뱅이였던 볼은 그해 영국 화물선 메이든 호에서 일했는데, 매일 술 먹고 거짓말 하는 것에 지친 메이든 호의 선장이 상하이 항구에 그를 버리고 가면서 이야기는 시작되었다. 중국 당국에 의해 붙잡혀 그는 황제 앞에 끌려갔다. 황제는 백인 남자의 서빙을 받으며 차와 중국 찐빵인 만터우를 먹으면 어떨까 하는 아이디어를 냈고, 놀랍도록 그의 시중에 만족을 했다. 3년 후, 볼은 탈출하여 영국으로 돌아와 자신을 서식스 출신의 얼 블레싱턴 백작이라고 소개했고 중국어와 중국 차에 대한 새로운 지식을 바탕으로 영국 선박회사에 취직하여 소금과 한약으로 큰돈을 벌었고, 런던 상인의 딸과 결혼하였다.

1784년 볼의 아일랜드 먼 친척이 런던에 나타나 그에 대해 캐묻고 다니기 시작하자 볼은 급히 아내와 네 명의 어린 자녀를 피닛 호라는 배에 태워서 아무도 그의 과거에 관해 묻지 않는 미국으로 떠나보냈다. 피닛 호가 출항한 지 3일 후, 볼은 경이로운 나라에서 살면서 점점 빠져든 차슈바오번을 먹다가 목에 걸려 죽고 말았다. 다행스러운 것은 그의 아내와 아이들을 다른 나라로 보내면서 그 당시로는 큰돈인 4천 달러를 들려 보냈고 도와줄 유모도 함께 보냈다는 점이었다. 몇 달 후면 그도 합류할 계획이었지만 그 생각은 불행히도 차슈바오번이 그의 기도로 넘어가면서 끝이 났다.

블레싱턴 경의 사망 소식이 미국에 있는 미망인에게 전해지자 일반적인 경우처럼 손을 부들부들 떨고 소리를 지르며 머리카락을 잡아당기던 그녀는 눈물을 흘리며 유모의 품에 쓰러졌다. 유모는 그녀를 꼭 안아주었다. 그리고 불꽃이 튀었다. 두 여자는 즉시 사랑에 빠졌고 함께 살기로 결심했다. 지도를 꺼내 뉴욕 사회의 시선으로부터 멀리 떨어진 펜실베이니아 포츠타운 근처의 강을 알게 되었고, 둘은 포츠타운 마나타우니강 근처의 넓은 땅을 사서 블레싱턴 자매라는 이름으로 이주했다. 그들은 지역 하인과 농부들의 도움을 받아 아이들을 키웠고, 여성들이 죽은 뒤 네 명의 자녀에게 땅을 나누어주었다.

닥과 칼 누구도 가족 혈통에 대해 궁금해하지 않았으며 그들의 어린 시절은 메이플라워호의 후손만큼이나 행복으로 가득 차 있어서 여타 다른 것에는 관심이 없었다. 그들은 자신들을 위해 만들어진 것처럼 보이는 미국이라는 땅에서 태어난 기독교 백인 남성이었다. 서로 다른 성을 가진 두 가족은 마나타우니강을 접한 파인 포지에 비옥한 땅의 저택, 해바라기와 잔디, 기름진 흙이 가득한 농장을 소유하며 안락하게 자리 잡고 있었다. 두 가정은 서로 좁은 강을 사이에 두고 마주 보며 건너편에 살았다. 한쪽에는 닥의 가족, 로버츠들이, 다른 한쪽에는 칼의 가족, 보이드킨스들이 자리했다.

둘은 일요일이면 가끔 함께 마차를 타고 교회에 가기도 했다. 물론 장로교 교인들이었다. 문명화된 예배답게 안식처에는 선량한 백인들로 가득 찼다. 좋은 시절들이었다. 악수로 서로의 끈끈함을 느끼는 강한 남성들로 가득하고, 요리를 할 줄 알고 육아를 아는 여자들로 가득한 그런 시절. 착하고 깨끗한 가정들. 이것은 '새로운 사람들'이 오기 전까지였다. 유대인, 흑인, 그리스인, 메노파 교도, 러시아 정교회도 등이 도착했다.

두 가족은 평화롭게 살고 있었다. 적어도 대공황이 오기 직전까지는. 닥의 아버지는 미래를 내다보고 땅을 팔아치운 덕분에 하나님께 감사드렸다. 하지만 보이드킨스 가족은 자리를 지켰고 그 결과 고통받았다. 로버츠네 땅의 새로운 소유주는 선량한 기독교인으로서 쇳조각과 강철 부품을 주조하는 사람이었는데 냄새나는 쓰레기와 염료에서 나오는 검은 유출물을 계속 생산해 냈다. 그는 대장간에서 나온 찌꺼기들을 아름다운 개천에 붓지 않고 꼭 땅에 묻겠다고 보이드킨스 가족에게 약속했다. 그가 약속을 했을 때는 기뻤고 그를 믿었다. 무엇보다 그는 선량한 기독교인이었다.

얼마 지나지 않아 다른 훌륭한 크리스천이 사업을 이어받았고 그 또한 약속을 지켰다. 세 번째 소유주도 선량한 기독교인이었다. 그는, 음… 그는 선량한 기독교인이 되고 싶다고 말했다. 그 부분이 중요했다. 비록 그가 우마라는 이름의 15살짜리 여자아이 때문에 아내를 버렸으며, 한때는 먼시 교도소에서 복역했었다는 이야기도 있었지만 중요하지 않았다. 결국에는 새 아내와 뉴올리언스로 이주했고, 그 자리는 아편으로 큰돈을 벌었다는 피츠 휴라는 이름의 새로운 아일랜드인이 차지했다. 피츠 휴는 원래부터 이곳에 살고 있던 사람들의 땅까지 사들여 한 사람이 운영하던 작은 대장간은 각각 네 명의 일꾼이 있는 두 개의 철공소가 되었다. 그런 다음 세 개, 다시 네 개가 되었다. 어느 날 보이드킨스 가족들이 정신을 차리고 부엌 창을 내다보니, 일꾼들이 하루 종일 양동이를 들고 마나타우니 강둑을 오가며 강물 속으로 산업 폐기물을 내다버리고 있었다.

6개월 만에 여덟 명의 일꾼은 열아홉이 되었고, 네 개의 철공소는 일곱 개로, 그리고 다시 여덟 개로 아메바처럼 몸을 분열했다. 언덕 위쪽까지 여기저기 흩어져 박힌 철공소들은 파이프 니플, 작은 볼트, 쇳조각들을 만드는 제대로 된 공장들로 바뀌더니 작은 굴뚝에서 깨끗한 펜실베이니아 하늘을 향해 연기를 내뿜었다. 작은 공장들은 다시 철 파이프, 강철 부속품, 위스키 양조장용 유리병을 제조하는 큰 공장으로 변해갔고, 이윽고 2미터가 넘는 철제 빔, 컨테이너, 파이프 부속품, 주물, 간판, 강철대들보 등을 만드는 더 큰 공장으로 바뀌었다.

몇 년 만에 작은 철공소는 모두 사라지고, 그 자리는 하늘 높은 줄 모르고 솟아오른 30미터나 되는 굴뚝에서 하루 24시간 내내 회색 연기를 뿜어내는 800미터 길이의 울퉁불퉁, 삐쭉빼쭉한 회색 공장 요새가 차지했다. 마나타우니에 검은색 오물을 던지던 인부들은 사라지고 파이프 세 개가 보이드킨스의 소에게 먹이고 농작물에 물을 대던, 한때 아름다웠던 물줄기에 지독히 더러운 찌꺼기를 휘저으며 토해내고 있었다. 보이드킨스가 크게 잘못되었다고 소리를 치기 시작했을 때는 이미 30미터의 공장 굴뚝 세 개가 하늘로 검은 연기를 뿜어내고 있었고, 225명의 인부들이 신의 태양 아래 각종 언어로 욕을 하고, 웃고 농지거리를 하며 3교대로 건물 안을 들어왔다 나갔다 진군을 하고 있었다. 그리고 일요일도 포함해 매일 하루 세 번씩 작업 호루라기가 울렸고, 이 모든 것이 부엌 창문에서부터 50미터 이내에서 벌어졌다.

보이드킨스 가족은 부엌 창문에서 부르면 들리는 거리에 있는 인부들이 모욕적인 욕설을 하는 걸 들어야 했고 그걸 들은 아이들은 큰 충격을 받았다. 그래서 그들은 오물이 자신들의 땅으로 흘러들어 소가 병들고 있다고 항의했다.

플래그, 베들레헴 철강, 제이콥스 항공기 엔진회사가 자리를 잡으면서 풀 먹인 옷깃과 반짝거리는 패커드를 탄 노련한 변호사들도 함께 했다. 그리고 그 변호사들은 단호했다. "우리는 전 세계로 자유를 실어 나르는 강력한 미국 비행기의 엔진을 만들어야 합니다"라고 말했다. "멋진 자동차가 다닐 수 있는 금문교를 짓기 위해 거대한 강철 구조물을 만들어야 합니다." "다가올 전쟁을 준비하려면 화약과 포탄 탄피, 강철이 필요합니다." 절박한 심정으로 보이드킨스 가족은 법을 제정한 포츠타운의 시의원들을 찾아갔다. 전쟁이 오고 있습니다. 당신이 떠나야 합니다. 그래서 보이드킨스 가족은 147에이커에 달하는 개천에 접한 자신들의 땅을 미국의 자유 수호를 위해 단돈 몇 푼에 팔아야 했다. 그렇게 해야만 했다.

당시 마나타우니를 지키겠다고 한 그들의 결정은 잘못된 것이었다. 닥은 아버지의 선견지명에 감사했다.

고등학교 시절 그는 칼과 그리 친하진 않았다. 칼은 키가 크고 운동을 잘해서 모든 여자들에게 인기가 많았던 반면, 닥은 소아마비가 왼발에 흔적을 남긴 책벌레였다. 왼발이 이상하게 말려 있었고 둘째와 셋째 발가락이 있어야 할 자리에 발가락이 생기다 만 흔적만 남아있었다. 그리고 적어도 그가 기억이 나는 어린 시절부터는 줄곧 아팠다. 어렸을 때 어머니는 항상 발을 숨기라고 했지만, 발에 맞는 신발도 없었고 너무 아프고 불편했기 때문에 어머니의 지시는 가능한 못 들은 척했다. 그는 마음속으로 왼발이 오른발과 크게 다르지 않다고 생각했었는데 1학년 체육 시간에 양말을 벗은 후 고통스러운 사실을 알게 되었다. 아이들이 그의 발을 보고 말발굽이라 부르며 소리를 질렀다. 그때부터 그는 절대 남들 앞에 발을 드러내지 않았다.

하지만 그렇다고 해서 닥이 고등학교 생활을 즐기지 못한 것은 아니었다. 그는 생물학을 좋아했고 학교 토론 팀의 회장으로 뽑히

기도 했다. 울퉁불퉁한 호두처럼 얼굴에서 튀어나온 코 때문에 여자아이들이 호두코라 부르긴 했지만, 닥은 그런 여자아이들이 영리한 남자를 좋아한다는 사실을 발견했다. 그는 코미디, 사랑, 생물학에 관한 책을 읽고 여자들이 좋아하는 것이 무엇인지 알아내려고 노력했다. 닥은 3학년 때 그를 불쌍히 여기고 공원 근처의 개천에 함께 피크닉을 가겠다고 동의한 통통 튀는 금발 치어리더, 델라 번하이머에게 키스를 시도했었다.

점심을 먹은 후 담요를 덮고 누워있다가 닥은 그녀에게 한 번도 여자와 키스해 본 적이 없으며 그녀와 키스하고 싶다고 고백했고 너그러운 마음의 델라는 닥의 남다른 모양의 신발을 보더니 더 안타까운 마음에 동의했다. 닥은 열정적인 사람임을 입증하려고 무모하게 뛰어들어 그녀에게 인공 호흡을 시행했고, 그 와중에 손을 속옷 안으로 집어넣었다. 어디선가 읽었던 손가락 기술을 잘 활용해 볼 셈이었다. 놀랍게도 델라는 신음소리를 내며 받아들이는 듯했지만 갑자기 자제력을 발휘하더니 몸을 일으켰다. 함께 다니는 교회에 문제가 될만한 행동을 하는 것보다는 개천에 들어가 진짜 커플처럼 손을 잡고 걷자고 제안했다. 닥은 동의했고, 이 결정은 결국 그를 크게 후회하게 만들었다. 그가 양말을 벗자 델라는 파란색 눈동자로 말발굽처럼 생긴 발을 보더니 갑자기 집에 가겠다고 선언했다. 이제 그만하자, 친구야.

닥은 특별히 예민한 사람은 아니었다. 하지만 그의 어머니는 달랐다. 그가 델라 번하이머와 있었던 일, 키스가 오가던 부분 등 세밀한 부분은 빼고 그날 일을 고백하자 그녀는 당장 마을 최고의 구두 장인, 노만 스크럽스켈리스가 있는 치킨힐로 그를 데려갔다.

마을 모두가 말수가 적고 음침하며 시가만 피워대는 유대인, 노만을 두려워했다. 그가 밤이면 꼽추처럼 등을 구부리고 치킨힐의 진흙탕 길을 배회하며 마을 흑인들을 위협하고 돈을 빼앗는다는 소문이 있었다. 하지만 그는 구두 제작에 천부적인 재능을 보였는데 포츠타운 세 곳의 구두 상점 창문에는 전부 그가 만든 반짝이는 구두가 장식되어 있었다.

그들이 문을 두드리자 노만은 어두운 지하 작업실로 그들을 안내했다. 닥의 어머니 눈에 철장은 보이지 않았다. 그는 어수선한 작업용 탁자 앞 스툴에 앉아서 닥의 얼굴을 한 번도 쳐다보지 않았다. 대신 그는 비싼 돈을 주고 산 필라델피아 제화공이 만든, 장애가 있는 발을 구겨 넣은 신발을 흘낏 보더니 작업대 옆에 있는 의자를 가리키며 심한 사투리 억양으로 소리쳤다. "신발 벗어." 닥은 자리에 앉아서 명령을 따랐고 그에게 신발을 건넸다.

그는 닥의 신발을 마치 빈 병 마냥 한쪽으로 휙 던져버리고는 닥의 욱신거리며 아픈 발을 자신의 손으로 꽉 잡았다. 이리저리 발을 돌려보고 비틀어보는 그의 딱딱한 손은 사포처럼 거칠었고 단단했다. 그는 조심스럽고 세밀하게 발을 살피고는 검사가 끝나자 닥의 발을 어젯자 신문인 듯 내던져버리고는 작업대로 몸을 돌리고 가죽과 필요한 부품들을 선반에서 꺼내기 시작했다.

그는 그 과정에서 한마디도 하지 않았다. 곁에 서있던 닥의 어머니가 당황해서 눈을 깜빡이며 이내 말을 걸었다. "발을 측정해봐야 하지 않나요?"

남자는 어깨 너머로 손을 휙 내저었다. "일주일 뒤에 오시오." 그가 말했다.

"가격은 얼마인가요?"

"그건 그때 이야기 합시다."

일주일 뒤 다시 돌아왔을 때 만들어진 신발은 마법과 같았다. 빛나는 검은색 가죽, 아름답게 놓인 바느질, 닥의 발의 곡선에 완벽하게 들어맞는, 하나의 대단한 예술 작품이라고나 할까. 겉모습은 기존 신발과 비슷했지만 발을 지탱하고 편안함을 주기 위해 세심하게 제작된 안창이 있었다. 심지어 이 노인네는 밑창에 일 인치를 더하고 조심스럽게 경사를 만들어 닥의 절뚝거림이 거의 눈에 띄지 않게 되었고 발바닥의 욱신거림과 등의 통증마저 거의 사라졌다. 이 모든 것이 놀랍도록 저렴한 가격이었다. 닥의 어머니는 떨 듯이 기뻐했다.

닥은 고마우면서도 동시에 굴욕감을 느꼈다. 이 나이 든 남자는 자신에게 단 한마디도 하지 않았다. 형식적인 인사조차 건네지 않았다. 하지만 그는 완벽한 구두를 만들었고 매년 닥은 새것으로 바꾸기 위해 이곳을 다시 찾아야 했다. 노만의 특별한 재능에도 불구하고 이 구두 장인의 오만함을 용납할 수 없었기 때문에, 닥은 노만의 지하실에 방문하기를 꺼렸다. 대체 누구를 상대하고 있는지 아는 건가? 존경이란 단어를 모른단 말인가?

분한 마음은 여러 해 동안 지속되었다. 노만이 죽고 그의 아들 어브와 마브가 사업을 물려받았지만 닥은 필라델피아에서 특수 신발을 만들려고 3배나 더 지급해 가면서까지 어브와 마브의 작업실을 피했다. 스크럽스켈리스 쌍둥이가 아버지만큼 재능을 타고났고 주에서 가장 구두를 잘 만들며, 주변 모든 의사들이 추천하고 있다는 게 무슨 상관이란 말인가? 닥은 그들을 이미 알고 있었다! 그자들도 아버지처럼 똑같이 오만했다. 감히! 닥은 필라델피아의 미국 신발 가게에서 신발을 사면 샀지, 자신의 위치를 모르는 치킨힐 이민자 유대인 따위가 만든 신발은 사지 않았다.

델라와의 처참한 데이트 이후, 닥은 연애 모험을 중단했다. 하지만 고등학교 시절 내내 포츠타운 고등학교에 신발과 나이 든 구두공이라는 운명을 함께 하는 여학생, 바로 유대인 소녀 초나가 있다는 사실은 잊히지 않았다. 그녀는 한 학년 아래였지만 수업 첫날 절룩거리며 지나치는 그녀를 보고 비슷한 점을 알아차렸다. 그는 초나의 발을 내려다보았고 그것은 바로 스크럽의 구두였다. 그는 반가웠다. 하지만 처음에는 그녀를 피해 다녔다. 그것은 그리 어렵지 않았는데 대부분의 치킨힐 유대인들은 함께 모여있었고 합창단이나 수학여행, 방과 후 수업 같은 것에 참가하지 않았다. 하지만 종종 그 유대인 소녀가 힐에서 온 호리호리한 흑인 소녀와 그림자처럼 붙어 다니는 것을 목격하곤 했다.

그렇게 한 해와 그다음 해가 지나고 그가 졸업하는 해가 도래했다. 둘은 같은 복도 사물함을 배정받았고 학교 첫날, 그는 사물함에서 무언가를 찾고 있는 그녀를 발견했다. 그녀가 사물함 문을 닫고 몸을 돌렸을 때, 그녀와 눈이 마주친 그는 갑자기 하늘에서 별이 쏟아지고 새해 전야에 수천 개의 재즈 트럼펫이 울려 퍼지는 듯한 소리를 들었다. 절름발이 소심한 소녀가 갑자기 우아한 데다 차분하고 곧게 뻗은 미녀로 변모해 있었다. 검은색 곱슬머리에 건강한 가슴, 아름다운 엉덩이, 사랑스러운 발목, 단정한 양모 치마에 숨겨진 다리, 복도 전체를 비추는 듯 빛나는 검은 눈동자를 가진, 그리고 자신만만하게 등을 똑바로 세운 십 대 소녀. 사물함 앞에 서서 그녀를 바라보면서 닥은 델라 번하이머에 대한 모든 것을 잊었다. 초나는 정말 아름다웠다. 왜 이전에는 그걸 눈치채지 못했을까?

경외심에 젖어 아무 말 없이 그녀가 복도에서 사라질 때까지 그녀를 눈으로 좇았다. 첫 번째 주에 닥은 초나를 비밀리에 지켜보았다. 그녀에게 데이트 신청할 용기를 내려고 생각해 보았다. 다른 학생들은 뭐라고 할까? 어머니는 뭐라고 하실까? 아버지는? 그녀가 유대인이면 어떤가? 그녀는 아름다웠다. 그는 둘이 마나타우니 강을 함께 걸으며 이야기를 나누는 장면을 상상했다. 자신이 나중에 의사가 될지도 모른다는 이야기라던가, 훌륭한 가문의 역사 이야기를 그녀에게 해주고 싶었다, 메이플라워를 타고 건너와 포츠타운에 자리 잡은 플레싱턴 가문에 관한 이야기 뿐 아니라 공장들이 이곳에 자리 잡기 전 마나타우니가 얼마나 아름다웠는지, 일요일이면 교회에 가고, 끝나고 나면 아이스크림을 먹었던 이야기들을 해주고 싶었다. 그녀가 개종할 수 있을지도 모른다. 그녀라면 마음을 바꿀 수도 있을 거다. 그러겠지? 그녀라면 그럴 수 있을 거라고 그는 확신했다. 초나 또한 바깥세상에 자신의 발을 내어 보인다는 것이 어떤 의미인지 알고 있을 것이다. 적어도 둘은 공통점이 있었다. 그녀는 개종할 수 있다. 당연히 그럴 것이다!

시간이 지나면서 이런 감정은 켜켜이 쌓였다가 다시 희미해지기도 했고, 그러다 다시 자신감이 돌아왔고 또 사라지기를 여러 달 반복했다. 그러던 봄날 어느 오후, 졸업이 가까이 오고 있을 때 그는 마침내 용기를 내어 회장으로 있던 토론 팀에 그녀를 초대하려고 했다.

유대인과 대화하는 것에는 익숙하지 않았기 때문에 그는 매우 긴장한 상태였고 서툴렀다. 당시 다나 앤드루스의 누아르 영화를 본 지 얼마 되지 않았던 탓에 주인공이 하던 식으로 강하게 말하려 했으나 상황은 좋지 않게 흘러갔다. 그가 다가갔을 때 초나는 사물함 앞에 서있었다. 그가 가까이 다가서는 것을 보고 그녀가 몸을 돌렸고 약간 놀란 것처럼 보였다. 그는 겨우 초대 내용을 중얼거렸고 그녀의 아름다운 눈빛은 자신의 어깨 너머 복도로 향하는 것을 보았다. 그러다 그녀의 눈길이 다시 그에게 돌아오자 심장이 뛰었다.

그녀는 긴장한듯했지만 웃음을 띠며 말했다. "오, 안 돼요. 그럴 수 없어요." 그러고는 그녀를 그림자처럼 어디든 따라다니던 키가 큰 흑인 여자아이를 따라 복도를 빠져나갔다.

그녀의 뒷모습을 보고 있자니 모든 것이 무너진 것 같았다. 하루가 지나고 황폐함은 불쾌함으로 바뀌었고 마침내 그는 분노하기로 했다. 그는 기독교인답게 행동했었다. 그는 그녀를 위해 먼저 그녀의 수준으로 내려가 주었지만 그를 거부했다. 세상에나 초나는 치킨힐에 살고있지 않은가! 그녀의 아버지는 흑인들을 상대로 식료품점을 운영하고 있지만 자신의 아버지는 시의원이자 장로교 부목사였다. 자신은 중요한 사람이었다. 그녀를 자신의 수준으로 끌어올리기 위해 기꺼이 손을 내밀었지만 그녀는 눈이 멀어 그것을 보지 못했다. 생각해 보면 그녀는 그 유대인 구두공 노만과 똑같은 사람이었다. 똑같이 무례하고 거만하고 자기만 생각하는 인간. 이 모든 것이 역겨웠다. 유대인들. 그녀와 늙은 노만이 그를 비웃고 있을지도 모른다.

이 쓰라림은 그가 펜실베이니아 주립대학교 의과대학에 진학해 생물학과 시체 해부, 임상 연구의 소용돌이에 빠져 필라델피아나 피츠버그, 심지어 뉴욕에서 온 부유한 집안 출신의 학생들과 어깨를 나란히 하고 나서야 사라졌다.

동료 의대생들은 졸업 후 대도시로 돌아가려는 큰 계획을 세웠지만 그는 고향이 아닌 다른 어떤 곳도 상상할 수 없었다. 한때는 그도 큰 도시로 이주해 대형 병원에서 일하면서 매혹적인 금발 아내와 흑인 가정부를 두고 고층 아파트에서 사는 꿈을 꾸기도 했다. 하지만 그런 곳에서는 누가 자신을 보호해 주겠는가? 대도시에는 이상한 사람들이 너무 많았다. 이탈리안, 유색인, 대형 마켓, 멋진 자동차들 그리고 대를 이어 돈을 물려받는 가족들. 이런 생각들은 그를 두렵게 했다. 고향에 머무는 게 안전해. 포츠타운으로 돌아가서 아픈 사람들을 돌보자. 한 명은 독일인이고 다른 한 명은 유대인이었던 두 명의 의대 교수, 은근히 자신을 깔보던 그들조차 그의 헌신에 대해 존경심을 표했다.

하지만 의대를 졸업하고 고향에 돌아왔더니 품위있는 백인들끼리 서로서로 누구인지 알고 같은 장로회 교회를 다니면서 예배가 끝나면 브리스톨 아이스 하우스에서 아이스크림을 먹던 옛 고향은 이민자들의 마을이 되어있었다. 트럭을 모는 그리스인, 건물을 소유한 유대인, 마치 제 집처럼 메인 스트리트를 걸어 다니는 흑인, 러시안, 메노파 교도들, 헝가리인, 이탈리아인, 그리고 아일랜드인.

어린 시절 기억하는 고풍스러운 말과 마차는 강철을 운반하는 트랙터 트레일러로 대체되었고 낙농장은 음침한 공장으로 바뀌어

기름 냄새로 찌들고 매연을 내뿜고 있었다. 메인 스트리트는 토요일이면 자동차로 가득 찼고 하나도 아닌 두 개나 되는 신호등에 전차도 있었다. 그가 사랑하는 포츠타운은 서로를 모르는 낯선 도시가 되어버렸다. 그럼에도 그가 아버지가 허락한 인근 파글리스빌의 순박한 처녀를 아내로 선택하자 그의 결혼 소식은 포츠타운 「머큐리」의 일면을 장식할 정도로 주목할 만한 사건이자 긍정적인 일로 여겨졌다.

하지만 공장 노동자의 부러진 다리를 치료하고 다친 손을 꿰매주는 날들은 그의 자존심을 조금씩 갉아먹고 있었고 그의 실망감은 커져 갔다. 더 많은 공장이 더 많은 매연을 내뿜었고 더 많은 외국인들이 몰려왔다. 그리고 그가 결혼했던 순진한 농장 처녀는 카드놀이와 싸구려 소설, 블루베리 파이에 목숨 거는 게으르고 멍청한 영혼임이 밝혀졌다. 2년마다 새로 사달라고 조르는 최신형 쉐보레에 네 명의 자녀를 태우고 도심을 자랑스럽게 운전해 다니는 동안, 그녀의 급증하는 허리둘레와 더불어 그는 그녀에 대한 흥미를 점점 잃어갔다.

그의 젊음은 사라지고 마을은 무너지고 있었으며, 자랑스러운 백인 조상들의 피는 침략자들에 의해 희석되고 있었다. 유대인, 이탈리아인, 심지어 치킨힐을 돌아다니면서 서로에게 아이스크림과 신발을 파는 흑인들. 품위 있는 백인 남자들은 모든 것을 사들일 생각인 것 같은 이 유대인 상인들, 이탈리아 이민자들과 싸워야 했다. 말과 마차를 끌고 중심가에 나타나는 메노파 교도들은 말할 것도 없다. 그리고 소방서의 아일랜드인. 그리고 어찌저찌 음식 장사를 하고 있는 그리스인. 그리고 낙농업 분야를 휘어잡고 있는 이탈리아인. 그리고 그들이 마땅히 해야 할 하녀나 수위 대신 공장 일자리를 원하는 치킨힐의 흑인들까지. 심지어 요즘 들어 유대인들은 너도밤나무 거리에 집을 사들이고 있었다. 더 큰 유대인 회당을 지을 심산인지도 몰랐다. 무엇보다도, 그들은 마을의 착한 백인 기독교 10대 청소년들을 흑인 음악으로 오염시키고 있었다. 재즈라는 것을 마을로 가져온 작자는 다름 아닌 초나의 남편, 또 다른 유대인이자 하나도 아닌 두 개나 되는 극장을 소유한 자였다.

이런 상황에서 내 나라는 무엇을 하고 있었단 말인가? 포츠타운은 미국인을 위한 도시였다. 신이 예정하신 일이었다. 헌법이 보장했고, 성경에도 그렇게 쓰여있었다. 예수님! 이 상황이 되도록 예수님은 어디에 계셨단 말입니까? 닥은 세상이 무너지고 있다고 생각했다.

의대를 졸업하고 몇 년이 지나 친구들이 좋은 기독교적 가치를 전파하자며 그에게 포츠타운 기사단 모임에 참석하라는 제안을 받았을 때 그는 흔쾌히 동의했다. 포츠타운 기사단 모임이 사실은 쿠 클럭스 클랜의 백인기사단이라는 것이 밝혀졌을 때도 그는 큰 차이를 느끼지 못했다. 사람들은 그와 같았다. 그들은 미국을 지키고 싶어 했다. 이 나라는 백인이 오기 전에는 숲에 불과했다. 이 나라를 구해야 했다. 이 마을, 아이들, 그리고 여자들을 순수한 백인 인종을 무지와 더러움으로 오염시키려는 자들로부터 구출해야 했다. 깨끗한 와스프* 혈통이 그리스인, 이탈리아인, 예수 그리스도를

---

* 앵글로 색슨계 백인 개신교도. 미국 사회의 주류를 이루는 지배계급으로 여겨진다.

살해한 유대인, 백인 여성을 강간하는 상상을 하는 흑인 남자들, 점잖고 신을 경외하는 백인 남자들에게 위협이 되는 음탕한 흑인 여자들과 섞여서 일을 그르치는 것을 막아야 했다. 물론 그자들 모두가 나쁘다는 것은 아니다. 백기사단이 누가 좋은 사람인지 결정할 것이다. 괜찮은 사람도 가끔 있었다. 닥도 몇몇은 알고 있었고.

사실 모임은 천벌을 내리자는 행사라기보다는 취미 클럽에 가까웠다. 남자들은 농사나 재산 소실, 악천후에 씨를 뿌리고 작물을 기르는 어려움, 가축과 운송비용, 물가 상승 등에 관해 이야기했다. 농부가 많았고 나머지는 공장에서 일하는 사람들이거나 은행원들이었다. 좋은 사람들이었다. 포츠타운의 사람들. 평생 알아 온 사람들. 그래서 칼이 어느날 오후 백기사단 모임이 끝나고 다가와서 귀머거리 흑인 아이를 불법적으로 붙잡아 두고 가게에서 일을 시키며 국가가 준비해 놓은 좋은 학교에 보내지 않는, 유대인 여자에 관한 문제를 이야기했을 때 닥은 흥미를 느꼈다. 그는 칼에게 다음 주에 병원에 들르라고 말했다.

당연히 그는 초나를 알고 있었다. 그가 처음 진료실을 열었을 때 정신을 갑자기 잃는 증세 때문에 그녀가 찾아온 적이 있었다. 그날 방문에서, 둘은 예전 고등학교 시절 그가 그녀와 가까워지려 했었다는 사실을 모르는 척했다. 그녀가 아마 잊었을 거라고, 바라건대 제발 잊었길 바랐다. 그는 잊지 않았지만.

그녀가 병원 진료실로 들어섰을 때 그는 가슴에서 여전히 천 개의 북이 울리는 것을 느낄 수 있었다. 그녀는 아주 곱게 나이를 먹은 것 같았다. 아름다운 얼굴, 날씬한 몸매, 밝고 빛나는 눈동자는 여전했다. 그리고 신고 있는 스크럽 구두까지 그녀는 예전 그대로였다. 그의 눈에 스크럽 구두는 머리부터 발끝까지 군더더기 없이 잘생긴 놈으로 진화한 듯했다. 이 순간에도 자신의 발에 고통을 주고 있는 비싸기만 하고 벽돌처럼 투박한 신발 따위와는 비교가 되지 않았다. 하지만 원칙을 지키기 위한 대가였다. 그래서 그 돈을 기꺼이 지불했던 것이다.

그날 방문에서 그는 맡은 일을 전문적으로 처리했고 몇 가지 진통제를 처방하고 그녀에게 상황이 계속되면 다시 오라고 말했다. 그녀가 돌아오길 바라면서 말이다. 하지만 그녀는 돌아오지 않았다. 다시 한번 닥은 상처 입었다. 소도시 의사라서 초나의 사례를 이해하지 못했을 거라고 생각했던 것일까? 레딩과 필라델피아에 여럿의 의료계 친구들이 있었다. 그는 모든 최신 의학 저널을 읽는 사람이었다. 사실 그녀가 떠나고 2주도 지나지 않아 필라델피아에서 두 명의 의사가 전화를 걸어왔고 수수께끼 같은 그녀의 실신 증상에 대해 질문했다. 그들은 닥의 의견을 물어보았다. 그녀보다 그들이 닥을 더 존중했다.

그는 초나가 거의 사경을 헤매고 있을 때 그녀의 케이스를 계속 추적했고 그녀가 회복했을 때 이상하게 안도감을 느꼈으며, 그러다 그녀가 신문사에 자신이 백인기사단으로써 연례 행진에 참가하고 있다고 불평하는 글을 감히 썼을 때는 분노했다. 어떻게 감히! 행진은 누구에게도 상처 주지 않았다. 그저 진정한 미국을 기원하기 위한 행사였다.

이 모든 일이 그를 화나게 했다. 하지만 칼이 12살짜리 흑인 남자아이를 숨기고 있는 그녀에 관해 상의하러 병원 사무실에 나타났을 때, 닥은 사촌을 좋아하지 않았기 때문에 전문가스러운 거리를 유지하려고 신경을 썼다. 고등학교 시절 칼은 잘난 척하는 수탉 같았지만 단단하던 미식축구 선수의 배는 이제 벨트 위에 걸려 있고 조각 같던 어깨는 축 늘어졌다. 한때 깨끗했던 얼굴엔 면도를 잘못해서 남은 구레나룻 자국이 남아 있었다. 중절모는 낡았고 싸구려 넥타이는 얼룩져있었다. 하지만 칼은 닥이 거부할 수 없는 커브볼을 던졌다.

"주정부에서 그 흑인 아이를 검사하는데 돈을 지급할 거야." 칼이 말했다. 닥의 책상 가장자리에 걸터앉아 이 소식을 전하면서 그는 담뱃갑을 꺼내 들었다. 닥은 책상 앞에 앉은 채였다.

"애초에 왜 검사가 필요한 거지?" 닥이 물었다. "아픈 건가?"

"귀머거리이고 아마 멍청할지도 몰라." 칼이 담배를 꺼내 불을 붙이면서 말했다. "주정부는 특수학교에 보내고 싶어 해. 그러기 위해선 의사의 서명이 필요하고. 간단한 일이지."

"어느 학교로?"

"펜허스트. 그 안에 학교가 하나 있어."

펜허스트 주립학교와 병원을 가본 적이 있었다. 끔찍하고 포화상태의 악몽 같은 곳이었지만 그는 말을 아꼈다. "흑인도 가능했던가?" 닥이 물었다.

"제정신이 아닌 사람이면 누구나 데려가지."

"귀머거리이고 아마 바보일지도 모르는 사람이 꼭 미친 건 아니지 않을까, 칼?"

"내가 무슨 점쟁이도 아니고. 나야 모르지, 얼." 칼이 친한 척 닥의 본명을 부르며 말했다. 하지만 닥은 무례한 태도라고 생각해 불쾌했다. "그 아이는 12살이야. 학교에 안 간지도 오래됐고. 그곳에는 그런 아이들을 위한 특수한 교육이 있어. 치킨힐에 살면서 유대인과 어울리는 지금 상황보다 나을 거야. 주정부에서 아이를 원해. 여기저기 다니면서 아이를 찾느라 귀중한 시간과 돈을 낭비하고 있어. 내가 치킨힐에 올라갈 때마다 다들 아무것도 모른대. 그래서 유색인 한 명을 올려보냈는데도 그 아이를 잡아 오지 못했어. 흑인들이 그를 숨겨두고 있어. 그리고 그 여자가 공모하고 있고."

"그녀의 아이야?" 닥이 말했다.

칼은 당황한 듯 닥을 잠시 멀거니 바라보다가 더듬거리며 말했다. "그녀의 뭐? 그 여자는 이미 백인 남자와 결혼했어, 닥."

"그게 뭐?"

"네가 무슨 생각을 하고 있든, 나는 알고 싶지 않아." 칼은 담배를 신중하게 한 모금 빨더니 말했다. "말이 나왔으니 말인데, 마을에 네가 그녀를 어떻게 생각하는지 말들이 많아. 특히 힐에서는. 그럴만하지."

닥의 얼굴이 붉어졌다. 이런 식의 대화는 불편했다. 자신이 왜 그 말을 꺼냈는지 모르겠다. 바보처럼 느껴졌다.

"사실은, 그 아이를 본 적이 없어." 칼이 말했다. "하지만 내가 듣기로는 그 아이는 완벽한 흑인이라더군. 아버지는 없고 어머니는 얼마 전에 죽었대."

"어쩌다 죽었는데?"

"의사는 너잖아. 내가 아는 건 그 유대인 여자와 그녀의 남편인 올아메리칸 댄스홀 극장 대표가 가게 뒤편 어딘가에 아이를 숨겨놓았다는 소문뿐이야. 남편이 자금을 대고 있어. 네가 원한다면 경찰을 대동하고 같이 가볼 수 있도록 조치할게."

"그냥 그 사람들 내버려두고 나는 이 일에서 빼줘."

칼이 이마를 찌푸렸다. "그녀의 영향력이 막강해. 작년 이맘때 그녀가 어딘가 아파서 병으로 거의 죽을뻔했는데 유색인들이 그것 때문에 난리가 났다고 하더라고. 그 여자가 우리 행진에 대해 고발 기사를 쓰는 사람이야, 기억해?"

닥은 어깨를 으쓱했다. "이곳 사람들 중에 누가 그런 멍청한 신문을 읽는다고. 올려보냈다던 흑인은 뭐야? 주정부에서 요즘엔 흑인 조사관을 두나 봐?"

"아니. 그는 그냥 운전기사야. 경찰서장을 모시는 일을 하지. 유대인 여자가 바로 이웃집 마당에 아이를 숨긴다는 제보를 받았어. 그래서 그 운전기사에게 몇 푼 더 쥐여주고 차를 몰고 올라가서 좀 둘러보라고 했지. 물론 아무도 그 사람에게 털어놓지 않았지. 몰래 그 집 마당 뒤쪽으로 숨어들어 갔는데 거기에 아이들이 스무 명은 있더라는군. 누가 누군지 알 수가 없었고 빨리 자리를 떠야 했대. 유색인들이 냄새를 맡은 것 같다고 했어. 힐에서는 유색인들은 모두 연관이 되어있다면서. 사촌이거나 뭐가 됐거나. 이봐, 닥. 내 상관이 엄청 열받아 있고 신경 쓰고 있는 건이야. 네가 그 아이를 검사해서 사인만 해주면 그들이 펜허스트 병원에 그 아이를 집어넣을 거야. 너가 쓴 간단한 리포트에 대해서는 돈을 지급할 거고. 그러면 사건 종료. 쉽지."

"좋아, 보고서를 작성해 주겠어."

"아이를 먼저 봐야지."

닥은 잠시 고민했다. 초나를 오랫동안 보지 못했다. 그는 고등학교 시절 사물함 앞에 서 있던 유대인 여신을 한 번도 잊은 적이 없었다. 그녀의 빛나던 눈동자. 둘 다 어렸고 순수했던, 눈부신 미래가 눈앞에 펼쳐져 있는 것 같았던 그때. 그 시절은 지나갔고 중년이 되어있었다. 여전히 둘은 공통점을 가지고 있었다. '스크럽 신발.' 그것은 한가지, 그들의 공통점이었다. 그녀도 결국 그와 같은 삶을 살았을지도 모른다. 그녀의 남편도 자신의 아내처럼 형편없는 사람일지도. 엉망인 삶. 그녀를 찾아가서 안될 법 있나? 내게 남아 있는 게 뭐라고.

닥은 고개를 끄덕였다. "좋아, 칼. 내가 가서 그 아이를 만나볼게. 일단은 경찰이 개입하지 않게 해줘."

11

사라짐

하늘과 땅 식료품점 천장 중간쯤 달린 전구가 깜빡거리며 누군가 상점 안에 들어왔다고 도도에게 알려주고 있었다. 오후 두 시가 가까워지고 있을 무렵이었다. 전구는 자주 말썽이었다. 가끔은 저절로 깜빡이거나 바닥이 흔들리면 꺼지기도 했다. 그래서 한가한 시간대인 이른 오후라 처음 전구가 깜빡였을 때 도도는 이를 무시했다. 애디 이모는 아이스크림을 사러 제빙소에 갔고 모셰 씨도 극장에 가고 없었다. 이 시간에는 보통 손님이 들르지 않는다.

도도는 지하실의 사다리를 타고 바닥에 난 지하실 여닫이문을 열고 막 나오려다 전구의 깜빡거림을 보았다. 정육 판매대에 가려진 상태이니 가게에 들어서는 사람의 눈에는 띄지 않았을 것이다. 전등이 두 번째로 깜빡였을 때 카운터 뒤 높은 의자에 앉아있던 미스 초나가 지팡이를 찾아 카운터를 돌아 나가려고 몸을 움직이는 것이 보였다. 처음에는 계산대 끝 쪽으로 걸어가는 그녀의 뒷

모습만 보였다. 그러다 그녀가 끝자락을 돌아 방문객을 맞이하기 위해 상점 중간을 향해 몸을 돌렸을 때에야 그녀의 얼굴이 눈에 들어왔는데, 지금까지 한 번도 본 적 없던 경계 눈빛에 도도는 그 자리에 얼어붙었다.

미스 초나는 침착함을 쉽게 잃는 성격이 아니었다. 장애로 인한 이상한 떨림과 가끔 무서운 발작이 있긴 하지만 그녀는 상점을 자유롭게 돌아다니며 모든 종류의 일을 수행했다. 들어올려야 할 상자가 있으면 스스로 옮기려고 애썼고 쌓아야 할 식료품이나 분류해야 할 채소가 있으면 직접 그 일을 했다. 그녀는 도움 받는 것을 좋아하지 않았다. 요청하지 않는 한 그녀를 도우려 들지 않아야 한다는 것도 알게 되었다.

그녀가 책을 읽을 때는 도도가 일을 할 수 있도록 허락해 주었다. 가만히 앉아있기를 싫어하는 도도가 자유롭게 돌아다닐 수 있는 시간이었다. 도도는 그녀만큼 책 읽는 것을 좋아하는 사람을 본 적이 없었다. 하루 종일 책을 읽었다. 미스 초나는 소년의 어머니를 떠올리게 했다. 하지만 어머니는 대부분 성경만 읽었다. 그녀는 책과 잡지, 신문 등 거의 모든 것을 읽었고 그에게 똑같은 것을 권했다. 그녀가 옆에서 기운을 북돋아 준 덕분에 독서를 좋아하게 되긴 했지만 보기만큼은 아니었다. 미스 초나를 위해서 대부분은 그런 척했을 뿐이다. 하지만 언젠가 어른이 되면, 읽은 척했던 수많은 책 중 한 권이라도 반드시 제대로 읽겠다고 다짐했다. 물론 조만간 이뤄질 것 같지는 않았다.

소년은 책 읽는 것보다는 가게에서 일하거나 옆집 버니스의 아이들과 마당에서 노는 것이 더 좋았다. 도도가 자유롭게 돌아다니는 것이 허락되는 유일한 장소였다. 이런 감금 생활이 원망스러워질 때가 있었다. 불공평했다. 예전처럼 힐을 자유롭게 돌아다닐 수 있다면 얼마나 좋을까. 하지만 미스 초나와 애디 이모는 계속해서 그에게 주입하고 있었다. '가까이 붙어 있어. 주정부에서 나온 남자를 조심해. 특수학교에 널 데려가려고 해. 거기 가고 싶지 않잖아.'

정부에서 온다는 남자가 어떻게 생겼는지 몰랐지만, 계산대에 다가서는 손님을 보며 미스 초나의 눈에 스치는 두려움이 도도를 꼼짝 못 하게 만들었다. 소년은 본능적으로 아래로 머리를 숙였다.

카운터 너머로 굳이 몸을 빼서 지하실 문 아래쪽을 내려다보지 않는 한, 도도가 보이지는 않을 것이다. 마찬가지로 아이도 계산대 반대편에 선 사람이 누군지 명확히 볼 수가 없었다. 하지만 느낄 수 있었고 그거면 충분했다. 느낌과 냄새. 보고 듣는 것 못지않은 진동. 즉시 뭔가가 잘못되었다고 느낄 수 있었던 본능적 감각.

여전히 사다리에 서서 그는 왼쪽 손등을 마룻바닥에 대보았다. 미스 초나의 서툰 발걸음이 불규칙적으로 움직이며 식료품점 중앙으로 다가서고 있음을 알 수 있었다. 익숙지 않은 소리가 뒤따랐는데 비슷한 걸음걸이의 기이한 쿵쾅거림이 상점 입구에서부터 느껴졌다. 두 개의 움직임은 아이의 머리에서부터 얼마 떨어지지 않은 정육 진열대 앞에서 멈췄다.

도도는 정육점 진열대 너머에 미스 초나의 얼굴을 볼 수 있었다. 중절모와 검은색 코트를 입은 남자와 이야기하며 경계하는 듯한 그녀의 눈빛은 여전히 불안해 보였다. 남자가 잠깐 고개를 돌렸고 그의 옆얼굴이 보였다. 그를 보자마자 목줄기에서 극심한 공포가 올라왔다.

닥터 로버츠.

포츠타운의 백인들에게 로버츠 박사는 친절하고 상냥한 마을 의사, 모든 사람의 친구, 아기를 낳도록 도와주는 훌륭한 사람, 장로교 신자였다. 하지만 힐의 흑인들은 "왜 닥터 로버츠에게 가서 돈까지 내고 죽어야 해?"라고 농담을 하곤 했다.

힐의 흑인 아이들에게 그는 두려움의 대상이자 아이를 잠재우려는 지친 엄마들에 의해 탄생한 수많은 공포 이야기의 중심인물이었다. 취침 시간이 지나고도 가만히 누워있지 않고 뒹굴거리는 아이들에게 엄마들은 어두운 침실에 모습을 드러내고 경고했다. "지금 당장 눈을 감지 않으면, 널 닥터 로버츠에게 데려갈 거야." 그러면 그 즉시 웃음소리와 킥킥거림은 사라졌다. 끔찍한 맛의 코드리버 오일이나, 감기와 고열, 원인 모를 증상에 쓰는 혐오스런 민간요법 치료제를 목에 넘기지 않으려는 아이들은 "지금 당장 이걸 삼켜. 그렇지 않으면 닥터 로버츠를 데려올 거야. 닥이 널 감옥에 집어넣고 똑같은 걸 먹일 거야"라는 말을 들었다. 그러면 끔찍한 혼합물은 통로로 금세 내려갈 수 있었다.

도도는 의사를 두려워했다. 눈앞에서 스토브가 폭발한 뒤, 어머니는 돈을 빌리기 위해 길고 고통스러운 3일을 보내고 나서 기차를 타고 레딩에 있는 유색인 의사에게 그를 데려갔다. 유색인 의사는 그를 제대로 살펴보지도 않고 그의 부어오른 얼굴에 고약을 바르고 눈과 귀를 붕대로 감쌌다. 그리고 그것은 아무런 도움이 되지 않았다. 붕대를 풀고 나자 눈에 생겼던 문제는 서서히 사라졌다. 그리고 엄마가 네이트 이모부와 애디 이모에게 '감염'과

'의사' 같은 단어를 입에 올리며 비통하게 우는 모습을 지켜보았다. 하지만 엄마나 네이트 이모부, 애디 이모 그 누구도 닥터 로버츠에게 데려가 보자는 말은 하지 않았다. 닥터 로버츠는 곤란했던 것이다.

그리고 지금 그가 불과 네 발짝 거리에 있었다. 미스 초나와 이야기를 하면서.

미스 초나는 왼손으로 카운터에 기대고 긴장한 듯 손가락을 두드리고 있었다. 닥은 도도를 등지고 있어서 그가 무슨 말을 하는지 읽을 수는 없었다. 하지만 미스 초나는 보였다. 도도는 대화가 조심스럽고 정중하게 시작되었다가 분위기가 험악하게 악화되는 것을 지켜볼 수 있었다.

"날씨가 참 좋아요. …… 지난주에 비가 왔는데 …… 그렇게 오랜만인가요? …… 고등학교 …… 졸업 …… 건강은 좋아요." 그녀가 말했다.

하지만 그녀는 전혀 괜찮아 보이지 않았다. 얼굴은 창백했고 그녀가 왼손을 살짝 떨고 있다는 것을 눈치챘다. 이 모습을 본 도도는 당황했고 숨이 가빠왔다. 미스 초나가 곧 기절하거나, 심하면 발작을 일으킬지 모른다는 신호였다. 이전에 그런 상황을 보았을 때 도도는 겁에 질렸었다. 사실 지난주부터 미스 초나는 몸을 떨었고 움직임이 둔해졌다. 애디 이모가 그것이 일종의 징조라고 말했다. 애디 이모는 20분 전 제빙소로 떠나기 전에도 미스 초나를 잘 지켜보라고 당부했다. 아무것도 들지 못하게 해, 넘어지지 않도록 잘 지켜봐. '가까이 붙어있어'가 이모의 요청이었다. 하지만 미스 초나가 지하실에 있는 캔 상자를 가져오라고 시켜 가지고 올라가는 참이었다. 빨리 다녀올 생각이었는데 계산대 뒤 지하실 여닫이문 입구에 갇혀 이렇게 모습을 드러내야 할지 말아야 할지 확신을 못하고 있는 걸 보면, 분명 충분히 빠르진 않았던 것 같다. 여기 있다가 미스 초나가 쓰러지기라도 한다면. 만약 그런 일이 생기면 애디 이모는 분노할 테고 그건 썩 좋은 일이 아니다.

도도가 머리를 내밀고 막 올라서려 할 때 미스 초나가 왼손을 카운터에서 떼서 상점 앞쪽을 가리켰다. 그러자 닥은 얼굴을 돌려 문 쪽을 바라보았다. 닥이 다른 쪽을 바라보는 그 순간 그녀는 재빨리 도도와 눈을 마주치더니 교통경찰처럼 왼손을 쭉 뻗어 손바닥을 아래로 하고 손가락을 쫙 폈다. 마치 '거기 가만히 있어!'라고 말하는 것 같았다. 그래서 소년은 그대로 멈춰 섰다.

상대적으로 안전한 지하실로 날쌔게 내려가고 싶은 마음이 불쑥 솟아올랐지만 닥이 그녀에게 다시 고개를 돌렸고 소년은 대화가 순식간에 격렬해지는 것을 걱정스럽게 지켜볼 수밖에 없었다. 말을 이어가는 그녀의 얼굴은 분노로 붉어지고 있었다. "퍼레이드에서 행진을 하는 것 …… 당신의 문제 …… 부끄러운 …… 세금 …… 나도 미국인이에요." 마지막으로 그녀는 화가 난 채 떨리는 손으로 닥에게 손가락질을 했다. 닥터 로버츠의 목덜미가 벌겋게 달아올랐고 대답하는 그의 어깨가 들썩거렸다. 그들은 총력전을 펼치고 있는 듯했다. 의심의 여지가 없었다. 그리고 미스 초나의 얼굴, 아까 문이 열렸을 때 놀란 그녀의 얼굴은 이제 분노로 굳어져 있었고 눈썹은 일그러졌다. "유색인 …… 흑인들 …… 당신이 대체 무슨 말을 하는지 모르겠네요……. 경찰…" 닥은 그녀의 말을 자르며 무언가를 지껄이는 듯 머리가 움직였다.

그녀가 대답을 하려고 막 입을 열던 찰나, 미스 초나의 얼굴이 하얗게 창백해지더니 숨을 헐떡이며 눈동자가 위를 향했다. 잠깐 동안 그녀가 몸을 심하게 떠는 것 같더니 순식간에 시야에서 사라졌다. 마치 누군가가 바닥에 뚫린 구멍에서 그녀를 낚아챈 듯했다.

무슨 일이 일어났는지 들리지 않아도 알 수 있었다. 마룻바닥을 흔드는 둔탁한 진동이 그녀가 감자 포대처럼 바닥에 떨어졌다는 사실을 알려주고 있었다.

최소한만 입술을 떼도 소리가 난다는 사실을 경험에서 알고 있는 소년은 본능적으로 입을 손바닥으로 막았다. 사냥을 할 때 네이트 이모부가 가르쳐주었다. '아무 소리 내지 마. 입을 막아. 그렇지 않으면 이 게임을 날려 먹게 되는 거야.' 하지만 지금은 사슴이나 다람쥐를 향해 낡은 소총을 눈앞에서 발사해 펄쩍 뛰게 놀랐던, 이모부와 떠났던 사냥 여행이 아니었다. 폭발은 내부에서 일어났다. 오싹한 바닥의 흔들림과 함께 공포가 온몸을 뒤엎고 터지는 듯했다. 잠시 동안 내가 지금 어디에 있는지 기억이 나지 않을 정도였다. 몇 달 후, 소년은 마룻바닥에 댄 왼손에 퍼지던 그 불길한 진동과 쿵, 하는 소리에 같은 왼손으로 입을 막다가 너무 세게 쳐서 입술이 터졌던 그때를 떠올렸다. 3년 전 난로 앞에 주저앉던 때와 같은 감정에 압도되었던 그때, 만약 오른팔로 사다리를 꼭 감싸안고 있지 않았다면 다리에 힘이 풀려 완전히 바닥으로 떨어졌을지도 몰랐을 거라고 생각했다.

집에서 난로가 폭발하면서 뜨거운 쇳조각이 천 개의 칼이 되어 가슴팍과 팔, 머리에 날아들고 그 후 몇 주 동안이나 추위를 느낄 정도로 강렬한 열이 온몸을 덮쳤던 순간. 그러고 나서는 두통이 너무 큰 나머지 고통이 살아 움직이는 것처럼 느껴졌다. 눈이 불타는 듯한 통증을 견딜 수가 없어서 결국 귀가 스스로를 보호하려고 작동을 멈춘 거라고 소년은 생각했다. 그래서 붕대를 풀 때까지 몇 달 동안이나 원치 않는 선글라스를 쓰고 비틀거려야 했다. 온 세상의 소리가 사라지는 일 따위는 진짜 심각한 문제인 어머니의 갑작스러운 병에 비하면 부차적으로 느껴졌다. 귀가 점점 들리지 않게 되는 동안 어머니의 삶도 서서히 사그라지고 있었다. 나중에 언젠가 네이트 이모부도, 애디 이모도 사라지게 될 거라고 생각했다. 하지만, 미스 초나와 소년의 귀는 아니었다, 간혹 희미하게 몇 가지 소리가 들릴 때도 있었다. 차가 후진하는 소리, 수레가 쿵쾅거리며 채소 배달하러 지나쳐 가는 소리. 하지만 시력과 청력은 시력과 진동으로 대체되었다. 소리는 몸 안에서 들렸다. 심장 깊은 곳에서. 그래서 미스 초나가 쓰러졌을 때, 소년은 심장이 깨지는 소리를 들었다고 생각했다. 그런 소리가 원래 존재했던 것처럼 마음속 깊은 곳이 부서지고 갈라지는 소리. 다시는 그녀를 예전 모습으로 볼 수 없다는 것을 온 몸으로 알고 있었다. 그렇게… 그렇게…… 가버리는 건가. 그의 어머니처럼. 다른 모든 것들처럼.

그 생각을 하자 떨리는 다리에 다시 힘이 들어갔고 재빨리 몸을 일으켜 세운 다음 지하실 여닫이문에서 빠져나와 고양이처럼 소리죽여 바닥에 발을 딛고 정육 판매대 뒤에 웅크리고 앉았다. 판매대는 유리로 만들어져 있었다. 도도는 유리 진열장을 통해 가쁜 숨을 쉬며 조용히 지켜보았다. 깔끔하게 정돈된 돼지 족발, 얇게 썬 고기, 햄, 곱게 간 소고기 너머 그가 본 장면은 그의 남은 인생을 전부 바꿔놓았다. 닥터 로버츠가 엎드려 쓰러진 미스 초나의 몸 위에 웅크리고 있었다.

그때까지 소년이 걸어온 길, 모든 행동은 소년이 믿었던 어른들의 규칙을 따르도록 되어있었다. 바깥의 전혀 모르는 사람들 눈에 소년은 '느리고' 또는 '저능한' 유색인 소년이었다. 미스 초나를 비롯한 그의 세상 속 사람들이 몇 달 동안 세심하게 연습시킨 덕분에 그 순간까지도 그는 제자리를 지켰다. '가까이 붙어 있어. 상점 밖으로 나가지 마. 옆집 미스 버니스의 마당 밖으로는 나가면 안 돼. 뛰어다니지 마.' 그렇게 하지 않으면 재앙이 생길 거라는 것을 그도 이해하고 있었다. 심지어 미스 초나는 방금 전 쓰러지기 전에도 손을 뻗어 같은 지시를 반복했다. '거기 있어. 조용히 해. 이 문제상황은 지나갈 거야.'

하지만 지금…….

애디 이모가 노여워할 것이라는 생각이 들었다. 더 나아가 이모가 실망할 거라는 생각에 도도는 더 이상은 기다릴 수가 없었다.

소년은 고작 12살이었다. 이성 관계라고 해 봤자 이유도 없이 좋아하게 된 미스 버니스의 딸에 대한 호기심 정도였다. 여자에 대한 이해조차도, 여자는 필요한 존재이고 여자아이들이 언젠간 여성이 될 것이고, 어떻게든 자신의 인생에서 필요하게 될 거라는 정도였다. 그동안은 구슬과 자갈을 모아 미스 버니스의 집 뒤로 흐르는 개울에 던져넣는 하루 일과에 걸림돌일 뿐이었다. 여자라는 존재가 특별하게 다가오지 않았다. 보아하니 닥은 그런 것 같지 않았다. 그는 미스 초나의 머리카락 사이와 옷자락 안을 손으로 더듬고 있었고 이를 본 소년은 숨이 가빠지고 이성을 잃었다.

미스 초나는 완전히 정신을 잃은 것 같았다. 그녀가 잠깐 기절을 하면 애디 이모는 곁에서 그녀를 한쪽으로 눕히고 얼굴을 닦아주었고, 보통은 얼마 지나지 않아 괜찮아져서 일어나 앉을 수 있었다. 하지만 닥은 미스 초나가 일어날 때까지 기다리지 않았다. 그는 그녀의 몸을 돌려 반듯하게 눕히더니 서둘러 오른손으로 그녀의 가슴을 쓸어내리며 움켜 쥐었다. 그러더니 왼손으로 그녀를 안아 들고 다시 가슴을 주무르기 시작했다. 손은 블라우스 안쪽에서 움직이고 있었다. 그녀를 그대로 안은 채 손은 배를 지나 사타구니까지 내려가고 있었고 치마가 끌어올려지면서 허벅지가 드러나고, 그녀의 신발이 어색하게 모습을 드러냈다. 닥이 마음껏 손을 움직이는 대로 그녀의 블라우스가 헝클어졌다. 이 기억은 생각보다 훨씬 오랫동안 소년의 머릿속에 남아 떠나지 않았다.

도도는 계산대를 밟고 뛰어넘으며 소리를 지른 것을 기억하지 못했다. 그리고 훗날 그날에 관해 묻자, 소년은 소리를 지르지 않았다고 주장했다. 만약 그랬다면 알았을 것이라고. “나는 소리를 내지 않았어요. 어떻게 조용히 하는지도 알아요.” 도도는 애디 이모에게 말했다.

아무것도 재지 않고, 소년은 계산대를 뛰어넘고 단숨에 가로질러 닥을 뒤편에 있는 캔과 크래커가 쌓여있는 선반에 밀어 넣었다. 단 한 번도 백인의 몸에 손이 닿아본 적이 없던 도도는 닥이 얼마나 물렁물렁하고 뚱뚱한지에 한번 놀랐고, 그에게 달려들어 미스 초나에게서 떼어내고 선반으로 몰아붙이자 얼마나 손쉽게 닥이 날아가는지에 또 한 번 놀랐다. 그리고 곧 세 사람 모두에게 식료품이 폭포수처럼 쏟아졌다.

닥은 정신을 차리고 도도를 밀쳐내려 했지만 몸을 채 일으키기도 전에 도도는 미식축구 선수처럼 달려들어 그를 다시 처박았다. 몸은 말랐지만 도도는 힘이 셌다. 자신의 무게와 힘으로 닥을 꼼짝하지 못하게 만들 수 있었다. 사람들이 말한 것처럼 자신이 주먹으로 닥을 쳤는지 소년은 기억나지 않았다. 미스 초나가 두 번째 발작을 일으켰기 때문이었다. 일반적으로 발작은 몇 초 정도면 끝났지만 이번엔 그전보다 훨씬 심각했고 훨씬 길었다.

그녀의 몸부림이 닥을 각성시킨 모양이었다. 그가 몸을 들썩이는 것을 느낄 수 있었고 고함을 지르고 있다는 것도 알았다. 도도는 무시하고 머리와 어깨로 그를 선반에 붙여 더욱 꼼짝 못 하게 만들었다. 뒤를 돌아보니 미스 초나가 몸을 심하게 떨며 격렬한 경련을 일으키고 있었다. 순간 목에 닿는 손이 느껴졌다. 닥이 도도의 목을 조르기 시작했고 도도의 삶을 위한 투쟁은 말 그대로의 죽기 살기가 되었다. 닥의 분노가 온몸으로 느껴져서 그의 손에서 벗어나기 위해 몸부림을 쳐야 했다. 그래서 그를 더욱 세게 선반에 밀어 붙여보았다. 하지만 닥은 밀리지 않았고, 갑자기 목을 조르던 손을 풀고 주먹으로 소년을 한 대 친 순간 소년은 오히려 정신을 차렸다. 그리고 본능적으로 두 번 그의 얼굴을 세차게 맞받아 쳤다. 닥의 입이 잠시 움직임을 멈춘 것 같더니 그의 입술에서 피가 뿜어져 나왔다. 그 순간, 소년은 자신에게 심각한 문제가 생겼음을 깨달았다.

곁눈질로 보니 현관문이 열렸음을 알려주는 천정 불빛이 깜빡거리고 있었고 애디 이모가 미스 초나에게 달려오고 있었다. 그녀를 보느라 닥을 누르던 힘이 약해지자 닥은 도도를 바닥에 내동댕이치고는 바닥에 머리를 끊임없이 부딪히며 격렬하게 몸을 흔들고 있는 미스 초나에게로 기어갔다. 애디 이모가 미스 초나의 머리 아래에 손을 받혔다. 미스 초나의 입은 크게 벌어진 상태였다. 애디 이모가 계산대 위쪽을 보는 것을 눈치채고는 어떤 말도 하지 않았음에도 도도는 계산대 쪽으로 달려가 숟가락을 하나 집어 애디 이모에게 전해주었다. "나는 도우려고 했어요." 닥이 울부짖고 있었다.

애디 이모는 다가오는 그를 무시하고 미스 초나의 입속에 숟가락을 밀어 넣었다. 둘은 초나에게 몸을 웅크리고 그녀가 너무 심하게 경련을 일으키지 않게 하려고 노력했고 닥은 손을 초나의 등 밑에 댔다. 그녀는 영원히 몸을 떨 것처럼 보였다.

애디 이모는 여전히 미스 초나를 안은 채로 도도에게 몸을 돌렸다. 도도는 그녀의 입술이 움직이는 것을 보며 차분하게 말하고 있는 것을 읽었다. "물을 좀 가져와. 서둘러." 도도는 순순히 따랐다.

몇 년 같았던 시간이 지나고 미스 초나는 몸부림을 멈추었다. 그녀는 눈을 감은 채 조용히 누워 있어서 마치 죽은 것처럼 보였다. 어느 순간엔가 들어와서 그녀의 얼굴을 수건으로 감싸 닦아주던 여러 명의 이웃과 애디 이모가 그녀를 둘러싸고 있었다. 도도는 불안하게 문을 바라보았다. 닥은 사라지고 없었다. 도도는 이웃들이 바닥을 청소하고 자신을 초조하게 살펴보며 선반을 정리하고 떨어진 물건을 쌓고 있다는 것을 알아차렸다. 여럿의 힐 주민들도 상점 앞 유리창을 통해 들여다보고 있었다.

애디 이모는 미스 초나의 얼굴을 닦아주고 머리카락을 어루만졌고 옷매무새를 가다듬었다. 그리고 잠깐 마주친 그녀의 눈길은 몹시 화가 났다는 것을 도도에게 말해주었다. 도도는 이모에게 다가서서 어깨를 두드렸다. 설명을 하고 싶었다. 하지만 애디는 도도에게 대꾸하지 않고 옆에 있던 한 사람에게 말을 했다. 그녀의 입술이 움직이고 있었다. 무슨 말을 하는 거지?

그때 누군가 소년의 어깨를 두드리며 현관문을 가리켰다.

도도는 고개를 돌렸다.

닥이 돌아왔다. 두 명의 경찰을 대동하고서. 어깨 너머 이웃 주민 몇몇이 이 모든 상황을 진지하게 바라보고 있는 것이 보였다.

닥은 소년을 가리켰다. 도도는 그의 입술을 명확하게 읽었다.

"저기 있어요."

도망가는 것 말고는 달리 할 수 있는 게 없었다. 도도는 뛰어 올라 상점 뒷문으로 필사적으로 달렸다. 문을 박차고 빠져나오자 경찰이 소년의 뒤를 바짝 쫓았다. 코셔 우유를 팔려고 미스 초나가 기르는 외로운 소 한 마리를 피해 마당을 가로질러 전속력으로 달렸지만, 제방 근처에 다다랐을 때 더 이상 도망갈 곳이 없었다. 하지만 도도는 재빠르고 날렵한 데다 유연하기까지 해서 빙글빙글 돌다가 재빨리 몸을 숙여 경찰관의 붙잡으려는 손길을 피했고 등 뒤의 다른 경찰관과도 홱 하고 피하더니 건물 쪽을 향해 다시 전력 질주를 했다.

하지만 가게 안으로 들어갈 수는 없었다. 대신 2층 창문으로 매달려있는 비상 탈출 사다리로 향했다. 땅에서 성인 키만큼 떨어져 있어서 손이 닿지 않았지만, 이런 경우를 대비해 아래쪽에 숨겨둔 상자가 하나 있었다. 한 번의 부드러운 도약으로 사다리 끝을 한쪽 손으로 잡을 수 있었고 그다음에는 다른 손으로 잡고 몸을 끌어올린 뒤 사다리를 타고 지붕까지 올라갔다.

지붕은 평평했다. 건물 앞쪽으로 달려가서 어떻게든 뛰어내릴 생각이었다. 그런 다음은 철로까지 갈 수 있을 것이다. 도도는 철도 야적장의 모든 구석과 틈새를 꿰고 있었다. 그곳을 운행하는 대부분의 철도 노선도 잘 알고 있었다. 경찰들은 절대 소년을 잡지 못할 것이다.

하지만 도도가 지붕에 오른 그때, 또 다른 세 번째 경찰관이 상점 다락방에서 통하는 문을 박차고 나오더니 불과 5미터도 안되는 곳에서 달려왔다. 도도는 걸음을 멈추고 올라왔던 사다리 쪽으로 다시 전속력으로 달려가 아래쪽을 보았다. 두 명의 경찰이 발버둥 치며 사다리를 힘겹게 올라오는 것을 내려다보고, 등 뒤에서 다가오는 경찰관을 흘낏 돌아보았다. 도도는 겁에 질렸다. 벗어나야만 한다. 마당을 보았다. 2층 위의 옥상 정도 높이에서 내려다보니 그리 높아 보이진 않았다. 적어도 지나치게 높은 건 아닌 것 같았다. 도도는 뛰어 내릴 수 있을 테고, 그런 다음 강을 건너 안전한 곳으로 피할 수 있을 것이다. 이전에 기차에서도 뛰어내려 본 적이 있었다.

도도는 뛰었다. 지붕에 있던 경찰이 소년의 옷깃을 움켜잡으려고 팔을 뻗는 찰나였다. 그 경찰은 소년을 제대로 붙잡지는 못했지만 낙하를 망치기엔 충분했다. 도도는 세상의 위아래가 뒤집히더니 빙글빙글 도는 것을 느꼈다. 그러자 머릿속을 가득 채우던 침묵이 쾅, 하는 소리와 함께 폭발하고 다시 고요해지더니 달콤한 암흑이 찾아왔다. 이번의 침묵은 진짜였다.

제 2 부

구하면 얻으리라

12

몽키팬츠

몽키팬츠는 도도가 C-1 병동에서 만난 첫 번째 사람이었다. 그는 병실에서 유일하게 칸막이가 둘린 구유처럼 생긴 침대에 누워 있었다. 소년은 나이대가 비슷해 보였고, 90개의 침대가 빼곡히 들어찬 덥고 혼잡한 병실에 혼자만의 철제 케이지 안에 다리가 높이 들린 채 견인기에 묶여 있던 도도에게서 겨우 15센티미터 정도 떨어져 있었다.

도도의 이웃은 작고 고통스러울 정도로 마른 짙은 머리색의 백인 소년이었다. 11살이나 12살쯤 되는 것 같다고 도도는 생각했다. 그 소년은 병원 가운 대신 기저귀와 속옷을 입고 있었으며 저게 가능한가 싶은 정도로 몸이 뒤틀린 상태였다. 그는 공 모양으로 몸을 말고 옆으로 누워 목과 어깨는 구부러졌고 뒤틀린 손과 발은 이상한 각도로 엉킨 채로 말려 있었으며, 한쪽 다리는 불가능한 형태로 얼굴을 향해 뻗고 있어서 발목이 턱에 닿을 지경이었다. 그리고 사지의 일그러진 부조화 속에 가슴팍에서 불쑥 삐져나온 것 같은 손 하나가 눈을 가리고 있었다. 소년은 마치 매듭으로 자신을 묶고 자기 자신으로부터 숨어 있는 것처럼 보였다.

한 번도 본 적 없는 모습이었지만, 사람이라면 불가능하도록 몸이 틀어졌고 원숭이가 몸을 말고 있는 것처럼 보였기 때문에 바지 입지 않은 원숭이라는 뜻으로, 도도는 그를 몽키팬츠라고 부르기로 했다. 사실, 도도는 그 소년의 진짜 이름을 끝까지 알 수 없었다.

도도가 정신을 차리고 현실 세계로 돌아올 수 있었던 것은 몽키팬츠의 이 말도 안 되는 모습 덕분이었다. 정신 이상자와 지적 장애인을 위한 시설인 펜허스트 주립 병원에서의 처음 며칠은 그에게 엄청난 고통과 충격을 주었고, 미스 초나의 지붕에서 뛰어내리면서 입었던 부상 상태를 더욱 악화시켰다. 추락 후 도도는 전혀 움직이지 못하는 상태가 됐다. 양쪽 발목을 모두 다쳤고 엉덩이뼈가 산산조각났으며 오른쪽 정강이는 완전히 부러졌다. 도도는 포츠타운 병원 침대에 수갑이 채워진 채 견인기에 다리를 매달고 일주일 동안 누워있었다. 견인기 때문에 꼼짝을 못 하는데도 도도가 의식을 되찾고 나서 한순간도 수갑을 풀어주지 않았다. 경찰들이 제정신이 아닌 것은 분명했다.

들것에 실려 펜허스트 등록 사무실에서 도착하고 나서야 그들은 수갑을 풀어주었고 새로운 의사가 그를 진찰했다.

집에 돌아가면 미스 초나의 상점에서 벌인 대형 사고에 대해 벌을 받겠거니 생각하고 있었는데, 집이 아닌 보호 시설 병동에 도착한 소년은 혼란스러웠다. 애디 이모와 네이트 이모부가 병원에 없다는 사실이 일련의 과정이 불법적임을 보여주고 있었지만 도도는 알지 못했다. 청력을 잃는 사고를 당했을 때도 제대로 된 병원을 방문해 본 적이 없었으니 그럴 만도 했다. 도도는 단순히 병원 사람들이 이모와 이모부가 병원에 데리러 오기 전에 미리 준비를 시켜주고 있는 것으로 생각했다.

하지만 들것에 누워 한참이 지나도 이모는 나타나지 않았고 도도는 인내심을 잃었다. 침대에서 일어나려고 발버둥을 치기 시작하자 두 명의 간병인이 소년을 붙잡았고 의사가 주사를 놓았다. 얼마 뒤 도도는 안갯속에 빠졌다.

의사는 소년의 키와 대략적인 몸무게를 측정하고 팔을 돌려보고 눈을 점검했다. 그리고 짧게 몇 가지를 물었다. 도도는 의사가 외국 억양인지 이상한 입 모양으로 중얼거려 무슨 말인지 알아들을 수가 없었다. 그리고 의사가 웅얼거리지 않았다 하더라도 안개속에서 의사의 말을 해독하는 것은 불가능했다. 의사가 그를 지적장애인으로 진단하는데 걸린 시간은 다 합쳐 30분 정도였다.

간병인들은 소년에게 병원 가운을 입히고 소지품들을 한데 모았다. 애디 이모가 포츠타운 병원에서 정신을 잃고 있었을 때 전달해 놓은 것인지 셔츠, 타이, 몇 가지 작은 물품들, 신발, 양말, 그리고 행운을 위해 늘 도도가 몸에 지니던 미스 초나가 준 구슬이 조심스레 포장되어 있었고 그것들을 전부 가방 하나에 담았다. 그 이후로 다시는 그 물건들을 보지 못했다.

도도는 이동식 들것에 실린 채 문 두 개를 지났고 몇 개의 긴 복도를 따라갔다. 그리고 끔찍한 무언가가 소년의 머리에 내려앉아 있는 짙은 안개 속으로 스며들었다. 도도는 후각이 원래도 예민하긴 했지만 청력을 잃은 뒤로는 더욱 발달했다. 희미하지만 처음

맡아보는 끔찍한 냄새, 어떤 기운, 일종의 경고 같은 것, 셔츠에서 풀린 작은 실타래 같은 아주 미세한 낌새가 소년을 사로잡았다. 처음 냄새를 깨달았을 때는 순식간에 나타났다가 사라지는 것 같았다. 바닥에서 머리를 잠깐 내밀었다가 사라지는 도깨비처럼 흔적도 없었다.

들것이 쾌적하고 광이 난 등록 사무소의 바닥을 바퀴를 덜컹거리며 벗어나, 여러 개의 문과 복도를 돌아 지하 터널을 통과한 후 다시 경사로를 올라가자, 활기차던 분위기는 어둑한 복도에 완전히 자리를 양보한 듯했다. 악취가 스멀스멀 올라와서 형태를 바꾸고 생명을 얻은 건지도 몰랐다. 이끼나 덩굴이 바닥에서부터 벽을 뒤덮듯, 화강암 벽에서 냄새의 싹이 자라나 온통 퍼져있는 것처럼, 그렇게 냄새는 살아있는 것처럼 느껴졌다. 숨을 쉬고 벽을 삼키고, 창문을 갉아 먹고, 그리고 서서히 힘을 키워 결국엔 소년을 압도하여 집어삼킬 것만 같았다. 온몸이 깊은 물 속으로 가라앉는 듯했다. 복도를 지나고 모퉁이를 돌고, 다시 다음 모퉁이를 돌고. 점점 의식의 끈이 약해지고 있었다. 하지만 들것의 흔들림이 정신을 완전히 놓지 않도록 해주었다. 냄새는 퍼붓듯 쏟아지고 있었고 계속해서 몰려오며 점점 더 강해졌다. 미스 초나의 뒷마당에서 자라던 해바라기처럼 냄새가 새 생명을 계속해서 만들어내는 건지도 몰랐다. 도도는 해바라기가 크는 것을 보고 향기 맡는 것을 좋아했다. 해바라기 꽃향기는 정말 좋아서, 꽃이 향기를 뿜는 것이 아니라 향기가 꽃을 만든 건 아닐까 가끔 생각했다. 꽃향기는 멋진 의미를 전했다. 예쁘다. 행복하다. 기쁘다. 하지만 이 냄새는 전혀 다른 의미를 내포하고 있었다. 학대. 분노. 강력한 외로움. 그리고 죽음. 복도 안으로 더욱 깊숙이 들어갔을 때쯤 결국 속이 뒤틀리더니 배 속에 있던 내용물이 목구멍으로 솟구쳤다.

도도는 고개를 들어 들것 한쪽에 전부 토하고 말았다. 토사물이 간병인의 바지에 튀었다. 두 간병인은 그 자리에 들것을 멈추고 잠시 떠났다가 구속복을 들고 돌아왔다. 그들은 다리가 여전히 묶여 있는 소년을 일으켜 세우더니 가슴과 팔에 구속복을 꽉 조인 다음 들것을 다시 밀었다. 꽁꽁 묶인 채 도도는 기다란 방의 구석자리에 도착했다. C-1 병동이었다. 그리고 그들은 떠났다.

몸을 일으켜 보려 했지만 꼼짝도 할 수가 없었다. 그래서 기진맥진한 채 등을 대고 쓰러져있었다. 눈물이 나왔다. 잠시 흐느껴 울다가 결국 잠이 들었다.

잠에서 깨 고개를 돌렸을 때 가장 처음 본 것이 몽키팬츠였다. 끔찍한 매듭처럼 꼬여있는 몽키팬츠를 처음 보고, 도도는 다시 눈물이 터져 나왔다.

몽키팬츠는 어떻게 반응해야 할지 난감한 듯했다. 겉보기에는 태연하게, 도도가 울고 있는데도 무심한 눈으로 팔과 다리가 꼬여있는 틈으로 도도를 뚫어져라 쳐다보았다. 소년의 무심함을 보고 도도는 매정하다고 생각했다. 그래서 더 이상 몽키팬츠를 쳐다보지 말아야겠다고 다짐했다.

도도는 견인기에 매달려 있어서 옆으로 누울 수는 없어도 고개는 돌릴 수가 있었다. 반대편으로 얼굴을 돌렸다.

반대쪽에는 사람이 아무도 없었다. 하지만 그 장면이 마음을 진정시켜 주지는 않았다. 비좁은 병실에 침대가 줄지어 놓여 있었고 전부 텅 비어 있었다. 일과 시간인지 사람들은 어딘가로 다 가고 없는 것 같았다. 그래서 어쩔 수 없이 뒤엉킨 팔과 다리 사이로 자신을 노려보는 것 같은 몽키팬츠에게로 다시 고개를 돌렸다.

두 소년은 서로를 오랫동안 쳐다보았다. 그 순간은 도도에게 그날의 두 번째 행운이었다. 첫 번째 행운은 병동 간병인들이 환자들을 데이룸으로 데려간 뒤인 대낮의 중간에 병동에 떨어트려 준 것이었다. 몽키팬츠의 증세는 30년쯤 뒤였더라면 신체적인 장애가 있는 아이를 정신병동에 집어넣어 감금하고 매일 아침 진정제를 투약하자는 당시의 생각만큼이나 어설프고 쓸모없는 용어인 '뇌성마비'라는 미궁에 빠진 의학 용어로 불렸을 것이다. 어쨌든 매일 몽키팬츠의 정신을 잃게 만드는 약물을 투여하던 간호사는 그날 주사 놓는 것을 깜빡했다. 도도가 몽키팬츠의 눈을 바라보자 그의 눈동자 안에서 한 소년의 존재를 확인할 수 있었다.

"몽키팬츠." 도도가 말했다.

그 소년은 다른 한쪽 눈은 손으로 가려져 있어서 한쪽 눈으로만 도도를 볼 수 있었다. 하지만 도도를 바라보는 눈이 살짝 움직였다. 눈썹도 살짝 올라가는 것 같았다. 그런 다음 몽키팬츠는 손가락을 들어 올려 다른 눈을 드러냈다.

도도는 보았다. 아니, 보았다고 생각했다. 몽키팬츠가 소리내 웃었다.

소리를 들을 수는 없었지만 엉킨 팔이 약간 들썩하는 것 같았다. 도도는 기분 좋은 웃음소리가 어떤 모습인지 알고 있었다.

몽키팬츠가 자신을 보고 웃었다는 사실은 도도를 자극했다. 그래서 도도는 다시 말했다. "몽키팬츠."

그리고 이번에는 확실히 보았다. 몽키팬츠는 손을 낮추고 입 모양을 일그러트리며 미소를 지었다. 그리곤 말을 했다.

그의 얼굴은 힘겹게 일그러졌다. 입술을 읽어야 하는 도도는 그의 말을 전혀 이해할 수 없었다. 게다가 몽키팬츠의 입술은 이상한 방식으로 움직였다. 하지만 도도는 살아있는 사람과 이야기를 나눌 수 있다는 것에 매우 감사했다. 마치 누군가 창문을 열어 신선한 공기를 불어 넣어 준 것과 같았다. 병원에 있을 때 아무도 도도를 만나러 오지 못하게 했다. 병실을 지키던 경찰관 한 명이 간호사에게 자신의 공격성에 대해 말하는 것을 들었다. 도도는 누구에게도, 심지어 애디 이모에게도 무슨 일이 있었는지 설명할 기회를 갖지 못했다. 뭐가 되었든 백인과 관련된 사건에 휘말리면 그건 심각한 문제가 된다는 건 알았다. 미스 초나가 이곳에 있다면 그녀라면 모든 것을 바로 잡을 수 있을 것이다. 그녀라면 도도가 설명할 수 있도록 도와줄 것이다. 애디 이모와 네이트 이모부는 화가 났겠지만 그래도 도와줄 것이다. 지금 어디에 계신 거지? 그러자 미스 초나가 치마가 들린 채 바닥에 누워서 몸을 미친 듯이 떨었고, 잇따라 닥터 로버츠와 몸싸움을 벌였고, 그리고 경찰을 피해 달아날 때 애디 이모의 화난 얼굴이 차례로 떠올랐다. 기억이 온몸을 휘감았고 다시 눈물이 터져 나왔다.

석고 붕대를 한 다리가 가려웠고 두통도 밀려왔다. 화장실도 가고 싶었고 오줌을 지릴까 봐 두려워졌다. 미친 듯이 목이 말랐다. 고개를 들어 방안을 다시 살펴보았다. 아무도 없었다. 사방에 빈 침대만 가득했고 먼 쪽 벽 한가운데에는 유리로 칸막이가 쳐진 간병인 구역이 있었지만 비어있었다.

도도는 몽키팬츠에게 돌아서서 흐느꼈다. "집에 가고 싶어."

몽키팬츠가 몸을 움직였다. 팔과 다리가 경련을 내며 더욱 뒤틀리는 것처럼 보였고 고통을 참고 천천히 한쪽 팔을 머리에서 빼냈다. 그러자 소년의 짙은 머리칼과 각지고 잘생긴 얼굴이 드러났다. 입술이 다시 움직였지만 도도는 소년의 주름 잡힌 입술과 얼굴을 읽을 수가 없었다. 이해하지 못한다는 의미로 머리를 흔들었다.

몽키팬츠는 잠시 고민에 잠긴 듯 멈추었다가 눈을 움직였다. 소년의 눈이 왼쪽을 보았다. 그리고 오른쪽을 보았다가 위를 쳐다보았다가 다시 아래를 보았다.

도도는 그 모습을 바라보다 더 이상 참지 못하고 물었다. "뭐 하는 거야, 몽키팬츠?"

둘은 그날 병동에서 단둘이 있었는데 도도의 부상 정도와 정신 감정을 잘못한 덕분에 도도를 소위 아래 병동이라 부르는 중증 장애 병동에 넣어 몽키팬츠를 만나게 한 것은 어쩌면 행운이었다. 간병인들은 약에 취한 불쌍한 인간 군상들, 모두 90명이나 되는 병동 환자들을 이끌고 매일 병동에서 데이룸까지 행진을 했다. 벤치 두 개를 제외하고는 가구라고는 없는 빈방에서 몇 시간 동안 창밖을 내다보고 서로에게 침을 뱉고 기분이 좋으면 머리를 벽에 박는 사람들을 간병인들은 그대로 내버려두었다. 소변과 배설물 등이 묻은 병동을 청소하는 역할을 맡은 환자 두 명은 어른들 속 유일한 소년 두 명 도도와 몽키팬츠에게 아직은 관심을 갖기 전이라, 청소하다 말고 고깃덩어리처럼 여기저기로 쓰레기를 몰고 다니다가 아직 돌아오지 않았다.

그들은 둘뿐이었다. 그 첫 4시간 동안 몽키팬츠는 미국 역사상 가장 오래되고 최악인 의료시설에서 생존하는 기술에 대해 마음을 사로잡는 환상적인 강연을 펼쳤다. 하지만 쉽게 이뤄지지는 않았다. 몽키팬츠의 강의는 문어가 화염 방사기와 악수를 하려고 하는 것처럼 제대로 된 게 거의 없었다. 몽키팬츠는 소통을 하기 위해 싸우고 있었다. 가슴은 오그라들었고 입술은 일그러졌다. 팔다리는 경련을 일으키며 거칠게 펄럭이는 것 같았다. 몸이 제각기 가고 싶은 방향이 있는 것처럼 보였다. 소년은 미친 사람처럼 팔다리를 휘청거리고 입술을 알아들을 수 없을 정도로 움직이다가 지쳐서 멈추고, 숨을 고른 뒤 다시 시작했다가 다시 지쳐 나가떨어졌다. 몽키팬츠가 중요한 것을 말해주려고 한다는 사실을 알아차리기까지 공연은 여러 번 계속되었다.

"뭘 원하는 거야?"

몽키팬츠는 다시 시도했다. 하지만 휘청거리는 팔다리와 뇌성마비로 경련을 일으키는 몸이 무엇을 말하고 있는지 여러 번의 시도에도 이해할 수가 없었고, 몽키팬츠가 눈알을 돌리는 것을 보다 말고 도도는 절망감에 눈물이 터져 나왔다.

"무슨 말인지 모르겠어."

감정이 폭발하고 눈물을 흘려도 몽키팬츠의 동정심을 불러일으키진 못한 것 같았다. 대신 몽키팬츠는 실망하고 조바심을 내기 시작했다. 몸이 더욱 말렸고 더 커진 불안감에 팔다리가 참지 못하고 터져 나오는 것처럼 꿈틀대는 바람에 도도는 깜짝 놀랐다. 명백히 짜증 난다는 움직임이었다.

그러다 갑자기 몽키팬츠가 움직임을 멈췄다. 침대를 막고 있는 철창을 두드리며 허우적거리던 팔과 다리가 멈췄다. 몽키팬츠는 등을 대고 누워서 가슴과 머리 근처에서 프레첼처럼 팔다리를 꼰 채 도도를 바라보았다. 소년의 눈빛은 헤드라이트처럼 흔들리지 않고 고정되어 있었다.

도도는 몽키팬츠의 눈이 올라가는 것을 지켜보았다. 그리고 아래로. 다시 위로, 그리고 아래로. 그런 다음 왼쪽. 다시 오른쪽. 같은 패턴이 반복되었다. 위, 아래, 왼쪽, 오른쪽. 그는 무언가를 말하고 있었다. 뭐지?

이해하려고 애쓰고 어떻게든 따라가 보려 했지만 도도는 지쳐 갔다. 그리고 갑자기 노래 하나가 머리에 떠올랐다. 어떻게 그게 생각났는지는 확실치 않았다. 하지만 청력을 잃고도 음악에 대한 사랑은 줄어들지 않았다. 오히려 더 강렬해졌다. 이모부는 가끔 도도를 모셰 씨의 댄스홀 무대 뒤편 의상실로 데려가, 그곳에 보관된 낡은 턴테이블에서 음반을 들려주었다. 도도는 축음기 스피커에 손을 올려놓고 음악을 듣는 것을 좋아했다. 도도가 음악 소리를 아주 희미하게만 들을 수 있다는 사실은 중요하지 않았다. 그저 음악을 듣는 행위만으로 마음속에서 음악이 흘러나왔기 때문이다. 그리고 이모부가 때때로 모셰 씨의 극장을 청소하는 일꾼들을 이끌고 그가 가장 좋아하는 찬송가인 '당신이 원하시는 곳으로 가겠습니다'를 부를 때면 도도는 음이 맞지 않게 노래를 따라 부르곤 해서 일꾼들을 즐겁게 만들었다.

"나 노래를 알아, 몽키팬츠." 도도가 말했다. "들어보고 싶어?"

대답을 기다리지 않고 도도는 노래를 불렀다.

당신이 원하시는 곳으로 가겠습니다.

당신이 원하시는 것을 말하겠습니다.

주여, 당신이 원하시는 사람이 되겠습니다.

몽키팬츠는 깜박임도 없이 크게 눈을 뜨고 도도를 지켜보았다. 눈썹이 씰룩였다. 소년의 얼굴에 미소 비슷한 것이 보이면서 이완되는 것 같았다. 그 순간 도도는 마음이 편안해지고 아주 조금 덜 외로워졌다.

그런데 몽키팬츠가 다시 동요하기 시작했다. 얇디 얇은 팔다리를 좌우로 비틀며 꼬인 것을 풀어내려는 듯했다. 불가능해 보였다. 하지만 얽힌 실타래 같던 팔다리가 점점 펴지더니 천장 쪽으로 아치를 만들었다. 제멋대로 움직이는 오른쪽 팔이 가장 먼저 자유로워지더니 침대 칸막이 사이로 쭉 튀어나왔다. 마치 막혀있던 호스가 풀리면서 물이 터져 나오는 것 같았다. 왼쪽 팔로는 가슴 쪽에 있던 다리를 천천히 밀어 내렸다. 그러고는 왼팔로 도도를 향해 크게 손짓을 했다.

똑바로 누워 머리를 도도에게로 돌린 소년의 얼굴을 인제야 제대로 볼 수 있게 되었다.

두 소년은 서로를 마주 보았다. 그 순간 놀라운 일이 일어났다.

도도가 부르는 찬송가의 마법이 방 안으로 들어온 건지도 모른다. 두 소년은 서로의 처지를 완전히 이해했다. 어떤 깨달음과 지혜가 둘 사이를 지나갔고 그건 다른 그 누구도 소유할 수 없는 것이었다. 자신들이 가진 생각과 느낌을 천분의 일도 드러내지 못하는 몸 덩어리 안에 갇혔지만 놀라운 마음을 가진 소년들이라는 사실 말이다. 몽키팬츠는 어른들 사이에서 살아남으려면 현명해져야 하고, 자신이 하려던 말에 귀를 기울여야 한다는 사실을 알려주었다.

도도가 몽키팬츠와 두 눈을 똑바로 쳐다보고 있는 동안 몽키팬츠는 놀라운 행동을 했다.

흔들리는 손을 얼굴에 가져가더니 손가락을 입술에 댔다. 마치 "쉿"이라고 말하는 것처럼.

그리고 그 순간 도도는 전부 이해할 수 있었다. '바보처럼 행동해. 바보가 돼. 아무 말도 하지 마. 그게 유일한 방법이야.'

도도는 순간 뒤에서 움직임이 느껴져 고개를 돌려보았다. 병동의 복도가 어두운 형상들로 채워지는 것을 공포에 질려 쳐다보았다. 여럿의 남자들이 길을 헤매듯 걸어오고 있었고 온갖 종류의 장애를 가진 것 같은 하나의 거대한 형체가 보였다. 몇몇은 반쯤 옷을 걸친 채로였고 어떤 이는 몸을 떨다가 고개를 주억거렸다. 그들 중 소년은 한 명도 없었다. 허둥지둥 몽키팬츠를 돌아보니 처음 봤던 자세로 돌아가 몸을 말고 있었다. 나중에 알고 보니 왼쪽 무릎은 가슴께로 올리고 두 팔을 머리 위에 비틀어 올린 다음 다른 다리를 높이 치켜 들어 발목이 거의 얼굴에 닿도록 웅크린 자세, 그것이 평소의 '몽키팬츠 보호 자세'였다. 몽키팬츠의 침대 쪽에서 배설물 냄새가 났고 몽키팬츠의 기저귀를 갈 때가 되었나보다, 라고 도도는 생각했다. 환자들이 병동 신입생을 찌르고 발로 밟고 만지기 위해 몰려들고 있었다. 그제야 도도는 그의 새 친구가 그를 위험에서 구해주기 위해, 도도에게 쏠릴 관심을 돌리기 위해, 이 어둠의 땅에서 도도에게 빛을 던져주기 위해 스스로를 더럽혔다는 사실을 깨달았다. 똥과 오줌 냄새가 났지만 도도는 사랑과 연대가 무엇인지 깨달았다. 그리고 소년은 감사했다.

13

카우보이

모셰는 '노래하는 바위 스케이트장' 옆에 높이 세워진 파빌리온 난간에 기대어 멍하니 스케이트장을 내려다보고 있었다. 살을 에는 추위를 피해 한 손은 주머니에 집어넣었다. 왁자지껄 뒤에서 떠들며 핫초콜릿을 홀짝거리던 10대 아이들이 눈을 뭉쳐 서로에게 던지고 피하기 시작하더니, 눈 덩어리 하나가 옆을 휙, 하고 스쳤다. 모셰는 아이들을 못 본 척했다.

모셰는 마을 외곽에 있는 이 '노래하는 바위 스케이트장'에 오는 것을 좋아했다. 석기 시대부터 존재했다는 이곳의 바위들은 지리학적 호기심을 자극하는 관광 명소였다. 망치로 내려치면 다양한 음색이 울려 퍼지는 바위들이었다. 무리를 이루고 있는 바윗덩어리 옆에 이곳을 찾는 사람들을 위한 아이스링크와 파빌리온 타워가 세워져 있었다. 파빌리온 꼭대기에 올라 벅스 카운티 숲을 둘러싸고 있는 산등성이를 보고 있으면 숨을 쉴 수가 있었다. 머리를 비우고 마음을 편하게 하는 명상의 시간을 갖거나 아침 기도를 드리면서 잠시나마 극장에 대한 걱정에서 벗어나 잠깐의 소강상태를 즐길 수 있었다.

이런 식의 외출을 시작한 것은 말라기의 조언 때문이었다. 그는 폴란드 야노프 루벨스키에 있는 작은 유대인 정착촌에서 여러 통의 편지를 보내왔다. 하고 많은 일 중에 결국은 양계장을 운영하면서 달걀과 코셔 치킨을 팔고 있다고 했다. 말라기의 편지에는 시골 생활의 미덕과 그가 만나는 손님들의 유머러스한 삶을 찬양하는 내용들과, 평소 그가 가진 삶에 대한 무한한 열정이 가득 차 있었다. 모셰는 옛 방식을 고수하면서도 매번 실패할 때마다 상황에 다시 적응하는 말라기의 능력이 존경스러웠다. 말라기의 편지에는 항상 농담과 유머가 들어있었고 모셰는 그의 호의에 보답하려고 노력했다.

오늘 아침, 모셰는 옛 친구에게 편지를 쓰기 위해서 이곳에 왔다. 소식을 가능한 가볍고 담백하게 전하려는 것이 원래의 계획이었다. 그동안 있었던 일을 밝고 기분 좋게 서로에게 알려주는 것이 둘 사이의 불문율이었다. 하지만 지금은 기운 나는 일이 하나도 없었다. 아내는 정신을 잃고 레딩 병원에 누워 있었다. 의사들은 앞으로 어떻게 될지 확신할 수 없다고 했다. 그 아이는 정부의 손에 잡혀갔다. 더 이상 아무것도 생각하고 싶지 않았다. 끔찍한 소용돌이였다. 어쩌다 이런 일이 일어났을까?

스케이트 타는 사람들을 내려다보며 그는 한숨을 내쉬었다. 그 아이가 집에 오고 나서 초나는 스케이트장에 가자고 고집을 부렸다. 이상한 조합의 가족이었다. 유대인 상인, 장애가 있는 아내, 그리고 그들의 12살짜리 흑인 아이. 그들은 낡은 패커드를 타고 덜덜거리며 언덕을 올라 몇 년 전까지만 해도 '유대인 금지, 개 금지, 흑인 금지' 표지판이 있던 링크장 입구로부터 불과 10미터도 떨어지지 않은 곳에 차를 댔다. 표지판은 사라졌는데도 초나는 스케이트를 타지 않았다. 매번 갈 때마다 단 한 번도 타지 않았다. 아이가 스케이트화를 신는 것도 허락하지 않았다. 아픈 발 때문에 스케이트를 탈 수 없다고 그녀는 불평했지만 모셰는 알고 있었다. 초나는 마음만 먹으면 무엇이든 할 수 있었다. 특수 스케이트 신발을 제작하면 될 일이었다. 마브 스크럽스켈리스는 초나를 위해 무엇이든 해줄 사람이었으니 한달음에 그녀를 위한 신발을 만들어 주었을 것이다. 소년을 위한 신발도 마찬가지.

하지만 아이를 위한 스케이트화는 필요 없었다. 신고 있던 그대로 아이는 스케이트장을 가로질러 다녔다. 도도는 운동신경이 아주 좋았다. 모셰는 초나에게 도도가 스케이트 타는 것을 허락해 주자고 설득해 보았지만 초나는 거절했다. 대신 그녀는 말했다. "당신은 타워에 가서 시가를 피워요."

물론 기꺼이 따를 제안이었다. 꼭대기에 올라서 평화롭게 시가를 빼끔대며 두 사람이 군집을 이룬 노래하는 바위들 사이를 오르락내리락하는 모습을 지켜보았다. 아이가 바위에 손을 대면 진동을 느낄 수 있도록 그녀가 망치로 바위를 내리쳤다. 그는 이 모든 것이 바보 같은 짓이라고 생각했다. 그래서 언젠가 한 번 초나에게 말했지만 그녀는 동의하지 않았다. "저 아이도 이 땅의 소리는 조금 들을 수 있을 거예요. 태초의 자연이 도움이 될 거예요." 그녀가 말했다.

"도움이 될 거라고……." 모셰는 씁쓸해하며 중얼거렸다. '그녀의 생각일 뿐이지. 여기도 도움이 되고, 저기도 도움이 되고. 지금 봐. 누가 도와주고 있단 말이야?' "이제 전부 다 지나간 일이야." 그가 큰 소리로 말했다. 주위에 아무도 없다는 듯 불도 안 붙인 시가를 씹으며 혼자 난간에 기대있는 이 이상한 남자를 뒤에서 장난치듯 뛰어다니며 킥킥거리는 십대 아이들은 본척만척했다. 그러다 과녁을 벗어난 눈덩이 하나가 다시 모셰 옆에 떨어졌고 결국 모셰는 벤치 쪽으로 자리를 옮겼다. 벤치에 쌓인 눈을 털어내고 자리에 앉아 펜과 종이를 꺼내 말라기에게 편지를 쓰기 시작했다.

그는 불붙지 않은 시가를 이빨 사이에 꽉 물고 손에 느껴지는 추위를 참아가며, 재빨리 휘갈겨 편지를 썼다. 이번 편지의 내용은 초나가 병원에 있다거나 흑인 아이가 정신 병원에, 그것도 상태가 아주 나쁜 곳에 감금될 지도 모른다는 내용이 아니었다. 극장에 문제가 있노라고 그는 썼다. 시대가 변하고 있다고. '당신이 옳았어요. 유대인들이 유대인 극장과 유대인 음악, 옛 놀이 한마당을 더 이상 원하지 않아요. 그들은 이제 미국식을 원해요. 그들은 카우보이가 되고 싶은가 봐요. 흑인 재즈 음악가들조차 어려워졌어요. 어젯밤이 마지막 지푸라기였어요.'

그는 어젯밤 사건에 대해 말라기에게 자세히 알려주려고 잠시 숨을 골랐다. 세 번이나 썼던 내용을 지우고 다시 쓰기를 반복하다 쓰는 것을 멈추고 어떻게 설명을 해야 할지 곰곰이 생각에 잠겼다. 잠시 앉아 있으면서 다시 되짚어 보았지만 여전히 어떻게 말을 이어야 좋을지 떠오르지 않았다. 목도리 두르는 것을 잊어버린 탓에 차가운 공기가 목덜미를 파고들었다. 시가에 불을 붙이려고 성냥을 찾아 주머니에 손을 넣어보았지만 찾아지지 않았다. 잠시 생각을 더 해보고 나서 그는 간단하게 이렇게 썼다. '말하자면, 나는 그만할 생각이에요.'

그렇게 결정하게 된 것은 어젯밤 사건 때문이었다. 병원에 초나를 남겨두고 그는 극장으로 서둘러 돌아왔을 때가 오후 7시 30분이었다. 공연 시작이 8시임을 고려하면 말도 안 되게 늦은 시간이었다. 그리고 모든 것이 엉망진창이 되어 있다는 것을 알았다.

'라이어널 햄프턴 밴드'와 '마리오 바우자와 마치토와 아프로쿠반 밴드'가 함께 이틀간 공연을 하기로 예약이 되어있었다. '마리오 바우자와 마치토와 아프로쿠반 밴드'는 원래 헤드라인을 장식했던 루이 암스트롱이 악천후로 덴버에 갇혀버리는 바람에 막판에 겨우 대타로 구한 팀이었다. 암스트롱의 매니저는 뉴욕에서 영향력 있는 조 글레이저였다. 글레이저는 대체 선수를 제안해 주었지만, 초나의 상황 때문에 정신이 산란했고 글레이저의 높은 수수료에 신물이 났던 모셰는 이를 거절하고 직접 대안을 찾기로 결심했다. 그는 옛 친구 칙 웹에게 연락을 했다. 하지만 오랜 친구이자, 모셰가 흑인으로는 처음으로 섭외했던, 등 굽은 이 음악 천재는 건강이 매우 나빠져 있었다. "마리오 바우자와 아프로쿠반 밴드에게 연락해 봐." 전화 너머 웹이 껙껙거리는 거친 목소리로 말했다. "환상적인 밴드야."

아프로쿠반 밴드와 공연을 잡은 것은 병든 웹에 대한 일종의 헌사였다. 왜냐하면 치킨힐 관중들은 마리오 바우자가 됐든 마치토건 아프로쿠반 밴드건 그들이 누구인지 전혀 알지 못할 것이 뻔했기 때문이었다. 마리오는 훌륭한 음악가였다. 모셰는 아프로쿠반 밴드가 환상적일 것이라 믿었지만 아프로쿠반 밴드는 우선 분위기를 띄워주는 역할을 하고 햄프턴 밴드가 대미를 장식하면 되겠다고 혼자 생각했다. 하지만 양측이 도착하기 전에 미리 이 문제를 해결했어야 했다.

어젯밤 공연 30분을 남겨놓고 서둘러 극장에 도착했을 당시, 양쪽 밴드는 공연 준비는 않고 모두 어슬렁거리고 있었고 남편의 밴드 일을 대신 처리하는 라이어넬 햄프턴의 아내 글레디스와 아프로쿠반 밴드를 대표하는 마리오 바우자가 누가 마지막 공연을 할지를 두고 서로 잡아먹을 듯이 다투고 있었다.

"우리가 마지막에 공연합니다." 글레디스가 말했다. "우리가 대표 출연자라구요."

"먼저 하시라니까요." 마리오가 말했다.

"제발 나이 값 좀 하세요, 마리오. 어서 공연 준비하고 무대로 나가요."

"숙녀 먼저라는 말도 몰라요, 글레디스."

모세가 문 안으로 들어서자 두 사람은 동시에 그를 돌아보았다. "모세," 글레디스가 화난 목소리로 말했다. "얘기 좀 해봐요. 당신이 결정해요."

모세는 무슨 말을 해야 할지 두려운 나머지, 무대 출입구에 그대로 서 있었다. 그는 대치 상황을 싫어했다. 양복을 차려입고 넥타이를 맨 양쪽 연주자들은 애가 타는 듯 주위를 서성이며 악기 소리를 내거나 신경질적으로 담배를 피우면서 아무것도 못 들은 척 행동하고 있었다.

시간을 확인했다. "8시가 다됐네요." 부드러운 목소리로 모세가 말했다. "둘이서 해결하면 안 돼요?"

두 사람 모두에게 하는 말이었지만 내심 둘 중 좀 더 이성적인 마리오를 향한 바람이었다. 마리오는 차분하고 전문가다운 사람이었다. 반대로 글레디스는 폭풍우 같았다. 그녀는 멋진 외모에 항상 잘 차려입는 흑인 여성이었는데 사업상 만나는 어떤 남자와도 싸울 수 있는 사람이었다.

파란색 정장에 나비넥타이, 뿔테 안경을 쓴 고상한 성품의 라틴계 남자, 마리오는 대답 대신 벽에 걸린 광고판 포스터로 발걸음을 옮겼다. 이번 행사 홍보를 위해 마지막 순간에 가까스로 프린트한 것들이었다. 그는 '마리오 바우자와 마치토와 아프로쿠반 밴드 공연'이라는 단어를 손가락으로 가리켰다. 강의실에서 침착하게 방정식을 설명하는 경제학 교수 같았다. "글레디스, 이게 무슨 의미죠?"

"그 말은 당신은 영어를 읽을 수 있다는 뜻이에요."

"이 말은 우리가 대표 출연자라는 뜻입니다."

"아뇨. 그렇지 않아요. 팝스가 대표 출연자였어요." 루이 암스트롱을 음악가들 사이의 애칭으로 부르며 글레디스가 말했다.

"맞아요." 마리오가 말했다. "그래서 우리가 그를 대신하러 왔고요."

"마리오, 거울을 10번쯤 보고 얼굴을 10번쯤 닦아봐요. 그래도 당신은 팝스 발톱 때만큼도 못 따라갈 거예요."

마리오의 전문가다운 침착함이 흔적도 없이 사라지더니 그가 스페인어로 중얼거렸다. "당신 말이 맞아요. 그쪽이 나보다는 팝스를 겁나게 더 닮았어요. 그건 사실이에요."

가까이 서 있던 아프로쿠반 밴드 멤버 여럿이 웃음을 터트렸다.

글레디스는 밴드 멤버들을 돌아보았다. "페드로, 이 사람 뭐라고 하는 거예요?"

그 남자는 그녀의 시선을 피하며 웅얼거렸다. "나는 모르겠어요, 글레디스."

글레디스는 마리오에게 다시 고개를 돌리고 무대를 가리켰다. "좋아. 이 소걸음 하는 쓰레기야! 당장 일하러 가!"

"지금 일하고 있잖아요!"

"무대에서 하라고요!"

"계약서상 우리가 대표 공연자예요!"

"어떤 계약서요?" 그녀가 말했다.

"계약서 확인했어요, 글레디스?"

"워싱턴DC에서 지난달에 팝스와 공연했을 때 우리가 마지막이었어요, 마리오!"

"그건 워싱턴DC 이야기고요!" 마리오가 식식거리며 소리쳤다. "여긴 포츠헤드… 음… 포츠빌인가?"

"포츠타운이요." 모세가 정중하게 거들었다.

마리오가 펄펄 끓어오르고 있었다. 그는 모세를 노려보더니 스페인어로 중얼거렸다. "이 빌어먹을 곳에 있는 인간들은 속을 다 알 수가 없어!"

글레디스가 끼어들었다. "그만 좀 중얼거려요, 이 질 낮은 뺀질이 사기꾼! 관중들이 기다리고 있다고요! 빨리 나가서 돈 벌 수 있게 일을 하란 말이에요. 무대로 나가요!"

모욕적인 말이 얌전한 마리오를 번개처럼 강타했고 분노가 얼굴에 치밀어 올랐다. 마리오가 대답을 하기 전에 모세가 나섰다.

"제발 좀!" 그가 소리쳤다.

이제는 두 사람 모두 모세를 노려보았다. 모세는 마룻바닥을 내려다보며 그 아래로 사라질 수는 없을까 생각하며 겁에 질렸다. 이런 상황을 그는 정말 싫어했다. 어떻게 해야 할지 아무 생각도 나지 않았다. 초나만 여기 있었더라면. 얼마나 많이 그녀가 사전에 이런 일이 일어나지 않도록 도와주었던가? 문제가 뭔지 처음부터 끝까지 이야기를 나누고, 그가 단호한 태도를 보이도록 만들어주고, 올바른 방향으로 그를 안내해 주던 그녀였다. 그는 글레디스의 남편, 라이오넬 햄프턴이 어떻게든 도와주길 바라며 쳐다보았지만, 이 훌륭한 밴드 리더는 바퀴 달린 바이브를 언제든 무대로 굴려 갈 준비를 한 채 저쪽 구석에 서 있다 갑자기 여기저기를 만지고 조율을 하기 시작했다.

"아마 마리오가 마지막에 하는 게 좋을 것 같은데요…… 오늘 밤은." 모세가 기어들어가는 목소리로 말했다. "그리고 여러분이 내일 공연에서 마지막에 하면…"

그가 채 말을 끝내기도 전에 글레디스가 발뒤꿈치를 휙 돌려 쿵쾅거리며 무대 뒤 공중전화 쪽으로 뛰어갔다. "조 글레이저에게 전화하겠어요." 그녀가 말했다.

그렇게 되면 모세는 끝장이었다. 자기 몰래 다른 밴드와 공연을 잡았다는 사실을 조 글레이저가 알게 된다면 가만두지 않을 것이다. 공연계의 유력자인 조 글레이저의 눈 밖에 나면 모세와 같은 소극장들이 의존하는 루이 암스트롱이나 듀크 엘링턴, 바로 저기 있는 라이어널 햄프턴의 수익성 있는 단기 공연을 잡는 것은 힘들어진다.

모셰는 소리쳤다. "잠깐만요, 글레디스, 제발! 잠깐만 기다려요."

그녀가 멈춰서서 돌아보며 만족한 듯 고개를 끄덕였다. 모셰가 마리오의 팔꿈치를 살짝 건드리며 가능한 무대에서 멀리 떨어져 옆문으로 그를 이끌었다.

모셰는 댄스홀을 등지고 서서 붐비는 댄스홀의 왁자지껄한 소리가 문 뒤에서 울려 퍼지는 가운데 마리오를 마주 보았다. 마리오의 얼굴이 화가 난 듯 굳어져 있었다.

"다시는 이런 거지 같은 도시에서 연주하지 않을 겁니다." 마리오가 말했다.

"제가 실수했어요, 마리오. 미안합니다."

"진작에 해결을 했어야지요. 글레디스가 어떤지 당신도 알잖아요."

"그녀에게 연락이 닿지 않았어요."

"저 인간은 전화기에 붙어 산다니까."

"이동 중이라 연락할 수가 없었어요, 마리오. 그리고 실은…… 제 아내가 아파요."

약간 진정이 된 얼굴로 마리오는 간결하게 머리를 끄덕였다. "그래, 나도 들었어요. 어떤 병에 걸린 거예요?"

모셰는 한숨을 쉬었다. '걸리다'가 적당한 단어인지 모르겠다. 독감에 걸린 것도 아니고. "의사 말로는… 뇌종양인가 뭐 그런 거래요. 가게에서 다툼이 있었고… 그래서 심한 발작이 있었어요. 아직 깨어나지 못했고요."

마리오는 자신의 트럼펫을 양손으로 가슴에 안고 모세를 오랫동안 응시했다. 혈색이 돌아오는 듯했다. 그러더니 늘 인내심 많고 친절했던 트럼펫 연주자로 돌아와 있었다. 악기를 내려다보며 그가 트럼펫 밸브를 만지작거렸다. "안 좋은 소식이네요. 나쁜 일들이 돌아다니고 있는 것 같아요. 칙도 아파요."

"들었어요. 칙 만나봤어요?"

마리오는 이마를 찌푸리며 고개를 숙였다. "좋지 않아요. 너무 안 좋아요."

두 남자 사이에 잠시 침묵이 흘렀다. 모세는 가슴 따뜻하고 재능이 뛰어났던 칙 웹이 드럼을 두드리며 기쁨에 겨워 웃고, 손님들이 춤을 추는 동안 천둥 같은 밴드에 맞춰 소리를 지르고, 그의 음악이 올아메리칸 댄스홀 극장에 울려 퍼지고, 모세의 삶과 그의 극장, 마을 그리고 그의 아내에게 빛을 가져다주었던 때를 떠올렸다. 너무 벅찬 나머지 모세는 눈에서 흐르는 눈물을 닦아냈다.

"모든 것을 잃고 있어요." 모세가 말했다.

마리오가 한숨을 내쉬더니 말했다. "우리가 공연 시작을 맡을게요."

모세는 기운을 차리고 목을 가다듬었다. "제 사촌 이삭이 필라델피아 세이모어 극장을 운영하고 있어요. 거기서 공연할 수 있도록 이야기해 놓을게요. 내년에 당신이 서부 투어 떠나는 일정을 고려해서 잡을 수 있을 거예요. 그런 다음에 여기로 오세요."

"조 글레이저를 통해서 예약을 할 겁니까, 아니면 직접 할 겁니까?" 마리오가 물었다.

"당신이 원하는 대로요."

"글레이저와는 아무것도 같이 하고 싶지 않아요. 나는 내 사람들과 해 나가고 싶어요." 마리오가 말했다. "보여줄 게 있어요."

모셰는 문에 등을 기대고 있었다. 마리오가 그를 살짝 옆으로 밀어내더니 문틈을 열고 내다보았다. 흥분한 스페인어 대화 소리가 복도로 흘러나왔다. 마리오는 다시 문을 닫았다.

"들었어요?"

"뭘요?"

"스페인어라고요, 이게 미래의 소리예요. 이 사람들은 스윙 음악을 원하지 않아요. 저 사람들은 데스카르가, 폰찬도, 탕가, 피아노 과저, 맘바, 아프리카-쿠바 음악을 원해요. 스윙만으로는 충분치가 않아요."

모셰도 어쩔 수 없이 숨어있던 공연기획자의 본능이 튀어나오면서 이렇게 생각했다. '어디서 이 사람들이 온 거지? 레딩에서 왔나? 피닉스빌? 네이트는 포스터를 대체 어디에다 붙인 거지?' 그 순간 모셰는 병원에 있는 아내는 삶을 위한 사투를 벌이고 있는데 돈벌이나 생각하고 있는 자신이 부끄러워졌다. 하지만 어쨌든 이건 기회였다. "이 주변에 저렇게 많은 스페인 사람들이 있는지 몰랐어요." 모셰는 중얼거렸다.

마리오가 웃음을 지었다. "당신에게 그들은 스페인 사람들이지요. 내게 그들은 푸에르토리코 사람, 도미니카인, 파나마인, 쿠바인, 에콰도르인, 멕시코인, 아프리카인, 아프로 쿠바인들이랍니다. 정말 다양하지요. 수많은 다른 소리가 함께 섞여 있죠. 그게 미국입니다. 당신은 우리나라 사람들이 누구인지 알아야 해요, 모셰."

마리오가 무대 뒤로 가서 자기 밴드를 호출했다. 잠시 후 모셰는 이 아프로 쿠바인들이 꿈도 못 꿔본 강렬한 라틴 비트로 올아메리칸 댄스홀 극장을 불태워 버릴 정도로 뜨겁게 달구는 것을 경이롭게 지켜보았다. 관중들은 정신줄을 놓고 미친 듯이 춤을 추었다. 마리오 밴드의 공연이 끝나고 의욕적인 라이어널 햄프턴 밴드가 무대를 이어받았으나, 분위기는 가라앉고 그들의 스윙 음악이 사람들의 귀에 떨어지자 흑인 관객들마저 자리에 앉아 술을 주문하고 이야기하고 웃고 떠들기 시작했다. 마시고 농담을 나누면서 그 시간을 한주 내내 남들의 바닥을 청소하고 커피를 따르고 쓰레기통을 비우고 얼음을 운반하느라 지친 발을 쉬는 기회로 삼는 듯했다. 귀중한 가르침이었다. 경계를 무너뜨리고 서로 다른 것에 마음을 열어야 한다는 것. 모셰는 온몸으로 받아들였다.

모셰는 편지를 다시 꺼내 들었다. '옛 방식이 더 이상 통하지 않아요. 세상엔 너무나 다양한 사람이 많아요. 너무나 다양한 삶의 방식이 있고요. 아마 나도 카우보이가 되어야 할까 봐요.'

모셰는 그대로 편지를 봉하고 그에게 보냈다.

편지를 보내고 보름이 채 지나지 않았을 때, 모셰는 우편으로 소포 하나를 받았다. 겹겹이 세 개의 상자에다 각각 '취급 주의' 라벨을 끈에 매달아 두르고, 신문지로 사이를 꼭꼭 채운 뒤 차곡차곡 포장한 것이었다. 마지막 상자를 푸는 데까지 아마 20분은 걸린 것 같았다. 마침내 상자를 열자 웃음이 터져 나왔다. 그 속에는 몰스킨으로 만든 조그만 카우보이 바지 한 벌이 들어있었다. 입기에는 너무 작은 아기용 치수에 앞쪽에는 주름 장식이 달리고 뒤편에는 조그만 '다윗의 별'*이 바느질 되어있었다. 바지에는 이디시어로 '이걸 입어, 카우보이'라고 쓴 말라기의 메모가 붙어있었다.

모세는 이 끔직한 바지를 열기 더 어려운 형태로 포장을 해서 다시 돌려보내기로 했다. 그는 바지를 공 모양으로 돌돌 말아서 철제 담배통에 집어넣은 다음 신문지와 옥수수 껍질로 통 안을 꽉 채웠다. 그리고 좀 더 큰 커피통에 집어넣은 다음 입구를 봉했다. 그 통을 프레첼 통에 담아 종이 포장지와 셀로판지로 채웠다. 그리고 극장으로 가서 커튼 도르래를 고치느라 사다리 위에 있던 네이트에게 납땜을 해서 막아달라고 말했다.

사다리 위에 있던 네이트가 잠시 아무 말 없이 내려다보더니 말했다. "뭘 해달라고요?"

"납땜 마감을 해달라고요. 말라기한테 해외로 보내려고요. 장난 같은 거예요."

"납땜 할 줄 몰라요."

"할 수 있는 사람 있을까요?"

"패티는 할 수 있을 거예요. 패티는 플래그 공장에서 납땜을 해봤거든요."

"패티에게 한번 물어봐 줄래요?"

긴 침묵이 흘렀다. 네이트가 무대 위 복잡한 도르래와 밧줄, 뼈대처럼 보이는 금속 막대가 만들어내는 어두운 그림자를 한참 올려다보았다.

"제가 알아서 처리할게요." 네이트가 마침내 대답했다.

---

* 유대인 그리고 유대교를 상징하는 표식.

모셰는 바닥에 통을 놓았다. 이 우스꽝스러운 선물 교환의 기쁨이 마음을 가볍게 해주고 있었다. 그리고 그제서야 자신이 처한 상황을 좀 더 명확하게 바라볼 수 있게 되었다. 아내의 병과 극장이 처한 환경, 그리고 아내가 너무나 사랑했던 도도의 상황까지. 처음으로 머리가 맑아졌고 그는 외쳤다. "네이트, 애디에게 극장에 한번 들러달라고 할래요? 도도에 관해 상의하고 싶어요."

"왜요?"

"사람들이 그 아이를 어디로 보냈는지 알고 있죠, 그렇죠?"

침묵이 흘렀다. 네이트는 무대 도르래를 고치고 있느라 얼굴을 위쪽을 향하고 있어서 모셰가 서 있는 자리에서는 네이트의 낡은 신발 바닥만 볼 수 있었다.

네이트는 감정 없는 말투로 천천히 말했다. 무덤덤한 목소리가 뭔가 이상했다. "내 생각에 오늘 초나 양을 만나러 병원에 가면 애디와 얘기할 수 있을 텐데요." 그가 말했다.

"그럼 내가 애디를 여기로 데려오죠. 상의할 게 있어요. 당신과 애디와 같이요. 그리고 제 사촌 이삭도요."

"괜찮습니다, 모셰 씨. 이미 충분히 도와주셨어요. 이제 신이 알아서 하실 겁니다."

"펜허스트는 아이들이 갈만한 곳이 아니에요."

사다리 위에서 순간 정적이 흘렀다. 그리고 그가 말했다. "이미 제가 말했듯이, 모셰 씨. 이제부터 신이 알아서 하실 겁니다."

모셰는 네이트가 왜 이러는지 의아해하며 몸을 돌려 사무실로 향했다. '아직도 미국과 흑인에 대해서 배워야 할 게 많구나. 내가 이해 못 하는 게 너무 많아.' 그는 생각했다.

하지만 만약 그가 멀리서 네이트의 얼굴을 보았다면 사다리 위에서 한 손에는 망치를, 다른 한 손에는 렌치를 들고 뚫어져라 벽을 바라보고 있는 네이트의 칠흑 같은 눈에서 죽일 듯 불타오르는 분노를 보았을 것이다.

14

불합리한 저울

치킨힐의 돼지 골목 끝자락, '뚱보의 술집. 주의 요함. 내부는 재밌음'이라는 간판이 걸린 낡아빠진 판잣집 현관에 술집 주인이 하나도 재미없다는 표정을 하고 서 있었다.

그의 시선은 현관 계단 근처 장작더미에 떨어졌다. 부서진 의자, 폐기된 나무, 벽난로를 피우는 데 사용하는 나뭇가지가 얽히고설켜 쌓여 있었다. 플란넬 셔츠와 회색 조끼, 낡은 바지에다 모자를 쓴 패티는 장작더미 쪽으로 걸어가 팔짱을 끼고 털썩 자리에 앉아 생각에 잠겼다.

새벽 2시였다. 술집 내부는 여전히 활기차게 돌아가고 있었다. 평소 같으면 주크박스에서 울려 퍼지는 어스킨 호킨스의 꽥꽥거리는 트럼펫 연주 소리가 깔깔거리며 웃고 떠드는 손님들 사이를 떠다닌다는 것은 좋은 일이었다. 하지만 지금 패티에게 이것은 좋은 일이 아니었다. 전혀 절대로. 문제가 있기 때문이었다. 그것도 아주 큰 일이.

네이트 팀블린이 여기 와 있었다. 제대로 손을 보지 않아 흔들거리는 탁자에 홀로 앉아, 그것도 술을 마시고 있다.

패티는 나뭇더미에 앉아 자신이 얼마나 운이 나쁜지 한탄했다.

술집 문이 열렸다. 마시던 맥주병을 손에 들고 러스티가 다가와 패티 옆에 앉더니 술을 한 모금 들이켰다.

"아직도 그대로 있어?" 패티가 물었다.

러스티가 고개를 끄덕였다.

"뭘 마시고 있어?"

"그 샤인인가 뭔가 하는 거 홀짝이고 있어요, 패티. 한잔 다 마시면 또 마시고. 괴물이 기록 갱신 중이에요."

패티는 한숨을 내쉬며 이 상황을 어떻게 풀어야 할지 걱정을 하면서 돼지 골목을 바라보았다.

"뭐가 그리 걱정이에요?" 러스티가 물었다.

"네이트 팀블린이 지금 내 술집에서 목구멍에 술을 들이붓고 있잖아. 그게 바로 내가 염려하는 바야."

"그건 당신이 술을 건네기 전에 생각했어야지요."

패티는 묵묵히 맞는 말이라고 동의했다. 등을 기대고 그는 시선을 돼지 골목으로 옮기며 변호사가 된 듯 이 사태에 대해 침착하게 다시 한번 생각해 보았다. 이건 복잡한 문제였다.

"네이트에게 그만하라고 내가 말해줄까요?" 러스티가 물었다.

"일만 더 키우려고?"

"네이트가 누구를 해치지는 않을걸요." 러스티가 말했다. "그가 화내는 모습을 난 본 적이 없어요. 한 번도요."

"아마 보고 싶지 않을 거야."

"본 적 있어요?"

평소에는 맞장구를 잘 쳐주는 패티가 갑자기 짜증을 냈다. "누가 그래? 내가 봤다고."

러스티는 영문을 모르겠다는 듯 어깨를 으쓱하더니 일어나 술집 안으로 들어갔다.

패티는 사라지는 그를 보며 윗입술을 핥았다. 열두 바늘을 꿰맸다가 실밥을 푼 자리였다. 애초에 이 빌어먹을 싸구려 술로 오늘이 사태를 만든 것은 빅숍 덕분에 부러진 이빨 때문이었다. 소방호스를 청소만 했더라면, 검사관은 그놈의 땅콩을 흔들어 꺼내지 않았을 것이다. 검사관이 호스에서 땅콩을 꺼내지만 않았다면 그 둘은 해고당하지 않았을 테고. 만약 둘이 해고를 당하지 않았다면 빅숍이 한 방 날리도록 내버려두지 않았을 것이다. 그리고 만약 빅숍이 그 정도로 바보 천치가 아니었고 그의 제안을 심각하게 여기지만 않았더라면 입술이 두 군데나 터지고 이빨이 날아가진 않았을 테고, 필라델피아까지 갔다가 밀주에 발을 담그는 일 따위는 없었을 것이고, 그랬다면 이 같은 난장판이 되지는 않았을 것이다. 애초에.

"젠장." 그가 말했다. "나는 친구를 바꿔야 해."

그는 턱을 쓰다듬으며 생각을 정리하려고 애썼다. 입술이 찢어지고 치아가 빠진 그는 두 가지 모두를 치료해야 했다. 포츠타운에서 이를 치료할 안전한 장소는 없었다. 정신이 온전한 유색인이라면 네이트의 조카 도도를 철창에 가둬버리기 전이었다 해도 로버츠 박사를 찾아갈 사람은 없었다. 포츠타운 병원의 응급실에 간다면 경찰의 관심을 끌 테니, 그건 안될 일이고. 그렇다면 다른 방법은 레딩에 있는 유색인 의사 힌슨을 찾아가는 것인데, 닥터 힌슨은 부커 T. 워싱턴*과 같은 타입의, 제대로 된 흑인이었다. 그는 유흥업소 술집을 운영하는 유색인을 좋아하지 않았다. 필라델피아가 더 안전했다. 그래서 패티는 차를 타고 사촌 진의 집으로 향했고 그렇게 그는 더 큰 재앙에 빠졌다.

패티가 어렸을 때 모든 것을 알려준, 네 살 연상의 진은 포츠타운 출신의 가장 큰 성공 스토리 중 하나였다. 시카고에서 할렘 햄팻츠와 공연하다가 리마콩 접시 위에서 총을 맞은 환상적인 드러머, 츄로 데이비스는 여기서 빼기로 하자. 츄로와 달리 진은 필라델피아를 목표로 삼았다. 그리고 그곳에서, 나이스타운에서 세탁업을 운영하는 잘나가는 아버지를 둔 상류층 흑인 소녀를 우연히 만나게 되었다. 두 사람이 만난 지 얼마 지나지 않아 그녀의 아버지가 심장마비로 세상을 떠났고 영리하고 진취적인 성격의 진은 갑자기 사랑에 대한 갈망이 가득 차면서 그녀에 대한 심오하고 엄청난 열망에 휩싸였다.

그는 패티에게 '대단한 여자'라고 그녀를 소개했다. 패티는 그녀가 소도 얼어 붙게 만들 정도로 심각한 얼굴 상태라고 생각했지만, 덤불에서 깜짝 놀라 튀어나올 정도로 사촌 진도 못생겼으니 둘은 꽤 괜찮은 조합이라고 생각했다. 두 사람이 결혼을 하고 진은 세탁소를 물려받았다. 그는 항상 패티의 방문을 환영했다. 다가

* 미국의 교육자이자 연설가. 정치적 선동보다 실용적인 직업 교육과 경제적 자립을 옹호한 흑인사회의 대표적 지도자.

오는 잭앤질 아메리카* 무도회 파티에 딸을 준비시키라는 아내의 끊임없는 요구로부터 한숨 돌릴 수 있었기 때문이었다. 그 파티란 거만한 흑인들이 모여 남의 일에 혀를 차고 간섭하는 자리였는데, 떠나온 남부에서 오래전 담뱃잎을 따고 돼지를 키우느라 옹이졌던 손에 값싼 샴페인 잔을 들고서 중요한 것은 잊은 채, 그들은 백인이 되려고 노력했고 필라델피아에서의 인생을 즐기고 있었다. 진은 이 파티를 견딜 수 없어 했다.

진은 미혼인 패티에게 필라델피아에는 좋은 여자들이 많다며 이쪽으로 옮겨와 근처에서 같이 살자고 여러 번 말했다. 패티는 그의 간청을 무시했었지만 지금 입술이 터진 마당에 진은 그에게 완벽한 구세주였다. 계획은 일단 진의 집에 가서 입술과 이빨을 고쳐줄 사람을 찾는 것이었다. 하루 이틀 그의 집에서 조용히 지내다가 가능한 빨리 포츠타운으로 돌아올 생각이었다. 하지만 그가 도착한 시점은 사랑하는 사촌에게 참사가 벌어진 이틀 뒤였다.

진은 얼마 전 집에서 조금 떨어진 필라델피아 소방서에서 말수레용 물펌프를 구입했다. 이 펌프는 소방서에서 몇 년 전 가솔린 자동차로 교체하고 나서 처분하려다 남은 고철 덩어리 유물이었다. 진은 이 낡은 기계에 돈을 지급하고 트럭에 실어 뒷마당으로 끌고 간 뒤, 물탱크에 150리터의 물을 채웠다. 그런 다음, 포츠타운 체스트넛 힐 승마 클럽을 찾아갔다.

체스트넛 힐 승마 클럽의 승마용 말들은 아름다운 창조물이었

---

* 아프리카계 미국인 어머니들이 아이들을 사회적 문화적으로 하나로 모으기 위해 설립한 단체.

다. 도시의 부유한 말 애호가들의 표적에서 벗어나 멋지게 잘 키워진 은퇴한 경주마들이었다. 이 자부심 있는 창조물들은 미국에서 가장 큰 도심 공원 중 하나인 페어마운트 공원을 가로지르는 숲길을 타박타박 걷는 훈련이나 받으면서 편안한 여생을 즐기고 있었다. 체스트넛 힐 승마 클럽은 흑인과 유대인에게는 출입이 금지된 회원제 고급 클럽이었다. 흑인이 감히 클럽에 가입해서 그들의 자랑스러운 탈것을 넘보려 한다는 생각은 가당치도 않은 것이었다. 하지만 진이 도착한 일요일 오후, 그렇게 일은 일어났다.

토마스 스터기스라는 이름의 자부심 강한 퀘이커교도 클럽 회장은 병이 들어 죽어가는 퀘이커교도 친구에게서 때마침 편지 한 통을 받았다. 친구는 편지에 몇 년 전 함께 감동받았던 흑인 지도자, 부커 T. 워싱턴의 흑인 자급자족에 관한 설교에 대해 썼다. 훌륭한 흑인 지도자의 그때 연설이 떠올랐고 마음이 뒤흔들렸다. 남북전쟁이 끝난 지 71년이 지난 1936년의 이곳이라면 괜찮은 흑인이 체스트넛 힐 승마 클럽의 대열에 합류할 때가 되었다는 결심을 하게 해 주었다.

말쑥하게 정장을 차려입고, 넥타이에 중산모, 승마용 부츠까지 신은 (세탁소 고객들의 다양한 옷을 슬쩍 가져다 입는 습관이 있는) 진이 그날 아침 찾아와서 자신을 사업체 사장이라고 밝히며 말 한 필을 빌리고 싶다고 주장했을 때, 스터기스는 이미 마음을 정했다. 스터기스의 눈에 이 정중하고 젊은 흑인 남자, 자신의 세탁소를 운영하고 있다는 전염성 있는 미소를 가진 이 남자는 낡은 인습을 깨는데 필요한 흑인으로서 완벽한 예시였다. 스터기스는 신이 계시를 보내셨다고 믿으며 기쁜 마음으로 허락했다. 그는 진을 마구간으로 데려가 덩치 큰 흰색 말 한 마리를 가리켰다. "이 아이로 하겠어요?" 그가 물었다. "팔로미노*예요."

"펠로미노? 하하, 미노의 친구라면 내 친구이기도 하죠." 자신의 어깨높이보다 1미터는 더 커 보이는 거대한 종마를 보고 진은 움찔하며 긴장했지만 큰소리를 쳤다. 그리고 그는 말했다. "이렇게 어린 말은 필요 없습니다. 더 늙은 말로 가져가겠습니다. 아니면 노새도 괜찮습니다. 노새가 있습니까?"

나이 든 퀘이커교도는 농담을 하고 있다고 생각하는지 껄껄 웃었다. "그대여, 신이 만든 네 다리의 창조물이 인간의 창조물보다는 그대 내면의 영혼을 더 잘 알아볼 겁니다." 스터기스가 말했다. "크고 작음은 아무런 차이가 없어요."

"당신 말이 맞습니다." 진이 말했다.

"말은 종종 그대가 어떤 사람인지, 그대의 아내나 자식보다도 더 잘 파악합니다. 생각하는 것보다 훨씬 아이들은 사람들의 성격을 알아차리는 데 능숙해요. 하지만 말처럼 예리하지는 못합니다. 말은 그대의 본성을 즉각적으로 느낍니다."

진은 승리를 예감하며 이렇게 대답했다. "나는 그대의 친절함을 느낍니다."

거래는 성사되었다. 비용이 지급되고 진은 말에 올라타 안장 위에서의 경치를 즐겼다. 이 말은 산책로를 잘 알고 있어서 아무런 사고 없이 걸어갈 수 있었다. 구불구불 길은 진의 집에서 겨우 두 블록 떨어진 공원 입구까지 이어졌다. 그는 공원을 빠져나온 뒤

---

* 황금색 털과 흰색 갈기와 꼬리를 가진 말.

자갈길을 따라 그의 마당 쪽으로 말을 몰았다. 그는 150리터의 물이 들어있는 새로 구입한 물펌프를 말에 연결했다. 그리고 새 장난감을 이웃들에게 자랑하기 위해서 재빨리 한바퀴를 돌아보려고 했다. 마구를 한 번도 써보지 않은 데다가 물펌프와 연결한 끈이 익숙하지 않았던 불쌍한 말은 자갈길을 거칠게 달리다 물펌프는 내동댕이치고 진을 저 멀리 던져버렸다. 진은 세 개의 갈비뼈가 부러지고 폐에 구멍이 났다. 말은 구경꾼들이 붙잡아 울타리에 몰아넣을 때까지 전복된 물펌프를 끌고 반 블록을 달렸다고 했다.

패티가 이틀 뒤 도착했을 때 진은 병원에 누워있었다. 극도로 화가 난 체스트넛 힐 퀘이커교도는 그를 고소했으며 사람들과의 수다에 정신이 팔려 카운터를 맡을 수가 없는 그의 아내를 제외하고는 진의 세탁소를 맡을 사람이 없었다. 그녀는 패티에게 몇 주 더 머물면서 그녀의 동생이 노스캐롤라이나에서 도착할 때까지만 세탁소를 운영해달라고 애원했다.

"제가 세탁소를 운영할 수는 없어요." 패티가 말했다. "이걸 보세요." 그는 입과 빠진 이빨을 가리켰다. "치아를 먼저 치료해야 해요. 앞니도 없는 사람한테 누가 자기 옷을 맡기겠어요?"

진의 아내는 이 말을 묵살하며 손을 휘저었다. 그리고 건들거리는 거만함이 사라지면서 그녀는 순박한 표정을 지었다.

"옷을 먹지는 않잖아요, 패티. 그냥 옷은 모았다가 나눠주면 되는 거예요. 내가 치과의사를 구해줄게요. 좋은 치과의사를 알아요."

"다른 사람을 찾으면 안될까요?" 패티가 간청했다.

"당신보다 더 잘 운영해 줄 사람은 없어요." 진의 아내가 딱 잘라 말했다. "진이 당신은 뭐든 잘한다고 했어요."

그녀는 핵심을 짚었다. 치킨힐의 유일한 술집을 소유하고 있을 뿐 아니라 패티는 1928년식 포드 택시를 몰았다. 노새를 이용해 얼음을 배달하고 일주일에 두 번 물건을 배달했다. 이웃들의 뒷마당 나무 베기를 대신 해주었고, 치울 것이 있으면 마을 쓰레기를 수거해 치웠다. 낮 시간에는 술집 앞에 햄버거와 소다를 파는 가판대를 운영했고 유색인 사진사를 고용해서 유색인들의 웨딩 사진을 찍어주었고 최근 해고 되기 전까지는 이탈리안 친구 빅숍과 플래그에서 3시부터 오후 11시까지 일을 했다. 패티는 바쁜 사람이었다.

그는 진의 아내에게 돌아가서 해야 할 사업이 여러 가지라고 설명했다. 하지만 진의 번창하는 사업에서 나오는 일주일 치 이익을 보장해 주겠다는 약속이 그를 움직였다. 그리고 그녀의 동생이 집에서 직접 만든 질 좋은 밀주를 수십 갤런 싣고 올라오고 있다고 했다. "여기 사람들이 만드는 물 섞은 쓰레기들과는 차원이 달라요." 그녀가 말했다. 집으로 가져갈 수도 있을 것이다. 그렇게 협상은 성사되었다. 밀주에 대한 그녀의 지식은 말할 것도 없고, 그녀가 전혀 거들먹거리지 않는다는 점이 그를 설득했다.

그렇게 패티는 치킨힐로 돌아가기 전 2주 동안, 진의 세탁소 계산대에 있게 되었다.

그 당시에는 괜찮은 거래처럼 보였다. 입술을 꿰맬 수 있었고 사촌의 아내는 어느 정도 약속을 지켜 주었다. 그녀는 치과의사를 소개해 주었고 그 의사는 가져온 금니 대신 나무로 된 이빨로 교체해 주었다. 모든 치료가 끝났을 때 그는 1928년산 포드에 지금까지 마셔본 최고 품질의 밀주, 50리터를 싣고 치킨힐로 돌아갔다. 봄까지 팔아도 충분할 양이었다.

오늘 밤, 네이트 팀블린이 가게에 들어와 술을 주문하기 전까지만 해도, 모든 것이 잘 풀리고 있었다.

어스킨 호킨스의 소리가 울부짖는 동안 여전히 나뭇더미에 앉아서 패티는 문을 한번 쳐다보고 선택지를 저울 해보았다. 골목을 따라 내려가 미스 초나의 가게 뒷문으로 들어가는 방법도 고려해보았다. 문은 열려있을 것이다. 그녀는 문을 잠그는 법이 없다. 사람들에게 늘 외상을 주고 돈을 갚으라고 하는 법이 없는데 누가 물건을 훔치겠는가. 가게 공중전화로 경찰에 연락해서 술집을 불시 단속 해달라고 하는 거다.

머릿속으로 계획을 짜 보았다. 전화를 건다, 얼른 달려가 네이트와 나머지 사람들에게 경찰이 온다고 경고한다, 술집 뒤 수풀더미에 몸을 숨긴다. 그리고 경찰이 급습하면 아무것도 못 찾고 자리를 뜬다. 하지만 이 계획은 큰 구멍이 있었다. 그는 마을 경찰관 4명을 모두 잘 알고 있었는데, 둘은 술이면 쉽게 매수되는 주정뱅이였고 세 번째 독실한 기독교 신자인 데이비스 헤인즈는 쓸데없는 소리만 하지 않으면 못 본 척해주는 착한 심성의 소유자였다. 하지만 네 번째 인물, 빌리 오코넬은 엠파이어 소방서의 부소장이기도 한 악당이었다. 패티는 오코넬의 환심을 사기 위해 할 수 있는 모든 일을 다 했다. 소방대에 싼 맥주를 할인된 가격에 공급했는데, 사실은 훔친 것이었지만 선량한 소방관들은 신경 쓰지 않았다. 그는 스프릭스 목사의 연례 저녁 식사 행사 때 대량으로 파는 치킨도 사서 소방서 직원들에게 공짜로 먹였다. 심지어 그는 빅숍을 소방서에 넘겨주었다. 사용 후 물에 젖은 30미터짜리 가죽 소방 호스를 소방서 타워 꼭대기까지 끌어올려 말릴 수 있을 정도로 숍은 힘이 셌다. 소방서 사람들은 빅숍에게 열광했다. 그들은 모두 그를 좋아했다.

빌리 오코넬만 제외하고.

빌리 오코넬은 빅숍을 좋아하지 않았다. 그는 자신의 부하들도 좋아하지 않았다. 빌리 오코넬은 모든 사람을 싫어했다. 패티는 그와 같은 아일랜드 남자를 만나본 적이 없었다.

패티는 생각을 정리하려 애썼다. 목요일이었다. 오코넬은 오늘 비번이지만 혹시 모른다. 항상 경찰관 세 명이 함께 근무를 하기 때문에 만약 나머지 셋 중 하나가 아프거나 하면, 오코넬이 대타로 근무하게 된다.

계획을 따져보았다. 오코넬이 근무 중인지 아닌지 누가 알고 있을까?

'페이퍼라면 알 거야.' 그는 생각했다. 그 여자는 모든 것을 알았다. 하지만 그녀는 지금쯤 잠을 자고 있거나 풀먼 포터와 사랑을 나누느라 바쁠지도 모른다. 갑자기 끓어오르는 질투심을 물리쳤다. 그녀는 멋진 여자였다. 그녀가 자신의 마음을 알아주기만 한다면……. 그는 감정을 재빨리 잠재우고 닥친 문제에 대해 다시 생각했다. 치킨힐에 일이 생기면 경찰 전체가 동원되기 때문에 급습하려면 세 명의 인력이 모두 올 것이다. 오코넬이 근무 중일까 아닐까? 네이트가 일을 저지르기 전에 그를 데리고 나올만한 가치가 있나? 곰곰이 생각했다. 그래 충분해! 하지만 오코넬이 도도를 잡아들이고 펜허스트로 데려간 경찰이라던 말이 기억났다. 오코넬이 닥터 로버츠를 도와 도도를 잡아간 경찰이라는 것을 네이트가 알 가능성도 있다. 그렇다면 이 방법은 안 된다. 네이트는 술에 취했고 오코넬이 나타난다면.

그는 암울한 표정으로 생각했다. '빌어먹을 이 마을은 너무 좁아.'

일단 그 방법은 폐기하기로 하고 포츠타운 외각의 작은 흑인 동네, 헴록 마을의 흑인 여럿이 총과 야구 방망이를 들고 미친 듯이 올라오고 있다고 소리쳐서 술집을 비우는 책략을 생각해 보았다. '사람의 아들'이라는 이름의 미친놈이 사람들을 위협하고 다닌다는 이야기를 들었다. 하지만 이 방법도 아니다. 치킨힐의 흑인들은 헴록 마을 놈들과 싸워서 물리치겠다고 할 것이다. 그건 좋지 않다.

결국, 정공법을 택하기로 했다. 자리에서 일어나 심호흡을 크게 하고 현관 계단에 올라섰다. 그리고는 성큼성큼 걸어서 술집 안으로 들어간 다음 쾅쾅 울려 퍼지고 있는 주크박스의 볼륨을 낮췄다. 그리고 말했다. "오늘 일찍 문 닫습니다, 여러분. 내일 제가 일하러 가야 해요."

"뭐야, 뚱보." 한 남자가 말했다. "어스킨 호킨스 노래는 마치게 해줘."

"어스킨은 내일 다시 틀게요. 감사합니다, 이제 집에 가세요."

술집 안에는 일곱 명의 영혼들이 술잔을 만지작거리며 있었다. 뒤쪽 구석 테이블에 아무 말 없이 '노스캐롤라이나 그리스도의 피' 3리터짜리 주전자와 반쯤 빈 유리잔을 앞에 두고 앉아있는 네이트에게로 패티가 다가가자, 그들은 그제야 술잔을 내려놓고 문

쪽으로 느릿느릿 움직이기 시작했다.

패티는 네이트 옆에 자리를 잡으며 러스티에게 이쪽으로 얼른 오라고 손짓을 보냈다. 술집을 나가려던 러스티가 옆에 다가와서 앉았다. "좋은 밤이에요, 네이트." 패티가 말했다.

네이트는 계속 술잔을 응시하고 있었다. 한참이 지나고서야 멍한 눈이 유리잔에서 벗어나 패티한테 와서 꽂혔다가 다시 잔으로 천천히 돌아갔다.

잠깐이었다. 네이트의 그 눈빛. 하지만 그것이면 충분했다. 패티는 머리카락이 쭈뼛쭈뼛 서는 것을 느끼며 바닥으로 눈길을 돌렸다. '젠장, 대체 내가 무슨 짓을 한 거야?' 그는 생각했다. 잊고 싶은 아주 사소한 사고로 그레이터포드 감옥에서 2년간 복역했을 때 패티의 나이는 19세였다. 음식을 더 빨리 받으려고 몸싸움을 벌이다가 그는 실수로 더트라는 이름의 장기 복역수를 건드렸다. 그는 세 건의 살인으로 종신형을 선고받은 구역 리더였다. 첫눈에는 더트는 자그마한 나비 같았다. 마른 몸에 두꺼운 안경을 끼고 부서질 것만 같은 작은 어깨를 가진 늙은 남자. 반면에 패티는 어깨가 떡 벌어지고 기백이 넘치는 건장한 젊은이였다. 패티는 며칠이 지날 때까지도 그날의 실수에 대해 별다르게 생각하지 않았다. 그러다 패티가 카페테리아에 앉아있는데 옆 테이블에 있던 더트가 자리에서 일어서서 여유롭게 기지개를 켜더니 패티의 탁자 주변을 거닐었다. 그리고는 손에 쥐고 있던 포크로 패티 바로 건너편에 있던 남자의 눈을 후벼팠다. 그것도 아주 아주 침착하게. 그는 가정주부가 아이를 돌보는 것처럼 평온해보였다.

눈알이 으깨지는 소리가 들릴 만큼, 패티는 불쌍한 이 남자 가까이에 있었다. 그리고 작업을 하는 더트의 고요한 눈빛을 절대 잊을 수가 없었다. 눈알이 터져 나와 구슬처럼 바닥에 굴렀다. 깔끔하고 명료한 작업이었다. 목표가 무엇이었는지 분명했다. 몸이 떨려왔다. 더트가 독방에서 풀려나자마자 (생각보다 짧은 기간이라 이 작은 남자의 힘과 영향력에 고개가 끄덕여졌다) 패티는 더트의 감방에 어떻게든 찾아가서 '약간의 도전'에 대해 사과하고 싶었다. 나이 든 남자는 놀랍게도 아주 너그러웠다.

그가 물었다. "포츠타운 출신이야?"

"네."

"그럼 네이트를 알겠네."

"포츠타운에 네이트는 단 한 명이죠. 모두가 네이트를 알아요. 제 친척 중 한 명과 결혼했고요. 우리는 이렇게 저렇게 다들 엮여 있거든요."

"한참 전에 네이트가 이곳에 있었어." 더트가 말했다.

패티는 놀랐다. "그런 말은 전혀 못 들었어요. 저보다 나이가 훨씬 많아서. 저기 더트, 제가 하고 싶은 말은요. 그게 정말 미안하…"

더트가 손을 들어 그의 말을 잘랐다. "나는 그 녀석이 내 것을 가져갔기 때문에 녀석의 눈알을 뽑았어. 하지만 만약 네이트가 내 물건을 가져간다면, 난 팔근육 하나 까닥하지 않을 거야. 세상에 있는 모든 치즈와 크래커를 준다 해도 네이트 팀블린은 건드리지 않아."

"네이트요? 우리 지금 똑같은 네이트를 말하는 거 맞아요? 네이트 팀블린?"

"여기 있을 때 이름은 그게 아니었어, 주변에 물어봐."

다른 오래된 수감자들이 알려준 그레이터포드 감옥의 네이트는 그동안 자신이 알고 있던, 남부에서 올라와 올아메리칸 댄스홀 극장에서 모셰 씨와 일하고, 아내 애디를 강아지처럼 졸졸 쫓아다니고, 귀머거리 조카 도도를 사냥에 데려가던 믿음직하고 차분한 네이트 팀블린과 전혀 다른 사람이었다. 그는 오히려 믿기 힘든 이야기, 전설, 폭력, 공포 그 자체였다. 그가 왜 감옥에 들어오게 되었는지, 연기처럼 어디서 왔는지 아무도 몰랐고 소문만 무성했다. 그리고 그 소문들은 대개 좋지 않은 이야기들이었다. 하지만 사람들은 그가 어디서 왔는지, 왜 이곳에 왔는지 크게 신경 쓰지 않는 것 같았다. 분명한 것은 네이트의 이름이 네이트 팀블린이 아니라는 점이었다. 감옥에 있는 사람들은 그를 러브라고 불렀다. '네이트 러브.' 그들은 말했다. "팀블린이 아니야. 러브가 그의 이름이야. 네이트 러브. 팀블린이라는 이름은 몰라. 러브라는 이름은 서류에서 본 거니까. 그게 본명이야. 네이트 러브. 사우스캐롤라이나 로우 컨트리*에서부터 불려 온 이름이라고 하더라고. 지금까지 만나본 사람 중 가장 좋은 사람이야. 여기 이곳 감옥에 돌아다니는 인간들 중 가장 친절했고. 하지만 만약 네이트 러브가 가족의 이름을 걸기라도 한다면 신의 가호가 함께 하길 빌어야 해. 그런 날이 온다면, 넌 죽은 목숨이야."

패티가 이 사실을 알게 되었을 때, 더트의 감방으로 다시 가서

* 습지와 갯벌, 강 등이 있는 평평하고 완만한 지형을 뜻하며, 사우스캐롤라이나 해안을 따라 위치한 지역이 대표적이다. 이곳에는 걸라, 지치족과 같은 아프리카계 미국인 특유의 문화가 남아있다.

물었다. "당신은 네이트를 잘 아시나요?"

"그럼, 아주 잘 알지." 노인이 말했다.

"네이트는 왜 이곳에 들어왔어요?"

더트는 어깨를 으쓱했다. "그가 어쩌다 이곳에 오게 됐는지는 중요하지 않아. 그의 내면이 문제지. 그걸 저주라 부를 수도 있고 악마라 할 수도 있겠지. 그게 뭐가 됐든, 어떤 사람들의 내면에는 그런 것이 살아. 네이트도 그중 하나고. 그는 '그것'을 감추고 있어. 마음속 깊은 곳에 말이지. 그는 정말 좋은 사람인데 매우 안타까운 일이야. 마음에 드는 사람인데 말이야. 하지만 일단 그것이 풀려나고 나면 인간이 그 안에 있는 것을 통제할 수는 없어. 그런 상황은 피하는 게 좋아. 만약 어리석게도 네가 그 사람의 마음속 분노를 깨우게 된다면, 너는 깊은 우물 속에 빠진 거야."

패티는 네이트의 맞은편 구부러진 테이블에 앉아 입술이 바짝 마르는 것이 느껴졌다. 네이트가 반쯤 빈 술잔을 바라보는 것을 보며 침을 꿀꺽 삼켰다. 네이트의 눈빛이 섬뜩하게 빛났다. 패티는 그 순간 보았다. 그 남자들이 보았던 것이 무엇이었는지. 네이트 러브. 다른 세계에서 온 것 같은, 차분하고 강렬한 눈빛, 들끓는 분노로 하얗게 굳어서 터질듯한 바로 네이트 러브. 패티는 맑은 호수에 갇힌 화산을 보고 있는 것처럼 느껴졌다. 그는 벌떡 일어나 어둠 속으로 도망가고 싶은 충동을 겨우 눌렀다. 속으로 자신에게 욕을 퍼부었다. 플래그 공장에서 일을 망친 빅솝을 욕했고 사촌 진과 진의 아내, 노스캐롤라이나 예수님의 피라는 술을 가지고 온 진의 아내의 동생을 욕했다. 그리고 마지막으로 자신을 저주했다.

"밀주를 여기 가져오지 말았어야 했어요." 그가 겨우 소리내 말했다.

패티의 말을 들었는지 못 들었는지 네이트는 기다란 손가락으로 잔을 가만히 붙잡고 꼼짝도 하지 않았다. 패티는 겁을 먹은 듯한 러스티를 한번 흘낏 보았다. 러스티는 몸집이 크고 힘도 세고 젊은 남자였다. 패티도 작은 체격은 아니었다. 하지만 러스티의 얼굴에 공포가 스멀스멀 올라오는 것이 보였고 자신의 두려움마저 그를 덮치는 느낌이 들자, 둘이 네이트를 덮친다고 해도 그건 불난 집에 한잔의 물로 불을 끄려는 것과 같다는 생각이 들었다.

패티는 더 이상 아무 말도 하지 않기로 결심했다. 목소리를 낸 건 러스티였다. 러스티는 네이트의 반쯤 남아있는 잔을 가리켰다. "그거 어때요, 네이트?"

침묵이었다.

"괜찮아요?"

네이트는 흔들림 없는 눈빛으로 대답하지 않고 유리잔을 응시하고 있었다.

마침내 패티는 겨우 말을 꺼낼 수 있었다. "네이트…… 나… 이제 가게 문 닫아야 해요."

네이트의 눈길이 유리잔에서 벗어나 천천히 패티의 얼굴로 옮겨졌다. 그리고 패티는 먼 산을 바라보며 그의 눈을 피했다. '세상에,' 패티는 생각했다. '내가 해냈어.'

패티는 감사하게도 가장 고전적인 방법으로 침묵을 깨고 말을 걸어 준 러스티를 쳐다보았다. 러스티는 지쳐보였다. 그는 테이블에 기대 손을 얼굴에 대고 눈을 문지르고 있었다. 러스티에게는 어떤 공간에도 맑은 공기를 불어 넣을 수 있는 순수함이 있었다.

사람들을 위해 뭐든 하려고 애쓰는 러스티를 치킨힐 모두가 사랑했다. 그의 별거 아닌 듯한 하품, 지친 피로감이 술집 안의 긴장감을 조금은 풀어주는 것 같았다. 대화가 조금 도는 것 같아 패티는 일단 가만히 있기로 마음먹었다. 그때 다행히 러스티가 손을 얼굴에서 떼고 말을 계속 이어가 주었다.

"나도 이번에 벌어진 일이 마음에 들지 않아요, 네이트. 옳지 않아요. 도도는 아무 잘못이 없잖아요. 닥터 로버츠…… 그가 나쁜 놈이에요."

네이트의 눈길이 러스티에게 옮겨졌다. 태양을 바라볼 때처럼 눈이 불 탈 것 같이 뜨거운 네이트의 눈빛 속 고요한 분노가 러스티의 순수한 얼굴에 가서 꽂혔고 걷잡을 수 없던 격렬함이 조금 희미해지는 듯했다. 러스티는 더 말을 하려다 말고 입을 꾹 다물었다. 그리고 잠시 후 이렇게 말했다. "어쩌면 해결할 방법이 있을 수도 있어요."

"맞아요." 패티가 옆에서 거들었다. "펜허스트에 아는 사람이 몇 명 있어요."

네이트가 그를 바라보았다. 술집 안에서 전기가 윙윙거리는 소리가 갑자기 잦아든 것처럼 느껴졌다. 네이트가 유리잔을 만지작거리며 처음으로 손을 움직이더니 날카로운 분노의 날이 무뎌지고 증오의 에너지가 살짝 누그러졌다. 그의 입술이 움직이는 것이 보였고 패티에게 네이트가 뭔가를 중얼거렸는데 꿈결같이 들렸다.

술집은 조용했다. 패티는 주크박스 소리를 이미 낮췄고 삐걱거리는 의자 소리와 마지막 불꽃을 태우고 있는 장작 난로에서 타닥

거리는 소리뿐이었다. 하지만 그는 네이트의 목소리를 들을 수 없었다.

“다시 말해 줄래요, 네이트?”

러스티와 패티 둘 다 테이블 쪽으로 몸을 기댔다. 둘은 귀를 네이트의 입술에 가까이 가져다 대며 이 거대한 남자의 말을 가까스로 들을 수 있었다. 하지만 그가 말을 하고 나서 패티는 고개를 주억거리며 말했다.

“좋아요, 네이트. 이제 집으로 데려다줄게요.”

둘은 자리에서 일어나서 각각 네이트의 한쪽 팔을 잡고 그를 일으켜 세웠다. 그리고 문 쪽으로 걸어갔다. 10분 후 그들은 사고 없이 그를 침대에 누일 수 있었다. 네이트는 한마디도 하지 않았다. 옷을 입은 네이트를 그대로 눕혀놓고 애디가 집에 없는 것이 다행이라 생각하며 재빨리 집을 떠났다. 애디는 죽어가는, 이번에는 진짜로 죽어간다는 미스 초나를 돌보느라 레딩 병원에서 대부분의 밤을 보내고 있었다.

어두운 집에서 서둘러 나온 다음 돼지 골목의 진흙탕 경사로를 지나 패티의 술집에 가까워졌을 때 러스티가 말했다. “그가 한 말 들었어?”

“응, 들었어.” 패티가 말했다.

“그게 무슨 의미야?”

“한 말 그대로지.”

“그게 뭔데?”

“무게가 다르면 저울을 바꿔야 한다고. 하느님은 잘못을 전부

다 알고 계신다고."*

"성경에 있는 말인가? 스프릭스 목사님에게 물어봐야 하나?"

"젠장." 패티가 말을 가로채듯 말했다. "네이트는 내버려둬."

"그럼 무슨 뜻이야?"

"그 말은 그 아이를 펜허스트에서 빼내지 않으면 문제가 생길 거라는 뜻이야."

---

* 성경 잠언 20장 10절. 한결같지 않은 무게와 한결같지 않은 척도. 주님은 둘 다 미워하신다, 라는 구절을 이용한 것으로, 공정성과 정의가 지켜지지 않는 상황에서 다른 단호한 조치가 필요하다는 의미.

15

벌레

치킨힐 사람들이 빅솝이라는 애칭으로 불렀던 엔조 카리시미의 어머니, 피오리아 카리시미는 유대인 상점 주인과 귀머거리 흑인 소년의 소동에 관해 두 사람에게서 이야기를 들었다.

첫 번째는 매일 아침 미사를 드리는 포츠타운 시내의 앨로이시어스 성당 자원봉사 여성 단체의 회장, 비바나 아그넬로였다. 이 단체는 한 달에 두 번씩 교회 지하에 모여 커피를 마시고 수다를 떨며 마을 사람들 누구에게 어떤 옷이 필요한지를 결정하곤 했다. 비바나는 유대인들이 주정부에서 찾고 있는 청각 장애 소년 하나를 숨겨주며 흑인들에게 몸값을 요구했고, 그런 다음 돈만 챙기고 경찰에 신고했다고 발표했다. 그녀는 자신의 남편이 3년 전 이 모든 사건의 발단이 된 스토브를 만든 엔레브라 스토브 공장의 현장 감독이었기 때문에 이 사실을 알고 있다고 했다. 이 회사의 스토브는 애초부터 결함을 지니고 있었기 때문에 10여 년 전부터 간간이 폭발 사고가 있었다. 회사가 만든 난로가 폭발해서 소년의 어머니가 죽었고 회사는 소년의 가족에게 1,200달러를 보상해 주었으며, 그 울헤드*는 부자가 되었다. 어머니가 죽고 없으니 치킨힐의 흑인들은 아이를 이용해서 이득을 취하려 했고, 돈 대부분을 훔쳐서 낚시용품이나 위스키에다 썼다. 그러다 흑인 중 한 명이 남은 돈을 유대인 상점 주인에게 주고 아이를 데려가려는 정부로부터 보호하고자 했다. 결국 소년을 넘겨버렸지만.

너무 말도 안 되는 소리라 사실일지도 모른다는 생각이 들 정도였다. 하지만 유제니오 파비첼리가 자신의 사촌인 구이도 대신 말라기라는 유대인에게 빵집을 넘겼다며 비바나가 험담을 퍼부은 뒤로 그녀의 이야기는 신뢰성이 떨어졌다. "그 유대인은 사업을 망쳐놓고 마을을 떠났어요." 그녀가 말했다. "정말 바보 같은 짓이었어요, 유제니오 말이에요."

영어로 된 이 마지막 발언은 평소 평온했던 앨로이시어스 성당 여성들 사이에 약간의 불화를 조장했다. 유제니오의 여동생, 피아가 그 당시 그 방에 있었기 때문이었다. 피아는 영어를 거의 하지 못했다. 당시에는 그녀가 그 말을 알아차리지 못했지만 뒤늦은 통역은 즉각 효력을 발휘했다. 피아는 모임에서 탈퇴했다. 피아는 1/3은 메이플라워호 승객의 직계 후손이라고 주장하는 시 행정담당관들의 사기 행각의 중심이 되는 '시장 사무실'에서 청소를 담당하고 있었다. 겨우 졸라서 그녀가 마침내 알려주기로 했던 호박

* 지능이 낮거나 어리석은 사람을 묘사할 때 사용하는 경멸적인 용어. 특히 돌돌 말린 머리를 가진 아프리카계 미국인을 지칭할 때 자주 사용된다.

파이 비밀 요리법은 말한 것도 없고, 곧 경매에 나올 가치 있는 부동산이라던가, 토지 보상, 집회 허가, 쓸만한 농장 기구를 팔아치우는 은행 경매, 기타 편리한 정보 등 유용한 소식의 절반은 날아간 셈이었다. 피아는 휘갈겨 쓰고 구겨서 버린 종이 조각들을 사무실 쓰레기통에서 슬쩍해서 앞치마 주머니에 넣었다가 이 여자들 모임에 정보를 가져와 나눠주곤 했었다. 이제 사라졌다. 모든 것이. 바보 같은 말 한마디 때문에.

피오리아는 이 소식을 침착하게 받아들였다. 그녀는 도시 개발 소식이나 피아의 호박파이 레시피에는 별 관심이 없었다. 사실 그녀는 피아의 호박파이에는 호박보다 단호박을 더 많이 넣는다는 사실을 아는 유일한 사람이었다. 피오리아는 비바나의 여성 모임에서 까탈스러운 멤버는 아니었다. 모두들 비바나가 자신의 남편 엔리코가 엔레브라 공장에서 현장 감독이라고 주장했기 때문에 그녀가 회장 직책을 맡았음을 알고 있었다. 그녀의 남편은 셔츠와 넥타이를 입고 매일 아침 출근을 하지만 공장에 도착하면 멋진 복장 위에 작업복을 걸치고 다른 이민자들과 마찬가지로 보일러실에서 힘들게 일을 했다. 피오리아는 비바나의 고집스런 영어 사용과 지나치게 미국인이려고 노력하면서 아이들에게 아란치니나 리보리따 대신 햄버거와 코카콜라를 먹이라고 사람들에게 권유하는 것을 보며 약간의 혐오감을 느꼈다. 하지만 그러다 다시 비바나가 행복한 사람이라고는 없다는 제노바 출신이라는 생각이 들면, 뭘 기대했나 싶어졌다. 반대로 피아는 같은 치킨힐에 살고 있는 시칠리아 사람이었다. 그래서 피오리아는 조용히 여성 자원봉사 단체에 계속 다니면서 피아와 친한 친구 관계를 유지했다. 도도가 펜허스트로 잡혀간 지 일주일 정도가 지난 어느 날 오후, 그녀는 피아의 주방에서 비밀 재료인 단호박을 잘게 다지고 있는 그녀를 지켜보고 있었다.

피아가 파이 하나를 오븐에 집어넣은 뒤였고 두 여자는 캔 우유를 넣은 커피를 마시며 이탈리아어로 하늘과 땅 식료품점에서 벌어진 사고에 관해 대화를 나누고 있다가 피아가 닥터 로버츠에 관한 폭탄을 터트렸다.

"그 여자는 아무 잘못이 없어요." 피아가 말했다. "아직 살아 있대요?"

피오리아가 어깨를 으쓱했다. "레딩에 있는 병원에 혼수상태로 있대. 사람들이 그러는데, 하늘의 보살핌으로 깨어나기만 바라고 있다고." 그녀가 십자가를 그으며 말했다.

"그 여자한테 아이가 있나요?" 피아가 물었다.

피오리아는 가볍게 대화를 이어가야겠다고 마음 먹었다. 자신보다 아홉 살 어린 피아는 아이를 가진 적이 없고 치료법을 찾아 여럿의 미국 의사들을 찾아다녔지만 줄곧 좌절했던 아픈 경험이 있다. "아니." 그녀가 말했다. "나한테 아이가 있냐고 물어본다면 아이들은 항상 골칫덩이라서 오래 살…"

피아는 약간 짜증이 난 듯 보이다가 대뜸 말했다. "이 근처 어디에 남자애를 숨겨줄 수 있어요? 철조망과 말똥 말고는 아무것도 없는데."

피오리아가 다시 어깨를 으쓱했다. 소문을 반복하는 것을 좋아하지 않았다. "내가 아는 건 경찰이 그 아이를 데리고 갔고 유색인들이 엄청 화가 난 상태이고 그 불쌍한 여자가 어떻게 되었는지는 몰라도 그 사건 한가운데에 있다는 게 전부야. 닥터 로버츠가 신부님을 찾아와서 그렇게 말했대."

닥터 로버츠에 대한 언급에 피아의 얼굴은 붉어졌다. 그리고 그녀는 자리에서 일어섰다. 피오리아에게 등을 돌린 채 피아는 나무 숟가락을 집어 들고 으깬 단호박을 한 국자 듬뿍 퍼서는 믹싱볼에 세게 쏟아부었다.

"뭐가 신경 쓰이는 거야?" 피오리아가 물었다.

"아무것도 아니에요." 피아가 믹싱볼에 있는 내용물을 세차게 섞으며 말했다.

"그 여자를 알아?"

"누구 말이에요?"

"초나. 그 유대인 여자."

"이곳에 변장하고 들어와서 부엌 여기저기에 소금과 올리브 오일을 뿌려놓는다면 내가 그녀를 어떻게 알아보겠어요?" 피아는 문을 뚫어져라 쳐다보면서 시칠리아 속어를 내뱉었다. "닥터 로버츠가 그 더러운 손을 나한테 한 번 더 대려고 한다면, 나는 내 발로 정신병원에 들어가 버릴 거예요. 벌레만도 못한 놈."

이 말에 피오리아는 충격을 받았을 뿐 아니라 경악했다. 여기에는 문제가 하나 있었다. 피아의 남편, 마테오는 친절하고 외향적인 미장공인데 아내 문제에 관해서는 예외였다. 피아가 날씬하고 아주 예쁜 젊은 여자라는 것이 문제였다.

피오리아는 주제를 바꿔보았다. "나는 이제 나이가 너무 많아서 미국 의사들한테 진료받을 일이 없네." 그녀는 서둘러 말을 이었다. "이탈리아에서 아이를 낳아서 다행이지 뭐야. 이곳에서는 진료받으러 절대 안 가. 빨리 죽는 지름길이잖아."

피아는 내용물을 크러스트 안에 채워 넣고 오븐에서 완성된 파이를 꺼낸 다음 그걸 다시 집어넣었다. 그러고는 식탁에 앉으며 허탈한 표정으로 부드럽게 피오리아에게 말했다. "비밀로 해요. 만약 이 이야기를 마테오가 알게 되면……. 그이가 감옥에 가게 되면 난 어떻게 되겠어요?"

피오리아는 탁자 너머로 손을 뻗어 피아의 어깨를 가만히 토닥였다. 피아는 안심했다. 좋은 여자의 진심 어린 마음은 무덤보다 더 깊이 비밀을 지켜 줄 수 있을 것 같았다. 피오리아는 좋은 여자였다. 하지만 그날 늦은 오후 피오리아는 남편과 엔조를 위해 저녁을 요리하다가 생각 하나가 관자놀이를 스치며 갑작스레 걱정이 밀려왔다. 그녀는 탁자에 앉아 소금통에 손가락을 집어넣고 소금을 야금야금 집어 먹었다. 걱정되는 상황에 처했을 때 하는 행동이었다. '이 마을은 너무 좁아.' 그녀는 생각했다. '그리고 피아가 말한 그런 문제는 간단한 문제가 아니야. 일이 커질 게 분명하다고.'

그녀도 닥터 로버츠에 관한 소문을 한두 번 들었다. 하지만 그런 일에서는 발을 빼는 게 상책이었다. 혹시라도 만약 피아의 남편이 이 일을 알게 된다면……. 목덜미에 소름이 돋는 것이 느껴졌고 다시 한번 아들을 생각하며 십자가를 그렸다. 엔조는 마테오를 잘 알았다. 사실 엔조는 모든 사람을 잘 알았다. 아들은 너무 마음이 여렸다. 남들을 위해서 뭐든 하는 아이였다. 그게 아들의 문제점이었다.

그녀는 머릿속으로 이 주제에 대해 토론을 벌여보았다. 만약 마테오가 문제를 일으킨다면, 엔조는 도와주려 할 테고 친구 패티도 역시 따라나설 것이다. 그러자 생각은 명확해졌다. 경찰들이 항상 패티를 눈여겨 보고 있으니 분명 경찰이 따라붙을 것이다. 아들이 치킨힐의 가장 악명높은 흑인과 어울려 다닌다는 사실은 계속해서 그녀에게 걱정을 안겨주었다. 두 녀석은 어릴 적부터 서로에게 최고의 친구였다. 남편과 함께 시칠리아에서 포츠타운으로 이사왔을 때 엔조는 열두 살이었고 영어를 전혀 하지 못했다. 하지만 모퉁이에 살던 패티는 친구를 위해 충분한 영어를 구사해주었다. 치킨힐의 이탈리아 이민자는 보통 자기들끼리만 지냈지만 아이들은 경계 없이 함께 뛰어놀았다. 그러다가 대부분 나이가 들면서 각자의 부족으로 흘러 되돌아갔지만 엔조와 패티는 도둑들처럼 끈끈하게 붙어 지냈다. 그들은 고등학교 축구팀에서 팀 동료였고 졸업 후에는 심지어 같은 공장에서 일했다.

그녀의 남편은 패티를 탐탁지 않아 했지만 피오리아는 패티가 재밌고 꽤 괜찮은 아이라고 생각했다. 낡은 얼음 운반 수레에 숟가락, 국자, 깡통, 쇠막대 등 고철 쓰레기 조각들을 용접해 붙이고는 노새가 끌게 한 뒤, 치킨힐을 돌아다니며 노새 택시랍시고 운행을 하는 그의 기발한 아이디어도 흥미로웠다. 이 장면을 보고는 남편마저 크게 웃음을 터트렸다. 그리고 패티는 손재주가 좋았다. 탈것들과 트럭을 수리할 줄 알았고 훌륭한 목수였으며 대단한 용접공이었다. 그리고 이 모든 것을 엔조에게 가르쳐주었다. 엔조가 최근에 약간의 분쟁 끝에 패티의 앞니를 날려버리긴 했지만 둘은 거의 싸우지 않았다. 패티는 심지어 엔조를 소방서에 취직을 시켜주었다. 그전까지 이탈리아인이 소방서에서 일한 적이 없었다. 대단한 일이었다.

하지만 이건 다른 문제였다. 엔조는 패티와의 일로 마지막 직장을 잃은 후 이제 막 돌러 공장에서 새로운 일자리를 겨우 구한 상황이었다. 문제가 생겨선 안됐다. 피오리아는 아들에게 남의 일에 참견하는 것에 대해 이야기 해야겠다고 결심했다.

오후 4시가 지나 있었다. 돌러 공장은 이미 교대를 끝냈을 테고 엔조는 퇴근을 했을 것이다. 어디로 가면 아들을 찾을 수 있을지 그녀는 알고 있었다.

피오리아는 앞치마를 풀고 스토브를 끄고 나서 현관문을 나섰다. 집 앞의 빽빽하게 늘어선 주택을 지나 교차로에서 서쪽으로 방향을 튼 뒤, 키 큰 잡초가 가득한 공터를 가로질렀다. 그리고 패티의 술집 쪽으로 향하는 진흙탕 길로 들어섰다. 아들은 일과가 끝나면 매일 패티의 술집에 들러 맥주를 마시고 대부분 젊은 흑인들인 술집 단골들과 함께 재즈 음악이나 야구 경기를 라디오로 들었다.

몇몇 젊은이들이 '햄버거 10센트' 표시가 적힌 그릴 옆에 대충 만들어 놓은 테이블에서 상자를 의자 삼아 맥주를 홀짝이며 앉아 있었다. 그들은 피오리아가 홈드레스를 입은 채 결의에 찬 모습으로 자신들에게 다가오는 모습을 보고 있었다. 이탈리아 스타일로 앞으로 몸을 숙이고 손은 뒤쪽으로 깍지를 낀 모습이었다. 술집이 가까워지자 피오리아에게 우뚝 솟은 아들의 모습이 보이기 시작했다. 엔조는 포츠타운에서 가장 키가 컸기 때문에 어디에서도 눈에 띄었다. 아들은 술집 현관 앞쪽에서 체커보드에 구부정하게 몸을 숙인 채 상자 위에 앉아있었다. 거대한 아들의 몸집 맞은편에 훨씬 작지만 다부진 패티가 역시나 보이자, 얼굴이 벌겋게 달아오르며 화가 치밀어 올랐다.

패티와 빅숍 둘 다 그녀가 다가오는 것을 보지 못했지만 현관에 있던 다른 젊은이들은 이미 상자 안으로 맥주를 숨긴 다음 담배를 끄고 옷깃을 정리하며 "쉿, 쉿" 소리를 냈다. "숍! 숍! 엄마가 오셔."

하지만 때는 너무 늦었다. 빅숍이 소리를 듣고 머리를 돌렸을 땐 어머니의 손가락이 이미 그의 코에 닿을 지경이었다.

피오리아는 이탈리아어로 아들에게 손가락을 가리키며 쉿 소리를 냈다. "너는 곧 곤경에 처할 거야."

"뭐라고요?"

"상점에서 무슨 일이 있었니?" 그녀가 물었다.

"무슨 상점이요?"

"거기서 당장 빠져나와야 해." 그녀가 고집을 부렸다.

"어디서 빠져나오라는 거예요?"

"그 상점에서 벌어진 일에서 말이야."

빅숍은 패티를 한번 쳐다보았지만 그는 아무 말 없이 앉아 있다가 온화한 표정으로 무슨 의미인지 모르겠다는 듯 눈을 굴렸다. 빅숍은 당황스러워했다. 하지만 이탈리아어를 쓰는 사람은 자신과 그의 어머니뿐이었기 때문에 그는 계속 이탈리아어로 대답하며 가볍게 대화를 넘어가려고 했다. "내가 뭘 잘못했는데요, 엄마?"

"머리 굴리지 마! 경찰이 거기 있었어! 너도 거기 있었니?"

"어디 말이에요?"

"내가 멍청해 보이니? 무슨 일이 있었던 거야?"

"대체 무슨 말을 하는 거예요?"

"정신병원이라고! 너도 거기 잡혀가고 싶어?"

"무슨 정신병원이요? 나는 이제 막 일을 끝내고 왔다고요!"

피오리아가 이탈리아어로 빗발치듯 쏟아붓고 빅숍이 더듬더듬 대답하는 모습은 지켜보는 젊은이들에게 완벽히 재밌는 공연이었다. 웃음을 참느라 킁킁거리는 소리와 숨죽인 킥킥거림이 공기를 채우고 있었다. 하지만 패티와 옆에 선 러스티는 제외하고였다. 이 둘은 어머니와 아들이 맹렬히 다투는 모습을 넋을 잃고 쳐다보고 서 있었다.

"경찰한테서 멀리 떨어지라고. 그렇지 않으면 너도 정신병원에 잡혀갈 거야!" 피오리아가 말했다.

"내가 직장에 다니고 있으면 정신병원에 데려갈 수 없다고요." 빅숍이 말했다.

"누가 네가 직장에 다니고 있다고 말해줄 건데? 경찰이 네가 일하고 있는지 어떻게 알아? 경찰한테 회사 일을 말하면 문제만 더 커질 뿐이야. 너는 막 일자리 하나를 잃었고 이제 다른 것마저 잃게 될 거야. 왜냐고? 경찰과 이야기했기 때문이야! 경찰과는 아무런 말도 하지 말라고! 절대로!"

"누가 내가 경찰하고 이야기했다고 해요?"

"나 놀리지 마!" 피오리아가 패티를 가리키고 빅숍에게 다시 몸을 돌려 이탈리아어로 빠르게 쏟아부었다. "패티는 직업이 15개야. 너는 하나잖아. 넌 일자리가 나무에서 자란다고 생각하니? 말썽 피우지 마. 그렇지 않으면 일자리를 잃을 거야. 경찰이 그 유색인 아이를 정신병원이 집어넣었다고! 그런 식으로 말하면 그다음에 잡혀갈 사람은 너야! 그리고 그 의사 일에서 손 떼. 미국 의사 놈들이란! 대충대충 아무렇게나 진료하는 돌팔이 놈들! 알약이면 다 되는 줄 알고. 그놈들 누구도 믿어선 안돼. 아무튼 네 아버지에게 이야기해야겠다."

러스티는 패티에게 몸을 기대며 말했다. "패티, 솝이 뭔 짓을 했길래 이래?"

"솝이 뭘 했든지 간에." 패티가 이마를 찌푸리며 말했다. "더는 그런 짓을 하지 않을 거야."

피오리아가 호통치는 것을 지켜보면서 패티는 걱정이 되었다. 피오리아는 치킨힐의 가장 아래쪽, 메인가 가까이에 살고 있었다. 치킨힐 확성기 페이퍼의 바로 윗집이었다. 페이퍼는 큰길을 내다보며 개수대에서 빨래를 하거나, 옷을 빨지 않을 때는 주로 야외 꽃밭에서 살았고 페이퍼의 집은 치킨힐의 경비실과도 같았다. 그렇게 치킨힐로 올라오는 모든 사람과 모든 물품을 볼 수 있었다. 피오리아가 패티의 술집으로 향하는 것을 페이퍼가 보았다는 의미였고 그 소식은 순식간에 퍼질 것이다. 지금쯤이면 모든 사람들이 이미 알고 있을지도.

피오리아가 빅솝에게 별별 소리를 퍼붓고 폭주하는 것을 보며 패티는 한숨을 내쉬었다. 패티는 피오리아를 좋아했다. 그녀는 좋은 사람이었다. 제2의 엄마처럼 느껴질 정도였다. 그녀는 패티가 어렸을 때 빅솝에게 체벌을 하면서 패티도 같이 벨트로 때린 적이 몇 번 있었다. 둘 다 맞아도 쌀 짓을 했었기 때문이었다. 하지만 그녀도 백인이었다. 돼지 골목에 있는 그의 술집 주변을 백인이 돌아다니게 되면 경찰이 오곤 했다. 경찰의 등장은 그의 경제활동을 절단내기에 딱이었다. 마음만 먹으면 그들은 지금이라도 찾아와서 낮에 햄버거와 콜라를 팔았다는 이유만으로 그를 체포할 수 있었다. 만약 그게 빌리 오코넬이라면 오코넬이 주변을 파헤쳐서 숲속에 숨겨놓은 그의 밀주를 발견하는 것을 막을 방법이 없을 뿐 아니라 같이 숨겨놓은 다른 유형의 물건들도 그의 손에 발견되지 않으리란 보장이 없었다.

그는 끼어들어 말리고 싶었지만 일단 참았다. 대신 머릿속으로 차근차근 생각을 해보았다. 어떻게 원래대로 돌아갈 수 있을까? 만취했던 네이트는 조만간 정상으로 돌아올 것이다. 그건 됐고. 네이트의 아내, 애디는 초나가 있는 레딩 병원에 머물고 있으니 그것도 됐고. 불쌍한 도도는 사라졌다. 잡혀간 지 2주가 더 흘렀고 지금은 펜허스트에 있다. 아마 네이트와 애디는 아일 포기하고 만능 해결사 주님께서 도도를 돌보시게 내버려둘 것이다. 닥 로버츠는 백인 사회에서 이 일이 조용히 넘어가길 원할 것이다. 그럼 문제 없다. 이번 일은 다 지나갈 것이다. 피오리아가 소리치게 내버려두자. 그럼 이것도 다 지나갈 것이다. 이런 일은 금세 잠잠해질 것이라고 기대하는 것이 타당하지 않나?

다행히 피오리아가 폭주를 멈추고 몸을 돌려 돼지 골목을 따라 내려가기 시작했다. 그런데 그녀가 갑자기 돌아서서 그에게로 다가오자 패티는 당황했다. 그녀는 손가락으로 그를 가리키며 심한 이탈리아 억양으로 말했다. "조심해야 할 거야, 패티."

패티는 웃으며 무슨 말인지 모르겠다는 듯 두 손을 펼쳐 들었다. "저요? 피오리아 우리는 근처에 없었…"

"문제야, 문제야." 피오리아가 말했다. "그 불쌍한 여자가 아프잖아. 왜냐하면……" 그러다 그녀는 말을 멈추고 그를 의아한 듯 노려보았다. 그리고 말했다. "입에 뭔 일이야?"

"제 입이요?"

"네 이빨 말이야. 무슨 일이야?"

"아. 새 이빨이에요."

"봐봐."

패티는 입을 벌렸다. 조그만 이 여자가 한 발짝 다가서더니 입 안을 들여다보며 뺨을 붙잡고 이쪽저쪽을 살피며 나무로 된 이빨을 검사했다. 그리고 손을 떼고 말했다. "가서 돈 돌려달라고 해."

등 뒤에서 패티는 남자 여럿이 웃는 소리를 들었다. 하지만 피오리아는 전혀 재밌어 보이지 않았다. 그녀는 엉덩이에 손을 얹고 그를 쳐다보았다.

"그 상점에서 무슨 일이 있었니?" 그녀가 물었다.

"저도 모르겠어요. 저는 미스 초나가 쓰러졌다고만…"

"나한테 이랬다저랬다 말 바꿔가며 말하지 마! 미스 초나가 어쩌고저쩌고……. 거기서 무슨 일이 있었냐고?"

처음으로 패티는 그날 상점에서 무슨 일이 벌어졌는지 자신이 제대로 모른다는 사실을 깨달았다. 그는 거기에 있지 않았다. 그는 필라델피아에서 이빨을 치료하고 있었고 사촌의 멍청한 세탁소를 운영하고 있었다. 하지만 피오리아가 그를 쳐다보는 순간, 그는 어떻게든 정리해야 한다는 것을 깨달았다. 피오리아는 하늘과 땅 식료품점 옆집에 버니스가 산다는 것을 알고 있었다. 그녀가 여동생의 집으로 찾아가 무슨 일이 있었는지 꼬치꼬치 캐묻는다면 문제는 심각해진다. 버니스는 신앙심이 깊어서 거짓말을 하지 않을 테고, 그건 버니스가 무슨 말을 할지 모른다는 의미이기도 했다. 버니스는 패티의 술집을 싫어했다. 더한 것은, 주정부에서 도도를 잡으러 사람을 보냈을 때 자신의 자녀들과 도도를 뒷마당에서 놀게 함으로써 미스 초나가 도도를 숨기는 것을 도와주었다. 그러면 버니스도 공범이 된다. 그리고 그 주정부에서 온 남자도 흑인이었다. 그렇게 들었다. 누가 고자질을 했을까? 어떻게 되었든, 피오리아가 버니스를 찾아간다면 불에 기름을 끼얹는 꼴이었다. 네이트가 이 일에 유대인을 끌어들이면서 이 모든 것이 시작되었다.

피오리아가 계속 쳐다보고 있자, 패티는 자신이 아는 사실이라도 털어놓기로 했다. "도도의 엄마가 죽었어요."

"도도가 누구야?"

"그 아이 말이에요. 이름이 도도예요."

"잠깐만." 피오리아가 말했다. 그녀가 아들에게 고개를 까닥이자 빅숍이 한숨을 내쉬며 다가왔다. 자세히 들어야겠으니 빅숍에게 통역을 하라는 의미였다.

"계속해." 그녀가 말했다. 패티가 하는 말을 빅숍이 전달했다.

"도도는 델마의 아들이고……"

그렇게 다른 사람은 신경 쓰지 않던 패티 데이비스가 자신이 알고 있던 사실을 말하기 시작했다. 3년 전 델마 헤링이라는 유색인 여성, 치킨힐에 살던 애디의 여동생은 포츠타운 공장 중 하나에서 만든 엔레브라 스토브를 샀다. 그리고 그 스토브는 폭발했다. 왜 그랬는지는 아무도 모른다. 하지만 그 스토브가 터진 날은 사람들이 기억한다. 델마의 아들 도도, 진짜 이름은 홀리 헤링인 이 소년은 사건이 발생했을 때 스토브 가까이에 서 있었다. 그리고 그의 눈과 귀를 앗아갔다. “한동안 눈도 멀고 귀도 들리지 않았대요.” 패티가 말했다. “다행히 시력은 돌아왔지만 귀는 그렇지 않았어요.”

“그럼 스토브가 그 아이의 엄마를 죽인 게 아냐?”

“제가 이미 말했잖아요, 피오리아. 아니라니까요.”

“스토브 회사는 사고 보상을 해줬어?”

패티는 믿을 수 없다는 표정을 지었다. “제 버릇 개 주겠어요?”

빅숍이 통역하자 피오리아는 웃음을 터트렸다. “그럼 그때는 그녀가 죽지는 않았네?”

“네.” 패티가 말했다. “하지만 그 후로 그녀는 예전 같지 않았고, 올해 병에 걸려 결국 죽었어요. 그게 전부예요. 그 회사는 아무것도 보상하지 않았어요. 도도의 이모와 이모부가 집에 데리고 지냈어요. 들을 수가 없으니 아이는 학교도 가고 싶어 하지 않았어요. 주정부에서는 아이를 특수 학교에 보내고 싶어 했고요. 그래서 그 아이의 이모와 이모부가 미스 초나에게 아이를 남부로 돌려보낼 만한 돈을 모을 때까지만 데리고 있어달라고 부탁했나 봐요. 남쪽에 아이를 돌봐줄 친척들이 있다나…….”

“확실해?”

“제가 왜 거짓말하겠어요?”

“당연히 그러지 않는 게 좋을 거야.” 그녀는 좀 전과 달리 목소리가 부드러워졌다.

패티는 피오리아가 어느 정도 진정된 것을 느끼며 안심했다.

“그 의사는 왜 온 거야?” 그녀가 물었다. “그 아이가 아팠나?”

“저도 몰라요. 닥터 로버츠는 유색인들은 치료하지 않을 텐데요."

"그 의사는 아이가 거기 있는 걸 어떻게 알았대? 나는 여기 사는데도 아이가 거기 있는지 몰랐는데 말이야."

"그 사람들이 비밀로 하고 있었으니까요."

"그 의사는 어떻게 알아냈지?"

"누군가 말했겠죠."

"상점에서 싸움은 그렇게 시작된 건가?" 그녀가 물었다.

패티는 당황한 표정을 지었다. "그곳에서 싸움은 없었어요."

피오리아가 정색을 했다. "싸움이 있었어. 그래서 그 유대인 숙녀가 다친 거고."

"그런가요? 싸움을 했다는 부분은 잘 몰라요, 정말요."

"그렇다면 그녀에게 무슨 일이 벌어진 거야?"

"음… 그녀가 쓰러졌고… 말하자면… 모르겠어요. 사람들이 발견했을 때 그녀의 옷이… 약간 벗겨져서."

"그녀가 혼자 쓰러졌는데 갑자기 옷이 벗겨졌다고?"

"나도 제대로 모르겠어요, 피오리아."

피오리아가 주위에 서 있는 젊은이들을 둘러보았다. 그들 대부분은 어릴 적부터 알던 아이들이었다. 누군가는 잡다한 일을 해주러 그녀의 거실에 왔었고, 남편과 아들을 먹인 후에 지나가는 배고픈 아이들을 그냥 두고 보지 못하는 그녀 때문에, 누군가는 그녀의 파스타를 먹었다. 올리브 오일이 들어간 밥과 진짜 고기가 곁들여진 저녁 식사가 일 년에 한 번 크리스마스 때만 가능하던, 시칠리아의 팔레르모 근처 작은 마을에서 자란 피오리아 카리시미에게 굶주린 아이들은 두고볼 수 없는 무언가 특별한 것이었다.

그녀의 시선이 초조하게 담배를 피우고 있는 러스티에게 떨어졌다. 그녀가 러스티를 가리켰다.

"너는 거기 있었어?"

"저는… 일부만 봤어요, 피오리아."

"그래서?"

"음… 애디가… 먼저 와있었어요. 그리고……"

피오리아의 표정을 살피던 빅숍이 눈을 굴리며 러스티에게 말했다. "러스티, 엄마가 여기 있는 누군가를 죽이기 전에 빨리 좀 말해줄래?"

러스티는 두 팔을 벌려 설명했다. "제가 본 건요. 제가 갔을 땐 미스 초나가 옷을 입고 바닥에 누워 있었어요. 음… 애디가 그녀의 옷과 치마를 바로 잡고 있었어요. 헝클어져 있었던 것처럼요. 누군가 그녀에게서 옷을 벗기려 했던 것 같았어요."

"그 의사가 거기 있었어?"

러스티는 침을 삼키고 잠시 침묵했다. "닥터 로버츠 말이에요?"

"거기 있었어, 없었어?"

"제가 들어섰을 때 그는 달아나고 있었어요. 그리고 5분 뒤 경찰을 데리고 돌아왔어요."

"그 아이는 어떻게 된 거야?"

"도도가 거기 있었어요." 러스티가 말했다. "확실히 그랬어요. 아이는 매우 화가 난 상태였어요. 경찰이 아이를 쫓아갔고 아이는 닥터 로버츠가 어쩌고 하면서 뭔가를 소리치긴 했어요." 그렇게 말하다 갑자기 러스티는 일에 연루되는 것이 두려운지 얼굴이 하얘지면서 말했다. "피오리아, 나는 아무것도 보지 못했어요. 맹세

해요. 뭔가를 봤다면 애디 뿐이에요. 애디는 미스 초나와 함께 레딩 병원에 있어요. 애디에게 뭘 봤는지 물어보세요. 물론 내 생각에는 닥과 미스 초나 사이에 무슨 일이 벌어졌는지를 아는 사람은 닥과 미스 초나, 그 둘 뿐일 것 같지만요."

"그 아이가 거기 있었다는 거지." 피오리아가 말했다. "아이에게 물어본 사람은 없어?"

"그는 귀머거리에 바보예요." 패티가 말했다.

피오리아는 통역이 전해지자 이맛살을 찌푸렸다. 그리고는 패티에게 직접 영어로 말했다. "청각장애인." 그녀는 자신의 귀를 가리켰다. 그녀는 러스티, 빅솝 그리고 패티를 손가락으로 가리키며 한 명씩 세었다. "하나, 둘, 셋." 그리고 주위에 서 있던 나머지 젊은이들에게도 마치 '조심해. 내가 지켜보고 있어'라고 말하는 것처럼 손가락으로 하나씩 가리켰다. 그녀는 패티에게 돌아서서 이탈리아어로 몇 마디를 더 하고는 집을 향해 내려갔다.

그들은 그녀가 떠나는 것을 지켜보았다. 패티가 빅솝에게 물었다. "마지막 말이 뭐야?"

"아무것도 아니야. 엄마 말이 우리에게 문제가 생길 수도 있대."

"나 속이려고 하지 마, 솝. 이탈리아어로 '문제'가 '구아이오'라는 건 나도 말아. 예전에 네 엄마가 우리 둘 엉덩이를 회초리로 뜨겁게 달구었을 때 했던 그 단어를 기억하고 있어. 이번에 그 단어는 없었어. 내 욕한 거야?"

"아니."

"그렇다면 뭐라고 했는데?"

"신이 우리가 하는 일을 지켜보고 있다고 하셨어."

패티는 한숨을 내쉬었다. "너희 엄마한테 혼나느니 차라리 하나님의 심판을 받을게."

16

방문

초나는 레딩 병원 꼭대기 층, 중환자나 임종에 대비한 환자를 위해 마련된 특별 개인 병실에 누워 있었다. 필라델피아에서 온 부유한 극장 소유주인가 뭔가 하는 신사분이 현금으로 비용을 내가며 고집을 부린 탓이었다. "이곳이 조용하길 원해요." 그는 해당 층 담당 간호사들에게 말했다. 그는 보아하니 명령을 내리는데 익숙한 사람이라 간호사들 사이에 약간의 분노를 불러일으켰다. 이 401호실 유대인 여자는 포츠타운 근처 출신이며 일종의 무법 난투극에 연루되었다는 소문이 돌았다. 간호사들은 그 층에서 그렇게 많은 유대인들을 본 적이 없을 뿐 아니라, 유모인 듯한 흑인을 포함해, 그처럼 많은 흑인을 본 적이 없었다. 그 흑인 여자는 웃지 않았다. 그리고 직원들에게 지나치게 간결한 목소리로 직접적으로 말했다. 그녀가 거만하고 무례한 사람이라고 간호사들은 결론을 냈다. 더 나쁜 점은, 흑인들이 온종일 그 방을 들락날락한다는 것은 말할 것도 없고, 유대인 남편은 밤늦은 시간이나 이른 아침과 같은 이상한 시간에 병실에 다녀갔다. 돈 많은 유대인이 특별병실에 돈을 내는 것도, 흑인들이 물밀듯 몰려오는 것도 특이한 일이었다. 간호사들은 자기들끼리 이 나라가 지옥으로 가는 중인가 보다고 쑥덕거렸다.

애디는 이 같은 분위기를 전혀 알지 못했다. 약간 호전되는가 싶더니 다시 혼수상태에 빠진 지 4일째인 초나도 마찬가지였다. 의사는 그녀가 두 번째 코마에 빠진 것으로 추정되기 때문에 깨어나지 못할 거라고 말했다. 하지만 애디의 생각은 달랐다. 아침이면 초나는 몸을 미묘하게 뒤척이고, 무슨 소리인지 모르게 웅얼거리다가 다시 의식을 잃고 쓰러지곤 했다. 처음에는 애디도 이를 알아차리지 못했다. 하지만 지난 3일 동안 이런 일이 계속되자 초나가 아직 살아 있는 게 분명하다고 생각하게 되었다.

애디는 이 사실을 네이트와 함께 병원에 들른 모셰에게 털어놓았다. 그날 사고 이후 경황이 없어 서로가 거의 대화를 제대로 나누지 못하고 있었다. 지친 표정으로 들어온 두 사람은 피츠버그에서 온 이디시 극단의 3일짜리 햄릿 공연이 준비하는 것도 힘들었지만 철수하는 데도 시간이 오래 걸렸다고 설명했다.

"사람들이 좋아했으면 된 거죠." 애디가 말했다. 그들을 안심시켜 주고 싶었다.

모셰는 아무 말 없이 아내의 침대 곁에 앉았다. 그는 엉망진창으로 보였다. 셔츠는 더러웠고 재킷은 닳아있었다. 눈 밑은 퀭하고 달걀을 하나 넣어도 될 만큼 푹 꺼져있었다. 그는 잠시 초나를 쳐다보고 있다가 물었다. "차도는 없어요?"

"초나가 하려고 노력하는 것 같아요."

"뭘 해요?"

"아침이면 하는 그거 말이에요. 매번 했었잖아요."

애디는 해당하는 유대인 단어가 떠오르지 않았다. "짤막한 노래요. 기도하는 건가. 그녀가 그걸 하려고 하는 것 같아요. 아침마다. 벌써 3일째예요."

모셰는 혼수상태에 빠진 아내를 잠깐 바라보다가 애디를 바라보며 말했다. "잠깐 자리 좀 비워 주세요."

애디와 네이트는 복도로 물러났다. 하지만 간호사들의 매서운 시선을 의식해 곧 두 사람은 계단을 따라 내려가 병원 입구의 현관으로 들어섰다. 백인들의 귀와 눈을 피해서였다.

"헛된 희망을 줄 필요는 없어." 네이트가 말했다.

"괜한 말 아니에요." 애디가 말했다. "그녀는 아직 살아있어요."

"의사들한테 맡겨."

"크리스마스 칠면조 100마리를 준다고 해도 이 지역 의사한테는 찾아가지 않을 거예요. 특히 닥 로버츠라면요."

"세상의 모든 잘못을 바로 잡을 수는 없어." 네이트는 병원 땅바닥을 보며 고개를 끄덕끄덕하며 아무 일 없는 듯 행동했다. 백인 의사들과 단정하게 차려입은 간호사들이 지나가고 있었다. "만약 누가 상점에서 무슨 일이 있었냐고 물어보면 이렇게 말해야 해. 당신은 거기 없었다고."

"하지만 나는 거기 있었어요. 그리고 난 봤어요. 문으로 들어오면서 똑똑히 봤다고요."

"뭘 봤다는 거야?"

"닥 로버츠가 그녀의 옷을 풀어헤치고 온 몸을 제 맘대로 더듬고 있었어요."

네이트는 미끄러지듯 지나가는 병원 직원들 눈치를 살폈다. 자신들을 흘낏흘낏 보면서 의사와 간호사들은 로비를 가로지르고 복잡한 구역을 벗어나 잔디밭을 거쳐 차들이 대기하고 있는 진입로 쪽으로 향하고 있었다. 도우미처럼 옷을 입은 두 명의 흑인 방문객이 반짝거리는 레딩 병원 입구에 서 있는 모습은 환영받을 만한 장면은 아니었다.

"여기서 그 사람 이름 입에 올리지 마." 네이트가 말했다. "사람들이 그를 알지도 몰라."

"사람들은 알아야죠. 얼마나 못된 놈인지."

"백인들 일이야. 여기서 손 떼."

"도도가 아니었다면, 닥은 분명 계속했을 거예요."

"닥은 이제 자기 방식대로 할 거야." 네이트가 말했다. "그 사람 말은 귀머거리에 바보인 유색인 아이가 그랬다는데, 아이 말을 믿겠어, 그 사람 말을 믿겠어. 그자 멋대로 하게 될 거라고."

"닥이 그렇게 말했어요?"

"그의 이야기를 들어보니, 도도를 데리러 갔는데 아이가 갑자기 뛰쳐나오더니 공격을 했다던데. 미스 초나는 그 때문에 쓰러졌고. 그러다 꼼짝없이 정신을 잃었다고."

"치마를 머리 위로 끌어올린 채로요?" 애디가 말했다.

네이트는 놀란 눈으로 주변을 돌아보며 조용히 하라는 몸짓을 했다. "젠장, 백인들이 거짓말한다고 비웃으면 정말 큰일 나. 이 일에서 거리를 두라고. 할 수 있는 게 아무것도 없어!" 그는 험악하게 말했지만 흰옷을 입은 의사들 무리가 지나가는 것을 보며 얼굴은 무표정함을 유지했다.

"그래서 이틀 전 패티네 술집에 가서 엉망진창이 된 거예요?"

네이트가 얼굴을 찌푸렸다. "다시는 그런 일 없을 거야."

"도도한테는 언제 가볼 거예요?" 애디가 물었다.

네이트는 아무 말을 하지 않았다. 애디는 그를 쳐다보다 표정이 굳어졌다. 이제 화낼 사람은 그녀였다. "아직 마음의 준비가 안 된 거예요?"

"응. 아직."

"왜요?"

"날 들여보내 줄지 모르겠어." 그가 말했다.

"정신 나간 소도 들여보내 줄 거예요. 그곳은 감옥이 아니라 정신병원이라고요. 당신을 벨보이로 만들지는 않아요. 방문 시간이 따로 있을 거예요."

"그런 곳에 가는 게 좀 걱정돼서 그래." 네이트가 말했다.

애디는 인상을 썼다. 그런 식이다. 말하지 않으려는 과거가 있는 남자는 출입이 제한된 장소에 가고싶어 하지 않았다. 잠깐의 방문이라고 하더라도. 이전에 폐쇄된 곳에 있어 본 사람이라면 더더욱.

"사우스캐롤라이나는 엄청 먼 곳이에요." 그녀가 덧붙였다. "그곳에서 당신에게 어떤 일이 있었다고 해도 상관없어요. 중요한 것은 당신 앞에 놓인 일이에요. 당신이 여기 있다는 걸 알지도 못할 거예요."

"알 수가 없지." 네이트가 말했다. "왜냐하면 이름까지 바꿨으니까."

애디는 조용히 그 말을 곱씹었다. 처음 안 사실이었다.

애디는 그가 축 처져서 벽에 기대는 모습을 지켜보았다. 그의 커다란 몸집은 구부정했고 눈은 수치스러운 듯 내리뜨고 있었다. 그녀는 네이트의 부드럽고 매끈한 코를 사랑했다. 그의 턱선과 어깨의 곡선까지. 그의 얼굴 한쪽에 손을 올리고 부드럽게 만져주었다.

"사는 동안 스스로에게 저지른 잘못을 영원히 기억할 수도 있어요." 그녀가 말했다. "하지만 만약 당신이 그것을 잊고 살아갈 수 있다면 용서만큼이나 잘된 일인 거예요. 난 당신이 누구였던지 상관하지 않아요. 무슨 짓을 했는지, 심지어 당신 이름을 뭐라고 부르든 상관없어요. 나는 당신을 알아요."

그녀는 그의 손을 꽉 잡고 그녀의 가슴 위에 끌어 올렸다. 네이트는 오래전 그 느낌이 솟구쳐 오르는 것 같았다. 그 반짝거림, 그녀가 밝혀준 빛, 그리고 심장에 얹혀있던 돌덩이가 들어 올려지는 그 느낌.

"가려고 했었어. 일이고 뭐고 그만두고 가려고 했는데 도저히 갈 수가 없었어." 그는 고백했다. "그래서 술집에 가서 대신 바보짓을 한 거지."

"술 마시는 사람이 당신만 있는 건 아니에요."

"더 최악이야. 밀주를 마시고 뒹굴었어. 집에서 만든 술인지 엄청 독한 거였어."

애디가 소리내 웃었다. "그래서 이 지경이 되었군요."

네이트가 쓴웃음을 지었다. "다음 날 일어났더니 사우스캐롤라이나 주립대* 밴드 행렬이 머릿속을 두드리며 지나가는 것 같더라고. 예전에 한번 본 적 있었거든. 고속도로를 포장하는 도로 보수반에서 일하고 있을 때였어. 1킬로미터 밖에서도 그들이 북 두드리는 소리가 들렸어. 세상에. 그들이 모퉁이를 돌았는데 북을 치고 호른을 불면서 공작새처럼 차려입은 유색인 학생들이 200명쯤은 되는 것 같았어. 대단했지."

그는 한숨을 내쉬고 이마를 비비며 조용한 병원 뜰을 내다보았다. "도도가 언젠가 그런 대학에 가길 바랐어. 그 아이라면 뭔가 해낼 수 있을 거라고 생각했어. 당신도 알다시피 도도는 똑똑해. 말할 수 있고 조금은 들을 수도 있어. 약간은, 알지? 기회가 있었어."

"있었다는 건 무슨 말이에요?"

"지금 갇힌 그곳에서 빠져나올 수 없을 거야."

"누가 그래요? 나올 수 없다고? 해결 할 수 있는 누군가를 찾아가야죠."

"죽은 돼지 붙잡고 노래하는 것과 다를 바 없어." 네이트가 말했다.

"모세 씨에게 물어보면 어때요?" 그녀가 물었다. "모세 씨라면 영향력이 있잖아요."

네이트는 머리를 흔들었다. "모세 씨는 제정신이 아니야. 극장도 겨우 운영하고 있어." 네이트는 잠시 생각에 잠겼다가 말했다. "어쩌면 스프릭스 목사라면 도움이 될지도 모르겠어. 백인들을 많

* South Carolina State University. 사우스캐롤라이나 주립대학은 인종분리정책에 따라 1896년 유색인, 특히 아프리카계 미국인 학생들을 위해 설립된 공립대학으로 60년대 이후가 되어서야 다양한 인종이 입학하였다.

이 알잖아."

"그는 아는 사람 없을 거예요." 애디가 재빨리 말했다.

"물어보는 데 나쁠 거 있어?" 네이트가 말했다. "물어봐야겠어."

"그냥 놔둬요." 애디가 말했다. "요즘 일이 잘돼서 바쁘다고요. 성경책 흔들면서 교회에서 소리 지르느라요."

"목사님이 당신에게 뭐 잘못한 거 있어?"

애디는 시선을 피하며 자신이 말을 할 수는 없다고 생각했다. 만약 진실이 드러나면 어릴 때부터 지금까지 그녀가 알고 지낸 에드 스프릭스에게 네이트가 칼을 들고 찾아갈까 두려웠다. 에드 스프릭스는 하류 인생과 겁쟁이의 복합체였다. 쉽게 겁을 먹고, 쉽게 매수당하고, 쉽게 단념했다. 특히 백인과 관련된 일이라면 더했다. 그의 하나님을 향한 신앙심이 진실한 것일 수도 있고 변명으로 가득 찬 것일 수도 있지만 그건 상관없었다.

그녀는 주정부에서 온 유색인에게 도도의 정보를 넘긴 사람이 에드 스프릭스라고 확신했다. 에드 스프릭스는 미스 초나가 버니스의 뒤뜰에 도도를 숨겨주는 것을 아는 몇 안 되는 사람 중 하나였다. 버니스가 스프릭스의 교회에 다니고 있었기 때문이다. 버니스는 협박이나 말도 안 되는 소리에 움직이지 않는 강인하고 까다로운 여성이었다. 그녀라면 어떤 말도 하지 않았을 것이다. 하지만 버니스의 아이들도 같은 교회를 다니고 있었다. 도마뱀 같은 에드 스프릭스는 버니스에게 누가 그녀의 마당에서 놀았는지 물어볼 필요도 없었다. 아이들 중 한 명에게 물어보기만 하면 됐다. 분명 누군가 하나는 이를 털어놓았을 것이다.

"에드 스프릭스는 나에게 아무 짓도 하지 않았어요." 애디가 말했다.

"어제 버니스와 스프릭스 대화가 뜨겁던데."

"뭐에 관해서요?"

네이트는 으쓱 어깨를 움직이더니 물었다. "버니스도 여기 왔었어?"

"어제 왔었어요. 교회 복장을 하고 왔어요. 교회 끝나고 바로 왔나 봐요."

"그녀는 뭐래?"

"그녀의 아버지가 돌아가신 뒤로, 버니스가 열 마디 이상 말하는 걸 듣지 못했어요. 그녀는 잠깐 있다가 떠났어요."

"내 생각에는……" 네이트가 말하다 말고 잠시 뜸을 들이더니 물었다. "닥 로버츠는 어떻게 도도가 식료품점에 있다는 걸 알았지?"

"주정부에서 왔다는 그 유색인이 로버츠에게 말했던 게 틀림없어요."

"그럼 그 유색인에게 누가 도도가 거기 있다고 말했을까?"

"아무도 모르죠. 미스 초나는 그 유색인이 오면 도도를 버니스의 아이들과 같이 마당에 숨게 했어요. 그 사람이 올 때마다 나도 거의 같이 있었어요. 그 사람은 버니스의 마당을 제대로 들여다본 적도 없었어요."

"버니스가 말했을지도 모르지."

애디가 인상을 썼다. "버니스는 그런 짓 하지 않아요."

네이트가 천천히 말했다. "어제 페이퍼 말로는 버니스가 집에서 난리를 치면서 아이들 중 하나를 주걱으로 마구 때렸다더군.

어린아이 중 하나라던데."

"그녀가 아이를 어떻게 키우든 사람들이 상관할 바 없잖아요." 애디는 이렇게 말했지만 네이트가 혼자 골몰히 생각에 잠기는 것을 긴장된 눈으로 지켜보았다. 수심에 빠져있던 그의 커다란 몸집의 움직임을 보니 결국은 생각이 정리되어 가는 것 같았다. 그는 조금 전까지만 해도 몸을 구부정하게 숙이고 피곤한 기색으로, 두 명의 흑인을 의아한 눈빛으로 지나치는 의사와 간호사들의 눈을 피했었다. 하지만 지금, 스프릭스 목사가 네이트의 비밀을 폭로하고, 정부에다 도도를 일러바쳤을지도 모른다는 생각에 이르자, 마치 애벌레가 고치에서 깨어나 사악한 나비로 탈바꿈하는 듯한 모습을 보이고 있다.

그는 느리고 부드러운 동작으로 몸을 서서히 움직이며 팔을 창문에 기댔다. 보통은 느긋한 사람이 좋은 의도를 가지고 여유롭게 움직이는 것처럼 보이는 행동이었다. 하지만 음산하고 달아오른 그의 눈빛에는 분노가 서려 있었고 그 느린 움직임은 마치 호랑이 한 마리가 봄을 준비하고 있는 것 같았다.

그가 부드럽게 물었다. "스프릭스 목사가 미스 초나를 보러 들렀어?" 그녀가 대답하기 전에 자신의 물음에 그가 대답했다. "물론 아니겠지."

네이트는 지나가는 백인들은 이제 보이지 않는다는 듯 똑바로 앞을 쳐다보며 말했다. 그의 몸속에서 작은 야수가 막 튀어나오려고 하고 있었다. 점점 커지는 분노를 보며, 애디는 두려움에 사로잡혔다. '악마가 깨어나는 것 같아.' 이런 생각을 하면서도 기다랗고 근육 잡힌 팔을 창문에 대고 기대서 있는 그를 보면서, 잠이 부족해서 너무 지친 모양이라고, 그래서 자신이 미쳐가고 있나 보다고 애디는 생각했다. 네이트는 함께 지낸 시간 동안 누구에게도 손가락 하나 까닥한 적이 없었고 도도가 그럴만한 일을 했을 때도 마찬가지였다. 상상이 가지 않았다. 그녀가 미리 언질을 받았다는 것만 빼면 말이다. 전날 페이퍼가 병원에 들러서 패티의 솔직한 경고를 전달했다.

"패티가 네이트를 잘 지켜보래요."

애디는 페이퍼의 목소리에 깃든 긴장감을 기억했다. 그리고 지금 이 순간 타오르는 분노를 억누르며 병원 현관에 선 남편을 보면서 그녀는 두려웠다. 그래서 그녀가 말했다. "스프릭스 목사가 미스 초나를 보러 여기 올 이유는 없죠."

"그는 목사야. 그렇지 않나? 아픈 사람들을 방문해야 하는 거 아냐?"

"미스 초나에게는 유대인 목사가 있잖아요. 스프릭스 목사는 필요 없어요."

"제빵사 에우제이노가 아팠을 때는 갔었어. 그는 카톨릭 신자였는데도 말이야."

"그와는 뭔가 개인적 관계가 있겠죠. 목사가 다 찾아가 볼 시간은 없어요." 애디가 사태를 모면하기 위해 애써 말했다. "자기 교회에 오는 사람들 챙기기도 바쁠 거예요."

네이트는 잠시 침묵하고는 말했다. "스프릭스는 닥 로버츠와 가까운 사이야. 나도 그건 알아."

"당신 말대로 할게요." 애디가 재빨리 말했다. "백인들 일은 신경 쓰지 말자고요, 여보."

네이트는 또다시 침묵에 빠졌다. 아무 말도 들리지 않는 듯했다.
애디는 한 번 더 시도해 보았다. "내 부탁 하나만 들어줄래요, 허니?" 그녀가 말했다.
네이트는 실눈을 뜨며 물었다. "부탁이 뭡니까, 여사님?"
"여사님이라고 부르면 늙은 것 같잖아요. 아내한테 누가 그렇게 불러요!"
애디는 네이트의 눈에 서렸던 분노가 부루퉁함과 상처받은 표정으로 바뀌는 것을 보고 그의 마음속에는 여전히 그녀가 있음을 깨달았다. 그래서 그녀는 발언을 계속했다. "가서 도도가 잘 지내는지 보고 와요. 집에 도도를 위해 준비한 게 있을 거예요. 갈아입을 옷과 먹을 간식들이요. 그 물건들을 챙기고, 식료품점에 가서 페이퍼를 만나요. 지금 임시로 페이퍼가 가게를 보고 있어요. 그녀에게 펜허스트에 있는 사람들에게 전화를 걸어 달라고 해요. 페이퍼는 백인들과 이야기를 잘 하니까요. 당신이 도도를 보러 갈 수 있게 약속을 잡아달라고 하세요. 그럼 괜찮을 거예요."
네이트는 아내의 애원하는 듯한 갈색 눈을 들여다보다가 그녀의 손을 자신의 가슴에 가져다 댔다. 일이 끝나면 자신의 얼굴에서 땀을 닦아주던 긴 손가락. 그의 바지를 꿰매주고 귀를 쓰다듬어 주고 어린 시절조차도 한 번도 경험하지 못한 방식으로 그를 돌봐주는 사람. 그러자 그를 뒤덮었던 분노가 누그러졌다.
"그런 곳이 나한텐 잘 안 맞아." 그가 말했다. "하지만 생각해 볼게."

17

황소개구리

초나의 입원 소식과 그 사건을 둘러싼 복잡한 상황은 포츠타운 아하밧 아킴 회중에는 더할 나위 없이 좋지 않은 분위기일 때 닥쳐왔다. 오래전 초나의 아버지가 치킨힐 꼭대기에 세운 이 작은 회당은 새로 들어온 헝가리 출신 회원들과 네발 달린 거대한 황소개구리 한 마리 때문에 뒤흔들리고 있었다. 이 막대한 크기의 생명체는 주로 여자들이 이용하는 목욕탕인 미크바 안에서 갓 이사온 아내 한 명에 의해서 발견되었다. 그녀의 남편은 부다페스트 출신의 성공한 모자 제작자인 주노 파녹스로 최근 뉴욕 버펄로에서 이주했으며, 자신을 새로 지은 미국식 이름 미스터 허드슨으로 불러달라고 사람들에게 강요하곤 했다. 그는 분노했다. 그는 새로운 미크바를 짓는데 145달러를 기부하겠다고 제안하면서 새 미크바의 크기를 두 배로 늘리고 이탈리아 카라라산 최고급 대리석으로 제작해 달라는 요구를 덧붙였다.

행상인 신도가 다른 곳으로 떠나며 작년에 기부한 존 키슬러 신발 19켤레와 고철 더미, 말발굽과 헝겊을 빼면 사원 금고에 고작해야 59.14달러뿐인 이 작은 회당에는 비상식적인 요구였다.

하지만 1936년까지 17가구에서 45가구로 회원이 폭발적으로 늘어나고 있었고 항상 열정적인 랍비 칼 펠드만의 예배가 있었다. 이 착한 영혼의 펠드만은 자신의 직업에 감사하고 있었다. 새로운 미크바를 어떻게 처리해야 하는지에 관한 문제가 그의 작은 어깨에 놓였다. 바짝 풀을 먹인 흰색 셔츠를 좋아하는, 돈 많은 헝가리 신도 한 명이 거액을 기부할 것이라는 전망 때문에 기대에 찬 나머지 펠드만은 그 신사분에게 새로 미크바를 지으면 어디서 물을 끌어와야 할지가 문제라는 것을 언급하는 데 소홀했다. 사원 내 중요한 문제를 결정하는 남성 그룹, 쉐브리의 월례 회의에서 이 문제가 드러났다. 이 회의에는 랍비 펠드만, 험악한 리투아니아 스크럽스켈리스 쌍둥이 중 좀 더 나은 쪽인 어브 스크럽스켈리스, 내내 침묵을 지키다 필요할 때만 투표에 참석하기 때문에 고깃덩어리라 불리는 다섯 명의 회원, 말쑥한 가죽 코트에 장갑, 멜빵, 넥타이, 모자, 무릎길이의 부츠에 풀 먹인 흰색 셔츠를 차려입은 새로운 기부자 미스터 허드슨, 그리고 회당 회의 머릿수를 채우기 위해 납치된 희생자들이 참석하고 있었다. 회당 회의 정족수를 위해서는 10명이 필요한데 주로 모이는 사람은 8명뿐이었다.

이번 경우의 희생자들은 오스트리아에서 새로 이주해 온 두 명의 젊은이 허셀과 이겔 코플러 형제였다. 그들은 펜실베이니아 철도회사에 최근 취직했고 일을 마치고 집으로 돌아가다 말고 이곳으로 납치되었었다. 피곤함에 지친 코플러 형제는 그을음과 때를 묻히고 회의장에 기진맥진한 채 앉아있었다. 그들은 꿀꺽꿀꺽 커피를 마시고 엄청나게 큰 형가리 커피 케이크 조각을 게 눈 감추듯 먹어 치우더니 사람들 사이에서 카드 게임이나 미국식 야구에 대한 잡담이 둘은 모르는 영어로 시작되자 바로 잠에 곯아떨어졌다. 카드 게임과 야구를 싫어하는 랍비 펠드만은 이디시어로 재빨리 화제를 돌렸고 그러다 담론은 독일에서 벌어지고 있는 정치적 혼란으로 흘러갔다. 독일에서 파울 폰 힌덴부르크 대통령이 나치 당을 통제하에 두기 위해 아돌프 히틀러라는 젊은 오스트리아인을 수상으로 임명했다는 이야기였다. 그 순간 코플러 형제가 잠에서 갑자기 깨더니 욕설과 저주를 퍼부었고, 모였던 사람들은 허드슨 씨의 미크바 기부 문제 이야기로 분위기를 정돈할 수 있었다.

허드슨 씨는 꼼꼼한 사람이었고 랍비 펠드만에게 꼬치꼬치 캐묻기 시작했다.

"아무런 문제 없이 미크바를 두 배 크기로 늘릴 수 있겠습니까?" 허드슨 씨가 물었다.

"물론입니다." 랍비 펠드만이 말했다.

"좀 전에 제가 물었을 때 약간 망설이는 것처럼 보였는데요."

"오, 아니에요. 저희가 전부 처리할 수 있습니다."

"그럼 그 개구리는 어떻게 할 겁니까?"

"그 개구리요? 그건 사라졌어요. 그렇지 않나요?"

"그 개구리가 어디에서 나타났냐는 게 문제죠. 어쩌다 미크바에 들어갔냐 말이죠."

"아마 아이들 하나가 그 속에 집어넣은 게 아닐까요?"

"제 아내는 아래쪽에서 나왔다고 했습니다. 배수관 쪽에서요."

이 순간 랍비 펠드만은 어브 스크럽스켈리스를 한번 쳐다보고 말을 얼버무렸다. "그건 알아볼게요."

"아내가 물에 대해서 말했어요. 여자들 중 누군가 얘기를 했나 봅니다."

"물이요?"

"네, 물의 양이 충분하지 않고 물의 출처에 대한 의문이 있다고요. 물은 어디서 가져오는 겁니까?"

"모든 물은 어디서 오는 걸까요?" 펠드만이 머쓱한지 껄껄 웃으며 말했다. 그는 재밌는 말이라는 듯 눈을 위로 굴리며 말했지만 허드슨 씨는 즐거워 보이지 않았다.

"그 물이요. 어디서 오는 겁니까?" 허드슨 씨가 재차 물었다.

"음, 이쪽 마을은 충분한 물을 공급 받는데 문제가 있었습니다." 펠드만이 말했다. "시에서 언덕 위쪽에 저수지를 1년 전에 만들긴 했는데요. 그때 협의를 해야 했어요."

"무슨 협의 말입니까?"

펠드만이 어깨를 으쓱했다. "중요한 건 아니고요. 가끔 있다가 없다가 하는 문제니까요." 그가 말했다. "미크바에 물을 내내 채우는 건 아니라서. 이곳에 물이 충분치가 않다는 건 분명한 사실입니다."

안경을 낀 날씬한 몸매의 허드슨 씨는 윤기를 낸 콧수염을 만지작거리며 이마를 찌푸렸다. "여기는 네바다가 아니에요. 어떻게 미크바 하나도 충분히 채울 수가 없단 말인가요?"

"물은 있어요. 단지 아주 충분치는 않다는 거죠."

"그게 무슨 말이에요?"

"가끔… 경우에 따라서, 물 공급에 문제가 있다는 말이죠." 랍비 펠드만이 말했다.

사원의 원년 회원이자 기존 미크바를 설치할 때 참여했던 어브 스크럽스켈리스도 이건 처음 듣는 얘기였다. "칼, 어떻게 우리가 물을 충분히 못 받을 수가 있지? 물은 충분하거나 아예 없거나 둘 중 하나 아닌가."

"물은 충분합니다……. 충분하지 않을 때만 빼고요." 랍비 펠드만이 말했다.

"물 나오는 입구가 망가진 거야?" 어브가 물었다.

"아뇨."

"그렇다면 무슨 소리야? 시내 쪽에서 물을 끌어오는 줄 알았는데, 아니야?" 어브가 물었다.

랍비 펠드만이 머리를 흔들었다. "사실은 그 부분에서 사소한 문제가 있었어요."

어브의 얼굴이 울그락불그락해졌다. "이 도시에 교회가 14개인데 지금 우리 회당이 물을 공급받지 못하는 유일한 곳이라는 소리야? 그걸 지금 작은 실수라고 하는 거야?"

펠드만이 한숨을 내쉬었다. "우리 유대교 사원이 지어졌을 때, 시에서는 치킨힐에 물을 공급하지 않으려고 했어요. 그래서 치킨힐의 거의 끝자락에 있는 공용 우물의 급수용 펌프로 물을 담아 이곳까지 운반해야 했어요."

"근처에 회당이 쓸만한 우물이 없어?"

"네." 펠드만이 말했다. "치킨힐 꼭대기에 '플리츠카 농장'이라는 곳이 있어요. 거기에 우물이 하나 있죠. 플리츠카에게 돈을 내고 우물물을 사용하겠다고 얘기해 봤지만 거절 당했습니다. 그래서 이전 집행부에서 조치를 했어요." 그는 초나의 아버지 이름을 언급하지 않았지만 딱히 그럴 필요가 없었다. 이 사원의 랍비는 모두가 알다시피 펠드만 이전에 단 한 명이었다.

"음, 난 처음 듣는 얘긴데." 어브가 말했다.

"몇 년 동안 문제는 없었어요." 펠드만이 말했다. "지금은 그 조치에 문제가 있다는 점만 빼면요. 이전 집행부, 음 그러니까 그 조치를 한 분이 4년 전 돌아가셨고…"

"초나 아버지, 야코브가 계약서 같은 걸 안 썼다는 말이야?"

"계약서 같은 건 없어요."

"그럼, 물은 어디서 오는 건데?"

"그게…" 펠드만은 다시 얼굴이 하얗게 질렸다. "그게, 음… 명확하지 않아요. 제게 생각이 있긴 합니다."

"걱정하지 마." 어브가 말했다. "우리가 해결하면 돼. 시에 가서 저수지 물을 연결해 쓰게 해달라고 조치를 하자. 이쪽 방향으로도 파이프를 깔았잖아. 그렇지? 그러려고 치킨힐 꼭대기에 새 저수지가 있는 거고."

"그렇게 간단하지 않아요." 랍비 펠드만이 말했다.

"왜 안된다는 거야?"

"처음 조치 때문에 여전히 꼼짝을 못 해요."

"그건 또 무슨 소리야?"

펠드만이 한숨을 쉬었다. "당신도 기억하죠, 어브? 우리 사원을 원래 건축하기로 했던 사람. 그… 모금액을 들고 도망간 사람이요. 그래서 우리 창립자가 지역에 있던 다른 건축업자와 다시 계약을 맺을 수밖에 없었고요. 그런데 문제는 돈을 들고 도망간 건축가가 애초에 회당 근처에 지하수가 흐르는지를 확인하지 않았어요. 그래서 회당이 지어지고 나서야 근처에 물이 전혀 없다는 걸 알게 되었죠."

"그래서?"

"시에서 이 지역으로 물을 공급하지 않자, 오랜 시간 가뭄이 발생했을 때 물 문제가 심각해졌어요. 플리츠카의 우물물을 사려고 여러 번 제안했지만 그자는 거절했어요. 1년 동안 긴 가뭄이 계속되던 어느 날, 한 훌륭한 젊은 신자가 그를 경찰에 신고했어요. 병든 그녀에게 신의 가호가 있기를요. 하지만 상황은 더 나빠졌죠. 그녀는 결국 통을 가져가 공용 우물에서 한동안 물을 실어 왔고요. 제가 들은 건 이래요."

평소 무뚝뚝한 어브지만 그는 초나를 흠모해 왔기에 고통스러운 미소를 지었다. "초나가 있는 병원에 가봤어?" 그가 펠드만에게 물었다.

"아니요, 아직요."

"뭘 기다리는 거야?"

"나는… 아직… 얼마 되지……. 레딩에 있잖아요."

"나도 그녀가 어디 있는지는 알아."

"음. 제 차가…"

그러자 허드슨 씨가 끼어들었다. "한 번에 한 가지씩만 해결합시다. 물은 어떻게 되는 겁니까?"

어브는 허드슨을 노려보았다. 그리고 정신이 나간 듯 보이는 펠드만에게 고개를 끄덕였다. "지금 물이 어떻게 되고 있는지 말해

봐, 칼."

"제가 말했듯이요." 펠드만이 말했다. "초나가 플리츠카 노인을 화나게 만들었고, 그녀는 직접 미크바에 쓸 물을 가져왔어요."

"그럼 지금이라도 시에 얘기해서 파이프를 끌어오면 되겠네."

"그게 문제에요." 펠드만이 말했다. "플리츠카의 장남이 아버지가 당한 모욕을 결코 잊지 않았거든요. 그는 초나가 포츠타운 머큐리에 플리츠카 노인과 경찰, 시 수도국의 문제점에 대해 썼던 항의 편지를 기억하고 있어요." 이 아들은 초나가 편집자에게 보낸 편지를 수년 동안 보관해 두었다가 시의원 선거 운동에서 편지를 흔들며 포츠타운의 유대인들이 '점령하고 있다'라고 소리쳤다. 그러한 주장으로 그는 세 번이나 당선되었다. "우리가 요청할 때마다, 시에서는 치킨힐 쪽으로 상수도를 연결할 돈이 없다고 말해요. 노력하고 있다고요. 아니면 곧 될 거라고요. 아니면 저수지에 문제가 있다고 하죠. 계속 문제가 생긴대요. 하나가 끝나면 다른 문제가 나와요."

"말도 안 돼요." 허드슨 씨가 코웃음을 쳤다. "변호사를 구해서 강제로 상수도관을 연결하게 할 수 있어요. 이 근처에서 파이프 연결하는 공사를 자주 목격했어요."

랍비 펠드만은 실현 가능성이 없다는 듯한 표정을 지었다. "플리츠카 노인은 영향력이 있는 사람이었죠."

"그 사람 이름이 뭐야?" 어브가 물었다.

"구스토프스키."

"시의회 의장 말이야?"

"아니요." 펠드만이 말했다. "지금 시의회 의장이 그 사람 아들이에요. 구스 플리츠카 주니어."

어브는 눈동자를 굴렸다. "그 아버지 기억해. 앞니가 세 개인 고약한 늙은이였어. 얼굴은 여기저기 찌그러진 것처럼 보였고. 그는 오래된 파머스 마켓에서 부정한 소시지와 메밀을 팔곤 했었어. 그 자 때문에 우리가 물을 못 받고 있다는 거야?"

"그 사람이 아니라, 그의 아들이요. 시의회 의장. 구스 플리츠카가 아들이라고 말했잖아요."

"초나가 그 편지를 쓴 게 언제였다고?" 어브가 물었다.

"엄청 오래전이요. 모셰와 결혼하기 전일 거예요."

"확실히 해두자면, 이게 어떻게 미크바에 들어온 황소개구리와 연결이 되지요?" 허드슨 씨가 물었다.

어브는 허드슨을 향해 말했다. "황소개구리 이야기는 잠깐 식탁에 미뤄놔도 될까?" 그러고는 펠드만에게 돌아왔다. "미크바는 잘 작동하고 있었어. 그게 아니라면 아내가 그동안 침 튀기며 말했을 거라고. 어떻든 물은 있었어. 그럼 그 물은 어디서 온 거야?"

랍비 펠드만이 한숨을 쉬었다. "회당은 소란을 피우고 싶지 않았고, 클로버 유제품 회사 근처에 있는 공용 우물에다가 파이프를 연결한 걸로 알고 있어요. 그런데 우리가 쓰는 물의 양이 얼마 되진 않지만 시에다가 돈을 내고 있지 않아요."

"그렇다면 지금이라도 돈을 냅시다." 허드슨 씨가 말했다. "지금 당장 문제를 해결해야 해요. 우리가 시와 합의를 합시다."

펠드만이 다시 한숨을 내쉬었다. "그 합의라는걸 꺼내놓기조차 어려울 거예요."

"세상은 돈이면 움직이죠." 허드슨 씨가 말했다.

"이곳은 아니에요." 펠드만이 목을 가다듬었다. "문제는…… 제가 오기 전에 이뤄졌던 기존 조치가, 공용 우물의 펌프에 파이프를 연결해도 된다는 허락을 받은 적이 없다는 거죠. 그냥 그렇게 했던 거죠."

"왜 그렇게 한 거죠? 내가 당장!" 허드슨 씨가 물었다.

"음, 이전 랍비가 돈을 주고 인부를 구해서 땅을 파고 그 우물 파이프에 Y자 연결관을 설치한 다음 다시 덮어놓은 것 같아요. 공용 급수대는 헤이즈 거리에 있는 유제품 회사 건물 바로 앞길에 있는데, 그 근처에 5미터 정도 깊이의 그 우물이 있을 거예요. 그곳이 우리가 물을 구했던 장소입니다."

"좋아요. 확실한 것은 우리가 충분히 물을 얻지 못하고 있다는 거예요." 허드슨 씨가 말했다.

"도시가 커지고 있어요, 허드슨 씨. 같은 우물에서 물을 퍼내던 유제품 회사가 생산량을 늘렸어요. 그래서 수위가 떨어지고 있고 우물이 가끔 말라요. 때문에 가끔 미크바를 채우는데 시간이 오래 걸리는 겁니다. 물이 부족해지니까 새 저수지를 건설한 거고요."

"그래서 황소개구리가 나타났다는 겁니까?" 허드슨 씨가 말했다.

어브는 스크럽스켈리스 쌍둥이 중에 관대한 편이었지만 그리 관대하지는 않았다. 그는 허드슨을 향해 소리를 질렀다. "이 일을 해결할 때까지 그놈의 개구리 얘기는 좀 그만할 수 없겠어?"

허드슨 씨의 얼굴이 붉어졌다. "버펄로에서는 절대 있을 수 없는 일이에요."

"거기서는 모두 두 손을 들고 걸어 다니겠지." 어브는 펠드만을 보았다. "칼, 클로버 유제품 회사에 연락해 보자. 우리가 우물에 들어가서 Y 연결관을 뗄 테니 우리 쪽 수도 파이프를 유제품 회사가 시에서 받고 있는 수도 라인에 연결할 수 있게 해달라고 하자. 변호사를 구해서 해결하자고."

펠드만이 목소리를 가다듬었다. "그렇게 간단한 문제가 아니에요."

"뭐가 아니라는 거야?"

"그 유제품 회사가 한 달 전에 팔렸어요. 새 주인이 누구일지 한번 맞춰보세요."

"플리츠카?"

펠드만이 고개를 끄덕였다.

어브는 잠시 생각했다 머리를 저었다. "이 마을은 도둑들이 운영하는 곳이구나. 그자와 닥 로버츠……. 닥이 초나의 상점에 갔었다는 게 사실이야? 흑인들은 뭐래?"

펠드만은 입술을 오므렸다. "흑인들을 많이 몰라요."

"모셰와 얘기해 봤어?"

"아니요, 아직."

"왜 시간을 끄는 거야?"

허드슨이 끼어들었다. "무슨 소리예요?"

펠드만이 그를 보며 말했다. "사고가 있었어요. 우리 신도 중 한 명, 이 회당 설립자의 딸, 그녀가 많이 아파요. 여러 해째 아팠지요. 마을 의사가 그녀를 보러 갔고. 그런데 그의 행동에 몇 가지 의문점이 있어요."

허드슨 씨가 의아한 듯 눈동자를 굴렸다. "미크바의 황소개구리가 어쩌다 이 지경까지 왔지?"

어브가 허드슨을 쳐다보았다. 이번에는 스크럽스켈리스라는 이름의 야수가 풀려나고 말았다. "잘 들어, 촉새야. 만약 황소개구리라는 소리를 한 번만 더 언급하면, 머리를 한 대 갈겨주겠어."

"진정하세요!" 허드슨이 소리쳤다. "제 아내가 그 미크바를 사용한다고요."

"늙은이는 집에서 씻어도 된단 말이야!"

"진정해요, 어브." 랍비 펠드만이 말했다.

"진정하라고? 초나가 병원에 있고 당신은 그녀를 찾아가지도 않았어. 그녀가 어떻게 그곳에 가게 됐는지 생각해봤어? 소문이 많아."

"초나는 항상 아팠잖아요."

"그렇게 아픈 게 아니야. 당신이 알아봐."

"누구한테 물어봐요?"

"누구든지. 경찰한테 물어보는 건 어때?"

"뭐라고 물어봐요?"

허드슨은 슬슬 짜증이 올라왔다. "그 일은 두 분이 알아서 처리하시고. 그럼 제가 직접 시내로 내려가서 수도관을 설치해달라고 돈이라도 주고 올게요."

"돈 찍어내는 기계가 있으면 가져와서 20달러짜리, 50달러짜리 왕창 찍어내 봐." 어브가 말했다. "플리츠카와 닥이 이 도시를 마음대로 운영하고 있어. 경찰이며 수도국이며. 벌써 오래된, 뿌리 깊이 엮여있는 관계라고. 그자들이 플리츠카의 사업체를 유대인 무리가 파헤치도록 내버려둘 것 같아? 우선 우리에게 벌금을 부과할 테고, 만약 땅을 파게 둔다면 말도 안 되는 비용을 물려서 탈탈 털어갈 거라고." 방안에 적막감이 돌았다. 영어를 잘 이해하지 못하는 오스트리아인들조차 주눅이 든 것처럼 보였다.

허드슨 씨는 자리에서 일어나 뒷짐을 쥐고 여기저기 서성이기 시작했다. "이건 심각한 법적 문제에요. 유대인을 증오하는 사람이 운영하는 도시의 물을 우리가 지금 훔치고 있다고요."

"우리가 공용 우물에 파이프를 연결하지는 않았어요." 펠드만이 말했다. "그렇게 주선했던 사람은 죽었고 우리 회당에서는 누구도 관련이 되지 않았어요. 그건 확실해요. 초나의 돌아가신 아버지가 직접 그렇게 말했어요."

"그럼 누가 했어?"

펠드만의 얼굴이 붉어지며 어브를 바라보았다. "현지 흑인이 한 명 관련되어 있다고……."

허드슨 씨가 걸음을 멈췄다. "깜둥이라고?"

코플러 형제가 이제는 깨어있었다. "깜둥이가 뭐야?" 그 둘 중 한 명이 이디시어로 물었다.

"흑인 말이에요." 펠드만이 영어로 말했다.

"그러니까 땅을 파고 시에 소속된 우물에 연결관을 설치했다는 그 유색인이 누구냐고?" 어브 스크럽스켈리스가 물었다.

"그 사람 이름은 샤드라고 했어요. 샤드 데이비스. 지금은 죽었어요. 이것저것 많은 일을 했대요. 우리 회당을 보면 재능있는 건축가였다는 걸 알 수 있어요. 아들이 하나 있어요. 고철 수집가인데 치킨힐에서 유색인들을 상대로 별별 일을 다 해요. 사람들은 그를 패티라고 부르고요." 랍비 펠드만이 말했다.

이때 두 오스트리아 형제는 서로를 쳐다보았다. 허셀이 말했다.

"패티?"

"너 그 단어는 알지?" 이겔이 진지한 표정으로 중얼거렸다. "단어 검사 좀 하자. 패티가 무슨 뜻이야?"

"치킨힐의 회당을 옮겨야겠어요." 허드슨 씨가 말했다. "코셔가 아닌 음식을 먹고 흑인들과 나쁜 거래를 하던 시절은 끝났어요. 황소개구리와 함께 수영하는 것도 마찬가지고요. 지금은 1936년이라고요. 현대 사회가 됐어요, 여러분." 그는 펠드만을 보았다. "이 상황을 어떻게 풀어낼지는 당신에게 맡기겠어요." 어브에게는 이렇게 말했다. "당신이 날 모욕한 부분은 모른 척할게요." 그는 문 쪽으로 걸음을 향하다가 멈춰 섰다. "병원에 있다는 그 신도, 그녀가 죽어가나요?"

어브 스크럽스켈리스의 얼굴이 분노로 어두워지는 것을 보고 불쌍한 랍비의 얼굴은 하얘졌다. "제가 알아볼게요." 펠드만이 말했다.

허드슨 씨는 고개를 끄덕이더니 자리를 떠났다.

어브는 펠드만을 보고 말했다. "당신은 저 멍청이의 불평불만이나 들으라고 우리를 여기 부른 거야?"

"대신 환영 만찬이라도 열어 줄 걸 그랬나요?" 펠드만이 말했다.

"열어. 그러면 저 자식 얼굴에다 던져줄 테니까." 어브는 허드슨이 나간 문을 응시했다. "바보 천치 같은 놈. 그 놈과 그놈의 개구리."

18

핫도그

두 번째 의식 불명 상태로 며칠이 흐른 어느날, 병원 침대에 누워 있던 초나는 '바루크 쉬아마르'라는 기도 가사가 나비처럼 머릿속을 맴도는 상태로 정신이 들었다. 들리기만 하는 것이 아니라 기도문이 느껴지는 것 같았다. 저 아래 어딘가에서부터 시작된 그것은 작은 빛줄기처럼 그녀의 머리를 향해 펄럭이며 다가와서 물고기 떼 같은 조그만 반짝거림들이 그들을 삼킬 듯이 위협하는 어둠에서 벗어나려고 계속해서 헤엄을 치고 있었다. 그녀는 자신이 지금까지 한 번도 가본 적 없는 곳에서, 어디서 시작되었는지도 모르는 움직임을 목격하고 있다는 것을 깨달았다. 그녀의 입술이 바싹 마르는 것 같았다. 갑자기 극심한 갈증을 느낀 그녀는 어딘가에서 솟아나는 물을 보았고 그녀의 목구멍에 물이 닿는 것이 느껴졌다. 그리고 기도문을 들었다. "세상을 있게 하신 분께 축복을." 그녀는 감사했다. 그녀는 그 기도문을 어릴 때부터 좋아했다. 그녀는 안식일 아침 아버지의 손을 잡고 회당으로 함께 걸어가면서 이 기도문을 노래처럼 부르곤 했다. 항상 반응은 같았다. 아버지는 껄껄 웃으며 말했다. "세상을 만드신 분에 대한 너의 사랑을 표현했을 때 절대 잘못되는 일은 없을 거야." 그런 다음 구슬이나 동전 아니면 작은 선물을 그녀의 손에 쥐어 주었다. 행복한 순간이었다. 어떻게 이 순간을 그동안 잊고 지냈지? 그때 그녀는 느꼈다. 손 하나가 그녀를 붙잡는 것을. 그리고 깨달았다. 그녀는 살아있으며 그녀의 모셰가 가까이 있다는 것을. 마음속 저 깊은 곳, 무의식 저 너머, 영원히 다시는 돌아갈 수 없을 그곳에서 달콤한 트럼펫 소리가 들려왔다. 사랑스러운 코넷* 연주, 아름다운 갈망, 영원한 사랑의 이야기, 평생 감동을 주었고, 평생 믿음을 주고, 언약해 주었던, 감사했던 삶에 각인된 그 감성은 남아있었다. 그 순간 그녀는 자신이 이 세상에서 그리 오래 살지 못할 것이라는 사실을 알았다. 그녀는 죽어가고 있고, 그에게 말해야 하며, 그를 놓아주어야 한다.

이런 깨달음은 수상한 냄새와 함께 왔다. 금지된 어떤 것. 풍겨오는 냄새만으로 의심의 여지가 없는. 맛있는 냄새.

핫도그.

그녀의 꿈속 어딘가에 핫도그가 있었다. 방안. 가까운 어딘가에. 냄새는 틀림없었다. 너무 강력하고 분명 존재하는 것이라 그녀는 당황했고 불결한 기분이 들었다. 우주의 때 이른 부름과 질척거리는 부정한 행복의 한입은 어울리지 않았다. 학창 시절 친구 버니스는 세상에서 가장 훌륭한 간식이라고 하긴 했지만……. 코

* 트럼펫과 비슷한 구조로 트럼펫보다는 작은 금관 악기.

셔 음식이 아닌 핫도그를 그녀도 딱 한 번 맛본 적이 있었다. 정말 맛있었다. 돼지 골목에 있는 패티의 허물어져 가는 햄버거 판매대에서였다. 그때가 15살이었던가? 패터슨의 요리 교실이 끝나고 나서였나? 그렇게 기억 속으로 빠져들려던 순간, 날카로운 고통이 과거의 기억을 조각조각 부수고 으깨 차갑게 굳혔다. 몸 한가운데 저 깊은 곳에서부터 참을 수 없는 고통이 올라왔고, 희미한 기억의 구름과 향기는 사라졌다. 그러곤 서서히, 천천히 그녀는 눈을 뜨고 방안을 둘러보았다.

그녀는 옆 의자에서 자신의 손을 붙들고 잠들어 있는 모셰를 발견했다. 그는 초나 곁에 꼭 붙은 채로 손을 부드럽게 감아쥐고 턱이 가슴에 닿을 정도로 고개를 숙이고 깊은 잠에 빠져있었다. 그는 지독할 정도로 창백하고 지쳐보였다. 죄책감으로 가슴이 미어질 것 같아서 그녀는 소리치고 싶었다. “내가 무슨 짓을 한 거야?” 하지만 그럴 수가 없었다. 12년 전 그 11월 오후, 주머니에 전단지를 가득 넣고 한 푼도 없지만 매력적이고 항상 긍정적이었던, 아버지의 지하실에서 돌아다니던 재밌고 순수했던 청년은 사라지고 없었다. 그 자리에 겁에 질리고 짓밟힌 한 중년 남자가 있었다. 당신은 너무 순진하다고, 음악가들에게 돈을 빌려주고 그들의 다툼에 희생되는 그를 꾸짖었던 시간들, 그의 귀에 대고 “왜 그렇게 바보 같은 짓을 하는 거예요?”라고 했던 순간들을 생각하면 자신의 머리를 쥐어박고 싶었다. 그녀는 죄책감에 몸이 두 동강 나는 것처럼 느껴졌다.

지금껏 내내 한푼도 벌지 못하는 자신의 식료품점에 대해서나 힐에서 떠나지 않으려고 하는 자신에게 단 한 번도 불만 섞인 항의를 하지 않았을 뿐 아니라, 그녀가 아이를 낳지 못하는 것에 대해서도 입 밖에 내지 않은 사람이었다. 그는 경탄의 의미와 음악을 이해하는, 그리고 그 모든 게 섞인 것이 삶 자체라는 사실을 이해하는, 생각이 깊고 기지가 넘치는 진정한 유대인이었다. 잠든 순간에도 입술을 떨며 슬픔에 잠겨 있는 그의 얼굴을 보면서 사회주의자, 노조, 진보주의자, 정치와 기업에 대해 읽고 투쟁하느라 시간을 허비했던 것을 후회했다. '나는 미국인임이 자랑스럽다'라는 의미 없는 깃발을 위해 싸우는 대신 '나는 살아 있어 행복하다'라고 말했어야 했다. 다름이 어디에 존재한단 말인가? 한 민족이 다른 민족보다 우월할 수 없는 이유는, 우리 모두 같은 인류이기 때문이다.

놀랍고 지혜로운 생각이 떠올랐다. 가능하리라 상상도 해보지 않았던 일이었다. 그녀는 지금처럼 의식이 들었을 때 모셰와 이 부분을 먼저 상의해야겠다고 생각했다. 아마 마지막이 될 수도 있었다. 하지만 그의 사랑스런 얼굴을 보고나자, 뱃속과 머리에서 거대한 고통이 분출되는 것을 다시 한번 느꼈다. 동맥이 두개골 뒤쪽에서 찢어지는 듯한 고통이었다. 꿈속에서 춤추듯 들리는 바루크 쉬아마르 기도 소리와 쫓아오던 어둠을 피해 먼저 날아가던 작은 흰색 마법 조각들이 휘리릭 펄럭이며 사라지고 어둠에 삼켜졌다. 코를 누르던 핫도그의 놀랍도록 끔찍한 냄새가 그랬는지도 몰랐다. 그녀는 허공에 손을 휘저으며 말했다. "그것 좀 버려줘요."

한 켠에 움직이는 모습들이 희미하게 보였다. 빠른 발걸음 소리에 모셰가 잠에서 깨어났다.

모셰는 초나가 자신을 보고 있음을 알아차리고 얼굴이 밝아졌다. "뭘 버려요?" 그가 물었다.

"핫도그요." 그녀가 말했다.

모세는 방안을 돌아보았다. 그녀의 눈길이 그를 쫓았다. 침대 주변에 모셰의 사촌 이삭, 랍비 펠드만, 어브와 마브 스크럽스켈리스 쌍둥이 형제가 서 있었고 그 뒤로 애디, 네이트 그리고 버니스가 있었다. 누군가 빠졌다.

"도도는 어디에 있어요?" 그녀가 물었다.

"아이는 찾아올 거예요." 모셰가 말했다.

초나는 모셰의 말을 듣는 순간 식료품점에서 있었던 일들이 떠올랐지만 고통스러운 기억이 너무 컸기 때문에 당시의 일을 곱씹어 볼 수조차 없었다. 도도는 그녀를 보호하려고 했었다. 불쌍한 것.

모셰는 침대 곁에 앉아 한 손은 그녀의 손을 잡고 다른 한 손은 그녀의 얼굴에 가져다 대었다. 그는 그녀에게 몇 마디 말을 했지만 그녀는 아무것도 들을 수도, 말할 수도 없었다. 반대편에서 움직임이 느껴져 돌아보니 어느새 애디가 수건을 들고 다가와 그녀의 얼굴을 닦아주고 있었다. 애디 뒤에 서있는 버니스는 얼굴이 잿빛이었다. 부끄러움이 많은 데다 오랜 시간 치킨힐 집 밖으로 나선 적이 없는 버니스가 여기 왔다는 사실에 초나는 감동했다.

"너 핫도그 먹고 있니, 버니스? 그건 반칙이야."

농담을 하려던 것이었는데, 초나는 바로 후회했다. 코셔를 지킬 필요가 없는 버니스에게 그런 소리를 해서가 아니라, 말을 하는 행위 자체가 그녀의 몸안에서 수천 개의 검이 되어 휘둘렀기 때문이었다. 버니스는 혼란스러운 듯했다. 모셰가 버니스에게 통역을 해주는 것을 보고서야 초나는 자신이 이디시어로 말을 했다는 사실을 깨달았다. 버니스. 예쁜 코, 도톰한 입술을 가진 그녀의 우아한 얼굴은 하지만 항상 우울했다. 그런데 그녀가 슬픈 미소를 짓고 있었다. 좀처럼 볼 수 없는 일이었다. 마치 사막에 달콤한 보슬비가 내리는 듯, 방안에 단비가 모두를 적셔주는 것 같았다.

슬픈 미소를 짓던 버니스가 부드럽게 말했다. "아니, 초나. 핫도그 안 먹었어."

그것이 초나가 버니스를 본 마지막이었다. 심한 통증이 다가오자 초나는 눈을 감아야 했다. 발걸음 소리가 섞이고 랍비 펠드만이 노래를 하고 기도문을 읊조리는 것을 들었다. 그의 창법은 여전히 끔찍했고 엉망이었다. 하지만 그녀는 그에게 감사한 마음을 전하고 싶었다. "음. 점점 나아지고 있네요."

그렇게 기도문을 듣고 있다 잠시 후 초나는 모셰의 단호한 목소리를 들었다. "이제 그만 나가 주세요, 여러분." 그녀는 많은 발걸음 소리들을 들었고 사람들이 떠나는 것이 느껴졌다. 이제 그들뿐이었다. 늘 그랬듯이, 모셰는 무엇을 해야 하는지 알고 있었다.

레딩 병원의 복도에, 이상한 조합의 병원 방문객이 간호사 스테이션 앞에 모여있었다. 3명의 백인 간호사들이 그들을 흘낏 보았지만 차트로 다시 얼굴을 돌렸다. 사람들이 모여있을 만한 장소가 있다고 아무도 말해주는 수고를 하지 않았기 때문에, 그렇게 그들은 그곳에 서 있었다. 앉을 곳도 커피를 마실 곳도 위로의 말을 전할 장로교 목사도 없었다. 그들은 그저 이상한 무리의 미국인처럼 불편하게 그렇게 서 있었다. 유대인과 흑인이 함께 모여서. 마브 스크럽스켈리스는 노동복을 입고 불끈 쥔 커다란 주먹을 주머니에 넣은 채 벽에 기대어 있었고, 신발가게에서 막 돌아온 어브는 멜빵과 흰색 셔츠차림의 판매원 복장이었다. 키가 크고 위풍당당해 눈길을 사로잡는 이삭은 양모 정장에 검정색 중절모자를 쓰고 있어 흠잡을 데가 없었다. 그의 근엄한 얼굴은 깊은 슬픔이 역력했다. 긴장한 손으로 낡은 기도 책을 만지작거리고 있는 랍비 펠드만까지. 그들에게서 몇 발짝 떨어진 곳에 네이트와 버니스가 서로 떨어져 서 있었다. 둘은 초나의 병실 밖 복도에서 초조하게 서서 가슴에 손을 얹고 안쪽을 들여다보고 있는 애디를 지켜보고 있었다.

이 상황에서 뭘 해야 할지 다들 난감했다. 이런 경우 남아있는 수는 대화뿐이었다.

랍비 펠드만이 부드럽게 이삭의 팔을 건드리며 영어로 말했다.
"필라델피아에서 오는 길은 어땠어요?"

이삭은 대답 없이 어깨를 으쓱했다.

"혹시 제 편지는 받으셨나요?"

"무슨 편지요?" 이삭이 물었다.

"회당에 관한 내용을 보냈어요. 도움을 받을 수 있을 거라고 사람들이 얘기해서. 식료품점에서 있었던 일에 대한 소문들도 썼…"

이삭은 서둘러 손가락을 입에 가져다 대며 얼른 입을 다물라는 몸짓을 했다. 떡 벌어진 가슴에 잘 차려입고, 굳은 얼굴의 이 낯선 사람에게 펠드만은 겁을 먹었다. 모셰의 사촌을 만난 건 처음이었다. 그전까지는 무성한 소문만 들었다. 무서운 사람이라고. 속일 생각하지 말라고. 이삭은 스크럽스켈리스 쌍둥이를 쳐다보며 이디시어로 말했다. "초나의 아버지가 회당을 건설할 때의 일을 누가 알고 있나요?"

마브는 조용히 먼 산을 바라보았다. 그는 둘 중 좀 더 암울한 편이었다. 대답을 한 것은 어브였다. "저희가 그때 일을 기억하고 있어요."

"그래서요?"

"그래서 뭐가요?"

"그가 전부 건설했나요?"

"물론 그가 했죠."

"혼자서요?"

어브는 어깨를 으쓱했다. 자신에게 질문을 퍼붓는 루마니아 극장 소유주의 요구에 더는 대답할 기분이 아니었다.

다음 대답을 한 건 마브였다. 이 걸걸한 리투아니아인은 사안의 중대성을 파악해 진중하게 대답해주었다. "그는 샤드라는 이름의 유색인과 작업을 했습니다."

"그럼 그 유색인은 공용 우물 어디에 파이프가 연결되어 있는지 알겠네요?" 이삭이 물었다.

"물론 그가 말해줄 수 있었겠지만, 그는 죽었습니다."

"그 사람과 누가 함께 일을 했을까요?"

마브가 버니스 쪽으로 고개를 까닥했다. "저 사람이 그의 딸입니다. 그녀의 오빠가 아마 알지도 모르겠습니다."

이삭은 버니스를 바라보았다. 그러고는 그녀 근처에 서 있는 네이트를 쳐다보았다. 그는 뭔가 말을 하려다 말고 멈췄다. 대신 그는 이렇게 말했다. "해결할 수 있을지 한번 볼게요."

마브가 어깨를 으쓱했다. "가능할지 모르겠지만 한번 해보시죠. 닥 로버츠는 다른 문제지만요."

"그 이름은 처음 듣습니다." 이삭이 말했다.

랍비 펠드만이 끼어들었다. "제가 편지에 그 사람에 대해 썼잖아요."

이삭은 대답하지 않았다. 펠드만을 쳐다보지도 않았다. 나약한 유대인과는 시간 낭비였다. 나약한 유대인은 미국에서 절대 살아남지 못한다. 그 어느 곳에서도. 그는 마브에게서 눈을 떼지 않았다. 두 남자는 잠시 서로를 빤히 쳐다보았다. 그런 다음 그는 펠드만에게 얼굴을 돌리고 말했다. "내가 그런 이름 모른다고 방금 말했잖아요."

"제가 편지에 썼는데요."

"나는 어떤 편지도 받지 못했어요. 그리고 그런 이름 들어본 적 없어요."

랍비 펠드만은 분명히 자신이 사건 전부에 대해 편지에 썼으며 아마 편지가 잘못된 장소로 배달되었거나 분실된 모양이라고 떠들어대기 시작했다. 하지만 이 목소리는 복도를 울려 퍼지는 모셰의 길고 날카로운 울부짖음에 중단되었다. 모여있던 사람들이 급히 몸을 돌려 병실 앞에 있던 애디를 쳐다보았다. 그녀는 손으로 입을 틀어막고 몸을 구부린 채 병실 안으로 뛰어 들어가고 있었다.

모셰의 흐느끼는 울음소리가 폭포수처럼 복도를 메우는 동안, 이상한 조합의 병문안객들이 천천히 복도를 따라 움직였다. 10미터도 안되는 거리를 마치 1,000킬로미터는 되는 듯 느릿느릿 걷기 시작했고, 닥 로버츠에 관한 담론은 어느새 잊혀졌다. 무엇이든 할 수 있다는 이 나라 가장 낮은 곳에서 걷고 있는, 그들에게 많은 것을 주었지만 그보다 더 많은 것을 요구하는 나라에서 살고 있는 느릿한 여행자들이었다. 유럽에서 집을 찾아 떠도는 유랑 민족처럼, 버지니아 해안에 내려 대서양 너머 고향 땅을 마지막으로 바라보는 서아프리카 부족민처럼, 그들은 그렇게 천천히, 이삭, 네이트, 그리고 나머지 사람들 모두가 하나가 되어, 아무것도 남아 있지 않은 듯, 불확실한 미래를 향해 걸었다. 그들은 감히 예상할 수 없는 미래였다. 이곳 약속의 땅에서 그들이 얻은 풍요로움이 어느 날 갑자기 아무것도 아닌 것이 되고, 자신들의 뿌리 깊은 전통과 역사가 10초짜리 광고로 전락하고, 의미 없는 휴일에 애국심 높이는 스포츠 경기나 내보내며 선조들의 험난한 투쟁과 자랑스러운 과거는 잊고 현란함에만 열광하는 미래.

병원 복도를 따라 움직이는 이 사람들의 자부심을 으깨 역사의 작은 얼룩처럼 흩뿌려 놓고, 핫도그만큼이나 대중적이고 조그만 기계로 사람들에게 정신적 쓰레기 더미를 먹이게 될 미래.

죽어가던 초나는 핫도그가 아니라 미래를 느낀 건지도 몰랐다. 사람들 주머니 속에서 잠겼다 풀렸다 하며 그 어떤 핫도그보다 더욱 유혹적이고 강력하고 위험한 물건이 자유를 가장한 억압인 줄도 모르고 아이들이 열광하고 중독되고 마는 미래.

복도를 천천히 쓸고 가던 그들이 만약 그 미래를 봤다면, 그들은 모두 병원 밖으로 달려 나가 잔디밭에 쓰러진 다음 어린아이처럼 흐느꼈을 것이다. 모세의 울부짖는 소리가 계속 울려 퍼졌고 그들은 거북이처럼 초나의 병실로 향했다. 서두르는 사람은 아무도 없었다. 앞으로 가야 할 길이 멀었다. 이제 그 어떤 것도 장담할 수 없게 되었다. 그러니 서두를 필요는 없었다.

제 3 부

이루어지다

19

로우갓

거의 저녁 9시였다. 비가 억수같이 내리고 있을 때 오래된 패커드가 진흙 길모퉁이를 돌아 펜실베이니아 포츠타운에서 서쪽으로 5킬로미터쯤 떨어진 헴록 마을의 허름한 판잣집들 앞에 멈춰 섰다. 패티는 진흙투성이 앞 유리 너머로 기진맥진해 보이는 집들을, 그중 몇몇은 얇디얇은 판자 조각에 베니어판과 양철을 덧대 못을 박은 게 전부인 곳을 노려보았다. 그리고 옆자리에 앉은 페이퍼에게 얼굴을 찡그렸다. 그녀는 두꺼운 코트에 바지를 입고 머리는 깔끔하게 묶은 채로 무릎에 손을 얹고 빗줄기가 떨어지는 창밖을 보며 참을성 있게 앉아있었다. 뒷자리에는 거대한 덩치의 빅솝이 머리를 구석에 처 박고 깊이 잠들어 있어 뒷창문의 시야를 상당 부분 가리고 있었다.

"권총을 가져올 걸 그랬어." 패티가 중얼거렸다.

"총은 여기서 아무 소용없어." 페이퍼가 말했다.

"카우보이 중 하나가 여기 나타나서 창문을 박살 내지 않으리란 법 있어?" 그가 말했다.

"이 구역에서 카우보이 부츠를 볼 수 있다면 내가 당장이라도 100달러를 줄게." 페이퍼가 말했다. "여기에는 그런 타입 없어."

"그들은 무슨 타입인데?"

페이퍼가 한숨을 쉬었다. "내가 들어갈게. 여기서 기다려, 패티. 내가 알아서 할게."

패티가 얼굴을 찡그리며 핸들을 두드렸다. 그는 긴장한 것 같았다. 지금까지 한 번도 헴록 마을에 와 본 적이 없었다. 치킨힐 흑인들조차 꺼리는 아주 작은 흑인 마을. 치킨힐의 흑인들은 스스로의 정의에 따르면, 활동적이고 나아가려 애쓰며, 차별에 맞서 싸워 미국인이 되고자 하는 흑인이었다. 하지만 열악한 지역에 옹기종기 모여사는 이곳 흑인들은 백인들 세상의 일부가 되고 싶은 생각이 없는 듯 보였다. 그들은 사우스캐롤라이나 출신으로 로우갓이라는 이름을 쓴다고 했고 어떤 관계로든 연결되어 있었다.

헴록 마을에 처음 온 로우갓이 누구인지, 왜 그들은 치킨힐이나 피츠버그, 레딩, 필라델피아가 아닌 이곳에 정착했는지 아무도 알지 못했다. 패티는 네이트가 로우갓 사람이라는 소문은 들었다. 하지만 감히 네이트에게 물어볼 생각은 하지 못했다. 그럴 필요가 있겠나? 로우갓은 은밀하고 의심스럽고 예측할 수 없었으며 그들끼리만 지냈다. 직접 채소를 재배하고 동물을 돌보고 자신들만의 규칙을 지켰다. 그들은 걸음걸이도 달랐다. 쓰는 말투도 달랐다. 그들의 언어는 특이했고 땅에 빗방울이 떨어지는 것 같은 경쾌한 구절들로 가득했다. 그들은 반은 영어, 반은 아프리카어가 섞인 자신들만의 언어를 썼다. 그들만이 알아들을 수 있는 표현과 속담들도 가득했다. 그들은 쉽게 속지 않고 이용당하지도 않았다.

몇 년 전 패티의 술집에서 버니 헤일스라는 덩치 큰 치킨힐 주민과 자신이 헴록 마을 로우갓이라고 밝힌 작고 깡마른 낯선 이가 싸움을 벌였다. 패티는 그렇게 빨리 움직이는 사람을 보지 못했다. 그 헴록 마을 사람은 손과 발을 둘 다 사용해 싸웠고 예술적인 발차기 기술을 보이며 버니의 이빨을 옥수수처럼 날려버렸다.

"당신 친구가 문명인이 되고 싶었다면 치킨힐에 와서 살았을 텐데." 패티가 말했다.

"자기 사람들이 여기 있는걸." 페이퍼가 간단하게 말했다.

"원숭이처럼 사는 걸 좋아 하나 봐?"

"그만 좀 할래? 도도를 정신병원에서 빼내고 싶은 거야, 아니야?"

"나는 주머니에 손수건 말고 다른 걸 좀 두둑이 넣고 싶어서 여기 온 거야."

"큰 꿈을 꾸는 사람치고는 끔찍하게 작게 생각하는구나." 페이퍼가 말했다. "그 따위 생각으로는 평생 포츠타운에서 벗어나지 못할 거야."

"내가 떠나고 싶어 한다고 누가 그래?"

페이퍼는 손잡이를 잡고 문을 열었다. 그리고 빗속으로 걸음을 내디뎠다. 그러다 그녀는 돌아서서 열린 차 문 사이로 몸을 숙이고 흔들거리는 검은 눈동자로 이렇게 말했다. "네가 필요하면 부를게." 그녀의 좁은 모자챙에서 빗물이 떨어졌다.

패티는 그 아름다운 소용돌이 속에서 일순간 두려움을 보았다고 생각했고 어쩔 수가 없었다. "안 되겠어." 문손잡이에 손을 뻗으며 그가 말했다. "같이 들어가. 그 새끼들 나는 못 건드려."

"가만히 있어." 페이퍼가 명령했다. 그녀는 뒷자리에 여전히 잠들어 있는 빅숍을 턱으로 가리켰다. "저 인간 우리에 가둬두고 있어. 내가 부르면, 그때 들어와. 들어올 때는 모자는 벗어서 손에 얌전히 들고 미소 지으면서. 아무 말도 하지 말고. 입 잘못 놀리면 가만히 안 둬."

그녀는 차 문을 쾅 소리 나게 닫고 모자를 단단히 당겨쓴 다음 진흙탕 웅덩이를 지나 어떤 집으로 뛰어갔다. 그녀는 현관문을 두드렸다. 문은 알 수 없는 누군가의 손에 의해 열렸다. 그녀는 안으로 사라지고 문이 닫혔다.

패티는 불안한 눈으로 문을 뚫어져라 바라보았다. 앞 유리창에 빗물이 내려앉았다. 와이퍼를 켜자, 지친 듯 한 번 쓱 스쳐 지나간 후 한참 있다 다시 한번 쓱. 도움이 되지 않았다.

그는 초조한 마음으로 아랫입술을 깨물며 다시 운전대를 두드리기 시작했다. 자신과 싸우고 있었다. 거의 재앙일 뻔한 네이트 일과 빅숍의 어머니가 술집에 들이닥친 일까지, 도도 일이라면 이미 충분했다. 항상 가는 길마다 쓰레기 더미가 떨어지는데 어떻게 남자가 출세를 할 수 있겠나? 어제 페이퍼의 등장은 3연타석이었다. 3연속 재앙. 그녀가 술집에 오지 않았더라면 좋았겠다고 생각했다. 바스락거리는 검은 드레스와 모자. 그녀가 입고 있는 장례식 복장에서 초나의 장례식장에서 오는 길이라는 것을 알 수 있었다. 대부분의 치킨힐 사람들이 그녀의 장례식에 참석했다.

그녀는 검은색 드레스를 입고 입구 현관에서 간단히 물었다.

"너 어디 있었어?"

패티는 어깨를 으쓱했다. 그는 어떤 말도 듣고 싶지 않았다. 초나의 죽음은 비극이었지만 오래전 아버지가 죽은 뒤로 그런 종류의 슬픔과는 담을 쌓았다. 아버지의 장례식이 그가 가본 마지막 장례식이었다. 더 이상의 장례식은 없었다.

"그런 데는 안 가는 거 알잖아."

"너 기운 없어 보인다, 패티?"

"사실은, 나 시간 없어."

"그만 좀 아닌 척 해." 페이퍼가 말했다. "너와 미스 초나가 예전부터 알고 지냈다는 거 알아." 그녀 말이 맞았다. 하지만 누가 말했지? 아버지가 죽고 나서 자신들을 도와준 몇 안 되는 사람이 초나의 아버지였다는 사실을 페이퍼가 어떻게 알았을까? 페이퍼는 패티보다 4살 어렸다. 그때 그녀는 6블록 떨어진 언덕 아래에 살던 꼬마였다. 소년들은 그녀의 관심을 끌어보겠다고 뒤로 공중제비를 돌면서까지 그녀의 집 앞에 줄을 서곤 했었다.

"그녀를 돌봐 줄 사람들이 많아." 패티가 말했다. 잠시 아무 말이 없다가 패티가 대뜸 물었다. "버니스도 갔었어?"

페이퍼는 고개를 끄덕였다. "너도 버니스 알잖아, 당연히 왔지. 말은 안 했지만. 노래도. 하지만 장례식은 멋졌어. 많은 부분을 유대인어로 진행을 해서 무슨 말인지 모르겠더라. 하지만 난 좋았어. 유대인들은 죽은 사람을 빨리 묻어. 우리처럼 고인을 모셔두고 장례식을 하는 게 아니라 최대한 빨리 24시간 안에 묻는대."

패티는 고개를 끄덕이며 인상을 썼다. "네이트와 애디는 어때?"

"그 사람들은 왜?"

"무슨 말인지 알잖아."

"힘들어하지. 특히 애디는."

페이퍼의 매끄러운 얼굴에 걱정이 새겨지는 것을 보며 패티는 가만히 있었다. 염려하는 모습마저도 페이퍼는 참 괜찮아 보였다. 그녀의 태도에는 항상 진실하고 담백한 무언가가 있었다. 아픔을 웃음으로 승화시키는 그녀의 방식은 늘 그의 마음을 움직였다. 비록 지금 이 순간 그녀는 소리 내 웃지도, 미소 짓지도 않았지만. 위로의 말을 건네야 할 때다 싶었다. 하지만 그녀의 이어진 말은 그녀에게 잘하려던 마음을 곧바로 후회하게 만들었다.

"애디와 네이트가 그 아이를 풀어줄 계획이야. 그리고 넌 도와줘야 해."

"내가 누구였지? 내가 에이브러햄 링컨이던가?"

"바보 같은 소리 하지 말고. 그들은 도도를 정신병원에서 탈출시킬 생각이야."

"그거 괜찮은 생각이다. 난 작년에 유정 회사 팔아치웠잖아."

"우리가 도도만 데리고 나오면 네이트가 남부 사우스캐롤라이나로 피신시킬 방법을 다 짜놨어."

"우리?"

"그래, 우리. 네가 헴록 마을에 날 데려다줘. 기름값은 내가 낼게."

"헴록 마을? 집도 없이 포장 공장에 사는 녀석들도 거기는 안 가."

"왜 안가?"

"피부가 얼룩덜룩한 깜둥이들이 후두교 주술을 외우면서 휜강

낭콩과 백인들 간을 먹는다잖아. 난 됐어."

"기름값은 내가 낸다니까."

"나중에 그 돈으로 감자칩이나 사 먹어. 누가 네이트와 애디에게 도도를 펜허스트에서 빼낼 수 있다고 헛소리를 했는지 모르겠지만, 그곳은 주정부에서 운영하는 곳이라고, 페이퍼. 네이트와 애디가 조금이라도 생각이 있었다면 미스 초나가 닥 로버츠에게 산 채로 잡아먹히기 전에 도도를 남쪽으로 내려보냈어야지."

"그래서 넌 그가 뭔 짓을 했는지 알아?"

"그 따위 인간한테는 신경 안 써."

"신경 안 쓴다면서 왜 그렇게 열 내고 안절부절못하는 거야?"

"소문이 만들어지는 방식이 마음에 들지 않아. 닥의 말만 믿고 근거도 없이 도도를 비난하고 있잖아."

"그러니까… 가겠다는 거지?"

패티가 웃었다. "기차가 '뿌' 소리를 낸다고 해서 출발한다는 뜻은 아냐."

"어찌 됐든 넌 가게 될 거야."

"미안해, 페이퍼."

"날 데려다 줄 남자가 필요하니까 넌 가게 될 거야."

"기쁘게 그 일을 할 남자들이 한 트럭은 될걸." 패티가 말했다. "코끼리만 한 크기의 주머니에 달러를 가득 채운 대단하신 양반들 많잖아. 네가 원하는 곳이면 어디든 데려다줄 거야."

"하지만 너가 아니잖아." 페이퍼가 말했다. 그리고 이 장면에서 패티는 우아한 미모로 머리 빈 남자들의 마음을 적어도 한 달에 두 번은 아프게 하는 그녀가, 자기가 이 말을 해놓고는 크게 웃어

젖힐 거라고 생각했다. 하지만 그녀는 웃지 않았다. 대신 그녀는 크고 짙은 눈으로 그를 똑바로 바라보았고 단호하게 말했다. "내가 믿을만한 사람이 필요해."

그 말이 그의 마음에 파장을 일으켰다.

운전대에 앉아서 패티는 자신을 저주했다. 자신도 다른 남자들과 다를 바 없다고 인정해야 했다. 페이퍼에게는 무릎을 꿇고 싶게 만드는 무언가가 있었다. 그녀만의 방식, 힘이 있었다. 어렸을 때도 그랬고 감옥에서 돌아와 그녀를 2년 만에 처음으로 다시 보았을 때도 그랬다. 그는 자신이 성장했으며 감옥에서 달라졌다는 것을 그녀가 알아줄지 모른다는, 약간의 희망을 품고 있었다. 하지만 그녀는 이미 사라지고 없었다. 그녀는 귀엽고 건방졌던 아이에서 웃음 많고 수다를 즐기고, 인생을 즐기며 암울한 뉴스를 가볍게 만들기도 하는, 세상에서 가장 영향력 있는 걸어 다니는 소식통이 되어 있었다. 온전히 자신의 삶을 살아가는 여성.

그는 감옥에서 나오고 나서 그녀의 관심을 끌기 위해 뭐라도 했었어야 했는데, 사실 그럴 수가 없었다. 그녀는 그가 보이지 않는 것 같았다. 그래 뭐 그럴 이유가 있겠는가? 그렇게 특별한 여자가 햄버거와 술이나 팔고, 금속이나 모으러 다니는 평판을 가진 전과자 따위에게 눈길이나 주겠는가? 그녀는 집 앞을 매주 지나다니는 남자들과 친하게 지냈다. 철도 회사 짐꾼들과 교사들, 심지어 필라델피아에서 온 부유한 도박꾼들, 작업복이나 입고 다니는 자신과 달리 매일 깨끗한 셔츠에 매끈한 넥타이를 매고 출근하는 남자들이 집 앞을 매주 지나갔다. 매달 페이퍼를 찾아와서 결혼하자고 하는 볼티모어에서 온 풀먼 포터도 하나 있었다. 그는 대리석 계단이 놓인 집에 그녀를 데려가겠으며 더 이상 먹을 수 없을 정도로 풍요로운 삶을 살게 해주겠다고 약속하며 그녀를 흔들어 놓았다.

어느 날, 이 녀석이 패티의 술집에 나타나 웃고 떠들었다. 날쌘 몸에 탄력 있는 피부, 광낸 구두를 신고 있는 잘생긴 녀석이었다. 패티는 그에게 달려가 한 대 쳐 때려눕히고 싶은 강한 충동을 억눌러야 했다. 하지만 그 녀석은 블루스 음악에 맞춰 술을 마시고 춤을 추면서 돈을 썼고 소탈하고 재밌는 친구임을 보여주었다. 그 날 밤 결국, 패티는 부끄러움을 느꼈다. 그제서야 자신이 페이퍼에게 위험할 정도로 빠져있다는 사실을 깨달았다. 누군가에게 빠졌을 때 벌어지는 결과는 술집에서, 그리고 그레이터포드에서도 많이 보았다. 싸움, 고함지르기, 칼부림 등 감방마다 사랑에 울었던 불쌍한 인간들의 이야기가 가득했다. 마음에 상처를 입고 한 손에는 위스키, 다른 손에는 권총을 들었다가 정신을 차리고 보니 18년형을 선고 받았더라는 이야기들이었다. 그런 일은 원치 않았다.

하지만 지금도 그는 빅숍에게 입은 깊은 상흔인 나무 이빨에 혀를 댄 채 스스로를 불쌍히 여기며, 문제의 원인이었던 여자가 문에서 나오기를 기다리며 앞을 응시하고 있었다. 해고를 당한 뒤 빅숍이 자신을 한 대 치도록 만들 장소는 어디든 있었다. 그는 굳이 페이퍼의 집 앞을 골랐다. 그녀가 봐주기를 바랐던 건가?

여전히 뒷자리에서 잠자고 있는 숍을 백미러로 보며 소리쳤다.

"숍!"

숍이 졸린 눈을 비비며 잠에서 깼다. "응?"

"준비하고 집중해. 곧 일이 벌어질지도 몰라."

"우리 여기 왜 왔어?"

"페이퍼 때문에. 도도를 빼낼 방법을 찾고 있어."

"어디서 빼낸다는 거야?"

"펜허스트."

"너무 했다. 도도는 잘 지낸대?"

"걔가 비스킷 앤 그레이비를 잘 먹고 있다면 우리가 여기 왔겠어?"

"걔는 또 무슨 짓을 했대?"

"아무것도. 솝, 그 아이는 어떤 잘못도 하지 않았어."

"그렇담 왜 정신병원에 보낸 거야?"

"사정이 그렇게 됐어."

"그것 때문에 엄마가 화가 많이 난 거야?"

"너희 엄마가 왜 화가 났는지 난 몰라, 솝. 너희 엄마잖아."

"러스티가 닥 로버츠가 미스 초나의 옷을 벗기고 있었대. 도도가 그걸 봤고."

"그 아이가 뭘 봤는지 난 몰라."

"그것 때문에 그녀가 죽었대."

"솝, 초나는 오랫동안 아팠어."

"러스티가 말한 거랑 다른데."

"러스티가 뭘 알아? 가게에서 그녀는 쓰러졌고 얼마 전에 죽었어. 그게 다야." 하지만 마음속으로 패티는 슬픔을 느꼈다. 그 뒤에는 터질듯한 분노가 끓어오르고 있었고. 그는 평생 초나를 알고 지냈다. "마을에 다른 백인들도 많은데 왜 하필 그녀야?" 그가 말했다.

"그게 무슨 말이야?"

패티는 설명하려 하지 않았다. 초나는 '그들' 중 하나가 아니었다. 백인들을 증오하는 마음을 그나마 누그러뜨려 준 사람이었다. 그래서 그는 그녀의 사건에 분개했다. 어린 시절 그녀는 미스 초나가 아니었다. 그녀는 여동생의 가장 친한 친구, 그를 본척만척하며 등 뒤에서 버니스와 함께 학교를 걸어가던 절름발이 괴짜 소녀, 초나였다. 그 시절 그는 행복했다. 하지만 삶은 달라졌다. 고등학교를 졸업하고 나서 그는 감옥에 갔고 집에 돌아와 보니 삶의 주사위는 던져진 뒤였다. 초나는 결혼을 한 뒤 백인의 삶으로 돌아갔고 버니스는 아이들을 낳고 하느님께 귀의했으며 아버지의 집을 물려받았다. 그 집은 아버지의 유일한 아들인 자신이 가졌어야 마땅했지만……. 바로 그 집을 버니스는 도도를 숨겨주기 위해 열었다. 치킨힐 그 누구도 그렇게 하지 않았는데. 그 둘은 결국 서로에게 의리를 지켰다. 패티 자신은 누구를 위해 의리를 지켜보았던가? 둘의 우정을 생각하니 좌절감이 들었지만 그들과 엮이고 싶지는 않았다. 그들은 삶의 절름발이였다. 패티는 세상에서 스스로 길을 찾아야 했다. 이 복잡한 난장판에서 돈을 벌 수 있는 곳은 어디인가? 살아남아야 했다. 그게 바로 현실이었다.

빅숍은 담배에 불을 붙였고 패티는 백미러를 통해 그를 힐끗 쳐다보았다. 갑작스러운 불빛에 빅숍의 얼굴이 실루엣으로 보였다. "모두 다 그 바보 같은 스토브 때문이야." 패티가 말했다.

"뭐?"

"예전에 도도가 엄마와 링컨 가에 있는 작은 집에 살았었어. 스토브가 있었는데 어쩌다 폭발했어. 그 사고 때문에 도도는 시력이 나빠졌고, 청력을 잃었지. 얼마 시간이 지나고 시력은 돌아왔는데 귀는 그렇지 않았어. 엄마가 병들어서 죽은 뒤, 아이는 아무것도 들을 수가 없어서 학교 가는 걸 그만뒀어."

"그래서 사람들이 도도라고 부르는 거야?"

"이름은 아무 의미도 없어."

"아무 의미도 없으면 말이라고 부르지 왜? 차는 어때? 아니면 스파게티는?"

패티는 넌더리를 치며 앞유리창을 보았다. "나는 도대체 누가 바보인지 모르겠어, 솝. 도도야 아님 우리야? 코뼈 장식하는 식인종 같은 인간들 앞에 찾아와서, 이렇게 빗속에서 잡아먹히길 기다리는 멍청한 짓은 아마 도도도 안 했을 거야." 패티는 페이퍼가 사라진 출입구를 응시했다.

"왜 이렇게 안 나오는 거야?"

비막이 판자로 만든 좁은 집안에 네 명의 남자와 다섯 명의 여자, 모두 9명의 사람들이 전면을 바라보며 아무 말 없이 앉아있었다. 그들은 페이퍼가 문을 열고 들어서자 조용히 고개를 끄덕여 인사를 했고 그녀는 뒷줄 접이식 의자에 자리를 잡았다. 전면의 탁자 위에는 타자기 한 대와 하얀색 빈 카드 한 세트가 놓여 있었다.

잠시 후, 옆문이 열리고 큰 검은색 눈동자와 초콜릿색 피부를 가진 위풍당당한 흑인 여자가 들어섰다. 그녀는 발목까지 오는 허리에 띠가 장식된 드레스를 입고 있었다. 단정하게 묶은 머리에 클로슈 모자를 쓰고 간단한 부적을 목에 걸고 있었으며 메리 제인 슈즈가 발을 장식하고 있었다. 그녀는 여왕의 기품이 느껴지는 걸음걸이로 방 앞쪽으로 걸어가 타자기가 놓인 탁자 뒤에 서서 주위를 둘러보았다.

낡은 방 두 개짜리 비막이 판잣집에서 양철 지붕에 떨어지는 빗소리와 벽 틈새로 울부짖는 바람 소리를 들으며, 접이식 의자에 앉아있는 청중들 앞에서 빈약한 테이블을 사이에 두고 여왕처럼 옷을 차려입은 모습이 너무 우스꽝스러워서 페이퍼는 웃음이 터져 나오려 했지만 그녀가 그 정도로 어리석지는 않았다. 그녀 앞에 있는 사람은 다름 아닌 미기 플루이드였다. 결혼 전에는 미기 로우갓이었고. 예수 그리스도를 제외하고, 그녀는 백인의 도움 없이 펜허스트에서 도도를 구해낼 수 있는 방법을 아는 유일한 사람일지도 모른다.

미기는 방 안을 둘러보았다. "다들 준비됐나요?"

앞자리에 앉은 부드러운 모습의 여성이 말했다. "우린 준비됐어요."

치킨힐의 흑인 여성들은 끈끈한 공동체였다. 대부분 백인 가정의 가정부로 일하기 위해 치킨힐 아랫동네로 매일 아침 내려가 옷을 빨고, 음식을 요리하고, 아이들을 기르고, 연로한 부모를 돌보며 백인 여성들이 자신들의 특권을 누릴 수 있도록 만들어 주었다. 하지만 헴록 마을의 유색인 여성들은 순순히 하인 노릇을 할 타입은 아니었다. 그녀들은 냉담했으며 웃거나 굽실거리거나 가벼운 얘깃거리를 나누지 않았다. 그들의 매서운 눈빛, 신경 쓰지 않는 듯한 어깻짓 그리고 특이한 악센트는 가정부로 고용하기에는 끔찍한 조건이었다.

그래서 로우갓 여자들은 대체로 세탁일을 했다. 그들은 매일 아침 빨랫감을 가져왔다. 도시의 저명하신 가문들의 빨랫감과 옷가지를 큰 가방에 짊어진 대여섯의 로우갓 여자들이 포츠타운에서 헴록 마을까지 족히 5킬로미터 정도의 먼지 나는 23번 국도를 걸어가는 모습을 보는 것은 흔한 일이었다. 편협하기 짝이 없는 백인 가정주부들마저 그녀들의 긴 침묵과 이상한 악센트를 참아줄 정도로 그들은 섬세하게 빨래를 하고 완벽하게 다림질을 했다. 로우갓 여자들은 세탁 기술로 유명했다. 그들은 그 어떤 세탁부들보다 월등히 뛰어났다. 페이퍼는 제외하고. 그렇게 페이퍼는 미기를 만났다.

미기는 이전 동료였다. 둘은 같은 손님을 위해서 팀을 이뤄 빨래를 했다. 남편이 포츠타운 내셔널 은행의 부행장인 엄청나게 꼼꼼한 주부였는데 한 명이 일이 있으면 다른 한 명이 그 일을 맡아서 하는 방식이었다. 결국 두 사람은 우정을 쌓았다. 페이퍼의 편안한 존재감과 멋진 웃음, 테스토스테론만 가득한 남자라는 이름의 나약한 자들에 대한 당당함은 가장 단단하고 의심 많았던 여성인 미기를 사로잡았다. 그들은 거의 나이가 같았다. 미기는 글을 배우고 싶은 갈증과 풀먼 포터들을 사귀는 일면 화려한 페이퍼의 삶이 궁금했던 나머지, 철도회사 포터와 결혼했다. 하지만 그 남자는 성질이 급한 데다 남성들에게 한 치도 물러서지 않는 로우갓 여자들에 대한 경험이 없었기 때문에 그 짧았던 사랑은 끝이 좋지 않았다. 페이퍼의 개입으로 그 남자는 목숨을 구했고 미기는 교도소에 가지 않을 수 있었다. 그렇게 두 여성 간의 우정은 돈독해졌다.

미기가 3년 전 알 수 없는 이유로 세탁일을 그만두었기 때문에 페이퍼는 한동안 미기를 보지 못했다. 하지만 페이퍼가 펜허스트 일로 문제가 생겼다고 쪽지를 보내자 미기는 이렇게 답장을 보냈다. "나한테 해답이 있어." 그리고 정확한 시간과 장소를 알려주며 페이퍼에게 찾아오라고 했다. 마지막 줄엔 단호한 메시지가 쓰여있었다. "여기에 와서 어떤 것도 판단하지 마." 페이퍼는 미기가 매춘에 발을 들였을지 모른다는 의심에 안전 조치로 패티와 빅숍을 이곳으로 끌고 왔다. 힐에서 흑인들이 가끔 심한 오해로 다툼이 있으면 빅숍과 패티가 조심스럽게 문제를 처리하기도 했다. 필요하다면 무력을 써주기도 했고.

뒷줄에 앉아 페이퍼는 미기가 작은 회의장 앞에 선 모습을 지켜보았다. 미기는 방안을 쭉 둘러보았다. 그녀는 페이퍼를 보고도 아무런 반응이 없었다. 대신 탁자에 자리를 잡고 타자기와 카드를 가까이 끌어당기며 말했다. "누가 먼저 할까요?"

한 남자가 손을 들었다.

미기가 고개를 끄덕였다. "말해봐요."

"제 딸이 아픕니다. 병이 나을까요?"

미기는 테이블에서 일어나 모자를 벗고 고개를 들어 천장을 바라보며 두 팔을 벌렸다. 그리고 입을 벌리고 하얀 이를 드러내며, 마치 신께 울부짖는 것처럼 길고 애처로운 울음소리를 냈다. 페이퍼는 그 모습에 약간의 놀라움과 당황함을 느꼈다. 미기는 눈을 감은 뒤 천천히 몸을 돌려 제자리에서 춤을 추었다. 부드럽고 감각적으로 몸을 흔들면서 팔을 머리 위로 구부려 움직이다가 다시 허리 아래로 내리고는 배의 노를 젓듯 앞뒤로 당겼다. 눈을 감은 채 움직임이 점점 빨라지자 그녀가 착용한 팔찌와 장신구들이 양철 지붕에 부딪히는 빗소리에 맞춰 서로 달가닥거리며 소리를 냈다. 그러다 기차가 속도를 줄이 듯이 움직임이 서서히 잦아들며 조금씩 느려지더니 춤을 멈추었다. 미기는 깊이 숨을 들이쉬고는 눈을 감고 고개를 숙여 혼잣말을 하며 원래의 미기로 돌아와 있었다. 그러고 나선, 그녀는 눈을 떴고 다시 자리에 앉아 타자기를 당겨 빈 카드를 타자기에 끼운 뒤 타이핑을 하기 시작했다.

그녀는 타이핑을 마치자 카드를 꺼내 들었다. 그 남자는 앞으로 나가 그 카드를 받아 들고 다시 자리에 앉았다. 미기는 방을 둘러보며 말했다. "다음."

계속되는 장면을 지켜보며 페이퍼는 경악했다. 글을 읽지 못하던 예전의 미기 플루이드가 타자를 치는 예언가가 되어 있었다. 누가 상상이나 했겠는가?

모인 사람들 각각, 각자의 질문을 했다. 그 범위와 태도 또한 다양했다. '집에 있는 엄마가 아픈 것 같은데 왜 나한테 말하지 않을까요?' '제 남편이 돌아올까요?' '제 아내가 제 친구와 데이트를 하고 있나요?' '왜 내 사촌은 나한테만 못되게 굴까요?' 각각의 질문이 끝날 때마다 미기는 일어서서 다른 세상인 듯 짧지만 멋진 춤을 추었고 다시 자리로 돌아와 해답을 카드에 타이핑하고 질문자에게 카드를 건네주었다.

방 안에 있는 9명의 질문을 모두 해결하고 나서 미기는 학교 선생님처럼 탁자를 짚고 자리에 서서 말했다. "오늘 그럼 다 끝났나요?" 그녀는 페이퍼를 바라보았다.

아무도 돌아보지 않았지만 방안 모두가 페이퍼를 의식하고 있다는 걸 느낄 수 있었다. 그녀는 바닥에 난 구멍을 쳐다보았다. '오

주여,' 그녀는 속으로 말했다. '나는 미래에 대해 아무것도 알고 싶지 않아요.'

"아무도 없나요? 좋아요. 그럼 다들 안녕히 가세요." 미기가 말했다. 그녀는 탁자 뒤에 앉았고 사람들이 일어서더니 각자 몇 개씩의 동전을 책상 위 모금함에 집어넣고 나갔다. 하지만 모양이 망가진 중절모를 손에 들고, 텁수룩한 회색 콧수염과 턱에 검은 얼룩이 있는 깡마른 회색 머리 남자가 문에 다다르자 미기가 그를 불러 세웠다. "불리스, 잠깐 기다려줄래요?"

그는 멈춰 서 돌아보더니 문 옆에 섰고 나머지 사람들은 모두 비를 맞으며 방을 빠져나갔다. "내가 뭘 하면 될까요?" 그가 기쁜 목소리로 말했다.

미기는 동전으로 가득 찬 모금함을 들어 책상에 쏟아붓더니 천천히 동전을 세면서 말했다. "거기서 일은 어때요, 불리스?"

"그럭저럭 잘하고 있습니다."

미기는 동전을 전부 그에게 밀었다. "부탁이 있어요."

남자는 동전을 쳐다보았다. 그리고 다시 미기에게 동전을 밀어 돌려주었다. "알겠습니다."

미기는 페이퍼 쪽으로 고개를 끄덕였다. "저기 앉아있는 여자 보이죠? 그녀가 준비되면 연락할 거예요."

"누굽니까?"

"네이트 쪽 마을에서 온 사람이에요."

나이 든 남자는 잠시 멈칫하며 생각에 잠겨 눈을 깜빡였다. "네이트가 아직 살아있습니까?"

"저 여자가 당신에게 일을 부탁해도 괜찮겠죠?"

"물론입니다."

"그럼 일정 잡아서 연락할게요."

"좋습니다. 연락주세요."

남자가 떠나고 페이퍼는 미기에게 말을 건넸다. "미기, 이런 멋진 옷을 입고 이런 일을 하는 거야?"

"아니, 자기야. 이건 내가 해야만 하는 일이야. 직업이 아니라."

"운세를 보는 일?"

미기가 미간을 찌푸렸다. "나는 말씀을 전하는 예언자야. 춤을 추면 신이 하시고자 하는 말씀이 내게 전해져. 그리고 나는 사람들에게 그분의 해답을 알려주는 거고."

"네가 적어준 카드를 읽어보는 사람을 한 명도 못 봤어." 페이퍼가 말했다.

"대부분은 글을 읽지 못해."

"그러면 뭐 하러 카드에 써주는 거야?"

"그들은 누군가 읽을 줄 아는 사람을 찾아갈 거야. 아니면 나중에 내가 그들에게 따로 읽어주기도 해."

페이퍼는 묻고 싶었다. '네가 써준 해답이 마음에 들지 않는다면 어떡해?' 하지만 그녀는 그 질문을 속으로 삼키며 대신 이렇게 물었다. "그들에게 준 해답에는 주로 어떤 내용이 들어 있어, 미기?"

"희망이지."

"그건 교회가 하는 일 아니야?"

미기가 미소를 지었다. "작년에 산코라는 녀석을 잡으러 레딩에서 갱스터들이 왔어. 산코 머리에 400달러의 현상금이 걸렸다는 말이 돌았어. 산코는 우리말로는 트위라고 부르는, 사람들에게 듣기 좋은 말을 하고 가끔 환상을 팔고, 항상 정답은 아니더라도 하는 일이 잘될 거라고 믿게 만드는 재주가 있는 녀석이었어. 악마의 뿔도 뗄 수 있을 정도로 말을 잘했어. 그런 식으로 돈을 벌었고. 하지만 사람들을 다치게 하지는 않아. 그가 갱스터들과 무슨 일이 있었는지는 모르지만 정장을 차려입은 그들은 자신들이 전도사라며 산코에게 복음을 전하러 왔다고 했어."

그녀가 잠시 말을 멈추고 동전 세는 것을 마무리하고는 주머니에 동전을 집어넣었다.

"세상이 잘못돼도 한참 잘못된 거지. 아무도 살인자가 되고 싶지는 않을 거야. 우리 마을엔 우리만의 교회가 있고 우리만의 방식이 있어. 부당한 일이 있었다면 우리 방식으로 심판해. 산코를 찾던 갱스터들은 결국 차가운 시신으로 이곳을 떠났어. 그리고 이곳 사람들에게 그 일은 없던 일이야. 산코는 여전히 이 마을에서 활보하고 있지. 나는 기쁜 마음으로 예언을 하고."

그녀는 책상 위에 놓인 카드와 타자기를 가지런히 정리했다. "넌 좋은 사람이야, 페이퍼. 그 풀먼 포터가 내 마음을 아프게 했을 때 네가 친절하게 대해줬잖아. 너에게 빚을 졌어. 그리고 더 이상 그때의 내가 아니야."

"그러고 보니 내가 왜 여기 왔는지 아직 말을 못했네." 페이퍼가 말했다.

"이미 알아. 펜허스트에 일하는 사람이 전부 300명은 넘을 거야. 그 곳에서 일하는 헴록 마을 사람들이 많아. 헴록 마을 사람들은 침을 뱉고 아무거나 집어던지는 펜허스트 사람들을 이해해. 그들은 이 땅의 사람들이 이해하지 못하는 것을 이해하거든. 내 것이 아닌 땅에 살면서, 알지 못하는 걸 아는 체 하면서, 더 강해 보이려고 이런 저런 규칙을 만들며 살아가는 것은 해로운 일이야. 이 땅은 지배하는 자들의 것이 아니야. 그런 것이 사람들을, 오히려 정직한 사람들을 미치게 만들지. 우리가 어디에서 왔던 우리는 우리 사람들을 지켜야 해. 로우갓이 우리말로 무슨 뜻인지 알아? 작은 부모. 인간은 모두 나약하고 지혜는 구하기 힘들지. 펜허스트의 불쌍한 사람들을 돌보는 것은 어려운 일이 아니야. 나 스스로 거기서 일하고 있잖아. 오히려 의사들과 의료진, 다른 자들이 문제지."

"그 사람들에 대해 깊이 생각해보지 않아서 무슨 말인지 잘……." 페이퍼가 말했다. "내가 필요한 건…"

"네가 누굴 원하는지 이미 알고 있어." 미기가 말했다. "그리고 어떻게 하면 데리고 나올 수 있는지도 알아."

그녀는 길고 가느다란 손가락으로 카드를 집어 들고 페이퍼를 바라보았다.

"그 아이를 C-1 병동에 집어넣었어. 쉬운 곳이 아니야. 중증 장애인을 위한 병동이라서 아래 병동이라고 불러. 그곳에도 로우갓 사람이 한 명 있어. 음… 헴록 마을 출신이라고 하는 게 좋겠어. 우리 쪽 사람이긴 했지만 그는 타락했어. 그는 부도덕하고 크게 잘못된 자야. 문제를 일으켰고 더 이상 이곳에 올 수 없어. 우리가 그 자를 원치 않거든. 그래서 그는 펜허스트에서 지내며 생활하는 것 같아. 가장 힘든 환자들을 맡으면서. 악마성을 가리고 그는 그곳 질서를 유지하면서 펜허스트에서 머무르고 있는 거지. 그곳을 떠나진 않을 거야. 왜냐하면 여기로 돌아왔다간 흔적도 없이 사라질지도 모르거든. 네가 그 아이를 꺼내오려면 그자를 어떻게든 요리해야 해. 거래를 하든."

"그와 거래가 될까?"

"그건 모르지. 알 수 없어. 하지만 너희 쪽 사람을 그에게 연결해 볼 수는 있어."

"어떤 방식으로 그 사람과 상대해야 하는지 감이 안 오는데?"

"어떤 방식으로인지, 그건 나는 말할 수 없어. 내가 하고자 하는 말은 그저 그 사람과 어떻게든 해결을 봐야 한다는 말이야."

"음…… 난감한데, 미기."

"로우 컨트리 출신 유색인이 한 명 치킨힐에 살잖아. 그 사람과 상의 해봐."

"누구 말이야?"

"모른 척한다고 넘어갈 줄 아는 거야?" 그녀가 말했다. "방금 본 불리스가 너희 쪽 사람을 내부에 데려다 줄 수 있을 거야. 그다음에 어떻게 할지는 너희에게 달렸어."

그녀는 타자기에 카드를 끼워 넣고 타이핑을 하더니 카드를 페이퍼에게 건넸다.

"나중에 날 보러 다시 와. 그때는 네가 결혼할까, 생각 중인 저 바깥에 있는 녀석도 데려오고. 그나저나 남편감으로 딱이야. 마음씨가 좋은 사람이야."

그러고는 돌아서더니 성큼성큼 어두운 빛속으로 걸어 나갔다. 그렇게 문이 닫혔다.

그녀는 펜허스트에 있는 로우갓 사람의 이름을 미처 물어보지 못했다는 것을 깨달았다. 그녀는 손에 든 카드를 내려다보았다. 그곳에는 이렇게 쓰여 있었다. '사람의 아들'

20

안테스 하우스

포츠타운 시의회 의장인 구스 플리츠카는 '메모리얼 데이' 행사를 지겨워했다. 시작이 언제부터인지 모르겠지만 매년, '존 안테스 역사 협회 코넷 악단'의 연례 모임이 포츠타운 시의회의 회의와 함께 열렸다. 먼저 시의회가 모이고, 그다음에는 전체 역사 회원들이 모여 선언문을 만들어 발표한다. 그리고 바로 존 안테스 역사 협회의 코넷 악단은 연주를 시작했다. 연주를 하다가 모든 사람이 악기를 내려놓으면 독일식 맥주와 소시지가 아침 식사로 제공되었다. 독일인들이 실질적으로 도시의 모든 것을 소유하고 있었기 때문에 어떤 식으로든 독일식 존경이 표현되어야 했다. 그러고 나서 밴드는 다시 연주를 시작했다. 그다음으로 엠파이어 소방서의 소방차가 종을 울리며 나타나고, 마지막으로 오후가 되면 수많은 함성과 악기 소리, 선언서가 외쳐지면서 혁명 시대 의상을 입은 시의회 의원들과 함께 메모리얼 데이 행진이 시작된다.

존 안테스 역사 협회 코넷 악단의 연례 모임은 포츠타운 최고의 작곡가인 존 안테스에게 보내는 감상적인 헌사였다. 물론 포츠타운 바깥에서는 안테스라는 이름을 전혀 들어보지 못했을 것이다. 왜냐하면 그는 아무도 연주하지 않는 트럼펫 소나타를 작곡했고, 45명으로 구성된 존 안테스 역사 협회 코넷 악단은 추운 10월 아침에 시동을 걸려는 크랭크 엔진이나 죽어가는 아프리카 고릴라가 마지막으로 울부짖은 소리와 같은 트럼펫 소리를 냈기 때문이었다. 존 안테스 역사 협회 코넷 악단은 양돈업자, 애연가, 백수, 술주정뱅이, 운동부원, 지루한 대학생, 그리고 트럼펫으로 소리를 낼 수 있도록 입술을 꽉 다물 수 있는 몽고메리 카운티 백인이라면 아무나와 함께, 매우 다양한 사람들로 구성되어 있었다. 이 협회는 위대한 작곡가이자 남편, 아버지, 혁명가, 정치가, 약탈자, 제철업자, 코넷 연주가, 인디언 무덤 도굴꾼, 그리고 포츠타운 자치구 대표를 역임한 위대한 미국인, 조지 워싱턴 휘하에서 대령으로 복무하면서도 트럼펫을 위한 행진 소나타를 작곡할 시간을 가진 위대한 안테스에 바치는 경외였다. 부상을 입고 안테스 하우스로 돌아온 그의 삶을 기념하는 하루 종일 이어지는 파티와 퍼레이드가 끝나면 커다란 야외 돼지 바비큐 파티와 함께 더 많은 연설이 이어졌고 밤에는 불꽃놀이가 뒤따랐다. 그때쯤이면 모두가 술에 취하고 존에 대한 것은 전부 잊혀졌다.

전체 축하 행사는 매년 이 위대한 작곡가의 혁명 시대 하우스에서 시작되고 끝이 났다. 하이 스트리트 끝자락 유니언 광장 모퉁이에 지친 듯한 모습으로 무너져 내린 이 석조 치장 스투코 벽돌 구조물은 늙은 마녀처럼 치킨힐을 막고 서 있었다.

사랑받는 안테스 하우스는 메모리얼 데이에는 포츠타운 백인 시민들에게 소중한 보물이자 존경과 경의를 표하는 우주의 중심이 되었다. 그리고 나머지 일 년 364일 동안에는 마을 흑인 시민들을 충실히 섬겼다. 멋진 화장실이 되어주고, 맥주 마시는 자들의 아지트가 되어주고, 경찰을 피하는 은신처, 가출 청소년들의 놀이터, 못된 노새를 묶어두는 장소, 사랑에 빠진 치킨힐 10대들의 애정 행각의 장소로 사용되다가 메모리얼 데이 일주일 전에 '포츠타운, 고철의 역사'에서 '고' 자에 엑스 표시가 된 플래카드를 매단 트럭이 연석에 자리를 잡으면 그곳에 있던 사람들은 모두 자취를 감추었다. 그러면 일꾼들이 내리고 매년 반복되는 대변신이 시작되었다.

성조기가 걸리고 창문에서 합판 덮개를 제거하고 창틀을 색칠하고 손을 보았다. 보도를 깨끗이 쓸고 벽돌로 된 도로를 호스로 씻어내리고 건물을 꼭대기에서부터 바닥까지 문질러 닦았다. 이 작업이 끝나면 지친 인부들은 매년 하던 대로 한 발짝 뒤로 물러나 엉덩이에 손을 올리고 이 오래된 집을 바라보며, 아들의 얼굴을 열 번이나 씻겼는데도 처음처럼 못생겼다는 것을 깨달은 엄마처럼 머리를 절레절레 흔들었다.

하지만 미국 역사는 아름답기만 한 것이 아니다. 그것은 숨김없이 솔직하다. 명확하고. 미국 역사는 강하고 진실하다. 피로 가득 찬 역사. 용기 그리고 전쟁. 시장은 1936년 연례 시의회와 안테스 협회 회의 끝부분에 평소와 같이 쾌활한 목소리로 말했다. "철이 이 도시를 대단하게 만들었습니다. 우리는 대포를 만드는 사람입니다. 총을 만드는 사람입니다. 강철을 제작하는 사람들입니다.

피! 용기! 영광! 신은 우리 편입니다! 기억하라, 포츠타운에서 조지 워싱턴의 승리가 바로 위대한 밸리 포지 전투의 초석이 되었음을! 잊지 말라!”

플리츠카는 안테스 하우스 안의 테이블에 앉은 시의원들 사이에서 투덜거리며 이 연설을 듣고 있었다. 엄지발가락 때문에 죽을 것 같았다. 발가락이 미트볼만 하게 부어있었고 게다가 두통이 있었다. 그것도 두 개나. 하나는 진짜 머리가 아픈 것이지만 두 번째는 아스피린으로도 해결할 수 없는 문제였다.

플리츠카는 클로버 유제품 회사의 새로운 소유주였다. 29명의 직원을 둔 회사로 그의 친척 중 이런 일을 해낸 사람은 없었다. 이것이 아메리칸드림이 아니면 뭐겠냐고 그는 친구들에게 물었다. 상상해 보라. 물론 그를 잘 알던 친구들은 그가 물에 빠져 죽었으면 하지만 그게 핵심은 아니다. 그가 사장이 되었다! 최고의 자리. 카드 게임의 승리자!

문제는, 인생이 지금 밑바닥에 있던 카드를 빼 들고 장난질을 하고 있다는 것이다. 한 달 조금 되기 전, 거래가 거의 끝나갈 때쯤 그는 수중에 있는 돈 계산을 잘못해 1,400달러가 부족하다는 사실을 발견했다. 다급한 마음에 그는 경마장에서 판돈을 대주고 사기쳐서 등쳐먹는데 능통한 사촌 퍼디에게 연락을 했다. 퍼디는 자신도 돈이 부족하다고 말하며 플리츠카를 필라델피아에 있는 ‘좋은 친구’에게 추천해 주었고 그는 기꺼이 돈을 빌려주었다. 그 친구는 알고 보니 니그 로센이라는 무시무시한 마피아로 밝혀졌다.

플리츠카는 로센을 떠올릴 때마다 속이 액화 젤리로 변하는 것 같았다. 그는 건실한 갱스터에게 1,400달러에 이자를 더해 빚을

진 상태였고 돈을 구할 곳은 없었다. 오늘 그는 구렁텅이에서 빠져나올 방법을 궁리하는 대신, 로센의 부하들이 공공장소에 나타나지 않기를 바라며 퍼레이드를 위해 절룩거리고 돌아다니면서 귀중한 하루를 허비해야 했다. 그들은 이미 사무실에 두 번이나 찾아왔다. 상황은 엉망진창이었다. 탁자에 앉아 욱신거리는 발가락을 부여잡고 울음을 터트리고 싶었다.

회의가 끝났을 때, 밴드 구성원들이 온갖 종류의 코넷을 들고 방으로 들어오고 있는 동안에도 그는 탁자를 손가락으로 두드리며 자리에 앉아 있었다. 플리츠카는 새로 들어오는 사람들 중에서 닥 로버츠가 있는지 찾아보았다. 그는 마을의 거의 모든 협회의 회원이고 모든 퍼레이드에서 행진을 했던 닥이 마찬가지로 존 안테스 역사 협회의 회원이기를 바랐다. 눈에 익은 닥의 비틀거림이 저쪽 방 끝에서 느껴졌고 그는 안도의 한숨을 내쉬었다. 닥은 하필이면 튜바*를 들고 있었다.

플리츠카는 발가락이 아픈 채로 일어나 밴드 회원들을 제치고 악기를 만지느라 바쁜 닥에게 다가갔다. "헤이, 닥. 발가락이 아파 죽겠어요." 그가 말했다.

닥은 플리츠카를 힐끗 보더니 자신의 장비로 고개를 돌리고 밸브를 조정했다. "내일 병원으로 와요." 그가 말했다.

"상태가 안 좋아요. 지금 봐줄 수 있어요?"

닥은 고개를 돌려 붐비는 대기실을 한번 훑어보았다. "여기서요?"

---

* 금관악기 중 최저 음역을 내는 크기가 큰 악기.

"밖으로 나가죠."

"연주를 해야 해요."

"기다릴 수가 없어요." 플리츠카가 말했다.

닥은 다시 악기를 조작하기 시작했고 플리츠카는 무기력한 모습으로 옆에 서 있었다. 그는 닥을 참을 수가 없었다. 대대손손 재산이나 물려받은 속물. 메이플라워의 자손. 인디언 때부터 그의 가족이 이곳에 살았다는 이유로 퍼레이드의 공동 수장을 맡은 자. 대부분 트럼펫으로 구성된 음악대에서 튜바를 부는 자. 두 사람은 몇 년 전 닥이 시의회에 재직할 때 서로 얽힌 적이 있었다. 플리츠카는 도시 최초의 폴란드 기업의 설립을 기념하기 위해 70달러를 들여 동판을 제작하려고 했다. 닥은 반대를 하며 이렇게 말했다. "여기서 빵을 굽는 모든 가정에 명판을 줄 수는 없어요. 폴란드인들은 남북전쟁 이후인 겨우 1885년부터 이곳에 살기 시작했어요." 플리츠카는 그 모욕을 절대 잊지 않았다. 플리츠카는 몇 가지 정치적 우여곡절을 만들어 닥이 의회에서 쫓겨나도록 수작을 부렸고 결국 닥의 사임을 얻어냈다.

닥은, 그의 입장에서는 '올라가려 애쓰는 자'라 여기고 있는 플리츠카에게 똑같이 혐오감을 갖고 있었다. 두 주먹을 불끈 쥔 정치 클럽 투사이자 명예로움이라고는 없는, '새로운' 종류의 포츠타운 주민이었다. 플리츠카는 지역 주민들의 표를 얻기 위해 버번 상자를 날랐다. 그리고 지역 은행가들에게는 사업장에 난방 연료인 석탄 공급을 금지하겠다고 협박하여 복종하게 만들었다. 맥클린턴 철강회사와 베들레헴 철강회사의 거물들도 그가 전화하면 전화를 받았다. 서쪽에 있는 그의 집에는 럭비장만 한 거실과 고대 영어로 쓰인 환영 매트가 깔려있었다. 치킨힐 꼭대기 벼룩도 자라지 않을 오줌 구덩이처럼 형편없고 열악하던 농장에서 저 폴란드 놈은 어떻게 그렇게 많은 돈을 벌었을까? 하지만 치킨힐의 유대인 식료품점에서 벌어졌던 일을 생각하면, 닥은 더 이상의 적을 만들고 싶지 않았다. 적어도 지금은. 게다가 플리츠카였고 그는 위험한 놈이다.

"알았어요, 구스." 그가 투덜거렸다.

두 남자는 문을 향해 움직였다. 두 명의 이탈리아 여성이 쓸고 닦으며 유령처럼 움직이고 있는 것을 둘 다 눈치채지 못했다. 시의회 공식 청소부인 피아 파비첼리 또한 이곳의 마지못한 참석자였다. 시청에서의 일상적인 의무가 아니라 안테스 하우스에서 주인들의 뒤치다꺼리를 하기 위해 호출된 상태였고, 함께 도와줄 피오리아를 데리고 왔다.

두 사람이 커피잔과 케이크 부스러기를 정리하고 남은 종이들을 치우고 있는데 그들은 닥과 플리츠카가 문 쪽으로 둘 다 절뚝거리며 가는 것을 발견했다. 플리츠카가 앞장선 상태였다.

피아는 피오리아 옆구리를 쿡 찌르며 이탈리아어로 말했다. "저것 봐요. 쌍둥이 같아."

피오리아가 웃음을 터트렸다. "저 중 한 명 입에 손가락을 넣으면 다른 한 명이 물걸요."

그들은 웃으며 닥이 플리츠카를 따라 밖으로 나가는 동안 일을 계속했다.

플리츠카는 안테스 하우스 앞 계단에 자리를 잡고 앉아 신발을 벗었다. 양말을 벗고 발가락이 드러나자, 터질 듯 불룩한 데다 빨갛고 주름진 끔찍한 모습이었다. "어떻게 생각하세요?" 플리츠카가 물었다.

닥은 쭈글쭈글한 발가락을 쳐다보았다. "뭐가 됐든 발가락을 압박해 줘야겠는데요."

"확인 안 할 겁니까? 죽겠다니까요."

"진찰 도구가 필요해요. 어쩌다 이렇게까지 됐습니까?"

"그래서 당신이 여기 있는 거잖아요."

"나는 독심술가가 아닙니다, 구스. 어디 부딪혔어요? 책상? 의자? 뭔가가 발 위에 떨어졌나요?"

"아뇨."

"최근에 뭘 했습니까?"

"그게 무슨 말입니까?"

"아마 당신은 뭔가를 밟았거나 뭔가가 이 위로 떨어진 거예요. 공장 같은 곳에서요. 직장에서 거나."

"내가 무슨 일 하는지 몰라요?" 플리츠카가 짜증 섞인 목소리로 말했다. "난 공장에서 일하지 않습니다, 닥. 나는 시의회 의장이라고요."

"구스, 진정해요. 나는 사태를 파악하려는 겁니다."

"아프다고요!"

닥은 구부정하게 쭈그려 앉아서 조심조심 발뒤꿈치를 들고 겨자 가스 냄새가 나지는 않기를 바라며 살펴보았고 역겨운 발가락에는 손을 대지 않았다. "언제부터 시작됐죠? 통증 말이에요."

"모르겠어요. 지난달에 아내를 데리고 필라델피아에 있는 존 와나메이커 백화점에 갔었어요. 아내가 엘리베이터를 타보고 싶어 했거든요. 그런데 그게 5층에서 20분이나 멈춰서 꼼짝을 안 했어요. 그때 시작된 것 같아요."

그건 부분적으로 사실이었다. 그런 일은 있었다. 하지만 실은 그날 오후 아내를 와나메이커 백화점에 쇼핑하라고 남겨두고 4블록이나 걸어 갱스터 니그 로센의 펍에 갔을 때부터 그의 발은 욱신거리기 시작했다. 너무 순진한 행동이었다. 그의 사촌 퍼디는 로센이 견실한 사람이라고 했다. 총알을 제대로 쏘는 스타일이라고. 깔끔한 일 처리와 함께. 그리고 좋은 사람이라고. 처음에는 플리츠카도 사촌이 설명한 대로 로센에 대해 생각했다. 현실적이고 안심할 수 있는 사람이라고. 그래서 플리츠카는 자신의 상황을 설명했다. "저는 농부의 아들입니다. 제가 모든 걸 일궜어요. 거리 청소부부터 서기, 시의회 의원. 지금 나는 성공의 문 앞에 서 있어요. 도시 우유의 절반을 공급하는 유제품 회사를 사기 직전입니다. 이번 마지막 고비만 넘으면 됩니다."

로센은 안심한 듯했다. "나는 술집 소유주입니다." 그가 말했다. "공급과 수요의 원칙은 저도 조금 알죠. 금주법이 내 사업을 망치지는 않아서 다행입니다." 그는 1,400달러를 웃으며 내주었고 매월 5%의 이자율을 제시하며 악수를 청했다. 그리고 다음 주, 그는 두 명의 건장한 괴한과 함께 플리츠카의 사무실에 찾아와서 그날부터 이자율이 35%로 바뀌었다고 통보했다. 그리고 빌린 돈을 지금 당장 갚으려면 2,900달러를 내야 한다는 말도 안 되는 협박을 했다. 플리츠카는 황당했다. "제가 바보 같습니까? 왜 갑자기 빌린 금액의 두 배가 넘는 돈을 갚으라는 겁니까. 그렇게는 못 합니다." 로센의 친절한 표정이 사라지더니 냉랭하게 그는 재킷을 열어 권총을 꺼내 보이며 말했다. "너희 집에 나타나서 면상에 이걸 박아주면 좋겠지?"

그렇게 그를 포츠타운 왕족 계급으로 올려놓으려던 거래가 목을 세차게 조이고 그를 목매달아 죽일 지경이 되었다. 이미 잔돈까지 겨우 딱 맞춰서 급여를 비롯한 매월 비용을 내고 있는데 이자 비용이 추가로 420달러라니. 어디서 그 돈을 구한단 말인가?

계단에 앉아 발가락 통증으로 쭈뼛쭈뼛해지는 와중에도 로센과 고릴라들이 아내와 아이들이 있는 자신의 집 현관문에 서 있는 모습을 생각하면 소름이 끼쳤다.

"그럼 신경성인가요?" 닥 로버츠가 물었다.

"만약 신경을 써서 그런 거라면 초과 근무 때문인가 봅니다, 닥. 행사 준비가 쥐덫처럼 느껴져요."

"몇 곡만 연습하면 끝날 거예요. 그러면 병원으로 같이 갑시다." 닥이 말했다.

플리츠카는 안심했다. 그는 양말을 들고 조심스럽게 발에 신었다. "고맙습니다, 닥. 당신도 뭐 좀 드시는 게 좋겠어요. 좀 창백한 게 피곤해 보이네요."

"난 괜찮아요." 닥이 태연한 척 어깨를 으쓱했다. 사실은 초나가 죽은 뒤 열흘 가까이 신경이 잔뜩 곤두서 있는 상태였다. 아무도 그에게 사건에 대해 캐묻지 않았다. 의심하는 사람은 없었고 그렇게 문제는 조용히 묻혔다. 하지만 그 혼돈 상황에서, 어떻게 된 것인지 알 수가 없지만, 어쩌다 보니 초나의 목에 걸려있던 펜던트를 낚아챘고 그 메주자에는 외국어로 뭔가가 잔뜩 쓰여있었다. 뭐라고 쓰여있는 건지, 그리고 그의 손안에 어떻게 들어왔는지 도저히 알 수가 없었다. 의도적으로 그 물건을 움켜쥔 것은 아니었을 테지만, 사실 그 부분은 단순히 전혀 기억이 나지 않는다. 그건 단지 격정의 순간이었다. 그게 다였다. 그는 흥분해 넋이 나간 상태였다. 여자들은 가끔 남자들을 그렇게 만든다. 매일 일어나는 일이다. 그는 저주받은 물건을 돌려주고 싶었지만 누구에게? 그는 어딘가에 던져버릴 수도 있었지만 그러면 살인자가 된 듯한 기분이 들 것 같았다. 사실은 아니지 않은가. 그는 품위 있는 사람이었다. 우편으로 보낼까 했지만, 누군가 그를 추적해 낼까 봐 두려웠다. 그래서 어쩌지도 못하고 주머니에 그것을 넣고 이렇게 퍼레이드에 참가했다. 치킨힐 가까운 곳에 그걸 버리고 올 생각이었다. 안테스 하우스는 치킨힐 근처이니 누군가가 발견할 것이다. 땅바닥에 살짝 놓고 사라지면 된다. 그런데 지금 플리츠카가 나타났다. 거기에 더해 복통이 살살 오고 있었다. 긴장감이 돌았다. 그날, 그 사고 이후로 상황은 그리 좋지 않았다. 소문들이 돌았다. 그도 수많은 소문을 들었다. 플리츠카가 알까? 플리츠카는 수상쩍은 구석이 많은 카펫 배거*에, 이민자 출신으로 할머니도 돈 몇 푼에 팔아넘길 사람이었다. 누가 무슨 말을 했나? 그리고 퍼레이드는 치킨힐의 시작점, 기본적으로 흑인들의 뒷마당과 다름없는 곳에서 벌어지고 있었다. '오늘 이곳에 오지 말았어야 했어.' 그는 생각했다.

닥은 한 흑인 여성이 길을 바삐 걸으면서 그를 힐끗 보더니, 그를 지나쳐 도로를 따라 치킨힐로 향하는 것을 보았다. 그 뒤를 따

---

* 전 재산을 싸구려 카펫 천으로 만든 가방에 넣고 다니는 사람. 선거구에 연고가 없는 입후보자를 뜻하는 말로 출세를 위해 주로 남부로 건너온 백인들을 일컬으며 흑인 표를 이용해 권력을 잡아 보려는 협잡꾼을 뜻한다.

르던 작업복 차림의 두 명의 흑인들이 의심쩍은 눈빛을 그에게 보내며 서둘러 지나갔다.

"마을에 새로운 흑인들이 정말 많네요." 플리츠카가 말했다.

"네." 닥이 어깨를 으쓱했다. '누가 무슨 말을 했나?'

"매년 더 많은 흑인들이 몰려오고 있어요." 구스가 말했다. "바퀴벌레들 같아요."

닥은 고통스럽게 일어나며 말했다. "몇 곡만 연습하면 끝날 거예요. 그러면 병원으로 달려갑시다."

"그 유대인 여자 참 안됐어요." 플리츠카가 말했다.

닥은 공황으로 심장이 미친 듯이 뛰기 시작했고 갑자기 서 있을 수 없을 정도로 힘이 빠졌다. 여전히 자리에 앉아 길을 바라보며 플리츠카가 소곤거렸다. "안타까운 일이에요." 그러고는 서둘러 자리를 털고 일어났다.

바로 그때 한 흑인 부부가 지나갔고 그 자리에 서 있던 닥은 플리츠카를 등진 채 얼어붙었다. 그 흑인 남자는 그를 보지 못했지만 여자는 걸음을 멈추고 닥을 똑바로 바라보았다. 그녀는 쳐다보는 것을 멈추지 않았다. 닥은 머리가 하얘지는 것 같았다. 갑자기 목이 말랐다. 물이 필요했다.

"그 여자 알아요?" 플리츠카가 물었다.

"네?"

"아는 사람이냐고 물었어요."

"누구? 저 여자요?" 몸을 획 돌려 치킨힐 쪽으로 향하는 흑인 여자를 가리키며 닥이 말했다.

"아뇨. 죽은 여자요."

닥은 여전히 길을 바라보며 플리츠카에게 등을 진 채 고개를 끄덕였다. 주머니에 손을 넣고 침착한 것처럼 보이려고 노력했다. "그 여자는 오랫동안 아팠어요."

그는 플리츠카가 뭔가 말하는 것 같았지만 쾅쾅 울려 퍼지는 트럼펫 소리가 안테스 하우스를 뜨겁게 달구고 있어서 그의 말소리를 삼켜버렸다. 들을 수 있는 단어는 '편지들'이었다.

"뭐라고요?" 닥이 물었다.

"편지들이요. 백인기사단 행진에 대해 문제를 제기하는 편지를 머큐리 신문사에 보내곤 했던 사람이잖아요. 죽은 사람을 욕하는 건 아니지만 여긴 미국이에요, 닥. 모두가 규칙을 지켜야 해요."

다리가 후들거리는 것 같아서 닥은 겨우 고개만 끄덕였다.

"그 아이는 어떻게 된 거예요?" 플리츠카가 물었다.

닥은 떠나야 할지 말지 확신이 들지 않았다. 그는 자리를 뜨고 싶었지만 '죄가 있는 사람이나 도망가는 거지?'라는 생각으로 주저했다. '아니, 난 아무것도 잘못하지 않았어.'

그는 무관심함을 보여주기 위해서라도 계단에 앉는 게 좋겠다고 생각했다. 플리츠카 아래쪽에 자리를 잡고 앉으며 목소리를 가다듬었다. "그 아이?" 최대한 아무렇지 않은 듯 보이려고 애썼다. "오, 우리가 좀 도움을 줬어요. 지금 펜허스트에 있어요."

"잘됐네요. 적어도 좋은 교육을 받겠군요."

닥은 다시 도로를 둘러보기 시작했다. 또 다른 흑인 남성 하나가 지나갔다. 그 흑인은 속도를 늦추며 의도적으로 예리하게 닥을 바라보더니 걸음을 멈추고 이제는 스무 발자국 떨어진 거리에서 노골적으로 노려보고 있었다. 금방이라도 뭔가 소리를 지를 것 같아 보였다. 그런데 다행히도 갑자기 그가 손을 흔들었다. 닥은 평소 거의 하지 않는 행동을 했다. 그도 손을 흔들어 답했다.

플리츠카가 인상을 썼다. "그들 중 일부는 괜찮아요." 그가 말했다. "그들이 스스로 깨끗한 생활을 하기만 한다면요. 최근에 힐에 가보셨어요? 오물들 하며, 하수구는 열려 있고, 세상에……."

닥은 목이 조여 오는 것을 느꼈다. 떠나기도 두렵고 머물기도 두려웠다. 이 일을 어떻게 해결해야 하나? 이곳에 앉아 정치깡패로 변신한 수준 낮은 사기꾼 농부, 플리츠카와 잡담이나 하고 있어야 하나? 그는 평생을 마을에 바쳤다. 그의 가족은 포츠타운에 100년 넘게 살았다. 그런데 지금 여기에 앉아 이런 놈이 떠들어대는 소리나 듣고 있다니. 분노가 목구멍으로 치밀어 오르는 것을 느꼈다. 참을 수가 없었다.

"깨끗하다는 말이 나와서 말인데요." 닥이 말했다. "안테스 하우스 지하 화장실 아시죠? 당신들이 투표해서 3년 전 일반인들을 위해 설치한 거요. 오늘 수돗물을 틀었더니 흙탕물이 나왔어요."

"그랬어요?"

"몇 분 동안이나 틀어놓아도 깨끗해지지 않더군요. 시에서 저수지 물을 치킨힐로 보내고 있지 않나요?"

이제 플리츠카가 당황할 차례였다. "물이 어디서 오는지는 나도 몰라요."

"당신 옛 농장 근처에 있는 새 저수지에서 치킨힐로 물을 공급하고 있는 것 아닌가요?"

"내가 시의 모든 계약서를 읽어보는 건 아니라서요, 닥."

"한번 확인해 보는 게 좋을 거예요. 어디 하나라도 치킨힐에 있는 우물 급수용 펌프 꼭지에서 흙탕물이 나오기 시작하면 우리 병원에 사람들이 가득 차게 될 겁니다, 구스. 그들은 돈도 잘 못내요."

"치킨힐 유색인들이 어디 가서 어떤 물을 먹는지 우리가 쫓아다니면서 확인할 수는 없어요. 저 위에 사는 사람들 숫자가 엄청나요. 얼마나 되는지 누가 알겠어요? 메인 스트리트로 이어지는 하수구들이 덮개도 없이 열려있어요. 우리가 막으면 새롭게 구덩이를 파죠. 상수도를 연결해 주기 전에 그 부분부터 해결해야 해요. 그렇지 않으면 하수구 여기저기에 쓰레기와 오물을 버려 다 오염시킬 거란 말이죠."

"상수도와 하수도는 다른 문제인데요, 구스."

"힐은 동물원이에요, 닥. 제 말을 믿으세요. 제 농장이 저기 위에 있다니까요."

닥은 고개를 끄덕였다. 플리츠카의 농장에 관한 이야기는 익히 들어 알고 있었다. 수년 전 새로운 저수지가 건설되기 전에, 마을로 물을 공급하기 위해 플리츠카 농장과 시가 계약을 맺었다는 이야기. 이유는 몰라도 시에서 지금까지 우물 사용료를 지급하고 있다는 이야기. 유제품 회사의 대표이자 가족 농장의 소유주로서 플리츠카는 시에서 물 공급 대가를 받을 뿐 아니라 사업체에 필요한 물을 공짜로 공급받고 있다고 했다. 진정한 승자였다. 전형적인 이민 갱스터. 명예라고는 없는. 역사의식도 없고.

닥은 참을 수가 없었다. "새 저수지에 올라가 봤습니까?"

"여러 번이요." 플리츠카가 말했다. "내가 어렸을 때 거긴 연못이었어요."

"시에서 누군가가 거기 올라가서 오래된 파이프를 살펴봤답니까? 그중 하나가 금이 가서 진흙이 안으로 들어가고 있는 걸 수 있어요."

"파이프가 깨진 거라면 힐에서 항의하는 걸 제가 들었겠지요." 플리츠카가 말했다.

"흑인들이 왜 불평을 하겠습니까? 그들은 여전히 우물이 있는데요. 많아요. 그렇지 않습니까?"

"치킨힐에서 우물을 가진 집을 지도로 그려보실 생각이라면 한번 해보세요. 저 위는 미로랍니다."

닥은 분노가 끓어올랐다. 왜 플리츠카는 매사에 이렇게 못되게 굴어야만 하는 걸까? "당신이 흑인들에게 물어보면 되겠네요, 구스. 당신이 시의원이잖아요. 유권자들과 대화를 해야죠."

플리츠카의 얼굴이 붉어졌다. "내가 만약 그렇게 한다면, 그들이 당신 얘기를 내게 해줄지도 모르겠네요."

"내가 뭘 어째서요?"

"당신과 그 유대인 여인 말이에요. 소문을 내가 좀 들은 게 있어서요."

"무슨 소문이요? 그 아이가 날 공격했어요."

"내가 들은 소문은 그게 아닌데요."

"소문은 소문일 뿐이에요."

"사람들은 입이 있으니 뭐든 말할 수 있긴 하죠." 구스가 서늘하게 말했다. "마르쿠스 서장님께 털어놓을 생각 없으세요?"

"난 이미 얘기했습니다. 발작을 일으켰어요. 난 그녀를 도와주려고 했고. 그 아이가 난리가 나서는 공격했죠. 귀머거리에 바보일 거예요. 나는 도망 나와서 경찰을 데리고 갔죠. 진술서도 그렇게 썼어요."

"진술서는 그렇게 썼죠." 플리츠카가 음흉하게 웃으며 말했다.

"그녀는 뇌에 문제가 생겨서 죽은 걸로 알고 있어요, 구스. 레딩 병원에서도 그렇게 말했습니다."

"그때 식료품점에 백인이 한 명도 없어서 안 됐네요. 그랬다면 당장 끝났을 텐데요."

"뭐가요?"

"소문 말이에요."

닥은 이제 몹시 화가 난 상태로 일어섰다. "당신 발이나 조심해."

"그렇게 화내지 마시죠, 닥. 난 별 뜻 없었어요. 우린 오해가 풀린 것 같은데요. 문제의 진실에 다다른 것 같아요. 에이, 닥. 이제 다 잊어버리자고요, 오케이? 과거는 과거일 뿐이잖아요. 오늘 퍼레이드를 해야 해요. 우리는 공동 운영자잖아요." 그가 손을 내밀었다.

닥은 한숨을 내쉬고 화가 다소 누그러지는 것을 느끼며 악수를 했다. 플리츠카를 적으로 만드는 것은 현명한 행동이 아니었다. "30분이면 리허설 마칠 수 있을 거예요. 병원에 들러서 치료하고 행진 전에 돌아옵시다. 그런 다음에 한동안 발가락이 불편하지 않도록 신발을 고쳐줄 수 있는 사람을 보내줄게요. 그 발가락은 1주일 이내에 낫지 않을 겁니다."

"그 사람이 누군데요?"

"치킨힐에 사는 오래된 신발 제작자요. 스크럽이라고 사람들이 부릅니다. 신발과 관련된 것은 뭐든 할 수 있는 사람이에요. 원하면 당신을 위한 특수 신발을 제작해 줄 수도 있어요. 일을 잘해요."

"당신은 괜찮은 사람이군요, 닥."

닥은 건물 안으로 향했다. 그는 플리츠카에게 마브 스크럽스켈리스가 유대인이라는 사실은 말하지 않기로 했다. 평범한 유대인이 아니라는 사실도. 그는 거칠고 다듬어지지 않은 사람이었다. 그건 플리츠카가 알아서 할 일이었다.

21

구슬

C-1 병동에는 3교대로 간병인들이 근무하고 있었고 끊임없이 바뀌는 것 같았다. 그래서 도도가 '사람의 아들'의 존재를 알기까지는 꽤 시간이 흐른 뒤였다. 펜허스트에서의 초반은 슬픔과 고통, 충격의 연속이라 그를 보았다 해도 제대로 인지하지 못했을 지도 모른다. 도도의 정신은 오랫동안 흐릿한 약에 취해 있었기 때문에 집중이 불가능했다. 그 압도하는 냄새, 공포, 그리고 침대 옆을 지나다니며 들여다보고, 그의 음식 쟁반에 올려진 것들을 우걱우걱 집어먹고, 소년의 귀를 후벼파고, 때때로 침대째 이리저리 끌고 다니고, 그르렁거리고 욕을 하며 침대보를 가는 육신들의 형태를 뒤섞인 혼돈 속에서 희미하게 보았을 뿐이었다. 어떤 행동들은 호기심 많은 환자들의 것이었고 나머지는 간병인들이었다. 약에 취한 상태에서 도도는 누가 누구인지 구분할 수가 없었다.

게다가 미스 초나의 식료품점 뒤편 자신의 방에서 침대, 램프,

만화책, 머리 위 전등에 매단 골판지 비행기를 가지고 있던 그의 삶이, 200명이 수용 가능한 병동에 3,000명을 집어넣은 대규모 수용시설에서의 삶으로 바뀐 것은 크나큰 충격이라, 도도가 견인기에 묶여 있지 않았더라면 초반에 어떤 일이 벌어졌을지 모를 일이었다. 타고나기를 활동적인 아이에게 움직일 수 없음이 오히려 그를 살린 셈이었다. 다행히, 도도는 통증에 고통받고 있었고 약에 취했고 움직일 수가 없었다. 이 상황이 그를 가만히 있게 만들었고 몸이 회복될 수 있었다. 그러는 동안, 그는 몽키팬츠와 대화하는 법을 배웠다.

그들의 대화가 가능했던 것은 도도가 거의 들리지 않는다는 점이 한몫했다. 도도는 거의 들을 수 없었기 때문에 등골을 오싹하게 하고 새로 온 사람들은 도저히 잠을 잘 수 없도록 만드는 병동의 소음으로부터 방해받지 않고 몽키팬츠에게 집중할 수 있었다.

병동 사람들은 도도의 침대 옆에 놓인 접시의 음식을 약탈해 갔다. 받는 즉시 게걸스럽게 먹어 치우는 법을 배우기 전까지 이는 계속되었다. 속옷만 입고 돌아다니는 사람들, 옷을 찢어버리고 나체로 행진을 하는 사람도 한둘 있었다. 처음 며칠이 가장 힘들었다. 간병인들은 정중함을 소위 '정신병자들'에게 낭비하려 하지 않았다. 도도의 침대보를 바꿔주는 사람은 걸걸하고 거친 남자들이었다. 그들은 붕대 감은 팔을 한쪽으로 성급하게 밀치고 고통에 울부짖는 소년의 울음은 무시했으며 욕설로 보이는 입 모양을 달고 살았다. 며칠 뒤에서야 소년은 침대보를 갈아주고 애처롭게 흐느끼는 자신을 이리저리 뒤척거리는 사람들이 간병인이 아니라 같은 환자들이라는 사실을 깨달았다. 지독한 냄새가 나는 병실 안

철제 침대 견인기에 매달린 채 누워, 옆으로 몸을 돌려 눕거나 등을 긁는 가장 기본적인 기능조차 수행하지 못하는 무능력함은 상당 시간 소년을 일종의 무서운 최면상태에 빠지게 했다. 하지만 소년의 육체는 겨우 12살이었다. 몸은 살고 싶었다. 치유되고 싶었다. 그리고 몽키팬츠는 흥미로운 아이였다. 몽키팬츠는 도도의 마음을 안개 속과 우울함에서 꺼내주고, 매 순간 도도를 적시는 두려움으로부터 벗어나게 해주는 무언가를 가지고 있었다.

구슬. 파란색 구슬.

몽키팬츠는 도도가 오고 얼마 되지 않아 베개 밑에서 그것을 꺼냈다. 그의 왼손은 거의 쓸모없어 보이는 오른손과는 달리, 어느 정도 통제가 가능하고 힘이 있어 보였다.

"어디서 났어?" 도도가 물었다.

몽키팬츠는 말린 입술로 대답했다.

"어디서?"

그리고 그렇게 시작되었다.

처음에는 불가능한 일처럼 보였다. 두 소년 모두 수화를 알지 못했다. 하지만 도도는 말을 할 수 있고 몽키팬츠는 들을 수 있었으며, 그게 누가 되었든 다른 누군가와 대화하려는 시도만으로도 도도에게 한 줄기 빛이 되어주었다. 펜허스트에 오기 전 가게 옆 버니스의 마당에 가끔 진출했던 것을 제외하면 늘 어른들의 세계에서 무시당하며 살아왔다. 네이트 이모부, 애디 이모, 미스 초나는 제외해야 하지만. 몽키팬츠와 함께 있으면 비슷한 또래 친구의 관심 속에 있을 수 있었다. 처음 그들의 대화는 서툴렀지만, 각자 머릿속 수천 가지 생각에 대한 무언의 이해가 서로 공감대를 형성

했다.

초반에는 몽키팬츠가 주로 이야기를 했다. 그는 물어볼 게 많은 것 같았다. 반면에 도도는 우울했고 의기소침해 있었다. 하지만 호기심이 결국 승리했다. 며칠 동안 몽키팬츠가 꿈틀거리고 낑낑거리며 의사소통을 시도하자 도도는 중간에 끼어들어 여러 가지 질문을 하게 되었다. 몽키팬츠의 대답, 몸짓, 표정은 처음에는 아무 의미가 없는 것처럼 보였다. 그들의 대화는 자주 도도가 갑작스레 눈물을 터트리면 중간에 중단되었다. 도도가 울음을 그칠 때까지 몽키팬츠는 인내심을 갖고 기다렸다가 몸짓과 씰룩거림을 다시 시작하곤 했다. 무슨 말을 하는지 확신이 들지 않았지만, 그 몸짓은 매우 진지하고 집요해서 도도는 대답을 할 수밖에 없었다. 그렇게 처음 며칠 동안엔 느긋하게 보낼 시간이 있어서 첫 주가 끝날 때쯤에 둘은 몇 가지 서툰 대화 방식을 정립할 수 있었다.

몽키팬츠의 눈썹이 치켜 올라간 것은 '예스', 눈썹에 주름이 잡힌 것은 '아니요'였다. '아마도'는 왼쪽 팔뚝을 살짝 들어 올리는 것이었다. 왼쪽 주먹을 동그랗게 말고 팔뚝을 가슴에 대면 '조심해', '안 좋아' 또는 욕설을 의미했다. 그런 상태로 입술을 크게 벌리면 '정말 조심해', '고통' 또는 '문제'가 되고 팔뚝을 교차하여 왼손으로 오른손을 가슴에 고정하는 것은 '위험'이었다. 이빨이 보이면 '좋아'라든가 '맛있다'이거나 '오케이'였다. 몽키팬츠는 경련을 주체할 수 없었기 때문에 머리와 팔다리가 계속 약간씩 흔들렸다. 오른손은 쓸모없이 말려서 주먹을 쥔 채였고, 두 다리는 가끔 통제할 수 없을 정도로 흔들렸다. 하지만 노력하면 왼손, 왼쪽 손목, 왼쪽 팔뚝은 어깨까지 온전히 움직일 수 있었기 때문에 다섯 손가락을 모두 사용할 수 있어서 유용한 도구가 되어주었다. 그래서 필요하다고 느끼면 몽키팬츠는 침대 밖으로 손을 뻗어 침대 창살 틈으로 도도에게 손짓을 하고 침대를 흔들어 알아차릴 수 있도록 했다.

그 왼손에서부터 소통의 기적이 시작되었다.

그리고 그 시작은 구슬이었다. 구슬을 꺼내 도도에게 들고 있도록 했고, 다시 돌려받은 뒤 몽키팬츠는 구슬에 대해 무언가를 말하려고 했다. 하지만 매번 실패했다. 도도의 입장에서는 자신이 묻고 싶은 것을 물어보면 몽키팬츠의 더 답답한, 알 수 없는 몸짓이 되돌아왔고 그 작업은 둘이 포기할 때까지 계속되었다. 다른 주제였다면 도도는 그냥 넘어갔을 것이다. 하지만 도도는 구슬을 좋아했다. 구슬은 미스 초나를 떠올리게 했다. 항아리에 보관했어야 할 많은 구슬을 자신에게 주었던 사람. 그리고 보고 싶은 그의 이모와 이모부. 그는 세 사람이 모두 가게에서 일어난 일 때문에 자신에게 화가 났다고 생각했다. 왜냐하면 아무도 자신을 데리러 오거나 심지어 보러 오지도 않았기 때문이었다. 도도는 아마 세 사람 모두 자신이 빨리 나아서 퇴원할 수 있기를 바라면서, 선물로 주기 위해 모든 종류의 구슬을 모으느라 바쁜 탓이라고, 자신을 스스로 속이고 있었다. 하지만 그런 망상은 하루하루 지날수록 옅어졌고, 대부분 밤, 눈물 속에 잠이 들었다.

자신의 지난 잘못에도 불구하고, 귀중한 구슬을 그에게 나눠주었던 친절한 초나라면 자신을 용서해 줄 것이라는 믿음이 가슴 한편에 자리 잡고 있었기 때문에 구슬을 보는 것만이 그의 유일한 희망이었다. 그래서 매일 그는 몽키팬츠에게 구슬을 베개 밑에서 꺼내달라고 부탁했고 또 어디서 구했느냐고 물어도 보았다. 수백 번의 몸짓과 표정에서 도도는 몽키팬츠가 구슬을 누군가에게서 일종의 선물로 얻게 되었다고 추측했다. 그가 누구인지는 알아낼 수가 없었다. 여전히 도도가 답을 찾고 있던 어느 오후, 몽키팬츠는 실망을 했는지 머리를 돌렸다.

도도는 자신의 목소리를 들을 수는 없었지만 어떻게 목소리를 높이는지는 알고 있었다. 머릿속 진동을 느끼며 그는 큰 소리로 말했다. "바보 같은 짓 그만해!"

몽키팬츠가 다시 돌아누우며 침대 창살 사이로 소년을 바라보았다. 경련이 이는 머리를 앞뒤로 흔들며 표정이 말하고 있었다. '내가 어떻게 하길 바라는 거야? 널 이해시킬 수가 없어.'

"아직 안 끝났어." 도도가 말했다.

협조적이지 않은 육체에 갇힌 영리한 두 소년은 존재 자체의 가슴 아린 외로움에 이끌려 그렇게 다시 시작했다. 그들의 끔찍한 상황에도 불구하고 둘은 아주 작은 것들에 위로받았다. 눈꺼풀의 주름, 헛기침, 만족스러울 때 내는 소리, 상대방이 혼란스러움에 갈팡질팡하는 모습을 보다가 터지는 웃음. 몽키팬츠의 소중한 구슬이 어디서 왔는지를 알아내려는 노력 같은 것들. 터무니 없어 보이긴 했지만.

운이 좋게도 이 소년들은 엄청나게 많이 가지고 있는 것이 하나 있었다. 시간. 그리고 그들은 시간을 잘 활용했다. 병동의 일상은 똑같았기 때문에 둘은 온종일 할 일이 아무것도 없었다. 환자들은 7시에 일어나 이불을 개고, 병원 가운을 갈아입었다. 씻을 수 있는 사람들은 몸을 씻었고 어떤 사람들은 씻을 수 있었지만 때때로 씻지 않았다. 움직일 수 있는 사람들은 간병인을 따라 화장실로 줄지어 이동했다. 화장실에 다녀온 뒤 이 행렬은 두 명의 주간 교대 근무자가 식당으로 안내하고, 식사를 마친 뒤 복도 끝에 있는 주간 병동으로 곧장 이동해 점심시간 전까지 그곳에 머물렀다. 그런 다음 잠시 병동으로 돌아왔다가 점심을 먹으러 식당으로 이동했다. 그다음엔 저녁때까지 다시 주간 병동에 머물렀다. 저녁 식사가 끝나면 특별한 활동은 없었다. 모두가 8시까지 잠자리에 들어야 했다.

주간 간병인 책상 가까이에 있는, 침대에서 전혀 움직이지 못한 채 앓고 있는 세 번째 환자까지 포함해 철창 침대 속 두 소년은 누운 채로 음식을 먹었다. 일반적으로 두 명의 당직자가 교대로 근무를 했는데 오전에는 한 명이 책상을 지키고 다른 한 명이 사람들을 이끌고 식당과 주간 병동으로 안내한 다음, 오후에는 교대하여 한 명은 잠을 자거나 독서를 했고 다른 한 명은 병동을 돌아다니며 무거운 짐을 나르는 일을 맡았다. 책상에는 항상 한 명의 간병인이 지키고 있는 셈이었다. 그리고 누가 있든지 간에 두 소년이 알아서 하루를 재밌게 보낸다는 사실에 만족해하는 것 같았다. 신경 쓰이지 않아 좋았을 것이고 할 일이 하나 줄어 더 좋았을 것이다.

하지만 소년들은 퍼즐을 푸는 중이었다. 3주가 지나고, 돌파구가 나타났다. 몽키팬츠가 손가락으로 도도의 깁스를 가리키며 여러 가지 몸짓을 했다. 도도는 몽키팬츠가 무슨 일이 있었는지, 왜 그가 깁스를 하고 있는지 묻는 것이라고 착각했다. 미스 초나의 식료품점에서 있었던 그 모든 사건이 떠오르면서 눈물이 왈칵 터져 나왔다.

"집에 가고 싶어." 도도가 울며 말했다.

가만히 도도를 바라보는 몽키팬츠의 눈빛은 움직임이 없었다. 겉보기에 전혀 흔들림이 없었다. 이를 본 도도는 화가 났다. "너의 그 바보 같은 구슬 상관 안 해, 몽키팬츠." 소년은 눈을 감고 몽키팬츠를 차단했다.

몽키팬츠가 손을 뻗어 도도의 침대를 흔들었다.

도도가 눈을 뜨고 소리쳤다. "뭐!"

몽키팬츠는 소년의 침대 창살을 5번 두드렸다.

"그래서 어쩌라고. 그래 너 숫자 5까지 셀 수 있어!"

몽키팬츠가 끈질기게 머리를 흔들었다. 그는 다시 침대 창살을 두드렸다. 다섯 번. 그런 다음 구슬(bead)을 들어 올렸다. 그리고 그의 엄지손가락을 들어 올렸다.

이것이 도도의 호기심을 자극했다. "네가 그렇게 똑똑하면 6번 해봐."

몽키팬츠 눈썹에 주름이 잡혔다. 아니라는 뜻이었다. 그리고 다시 5번 두드렸다.

"어쩌라는 거야, 몽키팬츠?"

몽키팬츠는 몇 번이고 다시 두드리고 구슬을 가리켰다. 그리고 그의 입을 가리켰다가 집게손가락과 엄지손가락으로 도도를 건드렸다.

짜증이 난 도도가 외쳤다. "헤이!"

몽키팬츠가 머리를 베개에서 들었다 놓았다 하며 흥분한 것인지 거칠어졌다.

"헤이, 어쩌라고?"

여러 번 머리를 흔들며 아니라고 말하는 것 같았다.

"뭐?"

몽키팬츠의 머리가 흔들렸다. 그가 입을 움직였다. 입의 움직임을 보고 대략적인 추측을 할 수 있을 것 같았다. "헤이"라고 말한 듯했다. 그래서 소년도 따라 말했다. "헤이, 너."

몽키팬츠가 더욱 열광적으로 거칠게 표현했다.

"헤이?" 도도가 말했다.

그래. 몽키팬츠가 끄덕였다.

"헤이, 뭐?"

아니. 몽키팬츠가 머리를 흔들었다.

"그냥 헤이?"

그래. 끄덕임 한번.

몽키팬츠의 팬터마임과 끙끙댐, 삐걱거림, 가리킴이 온종일 계속되었다. 그리고 결국 도도는 몽키팬츠가 '헤이'에 고개를 끄덕인 것이 아니라 발음이 비슷한 '에이'를 말하고자 한 것이라는 걸 마침내 알아냈다. 병실 앞 의자에서 사과를 먹고 있는 간병인을 가리킴으로써 명확해졌다.

"그럼, 너의 엄지손가락이 'A'라는 뜻이야?"

몽키팬츠는 그 남자를 가리키고 '예스'라는 의미로 눈썹을 치켜떴다. 그리고 머리를 거칠게 흔들었다. 그것이 돌파구였다. 첫 번째 알파벳 글자!

알파벳 B 또한 첫 번째 엄지라는 것을 밝혀내는데 이틀이 더 걸렸다. 글자 C, D, 그리고 E도.

그렇게 몽키팬츠의 왼손 공식이 펼쳐졌다.

그의 엄지는 글자 A에서 E까지를 대신했다.

다음 손가락은 F에서 J.

가운뎃손가락은 K에서 O.

넷째 손가락은 P에서 T.

새끼손가락은 마지막 6글자 U에서 Z까지를 담당했다.

26개의 알파벳. 다섯 손가락. 각 손가락마다 5개. 새끼손가락은 6개. 두 발 앞으로 내디디면 한발 물러나는 여러 날이 계속되면서 얻은 성과였다. '사과'를 시작으로 도도는 암호를 모두 알아내기까지 진이 다 빠질 정도로 지쳤다. 하지만 이제 며칠 만에 그들만의 암호를 확실히 정립하게 되었다. 다양한 단어를 활용해 둘은 확인하고 또 확인했다. 남자, 음식, 케이크, 아이스크림, 그리고 물론 구슬도 포함해서. 도도의 가장 큰 관심사. 도도가 그 단어를 세 번이나 정확하게 해독한 뒤, 두 사람이 모두 자신들의 새로운 언어에 능숙해지자 도도는 외쳤다. "몽키팬츠, 너 정말 똑똑하구나!"

몽키팬츠는 이야기하고 싶어 죽겠다는 듯 조바심을 내며 손을 마구 흔들었다. 도도에게 서둘러 자신이 표시하는 철자를 해독해 달라는 손짓인 듯했다. 그는 자신들만의 수화로 도도에게 이름이 무엇인지 물었다. 하지만 도도는 흥분한 나머지, 처음부터 둘의 우정에 불을 지핀 질문이 있었기 때문에 이를 무시했다. 그래서 도도는 몽키팬츠가 손가락을 뻗는 것을 무시하고 참을성 없이 물었다. "어디서 그 구슬이 났어?"

몽키팬츠는 눈을 동그랗게 뜨고 도도가 글자를 읽을 수 있도록 천천히 철자를 알려주었다. 그는 가운데 있는 손가락을 들었다.

"K?…… L?…… M?"

눈썹이 올라갔다. 예스. 그리고 그는 다섯째 손가락을 들었다.

"U?…… V?…… W?…… X?…… Z?…… Y?"

눈썹이 올라갔다. 예스.

"Y."

그리고는 눈을 감았다.

"새로운 단어?"

눈썹이 올라갔다. 예스.

몽키팬츠는 나머지 철자를 이어갔다. 도도의 눈은 주의를 기울여 손가락을 살피고 입술의 움직임을 따라갔다. 몽키팬츠가 내놓은 단어는 M.Y. M.O.T.H.E.R. 나의 엄마.

힘들었지만 수수께끼는 풀렸다. 도도는 행복한 한숨을 내쉬며 물었다. "엄마는 어디 있어?"

하지만 몽키팬츠는 대답하지 않았다. 대신 그의 눈은 도도를 지나 무언가로 옮겨지더니 겁에 질려 커져갔다. 주먹을 불끈 쥐고 두 팔뚝을 가슴에 교차시켰다. '위험해'라는 사인이었다.

도도는 뒤를 돌아보았고 그림자 하나가 지나갔다. 잠시 불빛이 가려졌다가 누군가가 침대 가장자리를 지나 발치에 와 있었다. 도도가 몽키팬츠를 힐끗 쳐다보니 그는 얼굴을 돌리고 무릎을 얼굴 쪽으로 끌어올린 다음 몸을 웅크린 자세를 취하고 있었다. 도도는 그것이 몽키팬츠가 공포에 질린 자세라는 것을 이미 알고 있었다.

도도는 그 날씬하고 검은 형체를 보기 위해 침대 발치를 내려다보았다. 그곳에 그가 서 있었다.

그는 키가 큰 흑인 남자였다. 잘생겼고 짙은 갈색 피부에 이마에 오래된 상처인 듯한 긴 흉터가 남아 있었다. 매끈한 피부에 손이 길고 뼈가 굵었다. 두툼한 팔과 어깨는 흰색 간병인 유니폼을 꽉 채우고 있었고 떡 벌어진 어깨가 옷 안에서 포효하고 있는 것 같았다. '내가 여기 있으니 모든 게 다 잘될 거야'라고 말하는 듯, 온화하지만 냉소적인 표정을 가진 분명 힘이 센 남자였다. 그의 깊은 눈동자는 차분했지만, 그 속에는 무언의 난폭함과 갈증 같은, 눈과 진동으로만 살아가는 도도 같은 아이에게 끔찍한 두려움을 일깨워주는 무언가가 있었다.

"네가 새로 온 아이야?" 그 남자가 물었다.

도도는 이해하지 못하는 척 침묵을 지켰다.

"입술을 읽지? 사람들이 그렇게 말하던데, 네가 입술을 읽을 수 있다고."

도도는 여전히 가만히 있었다.

그 남자는 거대한 손을 뻗어 도도의 이마를 쓰다듬었다. 병원에 들어와 처음 느껴보는 다정한 손길이었다. 자신을 뒤집거나 이리저리 돌려보지도 않았고, 침대 시트를 갈아주면서 불쾌감으로 투덜거리지 않는 친절한 손길에 기쁨의 눈물을 흘렸어야 했을지도 모른다. 백인 간병인들은 도도에게 손이 닿는 것조차 마치 겁이 나는 것처럼 행동했다. 만지고 느끼는 것을 좋아하는 아이였던 도도에게 그것은 상처였다. 소년은 사랑의 손길에 목마른 상태였다. 하지만 남자의 부드러운 토닥임이 얼굴을 지나 뺨으로, 가슴으로, 배꼽을 타고 골반을 향해 천천히 내려가다 손을 떼자 도도는 두려워졌다. 뭔가 이상했다.

"이름이 뭐야?"

도도가 어깨를 으쓱했다.

그 남자가 미소를 지었다.

"상관없어." 커다란 손가락으로 머리를 쓰다듬으며 그가 말했다. "나중에 기회가 있을 거야." 그리고 재빨리 뒤를 돌아 간호사 스테이션을 흘낏 쳐다보고 비어있는 것을 확인하더니 갑자기 도도의 허벅지를 잡고 한 손으로 매트리스에서 소년을 들어 올린 다음 다른 손으로 병원 가운을 확 잡아채 그의 말랑하고 매끈한 엉덩이를 들여다보았다. "공작새처럼 예쁘구나, 얘야." 그리고 부드럽게 도도를 내려놓았다.

"공작새처럼 예뻐."

그리고 그는 떠났다.

남자가 떠나자마자 몽키팬츠는 두려움에 질려 눈을 크게 뜨고, 왼손으로 침대를 잡고 덜컹거리도록 흔들기 시작하며 거친 몸짓을 했다.

"저 사람 누구야?" 도도가 물었다.

몽키팬츠가 천천히 철자를 말했다.

S.O.N.… O.F.… M.A.N. 사람의 아들.

B.A.D. B.A.D. 나빠. 나빠.

V.E.R.Y. 매우.

22

노래도 없이

하늘과 땅 식료품점 문을 닫는다는 건 상상치 못했던 일이었다. 모세에겐 침실에 있던 초나의 물건을 마주하는 것보다 식료품점 지하실을 정리하는 것이 훨씬 힘든 일이었다. 지하실에서 작은 나무통과 나무 숟가락을 찾아냈고 예전 기억이 떠올랐다. 12년 전, 머리 가득 문제점과 빚을 안고 그가 지하실에 처음 발을 내디뎠을 때 그녀는 버터를 만들려고 나무통 안을 젓고 있었다. 그녀는 그 첫 만남을 기억할, 세상에서 유일한 단 한 사람이었다. 나무통 안을 들여다보자 그 속은 작은 장난감들, 구슬, 자질구레한 것들로 가득 차 있었다. 그녀가 도도와 이웃 아이들에게 선물로 주기 위해 모은 것 같았다. 그는 가까이 있는 상자 위에 걸터앉아 눈물을 터트렸다.

모세는 1층을 가게로 빌려주고 위층에서 계속 살 생각이었다. 그래서 네이트와 애디는 지하실을 비우기 위해 한쪽에서 그를 도와 청소를 하고 있었다. 둘은 그가 흐느끼는 동안 묵묵히 아무런 말 없이 일만 했다. 그들 또한 고통을 나누고 있었다. 그 누구도 펜허스트에 있는 도도의 문제를 언급하지 않았다. 모세는 초나의 죽음에 대해 그들이 죄책감을 느낄 것으로 생각했다. 애초에 그와 초나가 도도를 보살피게 된 것은 네이트의 아이디어였기 때문이었다. 모셰는 소년이 아내에게 기쁨을 주었기 때문에 그들에게 분노를 느끼지는 않았다. 그 문제를 말할 수 있는 힘도 그에겐 남아있지 않았다. 대신 이 순간 그들이 자신과 함께 있어 다행이라고 생각했다. 곁에 있기를 원하는 유일한 두 사람이었다. 회당의 새 얼굴들은 낯설었다. 세상이 바뀌고 있었다.

식료품점에서 벌어진 일에 대해 애디는 그날 오후 그녀가 본 상황을 자세히 알려주었다. 초나가 흑인 소년의 공격을 받고 기절했다는 닥의 대조적인 사건 설명은 모든 문제를 더욱 복잡하게 만들었다. 모셰는 애디의 말이 아니었어도 그 아이가 그런 일을 했을 리 없다고 확신했다. 하지만 닥의 진술에 대해 항의를 하는 것은 닥이 클랜과 관련이 있다고 주장한 초나의 과거 행적에 관심을 불러일으킬 게 뻔했다. 마을 높으신 분들과 경찰 모두 이 일을 논의하고 싶어 하지 않았다.

그들은 모두 모셰와 그의 사업을 그리 좋아하지 않았다. 항의하는 일은 원치 않는 관심을 지나치게 많이 불러일으키는 일이었고 아마 더 많은 경찰을 부르게 될 것이다. 그의 동맹자들이라 해보았자 얼마 되지 않는 숫자에 힘없는 회당 사람들과 네이트처럼 경찰이라면 두려워하는 유색인들뿐이었다. 가끔 극장에서 이상한 소란이 일어나 경찰을 부르면 네이트가 사라지는 것을 여러 차례

목격했다. 과거에 네이트에게 무슨 문제가 있었던 모양이라고 그는 생각했다. 상관없었다. 네이트의 조용한 성격 밑에 사촌 이삭과 다르지 않은 강철 같은 단단함이 있음을 알고 있었기 때문이었다. 그런 태도는 과거에 고통과 불합리한 대우를 받고 상처받았던 마음을 보여주는 창과 같은 것이었다. 마을 최고의 친구인 네이트가 과거에 그런 어려움을 겪었다는 사실이 신경 쓰였다. 모셰는 혹시 자신도 어쩌다 그에게 상처 준 적은 없었나 싶었고 그를 더욱 걱정했다.

상자에 앉아 모셰는 쏟아지는 눈물이 흐르도록 내버려두었다. 그러자 갑자기 가슴에 통증이 느껴지면서 몸을 구부리고 한참 동안 기침을 하며 가쁜 숨을 몰아쉬어야 했다. 그러다 통증은 사라졌다. 그가 고개를 들자 지하실 반대편에서 애디가 걱정스러운 표정으로 지켜보고 있었다. 저쪽 구석에서 선반을 철거하던 네이트도 하던 일을 멈췄다. 아무도 그를 위로하기 위해 몸을 움직이지 않았다.

그 순간, 자신이 두 사람 중 누구와도 신체적으로 접촉한 적이 없다는 사실을 불현듯 깨달았다. 하지만 초나는 늘 하던 행동이었다. 아내는 애디를 안는 것을 두려워하지 않았고 꺼리는 네이트의 손을 붙잡아 이끌고 무언가를 보여주기도 했다. 도도를 안아주었고 여성 손님들의 얼굴이나 팔을 친근하게 잡아주거나 어깨에 팔을 둘렀으며, 우는 흑인 아이들을 안고 달래주었다. 그런 행동이 이 나라에서는 거의 금지되어 있다는 것을 깨달았다. 초나는 미국 사회의 규칙을 따르는 사람이 아니었다. 그녀는 보통 사람들처럼 세상을 경험하려 하지 않았다. 그녀에게 세상이란 동경하지만 만지지 않는, 멀리서 감상하는 도자기 옷장이 아니었다. 오히려 세상을 살아가는 모든 행위가 티쿤 올람,* 더 나은 세상을 만들기 위한 기회라고 그녀는 생각했다. 발이 불편했던 이 조그마한 여성은 영혼이 가득한, 큰 사람이었다. 모셰가 한 뼘 정도 키가 컸지만 그녀야말로 큰 사람이었다. 자신은 그저 음악 공연을 기획하고 무대에 올리는 사람이었을 뿐. 나만의 삶의 노래 하나 없는. 마음이 아파왔다.

애디의 말소리가 들렸다. "괜찮은가요, 모셰 씨?"

"멀쩡해요." 그가 얼굴을 손으로 문지르며 말했다. 그는 장난감과 선물로 가득 찬 통을 옆으로 치우고 상자, 장식품 그리고 오래된 통조림들을 정리하기 시작했다. 얼마 후 그는 오래된 종이를 쓰레기통에 치우고 있는 네이트를 돌아보며 말했다. "보관해야 할 물건이 하나도 없어요. 하지만 당신들이 좋아할 만한 게 있을지도 모르니 가져가요."

네이트는 조용해 고개를 끄덕이며 종이를 마저 치우고 빗자루를 들었다.

"도도 만나러 가 봤어요?" 모셰가 물었다.

네이트는 고개를 가로젓고 비질을 시작했다. 벽 쪽에 있던 애디가 말했다. "일주일 내에 가보려고요."

"약속을 잡았나요?"

그녀는 네이트를 힐끗 쳐다보았다. "노력 중이에요."

---

* 히브리어로써 '세상을 고치다'라는 뜻으로, 더 나은 세상으로 바꾸고 개선하는 것을 사명으로 삼고 살아가야 한다는 유대인의 사상.

"제가 잡아 볼게요."

마치 그 행동이 그의 대답이라는 듯, 네이트는 말없이 빗자루를 든 채 지하실 구석으로 돌아갔다.

"저 사람이 알아서 하게 그냥 두세요." 애디가 말했다.

모셰는 고개를 끄덕였다. 지난 며칠 동안 네이트는 모셰에게 거의 말을 하지 않았다. 심지어 시바* 기간에도 마찬가지였다. 네이트가 마지막으로 했던 말은 올아메리칸 댄스홀 극장에서 공연한 적 있던 몇몇 훌륭한 음악가들을 초나의 장례식에 초대해서 공연하게 하자는 제안이었다. 그때는 모셰의 슬픔이 너무 커서 그 제안을 받아들일 수가 없었다. 그는 차라리 나중에 음악가들을 극장에 초대해 초나를 위한 곡을 써달라는 부탁을 하거나, 그녀의 이름으로 공연을 열고 그녀의 치킨힐 고객들을 초대하는 게 낫겠다고 생각했다. 하지만 그건 너무 큰 일이었다. 그녀의 치킨힐 고객들이라면 힐의 모든 흑인을 의미했기 때문이다.

모셰는 시바조차 감당하기 힘들었다. 급하게 준비해 준 것은 펠드만이었다. 시신을 매장하고 이어진 7일간의 시바는 흐릿하기만 했다. 회당 몇몇 사람들이 찾아와서 이삭과 이야기를 나누고 음식을 먹는 동안, 그는 시간 대부분을 거실 의자에서 잠을 자면서 보냈다. 네이트와 애디가 일 처리를 도맡았다. 순식간에 벌어진 일이었고 그녀는 가버렸다. 그렇게 쉽게. 그녀의 부재는 그들이 한때 했던 약속이 무엇이었든 간에 수천 개의 내일이 비워져 버렸음을 의미했다.

---

* 부모나 배우자와 사별한 유대인이 장례식 후 지키는 7일간의 복상 기간.

한동안 힘들게 상자를 나르고 포장을 한 뒤 모셰는 자리에 앉아 말했다. "더는 못 하겠어요." 그는 숨이 가빴고 심장이 조이는 듯했다.

"우리가 마저 끝낼게요." 애디가 말했다.

초나의 통을 집어 들고 위층으로 올라가려던 찰나, 가게 밖에서 자동차 소리가 들렸다. 조그만 지하실 창문으로 모셰는 광을 낸 검은색 세단과 반짝이는 흰색 타이어를 보았다. 가게 안으로 들어서는 무거운 신발이 내는 둔탁한 소리가 들리더니 그 소리는 뒷문을 지나 지하 계단으로 내려왔다. 계단 바로 위쪽에서 사촌 이삭의 친숙한 목소리가 들렸다.

"모셰?"

"거기서 뭐 해요, 이삭?"

"빨리 와서 이것 좀 봐."

모셰가 계단 위를 올려다보았다. 무엇이 되었든 보고 싶은 기분이 아니었다. 눈에 익은 이삭의 중산모가 빛을 가리고 있었다. 이삭의 표정을 살폈지만 도통 알 수가 없었다.

"그게 뭔데요?" 참지 못하고 이디시어로 물었다.

그때 껄껄 웃는 소리가 들리더니 계단 위에서 수건이나 헝겊 같은 것이 아래로 던져졌고 그의 얼굴 위에 떨어졌다. 그는 짜증을 내며 그것을 떼어 냈다.

그것은 몰스킨으로 만든 아기용 치수의 바지 한 벌이었다. 뒷면에 다윗의 별이 새겨진. 다음에 그는 어두운 계단 위에서 흘러나오는 웃음소리를 들었다. 친숙하고 높은 옥타브의 목소리.

"포장할 시간이 없었어요." 말라기의 목소리였다. "그래서 직접 가져왔죠."

반가운 나머지 소리를 지르며 기쁨의 눈물을 흘린 뒤 이삭, 모셰 그리고 말라기 이 세 사람은 상점 뒷방에 모여 네이트와 애디가 지하실에서 일하는 동안 따뜻한 차를 홀짝거리고 있었다. 모셰는 오랜 친구가 옆에 앉아 있다는 사실이 믿기지 않았다.

"어떻게 이렇게 빨리 도착했어요?" 모셰가 물었다.

말라기는 뭘 묻고 싶은지 모르겠다는 표정을 지었다. "SS 노르망디. 5일 정도. 무척 빠른 배죠."

"아내 소식은 어떻게 들었나요?"

말라기는 어깨를 으쓱하는 이삭을 쳐다보았다. 모셰는 눈을 훔치며 말했다. "아, 형. 그럴 필요는 없었는데. 이런 선물에 보답할 돈이 없어요."

"아, 표를 사준 건 아니에요." 말라기가 말했다. "내가 직접 샀으니 괜찮아요."

모셰는 똑바로 자세를 고쳐 앉았다. "무슨 사업을 하길래 그렇게 쉽게 대서양을 왔다 갔다 할 수가 있죠? 소매치기?"

"세상 모든 소매치기는 이곳 미국에 있죠. 유럽이 아니라."

"어떻게 집에 갈 건가요?"

"난 집에 왔어요." 말라기가 말했다.

"하지만 당신은 이곳을 좋아하지 않았잖아요. 여러 번 들었던 것 같은데."

말라기는 잠시 아무 말이 없다가 대답했다. "나는 살고 싶었어요. 우리 고향에 문제가 있어요, 친구. 신문에서 지금 유럽 분위기* 가 이상하다는 소식 읽지 않았나요?"

모셰는 가슴에 다시 통증을 느끼며 말했다. "유럽에 계신 제 어머니도……." 그리고 다시 한번 가슴을 쥐어짜는 듯한 통증과 슬픔이 몰려왔다. 고통이 그의 심장에서 오는 것인지 해질 대로 해진 영혼에서 오는 것인지 알 수가 없었다. 그는 기침을 하고 침을 삼키면서 잠시 숨을 가다듬었다. 조금 전까지만 해도 기쁨에 겨운 재회를 목격하고 얼굴이 밝아졌던 이삭이 다시 슬픔으로 어두워져 있었다. 이삭은 어머니가 없었다. 모셰의 어머니가 둘을 길렀다. "어머니는 영영 이곳에 오지 않을지도 몰라요. 미국이라는 땅을 당신처럼 생각하거든요. 이 땅은 더러운 곳이라고요."

"부정하지 않겠어요." 말라기가 말했다.

대화가 어두운 쪽으로 흐르자, 이삭은 이제 인상이 찌푸려졌다. 셋은 이디시어로 대화를 나누고 있었는데 이삭이 영어로 말하기 시작했다. "너희 직원이랑 할 이야기가 있어."

"뭐에 대해서요?" 모셰가 물었다.

"이곳에서 벌어진 일에 대해서 말이야."

"이삭, 먼지 털어서 좋을 게 없어요. 끝난 일이에요."

"물론이야. 그래도 저 두 사람하고 이야기하고 싶어."

"형이 떠나고 나면 분명 제게 문제가 생길 거예요."

"문제는 없을 거야. 그냥 간단히 몇 마디만 할게. 그들에게 감사

---

* 1936년 3월 나치 독일의 아돌프 히틀러는 베르사유 조약을 위반하고 라인란트 비무장지대에 독일 국방군을 주둔시킴으로써, 이후 벌어질 1939년 2차 세계대전의 전초전 분위기가 조성되고 있었다.

라도 해야지. 거의 끝나가지?"

"아직 한참 남았어요." 모세는 거짓말을 했지만 이삭은 그를 너무 잘 알았다. 그는 자리에서 일어서서 지하실 계단으로 향했다.

모세는 그의 등에 대고 말했다. "할 수 있는 게 별로 없어요, 이삭. 유럽에 있던 우리가 아니잖아요. 이곳은 자유 국가예요."

하지만 이삭의 모자는 이미 지하실로 사라지고 없었다.

네이트는 멋지게 반짝거리는 구두를 먼저 보았다. 그다음은 각 잡힌 정장 바지가 보였고 경쾌하고 확신에 찬 힘찬 발걸음이 다가왔다. 회색 정장 차림의 남자가 모습을 드러내자 그는 빗자루를 벽에 기대 세웠다.

이삭은 계단 끝에 서 난간을 잡고 그에게 다가오는 네이트를 바라보았다. 애디는 하던 일을 멈추지 않았다. 깔끔한 정장 차림의 영향력 있는 극장 소유주와 땀에 찌든 셔츠를 입은 키 큰 흑인이 마주 하는 동안, 그녀는 상자를 나르고 물건들을 포장하는 것을 계속했다.

"병원에서 당신과 이야기할 기회가 없었어요." 이삭이 말했다. "당신은 시바 기간에 날 피했고요."

네이트가 어깨를 으쓱했다.

"일이 있었을 때 당신도 여기에 있었습니까?"

네이트는 애디를 잠깐 바라보고 다시 이삭에게 얼굴을 돌렸다. "아니요."

이삭은 네이트 등 뒤로 애디를 쳐다보았다.

"그 자리에 있던 누군가가 직접 본 것을 내게 말해주었으면 합니다." 이삭이 말했다. 그는 네이트를 쳐다보며 말했지만, 그가 가리키는 것이 애디라는 것을 모두가 알고 있었다.

"그건 안 되겠습니다." 네이트가 말했다.

"그렇다면 그 일에 대해 말해 줄 수 있는 사람을 찾아보겠습니다." 이삭이 말했다.

"괜찮으시다면, 저희는 그 일에 끼어들고 싶지 않습니다."

이삭은 주머니에 손을 뻗어 두툼한 돈뭉치를 꺼내서 내밀었다. 네이트가 쓴웃음을 짓자 이삭은 바로 자신의 실수를 깨달았다.

"이해관계가 얽히게 되면, 약속은 한 줌 가치도 없이 쉽게 버려지는 세상에 살고 있다는 거 압니다." 네이트가 말했다. "돈은 됐습니다. 우리가 본 걸 말하지 않는 게 좋을 것 같습니다."

"이건 고맙다는 뜻으로 드리는 겁니다." 이삭이 말했다. "내 가족을 돌봐준 것에 대해서요."

"저희도 감사합니다."

"돈 쓸 곳이 있을 겁니다."

"과거에 낯선 사람에게 돈을 받고 제 11년이 날아갔죠. 괜찮으시다면 그냥 넣어두세요."

"하지만 난 낯선 사람이 아니잖아요."

"당신이 낯선 사람이라고 얘기한 게 아니고요. 당신은 보스잖아요."

"당신이 저보다 더 보스 같아보이는데요."

네이트가 암울하게 미소를 지었다. "이 땅에서 당신과 나 모두 이방인, 낯선 사람이죠. 모세 씨가 당신들이 어떻게 성장해 왔는지 이야기를 해주었지요. 이 나라에 오기까지 겪은 고난에 대해서도요. 그때의 어려움이 당신을 어떤 면에서는 강인하게, 어떤 면에서는 나약하게 만들었겠지요. 모셰 씨는 당신과는 다른 방식으로 강해지고 다른 방식으로 또 나약해졌어요. 그렇게 균형이 잡히는 거죠. 저는 그저 제 방식만 아는 가난한 유색인이고요. 하지만 만약 제가 선택할 수 있다면, 만약 신이 허락하신다면, 나는 당신이나 내 방식보다는 모셰 씨의 방식을 따를 겁니다. 왜냐하면 그의 방식이 옳기 때문입니다. 모셰 씨나 그의 아내 같은 사람은 많지 않습니다. 신께서 그녀의 영혼을 보호하실 겁니다. 두 분은 우리 도도에게 잘해줬어요. 그러니 돈은 부디 넣어두세요."

"그게 다가 아니었어요." 애디가 방을 가로질러 다가와 돈을 쳐다보며 말했다.

네이트가 그녀를 돌아보며 이제 됐다는 의미로 손가락을 좌우로 흔들었다. 그리고 다시 이삭을 바라보았다. "제가 말씀드린 대로, 저희는 괜찮습니다."

"난간에 올려 두겠습니다."

"내일 아침에도 그 자리에 있을 겁니다. 그다음 날에도요. 당신이 와서 찾아갈 때까지요." 네이트가 말했다.

이삭이 발끈했다. "바보짓 하지 말아요."

"당신이 날 뭐라고 부르든 상관없습니다. 그리고 돈만으로 쉽게 아이를 구해낼 수는 없어요."

"할 수 있어요. 시간이 좀 걸려서 그렇지 전화 몇 통 돌리면 돼요. 사람들을 좀 압니다. 변호사를 구해 줄게요."

"저한테도 한두 가지 생각이 있습니다. 아이를 빼낼 방법이요."

"말도 안 되는 행동 하지 말아요. 변호사가 해결해 줄 겁니다. 이곳은 법치 국가예요."

"백인들을 위한 법이지요." 네이트가 부드럽게 말했다. "당신이 이곳을 떠나고 다음 백인이 나타나면 그 사람이 말하는 대로 법이 적용됩니다. 다음 사람이 오면 그 사람이 말하는 게 법이 되고요. 당신이 도도를 얻기 위해서 돈을 얼마를 태우던, 닥 로버츠 일당이 당신들이 고쳐놓은 규칙을 손에 넣고 다른 규정을 만들어서 도도를 다시 가두고 절대 나오지 못할게 할 겁니다. 아니면 더 최악은 아이를 교도소로 보내버릴 수도 있겠지요. 그러면 우리는 다시 당신들에게 손을 내밀고 찾아가야 하죠. 그렇게 계속 빙글빙글 돌게 되겠지요. 이 땅의 법은 백인들만을 위한 것입니다. 간단하고 명료합니다. 그러니 당신은 저희에게 돈을 낭비하려 하고 있는 셈이고요. 이미 모셰 씨에게도 빚진 게 많습니다. 그와 부인께서 저희에게 베풀어 주신 것을 갚아야 해요."

"그게 뭡니까?"

"두 분이 저희를 위해 해준 수많은 일을 대신할 사람은 어디에도 없을 겁니다. 누구 아는 사람 있습니까?"

이삭은 인상을 쓸 수밖에 없었다. 이렇게 오만한 사람, 특히 이런 식으로 말하는 흑인은 처음이었다. 반면에 모셰는 이 남자를 그 누구보다 신뢰했다. 이삭은 키가 큰 이 흑인이 흐느적거리며 병실 창문에 서 있는 것을 보았다. 모셰와 다른 사람들이 초나의 병실에 모여 눈물짓고 있을 때였다. 그는 네이트가 돌아서며 얼굴에서 눈물을 훔치는 모습을 보았다. '그도 나와 같아.' 이삭은 씁쓸한 표정으로 생각했다. '그는 슬픔을 혼자 삭이는 사람이야.'

그는 모셰와 말라기가 대화를 듣고 있을지도 모를 위를 한번 쳐다보았다. 그리고 소리가 전달되지 않도록 조용히 말했다.

"나는 애국자입니다. 난 이 나라를 사랑해요. 나에게 잘해줬어요."

"그렇다면 좋은 일이네요."

"모셰는 정직한 남자입니다. 초나, 그녀는… 음… 그녀는 자기 생각이 뚜렷했죠. 그녀가 상관할 바도 아닌 일에 관해 신문사에 항의 편지를 썼고요. 그녀는 좋은 사람이었어요. 친절한 여자였고요. 그녀가 죽어서는 안 됐어요."

"저도 동의합니다." 네이트가 말했다.

"그래서 말인데요. 닥 로버츠요."

네이트가 애디를 힐끗 보니 그녀는 몸을 돌리고 다시 바닥을 닦기 시작했다.

"그 사람이 어째서요?"

"그자가 이제 어떻게 나올까 싶어서요."

"제 생각엔 아무것도 하지 않을걸요. 이곳에 오지만 않는다면 성가실 일은 없죠. 그가 한 짓을 본 사람은 도도 말고 한 명뿐이에요. 그리고 그 사람은 모셰 씨 말고는 아무에게도 자신이 본 것을 말하지 않았고요. 자신이 목격된 것을 닥이 알고 있는지는 모르겠지만, 사건이 끝나자마자 가게에 온 사람들은 여럿 있었어요. 나도 그곳에 꽤 일찍 도착했고요. 누군가가 내게 찾아와서 날 데려갔죠. 내가 도착했을 때 경찰은 도도를 지붕에서 쫓고 있었어요. 그러고 나서 모두 재빨리 자리를 떴어요. 늘 있는 일이라고 치부하고 이미 잊어버렸을 겁니다. 물론 친구를 한 명 잃었지만요. 당연히 그들은 미스 초나를 위해 기도할 겁니다. 하지만 그 사람들에게는 더 이상 하늘과 땅 식료품점에서 장을 볼 수 없다는 사실만 남았죠. 그리고 그게 전부고요."

"당신이 도착했을 때 그녀는 의식이 있었나요?"

"네, 그랬습니다. 기절을 하긴 했었지만 그때는 의식이 있었어요. 병원으로 데려가기 전에 그녀는 살짝 미소를 보이기도 했고요. 모셰 씨를 찾았어요. 그리고 도도가 괜찮은지도요." 네이트가 바닥을 내려다보았다. 비록 이삭에게서 그는 여러 발짝 떨어져 있었지만, 이삭은 예전에는 느끼지 못했던 뭔가를 이 남자에게서 느낄 수 있었다. 자신도 가슴 깊이 느꼈던 그것. 고요하지만 불타오르는 온전한 분노.

"버니스 관련해 몇 가지 물어봐도 될까요?"

네이트는 잠시 아무 말이 없었다. "그녀가 어째서요?"

"그녀가 여전히 옆집에 사나요?"

"그녀는 평생 그곳에 살았습니다. 그녀와 그녀의 아이들이요."

"그녀와 초나가 가까운 사이였습니까?"

"매우 가까웠죠. 어린 시절 함께 학교에 다녔습니다."

"혹시 내가 찾아가면 그녀와 대화를 나눌 수 있을까요?"

네이트는 어깨를 으쓱했다. "그녀는 아무하고도 말을 하지 않습니다. 하지만 그녀는 주정부 사람이 도도를 잡으려고 왔을 때 미스 초나가 도도를 지킬 수 있도록 도와주었어요."

"그 말은 당신은 그녀에게 빚이 있다는 거네요. 초나를 도와주었으니 당신을 도운 셈이죠."

네이트는 고개를 끄덕였다. "제 빚이 얼마나 되는지 계산해 주실 필요는 없습니다. 돈이 그렇게 많다고 하시니 제가 이렇게 버니스에게 보내드리려 하고 있지 않습니까. 버니스에게는 아이들이 많아요. 당신의 도움이 필요할지도 모르겠어요. 버니스에게 네이트가 보냈다고 말해요. 조금은 다가가기 쉬울 겁니다. 가끔 그녀에게 이것저것 고쳐주기도 하고 몇 가지 도움을 줬어요. 버니스의 아버지는 건축가였어요. 그 사람이 저기 보이는 꼭대기 회당을 세웠고요."

"지금 바로 그녀를 찾아가겠어요."

"이건 알아두세요. 버니스는 말이 많은 걸 싫어해요."

"난 말하지 않을게요." 이삭이 말했다. "듣겠습니다."

23

버니스의 성경

패티와 빅숍은 술집 뒤쪽 울창한 숲속에 있었다. 패티가 낡은 컨버터블 자동차 안에서 머리를 처박고 있을 때 러스티가 술집 뒷문을 열고 나오며 소리쳤다. "패티, 여동생이 널 보러 왔어."

"걔가 여기까지 무슨 일이야?"

"나한테 묻지 마." 러스티가 가까이 다가오며 말했다.

"나 바쁘다고 이야기 좀 해줘. 이게 작동하는지 살펴봐야 해. 그레이트 채드윅 식스인 것 같아."

"그레이트 빅 멍청이와 무슨 관계가 있는 거야?" 차 밑에서 와이어 브러시로 차체 프레임을 닦고 있는 빅숍을 가리키며 러스티가 말했다. 빅숍은 발만 보였다.

"이게 진짜 채드윅 식스라면 큰돈이 될 거야. 이 차들이 이곳 포츠타운에서 만들어졌어." 패티가 말했다.

"이 고철 덩어리가?" 러스티가 한 발짝 뒤로 물러나 찢어진 시트와 펑크 난 타이어, 경적이 있어야 할 자리에 붙은 낡은 가스램프를 보며 말했다. "어디서 구했어?"

"냅코 컴퍼니를 운영하는 거물급 인사가 살던 오래된 주택을 허물었어. 우리가 그 주택 뒤에서 이걸 발견했지."

"발견했다고? 그 집 물건 아니야?"

"난 얘를 숲에서 자유롭게 해준 거라고, 러스티. 이걸 팔 거야. 이게 뭘 가져다줄지 누가 알겠어? 버니스는 뭣 때문에 왔대?"

"버니스는 네 여동생이야, 패티." 러스티가 그렇게 말하고 다시 술집 안으로 들어갔다.

패티는 몸을 펴고 공구는 흙더미에 그대로 남겨두었다. 그도 이 자동차가 그레이트 채드윅 식스인지는 확신하지 못했다. 직접 본 적이 없었을 뿐 아니라 사진조차 보지 못했다. 하지만 그 자동차는 1900년대에 고작 몇천 대만 만들어졌다는 글을 어딘가에서 읽었다. 그 회사는 20년 전에 파산했고 차에는 휘장이 따로 없어서 알아볼 수는 없었지만, 우연히 이 차가 그레이트 채드윅이라면……. 그건… 정말 행운이다! 갑자기 날아온 돈이다. 이 도시를 떠날 수 있는 돈.

버니스는 두 손을 얌전히 무릎에 얹고 교회 갈 때나 쓰는 단정한 모자를 쓴 채 현관 의자에 앉아 있었다. 놀랍게도 그녀는 혼자였다. 그녀가 바깥 행차를 할 때는 항상 한두 명의 아이들이 따라붙었는데 대부분은 교회에 가는 길이었다.

"어디 피크닉 가?" 패티가 현관으로 올라서며 물었다. 그리고 그는 상자 위에 앉았다.

버니스는 인상을 찌푸렸다. 둘은 친한 편은 아니었다. 여러 해

동안 5분 이상 대화를 나눠본 적이 없었다. 아버지 집의 소유권을 둘러싼 두 사람의 분쟁이 몇 년 동안 지속되면서 일상적인 불만으로 변한 지 오래였다. 한때 아름다웠던 여동생이 자기 삶을 산산조각 내고 아무하고나 아이를 낳았다는 사실이 그를 괴롭혔다. 마지막 셌을 때 기준으로 8명의 아이가 있었다. 아님 그렇게 들었었나. 그들은 몇 블록 떨어진 곳에 살고 있었다. 수 마일은 떨어진 듯한 기분으로.

"초나의 장례식에 안 왔더라." 그녀가 말했다.

"그렇게 가까운 사이도 아닌데 뭐."

"그만 좀 해." 버니스가 말했다. 그녀는 쓰레기와 장작더미, 분해된 자동차 잔해, 풀이 가득 난 술집 마당을 눈으로 훑었다. 그가 햄버거를 만들어 팔던 낡을 대로 낡은 가판대도 보였다. 그리고 문 앞에 걸린 찌그러진 간판까지. '뚱보의 술집. 주의 요함. 내부는 재밌음'

그녀가 간판을 가리켰다. "재밌어?"

"버니스, 할 말 있으면 해."

"뭐라고?"

"요점만 말하라고."

"너는 구원 받아야 해."

"나중에 보자." 패티가 역겹다는 듯 말했다. 그는 상자에서 일어서서 현관 계단으로 몸을 움직였다.

"너한테 줄 게 있어." 그녀가 말했다. "네 마음에 들 거야."

이 말이 그를 멈추게 했다. 계단에 서서 난간을 붙잡았다. "이제 인쇄기 없이 네 손으로 돈을 버는 거야?"

"너는 늘 돈 생각만 하니?"

"아빠가 나한테 돈을 좀 남겼던가?" 그가 물었다.

버니스가 얼굴을 찌푸렸다. 가슴 아픈 부분이었다. 그들의 아버지, 샤드 데이비스는 자식들을 대학에 보내겠다며 저축을 하던 사람이었지만 너무 일찍 죽었다. 고작 그들이 살 집만 남겨두고. "인제 그만 잊어버려." 그녀가 말했다.

"여전히 그 생각에 매달려 있는 게 아니야." 패티가 말했다.

"네가 대학 가려던 생각, 이뤄질 수도 있었어. 시작할 정도의 돈은 그때 있었어."

"음, 지금 나는 더 좋은 계획이 있어. 나는 할리우드로 가서 영화를 만들 거야."

"술병에 적힌 라벨 들여다보며 일하는 것보다는 낫겠다."

"난 술 마시지 않아. 파는 거지."

"그게 더 나빠."

"성경 애호가를 위한 운전 학교 같은 거 열면 연락줘, 알겠지?"

"하느님의 길을 걷는 나를, 네 마음대로 판단하지 마."

"그게 뭐가 되었든 네가 길을 걷는다니 기쁘다. 내가 감옥에서, 밑바닥에서 벗어나려고 애쓰고 있는 동안 너와 하느님은 여기에서 그레이터포드까지 가는 길이 닳아서 없어진 줄 알았나 보지."

"엄마가 아팠어."

"그때 당시에 연필과 종이 생산도 중단되었구나?"

"네가 잘못해서 거기 들어가게 된 거야. 그리고 나는 네게 성경을 보냈어."

"왜 스스로 뭔가 하지 않아, 버니스? 네가 여기까지 이런 말도 안 되는 소리를 하러 왔다는 사실이 짜증이 나. 다 지나간 일이야. 이제 다 지나갔다고. 원하는 게 뭐야?"

"네게 줄 게 있다고 했잖아." 그녀가 말했다.

"돈을 가져온 게 아니라면 관심 없어."

"가치가 있을 거야."

"그런 고급진 말은 어디서 배웠대? 학교도 못 마쳤으면서."

참을성이 바닥 난 버니스는 입술을 깨물었다. "너는 백인 남자 같아. 그렇게 다 아는 척하고 살면 힘들어."

"얼른 집에나 가, 버니스. 빵이나 먹으러 어디 들르지 말고."

그는 현관 계단을 몇 걸음을 내려갔다. 그리고 그때 그는 버니스가 숫자를 중얼거리는 소리를 들었다. 아니 들은 것 같았다. 그 소리가 그를 멈춰 세웠고 마지막 계단에 발을 올린 채 돌아섰다.

"내가 지금 제대로 들은 거야?"

"제대로 들었어."

"400달러라고 정말 말한 거라면, 말도 안 되는 속임수야."

"속임수나 부리자고 여기 온 거 아니야. 예수님이 내 구원이야."

"여동생만 아니면 당장 집어서 던져버렸을 거야."

"날 위해 여기 온 게 아니야. 알아둬. 나는 지금 하느님의 뜻을 전하려는 거야."

"그럼 딴 데 가서나 해. 너한테 400달러가 있을 리가 없어. 네게 그 정도 돈이 있었다면 당장 아이들 데리고 아침 첫 기차를 잡아타고 이곳을 떴을 거야."

"구세주는 이곳에도 계셔. 달리 가야 할 곳은 없어."

"말이 되는 소리를 해, 버니스!"

버니스가 한숨을 쉬었다. "하나만 물어볼게. 네가 대답을 하면 내가 가져온 물건은 남겨두고 내 할 일 하러 갈 거야. 그리고 더는 널 만나고 싶지 않아. 너하고 할 일도 없고. 난 충분히 힘들게 살았고 넌 너무 고약해. 내가 힘든 여자라는 건 알아. 나도 살면서 몇 가지 실수도 저질렀고. 하지만 '주님, 제 아이가 지혜롭고 선하게 해주세요'라고 기도하면서 속마음은 '이 아이가 나보다 더 많은 권력과 돈을 갖게 해주세요'라고 기도하는 이곳 다른 여자들만큼 최악은 아니야. 난 내 아이들을 위해서 그렇게 기도하지 않아. 아버지도 우리에게 그렇게 했고. 아버지는 중요한 것을 세웠어. 유대인 교회, 수많은 주택과 건물 그리고 다양한 물건들. 아버지는 우리도 세우려고 노력했지. 하지만 완성하지는 못했어. 이 세상을 뜨기 전에 제대로 우리를 만들지 못했던 거지. 그래서 지금 우리가 이렇게 사는 거고."

"지금, 아무 상관도 없는 얘길 왜 하는 거야?"

"아버지가 돌아가시고 누가 우리를 보살펴줬지?"

"누군가가 식료품들을 가져다주고 물을 길어다 주고 가끔 학교까지 데려다준다고 해서 친구가 되는 건 아니야."

"대체 어디서 그런 사악한 마음이 생긴 거야?"

"이렇게 말 잘하면서, 지난 몇 년 동안 넌 그 누구하고도 두 마디 이상 나누지 않았어. 내가 초나와 그 주변 사람들을 싫어하는 게 아니야, 버니스. 그들은 좋은 사람들이었어."

"하지만 넌 그녀의 장례식장에 얼굴을 비출 만큼의 예의도 차리지 않았어."

패티는 눈을 동그랗게 떴다. "울고싶어서 통곡의 벽이 필요한 거라면, 저기 나뭇더미를 이용해. 난 유대인들이 어떻게 애도하는지 전혀 몰라."

"나도 마찬가지이지만 장례식엔 참석했어."

"과거에 동전 몇 푼 우리에게 던져준 것 두고 이 주변 유대인들에게 너를 가져다 바치려면 그렇게 해. 넌 이미 도도를 숨겨주는 것으로 다 갚아줬잖아. 그건 방조죄야. 누군가가 주정부 사람에게 모든 걸 다 말했다고. 누군지 몰라도 그 입 싼 놈 때문에 넌 잡히게 될 거야."

"내 목사님이야, 함부로 말하지 마!"

"스눅스? 거짓말!"

"난 하느님이 기뻐하실 것만 말해. 거짓말은 하지 않아."

"스눅스가 그렇게 멍청하지는 않아."

"스프릭스 목사님. 그만 좀 스눅스라고 불러." 버니스가 말했다.

"그 땅콩 머리, 내가 뭐라고 부르든 상관하지 마. 근데 진짜야?"

"그분이 직접 나에게 말했는걸. 지난 일요일 교회 예배가 끝나고 내게 털어놓았어. 그가 도도에 대해서 주정부에서 온 유색인에게 말했다고 했어. 그럴 생각은 아니었는데. 어쩌다 그 유색인이 도도를 잡고 싶은 게 아니라는 걸 알게 되었다고 했어. 그 사람의 직업은 주정부 높으신 분들을 태우고 다니는 일이었어. 그래서 도도를 잡아 오라고 보냈을 때 그건 식사에 추가로 나오는 강낭콩 수프 같았던 거지. 그는 누구도 붙잡을 생각이 없었어. 커다란 주정부 자동차를 직접 몰고 다니면서 온종일 시간을 보내고 돈을 받았어. 도도를 잡는 일에는, 너랑 내가 날아다니는 벼룩을 잡느라 신경 쓰는 만큼도 관심이 없었어. 그 사람들이 도도를 잡아 오라고 보낼 때마다 그는 스프릭스 목사에게 먼저 찾아갔어. 그러면 스프릭스 목사님은 나에게 연락해 주었지. 나는 초나의 집에 가서 도도를 데려와 그들이 찾을 수 없게 했지. 도도는 한참 동안 우리 마당에서 아이들과 자유롭게 놀기만 하면 됐어. 두세 번쯤은 직접 주정부 사람이 오기도 했었는데, 그 사람이 목사님에게 미리 정보를 흘려줬어. 그렇게 정부에서는 도도를 찾을 수가 없게 되었지. 도도가 발견된 건 사고였어. 닥은 상점에 주정부 사람 아무하고도 같이 오지 않았어. 그렇게 직접 찾아온 건 뜻밖의 일이야."

패티는 얼굴이 뜨거워지는 것을 느꼈다. 닥 로버츠가 언급되는 것만으로 분노가 일었다. 그는 이를 악물었다. "그 악당 놈들 얘기를 하려고 여기까지 온 거야? 난 신경 안 써! 씨…" 버니스는 신앙심이 깊은 아이였고 여전히 그의 여동생이었다. 그는 욕을 하려다 말고 말을 돌렸다. "그 유색인이 스프릭스 목사에게 슬쩍 알려줬다니 다행이네. 하지만 우리가 그 사람이나 스프릭스 목사에게 빚진 건 없어. 치킨힐에서 우리가 서로 빚진 건 뭐야, 버니스? 우리에게는 아무것도 없어. 앞으로도 아무것도 없을 거고. 이 마을에서 좋은 거라곤 이 마을을 벗어나는 것뿐이야. 가끔 초나 양, 아니 초나를 지나가다 보긴 했었어. 하지만 그녀를 돌봐줄 사람들이 그녀 주변에는 많이 있었어. 우리는 그들에게 빚진 거 없어. 그들도 우리에게 빚진 게 없고."

"그들이 아니라, 우리야. 우리라고. 우리는 다 같이 이 치킨힐에 살아." 버니스가 말했다.

"너 자신을 속이지 마. 그런 시절은 지나갔어. 이 지역 유대인들은 백인들과 같은 세상에 살기를 원해. 그들도 결국 백인이야. 백인들이 부르면 방에 들어가 모자를 벗어 벽에 걸기만 하면 된다고. 너나 내가 그렇게 해봐, 어떻게 되나."

"초나는 그런 사람이 아니었어."

"만약 그녀가 장애인이 아니었다면 그녀도 그들과 같았을 거야."

"그런 사악한 생각을 품고 있는 건 뭔가 잘못된 거야, 패티."

패티가 인상을 썼다. 이런 식의 대화를 싫어했다. "내 말은 초나 양은……. 그래, 그녀는 괜찮은 사람이야. 다시는 그녀 같은 사람 못 만날 거야. 그건 확실해."

버니스가 오랫동안 아무 말 없이 가만히 앉아 있었다. 그녀는 결정을 내리려는 듯이 보였다. 그녀가 고개를 끄덕였다.

"나한테 줄 건 없었던 거지, 그렇지?" 패티가 말했다.

처음으로 버니스가 웃었다. 지난 세월이 사라진 듯, 교회 모자를 쓴 얌전한 자세의 버니스는 이 순간만큼은 더 이상 침묵의 요새에 자신을 가두었던 버니스가 아니었다. 그녀는 키가 크고 아름다웠던, 새처럼 곱게 노래하던 예전의 버니스 같았다.

"네게 줄 게 있어. 하지만 먼저 물어볼 게 있어. 너 어렸을 때, 아빠 따라가서 일한 적이 많았잖아. 그때 혹시 수도관 설치한 적 있어?"

"여기저기 많이 파헤쳤지. 우물, 무덤, 파이프도 깔고. 아빠는 모든 걸 했어."

"수도관도?"

"적어도 두세 개는 작업 했을 거야."

"치킨힐에서?"

"응, 내 기억으로는."

"헤이즈 거리 주변이야?"

"거기에도 깊은 우물이 하나 있긴 있어."

"누구나 물을 받을 수 있는 그쪽 공터에 있는 공용 급수대 주변이야?"

"그래. 아빠가 유대인 교회를 위해서 작업했어. 그 우물이 왜 그렇게 깊은지는 모르겠어. 그곳은 지하수가 그 정도로 깊은 땅속으로 지나가나 봐. 그 우물 바닥에 펌프가 있어. 그거 설치할 때 정말 힘들었어. 오래전이야. 내가 어렸으니까."

"어딘지 찾을 수 있어?"

"물론 가능할 거야. 클로버 유제품 회사 근처 공터야. 공용 급수대에서 멀지 않아. 우물은 윗부분이 막혀있어. 시에서 윗부분을 콘크리트 맨홀 뚜껑으로 막았고 풀과 쓰레기로 뒤덮여 있을 거야. 하지만 그곳에 있는 건 맞아. 파이프는 아마 3미터 아니면 5미터 정도 아래였던 것 같아. 정확히는 기억나지 않지만 5미터 정도가 맞을 거야."

그녀가 일어섰다. "좋아 그럼."

버니스는 가방을 열고 책이 들어있는 것처럼 보이는 커다란 갈색 서류봉투를 꺼내 들었다. 그리고 그녀가 앉았던 자리에 그것을 내려놓았다. "네 거야."

"이게 뭔데?"

"선물."

"성경책이라면 산 곳에 가져가서 돈 돌려받아. 네가 지난번에 준 성경책 아직 있어."

"성경은 아무 잘못이 없어." 그녀가 말했다. "성경은 좋은 메시지를 담고 있어."

"거기 400달러가 들어있나?"

"네가 어떻게 변했는지 좀 봐. 이 정도로 형편없는 사람 아니거든? 아니요, 여기에는 400달러가 들어있지 않아요."

"그럼, 성경책 맞구만!"

그 순간 버니스는 서둘러 현관을 벗어나 진흙탕 길을 따라 걸어가 버렸다.

패티는 화가 나서 떠나는 그녀의 머리에 서류봉투를 집어던지고 싶은 마음을 겨우 눌러가며 잡초 속에서 모자가 위아래로 흔들리며 시야에서 사라지는 것을 지켜보았다.

갈색 서류봉투는 오후 내내 열어보지도 않은 채 현관에 놓여있었고 밤이 되어 술집 문이 열렸을 때도 그대로였다. 주크박스에서 어스킨 호킨스 음반이 흘러나오자 평소처럼 욕하고 소리치고 비틀거리는 손님들이 현관에 몰려들기 시작했기 때문에 어쩔 수 없이 그는 건물 뒤편 계단으로 가지고 가서 희미한 전등 불빛 아래에서 손님들의 눈을 피해 갈색 서류봉투를 뜯어 보았다.

그가 옳았다. 그건 성경이었다. 하지만 그게 다는 아니었다. 편지봉투와 함께 400달러 대신 500달러가 놓여 있었던 것이다. 편지봉투에는 편지지 두 장이 들어있었다.

그는 첫 페이지를 빠르게 읽고 두 번째 페이지를 흘끗 보다가 추가로 400달러짜리가 편지지에 붙어 있는 것을 발견했다. 두 번째 편지지에서 400달러를 급하게 떼어내는 바람에 편지지 일부가 뜯겨나가는지도 몰랐다.

"하느님 찬양합니다." 그가 말했다.

그는 술집 앞으로 뛰어나가며 웃음을 터트렸다. 두 번째 페이지의 남아 있던 조각이 펄럭이며 땅바닥에 떨어졌다. 나중에서야 그는 그렇게 서둘렀던 것이 미안했다.

24

오리 소년

고구마파이가 미끼였다. 치킨힐 모두가 페이퍼가 내일은 없는 것처럼 파이를 굽는다는 것을 알고 있었다. 그래서 헴록 마을을 다녀온 이틀 뒤, 네이트, 애디, 러스티와 패티를 부엌 탁자에 모으기는 쉬웠다. 하지만 10킬로미터 이상 떨어진 펜허스트에서 일하는 미기를 데려오는 것이 힘들었다.

그녀가 가장 늦게 도착했다. 버스를 타고 온 그녀가 문에 들어섰을 때 지난주 멋들어지게 차려입었던 헴록 마을의 예언가는 사라지고 없었다. 대신 순백의 드레스와 하얀 구두, 하얀 스타킹까지, 온통 흰색 복장으로 단정하게 차려입은 의료 종사자가 있었다. 조용하지만 자신감 있는 모습이 전문가의 분위기를 풍겼다. 미기의 눈은 탁자에서 커피를 홀짝이고 있는 네이트에게 맞춰졌다.

그녀는 문 앞에서 얼어붙은 것 같았다.

"누가 오는지 나한테 말해주지 않았잖아, 페이퍼." 미기가 말했다.

"미기, 우리는 여기서 다 가족이야."

미기는 잠시 더 망설이는 듯하다가 탁자 저 끝에 있는 패티 옆에 가서 자리를 잡았다. "그 파이는 그만큼 가치가 있어야 할 거야."

"그럼." 오븐에서 데워진 파이를 재빨리 꺼내며 페이퍼가 말했다. "여기 있는 미기는 펜허스트에서 일해요. 예언을 하기도 하고요."

"내 미래도 봐줄 수 있어요?" 패티가 입을 열었다.

"아니, 하지만 난 네 눈을 멀게 할 순 있어." 미기가 말했다.

천정에서 갑자기 정어리 통이라도 떨어진 듯 패티의 웃음기가 싹 사라졌다. 패티는 겁에 질려 뒤로 물러나 앉으며 "그러지 않으셨으면 좋겠는데요, 미스"라고 말했고 그런 패티를 보며 네이트의 입술에 희미하지만 살짝 미소가 스쳐 지나가는 것을 페이퍼는 본 것 같았다.

미기가 소리를 내 웃었다. "주문을 외워서 하는 게 아니야, 허니. 내가 새끼손가락을 빼고 마시면, 한 모금 마실 때마다 오른쪽에 앉은 사람 눈이 멀어. 페이퍼, 파이는 커피랑 같이 먹을 거지?"

페이퍼가 찬장에서 찻잔을 꺼내려고 몸을 돌리며 웃었다. 미기는 심호흡을 하고 두 손을 꺼내 손톱을 감상하더니 목소리를 가다듬고 마침내 시원하게 말했다. "당신이 날 기억할 거라고 생각하지 않으려고 노력할게요, 네이트 씨."

"넌 그때 무릎 높이밖에 오지 않는 꼬마였는데. 그래, 난 널 기억해. 그리고 너희 아버지도. 아버지가 돌아가셨다는 얘기는 들었어.” 네이트가 말했다.

“아버지는 항상 당신을 좋아하셨죠. 당신이 헴록 마을에 해준 일에 대해 아버지는 늘 감사해했어요.”

“지금 그런 얘기 할 필요 없어. 다 끝난 일이고 지나간 과거야. 다 갚았고.”

패티는 뱃속을 통과하는 고드름 조각을 느끼며 과거 그레이트 포드에서의 기억이 떠올랐다. 감방 동료 더트는 ‘세상 모든 돈을 준다 해도 네이트는 건드리지 않을 거야’라고 말했었다. 헴록 마을에서 대체 네이트는 무엇을 했던 것일까? 다 갚았다는 것은 또 무슨 말일까?

패티가 더 깊숙이 생각에 빠져들지 않게 한 것은 페이퍼였다. 페이퍼가 사람들 앞에 파이 조각을 내놓으며 말했다. “미기, 내가 당신에게 와달라고 부탁한 건 다름이 아니라…”

미기가 말을 잘랐다. “누가 존을 쏘았는지는 내가 상관할 바가 아니야. 나는 알고 싶지 않아. 백인들이 거짓말 같은 법을 만들어 놓고 그들은 살찐 고기에 붙은 거짓말과 불의로부터 이익을 얻지. 너와 내가 이쪽저쪽을 오가며 진실의 일부를 씹으면서 가혹한 현실과 싸우는 동안 말이야. 하지만 어떻게든 식사가 끝나고 식탁이 치워지면, 결국 우리는 배고픈 채 남겨지는 거야. 나는 인생에 대해서 이야기하러 왔어.

나는 해가 뜨는 시간부터 해가 질 때까지, 나에게 일어나는 일상에 대해서 이야기하려고 해. 만약 내 인생에서 배울 수 있는 것이 있다면, 그게 무엇이든 간에, 당신들에게 도움이 된다면 더할 나위 없이 좋겠지. 내 할 일은 올바르게 살려고 노력하는 거야. 그래서 퇴근하고 이곳에 와서 고구마파이를 먹고 있는 거지. 나의 옛 친구와 그녀의 사람들과 함께."

그녀는 파이를 한입 크기로 잘랐다. "자, 내가 이 파이를 먹으면서 내 직업에 대해서 이야기 한 것을 두고 나중에 누구도 내가 모종의 계획을 했다거나, 펜실베이니아 주정부에 해를 끼치는 부당한 행동을 했다고 하지는 않겠지. 내가 매주 일을 하고 돈을 받는 그곳에서 그들이 무엇을 하고 무엇을 하지 않았는지 사람들에게 이야기한다고 해서, 법을 어기는 건 아니잖아. 그것이 진실이고. 그리고 난 그렇게 살 거야. 신을 두려워하는 모든 사람들도 그렇게 살아야만 해."

"좋아, 그럼." 페이퍼가 말했다. "네가 하는 일은 뭐야?"

"나는 청소부야." 미기가 말했다. "침대를 청소하고 환자용 변기를 청소하고 사람들을 청소해. 대부분은 남자들이야. 여자들은 남자들보다 까다로운 편이라 남자들이 일하기는 더 편해."

그녀는 한입 크기의 파이 조각을 조심스레 집어 올려 얼굴 가까이에 두고 찬찬히 들여다보았다.

패티는 더 이상 참지 못하고 물었다. "그거 먹기 전에 파이에 대한 설교문이라도 쓸 건가요?"

페이퍼가 차가운 눈빛으로 패티를 쏘아보았다. "저 인간 신경 쓰지 마, 미기. 가끔 진짜 생각이 입으로 튀어나오고 그래."

"괜찮아." 그녀가 패티를 보며 말했다. "이건 내 파이야, 자기야. 내가 원하는 대로 먹는데 불만 있어?"

"아뇨, 전혀요. 하지만 당신이 방법을 말할 때까지 여기 붙어서 기다려야만 한다면 꼬꼬댁 닭장에 가서 기다릴래요. 페이퍼가 바라는 그 방법을 말할 때까지요."

"그게 페이퍼만 바라는 일이었던 거야?"

패티는 잠시 할 말을 잃었다. 네이트의 눈빛이 자신을 참아주고 있는 것처럼 느꼈다. 흠흠 목소리를 가다듬고 말했다. "나는 페이퍼가 와달라고 부탁을 해서 온 거예요."

"그리고 나는 파이를 먹으려고 왔고." 미기가 말했다. "그리고 내가 좋아하는 방식대로 할 거야." 그녀가 한입 가득 고구마파이를 넣고 천천히 씹어서 삼킨 뒤 말을 계속했다.

"세상에는 남자가 이해하는 방식이 있고 여자들이 이해하는 방식이 있어. 백인들의 이해가 있고 흑인들의 이해가 있지. 그리고 있는 그대로의 지혜가 있고. 이 땅에 처음 태어난 아기는 아무것도 할 수 없는 듯 보이지만 각자의 의지를 가지고 태어나. 나는 특별히 의지가 강하지도 특별히 영리하지도 않았어. 그저 헴록 마을에서 길러진 로우갓이었을 뿐. 대신 우리는 모두 올바르게 살아야 한다고 배웠어. 그리고 모든 것을 사랑하라고. 펜허스트에서 일하기 전에 나는 빨래를 했고 그렇게 페이퍼를 만났지. 그 일이 지겨워져서 펜스버리에 있는 백인 가정에서 가정부로 일한 적도 있어. 남편은 판사였고 아내는 게으르고 의지가 약한 여자였는데 두 사람은 모두 근심 걱정 없고 세상의 부당함이 당연한 듯 교육받은 사람들이었어. 정의롭지 못한 부모는 정의로움에 덫을 놓는 부당한 아이를 기르게 돼. 나는 그들보다 더 많은 시간 그들의 아이를 돌보았어. 하지만 그리 오래 하지는 못했어. 내가 내 아이를 기른다면, 내가 사랑하는 모든 것을 사랑하도록 가르칠 거야. 우리는 다른 사람들과 다르게 살고 있어. 그래서 치킨힐에 사는 당신들에게 조차 독특하고 이상하게 보일지 몰라.

헴록 마을의 로우갓들은 모두 한 핏줄이야. 어떻게 시작했는지, 로우 컨트리에서 어떻게 헴록 마을로 오게 되었는지, 누가 누구와 결혼했는지 그런 것들은 잘 몰라. 나이 든 사람들은 옛 과거에 대해 이야기하고 싶지 않아 했어. 하지만 헴록 마을에는 두 가족뿐이야. 로우갓과 러브. 대부분은 로우갓이고. 러브 가문은…" 이때 그녀는 네이트를 힐끗 쳐다보았다. "이제 러브 사람은 거의 남지 않았어."

그때 다시 한번 패티의 기억이 그레이트포드로 돌아갔다. 더트가 말했었다. 네이트 러브. '네이트가 러브 가문 출신의 러브였구나.' "러브 가문에는 무슨 일이 있었죠?" 네이트를 제대로 쳐다보지도 못하면서 패티가 참지 못하고 물었다.

미기는 머리를 가로저었다. "그건 내가 전혀 모르는 부분이야. 로우갓과 러브는 그리 다르지 않아. 우리는 직진을 하지. 샛길로 가거나 우회하지 않아. 네가 그 사람들을 신뢰한다면, 그들은 언제든 너와 함께할 거야. 그들은 진실을 따라 움직여. 그들과 적이 된다면 두려워해야 해."

이때 그녀는 파이를 조금 떼어내서 바라보다가, 패티를 쳐다보며 다른 질문이 있는지 살펴보았다. 패티가 조용해지자 만족하듯 다시 말을 이었다.

"내가 펜허스트에 오게 된 것은 말야, 헴록 마을에 라번이라는 여자분이 있어. 그곳에서 짐을 정리하고 환자들 기분도 보살펴주는 일을 했던 분이지. 그분이 자기 대신 일할 사람을 찾고 있다고 했어. 그래서 내가 일자리를 구했어. 그곳에는 이미 로우갓 사람들이 많았어. 백인들은 그들이 하고 싶지 않은 일을 하는 유색인들에게는 진절머리 치지 않았어. 내가 청소일을 한다고 말했던가? 그날부터 청소를 시작했어. 무엇을 청소하느냐는 상황에 따라 다르지만."

그녀는 방을 둘러보며 말을 계속했다.

"펜허스트는 하나의 도시야. 34개의 건물이 200에이커에 흩어져 있어. 자체 발전 설비가 있을 정도니까. 농장도 그 안에 있고. 경찰서도 안에 있어. 철도, 집, 야적장, 세탁 공장, 농장, 트랙터, 트럭, 병실들. 전부 다 있어. 헴록 마을과 치킨힐 전체를 합친 것보다 클 거야. 겉으로 보기에는 깨끗하고 아름답게 생겼지. 하지만 내부는, 음…… 악마가 일을 하는 곳이야."

그녀는 포크를 내려놓고 커피를 한 모금 마셨다.

"그동안, 그곳을 걸어 나오면서 전지전능하신 주님께서 펜허스트를 손가락으로 지그시 눌러 무너뜨려 먼지로 만들고, 그곳의 불쌍한 영혼들을 주님의 품으로 데려가 주시기를 바라지 않은 적이 단 하루도 없었어. 그들 대부분은 내가 지금까지 만나본 가장 선한 사람들이거든. 그들의 병은 마음에 있지 않아. 피부색에 있거나 가슴속 절망에 있거나, 심지어 돈을 많이 가지고 있어서 또는 전혀 가지고 있지 않아서였어. 그들의 병은 정직함 때문이야. 거짓 세상에서 모든 것을 빼앗아 간 자들의 지배를 받고 사느라 영혼이 유령처럼 춤을 추게 된 거야. 가끔 꿈속에서 고함을 지르고 노래를 부르는 붉은 남자가 나타나. 나에게 내리는 형벌인지도 몰라. 펜허스트에 갇힌 사람들에게 너무 많은 일이 벌어지고 있어.

사람이라면 차마 눈 뜨고 볼 수 없는 광경이었어. 오물 때문도,

벌거벗은 사람이 뛰어다니는 것도, 평생 코끝에 남을 만큼 지독한 냄새 때문도 아니야. 사슬에 묶인 마당의 개도 펜허스트의 불쌍한 사람들보다는 나을 거야. 창밖 한번 내다보겠다고 벽을 긁으며 종일 데이룸에 있는 모습을 보기 전까지는 고통을 말하지 마. 아니면 화장실에 가고 싶다고 간병인에게 말하기가 무서워서 라디오 아나운서 흉내를 내며 라디에이터에 오줌을 누는 남자를 보기 전까진. 담배를 구하려고 자신의 은밀한 부분을 간병인에게 보여주는 10대 소녀를 보기 전까진 말이야. 구속복을 입은 채로 독방에 며칠이나 갇힌 여자들도 봤어. 구속복을 얼마나 조였던지 평생 남을 흉터가 생겼더라. 물론 그 삶은 오래가지는 못했지만.

병동에서는 간병인들이 모든 것을 관리해. 그들은 환자들을 마음껏 묶어둘 수 있어. 몇 시간 또는 며칠 아니면 몇 주까지도. 일지에 정확히 써놓기만 하면 상관없어. 그자들은 어떤 불쌍한 여자를 651시간 20분 동안 묶어 두었어. 어쩌다 그 여자를 알게 되었어. 만약 내가 책임자라면 그 자식들을 가두고 열쇠를 그 여자에게 주어버렸을 텐데. 저주라도 걸고 싶었어. 간병인들 중 일부는 정말 악마 같은 놈들이거든. 그놈들은 조심해야 할 거야. 많은 환자들이 자신이 당한 것을 절대 잊지 않고 있거든."

미기는 잠시 말을 멈추고 방을 둘러보았다. "생각할 거리가 많아졌나요?"

페이퍼는 고개를 끄덕였다. "응, 그러네. 하지만… 우린…"

"내 인생에 대해 더 듣고 싶다는 거야?"

"응. 더 이야기해 줘. 근데 너의… 너의 인생에 있는 아이들에 대해서 이야기해 줄 수 있겠어?"

"나에게는 아이가 없어."

"무슨 말인지 않잖아. 거기서 아이를 본적은? 아니면 알고 있거나?"

"아이들이 문제가 아니야. 의사가 문제지. 의사들은 대부분 외국인들이야. 말의 앞뒤를 알 수가 없어. 병실에 가끔 들러서 이 약, 저 약을 처방하고는 몇 가지 종이에 끄적이다가 사라져. 한 달 뒤에 다른 의사가 오는데 이전에 무슨 처방을 했는지 전혀 몰라. 아무도, 어떤 짓도 처벌받지 않아. 헴록 마을의 노새가 펜허스트의 사람들보다 더 잘살고 있어."

그리고 그녀는 한숨을 쉬고 말했다. "그런데 당신들은 아이들에 대해서 알고 싶다는 거지?"

"그래." 페이퍼가 말했다.

미기가 고개를 끄덕였다. "좋아 그럼. 내가 아는 한 아이에 대해 말해줄게. 하지만 우선, 파이 한 조각만 더 줘."

두 번째 파이 조각을 받은 미기는 파이를 자기 쪽으로 끌어당기긴 했지만, 입에 대지 않고 뒤로 물러나 앉으며 말을 이어갔다. "예전에 착한 꼬마 녀석이 하나 있었어. 백인 아이였어. 아마 11살이나 12살쯤 됐을까. 오리처럼 꽥꽥 소리를 질렀어. 말은 한마디도 못 하고. 그래서 오리 소년이라고 불리기도 했어. 그 아이의 내면에 무슨 문제가 있었는지는 모르지만, 오리처럼 소리 지르는 것 빼고는 영리한 아이였어. 그 아이는 하느님의 초록 땅에서 어떤 잘못도 하지 않았어. 아이의 부모님은 자신들이 아이를 위해 할 수 있는 건 더 이상 없다고 생각한 건지 아이를 그곳에 던져놓고는 돌아오지 않았어. 그 아이가 머물던 내내 한 번도 찾아오지 않았지.

글쎄, 아이는 그게 마음에 들지 않았는지도 몰라. 얼마 후 아이가 소란을 피웠고 아무도 모르게 아이를 그들이 아래 병동이라고 부르는 곳으로 보내버렸어. V-1, 2 다음은 3. 그리고 마지막으로 C-1으로 보내졌어. V 병동도 좋은 곳은 아니지만 C-1은 최악이야. 악에서 더한 악으로 보내지고 최악에서 더 이상 나쁠 수 없는 최악 중의 최악으로 보내졌다는 의미야, C-1은.

그 아이는 영리하고 재빠르고 재밌는 아이였어. 웃는 것도 좋아하고. 음, C-1에서 일하는 날이면 나는 아이에게 들러보곤 했어. 처음에는 아이가 그럭저럭 지내는 것처럼 보였지만 몇 주가 지나고 아이가 뭔가 잘못됐다는 걸 알 수 있었어. 누군가 아이에게 접근한 거지. 나는 밤 근무는 하지 않는데, 그들은 C-1 병동에는 일주일에 한 번, 아침에만 내려가게 해줬어. 하지만 항상 그 아이를 살펴봤어. 어느날 아침, 그 아이가 한 명의 간병인을 두려워하는 걸 봤어. 그 남자가 아이에게 다가갈 때마다 아이는 움츠러들곤 했어. 내 뒤로 뛰어와 숨기도 했고.

이 간병인 놈을 지금은 잘 알아. 그는 아주 거친 놈이야. 그래서 나도 피하려고 했어. 하지만 아이 상태가 너무 안 좋아 보여서 더 이상 참을 수가 없었어. 그래서 내가 그 놈에게 말했지. '몸 조심해. 내가 널 지켜보고 있어. 기억해, 나는 예언자야. 그리고 너의 미래는 밝지 않아.'

내가 왜 그랬을까? 그 녀석이 날 지옥으로 만들었어. 그도 로우갓이야. 우리 중 하나. 그가 어릴 때부터 나는 그를 알았어. 지금은 크고 힘이 센 성인이지만. 스스로를 사람의 아들이라 부르는. 그의 진짜 이름을 부르진 않을게. 그자의 부모님을 욕되게 하는 것이고 그분들의 수치일 테니까. 사실 그는 잘생긴 놈이야. 원하면 어떤 여자든 만날 수 있을 거야. 하지만 그의 마음은 뒤틀렸어.

그는 그곳에서 나를 지옥으로 만들었어. 백인들에게 나에 대해 이런저런 거짓말을 해서 나를 괴롭혔어. 그는 말을 잘하거든. 그러던 어느 날, 내가 그가 하는 짓을 알고 있다고 말하자 그가 흥분해서는 청소도구 보관실로 따라와서 나를 벽에 밀어붙여 놓고는 말했어. '그 주둥이 다시 한번만 놀리면, 칼을 네 목에 쑤셔줄게. 네 목에 휘파람을 불어 넣을 테니 두고 봐.'

음, 그때 나는 물러섰어. 그가 날 만지고 있을 때 악마를 느꼈거든. 그 사람 안에 너무 강한 악마가 있어서 날 두렵게 만들었어. 백인들에게 문제를 제기하거나 말해봤자 소용이 없었을 거야. 그가 모든 것을 운영하고 있었거든. 그는 매끄럽게 말을 잘하는 악마라, 백인 상사들은 그의 덩치와 말재주 때문에 그를 좋아했어. 하지만 백인들이 보고 있지 않으면 그는 환자들과 다른 간병인들을 범죄 조직처럼 운영했지. 그는 저녁 근무와 야간 근무를 주로 했어. 그는 그곳에서 왕이야. 병동을 다 장악했거든. 환자들은 그의 말이라면 뭐든 했어. 백인이든 유색인이든. 그의 말 한마디라면 서로 언제든지 등을 돌릴걸. 그를 위해서 물건을 훔치고. 그들은 그자를 두려워했어. 그리고 그래야 했지. 왜냐하면 그는 언제든지 칼을 휘두르거나 자해를 하게 하거나 목을 매달 수도 있었거든. 그는 걸어 다니는 악마야. 자신을 사람의 아들이라 감히 칭할 용기를 가진 '악마의 아들'이지."

그 순간 그녀가 네이트 쪽으로 얼굴을 돌렸다. "당신이 이 일에 관련이 된 것이 모두 하느님의 계획은 아닌가 궁금해요. 그것이 숨은 의도가 아닐까요. 당신이 돌아오도록. 고향으로 돌아올 건가요?"

네이트는 애디를 쳐다보았다.

"이곳이 내 고향입니다." 그가 말했다.

잠시 미기는 말을 멈추고 물을 한 잔 마신 다음 계속 말을 이어갔다.

"펜허스트의 환자들은 날 보면 좋아해. 내가 그들을 이해하니까. 그들도 다른 사람과 똑같아. 살고 싶어 하지. 행복하고 싶어 하고. 그들도 친구를 원해. 하지만 이 악마 같은 인간은 그 오리 소년에게 최악의 방식으로 고통을 주었어. 뒤틀린 악마가 한 짓 때문에 아이는 병원에 입원을 해야 했어. 아이를 갈기갈기 찢어놨거든. 아이가 어느 정도 회복이 되자 다시 병동으로 돌려보내야 하는 핑계를 이것저것 대며 거짓말을 했고, 그렇게 다시 돌아온 그 작은 싹을 한 번 더 짓이겨버린 거야.

음, 참을 수가 없었어. 하지만 내가 의사와 간호사에게 그 일을 이야기 한다는 건, 벽에 대고 이야기하는 것보다 더 못하다고 생각했어. 그래서 나는 기도를 했어. 그런데 말야, 그러고 몇 주 뒤에 그 작은 오리 소년이 사라져 버렸어."

이 순간, 그녀는 네이트를 쳐다보며 두 번째로 받았던 파이를 포크로 자르기 시작했다. 조심스럽게 조각 조각을 내더니 말했다. "만약 당신이 쥐고 고양이가 있는데, 이쪽 방향으로 도망가고 싶어요. 그러면 처음에 이 길을 택할 건가요?"

그리고 그녀는 그녀가 잘라 놓은 파이 조각 사이에 난 작은 골목을 가리켰다.

"아니면 이쪽 길에서 시작하면 어떨까요? 하지만 이쪽은 막혔네요." 그녀는 접시 반대쪽을 가리켰다.

"내 생각에는 당신이 이쪽 길로 가고 싶을 것 같아요." 그녀는 파이를 잘라 만든 조각이 마치 건물이고 그 사이가 길이라도 되는 듯 말을 이었다. "당신은 여기, 여기, 그리고 여기를 통과해야 해요. 고양이는 가만히 있을까요? 시간이 얼마 없어요. 단 하나의 탈출구 여기로 나가야 해요. 어떻게 해야 하냐고요? 부지런히 움직여야죠."

그녀는 잠시 고민하는 듯 보였다. "이 길을 어쩌면 전부 통과해서 그곳에 도달할 수도 있겠죠. 하지만 고양이만이 문제가 아니에요. 다른 쥐들이 그 쥐를 보고 뒤따라오며 소리를 지르고 소란을 피울 거예요. 파이 나라에는 밖으로 나가고 싶어 하는 수많은 다른 쥐가 있거든요. 날아갈 수 있다면 좋을 텐데. 뛰어넘어갈 수도 없고……. 하지만……"

이때 그녀는 파이 조각 위로 출구라고 가르쳐줬던 곳을 향해 포크를 직선으로 내려 놓았다.

"만약 쥐가 터널을 뚫을 수 있다면, 순식간에 집으로 갈 수 있겠지요."

그녀는 팔을 접으며 네이트를 바라보았다. 팔꿈치를 탁자에 대고 얼굴을 손으로 감싸쥔 채 천천히 말했다.

"펜허스트에는 터널이 천지예요. 수 마일은 될 거예요. 옛날에는 음식과 물품, 심지어 겨울에는 오래된 발전소에 석탄을 나를 때 터널을 이용했었지요. 지금은 오랜 기간 사용하지 않았고요. 대부분이 비어있는 커다란 터널들이에요. 사방으로 뻗어있고요."

파이가 담겨있는 접시를 밀어내며 그녀가 계속했다.

"그자들은 백방으로 찾아다녔지만 오리 소년을 찾을 수는 없었어요. 누군가 소년이 사라진 C-1 병동 아래에 있는 터널에서 꽥꽥거리는 소리를 들었다고 말하기도 했지만, 메인 건물에서 멀리 떨어져 제일 오래된 건물 중 하나인 C-1 아래에 정말로 터널이 있는지 아는 사람은 아무도 없었어요. 만약 C-1 아래를 지나는 터널이 있다면 그것은 예전에 오래된 용광로에 석탄을 나르던 철길 야적장까지 이어지는 터널일 거라고 사람들은 말했어요. 오래된 용광로는 바로 C-1 옆에 있거든요. 더 이상 사용하지 않는 곳이죠. 부지 서쪽에 새로운 용광로 건물을 지었기 때문이에요. 그래서 그 아이는 새로운 용광로로 이어지는 터널 길로 사라진 거라고. 이어지는 터널이 있다면요. 하지만 누가 알겠어요? 병원에 있는 아무도 몰라요. 터널을 만든 사람들이 누구였든 오래전에 다 없어진걸요. 당신들은 용감해져야 해요. 그 오래된 터널 중 하나로 어떻게든 빠져나올 생각이라도 하려면, 당신들 어깨에 하느님이 계셔야 합니다. 아무튼 그들은 그 아이를 결국 찾지 못했어요. 한동안 그런 말이 떠돌았어요. '아이는 죽은 것 같아. 떠돌아 다니다가 살해당했을지도 몰라, 누가 알겠어.'"

그녀가 한숨을 쉬고 커피를 홀짝이고 나서 네이트에게서 시선을 떼고 사람들에게 말했다. "말도 제대로 못 하는, 오리처럼 꽥꽥거리는 아이가 어떻게 터널을 통해 나가는 방법을 알았을까? 지도가 있었을까? 터널은 백년쯤 전, 펜허스트가 막 지어졌을 때 생겼어. 새로운 건물이 생기고 추가되고 여기저기 리모델링이 이뤄지면서 터널은 사방으로 뻗게 되었어. 그런데 지금은 대부분의 건물에선 터널로 들어가는 입구가 폐쇄되었어. 중앙 관리 사무실 건물과 근처 병원 건물만 빼고. 그러니 어떻게 그 꼬마가 터널의 존재를 알겠어? 그건 불가능한 소리지. 하지만 만약, 만약에 아이가 터널을 알았다면, 바로 이 건물. 펜허스트 북쪽 관리 사무실과 병동이 아닌 의사들이 진료를 하는 병원 건물의 터널 출입구의 존재를 통해서 알았을 거야." 그녀는 파이 가장 큰 부분을 가리켰다.

"그리고 이 터널은 서쪽으로 이어져 펜허스트 숲속에 있는 터널 출입문과도 연결 되지. 숲속에 있기 때문에 대부분은 이 문의 존재를 잘 몰라."

그녀는 포크가 놓인 반대쪽을 가리키며 말했다. "여기가 C-1이야. 그 아이가 있던 곳. 터널이 있다면 아이를 이쪽 석탄 야적장까지 데려다주게 될 거야. 그리고 그곳에서 철도 선로를 따라 3킬로미터쯤 걸어가면 큰 도로에서 마차나 자동차, 짐수레라도 얻어 탈 수 있었을 거야. 아니면 일주일에 한 번 병원에 물건을 실어 나르는 열차 칸에 뛰어 올랐을지도 모르고."

그녀는 어깨를 으쓱하고는 말을 계속했다. "하지만 어떻게 그렇게 했겠어. 겨우 작은아이인데. 그리고 터널에 대해서도 잘 알아야 하고."

"누가 그 터널에 대해서 알고 있을까요? 숲속에 있다는 출입문도요?" 패티가 물었다.

미기가 으쓱했다.

"그렇다면 왜 이 얘기에 시간을 낭비하고 있는 걸까요?" 패티가 말했다.

"달걀 때문이지."

"뭐라고요?"

"달걀이라고."

"달걀이 터널과 무슨 할 일이 있을까요?"

미기는 패티를 한참 동안 쳐다보더니 평온하게 미소를 지었다. "우리도 너희처럼 신이 도와주실 거라고 믿으며 기도를 해. 하지만 헴록 마을에서는 신께 기도만 하지 않아. 직접 행동에 나서지. 달걀은 터널과 관련이 있어. 모든 것은 모든 것과 연결이 되어있지."

미기가 따뜻한 커피가 좀 더 필요하다고 해서 페이퍼가 재빨리 가져다주었다. 그러다 보니 미기가 다음 말을 꺼내기까지 몇 분이 흘렀다. 침묵 속에 몇 모금을 마신 미기는 고개를 뒤로 젖히고 눈을 감은 채 심호흡을 하며 말을 이었다.

"펜허스트는 자체적으로 음식을 만들어." 미기가 말했다. "그들은 농장을 가지고 있어. 환자들이 일하지. 모든 종류의 채소를 길러. 옥수수, 오크라, 감자 같은 것들 말이야. 하지만 그들이 직접 기르지 못하는 단 하나가 달걀이야. 달걀은 닭이 필요하지. 3,000명의 사람을 위해서는 말도 안 되게 많은 숫자의 닭을 길러야 하겠지. 사람들도 돌봐야 하는데 닭을 돌보고 있을 순 없어. 그래서 달걀은 외부에서 가져오게 된 거야.

펜허스트 3킬로미터 북쪽에 달걀 농장이 하나 있어. 매일 농장에서는 한가득 달걀을 실어서 마차 한 대를 병원으로 보내. 4,000개의 달걀이야. 배달하는 남자는 노새와 수레를 쓰거든. 그는 달걀과 뜨거운 커피를 모든 병동에 내려줘. 병동들은 꽤 떨어져 있어." 그녀가 포크로 접시 위의 파이 조각을 가리키며 말했다. "이곳 메인 건물은 구불구불한 길을 따라 아래 병동까지 족히 3킬로미터는 떨어져 있어. 새로 지은 건물이나 행정 사무실, 병원동에는 제대로 된 주방과 차가운 아이스박스, 음식을 데우고 요리할 수 있는 도구들이 전부 갖춰져 있어. 하지만 아래 병동에는 뜨거운 음식을 만들 주방이 없어. 점심과 저녁에는 식당을 이용하면 되지만 아침에는 불가능해. 그곳에 있는 직원들도 새 건물 사람들처럼 따뜻한 달걀과 뜨거운 커피로 아침을 맞길 원해. 다 식어 빠진 달걀과 차가운 커피, 환자들에게 주는 찬 포리지*를 먹고 싶어 하지는 않아."

그녀는 포크를 집어 들고 접시 가장 끝부분의 바삭한 파이 끝 조각에 찔러 넣으며 말했다. "C-1 병동. 사람의 아들의 작은 왕국." 그리고 그녀는 계속했다.

"농장에서 펜허스트로 달걀을 운반하는 사람이 로우갓 사람이야. 매일 아침 오전 6시 전에, C-1 병동을 포함해 모든 건물에 따뜻한 달걀과 커피를 가져다주어야 해. 전달해야 할 건물이 전부 14곳이야. 상상해 봐. 언덕을 오르고 내리고 코너를 돌고 계단을 올라 전달하고 내려와 다음 건물까지. 정해진 장소에 오전 6시 전

---

* 오트밀이나 귀리에 우유나 물을 부어 걸쭉하게 죽처럼 끓인 음식. 주로 아침 식사로 먹는다.

까지는 전부 가져다 놓아야 하는데 말이야. 길 상태가 멀쩡한 햇살 좋은 날에 차를 이용한다 해도 아마 쉽게 언덕을 오르락내리락하지 못할 걸. 겨울에 눈이라도 온다면 어째? 그 모든 건물들에? 그 먼 거리를? 그런데 36년째 그 일을 해오고 있어. 그 사람은 어떻게 그렇게 신속하게 움직일 수 있을까? 신이라면 모를까. 아니면 터널이라면 또 모르겠다. 그냥 내 생각이 그렇다고."

네이트가 말했다. "잘 아는 사람이야?"

미기가 어깨를 으쓱하고는 페이퍼를 바라보며 말했다. "내 생각에 여기 있는 누군가가 아마 그를 하루나 이틀 전에 만났을지도 몰라요."

그리고 미기는 페이퍼가 충분히 이해가 될 때까지 내버려둔 다음 말을 계속했다.

"내가 듣기로, 아니, 누군가 그러던데 그 꽥꽥거리는 꼬마 친구가 사람의 아들에게 너무 심하게 학대를 당해서 누군가 불쌍히 여겼고, 달걀 배달하는 남자의 커다란 수레에 아이를 숨겨 사람의 아들이 도사리고 있는 C-1 병동 바로 아래에 있는 터널 중 하나를 통해 철도 야적장까지 데려갔다더군요. 그리고 목소리 높이고 싸움을 두려워하지 않는 유대인 노조 철도 근무자 몇몇이 20달러와 음식을 가득 넣은 종이봉투를 들려 뉴욕으로 가는 화물 열차에 그 아이를 태워 보냈고요. 그 이후로 그 소년은 뉴욕에서 꽥꽥 소리 내며 잘살고 있다더군요."

"아까 말한 그 친구는 어떤가?" 네이트가 물었다. "여전히 그곳에 있나?"

"유감스럽게도 사람의 아들은 아직 거기 있어요. 요즘 나는 그의 병동을 멀리하고 있지만 3주 전쯤 새로운 아이가 그 병동에 들어왔다고 들었어요. 귀가 먼 흑인 남자아이. 말을 할 수 있는지는 모르겠어요. 하지만 아이가 다쳤다고 들었고요. 아이를 견인기에 매달아 두었다고 했어요. 지금은 많이 좋아졌대요. 깁스는 풀었고요. 깁스를 푼 게 그 아이에게 좋은 일은 아니지만요."

침묵이 소용돌이치며 방안을 가득 채웠다. 마침내 네이트가 입을 열었다.

"파이는 다 먹은 건가?"

"네, 다 먹었어요." 미기가 말했다.

네이트는 접시를 잡아당겨 파이 조각들을 찬찬히 들여다보았다. 건물들, 차도 그리고 도보용 길이었다. 그는 세심하게 살펴본 다음 눈을 감고 생각에 잠겼다.

"그 파이 먹던지 아니면 나한테 줘요." 페이퍼가 말했다. "버리진 마세요."

"버리는 거 아닙니다." 네이트가 여전히 눈을 감은 채 말했다. 눈을 뜨자 그는 미기에게 말했다. "달걀맨이 모든 병동에 달걀을 배달한다고 말했지?"

"모든 병동이요."

"달걀맨은 사람의 아들에게도 달걀을 배달하나?"

"아직도 그에게 달걀을 배달하죠."

"사람의 아들, 어떤 식의 달걀을 좋아하지?"

"전 몰라요. 그 사람에게 직접 물어보세요."

"난 그를 몰라." 네이트가 말했다.

"상관없어요." 미기가 말했다. "그는 당신을 아니까요."

25

거래

필라델피아 블리츠 극장의 금발 머리 비서는 새빨간 립스틱을 바르고 안내 데스크에 앉아서, 이 남자는 노조 사람일 거라고 생각했다. 그렇지 않았다면 그녀는 멜빵 바지를 입은 이 중년의 유대인 남자가 걸어 들어오는 순간 내쫓았을 것이다. 그는 사무실 대기 공간의 매우 안락한 의자에 몸을 똑바로 세우고 앉아 두껍고 굳은 살이 박힌 손가락으로 모자를 만지작거리고 있었다. 전혀 즐겁지 않다는 표정을 하고 있는 것으로 보아 노동조합원임에 틀림없다고 그녀는 생각했다. 비노조 근로자들은 일반적으로 웃음 짓고 아부를 잘 했으며, 일자리에 만족했고, 잘 꾸며진 대기실과 가죽 소파, 반짝거리는 커피 테이블에 감동받았다. 반면에 조합원들은 작업복 차림으로 소파에 팔짱을 끼고 앉았고, 담배를 피우거나 떠들고, 대중을 선동하고, 입고 있는 바지에 비해 지나치게 똑똑한, 거만한 남자들이었다. 이 남자는 아무래도 그쪽 타입이었다.

그는 자신의 이름이 마브 스크럽스켈리스라고 밝히며 마치 그녀가 모를 거라는 듯 철자를 불렀다. 그리고 그건 사실이었다. 그녀는 스쿱스칼렉스라고 썼고 그녀가 끄적여놓은 것을 그가 들여다보고 철자를 바로 잡아줄 때까지는 알지 못했다. 그는 이삭 모스코비츠 씨와 약속을 잡지는 않았지만 그를 만나야 한다고 말했다. 그가 노조 대표일지도 모른다고 생각했기 때문에 그녀는 모스코비츠 씨에게 내선 전화를 걸어 그 사람의 이름을 얘기했을 때, 이삭은 대답을 하지 않고 바로 전화를 끊어버렸다. 그 뜻은 그는 짜증이 났으며, 누가 되었든 간에 당장 꺼지라고 말해야 한다는 의미였다. 그녀가 버튼에서 손을 떼고 그렇게 하려고 하는 찰나에, 모스코비츠 씨가 사무실 문을 열고 걸어 나와 그 남자에게 악수를 청하며 말했다. "이쪽으로 오시죠." 그는 엘리베이터 쪽으로 손짓을 하며 비서에게 말했다. "시간 좀 걸릴 거야."

이삭의 검은색 패커드를 타고 브로드 도로를 달린 지 5분쯤 지나고 마브는 모셰의 사촌에게 긴 시선을 던졌다. 가끔 포츠타운에 나타나서 온순한 사촌 동생이 처한 재앙이나 무질서한 상황을 이끌고 조종해 주던, 키 크고 단호한 남자. 그는 활짝 웃는 모습은 없었지만 나이가 좀 더 많고 단단한 버전의 모셰 같았다. 하지만 모셰와는 달리 시간 낭비를 하지 않으려 했기 때문에 친절하게 손님을 환대하는 성격은 아니었다. "제 사무실은 어떻게 찾았습니까?" 그가 물었다.

"리스트에 나와 있더군요. 당신 집으로 갔어야 했나요?"

"그게 더 좋았을 것 같군요."

"집으로 가도 되는지 몰랐습니다."

"그래도 된다고 말하지는 않았습니다. 내 말은 사무실보다는 집이 낫다는 거죠."

"말도 안 되는 소리처럼 들리겠지만, 당신이 바로 '나비는 입이 아니라 발로 맛을 본다'와 같은 쓸데없는 헛소리를 많이 아는 루마니아 출신 극장 주인 중 하나입니까?"

"일부러 말도 안 되는 소리를 하는 겁니까?"

"난 리투아니아 사람입니다." 마브는 코웃음을 치더니 이삭이 조심스럽게 운전하는 동안 창밖을 내다보면서 침묵을 지켰다.

이삭은 마브를 힐끗 돌아보았다. 그는 초나의 시바에서 마브를 본적이 있었다. 아니면 그의 다른 쌍둥이 형제였던가? 둘을 구별할 수가 없었다. 그게 누구든, 그는 오래 머물렀고, 거의 말을 하지 않았다. 이삭은 본론으로 들어가기로 했다. "모셰가 이번에는 뭘 잘못했습니까?"

"아무것도 하지 않았습니다. 그는 바르게 살고 있어요. 이 나라의 다른 누구보다도 더요."

"그래서 당신은 예전 나라로 돌아가고 싶습니까?"

"나는 이곳이 좋아요. 정치인들은 한 손으로 국기에 대한 경례를 하면서, 다른 한 손으로는 당신의 목을 치려 하죠. 그러고는 당신에게 세금을 부과해요. 당신을 더러운 유대인이라고 부르는 수고를 덜 수 있는 거죠."

이삭이 껄껄 웃었다. "당신 배고파요? 뭐 좀 먹을래요? 뭔가 필요한 것 같은데. 먼 길을 왔으니까요."

마브는 갈색 눈으로 세단을 스쳐 지나가는 창밖 연립주택들을 내다보았다. "당신 사촌은 너무 착해요."

"내가 모르는 게 뭔지 말해봐요."

"나는 신발을 만듭니다." 마브가 말했다.

"발가락 물집이 혹처럼 부풀어 올라 걷기 힘들게 되면 꼭 기억하겠습니다."

"나는 모든 종류의 신발을 만듭니다. 멀리에서도 사람들이 찾아와요. 레딩, 볼티모어. 심지어 뉴욕에서도요."

"당신은 쌍둥이 형제가 있죠, 그렇죠?"

"네 그렇습니다."

"당신이 내가 시바에서 본 사람이 맞습니까? 아니면 다른 형제였을까요?"

"아마 다른 쌍둥이였을 겁니다."

"당신은 어디에 있었습니까?"

마브는 자신을 질책한다고 생각한 것인지 갑자기 삐딱하게 굴었다. "내가 갔던 날, 당신을 본 기억이 없네요. 저는 하루 종일 그곳에 있었습니다. 내가 있거나 동생이 있었지요. 매일 우리 둘 중 한 명은 그곳을 지켰어요. 시바 참석자들 다 체크했습니까?" 이삭에게 반성할 시간을 주겠다는 듯 그는 잠시 말을 멈추었다가 계속했다.

"실은 지난주에 한 사람이 발이 불편해서 신발을 만들려고 찾아왔다가 재밌는 이야기를 하더군요. 닥 로버츠에 관해서요. 누군지 아시죠?" 마브가 물었다.

"왜 내가 그런 쓰레기를 신경 써야 합니까?"

"왜냐하면, 그 사람과 대화하면서 닥을 쥐어짤 만한 사람에 대한 힌트를 얻었거든요."

"당신이 어떻게 그걸 알 수 있습니까?"

"반짝거리는 구두를 신지 않고 말재주가 없다고 해서 눈치가 없는 건 아니지요. 구스 플리츠카라고 있습니다. 그가 포츠타운을 주무르고 있죠. 상당한 영향력이 있어요."

"예를 들면?"

"전부 다요. 시의회며 상수도, 경찰, 전부요. 그는 두 개의 패로 카드 게임을 하고 있어요. 그자가 유제품 회사를 인수하려고 했는데 돈이 부족했습니다. 그래서 닉 로센이라는 사람에게 돈을 빌렸고요. 이곳에서 사업을 하는 사람이지요. 혹시 로센을 아십니까?"

이삭은 차들이 붐비는 곳에서 세단을 돌리며 고개를 끄덕였다. "그는 보석보증서와 벤제드린*으로 살고 있는 자예요. 누구도 가까이 하고 싶어 하지 않죠. 당신은 그 사람을 어떻게 압니까?"

"피노클이요."

"뭐라고요?"

"포츠타운 모든 유대인이 독일 유대인 협회 지원금의 도움이나 바라면서 손가락 빨고 앉아 있지는 않습니다. 피노클 카드 게임이요. 매주 레딩에서 카드를 쳐요. 판돈이 꽤 큽니다. 그중 몇몇이 로센 밑에서 일하고 있습니다."

"계속 말씀해 보세요."

"그 사람들이 매주 포츠타운에 와서 플리츠카를 압박하고 있습니다. 로센에게 꽤 빚을 졌어요. 유제품 회사 거래를 마무리 짓기 위해서 로센에게 돈을 꿨던 거죠. 유제품 회사는 물을 그의 옛 농

---

* 각성제의 일종인 암페타민의 상품명.

장에서 받는 것으로 되어있습니다. 하지만 농장에는 물이 없습니다." 이렇게 말하고 잠시 마브는 말을 멈추었다.

"계속하시죠." 이삭이 재촉했다.

"치킨힐 우리 회당에서는 공용 우물 펌프에 파이프를 연결해 쓰고 있었습니다. 그런데 그 우물은 말랐고, 플리츠카는 새 저수지 물을 몰래 가져다 쓰고 있는 것으로 알고 있습니다. 물 사용료를 내지 않고 있는 거죠. 마을의 상수도 문제를 결정하는 자리에 있는 사람이 자기 회사 물을 공짜로 가져다 쓰고 있다는 걸 만약 주정부에서 알게 된다면, 당장 조치를 취하겠지요. 다른 공장들과 마을 사람들에게 물이 필요하니까요. 그러니 그는 취약합니다. 그가 마을을 운영하고자 하는 한, 누군가가 그를 압박할 수 있다는 뜻이죠. 그리고 그는 닥 로버츠에게 압력을 가할 수 있고요."

"그 놈은 절대 유대인을 강간했다고 자백하지 않을 겁니다."

"닥은 그녀를 강간하지 않았어요. 시도했을 뿐."

"상관없습니다. 저지른 거나 다름없어요. 오늘의 결론이 뭡니까?"

마브는 이디시어로 말했다. "요셔(정의)."

"다른 농담은 없습니까?"

"나는 초나를 좋아했습니다."

이삭은 신중하게 생각에 잠기더니 심호흡을 했다. "종교와 정치, 사업에는 좋지 않죠."

"그럼 당신은 아무 것도 하지 않겠군요. 유대인 삶의 가치를 지키고 있습니까?"

"강연은 아껴두시죠, 친구."

"어떻게 할 겁니까?"

"당신이 아이린 던이 모세의 극장에 일주일 동안 출연해 노래를 부르게 해달라고 요청하면, 싸게 해줄 수 있습니다. 캡 캘러웨이를 불러달라고 하면, 그것도 주선할 수 있어요. 하지만 돈 몇 푼 때문에 정치인 옆구리나 꼬집고 다니는 바보들과 거래를 해야 하는 건지, 잘 모르겠습니다. 그건 내 영역 밖이라서요."

"그럼 아무것도 하지 않겠다는 건가요?"

이삭은 조심스레 말했다. "그렇게 말하지는 않았습니다. 로센에게 플리츠카를 맡깁시다. 아마 그가 플리츠카를 괴롭히느라 바쁘면, 자기 여자들을 내 공연에 집어넣어달라고 조르는 일은 그만하겠네요. 누구도 경찰이 개입하는 건 원하지 않아요. 주정부나 연방정부가 엮이는 것도 싫습니다. 그 누구도 세금을 원치 않고요. 우리 모두 문제가 없기를 바랍니다. 누구도 대가를 치르고 싶어 하지 않아요. 카우보이처럼 무력을 써보겠다는 생각은 하지 마세요. 이 나라에서 일을 잘 풀어보려면 남의 얼굴에 물을 끼얹어서는 안 됩니다. 조용히 처리해야 합니다. 이렇게 거래를 합시다. 로센과 플리츠카는 일단 잊고 내버려둬 보세요. 제가 생각해 볼게요. 혹시 그들이 맨홀에 발을 헛디뎌 함께 떨어질지 누가 압니까. 나는 다른 일로 도움이 필요합니다."

"어떤 일로 도움이 필요합니까?"

이삭은 한숨을 쉬었다. 마브를 한번 바라보고는 핸들을 돌려 붐비는 대로에서 벗어나 연립주택이 있는 골목길에 차를 세웠다.

"초나가 원했던 것은 회당이 살아남는 것이었어요. 플리츠카가 공짜로 물을 쓰고 있다는 사실이 밝혀지면 회당의 비밀도 같이 드러나게 됩니다. 물 문제로 플리츠카를 압박하는 것은 안 될 일입니다."

"그렇다면 저희가 뭘 해야 할까요?"

"플리츠카가 유제품 회사의 물 문제를 자체적으로 해결하도록 둡시다. 회당의 수도 문제는 내가 해결할게요. 현재 진행 중이고, 사원에서는 책임질 필요 없습니다. 어떤 문제를 해결하는데 한가지 당신의 도움이 필요합니다. 다른 건 필요 없습니다."

"그게 뭔가요?"

"날 위해 열차를 운행해 줄 유대인 두 명이 필요합니다. 노조 사람이면 더 좋습니다."

"노조원들은 열차를 운행하지 않습니다. 펜실베이니아 철도청이 기차를 운행하지요."

"운전을 해달라는 말이 아닙니다. 그냥 탑승만 하고 있으면 됩니다. 두 명만이요. 계획을 짜고 있어요."

"어떤 열차인데요?"

이삭은 창밖으로 지나가는 차 한 대와 그 뒤를 따르는 말과 수레를 바라보았다. "초나의 유색인 소년, 모든 것을 본 아이, 그 아이가 펜허스트에 있습니다. 그리고 석탄과 밀가루를 펜허스트로 나르는 화물기차가 있고요. 아이가 정신병원에서 나오게 되면, 그 기차에 아이를 잡아채서 실어줄 남자 두 명이 필요합니다. 나머지는 내가 처리합니다."

"어디서 그 아이를 잡아챈다는 말입니까?"

"어딘지는 모르지만 그 기차가 물건들을 내려놓는 곳이요. 때가 되면 그 아이가 거기에 있을 겁니다."

"누가 그 아이를 거기까지 데려다 놓습니까?"

"그건 걱정하지 말아요. 아이는 그곳에 있을 겁니다."

"그리고 아이를 어디로 데려가야 합니까?"

"기차에 태워주기만 하면 됩니다. 나머지는 전부 제가 처리할게요. 믿을만한 유대인 두 명을 구할 수 있겠습니까?"

"물론입니다. 레딩 지역에서 철도 쪽에 일하는 유대인만 40명은 될 겁니다."

"얼마나 비용이 들까요?"

"전혀요."

"농담합니까?"

마브는 머리를 저었다. "철도에서 일하는 유대인들은 모두 노조 사람들입니다. 그들은 신문을 읽고 노래를 부르죠. 다들 괴짜예요. 그 사람들은 정의를 위해서라면 뭐든 할 준비가 되어 있어요. 그들도 초나를 알아요. 그녀가 편지를 쓴 것, 그녀가 한 미친 행동들이요. 유색인들에게만 공짜로 먹을 것을 나눠 준 게 아닙니다. 그녀의 상점 이용자의 절반은 철도 노동자들이었어요. 주말이면 특히 더요. 초나는 일요일마다 문을 여는 포츠타운 유일의 가게였습니다. 조합 소속 유대인 열 명은 데려다 줄 수 있습니다."

"두 명이면 됩니다. 그들을 데려오는데 당신한테 얼마가 필요할까요?"

"공짜라고 말했는데요."

"세상에 공짜는 없죠."

"제가 알아서 하겠습니다."

"어떻게요?"

"모든 사람들은 신발이 필요하죠."

"농담하는 거죠, 그렇죠?"

"당신에게 어떻게 당신 사업을 유지하는지 내가 물었습니까? 당신은 노조 사람에게 뇌물을 주라고 하는 거고, 그들은 당신 얼굴에 침을 뱉을 겁니다. 내가 돈을 줘봤자 그들은 나한테는 그럴 만한 돈이 없다는 걸 잘 알고 있습니다. 당신이 나를 통해서든 직접이든 상황을 설명하고 부탁을 한다면 그들은 당신의 제안을 존중할 겁니다. 그들은 원칙을 소중히 여기니까요."

이삭은 얼굴이 달아올랐다. 원칙. 그와 모세가 어렸을 때 군인과 배고픔으로부터 살아남기 위해 도망치던 떠돌이 시절, 모세가 결코 포기하지 않는 원칙이 하나 있었다. 그는 누구도 미워하지 않았다. 그는 항상 친절했다. 자신의 마지막 남은 빵 부스러기도 나눠주었다. 그리고 이곳 미국에서 그는 똑같은 여자와 결혼했다. 친절. 사랑. 원칙. 그것이 세상을 움직인다. "시작이 잘못되었다고 끝나는 건 아니야. 협상의 시작일 수 있어." 모세라면 말했을 것이다. 모세는 얼마나 훌륭한 협상가인가. 그의 재능이라면 이곳 미국에서 엄청난 부자가 될 수 있었을 것이다. 대신 그는 그런 형편없는 마을에서 아내를 잃고……. 이삭은 침을 삼키고 입술을 깨물었다.

그는 마브가 무언가를 묻는 소리를 들었다.

"뭐라고요?"

"물이요." 마브가 말했다. "물은 어떻게 하나요? 수도 문제를 누가 해결할 건가요? 가능하겠습니까?"

"수도를 고치는 문제는 이미 작업 중입니다." 이삭이 말했다.

"그 아이가 정신병원에서 나올 때 그곳에 남자들을 대기시켜 주세요. 그게 제 거래의 끝입니다."

"플리츠카는 어떻게 할까요?"

"그와 닉 로센은 어딘가 유골함에 묻히게 될 겁니다. 누가 신경이나 쓰겠어요?"

"남자들이 그곳에 언제 있기를 원합니까? 어느 열차?"

"펜허스트 열차는 하루에 한 번밖에 없다고 들었습니다." 이삭이 말했다. "전날 전언을 하겠습니다. 남자들에게 준비를 시켜주시면 됩니다. 그리고 한 가지 더 제 부탁을 들어주겠습니까?"

"아마도요."

"다음번에는 제 집으로 오세요. 제 비서가 말이 많은 편이라서요."

마브가 빙그레 웃었다. "고리버들로 바구니를 어디서 짤지는 당신이 알아서 하시고요."

이삭이 인상을 쓰며 말했다. "역시 우리는 모세같이 될 수는 없는 거군요."

26

해야 할 일

다음 날 오후 패티는 빅숍이 어깨너머로 지켜보는 가운데 그레이트 채드윅 식스의 엔진을 정비하고 있었다. 패티는 점화 플러그를 제자리에 꽉 조인 뒤 분배기 캡을 씌웠다. "이건 그레이트 채드윅이 아니야." 그가 선언하듯 말했다.

"어떻게 알아?"

"지금 내가 가진 이것들은 포드 부품이야. 그런데 이 차가 채드윅 식스라면 이 부품들이 맞을 리가 없어. 포드 캡은 다른 것들보다 더 작거든. 차에 타, 내가 운전할게."

빅숍은 뒷좌석으로 뛰어올랐고 패티는 운전석에 앉았다. 자동차 키를 돌리자 낡은 엔진에 시동이 걸리며 검은 연기구름을 내뿜었다.

"기어 넣어." 빅숍이 재촉했다. 그는 손뼉을 치며 들뜬 목소리로 말했다. "집으로, 찰스!"

"아주 재밌네. 기어가 안 들어가." 패티가 시동을 끈 다음 뒷자리에서 편안한 자세를 취하고 있는 빅숍을 백미러로 보며 근육질 팔을 자동차 시트에 두르고 말했다. "숍, 돈 좀 벌고 싶지 않아?"

"아니, 패티. 나는 이 땅에 기쁨과 사랑을 전하며 돌아다니고 싶어. 물론 돈도 벌고 싶긴 하지만."

"일거리를 찾았어."

"무슨 일인데?"

"힐에 수도관을 연결하는 것."

"불법이야?"

"꼭 그렇진 않아. 우리는 그냥 오래된 파이프를 떼내고 다른 걸 공용 수도에 연결하는 거야. 물 사용료를 내라고 하면 내면 되니까, 기술적으로 불법은 아니야. 하지만 작업은 밤에 해야 해."

"시의 수도관에 연결하기만 하는 거라면, 시에서 직접 하라고 하면 안돼?"

"힐에 와서? 장난해?"

"얼마나 깊이 파야 하지?" 빅숍이 물었다.

"별거 아니야. 뚜껑을 연다. 아래로 내려간다. 파이프 하나를 뗀다. 다른 것에 연결한다. 그리고 뚜껑을 닫는다."

"상수도관 연결하면 다 젖을 텐데."

"돈을 벌고 싶은 거야, 안 벌고 싶은 거야?"

"너도 알아두라고, 패티. 나는 돌러 공장에서 충분히 돈을 벌고 있어."

"얼마나 받는데?"

"일주일에 3달러 50센트."

"거기서 하는 일이 부정 투표함이나 채우는 건 아니고?"

"보일러 관리하는 일이야."

"조만간 돈은 올려준대?"

"준비가 되면 그럴 거야."

패티는 낡은 자동차의 오래된 대시보드를 두드리며 고개를 끄덕였다. 이런 식이지. 그는 씁쓸했다. 빅숍은 직장에서 해고되면 곧바로 다른 곳에 일자리를 구한다. 그의 어머니는 친구들 앞에서 대놓고 그를 꾸짖고, 엠파이어 소방대의 아일랜드 놈들은 자기들은 앉아서 맥주나 마시면서 빅숍에게 30미터나 되는 건물 옥상까지 젖은 호스를 가져다 놓게 시킨다. 그런데도 이 녀석은 불평하나 없이 여전히 행복하다. 바보 같은 놈.

"3시간 안에 그것보다 10배는 더 벌 수 있어. 그리고 러스티도 낄 거야."

"러스티가 온다는 건 쉽지 않은 일이라는 뜻이네."

"할 거야 말 거야?"

"얼마나 줄 건지 말하지 않았어."

"너한테 30달러 줄게."

빅숍이 휘파람을 불었다. "도둑질처럼 들리는데. 은행이야?"

"내가 도둑 같아보여? 그냥 단순한 배관 작업이야, 숍. 맨홀 뚜껑을 당겨서 열어. 우물로 내려가. Y자 연결관을 떼서 저수지에서 오는 관에 연결해. 그리고 올라와. 맨홀 뚜껑을 닫아. 그럼 끝이야. 백번쯤 해본 일이야."

"어느 집 일인데?"

"어떤 집을 위한 일이 아니야. 헤이즈와 프랭클린 거리 구역이야. 공용 급수대가 있는 곳."

빅솝이 이마를 찌푸렸다. "클로버 유제품 회사가 있는 곳 아냐?"

"클로버 유제품 회사 도로 건너편이야."

"그 회사에서 시킨 일이야?"

"아니."

"누가 시킨 일인데 그럼?"

"그건 말할 수 없어. 하지만 그 사람들이 많은 돈을 내고 있어. 할 거야, 말 거야?"

빅솝이 잠시 생각하는 것 같았다. "물고기 30마리면 꽤 되는데, 시간은 얼마나 걸릴까?"

"두어 시간."

"그리 어려운 일 같아 보이지는 않는데. 왜 러스티까지 필요해?"

"만일을 위한 대비지. 그 우물의 맨홀 뚜껑이 너무 오래됐어. 우리가 혹시라도 깨트리게 되면 러스티가 수리를 할 거야. 원래대로 보이게 말이야. 그런 일 잘하잖아."

"시멘트를 섞으려면 물이 필요해, 패티."

"작업하는 파이프에서 나오는 물을 사용하면 돼."

"무엇으로 시멘트를 섞지?"

"술집 뒤편에 가스 구동식 시멘트 섞는 기계가 있어."

"그 구닥다리를? 밤에 그걸 작동시켰다간 확성기 켠 것처럼 황소울음 소리가 날 텐데. 힐 전체를 다 깨울 거야."

"손으로 돌릴 수도 있어."

"네가 타잔이라도 된다면 괜찮겠다."

"러스티가 기름칠을 할 거야. 어떻게 사용하는지 방법을 알아. 러스티는 시에서 작업한 것처럼 보이도록 색깔을 똑같이 맞춰 섞을 수 있어."

"시멘트가 들어있으면 혼합기를 끌고 오는 것도 문제야, 패티. 너무 무거워."

"괜찮을 거야. 아무튼 너와 내가 파이프를 수리하고 있는 동안 러스티가 시멘트를 섞을 거야. 만약에 맨홀 뚜껑을 열다가 부서지면 말이야. 우리가 조심하면 그럴 일도 없을 거고. 알았지? 엄청 쉬운 일이라니까."

"러스티도 낀다는 거 확실해?"

"러스티가 오지 않는다면 내가 왜 너한테 그렇게 말하겠어?"

뒷자리에 앉은 빅솝이 고개를 끄덕이더니 머리를 들어 파란 하늘을 올려다보았다. 그리고 생각에 잠겨 있는 듯하더니 말했다.
"패티, 유제품 회사 정문이 프랭클린 거리 바로 앞이야."

"헤이즈 거리 쪽에 문이 2개 더 있어."

"유제품 회사 사람들은 새벽에도 교대 근무를 위해 출근해."

"현충일 주말이잖아, 솝. 안테스 퍼레이드가 있는. 연설에, 바비큐, 맥주, 불꽃놀이까지. 도심의 모든 회사는 주말 동안 문을 닫는다고."

"그래도 마찬가지야. 유제품 회사에 경비원이 분명 있을 거야. 밖으로 망을 보고 있을 거라고."

"그 경비원도 안테스 하우스에서 퍼레이드와 불꽃놀이를 즐겨야지. 다른 사람들처럼. 내가 그 사람을 알아. 유색인이고." 패티가 말했다.

“그렇다면 퍼레이드에 갈 리가 없잖아.” 빅숍이 말했다. “퍼레이드에 가는 유색인은 한 명도 없어.”

“스프릭스 말하는 거야.”

빅숍이 아무 말 없이 생각을 하는 것 같더니 말했다. “스눅스가 너희 목사님 아니야?”

“나의 목사는 아니지만 목사는 맞아.” 패티가 말했다.

“스눅스가 경비원으로 일하는지는 몰랐네.” 빅숍이 말했다. “우리 성당의 비첼리 신부님은 풀타임으로 성당 일을 하시는데.”

패티는 손사래를 치며 그 말을 일축했다. “이 마을 축하 행사에 참가해서 근처에 어슬렁거리며 이것저것 먹고 행복한 표정을 짓는 흑인이 필요할 때면 스눅스를 불러. 그게 그의 진짜 직업이야.”

“나쁘지 않은 직업 같은데?” 빅숍이 말했다. 동시에 패티의 등 너머를 보더니 말했다. “어, 어.”

패티는 빅숍의 시선을 따라 몸을 돌려 자동차 앞에서 허리에 손을 얹고 서 있는 페이퍼를 발견했다.

그의 마당 잡동사니 사이에 서있는 그녀의 노란 드레스가 바람에 나부끼고 햇빛이 그녀의 매끄러운 피부에 반짝이는 모습을 보고 있자니, 따뜻한 마시멜로가 가득한 밤에 있는 듯한 기분이 들었다. 그의 마음은 네 살짜리 아이가 된 듯 날아갈 것처럼 가벼워졌다.

“어서 와봐.” 그녀가 조급한 듯 허공에 손짓을 하며 그를 불렀다.

그는 의자를 밟고 올라서 서둘러 컨버터블에서 뛰어내렸다. 그녀 앞에 다가서자 그녀가 그의 팔꿈치를 잡고 몸을 돌려 빅숍을 등지고 서게 만들더니 옆에서 조용히 말했다.

"일찍 일어나는 새에 대해 들어본 적 있어?" 그녀가 말했다.

"아니. 하지만 꿈틀거리는 벌레에 대해서는 들어본 적 있어."

"오늘 오후에 네이트에게 들러서 헴록 마을에 몇 시에 데려다 줄 건지 결정하기로 했었잖아. 지금 뭐 하고 있는 거야? 네이트가 오늘 밤 가고 싶대."

갑자기 패티는 자신이 다른 해야 할 일이 생겼으며, 그 일은 저 위험 고수익의 일인 데다, 우리들, 만약 우리가 될 수 있다면, 우리에게 필요한 진짜 돈을 가져다준다는 사실을 고백하고 싶어졌다.

"오늘밤?" 패티가 더듬거리며 말했다. "나는 오늘 밤에 해야 할 다른 일이 생겼어."

"무슨 일인데?"

"갑자기 생긴 일이야."

"술집에서 말 걸어 주는 건 내일 해도 돼. 다 준비됐어. 잔말 말고 극장으로 가. 네이트가 가기 전에 안테스 하우스에 드럼과 퍼레이드 용품을 옮기는 것 좀 도와달래."

"내 할 일은 헴록 마을까지 네이트를 데려다주면 되는 거 아니었어? 아무도 나에게 닥 로버츠의 퍼레이드에 목화 나르는 것까지 손들고 나서야 한다고 말하지는 않았잖아. 그리고 아무도 내게 그 일을 오늘 해야 한다고 말하지 않았어."

"그냥 그렇게 해줘. 그래 줄래? 드럼하고 퍼레이드 용품이 정말 많아."

"네이트 주변에 도와줄 인간들 많잖아. 왜 하필 나야?"

"왜냐하면 네가 그 많은 장비를 단기간에 한꺼번에 가져올 수 있을 만큼 큰 것을 마련해 줄 수 있는, 힐 유일한 사람이니까. 그렇지 않으면 네이트는 갔다 왔다 종일 날라야 할 거야. 그럴 시간이 없어. 오늘 밤에 움직여야만 해."

"왜?"

"미기가 달걀 운반하는 사람과 약속을 잡아줬어. 오늘 밤에."

"왜 백인들은 자기들 행진에 쓸 용품을 나르지도 못한대? 일하는데 알레르기가 있나?"

"극장에 가서 네이트에게 직접 물어봐."

"내가 오늘은 안된다고 네가 말해줄 수 없을까, 페이퍼?"

페이퍼는 자동차 후드에 기댄 채 손을 뻗어 그의 얼굴을 부드럽게 만졌다. "착하게 굴어, 패티. 네가 할 수 있다는 거 알아."

유대인 커뮤니티에 대한 감사의 표시로 존 안테스 역사 협회는 매년 모세의 올아메리칸 댄스홀 극장에게 현충일 퍼레이드와 불꽃놀이에 사용할 다양한 드럼과 퍼레이드 용품들을 어마어마한 크기의 안테스 하우스 지하실에 보관할 수 있는 특권을 제공했다. 북과 드럼 등 각종 악기와 현수막, 꽃수레, 2대의 미니 소방차, 퍼레이드 수레로 개조할 나무판, 각종 장식 용품들, 그리고 닥 로버츠와 여럿의 시의회 의원들을 포함한 퍼레이드 고위 인사들을 위한 각종 도구들이었다.

보통 시에서 트럭을 보내 장비를 가져가곤 했지만 올해는 트럭이 도착하지 않았다. 대신 용품들을 보내달라는 요구가 적힌 쪽지를 어떤 고등학생이 가져왔다.

그 쪽지가 도착했을 때 모세는 극장에 없었다. 몸이 좋지 않아

집에 있었기 때문에 그 쪽지는 네이트에게 전달되었는데 네이트는 글을 읽지 못했다. 그래서 그것은 애디에게 전달되었고 그녀는 그 요구를 전하러 모세의 집으로 갔다가 극장으로 돌아와 블루스 가수 로제타 타프 자매의 주말 공연 준비를 하고 있던 네이트를 찾았다.

"뭐라고 하셔?" 네이트가 물었다.

"잠이 들었어요. 몸이 좋지 않아요. 그래서 귀찮게 하지 않는 게 좋겠어요." 애디가 말했다.

"그는 이곳 백인들을 기쁘게 하려고 죽을 때까지 뛰곤 했어." 네이트가 말했다. "어쨌든 우리가 그를 대신하면 돼. 드럼하고 물건들은 우리가 가져다 놓자고. 오늘 밤 헴록 마을 가기 전까지 아직 시간이 있어."

"퍼레이드는 내버려둬요." 애디가 말했다. "우리는 해야 할 우리 일이 있어요. 자기들 퍼레이드 물건은 직접 와서 가져가라고 해요."

"시간이 있을 거야."

"퍼레이드와 불꽃놀이가 끝나면 누가 그 물건들을 다시 가지고 올 건데요?"

네이트가 손을 내저었다. "현충일 주말 동안은 안테스 하우스를 닫지 않을 거야. 내가 내일 아침에 가서 가져올게."

"경찰이 당신을 쫓고 있지 않다면요."

"경찰이 날 쫓는 일은 없을 거야. 여기로 돌아올게."

애디는 아무 말이 없었다. 어젯밤 미기와의 만남에서 계획한 이 모든 일에 대한 두려움을 숨기려 했지만 네이트의 출발 시간이 가까워질수록 그녀의 불안감은 커져만 갔다. "도도는 하느님의 손에 맡기는 것이 최선일지도 몰라요." 그녀가 말했다.

"도도는 하느님의 뜻 안에 있어." 네이트가 말했다. "그렇기 때문에 내가 헴록 마을의 달걀 운반한다는 사람을 만나러 가는 거야. 뭘 해주면 되는지 그에게 말할 거야. 돈은 좀 줘야겠지. 그리고 그에게 나머지는 맡길 거야. 한밤중까지는 돌아올게. 그쪽에서 아이가 사라진 것을 발견하면 아이를 찾으러 경찰들이 이곳으로 오겠지만 그들은 아이는 찾지 못할 거야. 대신 침대에 있는 날 발견하겠지. 아이를 데리러 그곳에 가는 게 아니야. 나는 달걀 운반하는 남자를 만나러 가는 것뿐이야. 나머지는 그 사람과 미기가 알아서 할거고. 당신이 걱정할 일은 하나도 없어."

그 순간, 애디는 자신이 구체적인 계획을 모르고 있다는 사실을 깨달았다. 네이트가 미기의 도움으로 달걀을 운반하는 불리스를 만나러 헴록 마을에 갈 때 패티가 운전을 해주기로 했다는 것. 그것을 빼고는 미기가 비유적으로 말했기 때문에 어젯밤 모임에서 실제로 들었던 내용이 제대로 기억이 나지 않았다. 도도가 그… 야만인, 사람의 아들 손아귀에 있다는 생각이 그녀를 힘들게 했다. 그리고 네이트, 그녀의 네이트. 항상 숨기는 것이 있다고 생각했던 그의 비밀을 알게 되었다. 그는 자신이 남부 출신이라고 했다. 사우스캐롤라이나가 그의 고향이라고. 그런데 헴록 마을이라고? 그녀는 당장은 눈앞의 문제를 처리해야 하니, 이 일은 나중에 꺼내겠다고 마음먹었다. 네이트가 그 병원 안으로 들어가선 안된다. 도도가 있건 도도가 없건."어제 이야기 한 몇 가지 때문에 마음이 괴로워요." 그녀가 말했다.

"앞으로 해야 할 일 먼저 끝내고 그 이야기를 합시다."

"그냥 확실히 해두고 싶어서요. 당신이 직접 그 장소에 들어가려는 건 아니죠, 그렇죠?"

"나는 들어가고 싶지 않아." 네이트가 일축하며 말했다.

그녀는 그곳에 들어가선 안된다고 그에게 소리를 치고 싶었지만 메인 스트리트를 따라 극장 쪽으로 타가닥 타가닥 들리는 말발굽 소리가 그녀의 생각을 방해했다. 그녀는 뒤를 돌아보고 중얼거렸다. "아이고, 이런……."

치킨힐 흑인 중에서 350명의 퍼레이드에 필요한 각종 물품을 운반할 충분히 큰 장치를 생각해 낼 수 있는 유일한 사람 패티가 노새가 끄는 수레를 타고 모퉁이를 돌아 다가오고 있었다. 옆에는 웃고 있는 빅숍이 앉아있었다.

"택시 부르셨어요?" 패티가 명랑하게 소리쳤다.

애디가 못 말리겠다는 표정을 지었다.

"몇 블록만 가면 되니까." 패티가 말했다.

네이트는 별다른 반응 없이 패티와 빅숍을 극장 무대 입구 쪽으로 안내했다. 셋은 서둘러 장비들을 수레에 쌓아 밧줄로 묶은 다음 패티와 네이트가 앞쪽에 타고 출발했다. 빅숍은 수레 뒤쪽에 높이 쌓은 물건들 옆에서 다리를 밖으로 대롱대롱 매달고 자리했다.

쿵쾅거리며 수레가 앞으로 나아가자 빅숍의 귀에는 들리지 않는다는 생각에, 패티는 문제를 재빨리 꺼냈다. "네이트, 헴록 마을에서 달걀맨을 오늘 밤 만나야 해요?"

"응."

"다른 날 밤에는 안될까요?"

"무슨 문제 있어?"

패티는 자신들이 수레 위 다른 사람 누구도 들을 수 없는 곳에 있는데도 불구하고, 누가 들을세라 살펴보고 말했다. "다른 일이 생겼어요." 그가 말했다.

"그래서?"

"그게 오늘 밤이에요. 간단한 일이에요. 헴록 마을에 그럼 조금 일찍 데려다줘도 될까요? 괜찮겠죠?"

"그럼 몇 시에 다시 데리러 올 거야?"

"늦을 것 같아요. 한밤중이나 그쯤 되어야 해요."

네이트가 얼굴을 살짝 찡그렸다. "괜찮아. 아침까지만 돌아오면 되니까."

"날 기다리는 동안 헴록 마을에 엉덩이 붙이고 앉아 있을 곳이 있을까요?"

네이트가 빙그레 웃었다. "내 걱정은 하지 마."

"미안해요, 네이트. 제가 좀 곤란한 상황이라서요. 이 일을 해서 벌 돈이 금액이 커요. 그래도 저만 믿으세요."

패티는 이렇게 말했지만 자기 귀에도 거짓말처럼 들렸다. 수레가 치킨힐 제일 아래쪽 오래된 안테스 하우스에 거의 다다르자, 패티는 언덕 3블럭쯤 위에 자리한 유제품 회사를 올려다보았다. 그리고 고백하기로 결심했다.

"네이트, 어제 제가 여동생에게서 편지를 하나 받았어요."

"너희 둘이 다시 대화를 나눈다니 기쁘다."

"누군가 제게 그녀를 통해 돈을 전달했어요. 그 사람들이 원하는 건 클로버 유제품 회사 건너편에 있는 우물의 파이프를 연결해

달라는 거예요. 그 우물에서 유대인 교회까지 연결된 Y자 배관이 있어요. 그것을 꺼내고 저수지에서 오는 도시의 수도에 연결해달라는 거죠. 분명 그 공용 우물은 이미 다 말라버리고 없을 거예요."

네이트는 고개를 끄덕였다. "힐 아래쪽 모든 샘들이 말라가고 있어. 우물이 너무 많아. 물도 탁하고 엉망이야. 그런데 그 우물에 대해선 어떻게 알고 있어?"

"어렸을 때 아버지가 수많은 수도관을 설치하는 걸 도왔어요. 그때는 아마 합법적인 것은 아니었을 거예요. 하지만 그렇게 했었죠. 그냥 가능한 곳에 파이프를 달았어요. 시에 가서는 이야기하고 싶지 않았던 것 같아요."

"사기꾼들에게 뇌물을 주고 싶지 않았겠지. 뭐 어쩌겠어. 그런데 누가 그 쪽지를 썼지?"

"모르겠어요. 버니스는 아무 말도 하지 않았어요. 하지만 그 쪽지와 함께 큰돈이 들어 있었어요. 그리고 그 쪽지에 뭔가 다른 것도 있었는데, 제가… 쪽지 일부를 잃어버려서……."

"잃어버렸다고?"

"두 번째 페이지가 있었어요. 실수로 찢어버렸지 뭐예요. 그중 일부는 찾았지만 나머지는…… 술집 뒤쪽에 떨어졌는데 다시 돌아가서 찾아보려고 했을 때는 이미 다 젖어버렸어요. 알아볼 수가 없었어요."

"전혀 읽을 수가 없었어?"

"철도원들에 대한 뭔가였는데. 노조원들… 유대인… 그리고 펜허스트 열차. 이런 단어들이었어요. 하지만 뭐가 뭔지 모르겠어요."

네이트는 잠시 곰곰이 생각에 잠겼다가 미소를 띠며 말했다. "이삭 씨가 이 일을 뒤에서 돕고 있는 거야."

"누구요?"

"모셰 씨에게 이삭이라는 이름의 사촌이 있어. 필라델피아에 사는 돈 많은 양반이지. 극장을 운영해. 모셰 씨와 같은 사업이지만 훨씬 큰 사업이야. 그렇다면 괜찮을 거야. 그 쪽지에 철도 사람들에게 전하라는 돈도 같이 들어있었어?"

"철도 사람들 이야기가 적힌 페이지에 400달러가 추가로 더 붙어 있었어요. 용도는 모르겠어요."

"그게 거기 있던 돈 전부야?"

"젠장, 아니요. 철도 사람들을 위한 400달러 제외하고 수도 고치는 작업을 위해서 500달러가 더 있었어요."

네이트는 한참을 아무런 말이 없었고 따각따각 노새가 내는 소리가 울려 퍼지고 있었다. 마침내 그가 말했다. "그 돈 중에 일부는 나한테 넘겨줘. 큰돈이라는 걸 알아. 하지만 그건 도도를 위한 돈일 거야."

'말도 안 되는 소리!' 패티는 이렇게 소리치고 싶었다. 상대가 네이트 팀블린만 아니었더라면.

두 사람이 안테스 하우스에 도착하자, 네이트는 수레에서 내려 여전히 운전석에 앉아있는 패티에게 말했다. "집으로 돌아가서 그 400달러를 챙겨서 일단 애디에게 넘겨 줘. 서둘러. 내가 이 짐들은 알아서 내릴 테니."

"이건 큰돈이에요, 네이트."

"넘겨줘. 그렇지 않으면, 어떤 식으로든 너에게 돌아올 거야. 누군가 서비스 비용을 지불하고 있잖아. 네 할 일은 그걸 전달하는 거야."

"그 서비스가 뭔데요?"

"그건 내가 알아서 할게." 네이트가 말했다. "그리고 네가 그 돈을 애디에게 주고 나면, 오늘 밤은 네가 해야 할 일에만 집중해. 나는 헴록 마을에 알아서 다녀올게. 노새와 마차는 다 끝나고 술집으로 가져다 놓을게."

포츠타운의 다른 누군가가 갑자기 제 손에 떨어진 400달러를 공짜로 내놓으라고 요구하고, 집에 가서 그걸 가져와 자신의 아내에게 전하라고 한다면, 패티는 당장 꺼지라고 소리치며 멱살을 잡고 엉덩짝을 걷어차 문밖으로 내쫓았을 것이다. 하지만 네이트 팀블린은 다른 누군가가 아니다. 패티는 그가 시키는 대로 했다.

27

손가락

침대를 흔드는 소리에 잠을 깬 도도는 자신을 바라보고 있는 몽키팬츠와 눈이 마주쳤다. 몽키팬츠가 왼손으로 도도를 가리키면서 입술을 움직이고 있었다.

"나중에." 도도가 말했다.

마지막 깁스는 전날 푼 상태였다. 도도는 침대에서 일으켜져서 부축을 받고 다른 방으로 안내된 후, 환자복과 슬리퍼를 제공받았다. 그리고 그들은 그의 이름이 붙은 텅 빈 사물함을 보여주었으나 열쇠는 간병인들만 가지고 있었다. 도도는 남자들의 행렬에 끼어 데이룸으로 갔다가 다시 병동으로 돌아왔다. 그 뒤에 점심 식사를 위해 갔던 식당에서 소년은 쓰러졌다. 쓰지 않던 다리에 힘이 제대로 실리지 않아서였다. 도도는 병실 침대로 돌려보내졌고 그다음에 잠깐 잠이 든 것 같았다. 비교적 텅 빈 병실에서 몽키팬츠와 함께 그날 오후와 저녁을 보낸 셈이었다. 남자들과 떨어져 있게 되어 도도는 다행이라고 생각했다.

병실 밖은 어떤지 몽키팬츠는 알고 싶어 했다. 욕실, 데이룸, 식당. 하지만 도도는 말할 기분이 아니었다. 겨우 두 번 사람들 사이에서 걸었을 뿐인데, 이곳의 심각성이 그의 온몸을 덮쳤다. 지독한 외로움이 그를 힘들게 했을 뿐 아니라 자신을 무너지게 만들고 있음을 알 수 있었다. 환자 중 일부는 친절해서 어린아이게 말을 걸듯, 그에게 말을 걸었다. 하지만 간병인들이 나타나면 그들은 오히려 무기력해졌다. 모든 것이 제멋대로였다. 그리고 친절한 사람일수록 고통받았다. 식사 시간에 도도가 입술을 읽느라 접시의 귀리죽에서 얼굴을 돌리기라도 하면 여러 손들이 그의 음식을 집어 들었다. 그곳엔 서열이 있었다. 가장 능력 있는 환자가 모든 것을 가졌고 능력이 떨어지는 사람들은 혼자 남겨졌다. 이야기하기, 수다떨기, 물어뜯기, 밀기, 거래하기, 좀도둑질 같은 끊임없는 움직임이 사람을 미치게 만들었다. 다른 사람들이 자주 앉던 곳에 머물기라도 하면 분노와 욕설이 쏟아졌기 때문에 그는 데이룸 바닥에 주저앉아야 했다. 주변 환자들의 끊임없는 질문의 홍수가 있었지만, 언어장애나 불안증세를 가진 사람들이라 그중 많은 질문은 입술을 읽는 것 자체가 어려웠다. 몇몇은 도도가 정신적으로 떨어지는 사람인 것처럼 대하며 말을 걸었고, 다른 누군가는 매우 복잡한 문제들을 도도와 토의하자고 했다.

여기선 모두 자신들이 이곳에 속해 있지 않다고 생각하는 것 같았다. 한 남자가 말했다. "이곳의 사람들은 나만 빼고 모두 정신적으로 아파요. 나는 신경계가 안 좋은 거고요. 당신도 신경계통이 안 좋은가요?" 다른 사람은 이렇게 털어놓았다. "야간 학교에 다니다가 실수로 여기까지 왔어요." 또 다른 백인 남자는 말했다. "너는 아플 리가 없어. 내가 흑인이었을 때 나는 절대 아프지 않았어."

그들의 이야기는 도도를 겁먹게 했다. 사람의 아들이 나타나자 분위기는 순식간에 차렷 상태로 바뀌었다. 몇몇 환자들은 그를 피했지만 대부분, 특히 더 능력 있는 환자들은 그 주위로 몰려들었다. 온통 하얀 제복을 입은 그는 권력을 휘두르는 검은 메시아처럼 그들 사이에 우뚝 솟아 있었고, 그를 둘러싼 사회에서 버림받은 자들은 그가 움직이는 대로 모세를 따르는 수행자들처럼 따라 움직이고 있었다. 백인인 다른 간병인마저도 사람의 아들을 묵인하는 것처럼 보였다. 도도는 가능한 한 멀리 떨어져서 몸을 숨기며 조심조심 움직였다. 하지만 데이룸에서 도망갈 곳은 없었다. 사람의 아들은 도도와 시선이 마주치자 윙크를 했다. 그의 관심, 그리고 바닥을 닦을 때 사용하는 강력한 소독약 때문에 도도는 머리가 깨질 듯이 아팠다.

하지만 도도는 이런 이야기를 몽키팬츠와 나눌 수 없었다. 너무 지친 데다 그날은 온통 혼란투성이였다. 또한 다리의 고통이 줄어들자 처음으로 더 큰 고통이 느껴지기 시작했다. 죄책감. 그가 저지른 수많은 잘못들이 생각났다. 미스 초나의 가게에서 가끔 초콜릿을 슬쩍했던 일. 버니스의 마당에서 버니스 딸의 구슬을 훔친 일. 왜 그랬을까? 어쩌다 미스 초나는 다치게 됐을까? 이모부와 이모는 왜 찾아오지 않을까? '나 때문이야, 내가 잘못해서 그래. 내가 백인을 공격했어. 나는 감옥에 갇혔어. 평생 이곳에 있어야 할 거야.' 도도는 몽키팬츠의 정신없이 내젓는 손을 못 본 척하며 포기할 때까지 먼 산을 바라보았다.

한참을 그렇게 둘은 누워있었다. 그러나 고개를 돌려보니 몽키팬츠가 천장을 바라보며 등을 대고 누워 입은 벌리고 다리는 가슴 쪽으로 당겨 태아처럼 몸을 말고 있었다. 마치 호흡 곤란을 겪는 것처럼 이상해 보였다. 도도가 일어나 앉았다.

"무슨 일이야, 몽키팬츠?"

몽키팬츠는 듣고 있지 않았다. 그는 천장을 응시한 채 숨을 가쁘게 몰아쉬었다. 도도는 발작이 온 것은 아닌가 생각했다. 미스 초나의 경우를 여러 번 보았기 때문에 발작이 어떤 것인지 잘 알고 있었다. 도도가 이곳에 온 뒤로 몽키팬츠는 여러 번 발작을 일으켰다. 미스 초나에 비해 시간은 짧았지만 빈도는 잦았다. 마치 몽키팬츠의 등을 누군가 아치형으로 떠미는 것처럼 몽키팬츠의 몸은 올라갔다 내려갔다 들썩였다. 그의 몸은 괴상하게 휘었고 배와 골반은 공중으로 높이 솟구쳤다가 내려오기를 여러 번, 팔과 다리는 각자 따로 놀면서 흔들렸다. 몸은 끔찍하게 뒤틀리고 바닥이 흔들릴 정도로 침대의 진동은 심했다. 그럴 때면 여러 명의 간병인과 간호사가 주삿바늘과 알약을 가지고 나타났고 그렇게 그는 진정이 되고, 그 뒤로 오랜 시간 노루잠을 잤다. 몽키팬츠는 약을 싫어했다. 도도는 몽키팬츠가 매일 복용해야 하는 장황한 약을 삼키는 척하다가 간병인이 돌아서면 뱉는 것을 여러 번 목격했다.

이번에는 경련을 의지로 물리쳤는지 몽키팬츠가 혼자 호흡을 되찾는 것 같았다. 그러더니 도도에게 고개를 돌리고 괜찮아졌다는 신호로 고개를 끄덕였다. 하지만 이미 도도는 우울한 기분에 휩싸여 있었다. "내가 큰 실수를 했어, 몽키팬츠." 그가 말했다. "그래서 여기 온 거야."

몽키팬츠의 균열이 생긴 눈썹이 일그러졌다. "아니야."

"나만 아니었으면 미스 초나는 다치지 않았을 거야."

몽키팬츠가 인상을 썼다. "아니야, 아니야, 아니야." 하지만 도도는 머리를 저었다. "내가 그랬어, 내가 그랬다구. 나한테 아무 말 안 해도 돼."

몽키팬츠는 손가락을 들어 신호를 보냈다.

도도는 무시했다.

그러자 그는 구슬을 꺼내 들었다. 항상 도도의 관심을 끌 수 있는 구슬.

"뭐?"

도도는 몽키팬츠가 T를 표시하는 것을 바라보았다.

"그리고?"

O.

"다음은?"

그는 천천히 철자를 따라 했다.

T.O.U.C.H.

M.Y.

F.I.N.G.E.R.

"왜 그래야 해?" 도도는 짜증 섞인 목소리로 말했다.

그래 놓고는 실망한 친구의 표정이 마음 쓰였다. 그래서 도도는 손을 내밀어 서로의 검지 끝이 닿게 했다. 그러자 몽키팬츠는 토라진 듯 손가락을 거둬들였다.

"넌 그렇게 오래 못 버틸 것 같은데. 내기할까?" 도도가 말했다.

몽키팬츠가 웃음을 터트렸다. 도도는 제안을 받아들인다는 의미로 읽었다.

"좋았어 그럼." 도도가 말했다. "누가 더 오래 버티나 보자고."

몽키팬츠는 손가락을 침대 밖으로 다시 뻗었다. 도전!

도도는 그 도전을 받아들였고 두 소년은 침대 창살 사이로 손을 뻗어 손가락 끝을 맞대고 힘을 주었다. 5분. 10분. 하지만 도도는 팔이 아파왔고 더는 참을 수가 없었다. "이건 불공평해. 너는 침대에 팔을 올려두고 있잖아."

몽키팬츠가 어깨를 으쓱했다.

어느 순간 어둠과 죄책감, 고통이 사라지고 다시 도전. 도도는 다시 아이가 되었다. 도도는 오른쪽으로 몸을 돌려 왼쪽 주먹을 머리 밑에 대고 지탱한 다음 오른손을 침대 창살 사이로 밀어 넣고 검지를 뻗으며 말했다. "다시 해."

손가락 전투는 다시 시작됐다. 5분. 10분. 20분. 30분. 손가락을 대고 도도가 이야기하기 시작했다. 몽키팬츠가 이야기하려면 왼손이 필요했기 때문에 도도는 자유롭게 두 사람 몫을 이야기할 수 있다는 의미였다. 도도는 몽키팬츠에게 데이룸은 어떻게 생겼는지, 화장실은 어떤지, 하루 종일 딸꾹질하는 희한한 간병인 이야기와 과거 한때는 자신이 흑인이었다는 환자에 대해 이야기했다. 팔이 너무 아파서 그만두고 싶었지만 그의 이야기가 몽키팬츠를 지치게 만들기를 기대하면서 더 많은 말을 했다. 하지만 몽키팬츠는 버텼다.

한 시간 뒤, 도도는 그만두고 손가락을 떨어트렸다.

몽키팬츠의 반짝거리는 하얀 이빨과 웃음이 못마땅했다.

"너 반칙 쓰고 있는 거지. 너는 등을 대고 편하게 누워있잖아."

몽키팬츠는 똑같이 해보라고 몸짓을 했다.

그래서 도도는 등을 대고 편하게 누워 다시 손가락을 가져다 댔다. "싸우자."

둘은 그렇게 가만히 있었다. 20분, 40분, 1시간, 2시간. 저녁 식사 시간이 되어 식사를 들고 온 간병인은 진행 중인 게임을 보고 흥미로운 듯 지켜 서서 보고 있다가 쟁반을 두고 갔고, 다시 가지러 돌아왔을 때도 음식은 그대로 남아 있었다. 간병인은 안중에도 없이 두 소년의 의지 대결은 어느새 총력전이 되어 있었다. 누구의 방해도 받기 싫었던 몽키팬츠와 도도는 서로에게만 집중했다. 간병인은 이를 알아차리고 자리를 피했다. 아무도 오지 않았다. 두 소년은 서로의 손가락에 힘을 주며 버텼고 그 누구도 포기하려 하지 않았다. 그렇게 밤이 찾아왔고 상황이 달라졌다.

처음엔 자신들이 상상했던 당당한 남자의 모습으로 버티고 있었지만 환자들이 데이룸에서 돌아와 병실을 휘젓고 다니다가 마침내 침대에 눕자 교대한 간병인들이 전등을 껐고, 간병인 책상을 밝히는 불빛만 남겨놓고 병실은 어두워졌다. 대부분의 사람들은 침대에 푹 몸을 뉘고 잠을 청했다.

여전히 소년들은 손가락을 붙이고 있었다.

도도는 이제 몽키팬츠의 손가락을 볼 수 없었지만 간병인 책상의 불빛 덕분에 그의 팔 모양은 알아차릴 수 있었다. 병동은 U 모양으로 침대가 양쪽으로 줄을 지어 있었고 간병인의 책상이 중앙에 자리하고 있었다. 그래서 간병인 책상의 불빛이 으스스하게 양쪽을 모두 비추고 있었다. 하지만 그 불빛은 바닥 중간 정도까지만 닿아서 도도에겐 겨우 몽키팬츠의 얇고 흰 팔만 보이고 그 이상은 보이지 않았다.

한 시간쯤 지나자 몇몇은 코를 골고, 대부분의 사람들이 잠이 들었다. 졸음이 도도에게도 강하게 덮치고 있었고, 몽키팬츠에 닿아있는 손을 떼고 똑바로 누워 베개에 머리를 묻고 싶다고 생각했다. 그리 오래 버틸 수 없을 것이라는 예감이 들었다. 졸음이 승리자였다. 몽키팬츠도 마찬가지로 약해지고 있었다. 마침내 몽키팬츠의 손가락이 떨어지는 것 같더니 다시 정신을 차리고 붙잡는 것 같았다. 도도는 도전을 받아들였다. 그런데 몽키팬츠의 손가락이 다시 떨어졌다.

"기운 내, 아니면 내가 이긴 거야." 도도가 속삭이듯 말했다.

하지만 몽키팬츠의 손가락은 돌아오지 않았다.

도도는 등을 대고 누워 어둠을 바라보며 승리감을 만끽했다. 그리고 잠시 후 머리를 들어 친구를 바라보았지만 어두침침한 불빛 때문에 몽키팬츠도 그의 팔도 볼 수가 없었다.

그런데 간병인 책상에서 비치던 불빛이 갑자기 움직이더니 침대 발치에서 어떤 움직임이 감지되었다. 승리의 도취감은 감쪽같이 사라졌다. 그곳에는 흰색 유니폼을 입고 웃음 띤 그가, 희미한 불빛에 이빨을 드러낸 그가 그렇게 서 있었다.

사람의 아들.

"헤이, 공작새." 그가 말했다.

사람의 아들은 가까이 붙어있던 몽키팬츠의 침대를 옆으로 밀어내고 그 사이 공간으로 들어왔다. 그리고 도도의 침대의 한쪽 편에 잠긴 열쇠를 딸깍하며 열고 침대 칸막이를 아래로 내렸다. 도도는 목줄기를 따라 조여오는 공포를 느꼈다. 이곳에서 침대 칸막이는 마치 벽처럼, 소년이 아는 한 안전을 보장할 수 있는 유일한 장치였다.

도도는 서둘러 몸을 일으키려 했지만 다리에 여전히 힘이 없었다. 그 순간 팔 하나가 그를 강하게 내리쳤다. 도도는 비명을 지르려고 입을 벌렸지만 이미 입과 코는 막혀서 눌린 상태였다. 얼굴을 너무 세게 짓누르고 있어서 코가 부러질 것만 같았다. 사람의 아들은 손가락을 입술에 대며 말했다. "쉿."

단숨에 그는 도도의 머리를 한쪽으로 밀어붙이고 옆으로 돌려 눕히더니 베개로 머리를 덮은 뒤 강하게 얼굴을 눌렀다. 한 손으로는 베개를 누른 채 사람의 아들은 도도의 환자복을 들추고 몸 뒤쪽이 드러나게 만들었다.

도도는 꿈틀거리며 저항했지만 그의 힘을 당할 수는 없었다. 도도는 그의 다리를 걷어차 보았지만 남자는 무릎으로 도도의 다리를 누르고 손쉽게 다른 쪽 다리를 들어 올렸다.

그리고 엉덩이 사이에 차가운 연고가 발리는 느낌이 들었고 폭발하는 듯한 뜨거운 고통이 시작되려는 찰나, 바닥이 흔들리기 시작했고 다리를 누르고 있던 무릎이 떨어져 나갔다. 사람의 아들은 몸을 돌리고 잡고 있던 손을 풀었다. 무언가 그의 주의를 분산시킨 것 같았다.

그가 도도의 얼굴에 있던 베개를 떼어냈을 때, 동시에 병실 바닥이 흔들리는 것을 느꼈다. 묵직한 흔들림. 지금껏 느껴보지 못했던 마치 지진이라도 일어난 것 같은 강한 움직임. 불이 켜지고 여러 명의 환자들이 잠에서 깨어 소리를 지르기 시작하면서 병실 안이 어수선해졌다. 이미 몇몇은 침대에서 일어나 정신없이 돌아다니기 시작했다. 사람의 아들은 환자들 틈에서 분노를 표출하며 수건 대신 흰색 간병인 재킷을 벗어 자신의 얼굴과 머리를 닦기 시작했다. 놀랍게도 배설물을 온통 뒤집어쓴 상태였다.

옆 침대에 있던 몽키팬츠는 걷잡을 수 없이 몸을 꿈틀거리고 있었다. 지금까지 본 가장 격렬한 발작이었다. 다리와 팔은 거칠게 뒤틀어졌고 입을 벌리고 분명 소리를 지르고 있는 것 같았다. 그리고 사람의 아들에게 던지고 남은 배설물이 묻어 있는 그대로 그는 왼손으로 의도적으로 자신의 머리를 치고 사람의 아들의 재킷과 바지에도 문질렀다. 그의 발작과 고함에 병동 전체가 깨어났고 다른 병실 간병인들이 달려왔다.

도도는 두 명의 간병인이 몽키팬츠의 침대로 달려가 그의 입에 숟가락을 넣으려 하는 것을 보았다. 하지만 발작의 정도가 너무 심해서 불가능했다. 한참이 지나서야 발작이 멈췄고, 몽키팬츠는 침대에 누워있었다.

한 간병인이 몽키팬츠의 침구를 갈아주려고 움직였다. 하지만 사람의 아들이 막아섰다. 불이 켜진 상태라 도도는 그의 입술을 읽을 수 있었다.

"그냥 놔둬." 그가 말했다. "내가 갈아줄게."

그들이 물러서며 간병인 자리로 돌아가려고 할 때 젊은 백인 의사가 나타났다. 도도는 그가 하는 말을 전부 이해할 수는 없었지만 사람의 아들과 다른 두 명의 간병인이 아부하는 태도로 돌변한 것으로 보아 대충 상황은 파악할 수 있었다. 닥터는 도도와 몽키팬츠의 침대가 떨어져 있는 이유를 알고 싶어했다. 그리고 도도의 침대 한쪽 칸막이가 내려져 있는 것을 보고 어떤 처치가 그 시간에 이뤄진 것인지 물었다. 사람의 아들이 어떤 설명을 했던 간에 의사를 이해시킬 수는 없는 듯했다. 의사는 몽키팬츠를 깨끗하게 갈아입히라고 지시했고 침대 두 개를 다시 가까이 붙여 놓으라고 했다. 의사는 몽키팬츠를 진찰하고 간병인 한 명에게 무언가를 급히 주문한 다음, 도도를 간략하게 살펴보고는 이제 다 나았으니 아침에 도도의 침대를 칸막이 침대에서 일반 침대로 바꾸라고 지시했다. 그리고 의사는 도도가 이해할 수 없는 또 다른 지시를 내렸다. 하지만 의사가 말을 마칠 때쯤 사람의 아들은 병실을 이미 떠난 뒤였다.

의사는 다시 몽키팬츠를 살펴보며 이번에는 더욱 꼼꼼하게 진찰을 했다. 몽키팬츠는 아무 말이 없었다. 그는 얕고 빠른 숨을 내쉬며 기력 없이 누워 있었다. 간병인이 약과 주사가 담긴 쟁반을 들고 돌아왔고 의사가 주사를 놓자 몽키팬츠는 조금 회복이 되는 것 같았다. 몽키팬츠는 정상적으로 몸을 움직였고 졸린 듯 눈을 감더니 잠이 들었다. 질서가 회복되었다. 그리고 불은 다시 꺼졌다.

하지만 도도는 잠을 이룰 수 없었다. 사람의 아들이 다시 돌아올까 두려움에 떨며 누워있었다. 잠을 쫓으려고 싸워야 했다. 사람이 아들이 다시 극심한 고통을 안겨줄까 겁이 났다. 어떻게 해야 할지 알 수가 없었다. 아무것도 할 수 없다는 무력감과 죄책감이 자신을 괴롭혔다. '내가 잘못했어.' 소년은 생각했다. '내 잘못이야, 내 잘못. 나는 영원히 이곳에 있게 될 거야.'

다시금 잠이 쏟아졌다. 잠이 몰려올수록 두려움도 커졌다. 자신이 잠을 자고 있는지 아닌지 알 수 없는 상태가 되자 공포심은 더욱 커졌다. 소년은 흐느껴 울기 시작했다. 절망적이었다.

불이 꺼진 뒤에도 말을 하면 간병인을 화나게 한다는 사실을 알고 있었다. 사람의 아들도 마찬가지일 것이고. 하지만 참을 수가 없었다. 그는 흐느끼며 친구를 불렀다. “몽키팬츠.”

침대 칸막이를 두드리는 조용한 움직임이 느껴졌다. 너무 지친 나머지 옆을 돌아볼 힘조차 없었다. 침대 칸막이 사이로 팔을 뻗고 손을 보이지 않는 허공에서 휘둘렀다. 한번. 두 번. 팔이 느껴질 때까지. 손목이. 손가락이. 그리고 손가락 한 개. 아까처럼 손가락 한 개.

도도는 손가락을 가져다 댔다.

“고마워, 몽키팬츠.”

그렇게 그 자리에 손가락을 맞대고 잠이 들 때까지 누워 있었다.

다음 날 아침 도도가 잠에서 깼을 때 여전히 침대 밖으로 팔을 뻗고 있었다. 몽키팬츠도 마찬가지로 손가락을 펴고 있었다. 몽키팬츠는 누워서 입을 벌리고 침대 칸막이 사이로 팔을 삐죽 뻗고 있었다. 우정과 연대의 의미였던 그의 손가락은 쭉 펴진 상태였다.

하지만 나머지 몽키팬츠는 사라지고 없었다.

28

마지막 러브

모스 장례식장의 소유주, 안나 모스는 3년 전 남편이 세상을 떠난 후 펜실베이니아주 린필드를 떠나려고 여러 번 마음을 먹었다. 장례식장 운영은 일이 너무 많았고 좋은 일손을 구할 데가 없었다. 1층에는 그녀가 '직장'이라고 부르는 영안실을 두었고 위층을 가정집으로 사용했다. 백인 인부들은 유색인 여성을 위해서 일하기를 거부했다. 유색인 남자들은 그녀와 사랑에 빠져 돈 많은 미래를 꿈꾸며 딴 생각을 품었다. 이 때문에 건물을 수리할 일이 생기면 그녀는 항상 옛 직원 네이트 팀블린을 불렀다. 네이트는 다정한 사람이었다. 믿을 수 있고 단단한 사람. 시간이 얼마가 걸리든, 어떤 일이 되었든 그는 항상 달려왔다. 그의 도움은 린필드에서 사업을 계속하기로 결심한 이유 중 하나가 되었다.

그래서 네이트가 현충일 주말인 토요일 오후, 친구를 만날 일이 있다며 자신을 데리러 와서 린필드까지 태워줄 수 있느냐는 갑작스러운 부탁을 받았을 때 그녀는 기꺼이 응했다. 린필드는 헴록 마을의 북쪽에 자리 잡고 있었고 헴록 마을은 펜허스트에서 불과 1.5킬로미터 거리였다. 안나는 그의 의도를 즉각적으로 알아차렸다. 조카를 방문할 생각인 것 같았다. 신문에서 읽었다. 귀가 들리지 않는 12살짜리 유색인 소년이 백인 남성을 공격했다고? 그녀는 의심스러웠다. 이런 일이 치킨힐에서 가장 괜찮은 사람들인 네이트와 애디에게 일어났다는 생각에 안타까운 마음이 들었다.

그를 데리러 가는데 20분이면 충분했다. 지금까지는 이번 주에 죽을 예정인 사람은 없으니 상황도 괜찮았다. 치킨힐에 두 명, 로이어스 포드에 한 명, 레딩에 다른 한 명, 총 네 명 정도 가능성이 머릿속을 스쳤다. 레딩에 있는 사람이 가장 걱정이었다. 왜냐하면 족히 30킬로미터 거리는 되는 데다, 카운티 내 자신의 장례식장 외에 유일한 유색인 장례식장이 레딩에 있었다. 누구든 울부짖는 가족에게 먼저 도착하는 사람이 승자였다. 하지만 안나는 레딩에 있는 목사와 유색인 의사를 알고 있었다. 게다가 그곳에 사는 사촌이 현충일 주말에 집으로 초대를 해서 방문할 예정이었다. 그녀가 레딩에 머무는 동안 그 고객이 죽는다면, 행운일 것이다. 신의 뜻이라고나 할까. 하지만 건물에 생긴 누수가 그녀를 가로막았다. 2층 욕실 벽을 통해 물이 스며들고 있었고 전날 밤 아래층 접견실 천정이 얼룩져 있는 것을 발견했다. 용납할 수 없는 일이었다. 조문하는 동안 물방울이 고인의 머리에 떨어질 수도 있다는 생각에 소름이 끼쳤다. 그녀는 네이트에게 한번 살펴봐달라고 할 참이었다.

포츠타운 하이 스트리트를 따라 린필드를 향해 질주하는 패커드 옆자리에 앉은 네이트는 평소보다 더 말이 없는 것 같았다.

"요즘 바빴어요?" 그녀가 물었다.

"조금요." 네이트가 말했다.

"내가 도와줄 일이 있을까요?" 그녀는 조카에 대한 언급은 피하며 조심스럽게 말했다.

"지금 도와주고 계십니다."

안나는 무슨 뜻이냐고 되묻지 않았다. 네이트는 원래 말이 많은 편이 아니었다. 침묵은 그의 존재의 일부분이었다. "돌아갈 때도 태워줄까요?"

네이트는 머리를 저었다. "헴록 마을에서 밤새 있을 것 같습니다. 내일 돌아가도 괜찮아요."

그녀는 헴록 마을에 사는 모든 가족을 알고 있기 때문에 어디에 머물 것인지 물어보고 싶었지만, 대신 그녀는 말을 돌렸다.

"네이트, 집에 물이 새요. 위층 욕실을 통해 아래층 접견실로 흐르는 것 같아요. 한번 봐줄 시간 있어요?"

"물론이죠. 나가기 전까지는 살펴볼게요."

"나는 없어도 괜찮아요? 어디에 뭐가 있는지는 잘 알고 있잖아요. 레딩으로 바로 갈 생각이었거든요. 사촌과 그녀의 남편을 만나기로 했어요."

"얼른 가세요. 일 끝내놓고 헴록 마을까지 걸어가면 됩니다. 금방이에요."

"당신은 죽은 사람들을 두려워하지 않죠? 그렇죠?"

"네."

"그럼, 접견실 연결 통로에 수납장이 있는데 간이침대가 있어요. 내가 물건들 두는 수납장 말이에요. 원하면 여기서 오늘밤 주무셔도 돼요."

네이트는 머리를 흔들었다. "지낼 곳이 있어요."

"내가 도와주면 안될까요, 네이트?"

"물 새는 곳 바로 살펴보고 가겠습니다."

그녀는 알았다는 듯 고개를 끄덕였다. "네이트, 진짜 돈을 벌 생각이 들면 나와 함께 일해요. 차를 살 수 있을 만큼 충분히 월급을 드릴게요."

네이트는 차창 밖으로 지나가는 농지를 멍하니 바라보면서 대답했다. "저는 차가 필요 없습니다."

그는 저녁 때까지 안나의 집에서 일을 했다. 먼저 지붕에 올라가 넘쳐흐르는 배수로의 낙엽을 치우고 욕실과 접견실 천정의 작은 얼룩을 제거했다. 안나가 어디에 무엇을 두는지 알고 있었기 때문에 작업은 쉬웠다. 일을 하는 동안 그에겐 차분하게 생각할 시간이 주어졌다. 서두를 필요는 없었다. 미기가 교대 근무를 끝내고 11시 30분에 만나자고 했으니 아직 시간은 일렀다. 헴록 마을은 걸어서 겨우 20분 거리였다. 일찍 그곳에 도착한다면 4시간 동안 몸을 숨길 만한 곳을 찾아야 했다.

작업을 마치고 네이트는 도구를 제자리에 가져다 놓고 비어있는 접견실에 들어섰다. 그는 안나가 장례식 전에 시신을 모셔두는 뒤쪽 연결 통로 쪽으로 향했다. 그녀가 즐겨하는 농담처럼, 하늘나라로 가는 기차가 준비되어 있었다. 장례식 마지막 인사를 앞둔 두 남자가 누워있는 오픈관 두 개가 열차 객실처럼 줄지어 있는 모습을 보았다. 먼저 눈에 들어온 것은 가지런히 두 손을 가슴에 접고 있는 중년 나이의 남자였다. 두 손 위에는 새것인 듯한 유니폼이 곱게 접혀있었는데 주머니 위에는 '허브의 식당, 테드 S. 쿨만을 기리며'라고 특별히 적힌 라벨이 붙어 있었다. 두 번째 남자는 열일곱이나 열여덟 정도로밖에 보이지 않는 젊은이였다. 네이트는 잠시 그들을 쳐다보다가 그들을 스쳐 지나 뒤편 캐비닛으로 향했다. 그리고 그곳에서 몇 가지 물품을 챙긴 다음 헴록 마을로 출발했다.

미기는 그를 달걀 배달부에게 데려다주고 떠날 것이다. 그것이 약속이었다. 헴록 마을 쪽으로 가는 어두운 2차선 도로를 따라 걸어가며 다시 한번 생각했다. 미기는 정확히 11시 30분에 도착해 달라고 했다. 그 시간에 맞춰 그녀가 불리스라는 달걀 배달부에게 데려다주는 것이 계획이었다. 그녀의 말로는 달걀을 가지고 근처 농장에서 새벽 4시에는 출발해야 한다고 했다. 그 말은 달걀 배달부는 적어도 새벽 3시에는 잠에서 깨야 한다는 소린데……. 그는 어디 사는 사람일까? 헴록 마을의 로우갓인가? 아니길 바랬다. 헴록 마을에는 여전히 그를 찾고 있는 로우갓들이 몇몇 있었다. 만일 그들이 네이트를 발견이라도 한다면, 그다지 좋지 않은 상황이 벌어질 테다. 미기는 그녀의 집에 네이트가 오고 가는 것을 아무도 보지 못할 것이라고 안심시켰다. 하지만 만약 미기가 갑자기 겁이라도 먹는다면? 그녀가 네이트에 관해 이미 말을 퍼트리기라도 했다면? '네이트 러브가 살아있다! 감옥에 있는 게 아니었어. 남쪽으로 도망간 것도 아니었어. 바로 저 위 치킨힐에 살고 있었어.' 곰곰이 생각해 보았다. 왜 그녀는 위험을 감수해 가며 그를 돕는 걸까?

그는 터덜터덜 앞으로 걸었다. 아무것도 확신하지 못한 채. 이 상황이 마음에 들지 않았다.

아직 흰색 병원 가운을 그대로 걸친 채 미기가 자신의 집 전면으로 난 창문 앞에 섰을 때가 새벽 2시 30분이었다. 그녀는 현관문을 열고 고리에 매달아 둔 랜턴을 집어 든 후 문을 닫았다. 그녀는 창밖을 10분 정도 더 지켜보고 있다가 포기했다. 뒷문을 통해 조용히 집을 벗어나더니 줄지어 있는 집을 지나 4번째 집으로 향했다. 그녀가 뒷문을 두드리자 흰 수염의 거무칙칙한 나이 든 남자가 문을 열었다.

"그는 오지 않을 모양이에요, 불리스." 그녀가 말했다.

"오히려 잘됐네요."

"오다가 길을 잃었거나 어디서 붙잡힌 걸까요?"

"누가 그를 총으로 쏴버린 거면 좋겠네요."

"그런 생각으로는 성공할 수 없어요."

"그럼, 어떤 생각을 해야 합니까?"

"합의했잖아요."

"당신의 친구, 당신이 페이퍼라고 부르던 그분과 한 거죠. 그 사람 때문에 직장을 잃을 생각은 없어요. 펜허스트에 있는 그 악마 놈 때문에 직장을 잃고 싶지도 않고요."

"내가 알려준 미래가 잘못된 적 있어요, 불리스?"

불리스가 이마를 찌푸리더니 말했다. "나는 네이트에 관해 입 다물고 있었어요. 아무에게도 말하지 않았다고요. 혹시라도 계획이 들통날까 봐 조심했어요. 신이 보고 계시니까요. 하지만, 솔직히 말해서 그가 오지 않아서 다행이에요."

"어제 사람의 아들과 운을 띄우며 몇 마디 나눠봤는데 돈으로 그런 거래는 안 될 것 같더군요."

"그 사람 가까이 하지 말아요."

"5분만 더 기다려줄 수 있어요?" 미기가 물었다.

"안 돼요. 원래 11시 30분이라고 말했잖아요. 벌써 3시가 다됐어요. 잠에서 깨는 저녁부터가 나의 자유 시간인데, 기다리며 신경 쓰느라 제대로 쉬지도 못했다고요. 이제 서둘러 농장으로 출발해야 해요. 이미 늦었어요."

그는 문을 닫았고 미기는 돌아섰다.

'뭔가 잘못됐어.' 미기는 생각했다.

불리스가 헴록 마을에서 달걀 수레가 있는 농장까지 걸어가면 보통 30분이 걸렸다. 하지만 오늘은 늦은 터라 옥수수 줄기를 건드리지 않도록 조심하면서 농부의 옥수수밭을 가로질렀다. 주인이 알면 좋아하지 않겠지만 어쩔 수 없었다. 도착하니 3시 10분이었다. 나쁘지 않았다. 말이 끄는 수레에 달걀과 커피 항아리를 싣고 펜허스트까지 가는 데는 45분 정도면 됐다. 수레를 끄는 말은 티투스라는 이름의 애팔루사 종인데 14살이나 먹어 거의 앞을 보지 못했지만 믿음직했다. 자신이 할 일과 길을 잘 알고 있었기 때문에 둘은 잘 지내고 있었다.

불리스는 마구간에 있는 티투스를 발견하고 건초를 던져주고 먹게 한 다음, 마구간에서 끌고 나와 닭똥 냄새가 진동하는 직사각형의 긴 닭장 건물로 향했다. 여우나 다른 야생 동물들이 들어

오지 못하도록 문에는 걸쇠가 잠겨 있었고 수레는 건물 중앙에 놓여있었다. 불리스는 티투스를 데리고 들어가 목줄과 마구를 고정한 다음, 전날 꼼꼼하게 담아둔 달걀을 개조된 수레 선반에 차곡차곡 쌓았다.

그런데 잠시 뒤, 닭장이 이상하리만큼 조용하다는 것을 깨달았다. 보통 그 시간이면 울기 시작하던 수탉들이 잠잠했다. 서까래에 있던 비둘기 몇 마리가 푸드덕거리는 소리를 냈고 우리에 있는 돼지무리들이 저쪽 구석에 모여 있는 것도 일반적이지는 않았다. '비가 오려나.' 그는 생각했다. '아니면 미기가 화가 나서 마법이라도 부린 건가?'

그는 수레에 올라타 고삐를 쥐고 애써 생각을 떨쳐버리려 애쓰며 소리쳤다. "하!"

티투스가 출입구 밖으로 막 나왔을 때 불리스가 고삐를 당기며 말했다. "아차차, 티투스… 깜빡할 뻔했어."

마차 끝에는 커피를 내릴 뜨거운 물을 담는 커다란 은색 항아리가 있었는데 그는 매일 아침 석탄 용광로 건물에 있는 온수기에서 뜨거운 물을 받았다. 그래서 용광로 건물에 가는 것이 매일 아침 첫 번째 일정이었다. 갈아놓은 원두에 온수기에서 김이 모락모락 나는 뜨거운 물을 받아 놓으면, 첫 번째 병동까지 가는 동안 커피가 완성되었다. 시간이 딱 맞았다. 그는 매일 필터를 세심하게 청소했다. 온수기의 뜨거운 물에서 가끔 재와 모래가 묻어 나왔기 때문이었다. 온수기 물을 먹는 용도로 사용해선 안되지만 펜허스트에서 누가 그 차이를 알겠는가?

불리스는 필터의 내용물을 돼지우리에 버린 다음 깨끗이 씻을 요량으로 닭장 맨 끝에 있는 우물 펌프로 갔다. 우물 펌프에 도착했을 때 불리스는 티투스가 뭔가에 놀랐는지 힝힝거리며 콧바람 소리를 내는 것을 들었다. 하지만 서둘러야 했기 때문에 신경 쓸 여력이 없었다. 씻어낸 필터를 항아리에 끼워 넣고 서둘러 농장 주인의 원두 보관 창고로 걸어갔다. 신선하게 간 원두커피를 필터 가득 채워 넣고 나서야 그는 닭장 건물의 문을 잠그고 다시 수레에 올라타 티투스를 재촉했다.

말은 들썩거리며 왠지 불안정해 보였다. 불리스는 더 빨리 가자고 재촉하고 싶었지만 늙은 말은 그러고 싶지 않은 듯했다.

"어서, 티투스." 그가 말했다. "나도 늙었어." 하지만 티투스는 자기가 원하는 속도로 걸었다.

펜허스트의 거대한 연철 문 앞에서 불리스는 경비원에게 손을 흔들고 구불구불한 1차선 도로를 따라 용광로 건물 방향으로 향했다. 정문에서 1.5킬로미터쯤 거리에 또 다른 두 번째 문을 지나며 두 번째 경비원에게 손 인사를 하고, 이어진 경사진 길을 따라 속도를 줄여 석탄을 때는 용광로 건물에 도착했다. 그는 건물 밖에 멈춘 뒤 온수기 꼭지에 호스를 연결해 커피 항아리 가득 뜨거운 물을 채웠다. 그리고 다시 티투스를 몰고 길에 올라섰다. 하지만 그는 아래 병동으로 향하는 대신, V-1 병동 뒤쪽으로 말을 몰았다. 구불구불한 길이 철로 쪽으로 나 있었고 양쪽 병동의 시야에서 완전히 벗어나는 곳이었다. 그는 웃자란 엉겅퀴와 수풀이 무성한 숲 사이에 거의 사용하지 않는 길이 있는 덤불 속으로 말을 몰았다. 멀리 갈 필요도 없었다. 3미터 정도 들어서자, 기차가 멈춰서는 야적장 쪽으로 향하는 얕은 내리막길이 보였다. 티투스는 거의 앞을 보지 못했지만 손쉽게 덤불을 헤쳐 나갔다. 아래쪽 기차 야적장과 뒤쪽의 병동, 양쪽 어디서도 보이지 않는 작은 산마루에 다다르자 불리스는 마차에서 내려 덤불 속으로 걸어들어갔다. 그리고 두 개의 기다란 널빤지를 가져와 철길 위에 놓고 조심해서 말을 몰았다. 오랜 시간 사용되지 않았던 옛 철로를 건넌 뒤 널빤지는 눈에 띄지 않게 숨겼다. 몇 발짝 더 말을 몰자 덤불과 엉겅퀴 사이로 끈 경첩이 달린 오래된 나무문이 묵직하게 모습을 드러냈다.

터널이었다.

오래된 철길 터널. 과거 펜실베이니아 철도 소속 기차가 석탄을 화물칸에 싣고 용광로 건물에 내리던 시절 사용되었던 곳. V-1과 C-1 병동 사이에 지금은 텅 빈 잡초투성이 공간. 그는 문을 밀고 랜턴을 밝혔다. 그리고 말을 안으로 이끌었다. 티투스는 울퉁불퉁한 시멘트 바닥을 건너고 움푹 팬 곳을 피해 가며 걸음을 재촉했다. 바닥은 종종 시멘트가 벗겨져 맨 땅을 드러내고 있었다. 불리스는 오늘따라 유독 티투스가 몹시 힘들어하는 것을 알아차리고 의아했다. '수레 가득 채운 달걀과 커피가 오늘은 좀 무거웠나?'

"좋아, 티투스. 조금만 있으면 금방 무거운 짐을 덜어줄게."

티투스는 계속 길을 걸었지만 분명 힘들어하고 있었다. 불리스는 걱정스레 말을 바라보았다. 어제까지는 괜찮았는데. 혹시 정말 미기가? 불리스는 또다시 그런 생각이 들었다. 이처럼 지쳐있는 티투스를 본 적이 없었다. 기진맥진한 모습이었다. 티투스가 터널 안에서 쓰러져 죽기라도 한다면 둘 다 망하는 거다. 그는 일자리에서 쫓겨날 테고 친구도 잃게 된다.

그는 큰 소리로 티투스에게 말했다. "미기가 너한테 주문을 걸지는 않았지, 티투스? 어서, 힘내!"

응원에 힘입은 건지 티투스가 반응했고 마침내 첫 번째 문에 도착했다. 그곳에는 V-1, V-2 그리고 C-1 병동 지하실로 가는 문, 3개가 있었다. 2개의 병동에는 별 탈 없이 우선 전달을 마쳤다. 간병인들은 언제든 잠시라도 병동을 벗어날 궁리를 하고 있어서 그와 잡담을 나누고 싶어 했지만 그는 응하지 않았다. 그들이 아래층으로 가져온 주전자에 불리스가 커피를 담아주면 그들은 달걀과 커피를 안쪽으로 가져갔다. 그러면 불리스는 다음 장소로 움직일 수 있었다.

하지만 C-1 병동에서, 수레에서 내려 문을 두드리려다 말고 그는 잠시 멈칫했다. 두려운 생각 때문이었다.

불리스는 사람의 아들을 알고 있었다. 그에 관한 많은 소문을 들었다. 사람을 불안하게 하는 이야기들이었다. 하지만 불리스는 말을 내뱉는 사람이 아니었다. 그는 달걀만 배달하면 된다. 대신 C-1에 배달할 때는 항상 서두르는 편이었다. 사람의 아들은 보통 말이 없는 편이었지만, 특히 오늘만큼은 평소와 같기를 바랐다.

하지만 그가 문을 두드려 지하실 문이 열리고 사람의 아들의 얼굴이 랜턴 불빛에 서서히 모습을 드러내자 불리스는 오늘이 평소 같지 않을 거라는 느낌을 받았다. 사람의 아들이 웃고 있었다. 이전에는 이 젊은이가 웃고 있는 것을 본 적이 한 번도 없었다.

"좋은 아침입니다." 사람의 아들이 말했다.

불리스는 대충 인사를 건네고 주머니에서 나무쐐기를 꺼내 문 아래로 밀어 넣어 문이 닫히지 않도록 했다. 그리고 수레로 돌아가 상자를 꺼냈다.

그런데 사람의 아들이 나무쐐기를 빼고 문을 닫아버렸다. 지하실에서 새어 나오던 불빛이 차단되자 불리스의 수레에 달린 랜턴 불빛만 터널에 남았다. 그의 얼굴이 삐딱하게 기울어지더니 반짝이는 하얀 이빨이 보였다.

"누군가를 빼내려고 수레를 가져오는 건 참 깔끔한 속임수네요, 노인 양반."

"무슨 소립니까?" 불리스는 세게 보이려고 애쓰면서 강력하게 물었다.

"어젯밤 미기가 내 병동에 왔었는데 말투도 평소와 다르고, 아이 짐을 정리하고 있더라고?"

"아이라니 무슨 말인지 전혀 모르겠네요."

"그리고 이 터널 안에 말을 데리고 들어오면 안되는 거 알죠? 사람도 당연히 안되고요. 원칙은 당신이 여기 있으면 안되는 거라고요."

"내 일을 어떻게 하는지에 대해 이래라저래라 하지 마쇼, 젊은이. 당신이 살아온 날보다 더 오랫동안 이 일을 해왔습니다."

"함부로 말하지 말지, 노인네."

"무례하게 굴지 말게, 자네."

사람의 아들이 웃었다. "사람의 아들에게 그딴 식으로 말해선 안되지."

불리스가 짜증이 난 듯 쯥, 소리를 내며 혀를 찼다. "언젠가 내가 글 쓰는 법을 배우면 카드에 아주 작은 글자로 내 이름을 알 카포네라고 써서 사람들에게 나눠줄 겁니다. 그럼 나도 당신처럼 멋진 이름을 갖게 되는 거죠. 이제 좀 비켜줄래요, 제발?"

불리스는 상자를 들고 문을 향해 걸어갔다. 하지만 사람의 아들이 막아섰다. "주립 병원에서 누군가를 빼내면 당신은 감옥에 갈 수 있어요." 그가 말했다. "아주 오랫동안 감옥에 있어야 할 겁니다."

"나는 그럴 시간이 없어요." 불리스가 한숨을 쉬며 말했다. "젊은 양반, 나는 돈 몇 푼 벌려고 애쓰는 늙은이일 뿐입니다."

"내 주머니도 좀 채워주시죠."

"그게 무슨 말입니까?"

"내 주머니는 보푸라기로 가득해요."

"당신 주머니 청소하러 여기 온 거 아닙니다."

"여기는 내 병동이에요."

"이 건물에 당신 이름이라도 쓰여있습니까?"

"쓸데없는 소리 자꾸 해봐요. 그럼 당신이 이 터널을 소리 지르며 달아나게 해줄 테니."

불리스의 성질이 불같이 달아오르며 얼굴에 피가 솟구치는 것이 느껴졌다. "너는 날 어디로도 보낼 수 없어. 이 누더기 스컹크야! 나이 든 사람에게 그따위로 말하다니 존경심도 없냐? 당장 그 깡마른 엉덩이 치워." 그는 달걀 한 상자를 든 채로 젊은이를 밀치고 지나갔다. 그리고 문을 발로 차서 연 다음 건물 안으로 들어섰다.

그 순간, 묵직한 무언가가 그의 머리를 내리쳤고 무릎이 꺾였다. 그는 문에 부딪히며 옆으로 쓰러졌고 상자가 날아가 바닥에 떨어졌다. 달걀이 파편처럼 사방으로 튀었다.

"내 달걀!"

그는 일어서려 했지만 뭔가가 다시 머리를 때렸고 자신이 바닥에 짓눌려 있다는 것을 알아차렸다. 양말로 둘둘 만 주먹이 얼굴을 다시 한번 강타했다. 그는 팔을 들어 막아보려 했지만 이 젊은이는 힘이 워낙 세서 불리스의 양팔을 다리로 꼼짝 못 하게 하고 가슴 위에 올라타 양말로 감싼 주먹을 비처럼 퍼부었다. 그리고는 마치 자신이 아이를 혼내는 아버지라도 되는 것처럼 침착하게 말했다.

"늙은!" 퍽!

"검정!" 퍽!

"쥐새끼 같은!" 퍽!

"개자식. 내 집에서 감히!" 퍽, 퍽, 퍽!

불리스는 그제야 미기가 자신에게 벌을 주었다는 것을 알아차렸다. 앞이 보이지 않을 듯한 고통이 온몸을 휩쓸고 신경 말단에까지 가 닿는 것 같았다. 젊은 간병인이 마치 그가 환자라도 되는 것처럼 흔적이 남지 않도록 양말을 사용해서 때리고 있다는 굴욕적인 사실에 사로잡혔다. 하얗게 정신을 잃어 갈 때쯤 그는 젊은이의 어깨 너머로 터널에 주차되어 있던 수레에서 발 두 개가 갑자기 튀어나오는 것을 보았다. 그는 거의 사용하지 않았지만 달걀 선반 아래에는 60센티미터 높이에 1.5미터 폭의 캐비닛이 있었고 큰 낫과 삽, 농기구를 보관하는 용도로 사용되었다. 몸을 구겨 넣으면 사람 하나쯤은 충분히 들어갈 정도로 크기가 컸다. 유령이라도 들어갈 수 있을 정도로 충분히.

꿈틀거리며 그곳을 빠져나온 유령은 평범해 보이지 않았다. 차분한 침묵이 흐르는 얼굴에 허리케인을 품고 있는 눈빛을 가진 흑인 남자였다. 그리고 불리스가 지난 30년 동안 보지 못했던 얼굴이었다. 그렇게 긴 시간이 지났음에도, 나이가 든 것만 빼면 여전히 단호하고 목적이 분명해 보이는 그 얼굴. 단번에 알아볼 수 있었다.

"난 널 여기로 데려오지 않았어!" 불리스가 소리쳤다.

유령은 대답하지 않았다. 하지만 그는 빠른 돌풍처럼 움직여 안쪽으로 들어서더니 날쌘 속도로 불리스를 내리치려고 들어 올린 사람의 아들의 손목을 움켜쥐었다.

"그래 줬다면 더 좋았을 텐데요." 네이트가 말했다.

사람의 아들은 뒤를 돌아보고 네이트와 눈이 마주쳤다. 그를 보자마자 사람의 아들은 그 자리에 얼어붙었고 동상처럼 꼼짝하지 않았다. 그의 손목은 강철같은 손아귀에 잡혀 있었다. 네이트의 다른 손에 무엇이 들어있는지 알 수 없었지만, 사람의 아들은 지금 이 순간이 전부 이해가 되는 것 같았다. 불리스를 깔고 앉은 상태로 양말로 감싼 오른손이 흑인 형제에 의해 마치 자유의 여신상의 횃불처럼 높이 쳐들려 있었다.

내게 보내라, 그대들의 지치고, 가난하고, 자유를 열망하는 웅크린 많은 사람들을.*

그를 바라보는 네이트의 눈에는 증오나 분노가 아닌, 안타까움과 슬픔, 그리고 상처만이 가득했다. 사람의 아들은 네이트의 눈동자에 소용돌이치는 무지개 빛깔의 웅덩이에서 네이트의 과거, 자신의 앞날, 두 사람이 떠나온 공동체의 미래, 그리고 심지어 왜 그

---

* 에마 라저러스의 시. 자유의 여신상 기단부에 새겨져 있다.

랬어야 하는지 그 이유까지, 한꺼번에 스쳐 가는 것 같은 느낌이 들었다. 그를 보는 것만으로 정신이 아득해졌고 잠시 동안 너무 밝은 빛에 눈이 먼 것처럼 앞이 보이지 않았다.

네이트는 덜컹거리는 수레에서 이를 악물고 고통스러운 시간을 견딘 직후였다. 수레에 타고 있으면서 두려워져 유령이라도 자신에게 말을 걸어주기를 바랐다. 누군가에게 발견될까 두려웠던 것이 아니라, 또다시 나쁜 상황에 휘말려 내면에 숨어있던 악마가 혹여라도 튀어나올까, 하는 두려움 때문이었다.

네이트는 도도의 나이보다 조금 많은 13살 무렵부터 평생을 도망 다니며 살았다. 그가 13살이었을 때 그는 사고를 경험했다. 스토브가 아니라 스스로의 폭발이었다. 사우스캐롤라이나 로우 컨트리에서 가족을 이끌고 약속의 땅이라던 펜실베이니아로 이주한 아버지 때문이었다. 평화로운 로우갓들과 함께 헴록 마을에 살긴 했지만 정의와 자유는 옛땅에서와 마찬가지로 새로운 땅에서도 통용되지 않는 다는 것을 알게 되었다. 과거 로우 컨트리에서와 다를 바 없이 펜실베이니아의 백인들도 그들을 경멸했다. 차이점이라고는 남쪽의 백인들은 자신들의 증오를 명확하고 정확하게, 간결한 용어로 표현한 반면, 새로운 이 땅의 백인들은 지혜로운 이야기와 허세, 가짜 웃음과 예수 그리스도 이야기, 포츠타운 퍼레이드의 색종이 조각처럼 아무 의미 없는 말 뒤에 증오를 숨겼다. 수단도 없이, 희망도 없이 살아가는 것. 문제가 생겨도 오직 신에게만 의존하는 삶. 그곳에 신은 존재하지 않았다. 그리고 네이트의 아버지는 사람의 아들보다 더 망가졌다. 네이트의 아버지는 북쪽으로 옮겨 오면서 파괴된 것인지도 몰랐다. 그는 어머니에게 파이프를 들었고 목숨을 잃게 만들었으며, 결국에는 아들에게 톱을 가져오라고 시킨 뒤 나무를 베러 숲속으로 들어갔다가 아들의 손에 이 땅에서 사라졌다. 그 아이가 직접 자신의 손으로 일을 처리하고 나서야 문제는 해결되었다. 하지만 헛된 일이었다. 부모를 잃은 버려진 어린아이의 삶은 계속될 수가 없었다. 한때는 남쪽 로우 컨트리의 괜찮은 가족의 일원이었던 네이트는 로우갓 사이에서 살아가는 헴록 마을의 러브 가문 사람이었으며 살아남기 위해 구걸과 도둑질로 자신의 삶을 구렁텅이로 처박을 수밖에 없었다. 어른이 된 후에도 폭력과 협박을 일삼으며 생계를 꾸려가던 네이트의 삶은, 어느 누구라도 땅에 파묻어버리고 싶었던 쓰레기 같은 강간범을 죽인 죄로 교도소에 갇히게 되면서야 멈춰 섰다. 네이트에게는 일종의 구원이었다. 그제서야 그는, 신께서 어쩌면 자신의 죄를 용서하실지도 모른다고, 자신을 통해 원하는 바를 이루셨을지도 모르겠다고 생각했다. 감옥에서 나온 뒤, 운명처럼 애디를 만났다. 더러운 웅덩이에 손을 집어넣어 상처투성이인 자신을 빼내고, 삶을 사랑과 목적으로 채워준 그녀를 만났을 때 그는 확신했다. 그녀가 그의 모든 더러움을 씻어 주었다고.

그런데 이제 그 모든 것을 잃게 될 것이다. 놓치고 싶지 않았지만 돌이키기엔 이미 늦었다. 끝내야 한다.

"네 잘못이 아니야." 네이트가 사람의 아들에게 말했다.

그리고 그렇게 그는 감추고 있던 부엌칼을 꺼내 사람의 아들의 심장 깊숙이 찔러 넣었다.

사람의 아들이 떨어져 나갈 때, 불리스는 멀리서 석탄과 보급품을 실은 아침 기차의 기적 소리를 들었다. 앞에 있던 유령은 피 묻은 칼을 여전히 손에 들고 침착하게 말했다.

"내가 데려갈 아이가 위층에 있습니다." 그가 말했다. "당신이 나를 그곳까지 데려다주어야 합니다. 지체할 시간이 없어요."

"나는 위층으로 가지 않아요."

"당신은 커피를 제공하죠, 그렇죠?"

"난 항상 이곳 지하실에 두고 갑니다."

"오늘은 아닙니다. 오늘 당신은 커피를 위층으로 가져가야 해요. 그리고 누군가 물어본다면, 내가 당신의 보조라고 말해요."

29

미래를 기다리며

퍼레이드 시작은 두 가지 이유로 지연되었다. 첫째, 엠파이어 소방서의 고가 사다리 트럭이 안테스 하우스 바로 앞에서, 이해가 가지 않는 고장을 일으켜 퍼레이드 경로를 막았기 때문이었다. 둘째는 의상이 엉망진창이라 퍼레이드 감독, 할 레오폴드가 단단히 화가 났기 때문이었다. 레오폴드는 세세한 부분까지 꼼꼼히 챙기는 사람이었다. 유력인사 부인들 모임의 티 마스터로 일하는 그는 포츠타운의 모든 축하 행사를 총괄했다. 마을 최고의 커피 케이크를 굽고 자체 케이터링 팀을 운영한다는 자부심 넘치는 그는 혁명 시대 의상의 열악한 상태에 매우 화가 났다. 떼 지어 서성이고 있는 퍼레이드 참가자들을 일일이 점검하며 쫓아다니다가, 특히 행진에서 수장 역할을 맡은 10명 중 구스 플리츠카와 닥 로버츠를 포함한 4명이 말도 안 되는 빨간색 영국식 군인 복장을 한 것을 보고 분노했다. 대륙군이라면 파란색 코트에 흰색 안감, 담황색 앞섶이라야 했다. 빨간색 코트에 빨간색 앞섶, 흰색 단추라니…….

"당신들 의상이 정말 엉망이네요." 그는 플리츠카의 코트를 손가락으로 건드리며 한 소리 했다. "구스, 당신 지금 제대로 색깔을 맞추지 않은 영국식 코트를 입고 있어요. 펜실베이니아를 두른 영국 재킷이랄까. 닥, 왜 영국 군복을 입고 있습니까? 우린 미국 군인입니다. 파란색 코트를 입어야 해요. 게다가 대륙군은 파란색 삼각형 모자를 써야지 빨간색 영국 사병 모자를 쓰면 어쩌자는 겁니까? 당신 어느 편이에요?"

"사람들이 주는 대로 입은걸요." 닥이 말했다. 그는 지친 듯했다. 플리츠카와 함께 병원으로 급히 달려가 플리츠카의 발가락 통증을 줄여줄 주사 한 방을 놓고 서둘러 돌아와 보니 이미 의상을 나눠주고 있었다. 게다가 다림질도, 세탁도, 수선도 하지 않은 유니폼은 엉망진창이었다. 일반적으로 새것 같던 가죽 장식과 벨트마저 너덜너덜하고 찢어져 있었다. 나방이 외투의 가장자리도 갉아 먹은 것 같았다. 반짝반짝 윤이 나던 머스킷 소총은 녹이 슬고 나무에는 곰팡이가 피어 있었다. "누가 이것들을 담당하죠?" 플리츠카가 레오폴드에게 물었다.

레오폴드는 인상을 쓰며 말했다. "그 유대인 재단사, 이름이 뭐였더라, 드루커? 그자가 의상을 만들죠."

"권총집과 버클, 권총 모형도 그자가 만드나요?" 닥이 말했다. "이것 좀 보세요." 거칠거칠한 가죽 표면과 무더진 총구를 가리키며 말했다. "엉망이라고요."

레오폴드가 머리를 절레절레 저었다. "아니 이건… 말도 안 되는……. 스크럽 형제가 가죽 제품들은 전부 만들었었죠. 그런데 올해는 작업을 하지 않았어요."

이 세 사람 중 그 누구도 행진을 위한 의상과 물품들이 마을 유대인의 한땀 한땀에 의해 무료로 만들어지고, 보관되고, 수선되었다는 사실을 알지 못했다.

"적어도 악기들은 상태가 좋군요." 닥이 말했다.

"모셰가 악기를 관리하니까요." 레오폴드가 말했다. "그는 일을 잘해요."

"그게 누굽니까?" 플리츠카가 물었다.

"당신도 모셰를 압니다." 레오폴드가 말했다. "극장 운영하는 사람 말이에요. 아내가 며칠 전에 죽었던가? 미친 유색인 소년이 공격을 했었던 그 일 말입니다. 결국 그 아이는 펜허스트로 보내졌죠."

불편한 침묵이 흘렀고 닥은 먼 산을 바라보았다.

"당신들 꼴이 엉망이에요." 레오폴드가 말했다. "복장 정리를 좀 해야겠어요. 당신들은 퍼레이드 수장입니다. 당장 빨간 재킷을 벗어요. 그리고 닥." 그는 머리를 흔들었다. "특히 당신은 보라색 미국 군대 소장 어깨띠를 하고 있으면서 빨간색 영국 사병 모자와 코트를 입고 있으면 어떡합니까. 코트는 내다 버려요. 새 모자를 쓰세요. 젊은 아이들 것 하나랑 바꾸세요. 파란색을 입어야 합니다. 당신은 퍼레이드 수장이라고요. 빨간색은 절대 안 돼요."

"바꿔줄 만한 젊은이 한 명만 불러주면 안 됩니까?" 닥이 물었다.

"닥, 당신이 유명해지고 싶고 중요한 사람이 되고 싶으면, 스스로 짐을 짊어지시라고요. 바꿔줄 사람은 직접 찾아보시고요. 나는 할 일이 태산입니다. 소방차부터 출발시켜야 해요." 그리고 그렇게 그는 자리를 떴다.

구스는 닥이 불편한 다리 쪽의 무게를 덜기 위해 근처 전봇대에 기대는 모습을 지켜보았다. 병원으로 가기 위해 닥의 자동차에 같이 타고, 함께 레오폴드의 꾸지람을 듣고 났더니 묘한 연대 의식이 생기는 것 같았다. 구스의 불편한 발가락은 닥 덕분에 더 이상 욱신거리지 않았고 단순히 통증만 느껴졌다. 구스는 미안한 생각이 들었다.

"가만히 있어요, 닥." 그가 말했다. "코트 이리 줘요. 내가 가서 파란색 코트를 찾아올게요."

닥은 빨간색 코트를 벗어 던지더니 안테스 하우스 뒤편에 있는 의자에 앉으며 안심하는 듯했다. "괜찮다면 모자도 부탁해요."

플리츠카는 살짝 절뚝거리며 남자 여럿이 모여 정신없이 일하고 있는 소방차 쪽으로 향했다. 그는 대륙군 파란색 군복을 입고 줄지어 서 있는 고등학생 몇몇을 발견했지만 그들의 코트는 최소 두 치수는 작아 보였다.

그는 좀 더 떨어진 곳에 또 다른 무리의 덩치가 큰 10대들을 발견하고는 다가가려고 했다. 그때 회색 정장을 입은 한 남자가 어디선가 갑자기 나타나더니 그의 어깨에 팔을 두르며 말했다. "어이, 구스, 팀이 잘못됐네. 왜 빨간색을 입고 있어?"

이 덩치 큰 남자는 이두박근이 뻣뻣하게 서 있는 묵직한 팔로 플리츠카의 목을 단단히 조였다. 억양이 좀 달랐다. 플리츠카는 러시아 사람인 것 같다고 생각했다. 아니면 유대인이거나. 망할 유대인들. 분노와 함께 덩치에 대한 두려움이 밀려왔다.

"팔 치워줘."

그 남자의 팔은 나무토막처럼 느껴졌다. 무겁던 팔이 천천히 들렸다. "로센 씨가 적적하다고 전해달래." 그가 말했다.

"개를 키워보시라고 전해줘."

"이미 있어. 바로 나 말이야. 내 이빨 한번 볼래?"

구스는 긴장하며 주변을 둘러보았다. 아무도 눈치채지 못한 것 같았다. 소방차 근처에 몰려있던 사람들은 엔진이 굉음을 내며 배기관에서 검은 연기가 뿜어져 나오자 놀라서 뒤로 물러섰다. 곧이어 사람들은 악기와 의상, 모자, 현수막을 챙기기 위해 앞다투어 서둘러 움직였다.

"다음 주까지는 돈 마련할게." 구스가 말했다.

"지난주에도 그렇게 말했어. 그리고 그 전주에도."

"어떻게 하길 원해? 지금은 돈이 없어."

"나도 마찬가지야. 이런 우연이 있나."

"돌에서 물을 찾을 수는 없어."

남자는 고개를 끄덕이고 플리츠카의 어깨를 기분 좋게 두드렸다. 그의 손은 아주 커서 모루가 두드리는 것 같았다. "물 이야기를 하니까 목마르다." 그의 눈길이 위쪽 치킨힐로 흘러갔다. "그나저나 이곳의 마시는 물은 어디에서 오더라?"

구스는 분노가 치밀어 오르는 것을 느꼈다. "너 감히 그런 짓을."

남자가 어깨를 으쓱했다. "시간이 없어, 구스."

"지옥에나 가."

"그런 식으로 말하면 좋은 꼴 못 볼 거야."

"돈 없다고 했잖아."

차분하게 생각에 잠긴 남자의 표정은 변하지 않았다. 그는 애석한 듯 천천히 고개를 끄덕였다. 사악해 보이는 남자는 아니었다. 구스는 그가 오히려 슬퍼 보인다고 생각했다. "나중에 이야기하자, 구스. 집이 좋겠어, 오늘 밤. 퍼레이드가 끝나고 나서 말이야."

"경찰 부를 거야."

"내가 경찰일 수도 있다는 생각은 안 해봤어?" 남자가 물었다. 그리고 바로 모자챙을 눌러 얼굴을 가리고 엠파이어 소방 트럭을 지나 하이 스트리트의 군중 속에 몸을 숨겼다.

플리츠카는 목에서 담즙이 올라오는 것을 느꼈다. 그때 할 레오폴드가 그를 향해 소리쳤다. "구스! 줄 서!"

그는 이마를 문지르며 허둥지둥 퍼레이드 앞으로 걸어갔다. '방법을 찾아야 해.' 모여드는 행진 대열 제일 앞에 서고 나서야 닥이 안테스 하우스 뒤편에서 자신을 기다리고 있다는 사실이 기억났다.

안테스 하우스 옆을 지나가며 여러 명의 고등학생 아이들이 대륙군 군복을 입고 줄지어 움직이고 있는 것이 보였다. 그는 마지막 줄의 키 큰 아이 중 한 명에게 50센트를 주고 파란색 코트와 자신의 빨간색 코트를 바꾸는 데 성공했다.

안테스 하우스 뒤편으로 걸어갔더니 닥이 여전히 빨간색 코트를 들고 초조해하며 일어서 있었다.

"나한테 줄 파란색 코트는 못 찾았습니까?" 닥이 물었다.

도대체 누가 파란색 코트를 신경 쓴단 말인가? 만약 그놈이 정말로 집에 찾아오기라도 하면 어쩌지? 아내! 아이들! "여기요." 구스가 파란색 코트를 벗으며 말했다. "내 거 가져가요. 당신은 이제 미국인입니다. 난 영국군이어도 상관없어요." 그는 파란색 코트를 건넸다.

닥은 파란색 코트를 받아 들었다가 마음을 바꿨다. 이미 걱정거리 많고, 꼬일 대로 꼬인, 작은 마을 미국인으로서의 그의 삶을 영원히 달라지게 할 결정이었다. 그는 플리츠카에게 다시 코트를 건넸다.

"에라, 모르겠다." 그가 말했다. "나는 영국인이 되겠어요. 어찌됐든 당신 코트가 너무 작기도 하고요."

"확실해요, 닥? 정말 파란색 코트 안 입을래요?"

"파란색 코트, 빨간색 코트, 누가 상관한답니까?" 닥이 말했다. "이건 그냥 빌어먹을 행진일 뿐이에요. 무슨 차이가 있겠어요?"

알고 보니 큰 차이였다. 운명을 바꿔놓을.

닉 로센의 부하인 그 건달은 구스가 자신을 오랫동안 지켜보도록 내버려두지 않았다. 그는 워싱턴 거리에서 오른쪽으로 돌아 치킨힐로 올라갔다. 그의 뒤쪽으로 긴 퍼레이드 행렬이 하이 스트리트를 지나고 있었다. 시끄러운 나머지 집중력이 떨어졌다. 오후 5시가 거의 다 되어가지만 아직 어둡지는 않았다. 그는 행진이 끝나기까지 몇 시간을 기다렸다가 구스 플리츠카의 얼굴에 너클을 박아줄 만한 장소를 찾아야 했다. 하지만 일단 쉬고 싶었다. 그는 지치고 정신도 피곤했다. 레딩에서 기차를 타고 왔고 오늘 밤 레딩에서 큰 판이 걸린 피노클 게임이 있다. 그런데 놓치게 생겼다.

그는 생각에 잠겨 거리를 거닐었다. 그의 이름은 헨리 리트였다. 그는 키예프에서 온 34살의 러시아 유대인이며 전직 권투선수이자 희망 없는 도박꾼이었다. 어둠의 세계 많은 사람들은 의외로 폭력을 좋아하지 않았다. 리트 또한 마찬가지였다. 전반적으로 폭력이 얼마나 큰 피해를 줄 수 있는지, 금전적으로나 다른 방식으로 부서진 것을 고치려면 얼마나 많은 비용이 드는지를 잘 알고 있었기 때문이었다. 그는 왜 사람들이 닉 로센에게 돈을 빌릴 정도로 어리석은지 이해할 수가 없었다. 하지만 그는 명령을 받았고, 닉이 명령을 내리면 그것은 철칙이었다. 다른 여지는 없었다.

헨리는 재킷을 벗어 어깨에 걸쳤다. 사실 그는 상당히 목이 마른 상태였다. 헨리는 신체 건장한 흑인 한 명과 그 뒤를 따르는 거대하고 근육질 가슴을 가진 백인 한 명을 발견했다. 그들은 도구 한 뭉치와 파이프를 들고 있었다. 그 중 검은 머리카락을 한 백인은 유대인처럼 보였다. 그래서 리트는 그 남자가 지나갈 때 이디시어로 소리쳤다. "주변에 물 마실만 한 곳이 있습니까?"

빅숍이 멈춰서서 의아한 표정을 짓더니 이탈리아어로 대답했다. "무슨 말인지 모르겠어요."

리트는 서둘러 같은 질문을 영어로 바꿔서 물었다. 빅숍은 걸음을 재촉하며 말했다. "저쪽이요." 그는 길 아래쪽 잡초가 가득한 빈 공간을 턱으로 가리켰다. "중간쯤, 공용 급수대가 있어요."

"고맙습니다. 퍼레이드가 이쪽 길로 다시 옵니까?" 리트가 물었다.

"불꽃놀이가 있을 거고 그 뒤에 돼지 바비큐 파티가 있을 거예요." 빅숍이 돌아보지도 않고 말했다. "그리고 공짜 맥주도요. 어디 가지 말고 계세요."

리트는 고개를 끄덕이며 자리를 옮겼고 빅숍은 언덕을 올라 클로버 유제품 회사 쪽으로 가고 있는 패티를 따라잡기 위해 서둘렀다. "저자가 뭘 원한대?" 패티가 물었다.

"내가 유대인인 줄 알았나 봐."

"네이트가 내 마차와 노새를 사용한 부분에 대해서 나중에 모셰 씨에게 청구해야겠어. 짐을 들고 오려니 너무 무거워."

"그걸 어떻게 알아? 내가 들고 오고 있는데."

"내가 너 생각해 주는 거잖아. 그나저나 러스티한테 이야기했어?"

"7시까지 술집에 온댔어. 이것 중에 뭐 좀 들고 갈래?" 빅숍이 말했다.

패티는 못 들은 척하며 말했다. "우리가 돌아가서 모르타르를 여기까지 끌고 올 수 있도록 러스티를 도와줘야 할 것 같아."

두 사람은 어두워 지기 전에 우물을 덮고 있는 맨홀 뚜껑을 살펴보려고 이곳에 왔다. 그리고 일할 때 필요한 연장들과 물품을 숨겨놓을 생각이었다. 아무도 쓰레기로 뒤덮인 이 구역 끝까지 찾아오는 사람은 없었기 때문에 공터 구석 자리를 숨길 장소로 골랐다. 둘은 패티가 예상한 대로 유제품 회사가 문을 닫았다는 사실을 확인하고 언덕을 올라 뒤편에 있는 잡초와 버려진 상자, 쓰레기로 가득한 이 구역으로 올라왔다. 그들은 마치 다음 블록으로 가는 길인 것처럼 이곳을 지나치는 척했다. 마지막 순간에 그들은 높이 자란 잡초 사이로 들어가 삽, 렌치, 드릴, 파이프 나사 절단기, 짧은 파이프, 밸브 두 개를 낡은 상자 아래에 숨겼다. 그런 다음 공용 급수대가 위치한 쪽으로 아무 일도 없었던 것처럼 걸었다. 다양한 크기의 물통을 들고 물을 받으려고 5명이 줄을 서서 기다리고 있었고 둘은 그들 뒤에 줄을 섰다.

"이 상황은 예상 못했는데." 패티가 늘어선 줄과 하늘 위 태양을 번갈아 바라보며 말했다. "덥다."

둘은 자신들의 차례를 기다렸다. 급수용 펌프에 다다르자 빅숍이 펌프질을 했고 패티는 두 손을 모아 물을 받으며 몸을 숙였다. 몸은 숙이고 눈으로만 우물 덮개가 어디쯤일지 훑어보았다. 있다.

콘크리트 맨홀 뚜껑. 뚜껑을 열 수 있도록 가장자리에 구멍도 보였다. 완벽하다.

둘은 자리를 바꿔 이번에는 패티가 펌프질을 했다. 그는 우물을 덮고 있는 맨홀 뚜껑과 그 주변을 다시 한번 오랫동안 둘러보며 줄 서 있는 사람들에게 말을 걸고 농담을 건넸다. 그런 방식으로 힐의 모든 사람과 잘 알고 지내던 패티였다. 그들은 모퉁이를 돌아 패티의 술집이 있는 힐로 올라섰다.

"보는 눈이 너무 많아." 빅숍이 말했다.

"걱정하지 마. 밤에는 물 길으러 아무도 안 와." 패티가 말했다. "9시쯤이면, 이곳이 텅텅 빌 거야. 흑인 한 명 보이지 않을 테니 내 말 믿어봐."

그의 말이 맞았다. 9시가 되자 주변에 흑인이라고는 한 명도 없었다. 하지만 대신 백인들이 돌아다녔다. 존 안테스 역사 협회 코넷 악단이 2시간이나 늦게 시작한 데다 엠파이어 소방서의 트럭이 몇 번 더 연기를 내뿜고 불꽃을 내며 다시 멈춰선 탓에, 마을에 행렬이 도착할 때쯤에는 1시간쯤이 더 지연된 상태였다. 이번에 트럭이 불을 내뿜었을 때는 퍼레이드를 즐기기 위해 마차를 타고 구경 왔던 근처에 있던 메노나이트 가족의 말이 겁을 먹었다. 불쌍한 이 말은 주차 미터기에 느슨하게 묶여 있다가 불꽃이 일자 자신도 불이 붙어서 줄을 끊고 마차를 매단 채 전속력으로 질주를 시작했다. 퍼레이드는 "야생말이다!"라는 외침에 중단되었다. 농부와 여럿의 남자들이 겁먹어 날뛰는 말을 한쪽으로 몰려고 애쓰는 동안 말은 혼잡한 거리 여기저기를 질주했다. 소란을 잠재우는 데 40분이 소요됐다. 그제야 퍼레이드는 다시 출발할 수 있었고 안테스 하우스로 돌아오니 8시였다. 새벽부터 일어나 돼지 바비큐를 준비하던 여성 자원봉사자들은 대부분 집에서 불꽃놀이를 보기 위해 흩어져 돌아가 버렸다. 레오폴드의 날카로운 감시 아래, 의상과 악기들을 안테스 하우스에 다시 가져다 놓는데 또 한 시간이 걸렸다. 레오폴드는 아침에 이것들을 가지러 오는 사람들을 위해서 안테스 하우스 복도에 깔끔하게 정돈해 두어야 한다며 사람들에게 독일어로 호통을 치고 다니는 통에 남아서 선의를 보이려던 몇 명의 착한 사람들까지 화나게 만들어 떠나버리게 했다. 퍼레이드 참가자들이 가장 원했던 것은 맥주였고 퍼레이드가 끝난 후 그들에게 가장 필요한 것 또한 맥주였다.

플리츠카는 행진을 마치고 도착하자마자 서둘렀다. "난 집에 가겠습니다." 그는 닥에게 말했다. "아내가 불꽃놀이가 시작하기 전에 집에 오라고 해서요." 사실 그의 아내는 마음속 마지막 우선순위이긴 했지만, 로센의 남자가 자기 집으로 향하고 있을 거라고 생각하니 패닉 상태에 빠져들었다. 집으로 출발하면서 잠시 경찰을 불러야 하나 고민했지만 그러지 않기로 결심했다. 대신 그는 사촌 퍼디를 부를 생각이었다. 그가 혹시 땅에 묻히게 된다면 적어도 퍼디는 이 모든 것이 자신 때문이라는 것을 알아야 했다.

구스는 자신의 코트는 안테스 하우스 안쪽에 곱게 접어 레오폴드가 지시한 정확한 장소에 두고 황급히 자리를 떴다.

반면에 닥은 좀 더 머물기로 했다. 그는 맥주가 필요했다. 그럴 자격이 있었다. 아침꾼 플리츠카와 좋은 사이를 유지하기 위해 열심히 노력했고 퍼레이드 덕분에 기분이 나아졌다. 집에 서둘러 돌아갈 이유는 없었다. 아내는 그저 재정적 문제와 다른 것들에 대한 불평불만만 늘어놓았다. 게다가 그의 장모님이 불꽃놀이를 보러 마을에 와 있었다. 장모님을 보기 위해 서두를 필요는 없었다. 여전히 빨간색 영국 군인 복장을 하고 그는 가까이 놓인 피크닉 탁자에서 가득 채워진 잔 하나를 집어 들었다. 그리고 남아 있는 다른 몇몇 자원봉사자들과 함께 안테스 하우스 뒤편의 벤치에 자리를 잡았다. 그들 대부분은 소방수였고 이미 맥주를 마시고 있었다. "미국의 소방차와 야생마를 위해 건배합시다!" 그가 잔을 높이 들어 올리고 말하자 사람들이 웃었다. "이 빌어먹을 마을에 신의 은총이 함께 하기를." 그는 단숨에 들이켰다. 그는 기분이 좋았다. 그는 포츠타운을 사랑했다.

패티는 안테스 하우스 뒷마당에서 남자들이 웃는 소리를 들었다. 기분이 좋지 않았다. 더는 지체할 시간이 없었다. 여동생을 통해 그 사람의 돈을 받았다. 그 사람이 누구든지 간에. 누군가의 돈을 받았으면 일을 해야 한다. 행동할 시간이었다. 안테스 하우스에서 흘러나오는 희미한 불빛이 보이고 웃는 사람들의 소리가 들렸다. 하지만 이 구역은 길 건너 유제품 회사와 마찬가지로 깜깜했다. 그리고 유제품 회사의 경비원, 스프릭스 목사는 예상대로 보이지 않았다. 그는 아마 돼지 바비큐 하는 곳에 내려가 백인들과 농담 따먹기를 하며 공짜 맥주를 홀짝이고 있을 것이다.

패티와 빅숍은 공용 급수대 쪽으로 향했다. 그리고 급수용 펌프를 기준으로 낮에 익혀두었던 맨홀 뚜껑 위치로 다시 걸어갔다. 빅숍의 손에는 쇠지레가 들려 있었다. 어둠 속에서 패티는 바닥에 엎드려 맨홀 뚜껑 주변을 더듬어가며 홈을 찾았다. 그리고 움푹 팬 자리에 빅숍이 쇠지레를 집어넣게 했다.

"자 어서, 숍." 그가 말했다. "천천히 잡아 당겨. 심호흡하고. 덮개가 오래돼서 조심해야 해."

빅숍은 천천히 움직였다. 맨홀 뚜껑이 1센티미터씩 천천히 들리며 마침내 맨홀에서 떨어져나왔다. 그러다가 우두둑 소리를 내며 두 동강이 나더니 우물 바닥으로 와르르 떨어졌다.

"맙소사, 숍!"

"뭘 기대했어? 마법이라도 부릴 줄 알았어? 네 말대로 천천히 했다고."

그들은 우물 위쪽에 서서 칠흑같이 깜깜한 아래쪽을 내려다보았다.

패티는 랜턴을 밝히고 바짝 엎드려 우물 안을 비춰보았다. 우물은 원형으로, 돌로 된 옆면에 이끼가 뒤덮여 있었고 물이 뚝뚝 떨어지고 있었다. 바닥까지 아마 5미터 정도 되는 것 같았다. 조잡한 사다리가 우물 옆면에 붙어있었고 바닥에는 콘크리트 조각과 함께 오래된 펌프가 보였다.

“이제 어떡하지?” 빅숍이 물었다.

“다른 뚜껑을 만들어야지.”

“지금?”

“한 번에 하나씩만 하자. 일부터 끝내. 뚜껑 덮는 방법은 나중에 고민하자고. 러스티가 곧 나타나겠지.”

패티가 랜턴을 들고 둘은 사다리를 타고 내려갔다. 펌프에 파이프 두 개가 연결되어 있었다. 공용 급수용 펌프로 이어지는 기존 파이프가 보였고, 유제품 회사와 회당으로 연결되는 다른 파이프가 있었다. 그런데 급수용 펌프와 유제품 회사로 흐르는 파이프는 끊어져 뚜껑으로 막히고, 저수지에서 오는 수도관에 새로 연결이 되어 있었다. 회당의 파이프만 남아 오래된 우물 펌프에 그대로 연결된 상태였다.

“유제품 회사 놈 누군가가 장난을 친 거야.” 패티가 말했다. “이 연결 상태 좀 봐. 이렇게 연결하면 안되는 거야. 유제품 회사는 플리츠카의 우물에서 물을 받아서 쓴다고 했었어. 그래서 시에 수도 비용도 내지 않고. 그런데 지금 보니 몰래 물을 빼돌리고 있었네. 그것도 이렇게 많이.”

그는 무릎을 꿇고 우물 바닥에 손을 대보았다.

“아무것도 느껴지지 않아, 숍. 지하수가 바닥났어. 이 우물은 뼈처럼 메말랐다고.”

“비가 오면 물이 다시 차오르겠지.”

“악마가 나타날 때까지 기다리자는 거야? 우리가 알아서 하자.”

둘은 렌치, 드릴, 톱, 파이프를 가져와 바쁘게 일했다. 일은 평화롭게 진행되었고 랜턴만으로도 잘 보였다. 일을 시작하고 얼마 되지 않아, 쾅 하는 소리와 함께 불꽃놀이의 갑작스러운 불빛이 몇 초 동안 머리 위를 밝게 비춰주었다. 그들은 높이 자란 잡초에 둘러싸인 땅 가운데에 있었기 때문에 지나가는 사람들의 눈에 띌 일은 없었다. 불꽃놀이에서 나오는 천둥 같은 소리는 아드레날린을 분비시키며 더 분주하게 일을 하게 만들었다.

먼저 큰 저수지 파이프에서 물을 끌어와야 했다. 그러기 위해선 관을 뚫어야 했는데 물을 차단하는 것은 불가능해 보였다. 패티는 차단 밸브가 있는 짧은 파이프를 들고 서서 핸드 드릴을 빅숍에게 건넸다.

"그 파이프에 구멍을 내면, 물이 터져 나올 거야." 그가 말했다. "15센티미터 정도의 파이프니까 압력이 얼마나 될지 모르겠네. 숍, 이건 큰 파이프야. 압력이 엄청날지도 몰라. 그러니 물도 엄청나게 나오겠지. 그래도 너는 계속 그 드릴을 돌려. 멈추지 말고. 드릴 나삿니 부분이 모두 들어갈 때까지 돌리라고. 다 들어갔다 생각되면 반대로 돌려서 다시 빼. 당겨서 빼지 말고. 알겠지? 잘못하면 다 망가질 수도 있어. 너가 드릴을 빼내면 내가 이 파이프를 구멍에 끼우고 차단 밸브를 잠글게. 그럼 물이 멈출 거야."

"알았어."

"빨리 서둘러야 해. 물이 새 나올 거야."

"좋아."

빅숍은 핸드 드릴을 들고 야구 선수가 타격 준비를 하는 것처럼 파이프를 두 번 두드리더니 발에 힘을 주고 몸을 단단히 지탱하며 드릴에 힘을 실었다. 그 순간 패티가 그를 멈춰 세웠다.

"일단 시작하면 돌리는 걸 멈춰선 안돼 숍. 그렇지 않으면 우리 여기서 빠져 죽어."

빅숍이 고개를 끄덕였다. 드릴을 돌리고 15초, 20초. 쿵 하며 둔탁하고 괴상한 소리가 나더니 약하게 액체가 흐르는 소리가 들렸다. 그러다 순식간에 강력한 물줄기가 터져 나와 두 사람을 덮치고 패티를 날려버렸다.

소방차 호스에서 물이 터져 나오듯 강력하게 물이 밀려와 벽을 강타하고 사방으로 튀었다. 하지만 넘어진 것은 패티뿐이었다. 빅숍은 그 자리에 가만히 서 있었다. 두발이 마치 땅에 박히기라도 한 것처럼 단단하게 펌프 위에 양다리를 벌리고 있었다. 60센티미터 높이 정도까지 물은 빠르게 솟아오르고 있었고 잠시 후 세찬 물살에 금세 허리까지 차올랐다.

"서둘러, 숍!"

바닥에 두발을 짚고 선 빅숍은 드릴에 온몸의 힘을 실어 이를 악물고 돌렸다. 온통 얼굴에 물이 튀었다. 안간힘을 쓰며 머리를 숙이자 두개골에도 물이 쏟아졌고 머리는 불타는 듯 화끈거리고 코와 입으로 물이 흘러들었다.

"기운 내, 숍!"

빅숍은 몸에 힘을 주었다. 물줄기가 쏟아져 머리카락이 날렸다. 패티는 빅숍의 어깻죽지에 머리를 숨기고 그를 방패 삼아 뒤에 서 있었다. 수압이 워낙 거세 쓰러지지 않도록 한 손은 벽에 지탱하고 있었다. 패티는 차단 밸브가 있는 파이프와 렌치를 놓치지 않기 위해 안간힘을 써야 했다. 물이 겨드랑이까지 차올랐을 때, 빅숍의 등이 펴지며 소리쳤다. "됐어."

"그럼 이제 물러나!" 이제 패티가 소리쳤다.

패티는 파이프를 끼워보려 했지만 처음엔 수압이 너무 세서 쉽지가 않았다. 겨우 큰 파이프에 차단 밸브가 있는 파이프를 맞추고 조이기 시작했다. 압력 때문에 생각보다 시간이 오래 걸렸다. 일단 차단 밸브가 있는 파이프가 끼워지자 바로 물은 멈췄다. 우물 안은 다시 안정을 찾았고 조용해졌다.

패티는 파이프를 끝까지 끼우고 나서야 목까지 물이 찼다는 사실을 깨닫게 되었다. 감사하게도 둘 다 살았다.

"너 남자다, 숍. 진짜 남자야."

"패티, 다시는 이런 일 부탁하지 마. 쥐꼬리만 한 30달러로는 안 돼. 100달러를 줘도 안 할 거야."

"알았어, 알았다. 일단 끝내자."

그들을 들어찬 물속에서 몸을 움직이기가 쉽지 않았지만 나머지 작업들은 쉬운 것들이었다. 30분 만에 우물 펌프에 연결되어 있던 회당 파이프를 잘라내고 연장 수도관을 사용해 저수지 파이프에 연결된 차단 밸브가 있는 파이프에 연결했다. 공용 급수대와 유제품 회사에 물을 공급하고 있는 것과 마찬가지 방식이었다. 그렇게 작업은 끝났다. 이제 회당은 저수지로부터 깨끗한 물을 얻게 되었다. 게다가 공짜로.

그들은 사다리를 타고 다시 올라와 기진맥진해 흠뻑 젖은 모습으로 바닥에 주저앉았다. 그러고 나서 빅숍이 하나 마나 한 소리를 했다.

"저걸 덮어야겠어. 러스티는 어디에 있지?" 빅숍이 물었다.

패티는 똑같은 생각을 하고 있었지만 말하기가 두려웠다.

"시멘트를 못 찾은 게 틀림없어. 내가 어디 있는지 알려줬는데 말이야."

"저수지 근처 강가에 들러 모래를 가져와야겠다는 얘기를 하는 것 같던데." 빅숍이 말했다.

"뭐 하러?"

"우리가 우물 뚜껑을 깨트렸을 때 콘크리트 색상을 정확히 맞추려면 강가에서 가져온 모래를 쓰는 게 좋겠다고 했어."

"음… 젠장. 결국 우리가 깨트렸지. 그래서 얘는 지금 어디 있다는 거야?"

패티는 잠시 생각하더니 우물 입구에 매달아 둔 랜턴을 껐다. 우물 안은 다시 깜깜해졌다.

"일단 됐어. 우리가 서둘러야 해. 내가 술집에 가서 시멘트 가루하고 널빤지를 몇 장 가져올게. 너는 극장으로 가서 외바퀴 손수레를 가져와. 그 안에서 시멘트를 모래와 물을 넣어 섞으면 돼. 네이트가 두고 간 마차 안에 있을 거야. 안테스 하우스 쪽으로는 가지 마. 워싱턴 거리 쪽으로 가. 존 라이너 방앗간 옆으로 가는 게 더 좋아. 가장 빠른 길이니까. 혹시 러스티가 보이면 당장 튀어 오라고 해. 강가의 모래 따위 필요 없으니까. 아무거나 시멘트와 섞으면 돼. 러스티의 멍청함 때문에 우리가 다 같이 잡혀갈 순 없어."

안테스 하우스에서 마지막 폭죽이 머리 위로 솟아 오르는 순간 두 사람은 각자 다른 방향으로 출발했고, 마지막 불꽃이 터졌다.

마지막 폭죽이 하늘을 가로지를 때쯤, 닥은 완전히 술에 취해 기쁨의 소리를 지르고 있었다. "모두가 꿈꾸던 세상이야!" 그가 소리쳤다. "이 위대한 미국을 보라. 기회의 땅. 내게 보내라, 너의 가난하고, 지치고, 나약한 자들. 우리가 그들에게 일자리를 주고, 집을 주고, 사업을 하게 해주었지! 우리가 그들을 남자로 만들고, 여자로 만들고, 그리고 그들은 우리를…" 그가 큰 소리로 트림을 했다. "우리를 대체하고 말 거야!"

몇몇 남아있던 사람들과 함께 앉아있던 엠파이어 소방 대원들이 웃음을 터트렸다. 닥 로버츠가 취한 모습을 보는 것은 흔한 일이 아니었다. 구경하기에 나쁘지 않았다.

그는 피크닉 의자에 앉아서 웃음소리를 들으며 소방대원들이 서로 윙크를 하는 것을 둘러보았다. 그들 중 많은 사람을 알았고 그들 중 많은 사람을 치료했었다. 몇몇은 그가 좋아하는 사람들이고 몇몇은 경멸했다. 대부분은 교육받지 않은 아일랜드 출신들이었다. 어떤 면에서는 좋은 사람들이었지만 대부분은 아무짝에도 쓸모가 없다고 그는 생각했다. 마을에 온 새로운 사람들. 이민자들. 가치를 훼손하는 자들. 그들은 오페라나 경마 행사에 가지 않았다. 그들은 역사를 몰랐다. 그들은 영화를 보러 가고 권투 경기를 보러 가고 하루 종일 술을 마셨다. 무식쟁이들. 책도 이해하지 못하고 의학이란 게 뭔지, 시가 뭔지, 여자는 어떻게 대해야 하는지도 몰랐다. 하얀 미국식 테이블보에 묻은 와인 얼룩. 그것이 바로 그들이었다. 런던이나 파리 같은 반짝이는 유럽 도시의 낯선 불량품들. 유럽. 예술가, 음악, 그리고 여자들. 아름다운 여자들.

그리고 초나의 얼굴이 떠올랐다. 아름다웠던 10대 시절 그녀가 사물함 앞에 서 있던 모습, 사물함 안으로 손을 뻗던 그녀의 하얀 손목, 그를 미치게 하던 사랑스러운 눈동자. 유난히 검은 머리카락과 절룩이면서도 우아한 그녀의 걸음걸이는 터벅거리는 자신의 발걸음과 비교되며 스스로를 초라해 보이게 만들었다. 어설프기 짝이 없는 극장 주인과 결혼한 초나는 초라한 식료품점 생활의 어둠 속에 갇힌 꽃 같은 아름다움이었다. 과거 그 시절 그녀는 어떤 사람이었길래 자신을 거부했을까? 그리고 여러 해가 지나고 나서도, 흑인을 상대하는 식료품점 점원에 불과한 그녀가 다시 한번 자신을 거절했다. 유대인이란!

"내가 누군지 그녀는 몰랐단 말야?" 그는 포효했다.

떠들썩하던 아일랜드 남자들이 웃는 것을 멈추고 서로서로 돌아보며 잠시 침묵이 흘렀다.

"집에 가요, 닥." 그들 중 한 명이 말했다.

"진정하세요, 닥……."

닥은 몽상에서 정신을 차리고 이제 일어서야 할 때라는 사실을 깨달았다.

"이 나라는," 그가 선언했다. "침몰하고 있습니다." 그는 맥주를 쭉 비웠다. "굿 나잇, 아메리카."

그렇게 말하고는, 그는 하이 스트리트 쪽으로 내려가지 않고 치킨힐 쪽으로 휘적휘적 걸음을 내디뎠다.

그의 집은 9블록 정도 떨어져 있었는데 오늘은 치킨힐을 가로질러 가기로 마음먹었다. 폴란드 도둑 플리츠카가 운영하는 클로버 유제품 회사 맞은편, 공용 급수대 쪽을 지나면 4블록은 줄일 수 있었다. 그는 이 동네를 손바닥 보듯 잘 알고 있었다.

"엉뚱한 길로 가는 거 아니에요, 닥?" 소방관 한 명이 소리치는 것이 들렸다.

닥은 뒤도 돌아보지 않고 상관 말라는 듯 손사래를 치며, 약간 비틀거리긴 했지만 계속 길을 걸었다. "얘야, 나는 네가 엄마 몸속에 생기기도 전에 이 마을을 알았다."

귓가를 울리는 웃음소리를 뒤로 하고 그는 앞으로 걸어갔다. 그때 주머니에서 작고 단단한 것이 느껴졌고 손을 뻗어 쥐어 들었다. 메주자 펜던트. 어쩌다보니 그의 손에 들어오게 된 그것. 그날… 그때… 하늘과 땅 식료품점. 그는 치킨힐 근처에 그걸 버릴 요량으로 오늘 안테스 하우스에 가져왔다. 완벽했다. 사람들 시야에서 벗어나면 공터에 던져 버리면 될 것 같았다. 그는 메주자를 꽉 움켜쥔 주먹을 꺼내 들고 앞으로 휘두르며 행진을 시작했다. 언덕 위로. 위로, 위로, 위로, 치킨힐을 향해서.

닉 로센의 부하, 헨리 리트는 마지막 불꽃이 터지는 소리에 잠에서 깼다. 안테스 하우스에서 몇 블록 떨어진 조그만 침례교회 뒤에서 그는 잠이 들었다. 잠에서 깼을 때 그는 모든 것을 망쳤다고 생각했다. 하지만 힐을 따라 걸어 내려오다 모퉁이를 돌고 나니 안테스 하우스 뒤편 광장이 눈에 들어왔고, 그는 안도의 한숨을 내쉬었다. 희미한 랜턴 불빛 아래, 플리츠카는 여전히 의자에 앉아있었다. 심하게 취한 상태로 여전히 빨간 코트를 입고 맥주잔을 치켜 들고 무슨 소리인지 몰라도 소리를 지르고 있었다. 완벽했다.

그는 플리츠카가 그가 있는 힐 쪽으로 올라오는 모습을 기쁜 마음으로 지켜보았다. 빨간 코트가 가까이 다가오자, 리트는 몸을 돌려 낡은 헛간 벽에 몸을 숨겼다. 플리츠카가 터벅터벅 옆을 지나가는 동안 눈에 띄지 않게 몸을 낮추었다. 리트는 자갈길을 따라 그가 목을 축였던 공용 급수대가 있는 공터로 플리츠카가 비틀거리며 걸어가는 모습을 보았다. 빨간색 코트였고 약간 다리를 절뚝거리고 있었으니, 아까 보았던 플리츠카가 확실했다. 리트는 빨간 코트가 공터 안쪽으로 들어갈 때까지 기다렸다가 소리가 나지 않게 신발을 벗어 들고 깨진 유리 조각을 밟지 않기를 바라며 살며시 플리츠카의 뒤를 따랐다.

플리츠카는 흥얼거리며 노래를 부르고 있었기 때문에 그에게 다가가는 동안 소리를 죽일 필요는 없었다. 리트는 두세 걸음을 내디딘 후 시간을 끌지 않기로 결심했다. 힘든 일 일수록 재빨리 해치워야 한다. 곱씹어 생각해 볼 일은 아니었다. '빨리 끝내버려야 해.' 그는 자신에게 다짐했다. '단지 내 일의 일부분이야. 미국에서는 모두 일을 해야 하고.'

신중하게 조심조심 공터에 들어서자 플리츠카의 빨간색 코트가 달빛 아래에서 희미하게 보였다. 어두웠지만 빨간색 코트는 확실했다. 열 발짝쯤 떨어진 거리였다.

내게 보내라, 그대들의 지치고, 가난하고, 자유를 열망하는 웅크린 많은 사람들을.

리트는 벗어든 신발은 왼손에 들고 걸음을 옮기면서 오른손을 주머니에 뻗어 청동 너클에 손가락을 실을 꿰듯 끼웠다. 물 흐르듯 자연스러운 동작이었다.

남자는 리트가 등 뒤에 다가올 때까지도 아무 소리를 듣지 못했다. 그가 고개를 돌렸을 때는 이미 리트의 주먹이 눈앞에 있었다. 퍽! 턱을 한 번에 날려버렸다.

리트는 금이 가고 부서지는 소리를 들었다. 노련한 옛 권투선수로써 턱뼈가 완전히 부서졌다는 것을 알 수 있었다. 그를 제대로 손봐준 것이다. 이 정도면 더 이상 계속할 필요는 없었다. 어둠 속이었지만 빨간색 코트가 뒤로 나자빠지는 것을 확인했으니 그거면 됐다. 그는 돌아섰다.

떠날 시간이었다.

리트는 등을 돌리고 걸음을 재촉했다. 그리고 그는 살아있는 내내 플리츠카가 넘어질 때 왜 큰 물소리가 났을까, 궁금했다. 급수용 펌프는 있어도 연못이 있는 건 아니었는데.

훗날 닉 로센이 그에게 물었다. "어떻게 했길래 플리츠카가 그렇게 빨리 돈을 갚도록 만들었어?"

리트가 말했다. "제가 그자의 턱을 완전히 날려서 연못 같은 곳에 빠트려버렸죠."

로센이 말했다. "너 과장도 할 줄 아는구나, 헨리. 내가 봤을 때 턱은 별 이상이 없던데. 싹싹 빌면서 내 귀가 찢어질 정도로 변명이 많기는 했지만. 연못 이야기도 없었고."

10센티미터.

만약 패티가 10센티미터만 더 아래로 랜턴을 비추려고 애썼다면, 그는 특이한 신발이 우물 바닥의 물속에서 불쑥 튀어나와 있고 그 옆에는 벽면에서 튀어나온 돌덩이에 겨우 매달린 체인과 함께 반짝이는 메주자 펜던트를 볼 수 있었을 것이다. 메주자는 그것을 쥐고 있던 주먹에서 이제 벗어나, 그 사람을 놓아준 상태였다. 패티가 조금만 더 아래를 내려다보았더라면, 이제 더는 쓸모없는 펌프와 부서진 맨홀 뚜껑과 함께 떠 있는 빨간색 영국식 코트 끝자락을 보았을지도 모른다. 펌프는 이제 아무것에도 연결되지 않은 상태였다. 슬프게도 그 남자도 마찬가지였다. 그의 아내는 그를 사랑하지 않았다. 그의 아이들 또한 그를 그리워하지 않았다. 마을은 그를 기리기 위해 동상을 세우지 않았다.

그가 믿었던 근거 없는 신념들은 훗날 더욱더 근거 없는 믿음으로 확대되고 확고해졌다. 이 신념들은 정치인들과 나쁜 이들에 의해 전쟁 무기가 되어 무방비 상태의 학생들을 죽이는데 사용되었고, 닥이 부르짖었던 것처럼 말도 안 되는 신념을 부르짖는 부자들은 서민들보다 말도 안 되는 더 큰 부를 이루며 섬을 사 모았다. 전 세계를 항해하며 바다와 하늘을 오염시키는 거대한 요트는 가난한 사람들을 고용한 공장에서 막강한 힘을 가진 무기를 만드는 거대한 기업을 세운 사람들이 소유했다. 그들은 그렇게 만든 무기를 가난한 사람들도 쉽게 사서 서로 죽일 수 있을 만큼 싸게 팔았다. 누구나 하나쯤 사서 학교에 걸어 들어가 수많은 아이들과 선생님들, 희망과 자유, 평등, 정의라는 미국 신화를 믿고 있는 순진한 이들을 언제든 죽일 수 있도록 만들었다. 문제는 항상, 앞으로도 항상, 유색인들과 가난한 사람, 그리고 그들을 안타깝게 여기는 바보 같은 백인들이었다.

그러니 한 명의 흑인과 한 명의 바보 같은 백인이 어쩌다 그자를 묻어버린 것은 적절한 일이 아닐는지.

패티는 그날 밤 그와 빅숍이 거기 다시 모여 새로운 맨홀 뚜껑을 만들 때 우물안에 무엇이 있는지 전혀 알지 못했다. 어쨌든 그것은 패티가 걱정할 일은 아니었다,

“어떻게 맨홀 뚜껑을 만들지?” 빅숍이 물었다.

“우물 윗부분에 널빤지를 가로질러 끼우자. 우물 벽면 돌 사이

에 끼운 다음에 널빤지 위에 모르타르를 부으면 돼. 풀이나 나뭇가지를 가져와서 둥글게 꽂아 놓고 원형 틀처럼 사용하면 될 것 같아."

"하키 퍽하고 비슷하다." 빅숍이 말했다.

"뭐라고?"

"올림픽에서 하잖아. 아이스하키 말이야."

"아이스하키를 본 적이나 있어?"

"아니. 하지만 언젠가는 볼 거야."

"숍, 그냥 널빤지나 좀 가져다줄래?"

둘은 널빤지들을 끼워 넣었고 쇠 지렛대를 이용해 단단히 고정했다. 그런 다음 가져온 수레에 시멘트와 모래, 공용 급수용 펌프 꼭지에서 나오는 물을 넣고 섞은 뒤 그 위에 부었다.

우물의 맨홀 뚜껑은 완벽했다. 흙과 각종 찌꺼기들을 가져와 위쪽에 덮어 너무 새것처럼 보이지 않도록 만들었다.

"덮개에 쇠 지렛대를 끼울 만한 홈을 만드는 게 좋을까?" 빅숍이 물었다.

"왜 안 되겠어."

그들은 새로 부은 모르타르에 나무 조각을 꽂아 쐐기 구멍을 만들었다. 그리고 시멘트가 말라서 단단하게 굳어질 때까지 잠시 기다리기로 했다. 지금은 안전했다. 새벽 1시가 지나있었다.

"이제 가야 하지 않을까?" 빅숍이 물었다.

"왜? 좀 더 마를 때까지 기다려도 되잖아. 누가 지나가다 본다고 해도 한밤중에 들판에 앉아서 기다리고 있는 남자들처럼 보일 거야."

"우리가 뭘 기다리는데?"

"미래를 기다리지, 숍. 미래를 기다리고 있어."

에필로그

스물두 살의 허셀 코플러와 스물네 살인 형, 이겔 코플러가 펜실베이니아 버윈에서부터 펜허스트 병원까지 석탄을 나르는, 펜실베이니아 화물 열차 탱커 토드의 제동수로 취직했을 때는 미국에 온 지 6주밖에 되지 않았다. 이 두 명의 전직 오스트리아 철도원 출신 유대인 난민에게 미국이란 놀라움으로 가득한 땅이었다. 물론 이해할 수 없는 언어가 있었고 코셔를 지키지 않는 맛있는 음식들이 있었다. 그리고 사람들이 도시와 마을로 몰려들면서 거대한 공장에서 끝도 없이 뿜어져 나오는 매연에 놀랐다. 하지만 처음 도착 후 경험한 이것들은 1936년 현충일 주말에 펜허스트에서 버윈으로 향하는 자신들의 화물 열차에서 키가 크고 흐느적거리는 흑인이 화물칸 구석에 앉아 울고 있는 아이를 팔에 안고 달래는 모습을 보는 것처럼 이상하지는 않았다. 놀라움과 불가사의의 땅에서, 이것이 당연 으뜸이었다.

그들은 그 남자에게 말을 걸지 않았다. 자신들의 상사였던 노조원 유리 구진스키의 주문은 명확했기 때문이었다. 유리는 폴란드 출신의 같은 유대인이자 철도원이었다. 미국에 온 지 17개월 정도 된 그는 말수가 적고 영어가 그리 훌륭하지는 않았지만 (물론 두 형제를 합친 것보다 잘했지만) 항상 친절함을 두 형제에게 보여주었다. 그날 아침 그는 심지어 두 사람에게 점심 도시락을 주었다. 무슨 날인지는 정확히 몰라도 미국의 중요한 공휴일이 있는 주말이라 근처 코셔 상점이 모두 문을 닫아서 난감하던 차였다. '메모리얼 데이(현충일).' 유리는 그렇게 불렀다. 무엇을 기억하는 날이지? 그들은 의아했다. 하지만 펜허스트로 출발하는 그들의 첫 기차를 타기 위해 새벽 5시 20분에 기차에 올랐을 때 유리의 이디시어 지시는 명쾌했다. "그 기차에 흑인들을 태워줘. 그리고 버윈에 내리면 풀먼에게 넘겨줘."

허셸과 이겔 두 사람 모두 풀먼이 대체 무엇을 뜻하는지 전혀 몰랐지만 물어보기는 망설여졌다. '런치 박스'의 의미도 확신하지 못했기 때문이었다. 하지만 유리는 상사였다. 그래서 찬란한 펜실베이니아 하늘에 여명이 드리우던 6시 5분, 탱커 토드가 예정대로 버윈의 철도 야적장에 천천히 들어섰을 때, 두 사람은 두근거리는 마음으로 신호탑 창문을 올려다보았다. 그리고 유리가 구석진 화물 창고 앞에 서 있는, 흰색 셔츠에 넥타이, 반짝이는 신발, 풀먼 포터라고 쓰인 모자를 쓰고 있는 키 큰 흑인 두 명을 고개로 가리키는 것을 확인했다.

두 흑인은 화물칸으로 성큼성큼 다가오더니 허셸과 이겔에게 아무 말 없이 봉투 하나를 내밀며 은밀한 눈길을 건넸다. 그리고 나서 그들은 키 큰 흑인과 아이를 데리고 철로를 가로질러 근처 다른 플랫폼으로 데려갔고, 그곳에는 6시 14분 샌디 힐이 필라델피아 30번가 역으로 운행하기 위해 김을 내뿜고 있었다.

두 형제는 그 두 명의 승객이 누구인지 알지 못했고 앞으로도 알 수 없겠지만, 봉투를 열어보고 '노조 일'을 위한 40달러를 발견했고 함께 동봉된 쪽지에는 이렇게 쓰여있었다. '공짜 새 신발을 위해 날 찾아오세요.' 그리고 'M. 스크럽.'이라는 서명과 포츠타운 주소가 쓰여있었다.

기차가 떠나는 것을 보며 점심 도시락을 들고 있던 이겔이 동생에게 이디시어로 말했다. "그때 회당 회의에 머릿수 채우러 갔던 날 기억해?"

"언제 말이야?"

"포츠타운 회당에서 말이야. 미크바의 개구리 때문에 사람들이 싸웠던 곳."

허셀이 껄껄 웃으며 고개를 끄덕였다.

"이 선물이 거기서 왔다고 생각하지 않아?"

허셀이 어깨를 으쓱했다. "왜 그럴 거라고 생각해?"

"거기서 흑인들에 대해서 이야기 했었잖아. 허드슨 씨는 깜둥이 뭐라고도 하고."

허셀은 손을 흔들며 일축했다. "바보 같은 소리 하지 마. 이 나라에 수천 명의 흑인이 있어, 형. 왜 이 돈이 거기서 나와?"

하지만 이런 것이 세상의 경이로움 중 하나였다. 실제로 이 돈은 그때 회당 회의에서 나온 셈이었기 때문이다. 물론 신발 약속은 회당 회의에 참석했던 어브의 쌍둥이 형제, 마브 스크럽스켈리스가 한 것이긴 했지만 돈은 모셰의 사촌 이삭에게서 나왔고, 이삭이 버니스에게 건네고, 버니스는 패티에게, 다시 패티는 네이트의 아내 애디에게, 그리고 애디는 다시 남편에게 전한 돈이었다. 네이트의 돈을 전달받은 페이퍼는 풀먼 포터 친구 두 명을 통해 유리에게 다리를 놓았고 결국 두 사람이 기차에 탈 수 있도록 만들었다. 그렇게, 키 큰 흑인과 아이는 버윈에서 필라델피아로 간 뒤 또 다른 풀먼 포터의 도움을 받아 남부로 가는 고속 열차 제너럴 리 일등석 풀먼 침대칸을 타고 사우스캐롤라이나 찰스턴까지 갈 수 있게 되었다. 바로 로우 컨트리. 네이트의 고향.

네이트는 다시는 애디를 만날 수 없을 거라 생각했다. 그리고 기차가 필라델피아를 벗어날 때쯤 자신은 그녀의 사랑을 받을 자격조차 없다고 생각했다. 그러나 애디는 불굴의 용기와 사랑을 놓지 않는다면 늘 하느님이 뜻하시는 바가 있다고, 그녀는 언제든 그와 함께 할 거라고 말했다. 그때는 믿지 않았다. 그는 결국 혼자가 되었다. 더 이상 아무도 없었다.

도도는 네이트의 팔에 안겨 병동 침대에서 지하로 내려가던 기억, 덜컹거리는 수레를 타고 자유의 공기가 느껴졌던 순간, 자신을 어린아이처럼 안아서 올려주던 두 명의 유대인 제동수, 네이트가 화물칸에서 자신을 달래주던 손길, 그 순간들을 언젠가는 잊을지도 모른다. 침대칸을 타고 찰스턴으로 향하던 내내 풀먼 포터들은 수시로 들러 밥, 햄, 치킨, 케이크, 그리고 아이스크림을 도도가 원하는 만큼 가져다주었다. 이 또한 잊혀질지도 모른다. 약물에 취해 있던 머릿속 안개가 걷히는 데 몇 주가 걸렸고, 펜허스트의 기억과 그곳에 갇히게 했던 그날의 슬픈 사건은 머리에 폭격을 퍼붓듯 자신을 끊임없이 고통스럽게 괴롭혔다. 사실은 펜허스트에서 나온 순간부터 그는 모든 소리를 잊었다. 더 이상 소리는 필요 없었다. 이제 그에게는 자신만의 소리가 있었기 때문이다. 아름다운 로우컨트리의 풍경과 향기, 그리고 느낌이 그에게 노래하고 있었다.

필라델피아 유대인 극장 주인 이삭이 도와준 300달러를 가지고 매입한 사우스캐롤라이나 농장에서 보낸 지 여러 해가 지났다. 이삭은 사촌 모셰와 여럿의 다른 유대인 극장 주인들과 함께 펜실베이니아 산맥에 장애가 있는 아이들을 위한 캠프를 세웠다고 했다. '캠프 초나'라는 이름의 캠프는 오래오래 유대인들의 손에 의해 유지되었다. 소년은 어른이 되어 농작물을 기르고 소젖을 짜고 일주일에 3번 교회에 나갔다. 다리를 움직이지 않고 가스펠음악에 맞춰 샤우트 댄스를 추는 법도 배웠다. 그리고 아이들에게 어떻게 지붕을 고치는지, 어떻게 나무줄기로 의자를 짜는지, 어떻게 무쇠솥에 고기를 삶는지, 스페인 이끼식물을 어떻게 피해 걸어 다니는지를 가르쳤다. 네이트에게서 말이 끄는 방앗간에서 사탕수수를 가는 법을, 네이트를 찾아 이곳까지 온 애디에게서는 쌀과 밀가루로 음식을 만드는 방법을 배우는 자신의 아이들을 지켜보았다. 그리고 사랑하는 아내로부터 진달래와 그가 가장 좋아하는 해바라기를 기르는 법을 배웠다. 그는 모든 색깔의, 모든 크기의 해바라기를 심었다. 펜실베이니아에서의 삶은 그의 마음속, 가슴, 기억 속에서 전부 지워졌다.

하지만…….

아무리 노력해도, 빛나는 검은 머리에 반짝이는 눈, 편안한 미소와 마법의 구슬을 가졌던 그분에 대한 기억은 지워지지 않았다.

그리고 캄캄한 어둠 속 등대처럼, 태양이 다시 뜰 때까지 밤새 손가락을 맞대고 있던 그 친구도 잊을 수가 없었다. 그 손가락에 대한 기억, 외롭고 하얗던 손가락, 우정과 연대의 그 손길은 밝게 빛나는 별처럼 그의 기억 속에 반짝이고 있었다. 도도의 충만하고 보람찬 삶이 계속되는 동안 그 기억은 사라지지 않았다. 그는 포츠타운의 도도가 아니라, 네이트 러브 2세이자, 세 아들과 두 명의 딸을 둔 아버지로 죽었다. 네이트는 결국 마지막 러브가 아니었다. 삶은 계속될 것이다. 그의 아이들과 아이들의 아이들이 그가 세상을 떠날 때 곁을 지켜주었다. 도도는 1972년 6월22일, 허리케인 아그네스가 포츠타운을 온통 휩쓸어버렸던 날이자, 말라기라는 이름의 유대인 노인이 펜실베이니아 남동부 언덕에서 영원히 사라진 다음날, 죽었다.

그리고 처음 12년의 삶의 혼란스러움을 씻어내도록 도와주었던 해바라기와 여름 이끼에서 몇 발자국 떨어지지 않은 곳에서, 사랑하는 사람들에 둘러싸여 영원한 잠에 빠져들기 직전, 그는 네 단어를 마지막으로 중얼거렸다. 그를 알고, 그를 사랑했던, 삶의 마지막 순간 그를 둘러싸고 있던 모든 이들에게 영원히 수수께끼 같은 말. 그 자리에 없는 한 사람. 지금은 저 먼 곳에, 몸이 불편한 사람이 아무도 없는 그곳에서 그가 올라오기를 기다리고 있을 사람. 두 사람이 헤어진 후 그에게 닥친 수많은 모험 이야기를 듣고 싶어 안달이 났을 한 사람을 위한 말이었다.

그는 누군가를 향해 외쳤다.

"정말 고마워. 몽키… 팬츠."

옮긴이의 말

제임스 맥브라이드만큼 미국 소시민들의 삶과 역사, 인종 차별 문제 그리고 종교까지, 편견과 차별이 난무하는 우리들 삶에 대한 성찰을 적절한 가벼움과 버무려 잘 보여주는 작가가 또 있을까. 미국 평단의 찬사와 함께 미국 온·오프라인 서점가를 뜨겁게 달군, 『HEAVEN & EARTH GROCERY STORE(하늘과 땅 식료품점)』 번역을 맡게 되었을 때 설렘, 기대감과 함께 어려운 주제 의식도 별일 아닌 듯 툭 드러내는 작가의 표현 방식과 위트를 어떻게 잘 표현할 수 있을까 하는 고민도 밀려왔다. 낯선 유대인들의 삶, 대공황 직전이었던 1930년대 시대적 배경, 흑인 분리 정책이 시행되고 이민 금지 정책이 발표되던 당시 역사적 혼돈의 상황 등, 자료 조사에도 많은 공을 들여야 했다.

아프리카계 흑인 아버지와 유대인 백인 어머니 사이에 태어난 제임스 맥브라이드는 자기 뿌리와 경험을 바탕으로 실존하는 펜실베이니아 포츠타운에 '치킨힐'이라는 가상의 마을을 세워 우리를 이렇게 또 다른 세계로 안내했다. 신체적 장애가 있거나 피부색이 다르거나, 부와 권력을 갖지 못했거나, 일상에 보이는 수많은 불합리와 편견, 그리고 그걸 당연하게 생각하는 사람들의 태도를 보여줌으로써 작가는 선과 악, 이분법적 사고보다는 사람마다 각자의 선한 의지와 삶의 태도를 말하고 싶었던 것 같다.

우리는 보통 주인공 위주의 사건과 감정선을 따라가는 것에 익숙하다. 하지만 이 소설에는 누가 주인공인지 감히 말할 수가 없다. 너무 많은 인물이 등장해 인물 정리 노트가 따로 필요하지 않나 싶을 정도이다. 하지만 작가는 스쳐 지나가듯 등장하는 모든 인물에게도 각자의 이름과 사연을 부여하고 있다. 누군가는 쓸데없이 왜 그리 많은 인물이 나오는지, 줄거리와 상관없는 그들의 이야기를 왜 그렇게 시시콜콜 전부 설명하는지 모르겠다고 할지도 모르겠다. 하지만 우리들 삶이 그렇지 않은가? 각자 자기 삶의 주인공으로서의 오늘을 살고 있지만, 나와 관계를 맺고 살아가는 수많은 사람들 또한 각자의 삶과 이야기가 있을 것이다.

『하늘과 땅 식료품점』 소설을 읽다 보면 등장인물들의 숨은 이야기에 호기심이 발동하게 된다. 마치 영화의 속편을 기대하는 것처럼 각자의 인물이 주인공이 되는 또 다른 소설을 상상하게 된다고나 할까? 패티와 페이퍼는 서로의 마음을 확인했을까? 애디와 네이트는 어떻게 만났으며 애디는 사우스캐롤라이나까지 또 어떻게 찾아올 수 있었을까? 모셰와 이삭이 장애아동을 위한 학교를 만든 것은 초나의 유언 때문이었을까? 소설 속에서 짧게 지나간 이야기의 다음 내용이 궁금해진다. 맥브라이드가 원했던 새로운 방식의 소설이 아닐까…….

소설 속 초나는 지금까지 내가 만난 가장 매력적인 여성 캐릭터였다. 많은 사회적 제약이 따랐던 1930년대 유대인 사회의 여성으로서, 지적 호기심으로 금지된 책을 읽고 끊임없이 배움을 향해 나아갔던 진취적이고 열정적인 인물이었다. 그리고 편견 없는 마음과 인간에 대한 사랑으로 힘들게 살아가는 이웃들에게 희망이 되어주었던 밝고 당찬 캐릭터였다.

당시, 유럽에서 이주해 온 유대인들은 흑인들과 다름없이 차별받고 외면받았다. 미국 주류사회에 편입되지 못했던 그들과 흑인, 이탈리아계, 또 다른 이민자들은 같은 인종, 같은 종교, 같은 피부색끼리 작은 파벌을 만들어 살았고 처음에는 결코 서로에게 '포용적'이지 않았다. 하지만 그들은 정부가 12살 흑인 소년 도도를 극악의 환경인 펜허스트 수감시설에 수용하기로 하자 소년을 구하기 위해 각자의 노력을 기울인다. 인권이 무시되고 감금과 학대가 자행되었던, 역사적으로 존재했던 최악의 수감시설 펜허스트 정신병원의 묘사는 고통스러울 정도였다. 그렇게 그들은 하나의 목표를 향해 다 같이 뜻을 모으고 행동하며 통합을 이루어 간다.

계절과 날짜 같은 시간적인 개념이 조금 맞지 않는 부분들이 있었다. 하지만, 하늘에 눈부시게 반짝이는 별 하나 보다, 여러 별들이 각자의 중력으로 서로를 붙잡아 주고 밀고 당기며 돌아가는 별자리 전체를 보여주고 싶었다는 맥브라이드의 의도에 초점을 맞추었다.

이 책을 읽고 나면 선한 의지, 인간에 대한 사랑이 얼마나 소중하고 큰 영향력을 가지는지 생각해 보게 된다. 더 나은 사람이 되고자 하는 의지, 그렇게 새로운 화음을 만들고 함께 살아가고 싶다는 마음. 오늘 하루도 더 나은 세상을 만들기 위한 작은 실천을 해야겠다.

하늘과 땅 식료품점

초판 1쇄 2024년 8월 20일
초판 8쇄 2024년 10월 9일

지은이 제임스 맥브라이드
옮긴이 박지민
펴낸이 김운태
기획·관리 박정윤
편집 김운태
디자인 정초희
일러스트 박종웅

펴낸곳 도서출판 미래지향
출판등록 2011년 11월 18일 제2013-000129호
주소 서울시 마포구 마포대로 53 B동 1603호
전자우편 kimwt@miraejihyang.com
대표전화 02-780-4842
팩스 02-707-2475
홈페이지 www.miraejihyang.com
ISBN 979-11-85851-30-3

값은 뒤표지에 있습니다.
잘못된 책은 구입하신 서점에서 바꾸어 드립니다.